Ullstein

Das Buch

Martin Gassen, der Ende der 80er Jahre als Entwicklungshelfer in Sierra Leone gearbeitet hat, identifiziert über zehn Jahre später die Leiche einer Frau bei der Polizei in Köln: Victoria. Sie war seine große Jugendliebe, die er in den Wirren des Bürgerkriegs in Sierra Leone verloren hatte. Da die Polizei an der Aufklärung des Mordes an einer schwarzen Prostituierten nicht sehr interessiert scheint, beginnt er, auf eigene Faust zu recherchieren. In dem Bordell, in dem Victoria gearbeitet hat, lernt er deren Schwester kennen. Diese behauptet, sie und Victoria seien von internationalen Frauenhändlern nach Europa verkauft worden. Doch was Gassen auf seiner Spurensuche in Sierra Leone, Antwerpen und Köln herausfindet, ist noch weit erschreckender …

Der Autor

Horst Ehmke, 1927 geboren, Professor für Staats- und Verfassungsrecht, war Staatssekretär, Kanzleramtschef, Bundesminister für besondere Aufgaben und Bundesminister für Post, Forschung und Technologie. Horst Ehmke gehörte 25 Jahre dem Deutschen Bundestag an und lebt in Bonn und in der Eifel.

Von Horst Ehmke sind in unserem Hause bereits erschienen:

Der Euro-Coup
Global Players
Himmelsfackeln

Horst Ehmke

Privatsache

Roman

Ullstein

Besuchen Sie uns im Internet:
www.ullstein-taschenbuch.de

Umwelthinweis:
Dieses Buch wurde auf chlor- und säurefreiem Papier gedruckt.

Ungekürzte Ausgabe im Ullstein Taschenbuch
1. Auflage April 2005

Umschlaggestaltung: Thomas Jarzina, Köln
Titelabbildung: Mauritius, Mittenwald
Satz: Fuldaer Verlagsagentur, Fulda
Druck und Bindearbeiten: Ebner & Spiegel, Ulm
Printed in Germany
ISBN 3-548-25954-5

Sierra Leone, Kenema, November 1990

Den Buschteufel sah sie erst, als er direkt neben ihr stand. Victoria stieß einen unterdrückten Schrei aus. Rauhes Fell streifte ihren nackten Arm. Das laute Trommeln ließ den Boden erzittern, und kleine Glöckchen am Gewand des Buschteufels tönten hohl, als er sie umfaßte und eng an sich zog. Der Geruch nach Tier und Aas lag schwer in der Luft. Der flackernde Schein des Feuers beleuchtete sein Gesicht. Die groben Züge der schwarzen Holzmaske waren starr, aus runden Löchern blitzten dunkle Augen. Victoria riß sich los und trat einen Schritt zurück. Der Kreis aus tanzenden Menschen öffnete sich und nahm sie auf. Mariatu ergriff sie bei der Hand und zog sie weiter in die Menge. Zuerst folgte der Buschteufel ihnen, dann war er verschwunden.

Die Tanzenden fingen die beiden jungen Frauen ein, umkreisten sie, faßten sie an den Händen, an den Schultern und zogen sie mit sich in den Bann der Trommeln. Victoria ließ sich mitreißen von dem wiederkehrenden Rhythmus. Ihre nackten Füße bewegten sich von selbst auf dem weichen Gras, der leichte Baumwollstoff klebte an ihrer heißen Haut, sie spürte, wie die Trommeln ihren Herzschlag bestimmten, ihr Körper eins wurde mit dem stampfenden Tanz.

Da sah sie aus dem Augenwinkel den Buschteufel aus dem Kreis der Tänzer springen. Er drängte sich in ihre Richtung. Mariatu hatte es auch bemerkt und zog Victoria weg von den Zuschauern, zurück in die Dunkelheit, wo der Schein des Feuers nicht mehr hingelangte.

Sie setzten sich auf den Boden und warteten, bis ihr Atem sich wieder beruhigte.

»Der ist ja ganz schön heiß auf dich,« flüsterte Mariatu der Freundin ins Ohr.

»Er macht mir Angst«, sagte Victoria. Das Fell des Buschteufels hatte sich seltsam angefühlt, vibrierend, wie von einem lebenden Tier.

»Es ist ein alter Tanz«, sagte Mariatu. »Ein bißchen Angst, ein bißchen Sex – das gehört dazu.« Sie strich Victoria über ihr kunstvoll geflochtenes Haar.

Gegen das lodernde Feuer sahen die Zuschauer wie wogende Schatten aus. Einer der Teufel warf etwas in die Flammen, und Funken sprühten hoch in die dunkelblaue Nacht. Wie ein auf dem Rücken liegendes Horn hing oben am Himmel die Mondsichel.

Victoria stand auf. »Komm, wir gehen auf die andere Seite.«

Mariatu lachte, aber sie folgte Victoria, die zwischen die Büsche trat. Langsam umkreisten sie die Tanzenden. Selbst in der Nähe des Dorfes war der Busch dicht, und sie kamen im Dunkeln nur langsam voran. Lachend stolperten sie über umgefallene Bananenstauden.

Da trat ihnen eine Gestalt in den Weg, die lautlos aus dem Nichts gekommen zu sein schien. Die beiden Frauen schrien auf, Victoria klammerte sich an Mariatus Arm. Im nächsten Moment entflammten zwei große Fackeln und beleuchteten den schmalen Pfad. Vor ihnen stand ein großer Mann, der einen langen beigefarbenen Burnus trug. Die Kapuze hatte er tief ins Gesicht gezogen, so daß sie sein Gesicht nicht erkennen konnten. Er stand reglos.

Victoria ließ Mariatu los. »Ist er das wieder?« flüsterte sie.

Ihre Stimme hallte laut in der Dunkelheit. Die Trommeln am Feuer waren nur noch wie aus der Ferne zu hören. Die Büsche standen starr, kein Lufthauch regte sich. Nur Mariatu zitterte mit einem Mal wie im Fieber.

»Ein Jou-Jou-Mann«, sagte sie tonlos. »Gott steh dir bei.« Dann verschwand sie. Victoria sah ihre Freundin in die Nacht rennen. Sie war allein. Doch nicht ganz allein. Jemand trat aus dem Schatten, in dem Mariatu verschwunden war. Victoria erkannte ihn sofort. Der Buschteufel stand dort und wartete.

In die Gestalt im beigen Burnus kam Bewegung, der Mann näherte sich ihr. Victoria wollte wegrennen, Mariatu nach, irgendwohin, zurück zum Tanz, zu den Menschen. Aber sie kam nicht von der Stelle. Etwas hielt sie fest, gegen das sie sich nicht wehren konnte. Etwas, das ihre Füße Wurzeln schlagen ließ und sie mit einem einzigen Gedanken erfüllte: »Bleib.«

Der Mann ging ohne Hast auf sie zu. Als er sie fast erreicht hatte, entflammte ein neues Fackelpaar und beleuchtete die Stelle, wo er stehen blieb. Er zog die Hand aus der Tasche und hielt ihr ein Stück Papier vors Gesicht. Es war ein Foto, auf dem sie und Martin zu sehen waren. Sie standen im strahlenden Sonnenschein vor der Schule in Kenema, sie trug ihr weißes Lieblingskleid, er seine dunklen Anzughosen. Weiß auf schwarz, schwarz auf weiß. Sie hatte die Arme um Martins Hals geschlungen, und er lachte sie glücklich an. Victoria erinnerte sich an den Tag, es war ihr Namenstag gewesen, und sie waren ausgegangen. Der Teufel mochte wissen, woher der Jou-Jou-Man dieses Foto hatte.

Die Erstarrung, die von Victoria Besitz ergriffen hatte, löste sich. Sie stürzte nach vorn und wollte dem Mann das Foto aus der Hand reißen. Doch er war schneller. Mit einem heiseren Zischen zog er das Bild zurück und hob die andere Hand. Victoria hatte das Gefühl, als würde sie gegen eine Wand prallen. Sie stolperte und ging in die Knie. Der Buschteufel in ihrem Rükken fiel ihr ein, sie wollte aufstehen, sie mußte dem Jou-Jou-Man das Bild entreißen, aber sie kam nicht hoch. Das Foto durfte nicht im Besitz dieses gesichtslosen Mannes bleiben, sie mußte es haben, sonst war sie in Gefahr. Sonst war Martin in Gefahr. Victoria stützte sich mit den Händen am Boden ab und wollte ihren Körper in die Höhe drücken.

»Dies gibt mir Macht über euch.« Die Stimme des Mannes im Burnus klang voll und tief. »Du hast dich mit einem weißen Mann verbunden, die Ahnen sind böse. Im Busch hast du dich ihm hingegeben, und er hat sich genommen, was niemals sein werden durfte. Die Geister des Waldes sind zornig. Sie wollen Rache. Du weißt, was das heißt, Victoria.«

Es war, als ob eine schwere Last sie zu Boden drückte. Victoria starrte auf das Foto in den Händen des Jou-Jou-Mannes. Das Licht der Fackeln warf seltsame Schatten. Martins Gesicht war wie durch eine dunkle Maske verdeckt, seine weichen braunen

Haare wirkten störrisch. Victoria schluchzte auf. Ihr eigenes Abbild war aus dem Foto verschwunden, Martin hielt eine bleiche, mumienhafte Gestalt im Arm.

»Ich verfluche euch«, rief der Jou-Jou-Mann. Er riss das Bild in zwei Teile, trennte sie von Martin.

Der Teil, auf dem sie abgebildet war, fiel zu Boden. Der Mann trat mit nackten Füßen darauf, stampfte es in die weiche Erde, so daß es zerknitterte und verschmierte.

»Du sollst deines Lebens nicht mehr froh werden.« Das Foto war nur noch ein schmieriger Klumpen Papier. Victoria liefen Tränen über die Wangen, sie weinte lautlos.

Da spürte sie, wie von hinten der Buschteufel neben sie trat. Er zog eine der Fackeln aus dem Boden und näherte sich damit dem Teil des Fotos, auf dem Martin abgebildet war.

›Nicht‹, wollte Victoria rufen, aber sie brachte keinen Ton heraus. Kaum hatte die Flamme das Bild erfaßt, zeigten sich in dem ihr so lieb gewordenen Gesicht braune Ringe, Löcher fraßen sich wie Lepra in Martins Körper, dann brannte das Foto lichterloh.

»Der weiße Mann wird in Afrika seinen Tod finden.« Die Stimme des Jou-Jou-Mannes trug weit in den Busch hinein. Er rührte sich nicht, als das Foto in seiner bloßen Hand verbrannte. Übrig blieb ein glimmendes Aschehäufchen, das er in die Luft schleuderte. Ein plötzlicher Windstoß erfaßte den Staub und wehte ihn davon.

Dann war es dunkel. Victoria wagte nicht, sich zu rühren. Sie hörte das rhythmische Trommeln und das tiefe, harsche Läuten der Gankogui. Der Teufelstanz war noch in vollem Gange, durch die Büsche konnte sie sogar den Schein des Feuers sehen. Langsam richtete sie sich auf. Sie tastete vorsichtig die Erde ab, suchte nach den Überresten des Bildes, kroch in immer weiteren Kreisen um die Stelle, wo der Jou-Jou-Mann sie verflucht hatte. Schließlich befühlte sie die Büsche, einzelne Blätter und Äste, und versuchte, im schwachen Schein des Feuers irgendwo das zerrissene Foto auszumachen. Doch sie fand nichts. Der Jou-Jou-Mann mußte es mitgenommen haben. Kein Gegenzauber konnte sie nun noch retten.

Victoria griff nach dem Kreuz, das sie um den Hals trug. Das silberne Schmuckstück fühlte sich kalt und leblos an. Sie blickte zum Himmel, dann rannte sie los, den Weg zurück, den sie gekommen war.

Als Victoria hinter den Büschen verschwunden war, trat der Buschteufel auf den Pfad. Er schaute ihr lange nach. In seinen Händen hielt er das zerknitterte Bild der Frau im weißen Kleid.

Köln, Februar 2001

Manche Dinge änderten sich nie. Die absolute Trostlosigkeit eines Leichenfunds am frühen Morgen, zum Beispiel. Daran gewöhnte man sich nicht, nicht an die schroffe Hektik der Einsatzfahrzeuge, die durch die schlafende Stadt rasten, nicht an die gespenstische Stille am Fundort, die scheuen Blicke der Umstehenden, die kurz zu der Leiche hinblickten, um sich dann schnell wieder auf ihre Arbeit zu konzentrieren.

Kriminalhauptkommissar Limbach stand mit den Händen in den Manteltaschen vor der Frauenleiche. Seine wollenen Handschuhe lagen im Büro auf dem Schreibtisch. Sein Atem puffte in weißen Wolken in die eisige Luft. Nebelfetzen hingen zwischen den kahlen, niedrigen Bäume am Rande der Gleise. Der tote Körper lag quer auf den Gleisen. Schultern und Knie wirkten wie an die Schienen angeklebt. Dabei war offensichtlich wenig Blut geflossen. Das bißchen rote Flüssigkeit hatte sich mit der Nässe auf den Schienen vermischt und eine Eisschicht gebildet, die den Körper auf den Gleisen festhielt.

Der Kopf der Toten war zur Seite gefallen. Einige der Unmengen von kleinen Zöpfen, in die das Haar der Frau geflochten war, waren aufgegangen. Rote und weiße Perlen lagen auf der gefrorenen Erde. Zwischen den straff sitzenden Zöpfen war die Kopfhaut zu sehen, die freien Stellen bildeten ein rautenförmiges Muster. Im linken Ohrläppchen hing goldener Ohrschmuck, ein großer Ring, an dessen unterem Ende ein kleiner roter Stein eingearbeitet war. Limbach ging in die Hocke und streifte sich Latexhandschuhe über. Vorsichtig drehte er den Kopf ein wenig. Das rechte Ohrläppchen war ausgerissen, der zweite Ohrring fehlte.

Weiter vorn, wo der Zug zum Stillstand gekommen war, fuhren die Fahrzeuge mit den Leuten von der Spurensicherung vor. Seine Assistentin sprach mit dem Lokführer, dem jemand eine schwere Decke über die Schultern gelegt hatte. Der Mann hielt sich verkrampft an einem Becher mit heißem Kaffee fest. Er stand unter Schock. Mehr, als was er per Handy der Einsatzzentrale durchgegeben hatte, würde zum jetzigen Zeitpunkt auch die Weiser mit ihrer Psychologie nicht aus ihm herausbekommen.

Zwei Erkennungsdienstler kamen mit ihren Koffern über die Gleise gestapft, gleich mußte er ihnen das Feld räumen.

Limbach betrachtete das Gesicht der toten Frau. Zwei bläuliche Blutergüsse, einer über dem linken Auge, der andere am rechten Wangenknochen, wirkten seltsam lebendig auf der braunen Haut. Die Oberlippe war eingerissen, als ob die Frau auch auf den Mund geschlagen worden war. Er meinte, Überreste von dunkelrotem Lippenstift zu erkennen, die Spurensicherung würde das mit Sicherheit sagen können. Blutspuren waren im Gesicht nirgends zu sehen. Die Augen schienen fest zugepreßt, als hätte die Frau den heranrollenden Zug nicht sehen wollen, der ihre Knie zerschmettert und ihren Brustkorb eingedrückt hatte. Doch die Frau hatte weder den Zug noch die Gleise in Köln-Weidenpesch zu Gesicht bekommen. Peretzki von der Gerichtsmedizin hatte nach dem ersten Blick auf die Leiche erklärt, daß der eigentliche Mord nicht hier passiert sei. Auffindungsort war nicht gleich Tatort. Limbach fragte sich, vor was die Frau wohl die Augen verschlossen hatte, welches Schrekkensbild sie nicht hatte mit in den Tod nehmen wollen.

»Eine Schwarze?«

Limbach richtete sich auf. Vor ihm stand ein junger, hoch aufgeschossener Beamter, den er nicht kannte. »Ja«, sagte er. »Peretzki hat sich auf nichts festlegen lassen, was Todeszeitpunkt und Todesursache betrifft. Der Fotograf war schon da.« Er streifte die Latexhandschuhe ab und steckte sie in die Tasche. »Kriminalkommissar Limbach. Wer sind Sie?«

»Manske, Joachim Manske. Ich habe mich aus Hamburg nach Köln versetzen lassen. Mein erster Mord hier.« Er verzog den Mund zu einem schiefen Lächeln und streckte Limbach die Hand hin, die der Kommissar jedoch ignorierte. Er schüttelte aus Prinzip nur guten Freunden die Hand.

Manske zuckte leicht mit den Schultern, dann ging er in die

Hocke und schaute die Leiche genau an. »Die Zentrale meinte, jemand sei von einem Zug überfahren worden.«

Limbach schüttelte den Kopf. »Sie ist nicht hier gestorben. Da ist sich Peretzki sicher. Kennen Sie Peretzki schon?«

Manske nickte. Sein Kollege hatte den Alukoffer geöffnet und markierte mit farbigem Pulver die Umrisse der Leiche auf dem Schotter.

»Wir haben noch keinen Hinweis auf ihre Identität. Es liegt keine Vermißtenmeldung einer schwarzen Frau vor. Also, sehen Sie zu, daß Sie etwas finden, das uns weiterbringt.«

»Wahrscheinlich eine Illegale. Wird anschaffen gegangen sein. Im Eigeltreff wahrscheinlich. Ist doch immer dasselbe. Irgendwelche Revierstreits im Rotlichtmilieu, für die dann eine Nutte herhalten muß.« Manske fuhr mit einem flachen, metallenen Gegenstand unter den Rücken der Toten. Eine gefrorene Masse aus Stoff, Haut und Blut blieb an den Schienen hängen, als er den starren Körper anhob.

»Ziehen Sie keine voreiligen Schlüsse aus der Hautfarbe der Frau, Manske. Sie könnte genausogut eine Ärztin oder eine Computerspezialistin gewesen sein.«

Manskes Kollege blickte hoch zu dem Kommissar, dann zu Manske, der mit unbewegter Miene die Leiche umdrehte.

Limbach wandte sich ab und ging zu seiner Assistentin. Inzwischen war auch der Rest der Mordkommission eingetroffen. Sabine Rell und Alex Druba standen schlotternd neben der Weiser, die sich Notizen machte. Sie trug braune Handschuhe, bei denen die Fingerspitzen abgeschnitten waren, so daß sie den Stift halten konnte.

»Hat jemand von euch in letzter Zeit von Problemen im Rotlichtmilieu gehört?« fragte Limbach in die Runde.

Alle schüttelten stumm den Kopf. Die Kälte schien ihnen die Sprache verschlagen zu haben. Der massige Druba zog seine Mütze noch tiefer ins Gesicht.

»Frau Rell, fragen Sie mal bei der Sitte nach, ob die irgend etwas haben, das in Verbindung mit dem Mord stehen könnte.«

Kriminalassistentin Rell strich sich eine hellblonde Strähne aus der Stirn. »War sie eine Prostituierte?« fragte sie.

»Wir haben noch keine Identifizierung.« Maren Weiser sah

von ihrem Notizblock auf. »Macht euch auf etwas gefaßt, wenn ihr die Leiche anschaut. Es ist kein schöner Anblick.«

Limbach schaute zu seiner Kollegin hinüber.

Die bemerkte den Blick sofort. »Was ist?« fragte sie.

Der Kriminalkommissar zuckte mit den Achseln. »Nicht viel Blut, keine Verstümmelungen, keine massiven, sichtbaren Verletzungen. Da hatten wir schon viel schlimmere Leichen.«

»Trotzdem ist da was komisch mit der Toten.« Die Weiser nagte am Ende ihres Stifts. Dann sagte sie: »Die Hände. Wie sie so bleich und verdreht da liegen. Das hat nichts damit zu tun, daß sie von dem Zug überrollt wurde. Mir hat es einen gehörigen Schrecken eingejagt.« Sie grinste ein bißchen.

Es stimmte, die Stellung der Hände der Leiche war sonderbar. Jetzt erinnerte sich Limbach, daß ihm auch die helle Färbung der Fingernägel aufgefallen war. Er hatte der Beobachtung keine weitere Bedeutung zugemessen. Limbach kannte nur wenige Schwarze. Vielleicht war bei Schwarzen auch das Nagelbett, genau wie die Handflächen, einfach von Natur aus heller. Aber die Nägel der Toten waren fast weiß, mit einem deutlichen Stich ins Bläuliche. Mit der natürlichen Hautfarbe hatte das nichts zu tun. Sie mußten warten, was die Obduktion für Ergebnisse brachte.

Druba setzte sich in Gang. »Ein Prostituiertenmord also«, brummte er im Weggehen.

»Nein!« Limbach merkte, wie er wütend wurde, und senkte seine Stimme. »Wir wissen nichts über diese Frau, absolut nichts. Außer daß sie schwarz und tot ist. Und wie in den allermeisten Fällen, wenn eine junge Frau durch Gewalt zur Tode kommt, gehe ich für meinen Teil erstmal von einer Beziehungstat aus.«

Der Kriminalkommissar stapfte an Druba vorbei zu den Streifenwagen, um sich endlich seinen Morgenkaffee zu holen.

*

»Ihren Tisch« nannte Therèse den Platz in der kleinen Nische am Fenster. Von dort blickte man auf den winzigen chinesischen Garten, der im Hinterhof angelegt worden war. Draußen war es dämmrig, und im fahlen Winterlicht war nur der große Stein direkt vor dem Fenster zu erkennen. Therèse blickte hinaus in die Dunkelheit. Martin entdeckte sie, kaum daß er den China-Pavillon betreten hatte.

Natürlich war Therèse vor ihm da, immer die Superpünktliche. Er war in der Firma aufgehalten worden, Jupp hatte endlich die fertigen Systementwürfe für das neue Kommunikationssystem vorbeigebracht. Den ganzen Tag hatte er sich mit den langweiligen Schaltplänen eines längst abgeschlossenen Projekts abgequält. So war es meistens – immer wenn er Schluß machen wollte, um einmal rechtzeitig zum Abendessen mit Therèse zu erscheinen, schneite Jupp herein und kam mit Entwürfen oder einer zündenden neuen Idee, die Martin sofort vergessen ließ, wie öde seine Arbeit manchmal sein konnte. Genau wie er war auch Jupp ein Nachtmensch. Zusammen hatten sie die besten Projekte nach Mitternacht in der Firma ausgeheckt.

Therèse winkte ihm. Martin sah, daß sie schon ein Glas Mineralwasser vor sich stehen hatte und ging schneller zum Tisch.

»Hallo, Therèse .« Er beugte sich zu ihr, und sie begrüßte ihn mit einem Wangenkuß.

»Wo bleibst du denn? Ich warte schon fast eine Viertelstunde.«

»Jupp ist noch mit was Wichtigem gekommen.«

»Also wirklich! Ich hab meinem letzten Patienten eine neue Füllung im Schnelldurchgang verpaßt, damit ich rechtzeitig hier bin. Und du trödelst wieder mit Jupp rum. Ihr steckt doch eh den ganzen Tag zusammen.« Therèse klappte energisch die Karte zu. »Jetzt darf ich ja wohl endlich bestellen. Ich nehme Huhn Szechuan.«

Martin setzte sich. Er amüsierte sich insgeheim über Therèses rote Wangen und ihre blitzenden blauen Augen. Schon als kleines Mädchen mit wildem blonden Lockenschopf, als sie gemeinsam in Bentheim zur Schule gegangen waren, hatte ihm diese aufblitzende Energie an Therèse gefallen. Sie konnte in einer Sekunde total sauer sein und zwei Minuten später schon wieder die freundlichste Konversation führen. Er griff zur Karte und blätterte durch die Seiten, die er eh schon fast auswendig kannte.

»Wir sollten uns mal woanders treffen«, meinte er. »Hier habe ich die Karte schon rauf- und runtergegessen.« Er grinste Therèse zu, die immer noch keine Miene verzog.

»Der fleißige Jupp ist bestimmt noch im Büro«, sagte sie nur.

»Der doch nicht.« Martin schüttelte den Kopf. »Heute ist er sogar noch früher gegangen als ich. Wir wollen am Wochenende zusammen losziehen und uns in den Karneval stürzen. Jupp sieht sich heute schon mal um.«

»Oh Gott, stimmt, übermorgen geht es ja wieder los. Nächstes Jahr müssen wir abhauen, wenn in der Stadt der Wahnsinn ausbricht. Was meinst du? Ein romantischer Kurzurlaub auf den Kanaren, nur wir beide?« Sie legte die Hände zusammen und schaute ihn an. Gleichzeitig spürte Martin, wie sie mit dem Bein sanft seine Knie berührte.

»Das kann ich Jupp nicht antun. Das hat doch schon Tradition, daß wir zusammen Karneval feiern.«

Therèse seufzte. »Ach ja, wie konnte ich das vergessen? Du stehst ja auf diese sinnlose Feierei und die betrunkenen Idioten, die in irgendwelchen Fetzen durch die Stadt ziehen. Ich weiß einfach nicht, was du daran findest.«

»Ich liebe das eben: Dieser Ausnahmezustand, der dann in Köln herrscht, das Chaos, wenn die Leute sich gehenlassen und ganz anders sind als im Alltag. Es macht einfach Spaß!«

»Jaja, die Welt kann vor die Hunde gehen, überall herrscht Elend, aber Köln feiert, was das Zeug hält.« Therèse machte eine Handbewegung, die andeutete, daß das Thema für sie beendet sei. »Wo bleibt denn die Bedienung?«

»Was ein echter Kölner ist, der braucht eben seinen Karneval. Und Jupp kannst du nun nicht vorwerfen, er engagiere sich nicht. Ohne ihn wäre unsere Amnesty-Gruppe schon lange eingeschlafen.«

Therèse hatte sich umgedreht und versuchte, den Blick der Bedienung auf sich zu lenken. »Ich muß jedenfalls am Wochenende den Bürokram für die Praxis erledigen. Ich kann auf keinen Fall mit auf eure Karnevalstour.«

Martin zuckte mit den Schultern. Von Therèse war zwischen ihm und Jupp gar nicht die Rede gewesen. »Schade«, sagte er trotzdem der Höflichkeit halber. »Jupp hat mir vorhin noch seine Entwürfe für das UMTS-Gerät gezeigt. Er hat da etwas Geniales zustande gebracht.«

Therèse nahm einen Schluck Mineralwasser und sagte dann: »Ja, Jupp ist gut.« Sie sah Martin dabei über den Rand des Glases an. »Und er ist ehrgeizig.«

Er kannte diesen Blick nur zu gut. »Ach, komm schon, Therèse, fang nicht wieder damit an. Wir wollten uns doch zu einem gemütlichen Abendessen treffen.«

»Ich habe Jupp gestern im Fernsehen gesehen. Herr Kempenich von der Firma C&T Communications im Interview über das neu entwickelte UMTS-Gerät.«

»Das hast du dir angeschaut? Das kam doch total spät, im WDR. Ich wußte gar nicht, daß du dich für so was interessierst. Wie fandest du Jupp? Er macht wirklich eine gute Figur vor der Kamera.« Am Morgen hatten sie in der Firma gemeinsam eine Aufzeichnung des kurzen Berichts angeschaut. Jupp war hingerissen von der Reporterin gewesen, ansonsten hatte ihn sein fraglicher Fernsehruhm kalt gelassen. Er war ein Tüftler, der sich am liebsten in seiner chaotischen Werkstatt in einer umfunktionierten Doppelgarage aufhielt und um nichts in der Welt sein Büro bei C&T Communications mit einem Fernsehstudio eintauschen würde.

»Jupp hat klasse ausgesehen. Kam sehr kompetent rüber, voll professionell, engagiert ohne Ende. Weißt du was, Martin? Eines Tages wird er in der Firma an dir vorbeiziehen.«

Therèse hatte den letzten Satz beiläufig dahergesagt, während sie sich nach der Bedienung umschaute. Trotzdem wußte Martin, daß es ihr genau darum ging: Seit sie mit Unterstützung ihrer Eltern eine Zahnarztpraxis eröffnet hatte, machte sie sich immer mehr Sorgen um seine Karriere, die ihrer Meinung nach nicht so recht in Gang kommen wollte.

»Was für ein furchtbarer Gedanke, daß ich mal unter Jupp arbeiten müßte.« Martin blickte durch die Fensterscheibe in die Dämmerung. Hinter seinem Spiegelbild waren die Umrisse der großen Steine des chinesischen Gartens zu erkennen. »Aber das willst du ja einfach nicht verstehen: Wir arbeiten als Team, da sind Ellenbogen fehl am Platz.«

Therèse richtete sich auf. »Jetzt tu doch nicht so, als würde ich nur nach meiner Karriere schauen. Ich bin Ärztin, ich helfe den Menschen, die zu mir in die Praxis kommen.«

»Deine Menschenfreundlichkeit läßt du dir aber ziemlich teuer bezahlen.« Martin wußte sofort, daß er diesen Satz besser nicht gesagt hätte. Er griff nach ihrer Hand, aber sie zog sie weg. »Tut mir leid, Therèse, das klang jetzt ...«

»Du kapierst doch gar nichts.«

Therèse sprach leise und präzise, wie immer, wenn sie emotional aufgewühlt war. Nie würde sie ihm in der Öffentlichkeit eine Szene machen, wie Martin es von einer Freundin aus Aachen kannte, mit der er damals, während seines Informatikstudiums, eine kurze Beziehung gehabt hatte. Manchmal wünschte er sich direkt einen solchen Ausbruch von Therèse. Schon in der Schulzeit war sie immer vorne gewesen, in Sport und Chemie eine Eins, engagiert in der Evangelischen Jugend, von den Jungs umschwärmt – bei Therèse hatte einfach immer alles gestimmt. Inzwischen schien Martin sogar das Timing von Therèses Orgasmen wie mit der Stoppuhr ausgezählt. Sie waren fast sechs Jahre zusammen, und er hatte nur einmal erlebt, daß Therèse wirklich ausgerastet war.

»Ich bin Zahnärztin geworden, weil ich nicht nur Babys den wunden Po einreiben und die gebrochenen Beine von kleinen Jungs schienen wollte.«

»Wir wollten beide in die Kinderheilkunde.«

»Wir hatten keine Ahnung von Medizin. Gerade mal achtzehn, das Abi in der Tasche und eine verklärte Erinnerung an die Praxis von Frau Doktor Hetzer, in die wir als Kinder immer gegangen sind – darauf kann man keine Entscheidung fürs Leben bauen.« Therèse setzte sich zurück und schlug die Arme übereinander. »Du bist ja nach Afrika abgehauen, während ich mich durch das Physikum gequält habe. Danach war mir klar, daß ich mein Leben nicht in einer kleinen Kinderpraxis verbringen will. Zahnmedizin ist einfach spannender.«

Therèse konnte stundenlang von den Vorteilen von Plastikgegenüber Amalgamfüllungen und ähnlich »spannenden« Themen schwärmen. Aber sie hatte recht: Martin hatte Frau Doktor Hetzer verehrt. Sie hatte ihm zum ersten Mal von Tse-Tse-Fliegen und Livingstone erzählt.

»Glaubst du, sie lebt noch?«

Therèse schaute ihn einen Moment schweigend an. »Wer?« fragte sie dann.

»Frau Doktor Hetzer.« Das letzte Telefongespräch mit seiner Mutter fiel ihm ein. »Ich glaube, die Jüngste von Heidrun geht zu einem neuen Kinderarzt in Schüttorf.«

»Reden wir jetzt eigentlich über die Hetzer, deine Geschwister oder über uns?«

»Eigentlich wollten wir etwas essen, oder?« Er grinste über den Tisch und meinte, ein kleines Lächeln um Therèses Mund zu entdecken.

Sie nickte. »Wenn nicht bald die Bedienung kommt, verhungere ich. Was nimmst du denn?«

Er klappte die Karte zu. »Kanton-Ente vom Rost und ein chinesisches Bier. Was sonst?«

*

Dienstag vor den tollen Tagen war eigentlich kein guter Abend, um nach Kneipen Ausschau zu halten, in denen man den Karneval standesgemäß begehen konnte. Natürlich gingen die Kölner aus, aber prinzipiell schonte man sich für das, was kommen würde. Jupps Stammkneipe lag in der Südstadt, wo er schon als Schüler mit seiner Karnevals-AG am Sonntagabend nach dem Schull- un Veedelszoch bis in die frühen Morgenstunden gefeiert hatte. Doch dieses Jahr wollte er Martin etwas Besonderes bieten, irgendeine Kneipe, die sie noch nicht kannten, irgendeinen Ort, an dem er dem Freund einen Kölner Karneval bieten konnte, wie der ihn noch nie erlebt hatte. Also auf in die Nordstadt. Bekannte hatten ihm von einer Kneipe an der Eigelstein Torburg erzählt, die er auskundschaften wollte.

Es war ein klirrend kalter Winterabend, und Jupp hatte sich warm in seine gefütterte Lederjacke und Wollschal eingehüllt. Er ging vom Bahnhof den Eigelstein hinunter. Vor ihm in der Dunkelheit ragte die Torburg auf, ein Teil der mittelalterlichen Stadtmauern. Neben dem alten Gemäuer prangte der Name »Lapidarium« in goldenen Lettern an einer Hauswand. Die verdunkelten Fensterscheiben zierte das dunkelblaue Gaffel-Wappen – das Kölsch stimmte also. Daneben eine Schiefertafel, auf der das nächste Spiel des 1. FC Köln angekündigt war. Darunter stand »Kölns 1. Kneipe ohne Schnäpse.«

Jupp trat ein. Eine warme Wolke aus Bierdunst und Zigarettenrauch schlug ihm entgegen. Er lockerte den Schal und nahm die Brille ab, um die beschlagenen Gläser zu putzen. Mit den langen, abgenutzten Holzbänken wirkte die Kneipe wie eine Mischung aus Brauhaus und Trödelladen. Von der Decke hingen riesige Lautsprecherboxen, dazwischen eine rotierende Discokugel mit dem Smörebrödkoch und den beiden Rentnern aus der Muppetshow. Rechts davon schwebte ein überlebensgroßer Braunbär im Raum, etwas weiter vorne ein Plastikweihnachtsmann auf einem erleuchteten Halbmond. An den Säulen waren über Kopfhöhe Abstellflächen für leere Kölschgläser montiert. Zwei auffallende, großflächige Bilder stellten in einer Art naiver Malerei offenbar den Wirt samt seinen beiden Katzen vor der Kneipe dar.

Links war die Bar. Auf großen Tafeln waren Speisen und Getränke angeschlagen. Die Spezialität des Hauses schien gebackenes Fladenbrot zu sein. Die Preise waren allesamt zivil. Auf der Theke stapelten sich Kartons mit Luftschlangen, Konfettitüten und anderer Karnevals-Dekoration. Ein Mädchen stand auf einer wackligen Holzleiter und hängte bunte Girlanden an die Decke über der Bar. Neben ihr beugte sich ein massiger, grauhaariger Mann über einen Musikcomputer. Als er sich aufrichtete, waren die ersten Akkorde von *Love is in the Air* zu hören.

Keine Karnevalsmusik, noch nicht. Aber Jupp war sicher, daß hier von Donnerstag bis Aschermittwochmorgen nur ausgelassene Karnevalsmusik zu hören sein würde. Ein paar Schlager vielleicht, Wolfgang Petry, Marius, Nena. Aber ansonsten würde der Dom pro Abend hundertmal in Köln gelassen, in unserm Veedel würde man zusammenhalten, und man würde tausendfach die supergeile Zeit besingen. Kölner waren in solchen Dingen hart im Nehmen. Ihre Bezugspunkte waren der Dom, der Rhein, der Karneval, das Kölsch. Und natürlich der Haß-Nachbar Düsseldorf. Mit einer einzigen CD konnte man diese Kneipe eine Nacht lang wunderbar unterhalten, solange »et Trümmelche jeht« und drei mal Null immer noch Null ergibt.

Für einen Dienstagabend vor Karneval war das Lapidarium ziemlich gut besucht. Ganz normale Büromenschen hatten sich zum abendlichen Kölsch eingefunden. »Immies« nannten sie die Studenten aus Schwaben und Ost-Westfalen, die neben ihnen die Biertische bevölkerten. Jupp entdeckte sogar ein paar Japaner, die offenbar an der Musikhochschule studierten und ihre Geigen und Bratschen in Rucksäcken neben den Tischen abgestellt hatten.

An der Bar hockten zwei Frauen und drei Männer, eine junge Frau im ärmellosen Top schenkte aus. Jupp trat dazu und ließ sich mit einem Nicken in Richtung seiner Nachbarin auf einem freien Hocker nieder. Die dunkelhaarige Frau lächelte ihn an und wandte sich dann wieder ihrer Gesprächspartnerin zu. Ein sehr nettes Lächeln hatte die Frau. Jupp wollte sich gerade ein Kölsch bestellen, als das Mädchen von der Leiter stieg und ihm ohne weitere Umstände das Ende einer gelben Girlande mit Papiersonnen in die Hand drückte.

»Sie sind doch bestimmt über ein Meter neunzig?« Sie deutete auf einen Haken an der vorderen Wand, an dem eine große Schiefertafel befestigt war. »Machen Sie doch mal die Sonnen dort fest.«

»Ein Meter dreiundneunzig.« Jupp legte seine Jacke über den Hocker, zog einen Stuhl heran und knüpfte die Girlande an den Haken. Als er zurücktrat, um sein Werk zu bewundern, fiel ihm die Ankündigung ins Auge, die mit weißer Kreide auf die Schiefertafel geschrieben war. Halb verdeckt von den gelben Sonnen stand da: »Captain Ernst und seine Matrösen laden Sie ein zum großen Fischstäbchen-Essen am Aschermittwoch. Ab 18 Uhr.«

»Ist das ernst?« fragte er zur Bar hin.

Die dunkelhaarige Frau und ihre Begleiterin nickten.

Im selben Moment dröhnte eine tiefe Baßstimme vom Musikcomputer her: »Das ist so ernst, wie ich Ernst heiß. Fischstäbchen und dazu noch das eine oder andere Kölsch, das die Jecken übriglassen.« Der grauhaarige Wirt schaute vom EXPRESS hoch, der aufgeschlagen vor ihm auf der Theke lag.

»Das kann ich mir nicht entgehen lassen. Ich komm auf jeden Fall«, sagte Jupp.

Der Wirt verzog ein wenig die verlebte Miene, was wohl ein Grinsen darstellen sollte. Dann vertiefte er sich wieder in seine Lektüre.

Die Bedienung stellte Jupp ein Kölsch hin. »Geht aufs Haus«, sagte sie knapp und widmete sich der Bestellung einer Gruppe von Studenten, die gerade gekommen waren.

»Sind Sie zum ersten Mal hier?« fragte die Frau neben ihm. Ihre braunen Locken waren in einem kurzen Pferdeschwanz mit bunten Klammern gebändigt. Sie wirkte sportlich und sexy. Jupp war sehr angetan. Er schaute sich nach ihrer Begleiterin um, da sah er, daß diese mit einem kurzen Winken zur Bar hin gerade die Kneipe verließ.

»Zum ersten Mal hier?« wiederholte die Frau ihre Frage und lächelte.

»Äh, ja.« Jupp räusperte sich. »Entschuldigung. Ja, ich war noch nie hier. Aber die Kneipe wurde mir wärmstens für den Karneval empfohlen.«

»Nirgends ist der Karneval in Köln so genial wie im Lapidarium,« sagte die Frau im Brustton der Überzeugung. »Kommen Sie doch. Sie werden was erleben, das garantiere ich.«

In diesem Moment bemerkte Jupp die menschengroße Strohpuppe, die in der Ecke hinter der Bar von der Decke hing. Der Nubbel trug eine löchrige Jeans, die Jupp mit Kennerblick als eine Levis 501 identifizierte. Dazu ein rotes Wollhemd und die unvermeidliche Kappe, an deren Spitze eine Glocke genäht war.

Die Frau war seinem Blick gefolgt. »Der Nubbel wird draußen an der Torburg verbrannt. Ich glaube nicht, daß irgendwo sonst die Gäste so schön heulen wie hier.« Sie beugte sich zu Jupp und sagte leiser: »Und niemand organisiert so schöne Reden wie der Ernst.« Sie nickte vielversprechend mit einem Zwinkern in den grünen Augen.

Jupp gab sich beeindruckt und nickte ebenfalls. »Dann muß ich also Dienstagabend hierher kommen. Und am Mittwoch auch, zum Fischstäbchen-Essen bei den Matrösen.« Er schaute kurz zu dem Mädchen hin, das an der anderen Ecke der Bar mit einer Fliegenpilz-Girlande in der Hand auf der Leiter jonglierte. »Werden Sie auch da sein?«

»Ja, sicher. Das laß ich mir nie entgehen.«

Jupp streckte ihr die Hand entgegen. »Ich bin Jupp. Jupp Kempenich.«

»Ich heiße Maren Weiser. Nett, dich kennenzulernen, Jupp.« Sie schüttelte seine Hand mit einem festen Griff. Auch das gefiel ihm.

Sie unterhielten sich lange. Zu Jupps erstem Gratis-Kölsch kamen noch etliche andere, die alle auf einem Deckel notiert wurden. Das Mädchen mit der Leiter hatte bald im ganzen Kneipenraum ihre Girlanden verteilt. Allmählich kam sogar ein bißchen Vor-Karnevals-Stimmung auf. Ernst, der Wirt, wurde von der Atmosphäre angesteckt und tippte ab und zu Karnevalslieder auf seinem Musikcomputer ein.

»Also, ich habe offensichtlich die Kneipe gefunden, in die ich meinen Freund Martin am Karneval entführen werde. Aber was treibt dich mitten unter der Woche hierher?« Das klang moralischer, als Jupp es beabsichtigte hatte. Aber die Gegenwart der faszinierenden Frau und die spontane Vertraulichkeit der Unterhaltung rissen ihn mit. Er war kein Mann, der lange mit seinen Gefühlen hinterm Berg hielt. Und er wollte einfach alles über diese Frau wissen. »Das hab ich nicht so gemeint, wie ...«

Maren lachte. »Ist schon klar.« Dann wurde sie ernst. Jupp bemerkte mit einem Mal, daß die zarten Fältchen um Marens Augen, die er für Lachfältchen gehalten hatte, in Wirklichkeit auf Streß und Sorgen hindeuteten.

»Ich hatte einen harten Tag auf dem Job.« Sie zuckte mit den Achseln und sah jetzt wirklich müde aus. »Sabine und ich mußten einfach noch was Trinken gehen nach der ganzen Scheiße. Meine Kollegin«, fügte sie hinzu.

»Was machst du denn?«

Maren lachte leise. »Ich bin bei der Polizei.«

»Bei den Bullen bist du?« rief Jupp.

»Schsch, nicht so laut.« Maren legte den Finger an den Mund.

»Die meisten Leute fühlen sich nicht mehr wohl, wenn sie mitkriegen, daß Bullen in der Nähe sind. Obwohl ich mit Strafzetteln und Haschischbesitz für den Privatgebrauch nichts zu tun habe.« Sie setzte sich aufrecht auf den Hocker und deutete einen Salut an. »Kommissarin Weiser. Mordkommission.«

»Letzte Runde«, brüllte die Frau hinter der Theke in diesem Moment in den Raum. »Ich hab gleich Feierabend.«

Sie bestellten noch ein Kölsch. Dann fragte Maren: »Und? Was hältst du von der Polizei? Zumindest in Gestalt von mir.«

Jupp mußte lachen. Aber sofort fiel auch ihm das bißchen Shit ein, das er zwischen seinen Krawatten aufbewahrte. »Mordkommission«, sagte er langsam. »Das ist sicher ein harter Job. Ich hätte bei dir eher auf Architektin oder so was getippt.«

Maren schüttelte den Kopf. »Nein, ich wollte schon immer zur Polizei.« Sie schwieg einen Moment. »Mein Vater war bei der Bundeswehr.«

»War?«

Sie zuckte mit den Schultern. »Er ist vor einem halben Jahr gestorben.«

»Das tut mir sehr leid.« Jupp strich ihr kurz über die Hand, und sie warf ihm einen langen Blick aus diesen grünen Augen zu.

»Herzinfarkt. Es ging ganz schnell.« Maren nahm einen tiefen Schluck aus dem Kölschglas. »Aber erzähl mal von dir. Was machst du denn beruflich?«

»Kommunikationsbranche. Aber ich will erst wissen, warum dein Tag so hart war.«

»Du verkaufst Handys, stimmt's? Gleich holst du den Vertrag heraus.« Die Ernsthaftigkeit war schon wieder völlig aus Marens Gesicht verschwunden.

»Nein. Ich entwickle Kommunikationssysteme. Hattet ihr heute einen Mord?«

Maren schaute abrupt hoch. Jupp wurde sofort klar, wie morbide seine Frage, die er in aller Unschuld gestellt hatte, bei ihr ankommen mußte.

Prompt sagte sie auch: »Du bist sicher, daß diese Kommunikationssysteme sich nicht auf Informationen für die Bild-Zeitung beziehen, die du aus mir rausholen willst?« Kaum merklich rücke sie von ihm ab.

Jupp hob beide Hände. »Nein, wirklich nicht, Maren. Ich will einfach nur wissen, was du machst. Was dich umtreibt.« Es stimmte. Genau das wollte er wissen. Er holte tief Luft und griff in die Innentasche seiner Jacke. »Hier, das ist mein Firmenausweis. C&T Communications.« Er legte den Ausweis auf den Tresen.

Maren schaute sich den Ausweis ziemlich lange an. Wahrscheinlich wußte sie als Kommissarin genau, wie leicht die Dinger zu fälschen waren.

»Ich arbeite zur Zeit an einem neuartigen System, das UMTS auf der Pico- und Mikro-Ebene einsetzt. Wir entwickeln Prototypen für mobile Geräte, die zum Beispiel in Gegenden eingesetzt werden können, in denen es kaum Telefon und Fernsehen gibt. UMTS hat eine sehr, sehr hohe Übertragungsrate, zwei MB pro Sekunde. Tendenz steigend. Damit kann man sogar kleine Filme per Handy übertragen. Oder was immer wir bis dahin für ein Gerät haben werden. Ein Handy wird's sicher nicht sein, dafür ...«

Jupp merkte, daß es an der Bar im Lapidarium still geworden war. Die Bedienung, das Mädchen mit der Leiter, sogar Ernst, lauschten angespannt seinem Wortschwall. Er blickte rasch zu Maren, die ihn angrinste.

»Ich glaub dir schon«, sagte sie und schob den Ausweis zu ihm hinüber.

Jupp steckte ihn ein und wunderte sich selbst darüber, wie glücklich es ihn machte, daß seine unbedachte Bemerkung die kaum begonnene Freundschaft nicht gleich wieder beendet hatte. Trotzdem, er mußte einfach weiterfragen. »Und?«

Maren schaute in ihr Bier und nickte. »Du hast recht. Es gab einen Mord heute. Schön ist das nie, aber heute ...« Sie biß sich auf die Lippe. »Morgen steht's eh in der Zeitung. Die Leiche wurde von einem Lokführer entdeckt, der sie überrollt hatte. Ihr Körper war ganz zerschlagen. Aber sie war schon vorher tot ...» Sie brach ab.

Am liebsten hätte Jupp Maren den Arm um die Schulter gelegt. Aber er traute sich nicht. Sie sah nicht aus, als ob sie gleich heulen würde. Eher wie jemand, der überlegt, was unbedingt gerettet werden muß, wenn das Haus schon in Flammen steht. Abwägend und intensiv schien ihm Marens Gesichtsausdruck. Vorher, als sie zusammen gelacht hatten, war sie ihm lebenslustig und hübsch vorgekommen. Aber wie sie jetzt über die Bar starrte, fand Jupp sie unbeschreiblich schön.

»Es war eine schwarze Frau. Höchstens dreißig«, sagte Maren. »Wir konnten ihre Identität noch nicht feststellen.« Sie nahm einen Schluck Kölsch und blickte nach oben. »Wahrscheinlich eine Frau, die in Deutschland Asyl gesucht hat«, sagte sie.

Jupp schaute ebenfalls hoch zu dem Nubbel, der dort friedlich in der Ecke hing. Jemand hatte ein lustiges Gesicht mit dicken Lippen und roten Wangen auf den Kopf gemalt. Doch die schwarzen Augen wirkten traurig, sie sahen wie ausgestochen aus. Für einen Moment hatte Jupp das Gefühl, daß der Nubbel genau wußte, welches Schicksal ihm bald zuteil werden würde.

*

Therèse beobachtete Martin, wie er abwechselnd in den chinesischen Garten blickte oder den Rauchwolken nachstarrte, die von der glimmenden Zigarette in seiner Hand aufstiegen. Der China-Pavillon hatte eine sehr gute Lüftungsanlage, die spielend mit den Essensgerüchen und dem Qualm fertig wurde. Hier roch es immer ein bißchen nach Jasmintee und einer Spur Rosenparfüm. Therèse liebte den Geruch, er war für sie mit Köln und mit der Beziehung zu Martin verbunden.

Als er nach Köln und wieder zu ihr zurückgekommen war, hatten sie sich zu ihrem ersten Rendezvous im China-Pavillon getroffen. Therèse hatte damals das Restaurant ausgesucht. Es erinnerte sie an ihre erste gemeinsame Reise nach Thailand. Sie war damals gerade sechzehn geworden, und ihre Eltern erlaubten ihr kaum, mit Martin in den Schulferien nach Asien zu fliegen. Vorher hatten sie beide sich monatelang einen paradiesischen Urlaub ausgemalt. In Thailand hatten sie für ein paar Dollar eine Hütte in einer Feriensiedlung gemietet und die Tage an den weißen Stränden verbracht. Die Nächte hatten sie in aller Unschuld zusammen in einem Bett gelegen und dem Wellenschlag der Brandung gelauscht. Zu mehr als leidenschaftlichen Küssen und Umarmungen war es nicht gekommen, und Therèse war damit glücklich gewesen. Es war die bisher schönste Zeit ihres Lebens gewesen.

»Wir könnten wirklich einmal in ein anderes Restaurant gehen«, sagte Martin. »Das Essen ist super, aber ich kann inzwischen jede Prise Gewürz herausschmecken, die die gute Frau Mun Chin hineinstreut. Vorne an der Ecke hat ein äthiopisches Restaurant eröffnet. Hättest du nicht darauf mal Lust?«

Da war es wieder: Afrika. Äthiopien oder Westafrika, es war egal – seit Martin aus Sierra Leone zurückgekommen war, hatte er sich verändert. Therèse verstand immer noch nicht, was damals mit dem Jungen passiert war, den sie seit dem Kindergarten kannte, den sie heiraten und mit dem sie zusammen alt werden wollte. Es war ein romantischer Kindertraum. Ihre Therapeutin hatte ihr geraten, sich endlich von dem jungen Martin zu lösen und sich mit dem erwachsenen Mann auseinanderzusetzen, wenn sie ihre Beziehung retten wolle. Therèse gab sich alle Mühe. Doch dieser erwachsene Martin Gassen kam ihr manchmal so fremd und unnahbar vor. Und immer hatte diese Fremdheit mit Afrika zu tun.

»Ich weiß nicht, was du hast. Ich mag das Essen hier. Und die Leute kennen uns.« Sie winkte der Köchin zu, die gerade den Kopf in den Gästeraum steckte. Frau Mun Chin lächelte ihr freundlich zu. »Mir schmeckt afrikanisches Essen nicht besonders. Und auch noch äthiopisch! Wird da nicht für alle zusammen Brei mit diesen staubtrockenen Fladen serviert?« Sie nahm einen Schluck von dem Wein, den sie zu ihrem Huhn bestellt hatte. Auch der französische Rotwein, der seit Jahren im China-Pavillon serviert wurde, war ausgezeichnet.

Martin zuckte mit den Schultern, während er die nur zur Hälfte gerauchte Zigarette im Aschenbecher ausdrückte. »Das gefällt mir gerade, daß das Essen zu einem gemeinschaftlichen Ritual wird. Die westliche Kultur ist so vollkommen auf das Individuum ausgerichtet, da bleibt kein Gedanke mehr für andere. Kein Wunder, daß wir das TV-Dinner erfunden haben. Allein vor der Glotze Hamburger in sich hineinschaufeln, das ist doch ein passendes Bild für unsere Kultur.«

»Du übertreibst wirklich maßlos, Martin. Ich hab noch nie so ein TV-Dinner gegessen. Aber du siehst ja immer alles negativ. Manchmal habe ich das Gefühl, im Grunde langweilt dich hier alles, deine Arbeit, deine Freunde ...« Sie schwieg einen Moment. Dann fuhr sie leiser fort. »Und ich auch.«

»Hier geht es doch nicht um uns, Therèse.« Martin beugte sich vor und nahm ihre Hand. »Es geht um meine Arbeit. Ich weiß, ich habe mir das Kommunikationswesen selbst ausgesucht, und wenn wir an einem Projekt dran sind, macht mir das alles ja auch Spaß. Aber da bleibt doch immer das Gefühl, daß ich nichts Wichtiges mache, daß ich nur dazu beitrage, daß alles beim Alten bleibt und sich nichts ändert in der Welt.«

»Aber die modernen Kommunikationstechnologien ändern die Welt doch von Grund auf. Wir stecken mitten in einer technologische Revolution.«

Martin nickte. »Natürlich, der Austausch von Information als Ware beschleunigt sich in einem irrsinnigen Tempo. Aber was bringt das den Menschen? Zur besseren Verständigung tragen die neuen Kommunikationsmittel weniger bei als man denkt. Wir können inzwischen bunte Bildchen zu fast jedem Ort der Welt senden, aber gibt es deswegen weniger Kriege, weniger Hunger, weniger Krankheiten auf der Welt? Im Gegenteil, die Dritte Welt versinkt immer weiter im Chaos, während wir in einer Daten- und Informationsflut ertrinken.« Er hatte Therèses Hand wieder losgelassen und blickte ihr direkt in die Augen.

»Gegen das Elend der Welt bist du als einzelner doch machtlos.« Therèse kannte seine Argumente, hundertmal hatten sie sich schon darüber unterhalten.

»Darum geht es doch gar nicht.« Martin lehnte sich in den Stuhl zurück. »Ich bin nicht naiv, Therèse . Ich habe in Sierra Leone erlebt, wie komplex und kompliziert Entwicklungshilfe ist.«

»Sierra Leone, Sierra Leone.« Therèse wußte, wie sehr Martin den abfälligen Ton in ihrer Stimme haßte. Aber all ihre Streitereien und Mißverständnisse kreisten um dieses kleine Land und das, was die zwei Jahre, die Martin dort verbracht hatte, für ihn bedeuteten. Dabei war es schon über zehn Jahre her, daß er als junger Entwicklungshelfer direkt nach dem Abitur dort gelebt hatte. Mit einem Mal wurde Therèse klar, daß Sierra Leone für Martin die schönste Zeit seines Lebens gewesen war. Eine Zeit, die sie nicht miterlebt hatte, in der es keinen Platz für sie gab. Laut sagte sie: »Du warst nie mehr richtig glücklich, seit du aus Afrika zurückgekommen bist. Alle anderen wären froh, wenn sie so eine spannende Arbeit wie du hätten. Jupp geht total in seinem Beruf auf. Aber du bist einfach nie zufrieden. Früher warst du anders.«

Sie hatte auf Martin gewartet. Zuerst auf seine Rückkehr aus Sierra Leone. Dann darauf, daß er mit dem Informatikstudium fertig war und wieder nach Köln kam. Die Idee zu diesem Studium war auch in Afrika entstanden. Immer hatte Martin Kinderarzt werden wollen. Doch dann hatte er sich ohne ihr Wissen in Aachen für Informatik eingeschrieben. Therèse war aus allen Wolken gefallen. Von Informatik war nie die Rede gewesen. Und sie verstand überhaupt nicht, warum er nicht mit ihr leben und studieren wollte, warum er nach Aachen in eine Studenten-WG zog. Trotzdem plante sie immer ihre gemeinsame Zukunft. Sie hatte ausgerechnet, wann sie es sich mit zwei Einkommen würden leisten können, ein Kind zu kriegen, wann sie sich ein großes Haus am Stadtrand von Köln würden kaufen können. Doch während sie alle Zeit und Energie in die Praxis steckte, ruhte sich Martin auf seinem Job bei C&T Communications aus.

»Vielleicht war ich als Junge anders.« Martin rollte eine Zigarette zwischen Zeigefinger und Daumen. »Aber ich habe sicher nicht davon geträumt, mein ganzes Leben jeden Morgen zur gleichen Zeit aufzustehen, zur Arbeit zu gehen, gut zu verdienen und das Geld dann am Wochenende beim Shopping oder irgendwelchen Events auszugeben.« Er legte die Zigarette unangezündet auf die Tischdecke. »Therèse, ich bewundere deine Energie und deine Hartnäckigkeit, wie du deine Praxis managst und dabei immer noch Zeit für uns findest. Aber soll das denn alles in unserem Leben sein? Arbeit, Karriere und Beziehung? Da steig ich lieber gleich aus.« Er schnippte mit dem Finger gegen die Zigarette, die fast bis an die Tischkante rollte. Therèse griff danach, aber Martin schien es nicht zu bemerken.

»Du willst einfach nicht erwachsen werden.« Sie schüttelte leicht den Kopf. »Du hast einen tollen Job, du könntest dich weiterbilden, zu internationalen Kongressen reisen, Vorträge halten, an Projekten mitarbeiten, die Zukunft mitgestalten. Statt dessen bemitleidest du dich. Oder schreibst irgendwelche Briefe für Amnesty. Fehlt nur noch, daß du wie ein Student am Wochenende auf dem Domplatz Zettel verteilst!« Ein wunder Punkt, Therèse wußte es genau. Aber manchmal mußte Martin auch ihre Meinung hören. Dabei hatte sie gar nichts dagegen, daß er sich bei Amnesty International engagierte und eine Kölner Stadtgruppe mit aufgebaut hatte. Am Anfang hatte sie sogar mitgearbeitet, doch wegen der Praxis blieb ihr keine Zeit mehr dafür. Martin hatte Verständnis gezeigt für ihre Situation. Dennoch blieb bei ihr das Gefühl, daß er ihr den Ausstieg aus der Gruppe vorwarf und insgeheim als Verrat an den früheren gemeinsamen Idealen sah. Noch mehr Steine für die Mauer, die er zwischen ihnen aufbaute. Und jetzt würde er gleich mit der Moralkeule kommen. Sie kannte diesen ernsthaften Gesichtsausdruck genau, die kleine Falte in Martins Stirn, die immer dann auftauchte, wenn es um Amnesty oder seine Zeit in Afrika ging.

»Diese Briefe können Menschenleben retten, das weißt du genau. Früher hast du oft bei Urgent Actions mitgemacht.«

»Na also, da hilfst du den Menschen doch. Ganz konkret. Warum reicht dir das denn nicht?« Therèse würde es nie verstehen. Das hatte Martin aus Afrika mitgebracht, diese grundsätzliche Unzufriedenheit, diese Distanz zu dem Leben in Deutschland, zu ihr.

»Ich will die Menschen kennenlernen, für die ich mich einsetze. Ich will etwas mit ihnen zusammen schaffen, nicht nur für sie Briefe und Petitionen schreiben. Du hast es ja selbst gesagt: Wir schreiben Briefe, sammeln Informationen, versuchen, hier in Deutschland eine Öffentlichkeit zu erreichen. Im Grunde geht es wieder nur um bessere Kommunikation.«

»Aber du hilfst den Menschen. Das ist doch das Wichtigste.« Therèse trank ihren Rotwein aus. Wie leid sie diese fruchtlosen Diskussionen war. Sie legte ihre Brieftasche auf den Tisch, damit die Bedienung merkte, daß sie zahlen wollten.

»Mir ist das nicht genug, diese abstrakte Hilfe. Ich kann mehr tun. Ich habe schon mal mehr getan.«

»Martin, warum gestehst du es dir nicht endlich ein: Du bist damals als Teenager nach Afrika gegangen und hast zwei Jahre voller Abenteuer erlebt ...«

Er unterbrach sie. »Du denkst immer, ich wäre so eine Art Abenteurer, der im Schwarzen Kontinent die letzten weißen Stellen auf der Weltkarte erforschen will. Aber ich bin gar nicht scharf auf solche Abenteuer. Das reizt mich nicht. Ich will mitkriegen, wie das wirkliche Leben ist.«

»Das wirkliche Leben!« Therèse spürte, wie sie wütend wurde. Es war nicht zu fassen, welche abgedroschenen Klischees der Mann, den sie liebte, da von sich gab. »Ich erzähl dir jetzt mal was über das wirkliche Leben. Das findet nämlich nicht in Afrika, sondern hier in Köln statt. Das wirkliche Leben sind deine Arbeit, deine Freunde und ich. Aber du willst ja nicht einmal mit mir zusammenziehen, von Heirat und Kindern ganz zu schweigen. Du drückst dich vor jeder Verantwortung. Du läufst vor dem wirklichen Leben davon, Martin, das ist die Wahrheit!«

Sie war lauter geworden, als sie es gewollt hatte. Eine ältere Frau am Nebentisch starrte zu ihnen herüber. Auch Martin schaute sie mit einem seltsamen Blick an und schwieg.

Als er etwas sagte, kamen die Worte leise und zögernd. »Möchtest du denn gerne Kinder? Jetzt?«

Die Frage überraschte sie. Therèse fuhr sich mit der Hand durchs Haar. Dann murmelte sie: »Es geht doch noch nicht. Erst muß die Praxis richtig laufen.«

Martin zuckte mit den Schultern und schwieg.

Die Bedienung trat an den Tisch, und sie bezahlten.

»Kommst du mit zu mir?« fragte Therèse, als Martin ihr in den Mantel half.

»Lieber nicht. Ich habe Kopfschmerzen.«

Fast mußte Therèse lachen, obwohl ihr überhaupt nicht nach

Lachen war. Martin war die unfreiwillige Komik seiner Ausrede offenbar gar nicht bewußt. Er sah wirklich abgespannt aus.

»Es war ein langer Tag«, sagte sie und strich ihm leicht über die Stirn.

Er lächelte schief. »Und das Abendessen war auch nicht sehr erholsam.«

Sie nickte. »Brauchst du eine Kopfschmerztablette? Ich hab immer welche in der Handtasche.«

»Ist schon okay. Ich geh lieber gleich ins Bett.«

Therèse verließ den China-Pavillon nach Martin. Er blieb direkt vor der Tür stehen und atmete die eiskalte Luft ein. Der Himmel war klar, und selbst hier in der Stadt waren ein paar Sterne zu sehen.

Sie legte ihm den Arm um die Hüfte und schaute zu ihm hoch. »Sieh dir den Himmel an. So klar.« sagte sie.

Martin nickte und zog sie zu sich heran. »In Afrika ist der Himmel immer so klar. Und du kannst Sterne über Sterne sehen, unendlich weit.«

Sie packte ihn an den Aufschlägen seiner Jacke. »Du hast mir nie erzählt, was wirklich in Afrika passiert ist. Ich hab nie richtig nachgefragt, wir waren ja noch halbe Kinder damals, beide. Aber irgendetwas ist passiert, das dich verändert hat, Martin. Und das steht jetzt zwischen uns.«

Er löste sanft ihre Hände. »Alle Menschen verändern sich, Therèse.«

*

Victoria lief vor ihm durch den lichten Wald, immer einem Pfad nach, den er kaum erkennen konnte. Rote und weiße Perlen waren in ihr Haar geflochten. Er ergriff ihre Hand, und sie schaute ihn an, dann zog sie ihn weiter. Ein alter, morscher Baum stand im Weg. Victoria ging weiter, ihre Hand entglitt ihm. Er prallte gegen die kratzige Rinde des Baumstammes. Über ihm kreischten Vögel und flogen erschreckt auf. Etwas löste sich in dem vertrockneten Wipfel, fiel nach unten, brach durch die dürren Äste. Er hörte es fallen und sprang zurück, aber er war zu langsam. Er bewegte sich wie in Zeitlupe. Staub rieselte, dann stand Victoria vor ihm.

Sie fing den roten Ball auf. Victoria stand vor dem halbfertigen Schulzentrum in Kenema. Die Mauern ragten ohne Dach in die Höhe, doch die Veranda, der Eingangsraum und die einzelnen Zimmer und Büros waren schon zu erkennen. Überall waren rohe, hellrote Ziegel gestapelt. Er stand an der Sägemaschine und sägte Balken für das Dachgerüst. Der Lärm der Maschine übertönte alle anderen Geräusche. Er hatte die junge schwarze Frau nicht gehört, die plötzlich, den zerknautschen Ball in der Hand, vor ihm stand. Unter ihrem geflochtenen Haar funkelten goldene Ohrringe, und ihre Augen kamen ihm fast blauschwarz vor. Wie ein Idiot starrte er sie an, dann griff sie über seinen Arm und drückte den Aus-Knopf der Sägemaschine. Es war unglaublich still, nicht einmal Kinderlachen war zu hören. In die Stille hinein sagte die Frau: »You're the new guy from Germany, yes?« Sie zeigte mit ausgestrecktem Arm auf das grün gestrichene Haus neben der Baustelle. »I work over there. I'm the teacher.« Dann warf sie ihm den roten Ball zu. »My name's Victoria.«

Sie waren wieder auf dem Pfad. Er erinnerte sich: Sie wollten bei einem Köhler in den Kambui-Bergen Holzkohle für den Herd holen. Auf seinen Schultern hing ein riesiger, leerer Rucksack aus derbem Canvas. Victoria erzählte ihm Geschichten. »Eine Sowei war mit einem großen Krieger verheiratet. Junge Mädchen kamen von weit, um sich von ihr in die Geheimgesellschaft der Sande einweisen zu lassen. Die Initiation fand in einer geschützten Bucht am Fluß ein wenig entfernt vom Dorf statt. Die Bucht wurde Kpanguima genannt. Viele der Mädchen blieben, heirateten und bauten Hütten in Kpanguima. Das neue Dorf wurde wohlhabend, weil es dort die schönsten Mädchen gab. Von überall kamen die Männer und warben um die jungen Frauen. Wenn ein reicher Chief eine Frau suchte, ging er nach Kpanguima. Die Weißen können Mende-Namen nicht korrekt aussprechen, und so machten sie aus Kpanguima kurz Panguma. Panguma ist heute immer noch berühmt für seine schönen Mädchen.«

»Kommst du auch aus Panguma?« fragte er Victoria.

Ein alter Baumstumpf versperrte ihm die Sicht, er hörte nur Victorias Lachen. Er wollte um den Baum herumgehen, aber er stolperte über eine Wurzel, die aus dem Boden ragte. Er fiel hin und schürfte sich die Hand auf. Blut tropfte auf das Gras.

Das Knie des kleinen Jungen sah schlimm aus. Das Bein war blutverschmiert, und der Kleine schrie vor Schmerz. Victoria legte ihn auf eine Liege im Bauzelt und sprach leise und beruhigend auf ihn ein. »Tapferer Junge. Das wird wieder, Tamba. Ich versprech's dir.«

Er reichte ihr ein Päckchen Papiertaschentücher, und sie wischte vorsichtig den Schmutz aus der Wunde. »Habt ihr einen Erste-Hilfe-Kasten hier?« fragte sie.

Er wußte es nicht, er war erst sechs Tage in Kenema. »Vielleicht im Jeep«, sagte er.

Victoria nickte. »Fahr ins Krankenhaus und hol Schwester Cordula.« Sie zog den Erste-Hilfe-Kasten unter dem Fahrersitz des Jeeps hervor, dann preschte er los.

»Fahr vorsichtig«, rief sie ihm nach. Er sah im Rückspiegel, wie sie ihm nachwinkte. Fast hätte er dabei seinen Chef umgefahren.

Victoria lag neben ihm auf dem weichen Gras und strich über die Kratzer auf seinem Handrücken. Neben ihm stand der Rukksack, prall gefüllt mit Holzkohle. Im Wald wurde es dunkler, die Dämmerung brach herein. Durch die Bäume über ihnen sah er, wie der Himmel sich erst violett, dann dunkelblau färbte. Victoria zog ihn zu sich, ihre Lippen suchten seinen Mund, sie küßten sich lange. Der Geruch von Schweiß und Kohlenstaub vermischte sich mit dem pfeffrigen Geruch des Waldbodens. Ihre Körper kamen wie von selbst zueinander. Er spürte jede Pore ihrer weichen Haut. Ihre Fingerspitzen erregten ihn, als sie über seine Schultern und seinen Rücken strichen. Er konnte nicht sagen, wie lange sie sich liebten. Es gab nur das Jetzt dieser verzauberten afrikanischen Nacht. Irgendwann waren sie auf einem Bett aus Gras und Erde eingeschlafen.

Victoria saß auf dem Geländer der Veranda des Schulzentrums. Sie trug ein weißes Kleid und sah aus wie eine afrikanische Königin. Es war ihr Namenstag, und sie strahlte ihn an. Dann fixierte ihr Blick etwas hinter ihm, irrte kurz nach rechts, dann nach links. Für einen Moment riss sie die Augen auf, und das Lächeln auf ihren vollen Lippen gefror. Er drehte sich abrupt um. Da war niemand. »Was ist?« fragte er.

»Nichts«, sagte sie und schlang die Arme um seinen Hals.

Mit den Augen suchte er den Platz vor dem Schulzentrum ab. Zwei Frauen schleppten einen Sack Reis. Hinter einer Gruppe spielender Kinder ging ein Mann, dem ein Fotoapparat über die Schulter hing. Chief Kangbo fuhr im ratternden Jeep vorbei und hüllte alles in eine gelbe Staubwolke.

Er trat unter den Bäumen hervor und beobachtete den Sonnenaufgang, der das weite Buschland unter ihm in Rosa, Orange und blutiges Rot tauchte. Victoria war nirgends zu sehen. Der Rucksack stand noch an derselben Stelle, wo er ihn gestern Abend abgesetzt hatte. Er rief leise ihren Namen, aber er bekam keine Antwort. Er suchte nach dem Pfad, ging ein Stück und kehrte dann um. Den Rucksack mit ihrer Holzkohle durfte er nicht zurücklassen. Der Pfad schien nach oben zu führen, dabei lag Kenema weit unterhalb. Er drehte sich um sich selbst, wobei der schwere Rucksack ihn fast aus dem Gleichgewicht brachte. Lauter rief er noch einmal Victorias Namen. Vorne zwischen zwei Bäumen schien der Pfad zu verlaufen. Er rannte zu der Stelle, doch dann verschwand das Stück Gras, das er für einen Weg gehalten hatte, im Dickicht. Eine auffällige Gruppe von Sträuchern mit kleinen gelben Blüten kam ihm bekannt vor. Er ging rasch darauf zu, da sah er aus dem Augenwinkel eine Bewegung. Victoria! Sie versteckte sich hinter einem alten Baum, und er rannte erleichtert zu ihr. Im nächsten Moment prallte er gegen den Baum. Staub rieselte von oben aus den morschen Ästen. Über ihm löste sich etwas im Wipfel und brach durch das trockene Laub.

»Victoria!«

Martin schreckte hoch und griff automatisch zum Wecker. Mit einem dumpfen Schlag fiel das Buch zu Boden, das aufgeschlagen auf dem Nachttisch gelegen hatte. Er fuhr auf, wollte schlaftrunken nach dem Buch greifen und stieß dabei mit dem Ellenbogen an das harte Holz.

»Scheiße«, brummte Martin. Die grünen Ziffern des Weckers zeigten, daß es erst kurz nach fünf war. Draußen war es noch stockdunkel. Er stellte den Wecker aus und ließ sich zurück auf das Kissen fallen. Schon lange hatte er nicht mehr so intensiv von Afrika und der Zeit mit Victoria geträumt. Sein Herzschlag beruhigte sich langsam, doch der Traum hatte ihn mit einem seltsamen Gefühl zurückgelassen. Es erinnerte ihn an die letzten Wochen in Kenema. Victoria war tief verstört gewesen. Sie hatte von einem Tag auf den anderen mit ihm Schluß gemacht. Er hatte niemandem davon erzählt, weder seinen Freunden in Sierra Leone noch Jupp oder Therèse. Therèse schon gar nicht. Therèse hätte er nie sagen können, wie wichtig Victoria für ihn gewesen war. Sie wolle ihm den Abschied leichter machen, hatte Victoria gesagt. Doch da war mehr gewesen, da war etwas, das er nicht verstehen konnte.

Genausowenig wie diesen Traum. Den Bergwald aus dem Traum gab es wirklich, dort hatten sie sich zum ersten Mal geliebt. Danach waren sie für fast zwei Jahre zusammen gewesen. Er war so glücklich gewesen wie mit keiner anderen Frau.

Das Gefühl der kratzigen morschen Rinde des alten Baumes kam ihm wieder in den Sinn. Solche Bäume wuchsen doch überhaupt nicht in den Kambui-Bergen. Aber diese Geschichte, die die Traum-Victoria ihm erzählt hatte, kam ihm bekannt vor. Jemand hatte sie ihm bei irgendeinem Treffen in Kenema erzählt. Panguma. Das Dorf am Fluß. Das Dorf mit den schönsten Mädchen.

Martin knipste die Lampe an und hob das Buch auf. Gestern abend nach dem verunglückten Essen mit Therèse hatte er zu Hause noch Spätnachrichten gesehen. Über die Mattscheibe kam das Übliche: Kriege, Gewalttaten und Katastrophen. Martin fragte sich, ob es an der Auswahl der Nachrichtenredaktionen lag, die sich nur auf das Schreckliche konzentrierten, oder ob die Welt einfach so war. Plötzlich elektrisierte ihn ein Fernsehbild: Es war Sierra Leone, das war Kenema. Der erst im November letzten Jahres geschlossene Waffenstillstand war schon wieder gebrochen worden. Es gab neue Angriffe der Rebellen, neue Greueltaten und ein weiteres Anschwellen der Flüchtlingsströme. Der Bürgerkrieg dauerte nun schon zehn Jahre. Was war nur aus seinem Sierra Leone geworden?

Danach hatte er Stanleys *Wie ich Livingstone fand* aus dem Regal gezogen. Als Junge war der alte Reisebericht eines seiner Lieblingsbücher gewesen. Die Zeichnung vorne auf dem grünen Einband hatte er damals sogar nachgezeichnet. Das Boot mit rudernden Eingeborenen und der britischen Fahne am Bug hatte jahrelang zwischen den Postern von Public Enemy und Grace Jones in seinem Jugendzimmer gehangen.

Er strich eine umgeknickte Seite glatt und las dort weiter, wo er gestern aufgehört hatte. Heute konnte er nicht mehr über den menschenverachtenden Rassismus hinwegsehen, der ihm als Junge überhaupt nicht aufgefallen war. Henry Morton Stanley war nicht nur ein großer Afrika-Forscher, sondern auch ein glühender Fürsprecher des Kolonialismus gewesen. Trotzdem waren Namen wie Zansibar, Tanganjikas, Udjidji Martins Sesamöffne-dich für Afrika gewesen. Mit einem hatte Therèse recht: Die zwei Jahre in Sierra Leone hatten ihn sehr verändert. Er hatte seinen Jugendtraum erfüllt und Afrika, das er bis dahin nur aus Büchern und Filmen kannte, wirklich kennengelernt. Sierra Leone war sein Afrika geworden: das Meer und die Küstenregion im Westen, das Hochland und die Berge im Osten; im Süden der tropische Regenwald, der noch in seinen Resten geheimnisvoll war, die Gras-, Busch- und Baumsavanne im Norden. Am tiefsten hatte sich das Bild dieser weiten, sanft gewellten Baumsavanne in sein Herz gesenkt.

Doch die ursprüngliche Begeisterung hatte er Stanleys Buch zu verdanken. Er hatte auch Livingstones Reiseberichte verschlungen, weder die altmodische Sprache noch die langatmigen moralisch-religiösen Passagen hatten ihn abgeschreckt. Ihn hatte fasziniert, wie Livingstone in den unbekannten Kontinent mit der fremdartigen und gefährlichen Natur vorgedrungen war. Wie sich zwischen dem Missionar und den Eingeborenen ein Vertrauensverhältnis entwickelte, hatte ihn mehr beeindruckt als der gesamte Religionsunterricht in der Schule. Wenn er diese Bücher aus einer anderen Zeit las, fragte er sich immer wieder, warum Europa seinem afrikanischen Herkunftskontinent niemals etwas anderes als Eigeninteresse entgegengebracht hatte.

Martin zog sich die Bettdecke über die Schultern, während er zum hundertsten Mal dem »Bana Mkuba« folgte, der mit einem Trupp Eingeborener zu Fuß durch den Urwald marschierte, Krankheiten, Überfalle, Desertion und tödliche Streitereien unter den Expeditionsmitgliedern durchstand, um am Ende den verschollenen David Livingstone zu finden. Die überlieferte Begrüßung Stanleys, das lakonische und vielzitierte »Dr. Livingstone, I assume« brachte ihn immer noch zum Schmunzeln.

Im Nebenzimmer fiepten Sugar und Nappo in ihrem Käfig. Die Degus hatten wohl mitgekriegt, daß er schon wach war. Martin legte das Buch weg und stand auf. Draußen wurde es langsam hell. Kaum hatte er die Schlafzimmertür geöffnete, raschelte es im Käfig, und das Fiepen wurde lauter. Vom Fenster aus konnte Martin hinunter zu dem kleinen Kiosk vor dem Haus gegenüber blicken. Ein älterer Mann kaufte eine Zeitung und lief dann rasch zur U-Bahnstation.

Er war froh, daß er das Apartment behalten hatte und nicht zu Therèse gezogen war. Das Licht fiel auf die großflächige Fototapete, mit der er eine Wand tapeziert hatte. Das Panorama der weiten afrikanischen Baumsavanne ließ den Raum viel größer erscheinen als er war. In sanften Wellen fiel das Land mit seinen Palmen und Akazien zur Ebene hin ab. Die Grüntöne waren so unglaublich leuchtend und der blaue Himmel darüber so brillant, daß Therèse das Foto für eine Retusche gehalten hatte. Martin hatte sie nur schwer davon überzeugen können, daß die Farben in Afrika wirklich so intensiv waren.

Das Fiepen aus dem Käfig ging in ein lautstarkes Quietschen über. Die beiden Degus wollten ihr Frühstück, auch wenn es mindestens eine Stunde zu früh war. Im Kühlschrank waren ein paar Salatblätter und eine saftige Möhre. Sugar huschte kurz über seine Hand, als er die Käfigtür öffnete, dann war der Degu hinter den afrikanischen Trommeln verschwunden. Martin vermutete, daß er dahinter ein Körnerlager angelegt hatte. Nappo blickte wie immer erst einmal vorsichtig aus dem Nest, bevor er sich zu den Salatblättern vorwagte. Gewissenhaft wechselte Martin das Wasser und füllte auch die Körner wieder auf. Sugar saß auf der Bespannung einer Brekete-Trommel und knabberte mit ihren scharfen Zähnen an der ledernen Umwicklung des Randes.

»Nicht, du kleines Mistvieh. Du ruinierst mir noch die Brekete.« Martin hielt Sugar den Arm hin. Sie sprang hoch und ließ sich in den Käfig setzen, wo sie sich sofort über die Karotte hermachte.

Es war absolut still im Haus. Auf der Straße war kein Auto zu hören. Martin stand barfuß und in Boxershorts in der Küche, häufte Kaffee in den Filter und goß Wasser in die Kaffeemaschine. Doch er stellte sie noch nicht an. Er wollte die ungewohnte Stille nicht durch das alltägliche Glucksen des durchlaufenden Kaffees stören.

Durch den Vorhang aus Holzperlen, der die Küchennische vom Wohnzimmer abtrennte, sah er, wie Nappo auf den Ledersessel kletterte. Sugar saß schon auf der Sitzfläche und schnupperte mit vibrierenden Schnauzhaaren an den Nähten des Leders. Martin trat zum Sessel, setzte sich vorsichtig neben Sugar und wickelte sich in die buntgestreifte Decke. Er warf einen Blick auf seine Armbanduhr, die er gestern abend auf dem Sofatisch hatte liegen lassen. Ein paar Minuten hatte er noch, dann mußte er sich für den Tag fertig machen.

Mit offenem Mantel hetzte Martin das Treppenhaus hinunter. Er hatte noch Glück, daß die Degus ihn geweckt hatten, auch wenn Sugar sich weiß Gott hinter welchem Möbel versteckte und er die Wohnung mit einem frei laufenden Degu hatte verlassen müssen. Immerhin kam er so noch innerhalb der Gleitzeit in die Firma. Natürlich war er in dem bequemen Ledersessel sofort eingeschlafen und hatte vergessen, daß er den Wecker ausgestellt hatte.

Auf halbem Weg fiel ihm ein, daß um halb neun eine Besprechung angesetzt war. Normalerweise fuhr er mit dem Fahrrad zur Arbeit, solange es das Wetter zuließ. Mit dem Fahrrad hätte er es vielleicht noch geschafft. Aber es war tiefer Winter, die Straßen waren vereist, und sein City-Bike hing mit leeren Reifen im Keller an der Wand. Martin zog den Stadt-Anzeiger aus dem Briefkasten. Dann spurtete er los Richtung U-Bahn. In der Bahn blätterte er die Auslandsseiten auf. Auch dort gab es einen Bericht über Kenema und das Scheitern des letzten Waffenstillstands. Aber zum Lesen kam er in dem überfüllten Wagen nicht.

*

»Hast du heute morgen schon einen Blick in die Zeitung geworfen?« Jupp Kempenich krächzte, als wären seine Stimmbänder mit einem Reibeisen bearbeitet worden.

Gassen schaute zur Tür. Sein Freund und Kollege kam mit einer Kanne frisch gebrühtem Kaffee in ihr gemeinsames Büro. Unter den Arm hatte er eine Zeitung geklemmt.

»Ja«, antwortete Gassen, »aber nur auf den Bericht über den Bürgerkrieg in Sierra Leone.« Er ließ den Blick über Kempenichs übermüdetes Gesicht gleiten. »Du siehst furchtbar aus, Jupp. Und ich hab mich schon gewundert, warum du in der Sitzung keinen Ton gesagt hast. Es ging immerhin um dein geliebtes Macro-UMTS-Gerät.« Gassen schichtete die Aktenstöße und Pläne auf seinem Schreibtisch um, damit er Platz für eine Kaffeetasse fand. »Du wolltest doch die Karnevalskneipen nur austesten und nicht schon eine Woche zu früh Karneval feiern.«

Kempenich hing auf seinem Stuhl und starrte auf die Pflanze am Fenster. »Was weißt denn du?« brummte er.

Gassen stutzte und schaute sich den Freund genauer an. Keine Krawatte, das Hemd zerknittert, unrasiert. »Dich hat's wieder mal erwischt«, konstatierte er. »Du hast eine Frau kennengelernt.«

Kempenich fuhr hoch. »Ach was!«

»Die Symptome sind eindeutig, Jupp. Du solltest inzwischen wissen, daß du mir nichts vormachen kannst. Vielleicht eine Rothaarige dieses Mal? Eine Tanzmarie, die ihr Kostüm schon mal Probe getragen hat? Oder so ein Schwarzwaldmädel wie letztes Jahr? Oder wieder eine falsche Blondine?«

»Du hattest doch letztes Jahr eh nur Augen für die schwarze

Schönheit im Baströckchen, obwohl die gleich am ganzen Körper gefärbt war.«

»Vorsicht, Jupp, keine Schläge unter die Gürtellinie so früh am Morgen. Tilda ist eine klasse Frau, ob mit virtueller Schwärze oder als bleiche Ur-Kölnerin.« Gassen hatte die drahtige Tilda letztes Jahr im Karneval kennengelernt und eine kurze Affäre mit ihr gehabt, von der aber nur Jupp etwas wußte.

»Gut gebaut ist meine Neue. Aber das gehört bei den Kölner Frauen nun mal zur Standardausstattung.« Kempenich rührte in seiner Kaffeetasse. »Schau dir in der Domschatzkammer nur mal die Bürstenreliquiare der frommen Jungfrauen an. In jede von denen paßt glatt ein ganzer Heiliger rein.«

Gassen lachte. »Wie ist sie denn sonst?«

»Wer?«

»Na, die Frau, die du gestern getroffen hast.«

Kempenich lachte leise. »Du läßt nicht locker, was? Rothaarig ist sie auf jeden Fall nicht. Eher dunkel. Tolle grüne Augen. Und jetzt reicht's auch, Martin. Wir müssen uns mal um die Pläne kümmern, die der Chef sehen will. Das hab ich ja zumindest von der Besprechung mitgekriegt. Schau mal in dem Stapel am Fenster nach, da müßten sie irgendwo stecken.«

Gassen nahm eine Broschüre von dem Stapel. »Das sind die Unterlagen für den Forschungsantrag. Und? Wie heißt sie? Was macht sie? So viel mußt du mir schon noch verraten.«

»Maren heißt sie.« Kempenich stöhnte und rollte mit dem Stuhl an den Tisch heran »Und sie ist bei der Polizei.«

Gassen drehte sich zu Jupp um. »So richtig? Mit Uniform?«

»Nein.« Er zog eine Schublade nach der anderen auf und wühlte darin herum. »Hier sind sie ja.« Mit einem Ruck holte Kempenich einen Packen blau bedruckter Schaltpläne heraus.

»Und du willst wirklich was mit 'ner Bulette anfangen?« Gassen saß, das Gesicht auf die Hände gestützt, am Tisch, und starrte seinen Freund an.

»Halt dich zurück. Maren ist keine Bulette, sondern eine Kommissarin. Und ich hab keine Ahnung, ob wir was miteinander anfangen. Wir hatten eine schöne Nacht und ich soll sie wieder anrufen. Das ist der Stand der Dinge, und mehr sag ich jetzt nicht mehr dazu.« Er knallte Gassen die Pläne auf den Schreibtisch, daß der Kaffee in der Tasse fast übergeschwappt wäre. »Und die bringst du jetzt mal rüber zu Mr. C&T.«

Als Gassen zurückkam, war Kempenich ganz in die Lektüre des Stadt-Anzeigers vertieft. Er hob den Kopf und fragte: »Ist Kenema nicht dieses afrikanische Dorf, wo du gelebt hast?«

»Eher eine Kleinstadt. Vor zehn Jahren, als ich dort war, hatte Kenema etwa zehntausend Einwohner. Heute sind es einige mehr. Viele Flüchtlinge sind dort hängengeblieben und versuchen, sich eine neue Existenz aufzubauen. Die Rebellen haben die Stadt nie in ihre Gewalt bringen können.«

Kempenich schaute den Freund nachdenklich an. »Ich habe mich immer gewundert, warum du eigentlich nicht dort hängengeblieben bist. Wenn du von deinem Afrika erzählst, sprühst du vor Begeisterung. Mich würdest du da nicht freiwillig hinkriegen: die Hitze, die lange Regenzeit, die Armut, die wilden Tiere, grausliche Tropenkrankheiten ...«

Gassen mußte lachen. Jupp Kempenich, wie er auf einer gefluteten, absinkenden Matschstraße einen Jeep wieder flottmachte war wirklich absurd. Jupp gehörte nach Köln, er liebte schnelle Autos und gutes Essen, gelegentliche Konzertbesuche, und – auch wenn er es ungern zugab – seinen geregelten Arbeitsalltag.

»Wilde Tiere gibt es in Sierra Leone kaum mehr. Waldelefanten und Leoparden sind schon lange ausgerottet. Aber selbst du wärst hin und weg von der Savanne, wenn sie nach einem Dauerregen wie frisch gewaschen in der Sonne blitzt. Was die Krankheiten betrifft ... dagegen gibt's vorbeugende Impfungen und für den Notfall Tabletten.«

»Na, du hattest ja auch deine schwarze Freundin, die dir am Krankenbett die Hand gehalten hätte. Erst vor kurzem habe ich mit Therèse darüber gesprochen.«

Gassen fuhr so abrupt auf, daß er an der Schreibtischkante anschlug. Ein Aktenturm kam ins Wackeln und rutschte mit Getöse zu Boden. Gassen sprang auf und stemmte sich gegen die abstürzende Flut. »Scheiße!«

Kempenich verfolgte das Spektakel gelassen. »Hm. Da haben Therèse und ich wohl einen wunden Punkt getroffen«, meinte er ohne die Miene zu verziehen.

»Warum quatscht du auch mit Therèse über Victoria? Ich hätte dir nie was erzählen sollen. Die Geschichte ist vorbei und geht Therèse überhaupt nichts an!« Gassen sammelte mit einer Hand die Papiere zusammen, während er mit der anderen den schiefen Stapel festhielt. »Jetzt hilf mir doch mal!«

Kempenich rollte auf dem Bürostuhl zu Gassens Schreibtisch, erhob sich dann mit einem Gesicht, als hätte ihn jemand um vier Uhr früh aus dem Schlaf gerissen, und stapelte die Papiere zu einem ordentlichen, stabilen Haufen. »Wir sind ganz zufällig draufgekommen. Und beruhige dich, von mir hat Therèse kein Sterbenswörtchen über Victoria und dich erfahren. Sie wußte kaum, wie sie heißt. Aber dich kennt sie besser als jeder andere. Vor Therèse kannst du nicht verheimlichen, daß in Afrika etwas mit dir geschehen ist. Und es hat mit Victoria zu tun. Wo Therèse recht hat, hat sie recht.«

»Wie seid ihr überhaupt auf das Thema gekommen?«

Kempenich ließ sich wieder in den Stuhl fallen und rollte mit Schwung zurück. »Therèse wollte wissen, ob ich denke, daß du bald bei ihr einziehst. In ihrem Haus wird eine Wohnung frei, die sie haben könnte.«

»Oh je, Therèse.« Gassen richtete sich mit rotem Kopf, den Arm voller Papiere, auf. »Was soll ich bloß mit ihr machen, Jupp? Wir könnten eine tolle Beziehung haben, wenn sie nicht dauernd eine klassische Zweierkiste draus machen wollte.« Er schaute Kempenich an. »Die Wohnung ist für sie allein zu teuer?«

»Für eine Person ist sie viel zu groß. Und so eine neue Praxis, da kommt am Anfang auch nicht viel Geld rein.« Kempenich zuckte mit den Schultern. »Und sie will eben mit dir zusammenleben.«

Gassen trat zum Fenster. In einiger Entfernung waren die Bahnlinien zu sehen. Ein Güterzug fuhr gerade durch die Stadt. Ganz sachte konnte er selbst hier im Büro die leichte Vibration spüren.

»Was war denn so Besonderes an Victoria?«

Kempenich klang immer noch schwer verkatert, aber Gassen erkannte den besorgten Ton in der Stimme des Freundes. Obwohl Kempenich nur zwei Jahre älter war, führte er sich manchmal wie ein älterer Bruder auf. Dabei hatte Gassen schon drei ältere Geschwister, die manchmal mehr als ihm lieb war an seinem Leben teilnahmen. Was war heute eigentlich los? Erst die wirren Afrika-Träume, jetzt dieses Gespräch mit Kempenich, das unerwartet ernst geworden war.

»Victoria war ...« Gassen brach ab. Der Zug verschwand aus seinem Blickfeld. Er drehte sich zu Jupp um. »Victoria war so ganz ein Teil von ihrer Welt. Und hat wirklich Bescheid gewußt mit ihren siebzehn Jahren. Über Sierra Leone und Freetown sowieso, über den Mende-Stamm fast alles und über den Rest der Welt eine ganze Menge. Von Medizin und Politik hatte sie viel mehr Ahnung als ich damals. Dabei war ich angeblich der zivilisierte Europäer. Ihre Eltern waren Krio, Nachkommen von befreiten Sklaven, die von den Briten in Freetown angesiedelt wurden. Die Krio waren lange die herrschende Oberschicht für das Hinterland und seine Stämme. Victoria ist auf eine anglikanische Schule in Freetown gegangen, da war die Ausbildung hart, aber gründlich. Ihre Eltern waren Lehrer. Sie sind später in ein Dorf an der liberianischen Grenze gezogen. Dort kannte jeder Victoria. In Kenema war sie so ein bißchen die Seele von dem Schulprojekt, bei ich gearbeitet habe. Daß sie sich damals überhaupt mit mir eingelassen hat ...«

Gassen drehte sich seufzend um. »Komm, Projekt 1014 ruft. Die Schaltpläne schreiben sich nicht von alleine.« Er tippte auf die Tastatur, worauf sein Rechner mit einem surrenden Geräusch hochfuhr.

»Und du hast dich voll und ganz auf sie eingelassen? Damals?« fragte Kempenich leise.

Gassen antwortete sofort. »Absolut. Weißt du, Jupp, bei Victoria war alles echt – sie war von Natur aus schön, ganz ohne Schönheitsoperationen. Aus irgendeinem Grund fand sie mich gut, und wir sind zusammengekommen. Das war ein großes, starkes Gefühl, auf das ich mich verlassen konnte. Keine Bedingungen, keine Wenns und Abers. Wenn sie sauer auf mich war, hat sie mich angebrüllt. Wenn sie mit mir schlafen wollte, hat sie mich ins Bett gezogen. Victoria, die wäre nie zum Psychiater gelaufen, wie Therèse.«

»Victoria ist auch nicht in Deutschland und unserer Kultur aufgewachsen. Hier geht man eben zum Therapeuten, in Afrika rennen die Leute zum Medizinmann oder was auch immer.«

»Warum sagst du das?« Gassens Hand krampfte sich um die Computermaus, dann ließ er sie los. »Was soll das?«

Kempenich schien seine Erregung zu merken. »Sorry, das sollte nicht abfällig klingen.« Er hob die Hand. »Aber ich dachte, in Sierra Leone gibt es sowas wie Medizinmänner. Du hast mir doch selbst von den Geheimgesellschaften und dem Geister- und Zauberglauben der Leute erzählt. Daß es dir nicht geheuer sei, hast du mal gesagt. Weißt du noch? Als wir bei dir die Dias aus Sierra Leone angeschaut haben.«

Gassen nickte. »Ja, das stimmt. Für uns ist vieles ziemlich erschreckend. Aber Victoria ...« Er brach ab.

Kempenich wollte gerade etwas sagen, da ging die Tür auf. Es war der neue Praktikant aus der Technikabteilung. Gassen hatte seinen Namen vergessen, aber die grünen Haare waren einprägsam.

»Hey! Ich soll ausrichten, daß sie oben auf die Schaltpläne warten, die schon gestern hätten da sein sollen.«

»Klingt nach Meyer«, meinte Kempenich. Er nickte dem Praktikanten zu. »Kommen gleich. Ich bring sie hoch.«

»Okay.« Der Junge war sofort zur Tür hinaus. Gassen und Kempenich hörten noch, wie er den Gang zum Treppenhaus hinunterrannte.

»Dann mal los.«

Als Kempenich von der Technik zurückkam, hockte Gassen auf dem Boden vor den vollgestopften Regalen und suchte offensichtlich einen bestimmten Ordner. »Und? Ist Meyer zufrieden?«

»Klar. Oder hast du schon mal erlebt, daß Meyer etwas an unserer Arbeit auszusetzen hat?«

Gassen blickte hoch, und sie grinsten sich an.

»Suchst du vielleicht den hier?« fragte Kempenich und zog mit einem Griff einen Ordner aus dem Regal und reichte ihn Gassen. Dann nahm er den Stadt-Anzeiger in die Hand und tippte auf die erste Seite. »Ich hab vorhin übrigens nicht den Bericht über Kenema, sondern das hier gemeint: Die Tote in Köln-Weidenpesch. Die Bild-Zeitung macht damit heute groß auf. Hast du die Schlagzeile in der U-Bahn nicht gesehen? Schwarze auf Bahngleisen zerstückelt!«

Gassen setzte sich und schaute auf das Foto, während Kempenich ihm über die Schulter guckte. »Die Frau war schon tot, als sie von dem Zug überfahren wurde. Die Kripo geht davon aus, daß sie an einem anderen Ort ermordet wurde und dann in Weidenpesch auf die Schienen gelegt worden ist. Sie haben sie noch nicht identifiziert.«

»Woher weißt du das?«

»Von Maren«, sagte Kempenich leise.

»Maren?« Gassen schaute von der Zeitung auf. »Ach so, deine Kommissarin. Sie hat es dir erzählt? Gibt es bei der Polizei nicht eine Geheimhaltungspflicht?«

»Die war einfach fix und fertig, meine Kommissarin. Die Leiche muß schlimm ausgesehen haben. Die Frau kaum dreißig. Auf dem Bild sieht man ja auch, daß da was komisch ist mit der Toten. In der Bild-Zeitung findest du das Foto natürlich in groß ...«

Gassen schob unvermittelt den Stuhl zurück und rammte dabei Kempenich die Lehne in die Oberschenkel.

»Sag mal, spinnst du?! Was ist denn?« Kempenich rieb sich seine schmerzenden Beine.

»Hast du die Bild da?!«

»Nein, natürlich nicht. Ich les den Stadt ...«

»Bin gleich wieder da.« Gassen stürzte zur Tür und war weg.

Kempenich blickte von der Tür zur Zeitung und wieder zurück. Was Gassen im nächsten Moment vorhatte, war selten voraussehbar, aber so durch den Wind hatte er den Freund selten gesehen.

Dreißig Sekunden später stand Gassen wieder in der Tür und

hielt eine abgerissene Zeitungsseite in der Hand, unverkennbar die Titelseite von Bild. »Es ist Victoria, Jupp! Die Tote ist Victoria!«

Hinter ihm drängte sich die Thomas vom Empfang in den Türrahmen. »Also, Herr Gassen, so geht das aber nicht. Sie können sich gerne meine Zeitung ausleihen, aber zerreißen dürfen Sie sie mir nicht. Ich hab ja noch gar nicht alles ...«

Kempenich starrte Gassen an. »Das kann nicht sein. Du verbindest das Bild mit unserem Gespräch von vorhin. Du hast an Victoria gedacht, und deshalb siehst du sie jetzt in der schwarzen Toten.«

Gassen trat zum Fenster und sah sich die Zeitung im Licht an. »Hundertprozentig sicher bin ich mir nicht.«

»Ich hätte gerne meine Zeitung wieder.« Frau Thomas klopfte mit den lackierten Fingernägeln an die offene Tür.

Kempenich schob sie hinaus. »Gleich.« Er machte die Tür direkt vor ihrer Nase zu und wandte sich zu Gassen.

»Es ist über zehn Jahre her.«

»Ja. Und die Qualität des Bildes ist hundsmiserabel. Aber ich bin mir ziemlich sicher. Da ist was in ihrem Gesicht. Und vor allem ihre Frisur.« Er schaute von dem Blatt auf. »Ich werde zur Polizei gehen. Sie bittet um Hinweise, wer die Frau identifizieren kann.«

»Langsam, langsam, nur nichts überstürzen. Hast du Victoria denn jemals wiedergesehen seit damals?«

Gassen schüttelte den Kopf. »Ich hatte keinen Kontakt mehr zu ihr. Ich war kaum wieder zurück in Deutschland, da ist in Sierra Leone der Bürgerkrieg ausgebrochen. Man hat mir gesagt, Victoria sei verschwunden.«

»Verschwunden?«

»Mach kein so ein ungläubiges Gesicht. Zu der Zeit sind in Westafrika viele Menschen verschwunden. Ich hab Victoria geschrieben, aber die Briefe kamen zurück. Auch der katholische Entwicklungsdienst hier in Köln hat nichts über Victorias Schicksal herausgekriegt.«

»Und Victoria hat dir nie geschrieben, nicht ein einziges Mal angerufen?«

»Nie.« Gassens Stimme klang belegt. Er holte tief Luft. »Nach Deutschland zu telefonieren ist in Kenema nicht so einfach, wie du dir das vorstellst. Und es war Bürgerkrieg.« Er zuckte mit den Achseln. »Das ganze Land ist in Krieg und Chaos versunken.«

Kempenich beobachtete, wie Martin die Zeitungsseite wieder ins Licht hielt und sich in das grobkörnige Bild vertiefte. »Und du bist nie mehr hinuntergeflogen und hast nach diesem Mädchen gesucht?«

»Dort herrscht Bürgerkrieg! Was hätte ich denn tun sollen?« Gassen zerknüllte die Zeitung. »Ich weiß nicht mal, ob ich überhaupt nach Sierra Leone hineingekommen wäre. Zivilisten wurden zu Tausenden hingemetzelt. Die Rebellen machen keinen Unterschied zwischen Einheimischen und den Leuten der Hilfsorganisationen. Wer nicht für sie ist, ist gegen sie. Und wer gegen sie ist, wird umgebracht.«

Kempenich nahm Gassen das Blatt aus der Hand. »Frau Thomas braucht ihre Zeitung noch«, sagte er und klopfte dem Freund auf die Schulter. »Du hast gedacht, Victoria sei tot, oder?«

Gassen nickte.

»Weißt du es genau?«

»Nein.«

»Aber es ist wahrscheinlich?«

Gassen zuckte mit den Achseln und starrte zum Fenster hinaus.

»Geh nicht zur Polizei«, sagte Kempenich. »Du handelst dir nur Ärger ein.«

»Aber sie könnte es sein«, sagte Gassen leise. »Ich muß zur Polizei, Jupp. Das bin ich Victoria schuldig.«

Kempenich wußte sofort, daß er seinen Freund nicht umstimmen konnte. Er hatte noch nie erlebt, daß Logik, besseres Wissen oder simpler Pragmatismus gegen diesen Dickschädel angekommen wären. Wenn Martin Gassen sich etwas in den Kopf gesetzt hatte, zog er es durch.

So sagte Kempenich nur: »Möchtest du, daß ich mitkomme? Vielleicht treffen wir bei den Bullen ja zufällig auch meine Kommissarin.«

*

Gassen und Kempenich hetzten durch die Gänge des Polizeipräsidiums in Köln-Kalk. Zwei Stunden hatte ihnen der Chef für die »persönliche Angelegenheit« gegeben, die sich angeblich nicht außerhalb der Arbeitszeit erledigen ließ. Dummerweise waren sie ihm direkt in die Arme gelaufen, als sie das C&T-Büro verlassen wollten.

Das neue Polizei-Gebäude war kaum ein Jahr alt, ein besucher- und mitarbeiterfreundliches Sonnengelb strahlte von der Wänden. Der Geruch nach frischer Farbe hing noch in der Luft und mischte sich mit kaltem Zigarettendunst. Auf den Gängen war die Stimmung ruhig und gelassen, und ein bißchen spürte man den kommenden Karneval.

»Ich möchte gerne zum zuständigen Kripobeamten im Mordfall Weidenpesch.«

»Die tote Negerin?«

Der Beamte im Pförtnerhäuschen schaute kaum von seiner Zeitung hoch.

Gassen beugte sich näher zu der Glasscheibe. »Die Tote auf den Bahngleisen, ja. Wo muß ich da hin?«

»Personalausweis, bitte.«

Erst als zwei Ausweise vor ihm in der Durchreiche lagen, schaute der Mann hoch, registrierte Kempenich und fragte: »Alle beide?«

Sie nickten.

»KK 405. Kriminalkommissar Limbach. Übern Hof raus und immer links halten.« Mit diesen Worten gab der Mann ihnen die Ausweise zurück und wandte sich wieder seiner Lektüre zu.

Die beiden verbrachten die nächsten zehn Minuten damit, sich durch Gänge und Treppenhäuser zum Zimmer KK 405 durchzufragen. Endlich waren sie offenbar sowohl im richtigen Gebäude als auch im richtigen Stockwerk. Rechts stand eine Tür offen, die in ein Großraumbüro führte. Kempenich wollte gerade hineingehen, um wieder mal nach der Zimmernummer zu fragen, da zog Gassen ihn weiter. Auf dem Schildchen an der nächsten Tür stand unmißverständlich »Kriminalhauptkommissar Limbach.«

»Na endlich«, brummte Gassen und wollte klopfen.

»Jupp?« sagte in diesem Moment jemand neben ihnen, und eine braunhaarige Frau trat aus dem Büro. »Dacht ich mir's doch, daß du das bist. Was machst du denn hier?« Sie blickte kurz zu Gassen, wandte sich dann wieder Kempenich zu, der ihre Hände ergriff.

»Hallo, Maren.« Die Freude in Kempenichs Stimme war nicht zu überhören. Bei Gassen bestätigte sich der Verdacht, daß sein Freund die Gelegenheit eines Besuchs im Polizeipräsidium vor allem dazu nutzen wollte, seine neue Flamme am Arbeitsplatz zu überraschen.

»Ich geh mal rein, okay?«

Kempenich nickte nur und folgte der Kommissarin den Gang hinunter.

Gassen schaute ihnen nach, seufzte und wollte endlich anklopfen. Er hatte kaum die Tür berührt, als diese aufgerissen wurde und ein untersetzter Mann mit grauem Vollbart ihm gegenüberstand.

»Was wollen Sie denn hier?« brüllte der Mann ihn an. Dann lief er im Eilschritt in ein gegenüberliegendes Zimmer. Sekunden später kam er mit einem Stapel roter Akten wieder heraus. Gassen hielt ihm die Tür auf, wofür sich der Mann mit einem Brummen bedankte.

»Martin Gassen. Ich habe einen Hinweis wegen der Toten, die in Weidenpesch auf den Gleisen gefunden wurde.«

»Hm.« Der Bärtige brummte wieder. Er hatte die oberste Akte aufgeschlagen und verglich etwas mit Notizen, die er auf einem losen Zettel vor sich liegen hatte. »Kennen Sie die Frau auch aus dem Crown Club? Da haben wir schon Zeugen. Was nicht heißt, daß wir nicht noch mehr Aussagen brauchen können.«

»Nein«, sagte Gassen.

»Sondern?« Der Bärtige hob den Kopf und schaute seinen Besucher zum ersten Mal richtig an. Gassen hatte das Gefühl, daß sich die Augen des Beamten plötzlich weiteten. Ganz langsam klappte der Mann die Akte zu und erhob sich.

»Ich kenne die Frau von früher, aus Sierra Leone. Sie heißt Vi ...«

»Weiser, Druba, Rell! Alle mal reinkommen. Aber plötzlich!« Der tiefe Bariton des Bärtigen fuhr Gassen in die Glieder. Er schreckte hoch. Neben ihm wurde eine Tür aufgestoßen, die ihm noch nicht aufgefallen war. Sie führte in das danebenliegende Großraumbüro.

Eine blonde Frau und ein korpulenter Mann kamen herein und traten zum Schreibtisch. Gassen wich unwillkürlich einen Schritt zurück.

»Was ist denn los, Chef?« fragte der Dicke.

»Ich möchte euch jemanden vorstellen.« Der Bärtige wies auf Gassen. »Herr Martin Gassen. Er hat einen Hinweis für uns.«

Die beiden starrten Gassen an. Dann sagte die Frau: »Das ist er. Der Typ von dem Foto.«

»Das gibt's doch nicht.« Der Dicke schüttelte den Kopf, wobei er Gassen nicht aus den Augen ließ.

»Hallo«, war alles, was der herausbrachte.

»Setzen Sie sich, Herr Gassen.« Der Bärtige deutete mit dem Kinn auf einen weißen Schwingstuhl, der an der Wand lehnte. »Und ihr beiden: Abtreten!«

Die blonde Frau schob Gassen den Stuhl an den Schreibtisch ihres Chefs, grinste ihm kurz zu und verschwand dann mit ihrem Kollegen im Nebenzimmer. Die Tür fiel mit einem satten Knall ins Schloss.

»Ich bin Kommissar Limbach. Ich leite die Ermittlungen im Mordfall Weidenpesch.« Er machte eine Handbewegung in Richtung Stuhl. »Na, setzen Sie sich schon hin.«

Vorsichtig ließ Gassen sich nieder. »Ja, der Pförtner hat mich hierher geschickt.«

»Warum haben Sie denn nicht hochgerufen? Wir hätten Sie abgeholt. Normalerweise kommen Besucher nicht ohne Anmeldung hoch.«

Gassen fühlte sich zunehmend unwohl unter den forschenden Blicken des Kommissars. Limbachs Augen standen keine Sekunde still, doch immer wieder starrten sie ihm kurz und direkt ins Gesicht. »Der Pförtner hat mir nur ...«

»Ist ja auch egal. Sie haben also einen Hinweis auf die Tote. Sie sagten, Sie kennen die Frau aus Sierra Leone?« Limbach schnappte sich einen Kuli, der zwischen den Papieren lag, und kritzelte etwas auf einen Zettel.

»Ich kannte eine Frau in Sierra Leone, die der Toten aus der Zeitung zumindest sehr, sehr ähnlich sieht. Sie war eine Freundin von mir. Aber es ist zehn Jahre her.«

Der Kommissar schaute kurz auf, dann fragte er: »Wollen Sie sich ein Originalfoto vom Tatort ansehen? Damit wir sicher sein können?« Er warf Gassen wieder diesen forschenden Blick zu. »Es ist kein schöner Anblick.«

Gassen nickte. »Doch, ich möchte es sehen.«

Limbach suchte kurz in einem Aktenstapel, dann zog er einen braunen Umschlag vor. Er breitete Fotos vor Gassen auf dem Schreibtisch aus. Auf dem glänzenden Papier und im Scheinwerferlicht ausgeleuchtet wirkte die Leiche wie eine täuschend echt gestaltete, menschengroße Puppe. Die Gesichtszüge und das straff geflochtene Haar waren gestochen scharf. Ein Foto zeigte die Tote deutlich im Halbprofil. Gassen erkannte es als das Bild, das in den Zeitungen abgedruckt war. Auf anderen Fotos waren die Verletzungen der Toten in Großaufnahme festgehalten. Ein Bild zeigte die rechte Hand, die seltsam verkrümmt auf den Bahnschwellen lag. Gassen spürte, daß er bleich wurde.

Der Kommissar schien es auch zu bemerken. Er sprang auf und trat zu einem Sideboard, auf dem ein Tablett mit Gläsern stand. »Wird Ihnen schlecht? Wollen Sie ein Glas Wasser?«

Gassen schüttelte den Kopf, obwohl ihm flau im Magen war. »Victoria«, flüsterte er. Er räusperte sich, dann sagte er lauter: »Das ist sie. Meine Freundin aus Sierra Leone.«

»Sind Sie sicher?« Limbach trat an den Schreibtisch.

»Fast.«

»Zu achtzig Prozent? Sechzig Prozent?«

Gassen schaute noch einmal über die Fotos, dann blickte er hoch zu dem Kommissar, der immer noch neben ihm stand. »Zu fünfundneunzig Prozent.«

Limbach nickte und ging um den Tisch herum. Aus einer Schublade zog er ein kleines Foto, das in einer Plastiktasche steckte. Er hielt es Gassen hin. »Und das waren Sie beide?«

Victoria im weißen Kleid im strahlenden Sonnenschein. Er in

schwarzen Anzughosen. Weiß auf schwarz, schwarz auf weiß. Victoria stand vor dem Eingang des neuen Schulzentrums, er selbst lehnte am Geländer der Veranda und lachte sie an. Er erinnerte sich. Es war ihr Namenstag gewesen, sie waren zusammen ausgegangen.

»Woher haben Sie das?« Gassen griff nach dem Foto, doch der Kommissar war schneller.

»Das sind Sie und Ihre Freundin?« fragte er.

Gassen lehnte sich zurück. »Das Bild ist vor über zehn Jahren in Sierra Leone gemacht worden. Woher haben Sie es?«

»Wir haben es unter den Sachen des Opfers gefunden.« Wieder dieser Blick, als ob er ihm nicht trauen würde. »Was haben Sie denn in Sierra Leone gemacht?«

»Ich war als Entwicklungshelfer in Afrika.«

»Als Entwicklungshelfer, hm.« Der Kommissar schaute zu dem Bild. »Ein bißchen sehr jung für einen Entwicklungshelfer.«

»Ich war neunzehn.« Gassen versuchte ein Lächeln. »Die Leute halten mich immer für jünger als ich bin. Hören Sie, ich war zwei Jahre in Sierra Leone. Ich mußte nach dem Abi auf meine Zulassung zum Studium warten. Ich wollte nicht nur rumhängen, sondern was Sinnvolles machen. Die AGEH hat Leute für Westafrika gesucht. Ich habe oft in der Schreinerei meines Vaters mitgearbeitet. In Kenema wurde ein Schulzentrum gebaut. Da hat man mich hingeschickt.«

»Sie haben sich dadurch den Wehrdienst erspart?«

»Ja.«

»Und mehr hatten Sie nicht an Qualifikationen vorzuweisen?«

»Na ja, ich spreche fließend Englisch.«

»In Sierra Leone spricht man Englisch?«

Gassen nickte. »Englisch und Krio, ein kreolisches Englisch. Ende des 18. Jahrhunderts haben britische Gegner der Sklaverei freigelassene oder befreite schwarze Sklaven an der Küste von Sierra Leone angesiedelt. Es wurde eine britische Kronkolonie, das Hinterland später britisches Protektorat. Bis heute werden dort verschiedene Stammessprachen gesprochen. Die allgemeine Verständigungssprache in Sierra Leone ist Krio.«

Der Kommissar blickte ihn aus zusammengekniffenen Augen an. »Hochinteressant«, brummte er, dann tippte er auf das Foto. »Und diese Frau haben Sie in Sierra Leone kennengelernt?«

»Sie heißt Victoria Sia Stevenson.«

Limbach kritzelte etwas auf ein weiteres Stück Papier. Anscheinend gab es auf seinem Schreibtisch doch ein System. »Sia?« Er schaute auf. »Ist das ein afrikanischer Name?«

»Ja. Sia bedeutet die erstgeborene Tochter.«

Der Kommissar drückte den Knopf der Sprechanlage und brüllte unvermittelt ins Mikro: »Frau Weiser soll mal kommen.«

In der Anlage knisterte es, dann sagte eine Frauenstimme: »Die ist gerade raus.«

»Dann kommen Sie mal.«

Im nächsten Moment ging die Tür auf, und die blonde Frau betrat das Zimmer. Limbach reichte ihr den Zettel, auf den er Victorias Namen geschrieben hatte. »Lassen Sie das bitte durch die EDV laufen, Frau Rell. Vielleicht finden wir ja etwas.«

Er wandte sich zu Gassen. »Haben Sie sonst noch was? Ein Geburtsdatum, zum Beispiel?«

»Victoria ist in Freetown geboren. 1972. Sie hatte im März Geburtstag.« Er brach ab. Leise sprach er weiter. »Sie war zwei Jahre jünger als ich.«

»Sie waren zusammen?«

Erst kapierte er nicht. »Zusammen?«

»Sie waren liiert? Miteinander gegangen? Eine Bettgeschichte?« Limbach beugte sich vor. »Ich möchte wissen, ob Sie eine sexuelle Beziehung mit dieser Frau hatten, Herr Gassen.«

»Ja, wie waren zusammen.« Gassen setzte sich auf. »Aber für die Aufklärung des Mordes ist das doch völlig irrelevant. Es ist zehn Jahre her. Das Bild, das Sie da haben, wurde aufgenommen, kurz bevor ich nach Deutschland zurückgegangen bin. Irgendwann Ende 1990.«

»Und Sie haben die Frau seither nie mehr gesehen?«

»Nein.«

»Keine Telefonate, keine Treffen, als sie nach Deutschland gekommen ist?«

»Ich hatte keine Ahnung, daß Victoria in Deutschland ist.«

Gassen kam sich allmählich wie bei einem Verhör vor. Er fragte sich, ob die Polizei wußte, daß er für Amnesty arbeitete und sich für Asylbewerber aus Westafrika einsetzte. Er hatte schon mehrere Male Asylsuchenden, die von Abschiebung bedroht waren, Unterschlupf in seiner Wohnung gewährt. Vielleicht nahm ihn dieser Kommissar deshalb so in die Mangel. Seine Daten waren immerhin in den Polizeicomputer eingegeben worden und wer weiß, wie schnell man dort an Informationen kam. »Ich habe es erst aus der Zeitung erfahren.«

Der Kommissar legte den Zeigefinger an die Lippen, dann fragte er: »Und Sie sind sich sicher, daß Sie diese Frau nicht erst kürzlich im Crown Club besucht haben.«

»Crown Club?«

»Ein Bordell in Brühl. Ziemlich schick aufgemacht. Gilt einschlägig als Topadresse, habe ich mir sagen lassen.« Der Ton des Kommissars war süffisant. »Ihre Freundin war dort unter dem Namen Bernadette bekannt. Oder hat Sie sich bei Ihnen Delia genannt?«

Gassen starrte Limbach an, dann stand er auf. Kempenich hatte von Anfang an recht gehabt. Die ganze Sache roch nach Ärger. Nach großem Ärger. »Ich glaube, es ist besser, wenn ich gehe. Ich habe Ihnen alles gesagt, was ich weiß.«

Er wandte sich zur Tür, doch Limbach war vor ihm dort und stellte sich ihm in den Weg.

»Aber nicht doch, Herr Gassen. Sie sind der erste Zeuge in diesem Fall, der hier nicht bloß auftaucht, den Tod der scharfen Bernadette bedauert, und das war's dann. Ich kann Sie nicht gehen lassen. Nicht bevor Sie mir mehr erzählt haben.«

»Ich kann Ihnen nicht mehr sagen. Bis vor ein paar Stunden wußte ich nicht einmal, daß Victoria noch lebt.« Gassen hörte selbst, daß seine Stimme belegt klang. Er wollte nur noch raus hier, weg von diesem zynischen Bullen.

Der Kommissar schien zu merken, daß er zu weit gegangen war. Er machte eine Handbewegung, die wohl eine Entschuldigung ausdrücken sollte. »Wollen Sie einen Kaffee?«

Gassen nickte, worauf Limbach die Tür zum Nebenzimmer aufriß und »Zwei Kaffee, bitte!« in den Raum brüllte. Jemand sagte etwas, woraufhin Limbach in dem Raum verschwand. Gassen trat zum Schreibtisch und nahm die Plastikhülle mit dem Bild, das ihn und Victoria vor dem Schulzentrum zeigte. Er sah darauf wirklich wie ein kleiner Junge aus. Obwohl Victoria damals gerade siebzehn war, wirkte sie viel erwachsener. Er drehte die Hülle um. Das Papier des Fotos hatte sich im Laufe der Jahre leicht verfärbt, aber der Stempel eines Fotogeschäfts in Freetown war noch zu erkennen.

Der Kommissar kam mit zwei Bechern Kaffee zurück. Unter den Arm hatte er ein Papier geklemmt. »Nehmen Sie Milch? Nicht? Das ist gut, wir haben nämlich keine mehr.« Er stellte die Tassen ab und nahm Gassen das Foto aus der Hand. »Beweisstück«, sagte er. »Das brauchen wir noch.« Er schob einen Becher in Gassens Richtung. Dann legte er das Papier vor sich, das er aus dem Nebenzimmer mitgebracht hatte.

»Ich kann mir nicht vorstellen, daß Victoria in einem Bordell gearbeitet hat.« Der Kaffee war stark und heiß. Gassen setzte sich wieder auf den Schwinger.

»Zehn Jahre sind eine lange Zeit.« Der Kommissar war immer noch in das Papier vertieft. Schließlich sagte er: »Das hier ist das vorläufige Ergebnis unserer Anfrage bei den Ausländerbehörden wegen einer Victoria Sia Stevenson.«

»Und?«

»Fehlanzeige.« Limbach zuckte mit den Achseln. »Jede Menge Stevensons, sogar ein paar Victorias, aber Herkunftsland und Alter stimmen nicht.«

»Dann muß sie illegal eingereist sein. Vielleicht wollte sie hier Asyl beantragen wegen des Bürgerkriegs in Sierra Leone.«

»Aber gemeldet hat sie sich nie bei Ihnen?«

»Nein. Nie.«

Limbach fuhr sich durch den Bart. »Wissen Sie«, sagte er dann, »das nehme ich Ihnen einfach nicht ab.«

»Das müssen Sie mir schon glauben. Ich habe nach meiner Abreise vielleicht noch drei, viermal mit Victoria telefoniert. Und dann war sie verschwunden. Ich habe ihr etliche Briefe geschrieben und telefonisch nach ihr gesucht, aber ohne Erfolg.«

»Einfach so verschwunden?« Der Gesichtsausdruck des Kommissars sprach Bände.

»Nein, nicht einfach so.« Gassen verlor allmählich die Geduld. »Anfang der 90er Jahre ist in Westafrika niemand ›einfach so‹ verschwunden. In Sierra Leone herrscht Bürgerkrieg. Das müssen ja selbst Sie mitgekriegt haben. Die Zahl der Binnenflüchtlinge in Westafrika wird auf über zwei Millionen geschätzt – bei etwa vier Millionen Einwohnern in Sierra Leone.«

»Ist ja wahnsinnig interessant. Aber lassen Sie uns bei unserer Leiche bleiben, wie immer sie auch geheißen haben mag.«

»Was Sie da so interessant finden, hat Tausende von Menschen das Leben gekostet. Und sie hieß Victoria Stevenson.«

»Und diese Victoria Stevenson hat sich in Deutschland wirklich nie bei Ihnen gemeldet?«

»Sie hatte doch meine Adresse gar nicht. Ich bin oft umgezogen seit damals.«

»Ein Blick ins Kölner Telefonbuch hätte genügt.«

Gassen zuckte mit den Achseln. »Sie hat sich nicht gemeldet. Keine Ahnung, ob sie überhaupt nach mir gesucht hat. Gefunden hat sie mich jedenfalls nicht.«

»Wissen Sie, was mir dabei komisch vorkommt?« Der Kommissar griff nach dem Foto in der Plastikhülle und wedelte damit herum. »Das hier ist das einzige, was die Tote außer ihren Kleidern bei sich hatte.« Er schaute Martin an, als erwarte er von ihm eine Erklärung.

Gassen hatte keine Erklärung und schwieg.

Der Kommissar knallte das Foto auf den Schreibtisch. »Sie kapieren das, ja? Nur das Foto. Kein Geld, kein Ausweis, keine Aufenthaltsgenehmigung, keine Versicherungskarte, keine Kreditkarte, kein Führerschein. Nichts. Nicht mal eine lumpige Quittung vom Supermarkt. Absolut nichts. Nur ein altes Foto, auf dem ein Mann zu sehen ist. Und dieser Mann taucht just am Tag nach dem Mord bei mir im Präsidium auf.«

»Ich habe Victorias Bild in der Zeitung erkannt. Da stand, die Polizei bittet um Hinweise. Deshalb bin ich da.« Gassen verschränkte die Arme vor der Brust. Wenn dieser Bulle ihm was anhängen wollte, biß er bei ihm auf Granit. »Ohne mich wüßten Sie ja noch nicht mal ihren Namen oder ihre Nationalität.

Was hat denn die Kripo bisher getan außer sich mit irgendwelchen Bordellkunden zu unterhalten?«

Limbach ließ sich in seinen Bürostuhl zurücksinken. »Wir haben festgestellt, daß die Frau tatsächlich im Crown Club gearbeitet hat. Illegal. Die Geschäftsführerin konnte uns keine Papiere vorlegen. Es läuft schon eine Anzeige.«

»Und das ist alles?«

»Bisher ja. Aber nun wird das Bild durch Ihre blumigen Erzählungen um einiges deutlicher.« Der Kommissar grinste Gassen an.

»Jetzt reicht es langsam, Limbach. Sie sind es doch, der das Gespräch immer wieder auf ein blumiges Niveau ziehen will. Ich kriege hier den Eindruck, daß es Ihnen mit den Ermittlungen nicht besonders ernst ist. Hat das vielleicht damit zu tun, daß es sich bei der Toten um eine Schwarze handelt?«

Der Kommissar starrte auf seine Fingernägel. Dann schüttelte er kaum merklich den Kopf. »Für Sie immer noch *Herr* Limbach, mein Junge. Den Kriminalhauptkommissar erlaß ich Ihnen, aber nur, weil Sie's sind.« Er schaute hoch. »Ich brauch hier noch eine Unterschrift von Ihnen. Und Ihre aktuelle Adresse mit Telefonnummer. Am besten Handy. Damit ich Sie Tag und Nacht erreichen kann.« Sein Grinsen kam Gassen jetzt ziemlich gekünstelt vor. Der Kommissar kochte. Na gut, er selbst war auch ziemlich sauer. Limbach schob ihm ein Formular hin, in dessen oberem Teil in knappen, kaum leserlichen Worten seine Aussage zusammengefaßt war. Von »blumig« war hier nichts zu merken, und Gassen unterschrieb. Dann stand er auf und verabschiedete sich.

Limbach rührte sich nicht. Erst als Gassen die Tür schon geöffnet hatte, sagte er: »Noch eins, Herr Gassen: Wenn Sie das nächste Mal irgendwelchen kriminellen Asylanten Unterschlupf gewähren, sollten Sie das nicht mehr in Ihrer Wohnung tun.«

Gassen gab sich Mühe, die Tür nicht zuzuknallen.

Draußen stieß er fast mit Kempenich zusammen, der direkt vor der Tür stand.

»Und? Wie war's? Du bist ja ganz schön lange da drin gewesen.«

Gassen ging ein paar Schritte den Gang hinunter. »So ein Arsch! Der wird sich jedenfalls kein Bein ausreißen, um Victorias Mörder zu finden.« In diesem Moment bemerkte er Maren Weiser, die in der angelehnten Tür des Großraumbüros stand. »Sorry, ich wollte Ihren Chef nicht beleidigen, aber ...«

Sie winkte ab. »Kein Problem. Limbach ist gewöhnungsbedürftig.« Kurz blickte sie zu Kempenich.

Der hielt die Hand ans Ohr, als würde er telefonieren und sagte: »Ich ruf dich nach Dienstschluß an.«

Die Kommissarin nickte und verschwand im Büro.

Gassen wartete, bis er sicher war, daß die Tür fest verschlossen war, dann sagte er: »Du mußt mir einen Gefallen tun.« Er drehte sich zu dem Freund um. »Bis jetzt warst du mir ja keine große Hilfe. Du bist doch nur mitgegangen, damit du deine Maren wiedersehen kannst.«

Kempenich grinste. »Was willst du?«

»Ich möchte wissen, wann Victoria beerdigt wird. Dieser Kommissar sagt es mir bestimmt nicht, für den bin ich zum Hauptverdächtigen avanciert, seit er weiß, daß ich mal mit Victoria zusammen war.«

»Du hast Mist gebaut.« Kempenich konstatierte es, als hätte er nichts anderes erwartet.

»Quatsch. Ich habe ihm nur gesagt, was ich weiß. Los jetzt, frag deine Maren, wann Victorias Beerdigung ist.«

Kempenich schaute Gassen zweifelnd an, dann klopfte er und betrat das Büro.

Nach ein paar Minuten schlüpfte er leise wieder heraus und schloß die Tür mit äußerster Vorsicht. »Wow, dieser Bulle ist ja wirklich eine harte Nummer«, sagte er leise.

»Ein Arsch, hab ich doch gesagt. Was war denn?«

»Ich bin rein, und er hat an Marens Tisch gestanden. Ich wollte warten, bis er wieder raus war, da hat er mich angefahren. Ob ich auch so ein Penner sei, der die Polizei für einen Haufen Rassisten hält, oder so was.« Kempenich fuhr sich durchs Haar. »Über was habt ihr euch eigentlich unterhalten, daß der so tobt?«

»Später. Hast du das Datum?«

»Hier.« Kempenich reichte ihm einen Zettel und grinste. »Die Nummer vom Ordnungsamt und dem Friedhofspfarrer. Da sollst du anrufen, wenn die Leiche von der Polizei freigegeben ist.«

*

Als Therèse zu Martins Wohnung hochging, schallten ihr schon im Treppenhaus die souligen Klängen von *Geh jetzt* entgegen. Sie hatte Martin die Maxi-CD von Joy Denalane geschenkt, die als neuer Star des afrodeutschen New Soul hochgelobt wurde. Sie selbst stand eher auf Klassik, und in der Praxis legte sie immer Meditations-Musik zur Entspannung ein. Doch Martin liebte alles, was mit World Music und Ethno-Sound zu tun hatte. Nie würde sie vergessen, wie sie als Kids gebannt sechzehn Stunden lang das legendäre Live Aid Konzert im Fernsehen verfolgt hatten. Auch daß *Geh jetzt* in voller Lautstärke durch die Wohnungstür dröhnte, war typisch für Martin. Er liebte Menschen und laute, volle Kneipen. Um ihn herum konnte es nie genug Gespräche und vor allem Musik geben. Als Jugendliche hatte Therèse sich mit ihm in das wirbelnde Leben gestürzt, sie waren zusammen zu Konzerten, auf Kirchentage und auf Demonstrationen gegangen. Gemeinsam hatten sie in der Schule eine Projektgruppe Afrika organisiert. Ohne die Zeit mit Martin wäre sie heute ein vollkommen anderer Mensch: Ihr Elternhaus war unpolitisch, sie war als behütetes Einzelkind aufgewachsen und wäre eine klassische höhere Tochter geworden, die viel über deutsche Klassik wußte, aber nichts von der Welt kannte.

Sie stand vor Martins Wohnungstür, wo noch immer das Live Aid-Poster mit der Gitarre hing, deren Klangkörper die Umrisse des afrikanischen Kontinents darstellte. Therèse drückte den Klingelknopf und hoffte, daß Martin sie trotz der lauten Musik hörte.

Seit Sierra Leone war ihre Beziehung zu Martin anders geworden. Während früher Martin der aktive Part gewesen war, hatte Therèse heute das Gefühl, als müsse sie ihn mitziehen und für ihn Entscheidungen treffen. Es kam nicht von ungefähr, daß dieses uralte Poster noch an seiner Wohnung hing: Martin benahm sich einfach nicht wie ein inzwischen dreißigjähriger Mann, sein Leben drehte sich immer noch um Musik. Und um Afrika.

Sie klopfte laut an die Tür. Innen wurde die Musik sofort leiser, dann öffnete Martin die Tür.

»Hey, Therèse. Komm rein.« Er nahm sie kurz in den Arm. »Wartest du schon lange? Ich hab das Klingeln gar nicht gehört. Jupp hat die CD von Joy Denalane aufgelegt. Die du mir geschenkt hast.« Er lächelte sie an.

»Jupp ist schon da?«

»Ja. Ich will was mit euch beiden besprechen. Jupp ist direkt von der Arbeit mitgekommen.«

Aus dem Wohnzimmer drang das laute Quietschen der Degus. Jupp versuchte anscheinend gerade, Sugar in den Käfig zu kriegen. Therèse hatte immer ein bißchen Angst vor dem überschäumenden Temperament der kleinen Tierchen. Sie bestand darauf, daß sie im Käfig waren, wenn sie sich in Martins Wohnung aufhielt.

»Um was geht es denn?« fragte sie, während Martin ihren Mantel an die Garderobe hängte. Es war sonst gar nicht seine Art, solche Geheimnisse zu machen. Kurz überlegte Therèse, ob Martin schon ihren dreißigsten Geburtstag im Sommer planen wollte. Dann verwarf sie den Gedanken wieder. Martin war eher der spontane Typ.

Im Wohnzimmer standen eine Wasserflasche und ein Kölsch für Jupp auf dem Tisch. Martin hatte Knabberzeug dazugestellt. Ein Stapel unbeschriebenes Papier für Notizen und Zeitungsausschnitte lagen daneben. Das sah ganz nach einer Amnesty-Krisensitzung aus. Plötzlich war Therèse klar, was passiert war: Martin war wieder in Schwierigkeiten geraten. Wie damals wegen dem Jungen aus Liberia, der Autos geknackt hatte und deshalb abgeschoben werden sollte. Zwei Wochen hatte Martin den Jungen bei sich in der Wohnung versteckt. Therèse hatte Martins Mut bewundert und ihn voll unterstützt. Sporadisch engagierte sie sich heute in der Bleiberechtkampagne für traumatisierte Flüchtlinge, die die Ärzte aus sozialer Verantwortung heraus gestartet hatten. Doch dabei ging es um Gesetzesänderungen, die den Flüchtlingen wirklich helfen würden. Martins Engagement bei Amnesty kam ihr manchmal fast hilflos vor angesichts der großen politischen Zusammenhänge. Er mußte doch endlich einmal einsehen, daß seine Einzelaktionen im Grunde nichts brachten.

Sie setzte sich aufs Sofa und schaute von Jupp zu Martin. »Na? Um welchen sozialen Notfall geht es heute? Und offenbar braucht ihr eine Ärztin. Sonst hättet ihr mich doch gar nicht angerufen.«

Jupp schüttelte nur den Kopf und griff zum Kölsch. Martin setzte sich auf seinen Fellhocker und erzählte. Therèse konnte kaum fassen, was sie hörte. Sie überflog die Zeitungsartikel und schaute sich das Foto der Toten genau an.

»Und das soll diese Freundin vor dir aus dem Kindergarten in Sierra Leone sein, von der du mir mal erzählst hast?«

»Genau.«

»Aber das ist doch Ewigkeiten her. Du kannst doch nicht wissen, wie die Frau heute aussieht.«

»Ich war bei der Polizei. Die haben mir Bilder vom Tatort gezeigt. Es war ganz eindeutig Victoria. Außerdem hatte ...«

»Du warst bei der Polizei?!« Sie hatte es gewußt. Therèse griff sich Jupps Kölschflasche, nahm einen Schluck und verzog das Gesicht. »Darauf brauche ich etwas Stärkeres. Kannst du mir einen Gin Tonic mixen, bitte.«

»Klar.« Martin sprang auf und ging in die Küche.

Kaum war er draußen, fragte Therèse Jupp: »Was ist das für eine Geschichte? Hat Martin was ausgefressen? »

»Beruhige dich.« Jupp spielte wie immer alles herunter. »Er hat nur diese tote Frau bei der Polizei identifiziert. Die wußten noch nicht mal, wer sie war.«

»Und sie ist wirklich seine kleine Freundin von damals?«

Jupp zuckte mit den Schultern. »Anscheinend.«

»Und was hat er vor?«

Er zwinkerte ihr zu. »Ich glaube, er will Detektiv spielen.«

Therèse schaute ihn fragend an, doch in diesem Moment kam

Martin wieder. Er stellte den Drink vor ihr auf den Tisch. »Ich habe leider kein Eis da.« Er setzte sich. »Also, es geht um folgendes: Dieser Kommissar heute kam mir nicht so vor, als ob er sich wirklich hinter die Aufklärung des Mordes an Victoria klemmen würde ...«

»Du meinst, die Kripo schlampt?« unterbrach Jupp.

»Für die ist das doch ein Fall wie tausend andere. Eine Prostituierte ist ermordet worden, dazu noch eine Schwarze, die sich illegal in Deutschland aufgehalten hat. Da haben die doch nur Klischees im Kopf: Drogen, Mafia, was weiß ich. Die haben doch keine Ahnung von den Zuständen in Sierra Leone. Man muß die auf Trab bringen, sonst passiert nichts.«

»Ich kapier gar nichts mehr. Wieso denn Prostituierte?« Therèse hatte erst gedacht, sie hätte Martin falsch verstanden.

»Martins alte Jugendliebe hat in einem Edelbordell gearbeitet. Unter dem Künstlernamen Bernadette.« Jupp prostete ihr zu.

»Ah.« Therèse lehnte sich zurück und schaute in ihren Gin Tonic.

Martin reagierte sofort. »Was, ah? Jetzt sagt bloß nicht, daß die Sache damit für euch auch sonnenklar ist. Victoria war ... sie war etwas Besonderes.«

»Aber das ist zehn Jahre her. Du weißt nichts von ihrem Leben. Wer weiß, was ihr im Bürgerkrieg alles passiert ist. Vergewaltigungen waren an der Tagesordnung. Du weißt nicht, wie sie nach Deutschland gekommen ist. Vielleicht war sie drogensüchtig. Du hast keine Ahnung. Diese tote Frau auf den Bahngleisen hatte sicher nicht mehr viel Ähnlichkeit mit dem Mädchen, das du in Sierra Leone kanntest. Menschen verändern sich. Vor allem, wenn sie jahrelang in Terror und Krieg leben mußten.« Martin tat Therèse fast leid, wie er ihr mit unbewegter Miene zuhörte. Sie hatte wirklich nicht gewußt, wie wichtig dieses Mädchen in Sierra Leone für ihn gewesen war. Viel erzählt hatte er nicht über sie. Einmal hatte sie in der WG in Aachen Bilder von ihr gesehen: Eine schwarze Schönheit, die Therèse damals erstaunlich erwachsen und fraulich vorgekommen war. Sie hatte gut verstanden, warum Martin so fasziniert von ihr gewesen war. Aber anscheinend war seine Schwärmerei tiefer gegangen, als sie gedacht hatte.

Martin holte tief Luft. »Das weiß ich alles genauso gut wie du. Und du hast ja recht, ich habe keine Ahnung, was für ein Mensch Victoria heute war. Aber genau deshalb möchte ich wissen, wer sie umgebracht hat und warum. Sie war nicht mal dreißig.« Er stockte und sprach dann leiser weiter. »Ich muß herausfinden, wie Victoria aus Sierra Leone rausgekommen und in diesem Puff gelandet ist.«

Etwas in seinem Tonfall irritierte Therèse. »Du hast die Frau nie mehr gesehen seit damals? Und sie hat sich nicht bei dir gemeldet? Obwohl sie in Köln war?« Therèse kam die Sache immer komischer vor. »Sie hatte doch sicher die Adresse deiner Eltern.«

»Jetzt fang du nicht auch noch damit an.« Martin schaute sichtlich genervt zur Decke.

Therèse blickte zu Jupp, der die ganze Zeit schweigend sein Kölsch getrunken hatte. Jetzt hob er die Schultern. »Dieser Kommissar hat Martin nach Strich und Faden auseinandergenommen. Da sind zwei richtige Dickschädel aneinandergeraten.«

»Was heißt hier Dickschädel?! Der hat ja so getan, als hätte ich etwas mit dem Mord zu tun. Schon deshalb muß ich mehr über Victorias Leben rauskriegen. Sonst hängt dieser Kommissar mir noch was an.«

»Halt! Keine Verschwörungstheorien. Noch leben wir in einem Rechtsstaat. Und da braucht auch ein Kommissar Hinweise für einen Verdacht.«

»Er hat das Foto.«

»Welches Foto?« Therèse wandte sich wieder zu Jupp, der aber den Kopf schüttelte.

»Victoria hatte ein Bild von uns beiden bei sich. Es ist damals in Kenema gemacht worden.«

Die Geschichte wurde immer mysteriöser. Therèse musterte Martin. Er hatte diesen Gesichtsausdruck, der nichts Gutes verhieß. Eine Mischung aus Tatkraft und Verbissenheit, dem Therèse nichts entgegensetzen konnte. Vorsichtig sagte sie: »Das wäre mir an der Stelle des Kommissars auch ein bißchen komisch vorgekommen.«

»Ach was! Für dich ist Victoria doch auch nur eine Nutte, die in der Gosse gelandet ist. Kann man nichts machen, ist halt so.«

Jupp knallte die Kölschflasche so laut auf den Tisch, daß Therèse zusammenzuckte und zu ihm herumfuhr.

»Sorry«, murmelte er. Therèse war sich sicher, daß er mit Absicht abgelenkt hatte. Wenn sie zu dritt waren, versuchte Jupp immer zu schlichten, wenn es zwischen ihr und Martin zum Streit kam.

»Das muß ich mir nicht länger anhören«, sagte sie und erhob sich. Das Glas mit dem Gin Tonic stand noch halbvoll vor ihr. »Ich habe nicht jahrelang für Terre des Femmes gearbeitet, um mir jetzt von einem Typen wie dir sagen zu lassen, daß Prostituierte auch Rechte haben.«

Auch Martin stand auf und hob die Hände. »Tut mir leid, Therèse, so war das nicht gemeint.«

Sie drehte sich zu ihm um. »Aber was meinst du dann? Ich versteh nicht, was das Ganze soll. Die Frau ist tot, Martin, kapierst du das? Der kannst du nicht mehr helfen.«

Martin kreuzte die Arme vor der Brust und schwieg. Therèse stand im Zimmer und wartete. Schließlich sagte Martin: »Ich wollte dich und Jupp bitten, mir zu helfen.«

»Wir sollen dich bei diesem Detektivspiel auch noch unterstützen?«

»Wenn du es so nennen willst, ja. Ich muß wissen, was mit Victoria geschehen ist. Und wenn die Polizei sich schon nicht richtig um die Sache kümmert, kann es nicht schaden, wenn ein Privatmensch sich ein bißchen umhört. Aber allein schaffe ich das nicht.«

Martins blauem Blick hatte Therèse noch nie widerstehen können. Also würde sie eben ein paar Stunden investieren und zusehen, ob irgend etwas über diese Frau herauszukriegen war. Und in ein paar Tagen würde sich Martin dann hoffentlich auch wieder beruhigt haben. »Du weißt doch, wie viel ich gerade in der Praxis zu tun habe. Und da soll ich in meiner Freizeit auch noch Räuber und Gendarm spielen?«

»Ich brauch dich, Therèse.« Er legte ihr die Hand auf die Schulter. Sie standen neben dem Degu-Käfig, und Sugar – oder war es Nappo? – knabberte leise an den Gitterstäben.

»Ich überleg es mir, okay? Aber du mußt mir versprechen, daß du dir mal überlegst ...« Therèse brach ab. Warum der Tod einer unwichtigen Jugendliebe ihn so aus der Fassung brachte, hatte sie sagen wollen. Aber Jupp brauchte schließlich nicht alle Details aus ihrer Beziehung mitzukriegen.

Martin schaute sie fragend an, und Therèse winkte ab. »Ich ruf dich später noch mal an. Ich muß jetzt los. Ich muß heute noch ein Protokoll für die Bleiberechtkampagne schreiben.«

»Okay.« Er begleitete sie in den Hausgang und küßte sie zum Abschied. Nicht gerade ein Kuss voller Leidenschaft, so wie früher, aber immerhin ein zärtlicher Kuss, der ihr das Gefühl gab, daß sie ihm nicht nur als Freundin, sondern auch als Geliebte wichtig war.

Schließlich löste sie sich aus Martins Umarmung und trat zur Tür. Er verschwand sofort im Wohnzimmer. Therèse blickte auf die afrikanische Maske, die wie ein Wächter an der Wohnungstür hing. Im Halbdunkel des Ganges strahlte das Weiß der aufgemalten Augen unnatürlich hell. Therèse trat ins Treppenhaus und zog schnell die Tür hinter sich zu. Wenn Martin erst einmal bei ihr eingezogen war, würde endlich dieser ganze afrikanische Hokuspokus in einer Kiste im Keller verschwinden.

*

»Was willst du denn jetzt konkret tun?« fragte Jupp. Er hatte Sugar aus dem Käfig geholt, die sich sofort über die Chipsbrösel hermachte, die auf den Boden gefallen waren.

Martin breitete eine Karte auf dem Tisch aus. »Ich habe keine Ahnung, auf welchen Wegen Flüchtlinge aus Westafrika nach Europa kommen. Vielleicht kann man das über die Sierra Leone-Gruppe von Amnesty rauskriegen. Oder über die Leute von Pro Asyl.« Er schaute zu Jupp. »Was meinst du? Könnten wir nicht über Amnesty eine Anfrage beim UNO-Flüchtlingskommissar und beim Bundesamt in Nürnberg stellen, ob bei ihnen eine Victoria Sia Stevenson registriert wurde?«

»Du weißt genau, daß das nicht über Amnesty geht. Solche Informationen geben die doch schon aus Datenschutzgründen nicht raus. Und an uns von Amnesty erst recht nicht.«

»Im Polizeicomputer ist Victoria anscheinend auch nicht gespeichert. Zumindest nicht unter ihrem richtigen Namen.«

»Sie ist sicher illegal nach Deutschland geschleust worden.« Jupp schob Nappo zur Seite, der es sich auf der Karte bequem machen wollte, und tippte mit dem Finger auf die Umrisse der Niederlande. »Flüchtlinge aus Westafrika kommen oft über die Beneluxländer nach Europa. Das wird bei deiner Victoria nicht anders gewesen sein.«

Die beiden starrten schweigend auf die Karte, dann fragte Jupp: »Was glaubst du denn, wie Victoria in diesen Crown Club gekommen ist?«

»Ich kann es mir überhaupt nicht vorstellen.« Martin zuckte mit den Schultern. »Sicher wollte sie aus Sierra Leone raus, weg vom Elend des Bürgerkrieges. Aber normalerweise kommen Flüchtlinge nur nach Europa, wenn sie Pässe und Geld oder gute Beziehungen zu den richtigen Stellen haben. Victorias Vater war Lehrer, sie stammte aus Freetown. Und sie war eine Krio. Aber besonders reich oder einflußreich war ihre Familie nicht. Sie war eine Kindergärtnerin, verdammt noch mal.«

»Eine Kindergärtnerin im Crown Club.«

Martin klopfte mit zwei Fingern auf die Karte. »Genau. Und deshalb fangen wir auch exakt da mit den Nachforschungen an. Wir beide sehen uns mal in diesem Edelbordell in Brühl um.«

*

Der nachtschwarze Mercedes 280 brauste über die Straße nach Brühl. Martin Gassen und Jupp Kempenich hatten den Wagen gemietet. Sie wollten Eindruck machen und nicht schon am Nummernschild identifiziert werden. Es regnete leicht, und Kempenich, der am Steuer saß, fuhr vorsichtig auf der nassen Straße.

»Glaubst du wirklich, das bringt was? Ich komme mir jetzt schon vor wie James Bond.« Es war Kempenich deutlich anzumerken, daß ihm bei der Exkursion ziemlich unwohl war.

»Wir müssen doch wissen, ob die Polizei sich in dem Club nur ein bißchen umgehört, oder das Haus wirklich auf den Kopf gestellt hat. Victoria war sicher nicht die einzige Frau, die ohne Aufenthaltspapiere und Arbeitserlaubnis dort arbeitete.« Gassen beugte sich vom Rücksitz nach vorne, damit er sich besser mit Jupp unterhalten konnte. In dem schwarzen Ledermantel, den er sich von einem Freund geliehen hatte, kam er sich wie verkleidet vor. Auch den grauen Geschäftsanzug darunter trug er sonst nur zu ganz speziellen Gelegenheiten. So ausgestattet fühlte er sich zu allem bereit.

Kempenich seufzte. »Ich wollt dir noch eine Sache sagen. Obwohl das Maren nicht gefallen wird.«

»Du hast Maren gesagt, daß wir in den Crown Club gehen?«

»Nein, natürlich nicht. Wir haben uns ganz allgemein über den Fall unterhalten. Die Leute von der Mordkommission sind ja aus allen Wolken gefallen, als ihr Mystery Man von dem Foto der Toten leibhaftig im Präsidium aufgetaucht ist.«

»Hab ich dir doch gesagt, daß dieser Bulle mich auf dem Kieker hat.«

»Er weiß wohl eher nicht, was er überhaupt von dir halten soll. Sei froh, daß ich Maren kennengelernt habe. Ich habe ihr noch mal haargenau erzählt, was ich über dich und Victoria weiß.«

Gassen ließ sich in den Sitz zurückfallen. »Schön, daß bald alle genaustens über mein Privatleben Bescheid wissen.« Er blickte zum Fenster hinaus auf die vorbeifliegende nächtliche Landschaft. »Wir müssen jetzt aufpassen, wo's lang geht. Wir sind schon fast in Brühl.«

Kempenich nickte. »Was ich dir noch sagen wollte: Der Crown Club wird von der Polizei überwacht. Und wenn wir jetzt so aufgemotzt da auftauchen, dann wird das diesen Limbach natürlich in seinem Verdacht bestätigen, daß du was mit dem Mord zu tun hast.«

»Wir tun nichts Verbotenes, Jupp.«

»Nein, aber wir verhalten uns auch nicht gerade besonders normal. Oder kennst du jemanden, der schon mal im Crown Club war?«

»Mirko hat den Club gekannt. Von ihm hab ich auch die Adresse. Fahr durch Brühl durch und weiter Richtung Walberberg.«

Kempenich fuhr langsam durch den Ort. Dabei brummte er: »Ich kann Puffs einfach nicht leiden.«

»Komm schon, Jupp. Ich brauch dich. Du setzt dich einfach an die Bar und versuchst, ob du beim Personal was über den Mord herauskriegen kannst.«

»Columbo kann ich auch nicht leiden.« Kempenich starrte auf die dunkle Straße. Nach einer Weile fragte er. »Wo ist dieses Etablissement denn jetzt?«

»Irgendwo hier an der Strecke muß es sein. Halt mal an. Ich glaube, wir sind schon zu weit.«

Während Kempenich den schweren Wagen am Straßenrand ausrollen ließ, versuchte Gassen, bei der Innenbeleuchtung des Wagens seine Notizen zu entziffern.

»Wir müssen dran vorbeigefahren sein. Also, umdrehen. Da war doch diese schmale Straße, die links abgezweigt ist, erinnerst du dich? Das könnte die Einfahrt gewesen sein. Mirko hat mich schon gewarnt, daß das Haus nicht ganz einfach zu finden ist.«

Sie fuhren ein paar hundert Meter die unbeleuchtete Straße entlang. Nach einer breiten Kurve tauchte das Haus vor ihnen auf. Die große alte Villa lag versteckt in einem Park. Aus den Ritzen der rundum geschlossenen Fensterläden drang schwacher Lichtschein.

»Hoffentlich haben die heute nicht zu«, sagte Gassen.

»Nein.« Kempenich zeigte auf eine orangene Schranke, die in einiger Entfernung den Zugang zu der Villa versperrte. Dort stand ein Wachmann.

Gassen schaute sich nach allen Seiten um, doch weder auf der Straße noch irgendwo unter den Bäumen des Parks konnte er ein Polizeifahrzeug ausmachen.

»Guten Abend, die Herren«, grüßte der Wachmann. Kempenich hatte das Fenster heruntergelassen. Der Mann trug die Uniform eines privaten Sicherheitsdienstes.

»Sie befinden sich hier auf einem Privatgrundstück. Sind Sie Mitglieder?«

»Nein«, antwortete Gassen aus dem Fond. »Aber ich würde mich gerne mit der Geschäftsführung über die Konditionen einer Mitgliedschaft unterhalten.«

»Ihr Name, bitte?« Der Tonfall des Wachmanns war vollkommen geschäftsmäßig.

Gassen nannte den erstbesten Namen, der ihm in den Sinn kam. Dann gab er Kempenich das verabredete Zeichen, worauf dieser dem Uniformierten einen Fünfzig-Mark-Schein reichte.

»Ich hoffe, Diskretion ist hier im Hause Ehrensache«, sagte Gassen.

Der Wachmann steckte den Schein ein, ohne ein Wort zu sagen. Dann trat er vom Wagen zurück und rief mit einem Handy offenbar in der Villa an. Nach wenigen Sätzen beugte er sich wieder zum Fahrerfenster.

»Fahren Sie um das Haus herum. Dort ist ein Parkplatz, wo Sie den Wagen abstellen können. Man erwartet Sie.« Er drückte einen Knopf an einem Kästchen neben der Absperrung, und die Schranke hob sich. Grußlos winkte er sie durch.

An der Treppe zur hinteren Terrasse des Hauses wurden sie von einem weiteren Wachmann empfangen. Er führte sie in ein modern eingerichtetes Foyer. Ein riesiger Kronleuchter hing von der Decke. An beiden Seiten befanden sich Garderoben, wo ihnen schwarz gekleidete Angestellte die Mäntel abnahmen. Hinter einer halb geschlossenen breiten Flügeltür auf der linken Seite war Stimmengemurmel und leises Lachen zu hören. Offenbar befand sich hier ein Restaurant. Rechts ging ebenfalls eine breite Tür ab, das Gegenstück zur Flügeltür auf der gegenüberliegenden Seite. Sie war geschlossen.

»Ah, die Herren sind angekommen.« Eine rothaarige, quirlige Frau in einem eleganten, dunkelgrün schillernden Hosenanzug kam ihnen entgegen. »Herzlich willkommen im Crown Club. Ich bin die Geschäftsführerin. Elena Zjadacz.« Sie reichte Gassen und Kempenich die Hand und strahlte sie mit einem breiten Lächeln an, das Gassen fast echt vorkam. Ihr polnischer Akzent war kaum zu hören.

Er nannte wieder den falschen Namen. »Mein Chauffeur«, sagte er dann mit einer Geste auf Kempenich. »Ihr Haus ist mir von einem sehr guten Freund aus Bonn empfohlen worden. Aber ich möchte den Club gerne erst kennenlernen, bevor ich mich für eine Mitgliedschaft entscheide. Das ist doch möglich?«

»Sicher, sicher. Ein Herr aus Bonn, also. Darf ich fragen, warum Sie nicht vorher angerufen haben?«

Elena Zjadacz überflog Gassens Anzug und blieb an der violett gestreiften Krawatte hängen. Er fragte sich, ob Mirkos Rat, auf reicher Geschäftsmann mit ausgefallenem Geschmack zu machen, vielleicht doch nicht das richtige gewesen war. »Wissen Sie, das ist ein ganz spontaner Besuch. Ich war gerade in der Nähe. Ist das ein Problem?« fragte er schließlich.

»Nein, nein.« Die Rothaarige winkte ab. »Kommen Sie, kommen Sie, meine Herren.« Als sie sich der Flügeltür rechts näherten, öffnete diese sich von selbst, und sie traten in einen großen, hellgetäfelten Barraum mit abgehängter Decke. In der Mitte stand eine runde Theke, an der zwei Barkeeper – ein Mann und eine Frau – Drinks mixten. Sie trugen beide schwarze Fliegen und Hosenträger über Hemden, die in dem indirekten warmen Licht weiß strahlten.

Elena Zjadacz setzte sich mit ihnen an die Bar und bestellte zwei Champagner für sie, die in schmalen Kristallgläsern serviert wurden.

»Ihr Begrüßungsdrink.« Sie lächelte ihnen zu. »Noch einmal: Herzlich willkommen. Ich hoffe, Sie werden sich im Crown Club wohl fühlen.«

Gassen lehnte mit dem Rücken gegen die Theke. In dem Raum waren mehrere Sitzgruppen verteilt, an denen vereinzelte Paare saßen. Neben ihnen an der Bar hockten zwei Frauen, die sich leise unterhielten und immer wieder in ihre Richtung schauten. Auf der anderen Seite der Bar wurde laut gelacht. Gassen drehte sich um und sah drei Geschäftsmänner in Anzügen, die von mehreren Frauen umgeben waren. Mit viel Getöse wurde gerade eine neue Champagnerflasche geöffnet. Hinter der Gruppe entdeckte Gassen eine Treppe, die offenbar in die oberen Stockwerke führte.

Elena Zjadacz machte eine ausladende Handbewegung, die wohl die Bar wie auch das ganze Haus einschließen sollte. »Hier ist die weibliche Schönheit aller Kontinente vertreten. Wenn Sie eine besondere Vorliebe haben, brauchen Sie sie mir nur zu nennen. Im Crown Club wird Ihnen jeder Wunsch erfüllt.« Sie zwinkerte Gassen zu. »Unsere Mädchen sind sehr gut ausgebildet und besonders vielseitig. Sie wollen nur eines: Sie vollkommen zufrieden stellen.« Sie brach ab und wartete einen Moment, wobei sie Gassen anschaute.

Gassen nippte an dem Champagner und schwieg.

Die Geschäftsführerin fuhr fort: »Der Crown Club bietet Ihnen nicht nur wunderschöne, erotische Frauen. Hier im Haus wird Sex als ein Akt gesehen, in dem Phantasie und Körperlichkeit sich aufs Wundervollste ergänzen. Deshalb bieten wir unseren Gästen ganz besondere Räumlichkeiten. Sie wurden von Künstlern und Innenausstattern speziell designed, um die Wünsche unserer Gäste in jeder Hinsicht zu erfüllen.«

»Interessant«, murmelte Gassen.

»Wir bieten Ihnen Räume, die im Stil der »Roten Laterne« gestaltet sind. Afrikanische Schönheiten und asiatische Geishas entführen Sie in exotische Welten, wo Sklavinnen Ihnen zu Diensten sind, Südsee-Königinnen Ihnen jeden Wunsch von den Lippen ablesen.« Elena Zjadacz verzog ein wenig die geschminkten Lippen, eine Geste, die Gassen fast ironisch vorkam.

»Ich bin kein großer Freund der Sklaverei«, sagte er und schob das leere Champagnerglas von sich weg. »Auch nicht von Sklavinnen.«

»Dann vielleicht ein futuristisches Ambiente? Wir haben eine mit der neusten Technik ausgestattete Cyber-Lounge, in der Sie virtuellen Sex mit einem Full-Body-Sensor-Suit erleben können. Ich verspreche Ihnen, es ist eine Erfahrung, die Sie nicht missen möchten.«

Gassen mußte lachte. »Oh doch, das kann ich sehr gut missen. Bei virtuellem Sex passe ich. Bleiben wir doch bei der Roten Laterne.«

Elena Zjadacz schaute zu Kempenich. »Sie vielleicht?«

Kempenich, der während der Unterhaltung schweigend auf die Flaschenreihen hinter der Bar gestarrt hatte, zuckte zusammen. »Nein.« Er räusperte sich. »Ich bin nur der Chauffeur.«

»Ah.« Elena Zjadacz wandte sich wieder Gassen zu. »Die Rote Laterne also.« Sie nickte einem der beiden Mädchen an der Bar zu, worauf dieses aufstand und nach oben verschwand.

»Unser Angebot beinhaltet natürlich auch Swimmingpool, Sauna und Jacuzzi.« Die Geschäftsführerin deutete auf einen Gang, der Gassen bis jetzt noch nicht aufgefallen war. »Zur Pool-Landschaft« stand dort in roter Leuchtschrift. »Vielleicht möchten Sie sich erst bei einer Ganzkörper-Massage entspannen?«

In diesem Moment kam vom hinteren Teil der Bar krachender Lärm. Die Mädchen sprangen auf und halfen einem der drei Geschäftsmänner wieder auf die Beine, der offenbar einen der niederen Couchtische zum Umfallen gebracht hatte. Gläser und Flaschen lagen zerbrochen auf dem Boden. Elena Zjadacz machte eine kurze, scharfe Bewegung mit dem Kinn, und die Barkeeperin ging mit einem kleinen Eimer und einem Lappen zu der Gruppe. Während sich die Mädchen weiter um die Männer kümmerten, wischte sie mit ein paar schnellen Handbewegungen die Scherben zusammen. Der Barkeeper füllte mehrere Gläser und brachte sie auf einem Tablett zu der Gruppe, wo sie von lauten Begeisterungsschreien empfangen wurden.

Gassen hatte den Aufruhr verfolgt und bemerkte erst jetzt, dass zwei Frauen neben ihm standen. Die eine war das Mädchen von der Bar. Die andere war eine Schwarze mit auffallend heller Haut und einer gold-schwarz gefärbten Lockenmähne. Sie trug ein silbernes Minikleid, unter dem sich die Konturen ihrer tollen Figur deutlich abzeichneten. Ihre schlanken, langen Beine steckten in hohen, silbernen Stiefeln. Ohne Umstände setzte sie sich neben Gassen und legte ihm zur Begrüßung kurz und wie zufällig die Hand auf die Schulter.

»Darf ich vorstellen?« Elena Zjadacz gab dem Barkeeper ein Zeichen, woraufhin dieser sofort einen weiteren Champagnerkelch vor die Schwarze stellte. »Salia. Die ehemalige Miss Mosambik. Eines unserer Top-Models.«

Gassen registrierte den intensiven Blick der Schwarzen. Blauer und silberner Eyeliner ließen ihre dunkelbraunen Pupillen größer wirken, als sie eigentlich waren. Sie schien nur Augen für ihn zu haben. Den Champagner rührte sie nicht an. Ihre vollen, glänzenden Lippen vibrierten leicht. Zumindest kam es Gassen so vor.

»Salia spricht ausgezeichnet Deutsch.« Elena Zjadacz schien zufrieden mit dem Eindruck, den ihr Top-Model auf Gassen machte. »Wenn Sie noch irgendwelche Wünsche oder Fragen haben, wenden Sie sich einfach an den Barkeeper. Genießen Sie Ihren Aufenthalt im Crown Club.« Sie warf einen kurzen Blick auf Kempenich, dann verließ sie die Bar.

Gassen wandte sich der Schwarzen zu. »Sind Sie schon lange in Deutschland, Salia?«

»Schon ein paar Jahre.« Salia sprach mit einem weichen Akzent. »Ich hatte großes Glück, daß ich gleich im Crown Club eine Stelle bekommen habe. Es ist ein sehr gutes Haus.« Sie lachte Gassen an und zeigte dabei blendend weiße Zähne.

»Und Sie kommen aus Mosambik?«

Sie legte ihre schmalen Hände auf seine Schenkel. »Ja. Aber wollen wir nicht nach oben gehen? Dort können wir uns viel ungezwungener unterhalten.«

Gassen, dem die Situation vor Kempenich allmählich peinlich wurde, rutschte vom Barhocker. »Aber gerne.«

Salia berührte ganz kurz seine Hand und ging in Richtung Treppe. Gassen drehte sich zu Kempenich um. »Bis später.«

Kempenich verzog das Gesicht. »Tu nichts, was ich nicht auch machen würde«, sagte er so leise, daß die Barkeeper es nicht hören konnten.

Gassen grinste ihn an und folgte Salia, die an der Treppe auf ihn wartete.

Oben am Treppenabsatz verbreiterte sich der Raum auf eine Größe etwa halb so groß wie der Barraum darunter. Die Wände waren rundum verspiegelt, es herrschte dasselbe weiche, indirekte Licht wie in der Bar. Nur an ausgewählten Stellen waren Spots angebracht, deren konzentriertes Licht sich vielfach in den Spiegeln brach und glitzernde Effekte auf die Körper und Gesichter der hier sitzenden Frauen warf. An den Wänden lief ein breites Wandsofa rundum, auf dem vielleicht sechs Frauen saßen. Sie unterhielten sich leise und blickten kaum auf, als Gassen mit Salia erschien.

Die Schwarze führte ihn weiter in einen breiten Gang, der mit rotem Teppich ausgelegt war.

»Zur roten Laterne«, sagte sie.

Er nickte.

Ein Paar kam ihnen entgegen, der Mann war sehr groß und schlank und trug eine eckige Brille. Gassen hatte das Gefühl, dass er ihn schon einmal gesehen hätte. Kurz kam ihm in den Sinn, dass der Crown Club wahrscheinlich ein Prominentenbordell war. Er hatte den Mann im Fernsehen gesehen, da war er sich sicher. Er wollte sich umdrehen, doch Salia zog ihn weiter. Inzwischen hatte sie ihren Arm um seine Hüfte gelegt, und Gassen war sich der warmen Nähe ihres Körper sehr bewußt.

Eine Tür zur Linken öffnete sich, und Gassen konnte einen Blick in das Separée werfen. Elena Zjadacz hatte nicht zuviel versprochen: Im rötlichen Dämmerlicht war ein antiker Sekretär im Kolonialstil erkennbar, daneben große Bambuspflanzen, an der gegenüberliegenden Wand hing der lebensgroße Akt einer Schwarzen in einem Rahmen aus mattem Gold. Eine Frau stand in der Tür, wandte sich um und trat schnell in den Gang. Sie wäre fast mit Gassen zusammengestoßen. Er ging einen Schritt zur Seite, und die Frau murmelte eine kurze Entschuldigung. Sie wollte weitergehen, doch dann stoppte sie und starrte ihn an. Auch Gassen blieb stehen. Sie hatte Englisch gesprochen, Englisch mit dem unverkennbaren Akzent von Menschen, die sich normalerweise in Krio unterhielten. Die Frau war größer als Salia, ihre Hautfarbe viel dunkler. Sie erinnerte Gassen sofort an Victoria, das Braun ihres Teints wie dunkel gerösteter Kaffee, die hohen Wangenknochen, die weit auseinanderstehenden Augen. Gassen wußte sofort, daß diese Frau aus Sierra Leone stammte. Wenn er etwas über Victoria herausfinden wollte, mußte er mit ihr sprechen.

Salia drängte ihn weiter. Die Frau sagte noch einmal »I am sorry« und ging in die andere Richtung. Gassen drehte sich um und sah sie an der Treppe im Gespräch mit Elena Zjadacz. Für einen kurzen Moment hatte Gassen das Gefühl, als gäbe die Frau der Geschäftsführerin Anweisungen. Dann bemerkte Elena Zjadacz seinen Blick und zog die Frau in den verspiegelten Raum, wo er die beiden nicht mehr sehen konnte.

Salia öffnete die Tür zu einem weiteren Separée. Leise Gitarrenmusik drang aus dem Raum. Gassen trat ein. Auch hier war alles in ein rötliches, indirektes Licht getaucht. Die Wände waren mit einer goldgestreiften Stofftapete bespannt. Ein Schrank und ein Tischchen aus Teak-Holz standen an einer Wand. Auf dem Tischchen standen zwei Goldschalen. In der einen lagen Pfefferminzbonbons, in der anderen eingeschweißte Kondome. Neben dem Bett waren Glastüren in die Wand eingelassen. Durch die Ritzen der heruntergelassenen Holzrollos drang Sonnenlicht. Erst auf den zweiten Blick wurde Gassen klar, dass das Fenster eine von innen beleuchtete Attrappe war. Die Illusion war fast perfekt. Die Lichtstrahlen fielen auf das überbreite, mit violetten Laken bezogene Bett, an dessen Stirnseite ein mächtiger Aufsatz aus schwerem, dunklem Holz aufragte. Darüber hing der liegende Akt einer Dunkelhäutigen, die einen roten Turban um ihr Haar geschlungen hatte.

Salia nahm Gassen bei den Händen und führte ihn zum Bett.

»Ich komme gleich wieder«, flüsterte sie ihm ins Ohr, wobei sie ihren Körper eng an seinen drückte. »Mach es dir schon bequem. Dort ist das Bad.« Sie zeigte auf eine Tür neben dem Bett, die ebenfalls mit dem gestreiften Stoff tapeziert und kaum zu sehen war. Dann löste sie mit geschickten Fingern den Knoten seiner Krawatte und zog sie ihm in einer schnellen Bewegung vom Hals. Sie verschwand mit der Krawatte in der Hand.

Gassen fragte sich, ob er das teure Teil wohl je wiedersehen würde. Er zog sein Jackett aus und hängte es über einen stummen Diener, der neben dem Schrank stand. Dann trat er zu der falschen Balkontür und begutachtete die versteckte Lichtquelle. Er legte sich auf das breite Bett, das sehr bequem war, nicht zu hart, nicht zu weich. Zumindest vorzügliche Matratzen ließ sich Elena Zjadacz das Wohl ihrer betuchten Gäste kosten. Die schwarze Frau aus dem Gang beschäftigte ihn, und er fragte sich, ob Kempenich unten an der Bar vielleicht mit ihr ins Gespräch kam.

Mit einem leisen Knacken öffnete sich die Tür. Salia hatte sich offenbar umgezogen, denn die Frau, die sich dem Bett näherte, trug ein bodenlanges weißes Kleid. Gassen richtete sich auf und wollte aufstehen.

»Bleiben Sie liegen«, sagte die Frau. Sie sprach Englisch, und die Stimme erkannte er sofort. Es war die Frau aus dem Gang.

»Ich heiße Cynthia«, sagte sie. Sie setzte sich neben ihn auf das Bett und strich ihm langsam über die Brust.

Gassen stand jetzt doch auf. »Sie kommen aus Sierra Leone, nicht?« fragte er ebenfalls in Englisch.

Cynthia nickte. Sie blickte zu ihm hoch. »Wollen Sie, daß Salia wiederkommt?«

Er schüttelte den Kopf, und Cynthia lächelte. Ihr Kleid war ärmellos und sehr tief geschnitten. Mit einer kaum merklichen Bewegung löste sie den Stoff, der nach unten fiel und ihren Oberkörper freigab. Gassen mußte sich zwingen, nicht auf ihre Brüste zu starren.

»Hier soll vor kurzen ein Mädchen umgekommen sein, das auch aus Sierra Leone stammte.« Gassen merkte selbst, wie seine zurechtgelegten Sätze ziemlich deplaziert wirkten. Aber er mußte weiterfragen. »Haben Sie sie vielleicht ...«

Cynthia stand schnell auf und legte ihm den Zeigefinger auf den Mund. Gassen zuckte bei der weichen Berührung zurück, doch er hatte sie mißverstanden. Die Frau zeigte auf die schummrige Deckenbeleuchtung, dann hielt sie kurz die Hand hinters Ohr, als ob sie jemanden belauschen wolle. Im Crown Club wurde also abgehört, vielleicht sogar gefilmt! Gassen unterdrückte den Impuls, sich nach versteckten Kameras und Wanzen umzusehen.

Cynthia ließ ihm nicht viel Zeit für verräterische Gesten. »Kommen Sie,« sagte sie und zog ihn wieder auf das Bett. Sie drückte ihn sanft in die Laken. »Ist es so bequem?« fragte sie. Gassen brachte keinen Ton heraus und nickte nur. Das Kleid hatte sich inzwischen ganz vom Körper der Schwarzen gelöst, sie kniete nur mit einem weißen Spitzenslip bekleidet neben ihm. Langsam begann sie, ihn auszuziehen. Gassen hatte sich fest vorgenommen, es nicht zum äußersten kommen zu lassen. Doch der dunklen, straffen Haut der Frau konnte er nur schwer widerstehen. Der Duft ihres Körpers, der von einem leichten, exotischen Parfüm nur schwach überdeckt wurde, erinnerte ihn an Victoria.

Cynthia küßte ihn auf Bauch und Oberschenkel, dann zog sie die Decke über sie beide. Kaum waren sie von der dunklen Wärme eingehüllt, zog Cynthia die Hände von ihm weg. Er wollte näher zu ihr rücken, doch sie drückte energisch gegen seine Brust und hielt ihn auf Abstand.

»Beweg dich weiter, als ob du mit mir schlafen würdest«, flüsterte sie. »Ich muß mit dir reden. Aber hier wird alles abgehört.« Sie begann laut zu stöhnen.

Gassen nickte, dann fiel ihm ein, daß sie ihn nicht sehen konnte. »Klar«, sagte er und bemühte sich um die richtigen sexuellen Hüftbewegungen. Kurz überlegte er, ob sich so virtueller Sex anfühlte, dann verdrängte er alle Gedanken an Sex und bemühte sich, dem schneller werdende Keuchen der Frau neben ihm keine Beachtung zu schenken.

»Du bist Martin. Ich bin Victorias Schwester«, sagte Cynthia unvermittelt.

»Was!« Gassen fuhr auf und hätte dabei fast die Decke abgeschüttelt.

»Schsch, nicht so laut. Sie dürfen es nicht mitkriegen.«

»Sorry. Woher kennst du mich?«

»Ich habe euch einmal in Kenema besucht. Du wirst dich nicht an mich erinnern. Ich war erst zwölf.«

Gassen erinnerte sich undeutlich an ein junges Mädchen. Die Frau, die sich neben ihm zu immer ekstatischeren Lauten der Lust hinreißen ließ, hatte keine Ähnlichkeit mit diesem Mädchen. Cynthia sah Victoria nicht besonders ähnlich. Doch etwas an ihrem Körper, an ihrer Haltung, erinnerte ihn unweigerlich an Victoria.

»Hör nicht auf, dich zu bewegen.«

»Seit wann seid ihr in Deutschland?« fragte Gassen leise.

»Wir sind vor zwei Jahren aus Sierra Leone herausgekommen. Ein Fluchthelfer hat uns nach Conakry und von dort nach Brüssel und Antwerpen geschmuggelt.«

»Und wie seid ihr in den Crown Club gekommen?«

»Wir mußten unsere Fluchtkosten abarbeiten.« Sie sprach ohne besondere Emotion.

Gassen stoppte mitten in der Bewegung. »Aber Victoria? Du ...«

Auch Cynthia hörte abrupt auf zu stöhnen. Leise zischte sie: »Verglichen mit dem, was wir hinter uns hatten, ist der Crown Club eine Erholung. Hast du überhaupt eine Ahnung, was in Sierra Leone los war, nachdem du nach Deutschland zurückgegangen bist? Und mach weiter. Ich will keinen Trouble mit der Chefin kriegen wegen dir.« Sie drückte sich an ihn. Gassen wollte zurückweichen, doch seine Erregung war stärker. Er zog sie zu sich, um sie zu küssen.

Sie wandte sich ab und fragte: »Was willst du hier?«

»Ich will wissen, wer Victoria ermordet hat.«

Sie schwieg, dann hörte Gassen einen schluchzenden Laut. Er faßte Cynthias Hände in der Dunkelheit.

»Weißt du, wer es war?«

»Nein.« Ihre Stimme klang heiser. »Niemand hier weiß etwas. Vielleicht war's ein Freier. Das glauben die Mädchen. Ich habe Angst.« Wieder kam das erstickte Schluchzen. Gassen zog sie näher zu sich, und dieses Mal ließ sie es sich gefallen und schmiegte sich eng an ihn. Er bemühte sich, die Erregung zu verdrängen, die seinen Körper mit Macht erfaßte, und konzentrierte sich auf das, was ihn hierher geführt hatte.

»Die Polizei«, sagte er. »Wissen die etwas?«

»Cops!« Cynthia sprach das Wort mit deutlicher Verachtung. »Die haben keine Ahnung. Die interessiert nur, wer von den Mädchen hier illegal arbeitet. Der Tod einer Nutte läßt die kalt.«

»Wissen sie, daß du Victorias Schwester bist?«

Sie drückte sich an ihn, und Gassen spürte die Fülle ihrer Brüste. Leise flüsterte sie ihm ins Ohr: »Niemand weiß das hier. Falsche Papiere, verstehst du. Das ist sicherer.« Ihre Zunge erkundete sanft die Konturen seiner Ohrmuschel. »Beweg dich. Tu so, als würdest du mit mir schlafen. Sie dürfen nicht mitkriegen, daß wir uns nur unterhalten.«

Cynthia warf die Bettdecke zurück und zog Gassen auf sich. Cynthias Hüften drückten fest gegen seinen Unterleib, und ihre vollen, dunklen Brüste bewegten sich vor seinen Augen. Das pfeffrige Aroma ihrer Haut brachte ihn fast um den Verstand. Er stöhnte und bewegte sich langsam. Cynthia bäumte sich lustvoll auf, ihm entgegen. Gassens verzweifelte Selbstbeherrschung brach zusammen. Mit einer lange nicht mehr gespürten Leidenschaft tat er das, was nicht zu tun er sich eisern vorgenommen hatte.

*

Kempenich war inzwischen von Champagner zu Kölsch übergewechselt. Er hatte ein paar freundliche Worte mit der Barfrau gewechselt und dabei das Gespräch unauffällig auf die schwarze Tote in Weidenpesch gebracht.

»Eine furchtbare Sache.« Die Frau stellte drei hohe Gläser vor sich. »Vielleicht eine vom Straßenstrich.«

»Einem Mädchen vom Crown Club könnte das nicht passieren?« Kempenich wußte, daß er mit der Frage ein Risiko einging, aber die Barfrau schien keinen Verdacht zu schöpfen.

»Nein, von hier doch nicht«, sagte sie. »Hier arbeiten nur Top-Kräfte.« Sie grinste, während sie ein paar Tropfen Grenadine in die Drinks spritzte. »Die Models hier, Sie würden sich wundern, die kommen manchmal aus richtig reichen Familien. Hier gibt es keine Aufschlitzer und Perversen, mit denen sich die Nutten auf der Straße herumschlagen müssen. Das ist hier eher wie eine große Familie. Der Crown Club ist Spitzenklasse.« Sie klang überzeugend. Kempenich wurde trotzdem den Verdacht nicht los, daß die Mitarbeiter im Crown Club auch auf informelle Gespräche mit den Kunden sehr gut vorbereitet wurden. Vor allem, wenn es um den Mord an einem der Mädchen ging. Aber vielleicht glaubte die Barfrau ja selbst, was sie sagte. Sie kam Kempenich sehr jung vor, kaum zwanzig. Auf jeden Fall war sie angewiesen worden, vor den Gästen geheimzuhalten, daß die Tote auf den Weidenpescher Bahngleisen im Crown Club gearbeitet hatte. Viel erfahren würde er hier nicht.

Er blickte zur Treppe hoch und fragte sich, wann Gassen wohl zurückkommen würde. Die Barfrau brachte die Drinks zu der angeheiterten Gruppe auf der anderen Seite der Bar. In diesem

Augenblick erschien Salia in ihrem silbernen Minikleid oben an der Treppe. Gassen war nirgends zu sehen. Das Mädchen kam langsam die Stufen herab. Sie lächelte ihn kurz an und ging dann ihm vorbei zu einem jungen Mann, der vor wenigen Minuten mit Elena Zjadacz die Bar betreten hatte. Kempenich schaute zur Treppe. Irgend etwas mußte da oben passiert sein. Er überlegte, ob er hochgehen und nach seinem Freund suchen sollte, da wurde er durch laute Stimmen aus der feiernden Gruppe der drei Geschäftsmänner abgelenkt. Die Barfrau hatte den Herren gerade die frischen Drinks hingestellt, und einer hatte offenbar versucht, sie auf seinen Schoß zu zerren. Mit einer freundlichen, aber entschlossenen Geste hatte die Frau sich seinem Griff entzogen, woraufhin er sauer geworden war. Selbst die ausgiebigen Streicheleinheiten der Mädchen konnten ihn nicht beruhigen.

Kempenich beugte sich etwas zur Seite, um die Szene besser im Blick zu haben. Ein Mann, ein beleibter Enddreißiger mit schütterem Haar, saß etwas abseits und beteiligte sich nicht an der Aufregung. Eine Asiatin saß auf der Sessellehne neben ihm, doch er war nicht mit ihr beschäftigt. Kempenich zuckte zurück: Der Mann beobachtete ihn! Aus dem Augenwinkel heraus versuchte Kempenich, ihn besser ins Visier zu bekommen. Dann erkannte er ihn. Es war der Kollege von Maren, der Dicke aus dem Präsidium. Er hatte es gewußt: Die Polizei ließ den Crown Club beobachten. Offenbar hatten sie dafür sogar eine Undercover-Aktion organisiert. Davon hatte ihm Maren nichts gesagt.

Die Barfrau kam zurück und stellte sich hinter den Tresen. Leise sagte sie zu ihrem Kollegen: »Idioten!«

Der nickte.

Kempenich drehte sich noch einmal zur Treppe. Von Gassen keine Spur. Er wandte sich an die Barfrau und bestellte einen Whisky.

»Ohne Eis, bitte. Einen doppelten.« Auf den Schock mit dem Bullen brauchte er etwas Stärkeres als Kölsch. »Gehören diese Kerle denn zum Stammpublikum?«

»Nee.« Die Barfrau schüttelte den Kopf. Ein abfälliger Ausdruck glitt über ihr Gesicht, doch sie hatte sich sofort wieder im Griff. »Die Herren sind zum ersten Mal hier.«

Kempenich fragte weiter, doch die Barfrau antwortete nur noch einsilbig. Schließlich vertiefte er sich in seinen Whisky und hoffte, daß Gassen endlich zurückkäme.

Cynthia begleitete Gassen die Treppe hinunter zur Bar. Sie verabschiedete sich mit einem leichten Wangenkuß. Dabei flüsterte sie ihm zu: »Verrat mich nicht.« Laut sagte sie: »Alles weitere regeln Sie bitte mit der Geschäftsführerin.« Damit drehte sie sich um und verschwand durch die Flügeltür ins Foyer, wo Elena Zjadacz sie mit einem zufriedenen Gesichtsausdruck empfing.

Gassen starrte Cynthia nach und beobachtete die beiden Frauen im Gespräch. Wieder hatte er den Eindruck, daß nicht Elena Zjadacz, sondern Cynthia hier die Zügel in der Hand hielt. Doch dann drehte sich Cynthia zu ihm um und winkte ihm kurz zu. Ihr Augenausdruck erschien Gassen voller Angst.

»Wo warst du denn so lange?« zischte Kempenich neben ihm. »Ich warte hier schon seit einer geschlagenen Stunde. Und dann ist das Mädchen wieder runtergekommen, diese Salia. Was war denn los?«

Gassen hob die Hand. »Ich erzähl dir alles später, okay?«

Elena Zjadacz trat zu ihnen. »Schön, daß Sie im Crown Club doch etwas nach Ihrem Geschmack gefunden haben.« Sie blinzelte kurz. »Obwohl Agnes ja eher Sie gefunden hat.«

In der unbewegten Miene der Geschäftsführerin war nicht zu lesen, ob sie ahnte, warum Gassen hier war, oder dass Cynthia unter falscher Identität hier arbeitete. Anscheinend nannte sie sich Agnes. »Es gibt offenbar viele Verlockungen im Crown Club«, sagte er.

Beim Hinausgehen führte Elena Zjadacz Gassen in ein kleines Büro neben der Garderobe, nannte ihm geschäftsmäßig den Preis, den er für »Getränke und andere Dienstleistungen« zu zahlen hatte und steckte mit einem schmalen Lächeln die tausend Mark ein, die er ihr bar in die Hand drückte. Kurz kam sie noch einmal auf eine Mitgliedschaft im Crown Club zu sprechen, aber er wehrte ab.

»Vielleicht beim nächsten Mal. Ich komme bestimmt wieder. Mit meinem Bonner Freund.«

Elena Zjadacz zuckte nur mit dem Schultern.

»Der Abend muß dich ein kleines Vermögen gekostet haben.« Kempenich saß am Steuer und lenkte den schweren Wagen erleichtert Richtung Köln. Gassen hatte den Ledermantel ausgezogen und sich neben ihn auf den Beifahrersitz gesetzt.

»Kann man so sagen.« Gassen ging die Bemerkung der Geschäftsführerin, Agnes alias Cynthia hätte ja wohl eher ihn gefunden, nicht aus dem Kopf. Etwas im Ton von Elena Zjadaczs Worten hatte ihn irritiert. Es hatte fast so geklungen, als ob Cynthia wirklich nach ihm gesucht hätte, und zwar nicht erst, seit er im Crown Club aufgetaucht war. Ein Satz von Limbach fiel ihm wieder ein. *Ein Blick ins Kölner Telefonbuch hätte genügt.* Jeder, der seinen Namen wußte, konnte ihn in Köln ausfindig machen.

»Und du bist dir hundertprozentig sicher, daß diese Cynthia wirklich die Schwester von Victoria ist?«

»Was?« Kempenichs Frage schreckte Gassen aus seinen Gedanken auf.

»Cynthia? Ist sie wirklich Victorias Schwester?«

»Ganz klar. Sie kannte meinen Namen, wußte Details aus unserer Beziehung. Ich erinnere mich auch vage, daß es eine Schwester gab. Sie war damals noch ein Kind. Und außerdem ...« Gassen hatte Kempenich noch nicht gestanden, daß er tatsächlich mit Cynthia Sex gehabt hatte. Er wußte genau, daß Cynthia Victorias Schwester war, weil sie ihr körperlich so ähnlich war.

Kempenich blickte Gassen kurz an. »Was außerdem?«

»Da ist eine Familienähnlichkeit.«

»Sehr ähnlich sah die Frau, mit der du runtergekommen bist, der Toten aus der Zeitung aber nicht. Anderer Mund, ganz andere Augen.«

»Stimmt. Ich meine auch nicht das Gesicht.«

»Was meinst du ...« Kempenich ließ abrupt das Lenkrad los

und schlug sich mit der flachen Hand gegen die Stirn. »Ich Idiot! Du bist wirklich mit ihr ins Bett. Ich fass es nicht.« Er schüttelte den Kopf und blickte abwechselnd auf die Straße und zu Gassen. »Ich wette, es hat nicht mal große Verführungskünste gebraucht, bis diese Cynthia dich soweit hatte.«

»Die Zimmer werden abgehört. Wir mußten so tun, als ob wir Sex haben.« Es war eine lahme Verteidigung, aber Gassen kannte seinen Freund: Was Sex betraf, war Jupp die Toleranz in Person.

»Und vom So-tun-als-ob seid ihr direkt ins Tun gewechselt?«

»Kann man so sagen.«

»Kann man so sagen, kann man so sagen. Laß das bloß Therèse nicht wissen. Die flippt eh schon aus, wenn sie hört, daß wir wegen Victoria in einem Puff waren.«

»Dann halt du dich zurück, wenn du wieder mal mit Therèse über mich plauderst. Wir haben Cynthia an der Bar getroffen, ist das klar, Jupp?«

»Klar, Chef!« Kempenich salutierte mit der Rechten. Dabei grinste er unablässig. »Und ich Depp wundere mich noch, warum das so lange dauert. Und warum du wie frisch geduscht wieder runterkommst. Du hast ja noch ganz feuchte Haare.«

»Ich hab mich nur kurz abgespült.«

Kempenich warf ihm einen vielsagenden Blick zu.

»Allein!« sagte Gassen mit Nachdruck.

»Traust du dieser Cynthia? Sie könnte dich auch angelogen haben.«

»Ich wüßte nicht, wieso.«

»Sie hätte dir doch in der Stunde, die du bei ihr warst, viel mehr erzählen können. Hatte Victoria Feinde? War sie auf Drogen? Habt ihr darüber gesprochen?«

»Das Gespräch war kompliziert. Die sollten ja nicht mitkriegen, daß wir uns richtig unterhalten.«

Kempenich starrte auf die nasse Straße, die vor ihnen im Scheinwerferlicht glänzte. Sie fuhren am Ortsschild von Köln vorbei, rechts und links waren Häuser.

»Da wird mir einiges klar«, sagte Kempenich leise. »Ich hab nämlich auch noch eine Überraschung für dich.«

Gassen wandte sich ruckartig zu ihm. »Hast du etwas über Victoria rausgekriegt?«

Kempenich schüttelte den Kopf. »Nicht über Victoria. Erinnerst du dich, daß Maren gesagt hat, der Crown Club wird überwacht?«

»Ja. Aber vor der Schranke war kein Wagen zu sehen. Kein Streifenwagen und auch kein Auto, das nach Zivilbullen aussah.«

»Ich habe aber jemanden gesehen. Im Club. Und zwar einen von Marens Kollegen. Druba heißt er, glaube ich.«

»Der Dicke?« Gassen erinnerte sich an den Polizisten, der ihn in Limbachs Büro als den Mann auf Victorias Foto identifiziert hatte.

»Ja, ziemlich beleibt. Er hat bei diesen besoffenen Idioten gesessen. Und mich die ganze Zeit nicht aus den Augen gelassen.«

Gassen lehnte sich in den Sitz zurück und blickte in die Nacht. Dann sagte er: »Ich kann mir nicht vorstellen, daß die Polizei so eine Aktion macht, nur um zu sehen, ob ich im Crown Club auftauche.«

»Du bist im Augenblick ihre einzige Spur. Das hat Maren gesagt.« Kempenich warf Gassen einen seiner bedeutungsschweren Blicke zu. »Aber stimmt schon: Mir kommt es auch übertrieben vor. Sag mal: Kommt es dir nicht komisch vor, daß Cynthia weiß, daß die Räume abgehört werden?«

»Doch ...«

»Das spricht dafür, daß nicht die Mädchen, sondern die Kunden abgehört werden. In einem Prominentenbordell kann das ein lukratives Geschäft sein. Und ich habe einen gesehen, der sah aus wie Dieter Bohlen.«

Gassen setzte sich auf. »Du hast recht! Mir ist oben auch ein Typ aufgefallen, den ich vom Fernsehen kenne. Irgendein Moderator, ich komme noch drauf. Daß die gute Elena Zjadacz ihre werten Gäste erpressen könnte, daran habe ich überhaupt nicht gedacht.«

»Auf jeden Fall könnte das auch der Grund dafür sein, warum die Bullen den Club überwachen. Aber egal wie und warum:

Dieser Druba hat mitgekriegt, daß du mit einem Mädchen oben warst. Und wenn Hauptkriminalkommissar Limbach das erfährt, wird er sich seinen Teil denken.«

*

Kempenich drückte die Aus-Taste auf seinem Handy. Privatgespräche waren bei C&T seit einem Monat streng verboten. Auch der Chef mußte sparen. Zumindest hatte er ihnen die Maßnahme so erklärt. Gassen saß ihm gegenüber und tippte immer wieder kurz etwas auf der Tastatur seines Computers. Ganz sicher arbeitete er nicht an den Plänen für das UMTS-Gerät. Es sah eher so als, als surfe sein Kollege seit Stunden durch den Cyberspace. Private Internetnutzung während der Arbeitszeit stand ganz oben auf der Liste der Sparmaßnahmen der Firma.

»Was machst du da eigentlich?«

Gassen winkte ab. »Später.« Er nahm die Augen nicht vom Monitor.

Kempenich steckte das Mobiltelefon in seine Aktentasche. »Das war gerade Maren am Handy. Wir haben es jetzt offiziell: Die Polizei hat alle in Europa erreichbaren einschlägigen Dateien abgefragt, ob bei ihnen in den letzten zwei Jahren eine Victoria Sia Stevenson als Flüchtling oder Asylsuchende registriert wurde. Nichts.«

Gassen schaute zu ihm hoch. »Das bestätigt nur, was Cynthia gesagt hat: Sie und Victoria sind als illegale Flüchtlinge nach Europa gekommen.«

»Davon geht die Polizei aus.« Kempenich seufzte. »Martin, ich muß Maren bald sagen, daß Cynthia Victorias Schwester ist oder sich zumindest dafür ausgibt. Sie denkt eh schon bald, daß ich nur mit ihr zusammen bin, um sie über den Weidenpesch-Mord auszuquetschen . . .«

»Bist du übergeschnappt, Jupp!« Gassen klang ehrlich entsetzt. Er schob die Tastatur von sich weg und starrte Kempenich an. »Du kannst Cynthia doch nicht auffliegen lassen. Ich kann mir schon denken, was die Polizei dann mit ihr macht. Im schlimmsten Fall schieben sie sie ab, zurück nach Sierra Leone, mitten hinein in den Bürgerkrieg. Elena Zjadacz wird auch nicht erbaut sein, daß Cynthia sie angelogen hat. Und vergiß nicht: Aus irgendeinem Grund ist Victoria umgebracht worden. Und der Mörder läuft noch immer frei herum.«

»Das weiß ich. Aber es ist gut möglich, daß Cynthia den Mörder kennt und auch über das Motiv für den Mord Bescheid weiß. Oder daß sie zumindest ahnt, um was es ging. Die Polizei muß sie befragen. Du bist ja nicht weiter als ins Bett mit ihr gekommen.« Kempenich klang härter, als er es beabsichtigt hatte.

Doch Gassen reagierte nicht verärgert, im Gegenteil, er schien zu überlegen. »Sie hat mich gebeten, sie nicht zu verraten«, sagte er langsam. »Vielleicht gibt es ja eine Möglichkeit, wie wir die Polizei dazu kriegen, daß sie die Mädchen im Crown Club noch einmal genauer befragen. Dazu muß doch niemand wissen, daß sie Victorias Schwester ist.«

»Ich kann Maren nicht noch einmal um etwas bitten, das mit dieser Sache zu tun hat.« Kempenich zuckte mit den Schultern. »Sie kann uns auch keine Informationen mehr geben. Es ist illegal. Sie hat uns die Infos nur gegeben, weil sie dir glaubt.« Kempenich beugte sich vor und schaute Gassen fest in die Augen. »Im Gegensatz zu Limbach. Der ist fest davon überzeugt, daß du den geschockten Ex-Lover nur schauspielerst und irgendwie, wenn auch nur am Rande, in den Mord verwickelt bist.«

Gassen schwieg und starrte auf den Monitor. Dabei fuhr er mit der Maus über den Tisch und klickte ab und zu.

Schließlich wurde es Kempenich zu dumm. »Was machst du denn da die ganze Zeit im Internet?«

»Was?« Gassen schreckte aus seinen Überlegungen hoch. »Ich versuche herauszufinden, was über Fluchtwege aus Sierra Leone nach Europa bekannt ist. Eine Art Gegencheck zu dem, was Cynthia gesagt hat.« Er blickte hoch. »Sie könnte mich ja wirklich angelogen haben. Aber schau es dir mal an.« Er drehte den Monitor, so daß Kempenich die Seite lesen konnte, die er aufgerufen hatten.

»Sämtliche Sierra-Leone-Länderreports von Amnesty der letzten Jahre? Du hast die nicht alle durchgelesen?«

»So ziemlich. Ich hab mich gleich gestern abend daheim drangesetzt.«

»Und? Was hast du bist jetzt herausbekommen? Was ist mit Antwerpen?«

»Antwerpen war schon immer ein bevorzugter Ein- und Auswanderungsplatz. Offenbar kommen auch viele Flüchtlinge aus Afrika über Antwerpen nach Europa. Das würde also passen, aber . . .« Er ließ den Rest des Satzes in der Luft hängen.

»Aber?«

Gassen kaute auf einem Kuli. »Die Fluchtbewegung aus Sierra Leone geht überwiegend nach Großbritannien. Das macht auch Sinn. Vor allem die gebildete Schicht der Krios hat dort Verwandte und Freunde. Und die Krios haben auch am ehesten finanzielle Mittel für eine Flucht vor dem Bürgerkrieg.«

»Also stimmt Cynthias Story nicht?«

»Ich weiß nicht. Sie hat gesagt, sie und Victoria müßten das Geld für die Flucht im Crown Club abarbeiten. Das klingt nicht nach einer humanitären Fluchthilfeorganisation. Und Antwerpen ist seit etwa zwei Jahrzehnten ein Knotenpunkt des internationalen Menschenhandels.« Gassen warf den Kuli auf seine Notizen. »Man müßte vor Ort mit Leuten reden, die sich auskennen.«

»Du willst nach Antwerpen?«

Gassen schüttelte den Kopf. »Nein. Zumindest noch nicht. Aber erinnerst du dich? Therèse hatte doch vor ein paar Monaten diesen belgischen Fall in ihrer Ärzte-Kampagne. Sie hat dauernd mit einem Zentrum in Antwerpen telefoniert. Weißt du noch, wie das hieß? Es klang nicht belgisch.«

Kempenich erinnerte sich noch gut an das Schicksal der Frau aus Nigeria, die vergewaltigt und gefoltert worden war. Europaweit hatte sich die Ärzte-Organisation dafür eingesetzt, die Abschiebung der Frau zu verhindern. »Payoke. Ein Zentrum für Prostituierte und Opfer von Gewalttaten. Gegründet von der belgischen Europaabgeordneten der Grünen. Patsy Sörensen.« Kempenich hatte bei Amnesty an einer Kampagne gegen internationalen Menschenhandel mitgearbeitet, an der auch Payoke beteiligt war.

»Genau.« Gassen kritzelte etwas mit dem Kuli auf ein Stück Papier.

»Du willst Therèse fragen, ob sie dir den Kontakt zu den Frauen von Payoke vermitteln kann?«

Sein Freund schaute hoch. »Am besten wäre es, sie würde selbst hinfahren und nachforschen. Sie kennt die Leute.«

»Therèse soll nach Antwerpen, um nach der Spur deiner Victoria zu suchen!?« Kempenich konnte es kaum fassen. Wenn es um Therèse ging, setzte Gassens normalerweise ganz gut ausgebildete Menschenkenntnis vollständig aus. »Du glaubst doch nicht im Ernst, daß Therèse sich darauf einläßt? Darf ich dich daran erinnern, wie sie letzthin bei dir rausmarschiert ist.«

Gassen hob die Achseln. »Wir sind immerhin schon ewig befreundet.«

»Ihr habt eine Beziehung, Martin. Und du mutest Therèse zu, daß sie sich an diesem hoffnungslosen Unterfangen beteiligt und nach deiner ermordeten Ex-Geliebten sucht.«

»Sie hat überhaupt keinen Grund zur Eifersucht. Victoria ist tot.«

»Bist du so naiv, oder tust du nur so?« Kempenich schüttelte leicht den Kopf. »Alle in deiner näheren Umgebung haben mitgekriegt, wie dich der Tod dieser Frau mitnimmt. Seit du das Bild in der Zeitung gesehen hast, denkst du an nichts anderes mehr. Wieviel dir Victoria bedeutet hat, brauchst du Therèse gar nicht mehr zu erzählen, das weiß sie inzwischen. Und ich sag dir eins: Du bist noch heute nicht weg von dieser Frau.«

»Und wenn's so wäre?« Gassen schaute Kempenich mit einer Ruhe an, die dieser nicht begreifen konnte.

»Na, das ist doch wohl klar.« Kempenich konnte nicht verhindern, daß er lauter wurde. Gassen brachte ihn immer auf die Palme, wenn er sich stur stellte. »Therèse will nicht mit dem Geist einer toten Achtzehnjährigen konkurrieren. Das muß doch auch in deinen Dickschädel reingehen.«

Gassen fuhr sich durchs Haar. Wenigstens der Hauch einer gefühlsmäßigen Reaktion. Kempenich wartete, aber Gassen schwieg. Schließlich meinte er: »Was? Was soll ich dazu sagen?«

»Kapierst du's?«

»Ja. Schon.«

»Therèse wird nicht für dich in Antwerpen nach Victoria suchen.«

Gassen verzog leicht den Mund. »Vielleicht doch. Du kennst sie nicht so gut wie ich. Mit Therèse kann man Pferde stehlen. Wenn ich sie davon überzeugen kann, daß es eine gute Sache ist, dann macht sie es auch.«

Kempenich ließ sich in den Bürostuhl zurückfallen. Es war hoffnungslos. »Weißt du was, Martin, fahr doch lieber selbst nach Antwerpen.

»Ich, Jupp? Ich kann nicht. Ich muß nach Afrika.«

*

Die Bäume standen ziemlich dicht, und in der Finsternis konnte Gassen kaum erkennen, wo er hinlief. Vorsichtig tastete er mit seinen derben Schuhen den Boden ab, bevor er den nächsten Schritt wagte. Niedere, dornige Büsche versperrten ihm die Sicht, so daß er die Villa kaum erkennen konnte. Die Begegnung mit Cynthia ließ Gassen keine Ruhe. Bevor er nach Afrika flog, mußte er unbedingt noch einmal im Crown Club vorbeischauen.

In unregelmäßigen Abständen glitt der Strahl eines Scheinwerfers über das Haus und seine nähere Umgebung. Die weißen Wände mit den geschlossenen Fensterläden leuchteten grell auf. Gassen blickte zur Seite. Er mußte sich jetzt ungefähr auf der Höhe der Schranke befinden. In dieser Richtung standen weniger Bäume, trotzdem konnte er den Wachmann nirgends sehen. Vorsichtig ging er weiter. Seinen Golf hatte er vorne an der Straße in einem Waldweg geparkt. Noch einmal konnte er die Masche des reichen Geschäftsmannes mit Mercedes und Chauffeur nicht durchziehen. Ganz abgesehen davon, daß Jupp nicht mehr mitmachen würde, hatte Elena Zjadacz seine Verkleidung sicher längst durchschaut. Die Frau war ihm nicht so vorgekommen, als ließe sie sich durch einen gemieteten Mercedes und einen Anzug von Armani täuschen.

Dürre Äste knackten unter seiner Schritten. Gassen zuckte

zusammen und versuchte, leiser aufzutreten. Dabei wäre er fast in einen Baumstumpf gelaufen, den er im Dunkeln übersehen hatte. Er war an dem parkähnlichen Grünstreifen angelangt, der die Villa nach allen Seiten hin umgab. Dort standen lediglich vereinzelte Bäume, die ihm nur wenig Deckung bieten konnten. Langsam arbeitete er sich am Rande des Grünstreifens um die Villa herum nach hinten zum Parkplatz vor. Es war das Karnevalswochenende, und wie erwartet stand der Parkplatz voller Nobelkarossen. Porsche, Daimler-Chrysler und BMW waren hier reichlich vertreten.

Wie schon so oft in den letzten Tagen versuchte Gassen sich vorzustellen, wie Victoria in diese Welt von Prominenz, Profit und Prostitution gepaßt haben sollte. Seine Victoria hatte gerne gelacht und getanzt. Die jungen Männer hatten sie umschwärmt, und mehr als einer hatte Gassen eifersüchtige Blicke zugeworfen. Die Arbeiter im Schulprojekt hatten darüber gewitzelt, daß ausgerechnet der zugeknöpfte Deutsche sich das schönste Mädchen in Kenema geschnappt hatte. Später, als Gassen im Projekt und in der Stadt heimisch geworden war und er seine anfängliche Schüchternheit überwunden hatte, gewöhnten sich die Leute an das schwarz-weiße Paar. Gassen erinnerte sich gut an glückliche Momente, als Frauen ihnen auf der Straße zuwinkten, und ans Tanzen, wenn andere Paaren ihnen etwas Fröhliches zuriefen. Nur ein Schulfreund Victorias aus Koindu, der schon immer in sie verliebt gewesen war, hatte ihre Beziehung nie akzeptieren können. Gassen versuchte, sich an die Gesichtszüge des Jungen zu erinnern. Er hatte schon lange nicht mehr an ihn gedacht.

Der Scheinwerfer schwenkte wieder über den Grünstreifen und erfaßte die chromglänzenden Autoreihen. Jetzt! Gassen wartete noch einen Moment, bis der Lichtstrahl fast am entgegengesetzten Ende des Parkplatzes angelangt war. Dann spurtete er los. Er erreichte die Treppe zur hinteren Terrasse gerade noch rechtzeitig. Im nächsten Moment tauchte der Wachmann auf und blickte gelangweilt in die Nacht. Gassen kauerte hinter einem der beiden niederen Pfosten, die den Treppenaufgang an beiden Seiten einrahmten. Als der Wachmann wieder ins Foyer trat, erhob sich Gassen, klopfte schnell seine Kleidung ab und stieg die Treppen hinauf, als wäre er soeben einem goldfarbenen Lexus SC 430 entstiegen.

Dieses Mal kam er allerdings nicht weiter als bis zur Garderobe. Der erstaunte Wachmann brauchte ein paar Sekunden, als Gassen mit schmutzigen Schuhen, Jeans und Anorak zur Tür hereinkam. Dann baute er sich breitbeinig vor ihm auf.

»Entschuldigen Sie, dies ist ein Privatclub. Sie können hier nicht herein.«

Gassen wäre wohl ohne Umschweife vorne beim Wachmann an der Schranke gelandet, wenn nicht in diesem Moment Elena Zjadacz im Foyer aufgetaucht wäre. Sie erkannte ihn sofort und winkte dem Wachmann, ihn hereinzulassen. Widerwillig trat der Uniformierte zur Seite. Gassen registrierte, wie er ärgerlich etwas in sein Walkie-Talkie brummte.

Die Geschäftsführerin trug heute ein hellblaues schulterfreies Rokoko-Kleid, das über und über mit Spitzen besetzt war. In ihrem kunstvoll hochgesteckten Haar hing ein kleines goldenes Krönchen.

Gassen mußte grinsen, als die taffe Elena Zjadacz so für den Karneval ausstaffiert auf ihn zukam. »Prinzessin Tausendschön, nehme ich an«, begrüßte er sie.

Sie erwiderte sein Grinsen, auch wenn es Gassen mehr wie eine höfliche Geste denn wie echtes Amüsement vorkam. »Guten Abend. Welch eine Überraschung, Sie so schnell wieder bei uns begrüßen zu dürfen. Und noch dazu in so ungewöhnlicher Verkleidung. Wie der Märchenprinz sehen Sie mir nicht aus.«

»Nein, tut mir leid. Ich muß mich dafür entschuldigen, daß ich hier so einfach aufkreuze. Ich war wieder einmal in der Nähe. Und bei meinem letzten Besuch habe ich doch meine Krawatte vergessen. Ein außergewöhnlich schönes Teil, das mir sehr ans Herz gewachsen ist.«

Elena Zjadacz faßte ihn am Arm und zog ihn in Richtung Garderobe. »Ihre Krawatte, so so«, lächelte sie. »Dann kommen Sie mal mit. Und passen Sie auf, daß Sie mir meinen teuren Marmorboden nicht noch mehr verdrecken.«

Gassen ließ sich vom energischen Griff der Geschäftsführerin in das kleine Büro führen. Als sie an der Garderobiere vorbeikamen, nickte Elena Zjadacz der Frau kurz zu, worauf diese sich sofort einen Lappen schnappte und die Schmutzspuren beseitigte, die Gassen hinterlassen hatte.

Elena Zjadacz bot Gassen mit einer knappen Handbewegung einen Platz an, während sie selbst sich in dem breiten Chefsessel niederließ.

»Sind Sie sicher, daß Sie nur wegen der Krawatte hier sind?« fragte sie.

Gassen bewunderte, wie sie sofort zur Sache kam. Er räusperte sich. »Nicht ganz. Ich würde gerne noch einmal mit diesem Mädchen sprechen. Agnes.«

»Agnes ist nicht mehr da.«

»Was!?« Gassen mußte sich zusammenreißen, nicht aufzuspringen. Also hatte ihn sein ungutes Gefühl nicht getrogen. Seit er und Jupp den Crown Club verlassen hatten, war ihm der angstvolle Blick Cynthias nicht mehr aus dem Kopf gegangen. Irgend etwas ging hier vor sich. Und es hatte mit dem Mord an Victoria zu tun. »Wo ist sie?«

Die Geschäftsführerin zuckte die nackten Schultern. »Da müssen Sie sich schon an die Polizei wenden. Ein Kriminalhauptkommissar Limbach ist gestern mit einem großen Aufgebot im Club erschienen und hat alle vernommen. Die Mädchen, das gesamte Personal, sogar Gäste. Ich mußte den Leuten zwei Stunden lang Rede und Antwort stehen.« Sie blitzte ihn an. »Sie können sich denken, daß es nicht gut fürs Geschäft ist, wenn es hier von Polizei nur so wimmelt. Sie haben nicht zufällig etwas mit dieser Aktion zu tun?«

Der letzte Satz klang eher wie eine Feststellung. Doch Gassen war es im Moment egal, ob Elena Zjadacz seine Verkleidung durchschaute. Limbach hatte die Mädchen also tatsächlich noch einmal verhört. Er fragte sich, ob Jupp etwas davon gewußt hatte. Dann spürte er den wartenden Blick der Geschäftsführerin. Er setzte sein unschuldigstes Gesicht auf und sagte: »Ich? Wie kommen Sie darauf? Um was ging es denn?«

Sie schüttelte leicht den Kopf, und Gassen hatte das ungute Gefühl, daß sie genau wußte, um was es ging. Zumindest, was seine Person betraf. Elena Zjadacz wartete nur darauf, daß er einen Fehler machte.

»Es ging um diese tote Schwarze, die vor ein paar Tagen auf den Gleisen in Köln-Weidenpesch gefunden wurde. Sie haben sicher darüber gelesen.« Diesen Köder warf sie ihm noch hin.

Gassen nickte. »Ja, schreckliche Sache.«

»Die Frau war hier im Crown Club angestellt. Die Polizei vermutet, daß einer der Gäste ...« Elena Zjadacz ließ den Satz unvollendet ausklingen. »Sie haben Agnes mitgenommen. Offenbar waren die Papiere gefälscht, die das Mädchen uns vorgelegt hat. Sie hatte keine gültige Aufenthaltserlaubnis. So etwas kommt leider immer wieder vor.«

»Und wo ist sie jetzt? Was wird mit ihr geschehen?«

Die Geschäftsführerin erhob sich, der Stoff des Ballkleides knisterte. »Das kann ich Ihnen leider nicht sagen. Dieser Limbach meinte, sie werde wohl aus Deutschland ausgewiesen. Und jetzt ...«, sie deutete auf die Tür, »muß ich mich wieder um meine Gäste kümmern. Haben Sie noch einen Wunsch?« Sie lächelte ihn an.

Gassen erhob sich ebenfalls. »Nein. Nein, ich denke nicht.«

»Ihre Krawatte vielleicht?« Elena Zjadacz öffnete die Schublade des Schreibtischs und zog die violette Krawatte heraus.

»Ja, natürlich.« Gassen schlug sich an die Stirn. Wenigstens mußte er diesmal nicht schauspielern. Die Krawatte hatte er tatsächlich vergessen. »Da ist es ja, das gute Stück.«

Er stopfte die Krawatte in die Innentasche seines Anoraks und folgte der Geschäftsführerin. Sie verabschiedete sich und verschwand in der Bar. Und damit war es vorbei mit der Freundlichkeit des Crown Clubs. Unter den säuerlichen Blicken der Garderobiere verließ Gassen das Foyer, wobei er sich alle Mühe gab, nicht schon wieder den Boden zu verschmutzen. Draußen empfing ihn der Wachmann von vorhin und ein ebenfalls uniformierter Kollege, der ungefähr doppelt zu breit und doppelt so groß war. Der Kerl hatte große Ähnlichkeiten mit dem Türsteher einer Berliner VIP-Bar, mit dem Gassen einmal unliebsame Bekanntschaft gemacht hatte.

»Da geht's lang«, brummte der Riese und legte Gassen beide

Pranken auf die Schultern. Der andere Wachmann vorneweg, liefen sie zu dritt im Gänsemarsch bis zur Schranke, wo er vom dortigen Wachmann in Empfang genommen wurde. Gassen konnte keine Waffen sehen, doch er war sich sicher, daß die Männer nicht nur Bierbäuche unter den gut gepolsterten Uniformjacken versteckten. Die beiden, die ihn zur Schranke gebracht hatten, redeten leise mit ihrem Kollegen, dann gingen sie zurück zur Villa.

Gassen kauerte sich nieder und tat so, als müsse er sich die Schuhe neu schnüren. Als er sich wieder erhob, fuhr der Wachmann ihn an:. »Los jetzt, hau schon ab!«

»Schon recht«, brummte Gassen. »Und gewöhnen Sie sich einen anderen Ton an, wenn Sie mit dem Bundeskriminalamt reden. Dieser Wachschutz hier ist doch nicht legal. Ich laß Sie alle hochgehen, Mann. Wundert mich eh, daß meine Kollegen von der Kölner Polizei Sie gestern nicht gleich mitgenommen haben.«

Die Miene des Wachmanns war bei Gassens ersten Worten ernst geworden, jetzt aber verzog sich sein Mund zu einem schiefen Grinsen. »Gestern? Hier waren doch gestern gar keine Bullen.« Dann baute er sich in voller Größe vor Gassen auf. »Und jetzt verpiß dich endlich, du kleiner Wichser!«

*

Martin Gassen fischte den blauen Umschlag aus seinem Briefkasten und riß ihn auf, während er langsam die Treppe zur Wohnung hochstieg. Sicher die zweite Vorladung »zur nochmaligen Zeugenvernehmung« ins Polizeipräsidium. Die erste war schon letzte Woche gekommen, direkt am Donnerstag nach Karneval. Limbach hatte schnell reagiert, nachdem ihm sein vermeintlicher Undercover-Agent berichtet hatte, wer ihm im Crown Club über den Weg gelaufen war.

Martin hatte sich noch nicht bei der Polizei gemeldet. Er mußte nach Sierra Leone. Er hatte schon viel zu lange mit der Reise gewartet, nicht erst, seit Victoria tot auf den Bahngleisen in Weidenpesch gefunden worden war. Er hätte viel früher fahren sollen, Jahre früher. Dafür war es zu spät. Doch Victorias Mörder konnte er noch finden. Die letzten Tage hatte er in rastloser Unruhe verbracht, nachts wenig geschlafen. Die Nachricht vom Verschwinden Cynthias machte ihn nervös. Therèse beschwerte sich schon über seine Unaufmerksamkeit. Jupp war glücklicherweise vollkommen von den tollen Tagen und Maren absorbiert gewesen und hatte bis jetzt kaum etwas vom Zustand Martins mitbekommen.

Die Unterlagen von der GTZ, die ebenfalls mit der Post gekommen waren, legte Gassen im Flur auf die Ablage neben der Garderobe. Die Vorladung warf er zum Altpapier. Doch dann holte er den Umschlag samt Inhalt wieder aus der Papierkiste. Schnell las er die Seite durch. Der Vorladungstermin war auf nächsten Freitag angesetzt. Da würde er schon in Sierra Leone sein. Martin zerriß das Papier in kleine Fetzen und ließ sie im Hausmüll verschwinden. Er kannte das polizeiliche Prozedere noch von der Geschichte mit dem libanesischen Jungen her, dem er Unterschlupf gewährt hatte. Die dritte Vorladung kam mit Einschreiben, erst dann wurde eine Polizeistreife vorbeigeschickt. Die Sache konnte warten, mit Limbach und Konsorten konnte er auch in ein paar Wochen noch reden.

Seine Ankunft daheim war von den Degus mit lautem Fiepen begleitet worden. Martin ging zum Käfig, wo Sugar und Nappo schon vor dem Nest auf ihn warteten. Er ließ sie heraus und sah zu, wie sie ausgelassene Freudensprünge machten über die Trommeln zum Sessel, über den Tisch und zurück zu seinen Beinen.

»Na, ihr beiden, den Jupp, den mögt ihr doch? Der wird für euch sorgen. Und in vier Wochen oder so bin ich auch schon wieder zurück. Was meint ihr dazu?«

Der Blick aus Nappos runden Augen verriet nicht, ob er Martins Plan guthieß oder einfach nur an das frische Stück Gurke dachte, das im Kühlschrank auf ihn wartete. Der Degu wackelte mit den zarten Ohren, dann huschte er unter den Sessel, wo Sugar einen Slalomlauf um die Holzbeine vollführte.

Martin ging in die Küche, holte das Futter für die Tiere und richtete es im Käfig für sie her. Er selbst hatte keine Hunger. Er sah sich die Papiere von der GTZ durch. Der Werkvertrag für einen Funktechniker zum Einsatz in Freetown war auf zwei Wochen befristet, genau wie er es im Gespräch mit dem GTZ-Mann ausgemacht hatte. Das Visum für Sierra Leone lag auf seinen Namen ausgestellt ebenfalls dabei. Er hatte keine Ahnung, wie die GTZ das so schnell hingekriegt hatte. Und das Ticket für den Hin- und Rückflug Köln – Paris – Conakry. Der Flug war für den 15. März gebucht.

*

Die Sache mit dem Urlaub hatte Gassen sich einfacher vorgestellt. Als er in der Personalabteilung anfragte, ob er ab Donnerstag seinen aufgelaufenen Urlaub nehmen könne, erntete er nur ungläubige Blicke.

»Aber die CeBIT fängt doch nächste Woche an. Da können Sie doch nicht in Urlaub,« war alles, was die Sachbearbeiterin herausbrachte.

Die CeBIT. Gassen hatte vollkommen vergessen, daß er und Jupp Kempenich ja den neuen Micro-UMTS-Sender auf der Messe vorstellen sollten. Verdrängt traf es wahrscheinlich eher. Jupp würde nicht begeistert sein, wenn er alles alleine vorbereiten und sich dann auch noch dem kritischen Messepublikum stellen mußte. Jupp haßte die CeBIT. Langsam ging Gassen den Gang zum Büro des Chefs hinunter, wohin ihn die Personalabteilung geschickt hatte. Auch der Chef würde nicht begeistert sein.

Auf sein Klopfen antwortete drinnen eine laute, tiefe Stimme: »Kommen Sie nur rein, Herr Gassen.«

Offenbar hatte die Sachbearbeiterin seinen Besuch angekündigt.

Der Chef begrüßte ihn mit Handschlag. Gassen schätzte den etwa fünfzigjährigen Mann sehr. Wenn sie unter sich waren, redeten er und Jupp vom »Alten« oder von »Mr. C&T«, wenn es um den Chef ging. Auch wenn dabei immer ein bißchen Rebellion gegen den Boß mitschwang, drückten diese Worte doch ihren Respekt vor dem Chef aus. Er hatte C&T in den 70er Jahren aufgebaut, als noch niemand vom Boom der Kommunikationstechnik sprach. Heute zählte C&T zu den führenden deutschen Firmen auf dem Gebiet Innovation und Produktentwicklung. Doch das war es nicht, was Gassen dazu bewogen hatte, sich nach dem Informatikstudium bei C&T zu bewerben. Ihm hatte das Miteinander, der Teamspirit gefallen, der in jeder Abteilung zu spüren war. Diese Stimmung hatte nichts mit normaler Kollegialität zu tun, gesunde Konkurrenz gehörte bei C&T zur Firmenideologie. Aber alles diente dem Ziel, außergewöhnliche Produkte zu entwickeln und zu vermarkten. Auf nichts reagierte der Chef so allergisch wie auf ein Verhalten, das diesem Ziel schadete.

»Ich habe gehört, Sie wollen Urlaub nehmen. Für wie lange denn?« Der Chef deutete mit einer Handbewegung an, Gassen solle sich setzen.

»Erst einmal für vierzehn Tage.«

»Erst einmal?«

Gassen nickte. »Wahrscheinlich muß ich dann noch um zwei Wochen verlängern.«

Der Chef lehnte sich zurück und strich sich in einer typischen Geste übers Kinn. »Sie wissen, wie sehr ich Sie schätze, Herr Gassen. Und …« er schaute auf ein Blatt Papier, das vor ihm auf dem Schreibtisch lag, »… die Personalabteilung hat mir gesagt, daß Sie noch etliche Wochen Urlaub gut haben. Aber muß das denn jetzt sein? In knapp zehn Tagen beginnt die CeBIT. Sie würden während der gesamten Messe fehlen. Wir haben Sie für Vorführungen vor Fachpublikum eingeplant, das wissen Sie doch. Und dann noch länger …« Er schüttelte langsam den Kopf. »Haben Sie denn mit Herrn Kempenich schon darüber gesprochen? Sie sind doch gerade in der heißen Phase mit dem Mikro-UMTS.«

»Es muß sein. Die CeBIT – das wird Herr Kempenich schon hinkriegen. Er hat doch letzthin im Fernsehen auch eine sehr gute Figur gemacht.«

Der Chef nickte, sagte aber nichts.

»Und die verlorene Zeit holen wir später in Sonderschichten auf.«

»Verschieben Sie doch Ihren Urlaub, bis Sie mit der Arbeit an dem Projekt fertig sind. Wenn ein funktionsfähiger Prototyp des UMTS-Geräts steht, dann können Sie soviel Urlaub nehmen, wie Sie wollen.«

»Es geht nicht eigentlich um Urlaub.« Gassen bemerkte, wie der Chef ihn genau beobachtete. Er hatte das Gefühl, Mr. C&T wußte mehr, als er durchblicken ließ. »Und ich kann den Zeitpunkt nicht frei wählen.«

»Stecken Sie in Schwierigkeiten?« Die Frage des Chefs kam leise und schnell.

»Nein. Wie kommen Sie darauf?«

Der Chef fuhr sich wieder übers Kinn. »Ich habe mich gestern mit Herrn Kempenich unterhalten. Er meinte, Sie stünden unter Druck.«

Daß Jupp nie die Klappe halten konnte. Gassen schluckte seinen Ärger hinunter und sagte leichthin: »Das stimmt. Unter Zeitdruck. Deshalb brauche ich ja sofort Urlaub.«

»Wo wollen Sie denn so unbedingt hin.«

»Nach Afrika. Ich muß nach Sierra Leone.«

Der Chef starrte ihn an. Dann beugte er sich langsam vor. »Und Sie können mir nicht sagen, worum es geht?«

Gassen schüttelte leicht den Kopf. »Es ist eine Privatsache.« Er zuckte mit den Schultern.

»Eine Privatsache?«

»Ja.«

»Das ist ein bißchen dürftig, Herr Gassen. Sie wollen Urlaub, während hier jede Menge Arbeit auf Sie wartet. Wir stecken mitten in den Messevorbereitung. Das UMTS-Gerät ist für nächstes Frühjahr angekündigt. Wie sollen wir das schaffen, wenn Sie jetzt wochenlang ausfallen?«

»Wenn es eine andere Möglichkeit gäbe, würde ich es nicht so machen.«

»Das hoffe ich.« Der Chef schaute ihn lange an. Dann schob er mit einer abschließenden Geste Gassens Überstundenzettel in die Personalakte. »Na gut, ich sehe schon, ich werde nicht mehr von Ihnen erfahren. Aber die Sache paßt mir ganz und gar nicht, Herr Gassen. Kempenich ist ohne Sie nur halb so gut. Er ist der geniale Tüftler. Aber er braucht Ihren pragmatischen Verstand. Zusammen sind Sie mein bestes Entwicklerteam. Wenn Sie eventuell sogar einen ganzen Monat im Projekt fehlen – das wirft uns weit zurück.«

Gassen hob noch einmal die Schultern. »Es geht nicht anders.«

»Ja, schon recht.« Der Chef notierte etwas. »Vierzehn Tage also erst einmal?« Er schaute Gassen direkt ins Gesicht.

»Ja, vorerst.«

»Hoffentlich bereuen Sie später nicht einmal, daß Sie einer Privatsache wegen Ihren Job riskieren. Mir flattern jede Woche ein Dutzend Bewerbungen von fähigen Informatikern auf den Tisch. Und wenn die Arbeit an dem UMTS-Gerät nicht zügig weitergeht, muß ich Kempenich einen anderen Mitarbeiter zuteilen. Das ist Ihnen klar?« Er schlug mit der flachen Hand auf einen Stapel Mappen und Papiere.

Gassen nickte. »Glasklar.«

*

»Du baust Scheiße, Martin.« Kempenich hockte vor dem in seine Einzelteile zerlegten Messestand, der am Morgen angeliefert worden war. Der grünhaarige Praktikant und die zwei Produktdesigner standen im Gang und schauten zu, wie Meyer und Kempenich mit vereinten Kräften die dicke Plastikfolie aufrissen, in die die Wände eingeschweißt waren. »Das paßt doch alles hinten und vorne nicht.« Kempenich packte Martin am Arm und zog ihn die Treppen hinunter. Über die Schulter rief er Meyer zu: »Rufen Sie da mal an. Das sind nie und nimmer die Maße, die wir denen durchgegeben haben.«

Gassen folgte ihm die Treppe hinunter. »Ich bau keine Scheiße. Aber du quatschst eindeutig zu viel. Was hast du denn dem Alten erzählt?«

Kempenich blieb stehen und drehte sich zu seinem Freund um. Nie hätte er gedacht, daß der Mord an dieser Frau Martin so aus der Bahn werfen könnte. Bis jetzt hatte er ihn immer für den Ruhigen, den Besonnenen in ihrer Freundschaft gehalten.

Aber vielleicht hatte Therèse doch recht. Vielleicht war für Martin seine Arbeit nicht von so brennendem Interesse wie für ihn selbst. Vielleicht konnte Martin deshalb selbst dann Ruhe bewahren, wenn sich plötzlich ein Durchbruch bei einem Problem herauskristallisierte, an dem sie schon Monate herumgekaut hatte. Wenn plötzlich wie aus dem nichts eine Lösung in der Luft hing, die man nur noch fassen mußte. Kempenich lebte für diese Momente.

»Mach mich bloß nicht an, Martin. Der Chef hat mich nach dem Stand des UMTS-Projekts gefragt, und irgendwann ist es natürlich darauf rausgelaufen, daß es sich durch deinen Urlaub verzögern wird. Das stimmt ja auch.« Kempenichs Laune an diesem Montag war alles andere als gut. Der verbockte Messestand hatte ihm gerade noch gefehlt. Aber das schlimmste war, daß Martin tatsächlich nach Sierra Leone abhauen wollte. Die Nachricht hatte sich wie ein Lauffeuer in der Abteilung verbreitet.

»Du hast ihm nicht erzählt, worum es geht?«

»Nein, wie käme ich dazu.«

»Auch nicht darüber, daß dieser Limbach mir was anhängen will?«

»Ach was.« Kempenich ging weiter in ihr Büro. Er brauchte jetzt unbedingt eine Zigarette. Irgendwo mußte er noch ein Päckchen West versteckt haben. Rauchen in den Räumen von C&T war schon seit einem Jahr verboten. »Und Limbach will dir nichts anhängen. Er will dich noch mal befragen. Deshalb hat er dich vorladen lassen. Und wenn du mich fragst ...« Kempenich setzte sich auf seinen Stuhl und öffnete die unterste Schreibtischschublade. »Hier müßten doch noch welche sein«, brummte er.

»Suchst du Zigaretten?« Gassen grinste von seinem Schreibtisch her.

»Hast du noch welche?«

Gassen warf ihm ein zerknautschtes Päckchen West light zu. »Aber sag Therèse nichts.«

Immer noch dieses Grinsen. Es gab Tage, da konnte Kempenich Martins geradezu sprichwörtliche Gelassenheit einfach nicht mehr ertragen. Heute war so ein Tag,

»Aber du wolltest noch was sagen.«

Kempenich stellte sich ans Fenster und öffnete es einen Spalt breit. Draußen nieselte es. Sogar das Wetter paßte zu diesem Tag. Er steckte sich eine Zigarette an und nahm genüßlich den ersten Zug. »Ich finde, du solltest mit Limbach reden. Was du über Cynthia weißt, könnte die Polizei in dem Fall weiterbringen.«

»Ach ja?« Gassens Gesichtsausdruck verdüsterte sich. »Woher weiß ich, daß es nicht die Polizei war, die Cynthia innerhalb von zwei Tagen in ein Land hat ausweisen lassen, aus dem sie geflohen ist und in dem Bürgerkrieg herrscht?«

»Ich dachte, der Wachmann an der Schranke hätte gesagt, es wäre keine Polizei im Haus gewesen.«

Gassen zuckte mit den Schultern. »Hat er auch gesagt. Aber vielleicht hat er auch nicht alles mitgekriegt. Oder die gute Elena Zjadacz hat nur die halbe Wahrheit gesagt. Tatsache ist, daß Cynthia verschwunden ist.«

»Du solltest trotzdem mit Limbach reden.«

»Warum? Hat dir Maren etwas gesteckt?«

Kempenich blies den Rauch zum Fenster hinaus. Kälte drang ins Büro. Er schüttelte den Kopf. »Maren sagt mir überhaupt nichts mehr. Wir haben den Fall der Toten in Weidenpesch zum Tabuthema unserer Beziehung erklärt, wenn du es genau wissen willst.«

»Inzwischen ist es eine Beziehung?«

Kempenich drückte die Zigarette im Untersetzer der Pflanze am Fenster aus. Das fehlte noch, daß Martin ihn über Frauenbeziehungen belehrte. »Ich denk schon. Aber was dich betrifft: Das einzige, was Maren mir mit vielen Worten und lautstark eingeschärft hat, ist, daß du endlich auf die Vorladung reagieren sollst. Sonst lassen sie dich mit der Streife ...« Kempenich brach ab und drehte sich zu Gassen um. »Wann fliegst du eigentlich?«

»Übermorgen.«

»Übermorgen?! Das hast du ja genial eingefädelt.« Kempenich mußte trotz allem grinsen. »Wahrscheinlich werde demnächst *ich* in Handschellen abgeholt, weil ich einen Zeugen in einem Mordfall, der sich der Befragung durch Flucht entzogen hat, nicht rechtzeitig gemeldet habe.«

»Ich werde steif und fest behaupten, du hättest von nichts gewußt.«

»Danke.« Kempenich starrte Gassen kurz an. »Wie hast du es eigentlich geschafft, daß die Gesellschaft für Technische Zusammenarbeit dich so mir nichts, dir nichts nach Sierra Leone schickt?«

»Den zuständigen Menschen in der Personalabteilung dort habe ich damals in Sierra Leone kennengelernt. Das war aber reiner Zufall, wir haben uns erst erkannt, als ich mich in Eschborn vorgestellt habe.«

»Und er hat dir einfach so diesen Eilauftrag gegeben?«

»Nicht einfach so. Ich habe ihm alles bis ins Detail erzählt, er hat meine Referenzen von der AGEH überprüft. Die brauchen dringend einen Kommunikationstechniker da unten, und er hat gerade niemanden, der in Frage kommt.«

»Es geht um ein Kurzwellen-Funknetz?«

Gassen nickte. »Die GTZ hat das Netz für das Entwicklungsdepartment in Freetown aufgebaut. Damit sollen die Entwicklungsprojekte im Land mit der Zentrale verbunden werden. Sie haben irgendwelche Schwierigkeiten mit dem Server. Ich soll die Anlage überprüfen und in Ordnung bringen.«

»Unser Micro-Gerät wird zumindest Teile von so einem Netz ersetzen können. Mobiler, flexibler, auf Dauer sogar billiger.« Kempenich entrollte einen Schaltplan, an dem sie letzte Woche gearbeitet hatten und seufzte. »Da steckt noch jede Menge Arbeit drin.«

»Du schaffst das, Jupp. Und spätestens in vier Wochen bin ich wieder da.«

Kempenich blickte von dem Schaltplan hoch. »Wetten würd ich darauf nicht.«

*

Martin wuchtete den großen Koffer von dem Metallregal in seinem Keller. Das Fahrrad hatte er abhängen müssen, sonst wäre er an das schwere Ding nicht herangekommen. Doch dahinter, an die Wand zum danebenliegenden Kellerraum gequetscht, steckte sein alter Seesack. Er zog ihn heraus und schob schnell den Riesenkoffer wieder zurück, bevor ihn die Staubwolke erreichte, die vom Regal wirbelte. Der ehemals blaue Seesack hatte inzwischen eine undefinierbare Farbe angenommen, aber der Baumwollstoff war immer noch fest. Was er für zwei Wochen brauchte, würde gut hineinpassen. Und was für zwei Wochen reichte, genügte erfahrungsgemäß auch für vier.

Martin befestigte das Fahrrad wieder sorgsam in den Verankerungen. Dann warf er sich den leeren Seesack über den Rücken und schloß den Kellerraum ab. Im Aufgang zum Erdgeschoß war die Glühbirne durchgebrannt, Martin tastete sich die Wand entlang vorwärts. In weiser Voraussicht hatte er die Tür offengelassen, aber draußen wurde es schon dunkel. Viel Licht drang nicht nach hier unten. Martin spähte hoch und sah, daß eine Gestalt schnell vorbeiging. Sie drückte dabei die Kellertür ein wenig zu. Martin stieg die steile Treppe hoch, da hörte er, dass die Schritte der vorbeieilenden Person anhielten. Er war gerade oben angelangt, da wurde die Kellertür mit einem Ruck aufgerissen.

»Du?!« Es war Therèse. Martin wäre vor Schreck fast rückwärts die Treppen hinuntergefallen. »Was machst du denn hier?« Dann bemerkte er, daß sie ihren dunklen Kaschmir-Mantel mit dem Pelzbesatz trug. Kleine Diamantohrringe blitzten durch ihr blondes Haar. Er hatte sie ihr zu ihrem fünften Jahrestag geschenkt. Es war ein Outfit, das Therèse nur zu speziellen Anlässen wie Theaterbesuchen oder Gala-Veranstaltungen trug.

»Was ist los?«

Sie stand immer noch stumm da, die Hand an der Türklinke. Schließlich ließ sie die Klinke los, die mit einem leisen metallischen Laut in die Waagerechte schnappte. »Du fliegst wirklich!«

»Ja.«

»Und wann hätte ich davon erfahren? Eine Abschieds-SMS aus dem Flieger vielleicht?«

»Ich wollte es dir morgen bei unserem Abendessen sagen.«

Therèse drehte sich um und stapfte die Treppe hoch. Martin folgte ihr. Die ganzen drei Stockwerke hoch sprachen sie kein Wort. Nur ihre Schritten hallten durch das Treppenhaus. Martin wünschte sich, daß Therèse ihn einmal im Leben anbrüllen und ihm eine Szene machen würde, von ihm aus auch hier im Treppenhaus. Sollten es die Nachbarn doch mitkriegen.

Kaum waren sie in der Wohnung, drehte sich Therèse um und konfrontierte ihn. »Du wolltest es mir morgen abend sagen. Und am Donnerstag geht dein Flug. Findest du das fair, Martin?«

»Jupp hat es dir gesagt.«

»Ja, Jupp hat es mir gesagt. Aber erst hat Friederike bei mir angerufen, weil du nicht in der Amnesty-Gruppe aufgetaucht bist. Sie brauchen den Adreßverteiler von dir. Und du bist nicht zu erreichen. Was ist mit deinem Handy?«

»Ich hab vergessen, es aufzuladen.« Er zeigte auf das tote Handy, das auf der Ablage lag.

»Ach was.« Therèses Augen blitzten. »Du wolltest nicht mit mir reden, weil du weißt, daß ich was merken würde. Ich frag dich nochmal: Findest du das fair? Stellst du dir so eine Beziehung vor? Von deinem Job ganz zu schweigen.«

»Ich hab erst mal Urlaub genommen. Für zwei Wochen. Das ist nun wirklich keine Ewigkeit. In zwei Wochen ist die Sache geklärt, und ich sitze wieder brav bei C&T und entwerfe Schaltpläne.«

»Du weißt genau, daß es nicht so einfach ist.« Therèse drehte sich um und ging ins Wohnzimmer. Noch immer im Mantel, stand sie in der Mitte des Raumes. Sie kam Martin richtig verloren vor. Langsam schaute sie sich um. »Wo sind denn die Degus?« fragte sie leise.

»Ich hab sie schon zu Jupp gebracht. Er füttert sie, solange ich weg bin.«

»Ach so.«

Sie bewegte sich immer noch nicht. Martin bemerkte, daß sie leicht geschminkt war. Auch hatte sie das fruchtige Parfüm aufgelegt, das er an ihr liebte. Wortlos nahm er ihr den teuren Mantel ab und legte ihn auf den Ledersessel. Therèse trug eine meerblaue Bluse und einen Kostümrock, der ihre schlanke Figur betonte. Sie war eine sehr schöne Frau, wie sie da traurig in seinem Wohnzimmer stand. Sehr elegant, sehr attraktiv, sehr ... Therèse eben.

»Setz dich doch. Möchtest du etwas trinken.«

Sie nickte. »Einen Gin Tonic.«

Als Martin mit dem Cocktail aus der Küche kam, stand sie vor der Fototapete. Sie sagte: »Es ist doch eine Retusche. So brillante Farben gibt es in der Wirklichkeit einfach nicht.«

»In Afrika schon. Das Licht ist anders.«

Sie wandte sich zu ihm um. »Warum mußt du denn jetzt gehen, Martin? Vielleicht läßt sich der Mord ja schon in Köln oder Antwerpen aufklären. Warte doch erst einmal ab, was die Polizei herausfindet.«

»Ich muß nach Sierra Leone. Der Mord hat eine afrikanische Vorgeschichte, da bin ich mir sicher. Ich muß herausfinden, was mit Victoria passiert ist. Und wo Cynthia ist.«

»Du hast wirklich Angst um sie.« Das Erstaunen in Therèses Stimme war unüberhörbar.

»Ja.«

Therèse nahm ihm den Gin Tonic ab und setzte sich auf die Couch. »Ich versteh das nicht. Du kennst diese Frau nicht, du hast nur ein paar Takte mit ihr an einer Bar geredet.«

»Es könnte sein, daß sie ausgewiesen wurde, weil sie sich mir anvertraut hat. Das würde ich mir nie verzeihen, Therèse. Wenn Cynthia nach Sierra Leone abgeschoben wurde, ist sie vielleicht schon tot.«

»Aber dir kann doch auch was passieren.« Therèses Stimme klang belegt. Der Cocktail stand unberührt auf dem Tisch.

Martin hoffte sehr, daß Therèse nicht weinen würde. Mit einer weinenden Therèse konnte er schon immer schlecht umgehen. »Mir passiert schon nichts«, sagte er leichthin. Sofort wurde ihm klar, daß das der falsche Ton war. Therèse schaute ihn an, und er meinte, Tränen in ihren blauen Augen zu sehen. »Ich bin da doch im Auftrag der GTZ unterwegs. Ein Aufpasser von so einem Söldnerverein wird mir die ganze Zeit nicht von der Seite weichen. Das sind militärisch ausgebildete Leute. Ich kriege sozusagen einen Leibwächter. Und ich fliege nicht direkt bis Sierra Leone, sondern über Guinea. Das ist bequemer und vor allem sicherer.«

»Du hast was mit diesen Söldnerarmeen zu tun?«

»Nicht direkt. Bei der GTZ hat man mir gesagt, daß ich in Freetown mit dem Experten einer Sicherheitsfirma zusammenarbeiten werde. Die Firma steht im Dienst der Regierung Sierra Leones. Offenbar ist es inzwischen üblich, daß solche privaten Firmen der Regierung bei Sicherheitsproblemen helfen. Vor allem bei Problemen, die weder die einheimische Polizei noch das Militär bewältigen können. Der Mensch von der GTZ fand das ganz normal.«

»Und wie kommst du von Guinea nach Sierra Leone?«

»Ich fliege mit einem Hubschrauber von Conakry nach Lungi.« Martin sah Therèses zweifelnden Blick. »Ich hab es mir gut überlegt, Therèse. Und ich habe wirklich Glück, daß ich den Auftrag der GTZ bekommen habe. Ich halte meine Kosten niedrig, kann mich relativ sicher im Land bewegen und nach den Spuren Victorias suchen, ohne daß mein Vorhaben von vorneherein aussichtslos ist. Es ist wirklich alles gut organisiert.« Martin hoffte, daß seine Worte Therèse überzeugten. Noch nicht organisiert war, wie er von Freetown nach Kenema kommen würde. Aber er würde schon einen Weg finden, sobald er erst einmal in Sierra Leone war. In Afrika war alles immer ganz anders, als man es von Deutschland aus plante.

Therèse schien tatsächlich ein wenig beruhigt. Sie nippte an dem Cocktail und schaute ihn über den Rand des Glases hinweg an. »Und du fliegst mit dem alten Seesack von damals?« fragte sie.

»Ja.« Eigentlich hatte Martin vorgehabt, Therèse erst morgen beim Abendessen im China-Pavillon zu bitten, ob sie für ihn nach Antwerpen fahren würde. Allen Warnungen Jupps zum Trotz war Martin sicher, daß auch Therèse das Schicksal Victorias zu Herzen ging. Er mußte sie einfach fragen. »Ich habe eine Bitte. Könntest du etwas für mich machen, während ich in Sierra Leone bin?«

Zu Martins Überraschung lachte Therèse leise. »Jetzt bin ich aber gespannt, was da kommt. Die Degus hast du ja Gott sei dank schon Jupp anvertraut.«

Martin holte Luft. »Du hast doch letztes Jahr mit den Leuten von Payoke zusammen gearbeitet.«

Therèse setzte sich auf. »Ja, wegen der schwer traumatisierten Frau aus Nigeria, die abgeschoben werden sollte. Was ist damit?«

»Nach meinen Recherchen müßten Victoria und Cynthia über Antwerpen nach Europa gekommen sein. Die Leute von Payoke könnten etwas über sie wissen. Zumindest wissen sie, wo man in Antwerpen suchen, an welche Organisationen man sich wenden könnte, wenn man die Spuren der beiden Frauen zurückverfolgen will.«

»Die Spuren deiner Victoria ... das ist jetzt nicht dein Ernst, Martin. Ich soll nach Antwerpen zu Payoke fahren?«

»Du bist Ärztin, du sprichst Englisch und Französisch, du hast den Kontakt zu Payoke. Du könntest am ehesten herauskriegen, wie dort afrikanische Flüchtlinge in die Prostitution kommen. Jupp will versuchen, über die Kölner Grünen und den Ausländerbeirat Kontakt nach Antwerpen zu knüpfen. Vielleicht kriegt ihr etwas heraus.«

»Und wann meinst du, soll ich das alles machen? Ich hab noch eine Praxis aufzubauen, Martin.«

»Du könntest an ein, zwei Wochenende nach Antwerpen fahren.«

»An ein, zwei Wochenenden ... also, du bist doch total übergeschnappt!« Therèse stand auf und griff sich ihren Mantel. Mit heftigen Bewegungen zog sie ihn an. »Jetzt hör mir mal gut zu, Martin. Schlimm genug, daß du wie ein Teenager auf den Spuren deiner Jugendliebe unter der afrikanischen Sonne wandeln willst. Aber wenn du meinst, daß ich am Wochenende durch die Weltgeschichte fahre, um irgendwelchen vagen Hinweisen auf eine schwarze Prostituierte nachzugehen, dann hast du dich getäuscht. Du weißt nichts über diese Frau. Aber weil sie in einem Puff gearbeitet hat, gibt es für dich nur eine Möglichkeit: Deine heilige Victoria muß von bösen Frauenhändlern in die Prostitution gepreßt worden sein. Vielleicht ist sie freiwillig und nur wegen des Geldes auf den Strich gegangen. Vielleicht hat ihr der Job Spaß gemacht.« Sie stoppte. Dann ging sie rasch und ohne sich zu Martin umzudrehen, in den Flur.

Martin erreichte sie, als sie schon fast zur Tür hinaus war. Er sah, daß sie weinte und griff ihre Hand. Therèse zog ihn zu sich und umarmte ihn. Sie küßte ihn hart und führte ihn schnell durchs Wohnzimmer ins Schlafzimmer. Dort ließ sie ihren Mantel fallen und schlang die Arme um seinen Hals. Sie küßten sich leidenschaftlich. Therèse strich ihm über den Rücken und begann, an seinem Gürtel zu nesteln.

»Nicht«, sagte Martin leise.

»Doch, komm. Zum Abschied. Ich will mit dir schlafen«, flüsterte Therèse.

Doch Martin löste ihre Arme von seinem Hals, und küßte sie sanft. »Nicht, Therèse... Ich muß noch packen.«

Therèse trat rasch einen Schritt zurück. »Das war's.« Schnell hob sie den Mantel auf und ging zurück in den Flur. Martin folgte ihr, versuchte, sich zu entschuldigen. Aber Therèse ließ ihn nicht zu Wort kommen. »Melde dich, wenn du wieder bei Verstand bist. Und ruf mich bloß nicht an.«

Damit knallte sie die Tür ins Schloß und war weg.

*

Es war doch mehr als »eine lebende Seele« zur Beerdigung Victorias gekommen. Martin hätte sich fast mit dem Friedhofspfarrer in die Haare gekriegt, der am Telefon nicht recht hatte einsehen wollen, warum er eine Beerdigungszeremonie vornehmen sollte, wenn es eh keine Hinterbliebenen gab. Erst als Martin fest versprochen hatte, zur Beerdigung zu kommen, hatte sich der Pfarrer davon überzeugen lassen, daß es mit einer Beerdigung zum Sozialamtstarif durch eine Bestattungsfirma nicht getan sei.

Auf dem Einfachen Gräberfeld des städtischen Hauptfriedhofs hatten sich außer dem Pfarrer, den Friedhofsarbeitern und Martin selbst noch zwei ihm unbekannte Männer in dunklen Anzügen und schwarzen Sonnenbrillen am Grab eingefunden. Sie standen in einiger Entfernung, als ob sie nicht richtig zu der Beerdigungsgesellschaft gehörten. Sie versteckten sich allerdings auch nicht, sondern gaben durch ihre Körpersprache deutlich zu verstehen, daß sie alles genau beobachteten, was am Grab vor sich ging. Martin hatte das Gefühl, daß der eine ab und zu etwas in ein verstecktes Mikro an seinem Mantelkragen sprach. Die Kripo hatte offenbar beschlossen, sich auf der Beerdigung von Victoria Sia Stevenson umzusehen. Dann wurde Martin klar, daß er selbst das Beobachtungsobjekt war. Limbach war also immer noch davon überzeugt, daß er etwas mit dem Mord zu tun hatte. Er schaute sich um, ob er noch mehr Polizisten in Zivil entdecken konnte. Aber der Friedhof war an diesem frühen Nachmittag fast menschenleer. Nur eine einzelne Frau in einem kurzen, rotglänzenden Lackmantel stand in einiger Entfernung an einem Grab. Ihr Kopf war gebeugt, sie schien in tiefer Trauer versunken. Martin blickte noch ein paar Mal zu ihr hinüber und bemerkte, daß auch sie öfter den Kopf hob und zu ihnen herüberschaute.

Es war ein verregneter Märztag, graue Wolken hingen über der kleinen Beerdigungsgesellschaft. In der Gruppe aus breitschultrigen Bullen, den Totengräbern und Martin, der auch einen schwarzen Anzug trug, wirkte der weiße Überwurf des hageren Pfarrers wie ein gespenstischer Lichtfleck. Allein der Blumenstrauß, den Martin entgegen dem Rat des Friedhofsgärtners in leuchtenden Orange- und Rottönen hatte binden lassen, stach aus dem Grauschwarz der Szene heraus.

Gassen hatte nicht mehr von Sierra Leone und Victoria geträumt, seit er ihr Bild in der Zeitung gesehen hatte. Seine Tage waren so voller Anspannung und sich überstürzender Ereignisse gewesen, daß er nachts nur noch erschöpft ins Bett gefallen war. An Träume, falls er welche gehabt hatte, erinnerte er sich nicht. Aber er hatte die alten Fotos aus Kenema hervorgeholt. Freunden und Bekannten, einmal sogar der Amnesty-Gruppe hatte er seine Bilder und Dias aus Sierra Leone gezeigt. Doch die Fotos von Victoria kannten nur sehr wenige Menschen. Jupp hatte er sie einmal gezeigt, ein paar davon Therèse. Auch er selbst hatte sie sich selten angeschaut. Am Anfang war der Schmerz zu groß gewesen. Jetzt, als er an Victorias Grab stand, spürte er wieder den Stich von Enttäuschung und Verlust. Nun würde er wohl nie erfahren, was wirklich geschehen war, warum Victoria ihre Beziehung aus dem nichts heraus beendet hatte. Später hatte er nicht mehr viel Zeit gehabt, darüber nachzugrübeln. Das Studium, die WG in Aachen, sein Engagement bei Amnesty hatten ihn beschäftigt. Und Therèse, natürlich, in die er sich neu verliebte. Für eine Weile hatte sein Leben in Deutschland die Erinnerungen an Victoria überlagert. Doch als er sich in den letzten Tagen die Fotos angeschaut hatte, wußte er, daß sie nie ganz verschwunden waren. Victoria am Küchentisch mit einer Schale Reis, Victoria schlafend in der Hängematte, Victoria im Regen, klatschnaß und lachend. Victoria mit ihm im Wald, ihre Küsse – davon gab es keine Fotos. Aber sie waren in sein Gedächtnis eingebrannt.

Er hatte sich oft überlegt, was in diesen letzten Monaten in Kenema wohl passiert war, das ihn und Victoria auseinander gebracht hatte. Er fragte sich, ob Victoria schwanger geworden sein könnte. Unverheiratet schwanger zu sein galt in Sierra Leone als Schande. Doch es war nicht möglich. Sie hatten immer aufgepaßt, sie hatten nicht ein einziges Mal ohne Kondom miteinander geschlafen. Und sie hatten viel über Verhütung geredet. Er hatte Victorias negativen Aids-Test gesehen, lange bevor sie sich neben ihn auf den Waldboden gelegt und zu sich gezogen hatte. Sie hatte gewußt, daß er sie wegen einer Schwangerschaft nicht verlassen würde. Martin hatte ihr viel von Deutschland erzählt, Victoria kannte seine Einstellungen. Wäre sie schwanger gewesen, hätte sie es ihm gesagt.

Martin unterdrückte die Tränen nicht, die ihm übers Gesicht liefen. Was der Pfarrer redete, hörte er kaum. Irgend etwas über diejenigen, die zu früh und scheinbar ohne Grund von uns gehen. Scheinbar ohne Grund hatte Victoria mit ihm Schluß gemacht. Es sei besser so, hatte sie gesagt. »It's better like this. For both of us.« Martin hatte lange über dieses »für uns beide« nachgedacht. Aber wenn Victoria ihm damals den Schmerz einer aussichtslosen Liebe ersparen wollte, warum dann die Monate voller Gespräche über eine gemeinsame Zukunft? Sie hatten geplant, sich gegenseitig zu besuchen. Victoria hatte überlegt, ob sie nicht in einem deutschen Kindergarten arbeiten könnte, Martin wollte schnell sein Studium durchziehen und dann als Entwicklungshelfer zurück nach Kenema kommen. Aus heutiger Sicht waren diese Pläne naiv. Es wäre sicher nicht einfach gewesen, sie zu verwirklichen. Aber was zählte war, daß sie diese Dinge gemeinsam geplant hatten. Er konnte sich einfach nicht erklären, was Victoria von einem Tag auf den anderen davon überzeugt hatte, daß ihre Beziehung die Trennung nicht überdauern würde.

Der Pfarrer war mit seiner Leichenrede zu Ende. Er schaute Martin an, und dieser trat rasch zum Grab. Er nahm eine Handvoll Erde, warf sie auf Victorias einfachen Sarg und ließ den Blumenstrauß folgen. Daß ihre große Liebe für sie nur ein Spiel gewesen war, das konnte Martin nicht glauben. Und auch der Gedanke, Victoria hätte sich in einen anderen verliebt und ihn deshalb verlassen, blieb für ihn blasse Theorie.

Der Pfarrer kam auf Martin zu und sprach ihm leise und mechanisch sein Beileid aus. Hinter ihm warfen die Friedhofsarbeiter mit großen Schaufeln Erde auf den Sarg. Martin schaute ihnen zu, bis der Sargdeckel ganz mit dunkler Erde bedeckt war. Dann wischte er sich die Tränen vom Gesicht. Die beiden Polizisten standen ein paar Gräber weiter und unterhielten sich leise. Als Martin zu ihnen blickte, schaute der eine auf und zog seinen Kollegen fort. Martin drehte sich in die entgegengesetzte Richtung. Die Frau in dem roten Lackmantel war verschwunden.

*

Südliches Guinea, an der Grenze zu Sierra Leone, Oktober 1998

Die Hubschraubermeldung kam am späten Morgen herein: Eine Flüchtlingsgruppe aus Sierra Leone hatte sich auf dem Weg zum UNHCR-Lager im Busch verirrt. Tom Buylox war mit zwei Kollegen – Chris Markworth und Harvey Washington – mit zwei Lastwagen und den Fahrern aufgebrochen, um die Flüchtlinge herauszuholen. Die drei Amerikaner arbeiteten seit knapp zwei Jahren für den Hohen Flüchtlingskommissar der Vereinten Nationen und waren als Flüchtlingshelfer im guineischen Grenzgebiet zu Sierra Leone tätig. So weit südlich wie heute war Buylox allerdings noch nie gekommen. Nicht weit von hier waren die großen Flüchtlingslager von Guéckedou. Nur Markworth kannte die Gegend um den Papageienschnabel, er war einmal in Koindu in Sierra Leone gewesen.

Sie hatten die Lastwagen samt Fahrern am letzten Militärposten zurückgelassen und gingen in Richtung Grenze. Der Buschpfad, auf dem sie marschierten, wurde in der entgegengesetzten Richtung von vielen Flüchtlingen auf ihrem Weg ins Landesinnere benutzt. Irgendwo entlang dieser Route mußte sich die verschollene Gruppe verlaufen haben.

»Wir müssen aufpassen, wir sind ganz dicht an der Grenze. Nicht, daß wir uns plötzlich auf sierra-leonischem Boden in den Händen von RUF-Rebellen wiederfinden.« Washington sprach leise, dennoch hallte seine Stimme im dichten Dschungel wie ein entferntes Donnergrollen. Er schaute sich instinktiv um, aber nirgends war eine Menschenseele zu sehen.

Markworth schüttelte den Kopf. »Keine Sorge, Harv, hier markiert der Meli-Fluß die Grenze. Erst wenn wir den überqueren, sind wir in Sierra Leone. Aber so weit zurück wird die Gruppe ja hoffentlich nicht gegangen sein.«

Schweigend gingen sie weiter, immer Richtung Westen. Nach anderthalb Stunden hatten sie von den Flüchtlingen immer noch keine Spur gefunden. Buylox führte ihren kleinen Trupp an. Er horchte aufmerksam, ob er vielleicht Geräusche einer größeren Gruppe vor ihnen hören konnte. Aber im Dschungel war alles still. Da tauchte etwas vor ihnen auf dem Pfad auf. Es war noch weit entfernt, Buylox konnte nicht erkennen, was es war. Er stoppte und hob die Hand.

Washington, der fast in ihn hineingelaufen wäre, sagte: »Was gibt's?«

»Schau dir das doch mal mit deinem Superfernglas an.« Er zeigte auf den Pfad vor ihnen.

»Nimm doch dein eigenes.« Washington klang wenig begeistert. Er hatte sich im Urlaub daheim eine neue, teure Ausrüstung zugelegt, zu der auch das Fernglas gehörte.

Buylox drehte sich rasch um. »Schnell, Harv, da vorn. Was ist das?«

Offenbar kapierte Washington jetzt, daß es seinem Kollegen

ernst war. Er riß das Fernglas hoch und blickte auf den Pfad. »Wir sollten schleunigst umkehren«, sagte er, das Gerät noch vor den Augen.

»Was ist denn?« fragte Markworth, der inzwischen zu den beiden aufgeschlossen hatte.

»Es ist eine Sperre. Da kommen wir nicht durch.« Washington schwieg und starrte immer noch durch das Fernglas. Dann reichte er es Buylox. Gefällte Bäume und ausgerissene Büsche waren zu einer fast anderthalb Meter hohen Barriere im Pfad aufgebaut.

»Das sieht wirklich verdammt nach einer Falle aus. Los, wir drehen um. Die Flüchtlingsgruppe ist hier auch nicht weitergekommen. Sie müssen einen anderen Weg eingeschlagen haben.«

Die drei Männer machten kehrt und liefen schnell zurück. Doch sie waren keine fünfzig Meter weit gekommen, als aus dem Dschungel kleine Gestalten auftauchten, die den Pfad militärisch sicherten, keiner der UNHCR-Männer würde da durchkommen. Die kleinen Gestalten waren in bunt zusammengewürfelte Uniformen gekleidet. Camouflage herrschte als Grundfarbe vor, doch dazu trugen sie blaue Armeejacken oder übergroße Hemden mit abgeschnittenen Ärmeln, manche hochgerollte Jeans. An den Kleidungsstücken hing mysteriöser Glitzerkram. Buylox hätte das früher als seltsame afrikanische Maskerade abgetan, doch er hatte solche Gestalten schon zu oft gesehen. Die professionell angelegten Kalaschnikows in den Händen der Kinder ließen keinen Zweifel: Sie waren in eine Falle von Kindersoldaten der RUF geraten.

Die Gestalten kamen auf die drei Männer zu. Sie sprachen sie nicht an, sondern hielten ihnen einfach die Kalaschnikows vors Gesicht. So gingen sie mit ihnen bis zu der Sperre, hinter der weitere Kindersoldaten hervortraten.

»Was jetzt?« Washington fand als erster die Sprache wieder.

»Vielleicht können wir ihnen klarmachen, daß wir vom Flüchtlingswerk sind.«

»Versuch es, Tom.« Markworth starrte auf einen Jungen, der neun oder zehn sein mochte. Das Kind hielt einen Revolver direkt auf seinen Bauch gerichtet. »Wahrscheinlich werden sie uns eh ausrauben und dann umlegen. Zu verlieren haben wir hier nichts.«

Ein etwa Zwölfjähriger, dem der linke Unterarm fehlte, schien das Kommando zu haben. »Zeigt ihnen eure leeren Hände«, sagte Buylox leise zu seinen Kollegen. Dann wandte er sich an den Jungen. Er zog langsam seinen UNHCR-Ausweis aus der Tasche und erklärte in Krio, wer sie waren. Krio war nicht seine Stärke, er hoffte, daß der Junge irgend etwas von seinem gebrochenen Pidginenglisch verstand. »Wir sind von der UNHCR, United Nations, understand? No weapons. Wir sind unbewaffnet. See.« Er schob seine Jacke hoch, damit die Kinder seinen Gürtel sehen konnten, an dem nur ein kleines Messer hing.

Der ältere Junge ließ sich Buylox' Ausweis und Messer bringen. »United Nations. Ah, yes. Refugee camps?«

Die drei Amerikaner nickten.

Der Anführer der Kindersoldaten drehte sich weg. Das Messer hatte er eingesteckt. Die Gruppe schien unschlüssig, was sie tun sollte. Dann führten sie die drei Männer um die Sperre herum. Es wurde ihnen befohlen, mit zwei älteren Jungen als Bewacher dem Pfad weiter Richtung Westen zu folgen.

»Was haben die mit uns vor?« fragte Washington mit einem Seitenblick auf den Kindersoldaten neben sich. Ihre Bewacher schien es nicht zu stören, daß sie redeten.

»Wahrscheinlich führen sie uns zum Lager ihrer Einheit«, sagte Markworth. »Scheiße, sie werden uns nach Sierra Leone hineinbringen.«

»Hört ihr das?«

Über ihnen donnerte ein Hubschrauber, dicht gefolgt von zwei weiteren.

»Hier ist eine größere Militäraktion im Gange.« Buylox starrte nach oben. Doch der Busch bildete ein dichtes Laubdach. Es war nicht zu erkennen, welcher Herkunft die Helikopter waren.

So marschierten sie weiter. Die Kindersoldaten ließen sie reden, doch die Kalaschnikows blieben die ganze Zeit auf sie gerichtet. Buylox blickte zu dem Jungen, der neben ihm lief. Er konnte höchstens zwölf sein. Er versank geradezu in einer gepolsterten olivgrünen Weste, die offensichtlich zu einer Uniform der sierra-leonischen Armee gehörte. An seiner Brust hing ein Beutel, der mit Perlen verziert war. Ein Schutzamulett, nahm Buylox an.

»Der Fluß!« Markworth deutete mit dem Kopf nach vorn, wo es zwischen den Bäumen lichter wurde. Der Pfad fiel leicht ab, dann standen sie am Ufer eines träge dahinfließenden, bräunlichen Gewässers. Der Fluß war hier nicht besonders breit. Eine zerfallene Hängebrücke führte zum anderen Ufer. Äste und Gestrüpp waren mit Seilen zu einer Art Netz zusammengeflochten, das morsch und löchrig geworden war. An manchen Stellen konnte von einem Netz nicht mehr die Rede sein. Eher waren es zwei dicke, immer wieder miteinander verbundene Stricke, von denen ausgefranste Seilreste ins Wasser hingen.

Ihre Bewacher sagten nichts, ließen aber keinen Zweifel daran, daß die drei Männer den Fluß überqueren sollten.

»Wir haben null Chancen, wenn wir erst einmal in Sierra Leone sind.« Markworth sprach leise, in der Hoffnung, daß die Kindersoldaten kein Englisch verstanden. »Wir könnten sie überwältigen. Wenn wir über den Fluß gehen. Es sind nur zwei Kinder.« Er schaute zur Brücke, während er sprach, so, als unterhalte er sich darüber, wie man am besten hinüberkomme.

»Zwei Kinder mit zwei geladenen Kalaschnikows«, brummte Washington.

Einer der Jungen wandte den Kopf. Offenbar hatte er das Wort »Kalaschnikow« verstanden. Er trat zu Washington und drückte ihm den Gewehrlauf in die Seite. »Go, man. Bridge.«

Washington hob die Hände und betrat die provisorische Brücke. Er umklammerte die Taue und balancierte vorsichtig auf dem Geflecht. Die Kindersoldaten trieben auch Markworth und Buylox auf die Brücke. Das morsche Netz war erstaunlich stabil. Selbst als alle drei Männer in den Seilen hingen, berührte es kaum das Wasser. Allerdings hatten die Amerikaner in dieser Lage auch keine Möglichkeit, ihre Bewacher zu überrumpeln. Sie waren zu sehr damit beschäftigt, das Gleichgewicht auf der schwankenden Brücke zu halten. Buylox sah, daß einer der beiden Bewacher neben ihm in den Fluß sprang und halb schwimmend, halb watend zum anderen Ufer gelangte. Dort baute er sich auf und erwartete die Männer. Hinter ihnen betrat der zweite Junge leichtfüßig die Brücke, in einem Arm immer die Kalaschnikow auf sie gerichtet.

Wieder näherte sich ein Hubschrauber. Buylox schaute hoch. In der Schneise, die der Meli-Fluß durch den Dschungel schlug, war blauer Himmel zu erkennen. Dann dröhnte der Chopper über ihnen hinweg. Buylox hoffte, der Pilot möge sie sehen, obwohl es unwahrscheinlich war, daß man sie auf diese Entfernung in dem Brückengeflecht ausmachen konnte.

»Es sind die Briten!« Der Ausruf in Krio kam von dem Jungen, der am anderen Ufer wartete.

Buylox wandte wieder den Kopf nach oben, doch der Helikopter war schon aus seinem Blickfeld verschwunden. Dafür war ihm der zweite Junge sehr nahe gekommen und drückte ihm das Gewehr in die Nieren.

»Okay, okay«, brummte Buylox und kletterte weiter. Washington schien schon am anderen Ufer angekommen zu sein, und Markworth vor ihm schritt zügig über das Geflecht, das an diesem Ende noch fast intakt war. Da hörte Buylox plötzlich einen Knall, im selben Moment zischte etwas direkt an ihm vorbei, dann war auch schon der Druck der Kalaschnikow an seinem Rücken weg. Er drehte sich um. Die Waffe noch in der Hand, lag der Junge auf der wippenden Brücke. Seine toten Augen blickten vollkommen überrascht in den Himmel. Aus einem Loch mitten auf seiner Stirn quoll dick das Blut.

»Der hier ist auch tot«, rief Washington vom Ufer.

Markworth und Buylox traten zu ihrem Kollegen, der neben der Leiche des zweiten Kindersoldaten kniete. Der Junge war in den Rücken geschossen worden. Die Männer blickten sich rasch nach allen Seiten um. Ein einzelner Weißer stand an der Stelle, wo der Pfad weiter in den Dschungel führte. Er trug eine Camouflage-Uniform mit einem Rangabzeichen, das Buylox nicht zuordnen konnte. Die eine Hand am Gürtel, schritt er langsam auf sie zu.

»David Crocker, Executive Services. Sie sind allein, Gentlemen?«

Die drei nickten. Der dunkelblonde Hüne sprach britisches Englisch mit einem leichten Londoner Akzent. Er machte eine knappe Geste mit der Linken, und aus dem Gebüsch kam ein Trupp von etwa zehn Mann, alle in der gleichen Uniform. Sie waren voll bewaffnet und für Nahkampf ausgerüstet.

»Sie gehören zur UNHCR?«

Markworth fand als erster die Sprache wieder. »Ja. Wir suchen nach einer verschollenen Gruppe von Flüchtlingen. Kindersoldaten der RUF haben uns in einen Hinterhalt gelockt.«

»Da sind wir ja gerade noch rechtzeitig gekommen. Aber Sie hätten Ihren Auftrag ohnehin nicht erfüllen können. Die Flüchtlingsgruppe ist von diesen Rebellen ...« er zeigte auf die Leichen der beiden Kindersoldaten, »... niedergemetzelt worden.« Er blickte zu Markworth. »Alle. Auch die Frauen und Kinder.«

»Sie sind tot?« Washington starrte immer noch auf das Kind zu seinen Füßen. Buylox war nicht sicher, ob er die beiden Kindersoldaten oder die Flüchtlingsgruppe meinte.

»Ja«, sagte Crocker knapp. »Sierra Leone ist zur Zeit nicht für Abenteuertouristen geeignet.« Der abschätzige Blick des Söldners auf das modische Fernglas Washingtons war nicht zu übersehen. »Unsere Helikopter stehen knapp zwei Kilometer nördlich von hier. Sollen wir Sie zu Ihrem Stützpunkt zurückfliegen?«

Buylox nickte. »Gerne. Ich glaube, keiner von uns hat Lust, über diese Brücke zurück nach Guinea zu wanken.« Er grinste seine Kollegen an, auch in deren Gesichtern war deutlich Erleichterung zu erkennen.

Crocker gab einen scharfen Befehl, und seine Männer verschwanden wieder im Buschwerk.

»Da lang, Gentlemen.« Der Brite zeigte auf eine Stelle im Busch, an der erst bei näherem Hinsehen der Beginn eines schmalen Pfades zu erkennen war. Der Weg folgte in gerader Linie dem Verlauf des Meli-Flußes. »Sie gehen voran.«

Die drei liefen los. Buylox war sich der Präsenz des Mannes hinter ihm sehr bewußt. Immer wieder drehte er sich um. Crocker folgte ihm in kaum einem halben Meter Abstand. Er hatte eine Maschinenpistole locker auf dem rechten Arm liegen, doch Buylox war sich sicher, daß er die Waffe bei der geringsten Gefahr schußbereit im Anschlag haben würde. Nach einer Weile verbreiterte sich der Pfad, so daß sie nebeneinander gehen konnten. Buylox sprach Crocker an: »Ich wollte Ihnen danken, daß Sie uns da aus der Klemme geholfen haben. Ich weiß nicht, was die RUF mit uns gemacht hätte.«

»Das ist nicht schwer zu erraten.« Crocker sah sich beim Reden ständig nach allen Seiten um. »Sie hätten Sie beim Vordringen nach Guinea als Führer benutzt. Oder als Minenhunde.« Er schnalzte mit der Zunge. »Kein schöner, aber dafür ein sehr schneller Tod.«

»Was für ein Glück, daß Sie und Ihre Männer aufgetaucht sind.« Washington sah immer noch ziemlich geschockt aus. Seine dunkle Hautfarbe war um einige Töne blasser als sonst.

»Das hat mit Glück nicht viel zu tun. Wir verfolgen einen Rebellenführer, der uns heute morgen in Sefadu entwischt ist. Sie haben vielleicht schon vom ›Unverwundbaren‹ gehört.«

»Der Unverwundbare!« rief Buylox und blieb stehen. Sie hatten alle schon von dem Bandenführer gehört, der ganze Armeen von Kindersoldaten kommandierte und für seine Grausamkeiten berüchtigt war.

»Schsch, Mann, nicht so laut. Wollen Sie uns die RUF auf den Hals hetzen?!« Crocker blitzte ihn aus grauen Augen an.

»Tut mir leid.« Buylox hob die Schultern.

Crocker horchte kurz in den Busch hinein. Nur entferntes Vogelgezwitscher war zu hören. »Yes, the Intouchable«, sagte er dann. »Wir hatten einen Tip, daß er sich in einem Haus in Sefadu aufhält. Aber er ist uns entkommen.«

»Wo sind denn Ihre Männer?« Markworth spähte in den Busch, doch es war nichts zu erkennen.

»Keine Angst.« Der Brite lachte leise. »Sie sind da. Doch wenn Sie sie so einfach entdecken könnten, dann stünde es ziemlich schlecht um die Ausbildung unserer Truppe.«

»Sind Sie sicher?«

Buylox schaute nach vorn zu Markworth, der langsamer geworden war und offenbar in einer unbewußten Geste zu seinem Messer gegriffen hatte.

»Was ist?«

Markworth hielt an. »Da bewegt sich was. Da sind Menschen«, flüsterte er.

Crocker tat ein, zwei Schritte nach vorn. Dann hechtete er in ein Gebüsch auf der Seite, die zum Fluß ging. Dabei brüllte er »In Deckung«. Die Amerikaner versuchten, so schnell wie möglich im Busch Schutz zu finden.

Aus dem nichts erschienen überall Schwarze in Phantasieuniformen, die eindeutig zur RUF gehörten. Ungefähr die Hälfte waren Kindersoldaten, was den Anblick ihrer Waffen nicht weniger furchteinflößend machte. Langsam traten die vier Männer zusammen, während der Kreis sich immer enger um sie schloß. Buylox zählte etwa vierzig schwer Bewaffnete.

»Shit«, zischte Crocker zwischen den Zähnen hindurch. »Jemand muß uns verraten haben. Die Gegend war vollständig gesichert.«

Ein Mann, der ein dunkelblaues Tuch um den Kopf geschlungen hatte, trat zu ihm und drückte ihm die Mündung seines Gewehrs gegen die Brust. »Shut up, white man!« zischte er. Dann rief er: »Kein Wort zwischen den Gefangenen. Los, bringt sie ins Lager.«

Nach einem zweistündigen, nervenaufreibenden Fußmarsch erreichten sie eine kleine Ansammlung von Zelten, zwischen denen Feuerstellen aufgebaut waren. In schweren Kesseln kochte Reis. Buylox zählte noch etwa ein Dutzend weiterer Rebellen, darunter auch ein paar Mädchen, die mit dem Essen beschäftigt waren. Die drei Amerikaner wurden von Crocker getrennt.

Markworth deutete auf fünf abseits liegende Körper, die mit ein paar Fetzen Stoff zugedeckt waren. »Da. Das sind zwei von Crockers Männern.« Die Stiefel und die Uniformhosen waren deutlich zu erkennen. »Die müssen sie auch geschnappt haben.«

Buylox schaute sich um, doch von den übrigen Söldnern war nichts zu sehen. Auch Crocker war verschwunden. Dann hörte er Stimmen aus einem etwas größeren Zelt, und erkannte den Baß des Briten.

Sie selbst wurden von einem jungen Mann etwa Anfang zwanzig verhört. Er redete in einer Mischung aus Englisch und

Krio, und Buylox gab sich Mühe, ihm seine Fragen so gut wie möglich zu beantworten. Ihre Arbeit und die Suche nach der Flüchtlingsgruppe interessierte den Mann dabei weit weniger als die Frage, wo sie zuletzt guineische Soldaten gesehen hatten, wo der nächste Militärposten sei und was sie mit den *Executive Services* zu schaffen hatten. Buylox tat, als hätte er keine Ahnung von militärischen Dingen. Markworth und Washington, die ebenfalls befragt wurden, gaben vor, kein Krio zu sprechen. Die Rebellen reichten ihnen etwas Reis und Wasser, dann wurden sie in ein kleines, muffiges Zelt gesperrt. Keiner der Männer konnte schlafen. Sie verbrachten eine unruhige Nacht.

Buylox wurde von einem lauten Summen aufgeschreckt. Einen Moment lang meinte er, er sei im Camp in der Hängematte eingedöst, und ein afrikanisches Insekt wolle ihn um seinen verdienten Mittagsschlaf bringen. Dann fuhr er hoch: Er kannte das Geräusch nur zu gut, niedrig fliegende Hubschrauber dröhnten über das Lager hinweg. Durch den Stoff des Zeltes war zu erkennen, daß es früher Morgen sein mußte, die Sonne ging gerade auf. Markworth lugte durch ein Loch in der Zeltwand. »Die guineische Armee«, flüsterte er. »Gott, sie greifen das Lager an!«

Im nächsten Moment krachte die erste Maschinengewehrsalve auf die Zelte nieder. Buylox zog Washington zu Boden und drückte sein eigenes Gesicht fest in die Erde. Zwischen dem Krachen der Schüsse und den Schreien der Rebellen war nur das Donnern der Hubschrauber zu hören und Markworth, der leise betete.

Draußen war die Hölle los. Offenbar hatte es die Mehrzahl der Rebellen in ihren Zelten erwischt. Buylox hörte, wie die Überlebenden brüllten und versuchten, mit ihren Kalaschnikows die immer wieder anfliegenden Hubschrauber abzuschießen. Irgendwo im Lager mußte es auch größeres Geschütz geben. Dumpfe Schläge brachen ab und zu durch das Geknatter der Maschinengewehre. Buylox hatte den Eindruck, daß mindestens ein Hubschrauber getroffen worden war. Zumindest ebbte der Angriff minutenlang ab. Er schaute hoch. Markworth kniete an der Wand des Zeltes und zerrte an den Verankerungen.

»Los, wir müssen hier raus.«

Buylox und Washington krochen zu ihm. Die metallenen Verankerungen waren tief in den Boden gerammt. So schnell sie konnten, probierten sie alle durch. An einer Stelle fehlte ein Haken. Die Verankerung daneben erwies sich als lockerer als die übrigen. Gemeinsam schafften sie es, sie aus dem Boden zu reißen. Durch die schmale Lücke konnte ein Mann mit Mühe ins Freie gelangen. Buylox blickte hinaus. Der Busch war höchstens zwanzig Meter vom Zelt entfernt.

Draußen tobte ein erneuter Angriff. Dann wurde es wieder still. Es war ihre einzige Chance.

»Markworth, du zuerst.« Markworth war der Größte von ihnen, er würde die meisten Schwierigkeiten haben, durch das Loch zu kriechen. Er nickte stumm und legte sich auf den Boden. Buylox und Washington hielten, so gut sie konnten, die Zeltwand auseinander, um den Spalt zu vergrößern. Markworth steckte kurz fest, dann war er draußen. Eine Maschinengewehrsalve krachte in nächster Nähe des Zeltes nieder. Buylox hielt den Atem an. Doch als er aus dem Loch schaute, sah er Markworth gerade im Dschungel verschwinden.

»Jetzt du.«

Washington zögerte kurz, dann kroch auch er ins Freie. Draußen war alles ruhig. Buylox folgte ihm sofort, gemeinsam rannten sie auf den schützenden Busch zu. Markworth erwartete sie im Schutz eines dichten, dornigen Gestrüpps. Sie warfen sich neben ihm flach auf den Boden.

»Was jetzt?« flüsterte Markworth.

»Wir warten, bis die guineischen Truppen kommen.« Buylox lugte durch das Geäst und versuchte zu sehen, was im Lager vor sich ging. Dort regte sich nichts, nur das leise Wimmern eines Verletzten war zu hören. Überall lagen Leichen. Direkt vor ihnen war ein Junge im Laufen getroffen worden, die Wucht des Aufpralls hatte ihn rückwärts auf seine schwere Ausrüstung geworfen. Buylox suchte das Lager nach Crocker und seiner Truppe ab. In einer Gruppe am Boden liegender Rebellen regte sich etwas, ein Mann stand auf und begann, die verstreut herumliegenden Waffen einzusammeln. Andere schlossen sich ihm an, packten Vorräte zusammen und kümmerten sich um die Verletzten. Die Leichen ihrer Gefallenen legten sie an eine Stelle, wo der Boden ein wenig absank. Das alles ging fast lautlos und mit großer Geschwindigkeit vor sich. Niemand schien einen Gedanken an die drei gefangenen Amerikaner zu verschwenden.

Buylox spürte, wie der Boden leicht vibrierte, bevor er das surrende Dröhnen der Hubschrauber hörte.

»Es geht wieder los«, sagte Markworth leise.

Sekundenbruchteile später fetzte ein Kugelhagel über das Lager. Die Rebellen warfen sich auf den Boden oder schlugen sich in den Busch.

Buylox' Blick blieb an einem großen Mann hängen, der aufrecht vor einem der Zelte stand. Seine Haare waren kurz rasiert, er trug einen vollständigen Tarnanzug. Für einen Moment dachte Buylox, es sei einer von Crockers Männern. Dann beugte der Mann sich zu Boden und hob eine Kalaschnikow auf, die ein Gefallener verloren hatte. Mit langsamen, geübten Bewegungen richtete er das Sturmgewehr in den Himmel, offensichtlich auf einen Hubschrauber, den Buylox von seinem Versteck aus nicht sehen konnte. Eine Geschoßsalve prasselte auf den Mann nieder. Er wurde nach hinten geschleudert und wäre fast gestürzt, fing sich aber und richtete sich wieder auf. Buylox traute seinen Augen nicht: Die Zeltwand hinter dem Mann war von Kugeln zerfetzt, doch er selbst schien unberührt. Die Kalaschnikow immer noch fest in den Händen, legte er wieder an und feuerte auf den Hubschrauber. Buylox hörte ein seltsames Krachen, dann ein kurzes Fauchen, als ob plötzlich Gas aus einem Leck in einer Pipeline strömen würde. Im nächsten Augenblick erschütterte eine gellende Explosion das Lager. Die Wipfel der umstehenden Bäume wurden von der Druckwelle umgebogen, dann sah Buylox den brennenden Hubschrauber. Flammen schossen meterhoch in den Himmel, der Chopper kam ins Trudeln und sank gefährlich. Ein paar Sekunden lang sah es so aus, als könne der Pilot einen Absturz verhindern. Doch dann streifte der Hubschrauber einen Baum und krachte in den Busch.

»Intouchable!« Der Schrei kam von mehreren Rebellen, die den Schützen umringten und ihre Kalaschnikows in die Höhe stießen.

»Hast du das gesehen, Tom?« Offenbar hatte auch Washington beobachtet, wie der Einäugige dem Kugelhagel trotzte. »Wie macht der das?«

»Er trägt eine kugelsichere Weste. Oder er hat einfach unglaubliches Glück.«

Die drei Amerikaner fuhren herum. Im Gebüsch hinter ihnen erschien ein dunkelblonder Haarschopf, auf dem ein olivgrünes Barett saß. »Vielleicht trägt der Unverwundbare aber auch wirklich eine Schutzkappe aus weiblichen Schamhaaren, wie seine Anhänger behaupten.«

»Crocker!« Buylox faßte sich als erster. »Gott sei Dank! Ich dachte schon, die Rebellen hätten Sie niedergemacht.«

»Nicht doch. Männer von den Executive Services sind wertvolle Gefangene für die RUF. Richtig gefährlich waren erst die Hubschrauber. Da hätten uns die guineischen Truppen fast zusammen mit den Rebellen umgelegt. Ich bin froh, Sie lebend hier zu finden, Gentlemen.« Mit diesen Worten kroch der Söldner zu ihnen und blickte hinaus auf das menschenleere Lager. Auch Buylox schaute durch das Gebüsch. Der Unverwundbare und die überlebenden Rebellen waren verschwunden.

»Die Guineer werden gleich hier sein«, sagte Crocker. »Lassen Sie mich mit dem Corporal reden.«

Wenig später erschienen zwei Soldaten am Eingang des Lagers. Maschinenpistolen im Anschlag erkundeten sie das Gelände, dann brüllten sie einen Befehl auf Französisch. Ein Trupp von vielleicht zwölf Uniformierten betrat das Lager. Sie führten eine Gruppe Kindersoldaten mit sich, die zum Teil verletzt waren.

Crocker erhob sich und winkte den Amerikanern, ihm zu folgen. Sie verließen das Versteck und gingen langsam und mit erhobenen Händen auf die Soldaten zu. Die richteten sofort ihre Waffen auf sie. Dann erkannten sie aber offenbar Crocker. Ein Offizier schwenkte sein Barett und ging ein paar Schritte auf Crocker zu. Seine Männer senkten die Waffen und fuhren fort, das Lager zu durchsuchen.

»Wie schön, Sie wiederzusehen, Crocker«, sagte der Offizier. »Obwohl ich Sie in dieser Gegend wirklich als letzten vermutet hätte. Wollten Sie und Ihre Leute nicht den Unverwundbaren in Sefadu schnappen?«

»Lange Geschichte, Corporal. Und der Unverwundbare ist uns gerade eben zum zweiten Mal durch die Lappen gegangen. Wir müssen ihm sofort nach.« Crocker berichtete, was passiert war. Soweit Buylox aus dem Gespräch entnehmen konnte, führten die Guineer mit den Executive Services eine gemeinsame Operation durch, um die Rebellen aus dem Grenzgebiet zu vertreiben.

Der Corporal nickte den UNHCR-Leuten kurz zu, als Crocker ihre Anwesenheit erklärte. »Die Flüchtlinge, die Sie suchen, sind tot«, bestätigte er Crockers Nachricht. »Wir haben ihre Leichen nahe der Grenze in Guinea gefunden. Von Kindersoldaten massakriert. Sie waren nicht die einzigen.«

»Wir müssen zurück zu unserem Lager«, sagte Buylox.

»Die Hubschrauber der Executive Services stehen noch am Meli«, sagte der Corporal. »Crocker wird Sie von dort zurückfliegen.«

Crocker sprach gerade mit seinen Männern, die aus ihren Verstecken im Busch gekommen waren, als die guineischen Soldaten das Lager betraten. Er drehte sich um und sagte: »Sicher, Buylox, hab ich Ihnen doch versprochen. Aber wir müssen Tempo machen. Sonst verlieren wir die Spur des Unverwundbaren.«

»Was machen wir mit den gefangenen Kindersoldaten?« fragte der Corporal. »Wir haben sie im Busch erwischt. Es sind noch sieben.«

»Wir können sie nicht mitnehmen. Die Hubschrauber sind voll.« Crocker zuckte mit den Schultern.

Der Corporal sah ihn nachdenklich an. »Ich habe einen Hubschrauber und acht Mann verloren. Ich kann nicht noch welche abstellen, um sieben störrische Gefangene durch den Busch nach Guinea zu bringen.«

Einer seiner Männer sagte: »Zwei sind schwer verletzt.« Er deutete auf die zusammengepferchte Schar, die von drei Soldaten mit angelegten Maschinenpistolen bewacht wurde. »Sie müßten getragen werden.«

Der Corporal schaute zu Crocker. »Das ist eine sierra-leonische Angelegenheit, Crocker. Ihre Verantwortung.«

»Ach was, das bringt doch nichts.« Crocker machte eine schnelle Handbewegung. »Laufen lassen dürfen wir die kleinen Bestien auf keinen Fall, sonst metzeln sie weiter.«

»Was sollen wir Ihrer Meinung nach dann tun?«

»Mon chèr Corporal, die Frage müssen Sie sich schon selbst beantworten.« Der Brite tippte mit der Rechten an sein Barett, winkte den Amerikanern, ihm zu folgen, und ging zu seinen Männern, die aufbruchbereit am Ausgang des Lagers warteten.

Die Amerikaner schulterten ihre Ausrüstung und folgten Crocker. Im Weggehen hörte Buylox, wie der Corporal ein Erschießungskommando zusammenstellte. Sie waren erst wenige hundert Meter den Pfad zurück Richtung Guinea marschiert, als hinter ihnen Schüsse krachten. Ein hoher Kinderschrei hallte durch den Busch, brach dann abrupt ab. Keiner der Männer drehte sich um.

*

Unser Weg nach Sierra Leone, März 2001

Der Flug von Paris nach Conakry dauerte sechs Stunden. Martin Gassen saß in der Touristenklasse inmitten einer bunten Mischung von afrikanischen und europäischen Geschäftsleuten, Diplomaten, Offizieren, Entwicklungshelfern und Abenteurern. Nur Touristen sah er in der Touristenklasse keine, die mieden Westafrika seit langem. Um ihn herum wurden lebhafte Gespräche überwiegend in Englisch oder Französisch geführt. Zwei Reihen hinter ihm saß ein voluminöser schwarzer Geschäftsmann, der Gassen auffiel, weil er mit lauter Baßstimme seinem etwas desinteressiert wirkenden Nachbarn von seiner Handyfirma in Conakry erzählte. Vor ihm saßen zwei britische Ärztinnen, die sich über Behandlungsmethoden von Lassa-Fieber unterhielten. Offenbar wollten auch sie weiter nach Sierra Leone. Eine ganze Weile hörte Gassen ihrem Gespräch aufmerksam zu, da immer wieder das Wort »Kenema« fiel. Die eine Frau arbeitete anscheinend dort in einer Klinik, die von Merlin aufgebaut worden war, einer britischen NGO, die Gassen vor allem wegen ihres Malaria-Kontrollprogramms kannte.

»Waren Sie schon einmal in Kenema?« fragte plötzlich seine Nachbarin, eine ältere Deutsche, die ihn freundlich begrüßt und seither schweigend neben ihm gesessen hatte. Anscheinend verfolgte sie ebenfalls die Gespräche ihrer Mitreisenden.

Gassen mußte grinsen. »Ja, ich habe zwei Jahre in Kenema gelebt. Und fliege jetzt zum ersten Mal seit damals wieder nach Sierra Leone. Das erklärt vielleicht, warum ich hier anderer Leute Gespräche belausche.«

Die Frau lächelte und fragte dann: »Wann waren Sie denn in Kenema? Irgendwie kommen Sie mir schon die ganze Zeit bekannt vor.« Sie drehte sich zu ihm und reichte ihm die Hand. »Schwester Cordula. Ich arbeite im Krankenhaus in Kenema.«

Gassen stellte sich ebenfalls vor, dann sagte er: »Ich war mit der AGEH in Kenema. Wir haben das Schulzentrum gebaut.« Auch ihm kam die Frau vage bekannt vor. Er war nur wenige Male im Krankenhaus gewesen, aber er erinnerte sich dunkel an eine Schwester, die damals das Haar zu einem Dutt hochgesteckt hatte. Schwester Cordula mußte ihre Haare geschnitten haben, denn die Frau neben ihm hatte eine graue Kurzhaarfrisur.

Die Schwester sah ihn schräg an. »Das Schulzentrum? Das ist aber schon sehr lange her. Das war ja noch vor dem Bürgerkrieg.« Dann tippte sie auf Gassens Arm. »Ich hab's! Sie waren dieser Junge, der eine schwarze Freundin hatte. Ich erinnere mich, weil Sie auch aus Deutschland kamen.«

»Kennen Sie Victoria? Wissen Sie etwas über Sie?« Gassen wurde heiß, obwohl die Lüftung im Flugzeug eher kühl war.

»Victoria?«

»Meine Freundin von damals.«

Schwester Cordula, die offenbar Gassens Aufregung spürte, schüttelte langsam den Kopf. »Nein, ich glaube, das Mädchen kannte ich nicht persönlich.«

»Sie war Kindergärtnerin.«

»Ich war nur einmal im Schulzentrum, zur Einweihung. Und inzwischen ist ja so viel passiert.«

»Sie hieß Victoria Sia Stevenson. Warten Sie.« Gassen stand auf und holte seinen Rucksack aus dem Gepäckfach. Victorias Foto hatte er in der Außentasche verstaut. Er beugte sich zu der Schwester hinunter und zeigte es ihr.

»Sie war eine Krio?« fragte Schwester Cordula, und Gassen nickte.

Sie schaute sich das Bild eine Weile ein. »Ja, ich erinnere mich an sie. Was für ein wunderschönes Mädchen!«

»Sie haben Sie gesehen? Wo denn? Doch im Kindergarten?« An den neugierigen Blicken der beiden Engländerinnen merkte Gassen, daß er vor Aufregung zu laut geworden war. Er setzte sich wieder.

Auch Schwester Cordula schaute ihn erstaunt an. »Wissen Sie denn nicht, wo sich Ihre damalige Freundin heute aufhält?«

»Ich habe den Kontakt zu ihr verloren.« Gassen wollte Schwester Cordula nichts vom Tod Victorias erzählen. Er wußte nicht, wie er ihr erklären sollte, daß er jetzt wegen der toten Victoria nach Sierra Leone flog, die lebendige aber nie gesucht hatte. Außerdem war es besser, wenn so wenig Leute wie möglich von seiner Suche wußten.

Die Schwester nickte auch so verständnisvoll. Dann überlegte sie. »Wissen Sie, ich glaube, ich habe das Mädchen im Krankenhaus gesehen. Das ist schon ziemlich lange her. Sie war krank oder verwundet.«

»Victoria war verletzt? Wann war das? Bitte!«

Die Schwester legte ihm beruhigend die Hand auf den Arm. »Es war nichts Schlimmes. Zumindest nicht im Vergleich zu den furchtbaren Kriegsverletzungen, die nachher kamen. Ich erinnere mich, das Mädchen wurde bald wieder entlassen.«

»Wann?«

»Ich glaube, das war nach dem ersten Rebellenüberfall im Grenzgebiet zu Liberia.«

»Der war 1991.« In den ersten Monaten nach seiner Rückkehr nach Deutschland hatte Gassen jede noch so kleine Nachricht aus Sierra Leone verfolgt. Er war geschockt gewesen, als ihm klar wurde, daß der Bürgerkrieg Kenema erreicht hatte.

Die Schwester nickte. »Frühjahr 1991. Das werde ich nie vergessen. Aber wissen Sie, ich glaube, Ihre Victoria kam in Begleitung ins Krankenhaus. Ein Mädchen hat sie gebracht. Und ein junger Mann war dabei.«

Gassen spürte einen Stich im Herzen. »Ein großer Schwarzer. Schlank. Gutaussehend?« Es mußte Victorias alter Schulfreund gewesen sein.

Schwester Cordula nickte. »Ja, ein gutaussehender Mann. Aber sehr ernst. Fast ein bißchen zu ernst. Aber vielleicht kam das auch von der Narbe an seiner Schläfe. Die Stelle hat mich immer an ein gefiedertes Khaya-Blatt erinnert.«

Gassen konnte sich nicht erinnern, daß der Schulfreund Victorias eine auffallende Narbe gehabt hatte. Aber wer hätte es sonst sein können?

»Wohin könnte Victoria danach gegangen sein?« Gassen stellte die Frage mehr sich selbst als seiner Nachbarin.

»Das kann ich Ihnen nicht sagen.« Schwester Cordula zuckte mit den Schultern und lehnte sich in den Sitz zurück. Sie schwiegen beide eine Weile. Dabei blickten sie aus dem Fenster, wo unter ihnen die Wüstengebiete der Sahara und die Trockensavannen des Sahels zu sehen waren.

»Sie sind die ganze Zeit in Kenema geblieben?« fragte Gassen schließlich.

Schwester Cordula schreckte aus ihren Gedanken hoch. »Wie? Ja, ich habe die ganze furchtbare Zeit während des Bürgerkriegs dort ausgeharrt. Sie waren wann in Kenema?«

»Anfang 89 bis Ende 1990.«

»Das waren trotz aller Armut gute Jahre. Eine Zeit, in der ich dachte, es gibt eine Zukunft für Sierra Leone. Überall wurde gebaut und eine funktionierende Infrastruktur geschaffen.« Sie seufzte. »Nichts davon ist übrig geblieben. Das Land ist zum großen Teil zerstört. Überall herrscht Elend. Und eine ganze Generation junger Menschen ist brutalisiert und traumatisiert. Manchmal weiß ich nicht, wie ich das alles noch aushalten soll.«

»Aber Sie fliegen trotzdem wieder zurück?«

»Aber ja doch.« Die Schwester lächelte. »Ich war jetzt drei Monate zu Hause, auf Heimaturlaub. Nach drei Monaten Deutschland weiß ich, wo meine wirkliche Heimat ist.«

»Und der Bürgerkrieg?«

»Ich kann die Menschen in Kenema doch nicht alleine lassen.« Sie wollte etwas hinzufügen, stockte und brachte schließlich heraus: »Und Afrika ist so schön.« Schwester Cordula hatte Tränen in den Augen.

Gassen schwieg. Die alte Dame mochte ein sentimentales Afrika-Bild haben, aber sie half den Opfern des Bürgerkrieges. Sie hatte ihr Leben diesem Land verschrieben und setzte es bei ihrer Arbeit im Krankenhaus täglich aufs Spiel.

Unter ihnen war inzwischen das grüne Afrika aufgetaucht. Gassen sagte leise: »Es ist überwältigend schön. Immer wieder.«

Schwester Cordula nickte. Dann sagte sie: »Wir sind bald da« und zeigte aus dem Fenster. Die Maschine befand sich schon über dem Meer. Sie flogen den Flugplatz in Conakry vom Atlantik her an.

Gassen wartete zusammen mit Schwester Cordula, bis ihr Gepäck ausgegeben wurde. Er wollte ihr die Koffer zum Taxi tragen, doch die Schwester winkte ab. »Ich nehme einen Träger, kein Problem.« Sie drückte ihm die Hand. »Besuchen Sie mich, wenn Sie nach Kenema kommen!«

Er würde nach Kenema kommen. Doch das brauchte Schwester Cordula nicht zu wissen. Gassen nahm ihre Hände in seine und verabschiedete sich herzlich. »Mein Einsatz für die GTZ ist in Freetown. Ich glaube nicht, daß ich dieses Mal Kenema besuchen kann.«

*

»Herr Gassen? Martin Gassen?«

Er zuckte zusammen, als ein Mann in Jeans und einem kurzärmligen blauen Hemd ihn auf deutsch ansprach. Seit ein paar Minuten, genauer gesagt, seit der Landung seines Fliegers aus Conakry versuchte Gassen, sich auf dem großen, aber ziemlich leeren Flughafen in Lungi zurechtzufinden.

»Ja?«

Der Mann streckte ihm die Hand hin. »Willkommen in Sierra Leone. Ich bin Peter Ortwig vom GTZ-Büro.«

Gassen ergriff die Hand des GTZ-Mannes, der vielleicht vierzig Jahre alt war. Mit dem kurzen, angegrauten Haar und dem sonnengebräunten Gesicht machte er einen freundlichen, kompetenten Eindruck. Die GTZ sorgte sich um ihre Mitarbeiter, auch wenn sie nur – wie in seinem Fall – für zwei Wochen eingestellt waren. Gestern abend in Conakry hatte man sogar ein Essen mit einem Vertreter der deutschen Botschaft für ihn organisiert. Gassen stand noch ganz unter dem Eindruck des Abends. Fast bis Mitternacht hatten sich ein junger Diplomat, der höchstens fünf Jahre älter als er selbst sein konnte und ein Vertreter der GTZ mit ihm über die aktuelle Lage in Sierra Leone und Westafrika unterhalten. Sie waren geduldig auf seine – wie ihm jetzt schien – recht naiven Fragen eingegangen, aber die meiste Zeit war es um die Einschätzung der aktuellen Bürgerkriegssituation gegangen.

Gassen war froh gewesen, nach der hektischen Vorbereitungszeit und dem Flug einfach zuhören zu können. Schon das Gespräch mit Schwester Cordula im Flugzeug hatte ihm klar gemacht, daß von dem Land, das er kannte, nicht viel übriggeblieben war. Trotz aller Berichte, die er in Deutschland über den Bürgerkrieg gelesen und gesehen hatte, hatte er immer noch Bilder seines wunderschönen Sierra Leone im Kopf gehabt. Der gestrige Abend hatte mit dieser Vorstellung aufgeräumt. Was immer die eigentlichen Ursachen des Bürgerkriegs in Sierra Leone gewesen sein mochten, der junge Diplomat sah nur noch einen grausamen Kampf selbsternannter Warlords gegen die jeweiligen Herrschaftscliquen. Die Diamantenfelder seien das Unglück Sierra Leones, hatte der GTZ-Mann gesagt. Und als Gassen die tieferen Gründe für den Zusammenbruch des Staates im Kolonialismus vermutete, hatte der Diplomat erwidert: ›Die Gier nach Beute ist nicht erst durch die Kolonialherren ins Land gekommen, und sie ist auch nicht mit ihnen verschwunden. Sie gehört wohl zur menschlichen Grundausstattung.‹

»Hatten Sie eine gute Reise?« fragte ihn Peter Ortwig.

»Ja, sehr gut. Alles hat geklappt, Flug, Abholen und Hotel. Sogar ein Essen mit einem Vertreter der deutschen Botschaft in Conakry hat die GTZ für mich organisiert. Und auch der Hubschrauber hierher nach Lungi heute morgen war pünktlich.« Er grinste. »Jetzt hätte ich allerdings nicht mehr weitergewußt, wenn Sie nicht aufgetaucht wären. Wie kommen wir denn jetzt nach Freetown?«

»Wir fahren mit einem alten, verrosteten Shuttlebus bis zum Tagrin Point am Sierra Leone River und setzen dann mit einer alten, verrosteten Fähren über die Flußmündung nach Freetown über.« Er machte eine Handbewegung durch die leere Flughafenhalle. »Lassen Sie sich durch das hier nicht täuschen: Freetown ist nach wie vor eine Millionenstadt.«

Später, als sie im Bus über eine holprige Straße fuhren, erzählte Ortwig von den Veränderung, die der Bürgerkrieg Sierra Leone gebracht hatte. »Schauen Sie sich ein Dorf wie Lungi an. Jahrelang hat es im Frieden vom Flughafen gelebt. Das ist vorbei. Die Bevölkerung ist drastisch angestiegen, weil sich viele Flüchtlinge in Lungi angesiedelt haben. Es fehlt an Unterkunft, an Arbeit, an Nahrungsmitteln, kurz: an allem.« Der GTZ-Mann wischte sich den Schweiß von der Stirn. »Wissen Sie, mir war schon immer klar, daß Unfähigkeit und Korruption in den oberen Etagen Sierra Leones an der Tagesordnung sind. Darüber habe ich mir, glaube ich, nie Illusionen gemacht. Doch das, was dann in den neunziger Jahren passiert ist, hätte ich nie für möglich gehalten. Inzwischen habe ich dazulernen müssen.«

»Was?«

Ortwigs Stimme klang müde. »Gegen die jeweiligen Herrschaftscliquen sammeln sich die Vernachlässigten und Unzufriedenen. Von denen gab und gibt es in Sierra Leone viele, zu viele. Und es ist vor allem auch eine Generationenfrage. Die Bevölkerung wächst trotz Elend und Krieg, trotz Aids. Das Durchschnittsalter beträgt ungefähr zwanzig, die Lebenserwartung etwas über vierzig Jahre. Die Zukunftsaussichten der Jungen sind miserabel. In Sierra Leone gibt es für sie keine persönlichen und beruflichen Perspektiven. Und das macht sie für die

Parolen der Rebellen empfänglich. Oder sie lassen sich von der Armee rekrutieren oder beteiligen sich im CDF am Bürgerkrieg.«

»CDF – das ist der zivile Verteidigungsbund?«

Ortwig nickte. »Die Leute haben sich auf lokaler und regionaler Ebene gegen den Terror der Rebellen zusammengeschlossen und eine Art Bürgerwehren gebildet. Die Regierung hat sie dann im CDF vernetzt.«

Am Tagrin Point warteten sie inmitten einer bunten Menschenmenge, die mit Koffern, Taschen und Tüten ebenfalls nach der Fähre Ausschau hielt. Direkt vor ihnen stand eine Gruppe von Kindern. Sie wurden von einer jungen Lehrerin begleitet, die einen langen grünen Rock um ihre Taille geschlungen hatte. Ein Mädchen aus der Gruppe trug ihre Sache in einem ausgebleichten Plastikwäschekorb auf dem Kopf. In die Gruppe kam Bewegung. Die Lehrerin beugte sich zu einem kleinen Jungen hinunter und zeigte auf das Wasser. Man konnte die Fähre, die nur ein Fleck auf dem Fluß gewesen war, inzwischen deutlich erkennen. Das Mädchen mit dem Korb redete aufgeregt mit ihren Freunden. Sie drehte sich, und plötzlich sah Gassen, daß ihr der rechte Unterschenkel fehlte. Die Krücke, mit der sie sich aufstützte, war bisher verdeckt gewesen. Als die Menge jetzt Richtung Anlegeplatz der Fähre drängte, half ein älterer Junge dem Mädchen beim Gehen. Gassen bewunderte, wie sie trotz des fehlenden Beines den Korb auf dem Kopf in vollkommener Balance hielt.

»Ich kann mir einfach nicht vorstellen, wie es zu diesen furchtbaren Greueltaten kommen konnte.« Gassen sprach leise. »Vor zehn Jahren war hier noch Aufbruchstimmung zu spüren. So habe ich es zumindest empfunden. Ich war überzeugt, daß es für Sierra Leone aufwärtsgeht. Das Land ist reich an Agrargütern und Bodenschätzen, es war mal eine britische Musterkolonie. Und da, wo ich gearbeitet habe, war noch viel von dem Gemeinschaftssinn zu spüren, der ja wohl auch den Unabhängigkeitskampf getragen hat.«

»Das ist lange vorbei.« Der GTZ-Mann zuckte mit den Achseln. »Sierra Leone wurde nach der Unabhängigkeit von einer Mischung aus alten afrikanischen Clan- und westlichen Klientelstrukturen beherrscht. Die Herrschaftscliquen nutzen ihre Macht im Interesse ihrer Klientel, auf Kosten des ganzen Landes. Der Bürgerkrieg hat das eher noch verstärkt. Eigentlich ist es auch gar kein Bürgerkrieg. Es geht dabei nicht um politische Macht und Verantwortung.«

»Um was denn dann?« fragte Gassen. In diesem Augenblick legte die Fähre mit lauten Tuten an.

»Die Fanta ist da«, sagte Ortwig. Mit schwarzen Lettern stand der Name der Fähre auf der Umrandung des überdachten Aufenthaltsdecks für die Passagiere der zweiten Klasse. Rechts und links davon hingen zwei ausgebleichte Rettungsringe, denen Gassen nur ungern sein Leben anvertraut hätte. Er folgte dem GTZ-Mann, der sich durch die Menge zu einem kleinen, freistehenden Häuschen auf der Anlegestelle durchschlug. »Kommen Sie, wir müssen uns noch Tickets holen.«

Die Bugwand öffnete sich, und eine hölzerne Rampe wurde heruntergelassen, von der allerdings die Hälfte fehlte. An ihrer Stelle wurden Sandsäcke im seichten Wasser aufgeschichtet. Kaum war die provisorische Rampe fertig, rollte der erste Lkw von der Fähre, wobei er vorsichtig mit den linken Reifen über die Sandsäcke fuhr.

Ortwig kam mit den Tickets, und sie warteten, bis die neuen Passagiere an Bord gelassen wurden. Es war schwül, obwohl es bis zum Beginn der Regenzeit noch Wochen hin waren. Gassen und Ortwig stiegen hoch zum überdachten Deck und setzten sich auf eine hölzerne Bank.

»Es wird noch eine Weile dauern, bis wir ablegen. Es ist erst der zweite Run heute. Später ist die Fanta so voll, daß man hier oben nur noch Stehplätze kriegt.«

Gassen ging das Gespräch von vorhin nicht aus dem Kopf. »Sie meinen also, daß die Rebellenführung zwar einen skrupellosen Machtwillen, aber keinerlei politisches Programm hat. Worum geht es dann Ihrer Meinung nach in diesem Bürgerkrieg?«

Ortwig griff in seine Brusttasche und zog eine Schachtel Zigaretten heraus. Er bot Gassen eine an und steckte sich, als dieser ablehnte, selbst eine an. »Ich bin jetzt seit fünf Jahren für die GTZ in Sierra Leone. Hier geht es um Macht. Und um Beute. Die Rebellen besetzen die Diamantenfelder und beuten sie aus. Dafür zwingen sie die Landbevölkerung zur Sklavenarbeit. Wer sich widersetzt, dem wird das Haus oder die Hütte niedergebrannt. Ganze Dörfer sind so in Flammen aufgegangen. Die Rebellen würden gerne das ganze Land beherrschen, doch die Regierung stellt sich ihnen entgegen. Aber schon mit den Erträgen aus den Diamantenfeldern und den Gold- und Rutile-Vorkommen, die unter ihrer Kontrolle stehen, machen sie gute Geschäfte. Sie rekrutieren Kämpfer und Arbeitskräfte, sie beziehen Waffen über Nachbarländer. Und sie kaufen im Lande selbst ausreichend Nahrung auf. Allgemeine Versorgungsgüter und Nahrungsmittel beschaffen sie sich zum Teil sogar aus den internationalen Hilfslieferungen.«

»Und was kann die GTZ hier leisten?«

»Entwicklungshilfe von unten. Und seit Ausbruch des Bürgerkrieges zunehmend Krisenmanagement.« Ortwig zog ein letztes Mal an seiner Zigarette, warf sie dann auf den Boden und drückte sie mit dem Schuh aus. »Die GTZ hat 1997 für das UNO-Flüchtlingshilfswerk in Westafrika die Betreuung der Binnenflüchtlinge übernommen. In Sierra Leone arbeiten wir in den mehr oder minder unter Regierungskontrolle stehenden Gebieten. Wir beteiligen uns zusammen mit anderen Organisationen an der Betreuung und Wiedereingliederung von Flüchtlingen und Exkombattanten. In eigener Regie unterstützen wir den Wiederaufbau von Landwirtschaft und Infrastruktur: Ausbildungszentren, Schulen, Gesundheitsstationen, Straßen, Brunnen und Wasseraufbereitungsanlagen.« Er blickte zu Gassen. »Und wir entwickeln solche Projekte wie das Funknetz, das Sie jetzt für uns reparieren sollen.«

»Was genau funktioniert denn nicht? Bei der GTZ in Eschborn wußte man nichts Genaues. Irgend etwas mit dem Datenserver in Freetown?«

Ortwig hob die Hände. »Da kann ich Ihnen auch nicht mehr sagen. Ich bin hier unten für Menschen zuständig, nicht für

Computer. Für mich sind die Dinger eine bessere Schreibmaschine. Und E-Mail natürlich.« Er grinste. »Aber Sie werden ja morgen den Spezialisten von den Executive Services kennen lernen. David Crocker.«

Die überdachte Plattform füllte sich mit Menschen. Unten krochen Kleinlaster und verbeulte Pkws die Rampe hoch. Die Passagiere kamen nach oben, verschwanden auf dem Deck der ersten Klasse oder stiegen die Stufen hoch zum oberen Deck. Gassen sah, wie die Kindergruppe die Plattform betrat. Die Lehrerin sah sich um, wohl um nach Sitzplätzen für ihre Schützlinge Ausschau zu halten. Gassen konnte jetzt deutlich sehen, daß einem anderen Mädchen ein Arm fehlte. Ein kleiner Junge trug eine Augenklappe.

»Man hat mir schon in Eschborn gesagt, daß ich einen Aufpasser an die Seite gestellt kriege. Ist das denn nötig?« Der Gedanke hatte Gassen schon die ganze Zeit Kopfschmerzen bereitet. Irgendwie mußte er einen Weg finden, den Mann abzuschütteln. Bei seiner Suche nach Victorias Spuren hatte ihm ein regierungstreuer Söldner gerade noch gefehlt.

»Mein Chef wird Ihnen sagen, daß es nicht ohne Crocker geht und daß Sie auf den Mann angewiesen sind, wenn Sie in Freetown etwas erreichen wollen. Solange die Regierung die Dienste solcher Firmen in Anspruch nimmt, müssen wir es respektieren.«

»Aber Sie denken nicht so.«

»Söldnerfirmen sind eine ambivalente Sache. Sie gehen auf die Privattruppen der Diamantenfirma De Beers zurück. Ausländische Unternehmen verstärken mit ihnen schon seit langem den Schutz ihrer Niederlassungen – und ihrer Interessen. Die Leute sind besser ausgebildet und ausgerüstet, vor allem aber weit besser bezahlt als die einheimische Polizei und Armee. Daher sind sie effizienter, was aber nicht heißt, daß sie generell zuverlässiger wären. Es gibt Söldnerfirmen, die sich an der Ausbeutung des Landes und den Brutalitäten beteiligt haben. Manche haben dabei auch die Seiten gewechselt. Britisch geführte Firmen wie die Executive Services haben meist Querverbindungen zu den britischen Geheimdiensten. Sie sind kalkulierbarer. Obwohl sie von der Zusammensetzung her auch eine Art Fremdenlegion darstellen.«

»Wozu braucht die Regierung solche Firmen? In Sierra Leone sind doch inzwischen auch Einheiten von UNO-Blauhelmen und britische Truppen stationiert.«

»Die Blauhelme können Frieden nur sichern, wenn Frieden existiert. Und die kleine Einheit britischer Truppen hat viel geleistet, verfügt aber nur über begrenzte militärische Fähigkeiten. Executive Services nimmt für die Regierung Sonderaufgaben wahr. Aber machen Sie sich keine Sorgen, Herr Gassen, Sie haben mit der Firma nichts zu tun – bis auf die Zusammenarbeit mit dem Funkspezialisten.«

»Versteht dieser Crocker denn etwas von Funkanlagen?«

Ortwig zuckte mit den Schultern. »Crocker hat früher im SAS gedient, einer Spezialeinheit der britischen Armee. Anscheinend hat er sich dabei auch Kenntnisse auf dem Funksektor zugelegt. Was viel wichtiger ist: Er kennt das Land und die Behörden genau. Wenn Sie etwas brauchen, hat er die richtigen Beziehungen. Und für einen Typen von den Executive Services schein Crocker ganz in Ordnung zu sein.« Mit diesen Worten stand Ortwig auf und winkte der Lehrerin, die sich mit ihrem Trupp Kinder in ihrer Nähe durch die Menge bewegte. Er rief ein paar Worte in Krio, worauf sich die Frau zu ihnen durchschlug. Ortwig bot dem einbeinigen Mädchen seinen Sitzplatz an, und auch Gassen stand auf. Sofort quetschten sich der einäugige Junge und zwei andere Kinder auf die freigewordenen Plätze. Die Lehrerin lächelte ihnen zu, als sie zur Seite an die Reling traten. Mit einem Ruck legte die Fanta ab, drehte sich langsam um die eigene Achse und hielt dann mit knatterndem Motor auf das ferne Gegenufer zu.

Während der Überfahrt sprachen sie kaum. Gassen bestaunte das überwältigende Panorama der Flußmündung. Als sie sich Freetown näherten und die Dockanlagen ausmachen konnten, sagte Ortwig: »Ich bringe Sie gleich ins Büro. Die Räume dort sind leider etwas beengt. Wir haben Ihnen einen Schreibtisch in einem Büro freigeräumt. Ich hoffe, Sie kommen mit einem provisorischen Arbeitsplatz zurecht.«

»Natürlich. Ich werde eh die meiste Zeit unterwegs sein und die Funkanlage überprüfen«, sagte Gassen schnell. Aus Ortwigs Tonfall war herauszuhören, daß man im Büro ein wenig besorgt war, ob dieser Kommunikationstechniker aus Köln den geregelten Ablauf der Arbeit stören würde. Das konnte ihm nur recht sein. Je weniger die GTZ sich um ihn kümmerte, desto mehr konnte er auf eigene Faust unternehmen.

*

Die Mount Aureol Lodge, wo Gassen untergebracht war, lag hinter einer Mauer auf einem Hügel. Ein leichter Wind machte die Hitze hier oben erträglicher. Im Vorgarten wuchsen zwei Kapokbäume, im Garten Sträucher und Palmen, die Schatten spendeten. Gassen trat an die Rezeption, um seinen Schlüssel abzugeben. Der Mann von den Executive Services sollte ihn abholen, dann wollten sie zusammen zum Entwicklungs-Department fahren und sich die defekte Funkanlage ansehen.

»Ich erwarte jemanden«, sagte Gassen. »Hat vielleicht schon jemand nach mir gefragt?«

Der libanesische Geschäftsführer nahm den Schlüssel in Empfang. »Nein, niemand, Mr. Gassen. Schauen Sie sich heute die Stadt an? Wunderbares Wetter. Ich wünsche Ihnen einen schönen Tag.«

Gassen verabschiedete sich und trat vor das Hotel. Obwohl es noch früh am Morgen war, knallte die Sonne schon heiß auf die Steinplatten. Er hob eine Hand über die Augen und blickte hinunter auf die Stadt. An der Seite des Eingangs stand ein Wächter, die Mount Aureol Lodge hatte einen eigenen Sicherheitsdienst. Der Mann nickte ihm zu. Sonst war niemand zu sehen. Gassen ging ein Stück die Auffahrt hinunter und genoß den warmen Wind, der ihm über die Haut strich. In Köln war das Märzwetter sicher immer noch regnerisch und kalt. Gestern hatte er sich lange mit den Mitarbeiterinnen und Mitarbeitern im GTZ-Büro unterhalten. Er hatte sich konkret nach den Problemen an der Anlage erkundigt und im lockeren Gespräch offenbar Bedenken ausräumen können, er wäre nur auf einem kurzen Abenteuertrip auf Kosten der GTZ. Die Leute tauten auf und fragten ihn nach dem aktuellen Tagesgeschehen in Deutschland aus. Die Situation erinnerte ihn an seine Zeit in Kenema. Per Telefon und Post waren sie damals gut über den Stand der Dinge in der Heimat informiert gewesen. Trotzdem war es immer etwas Besonderes, wenn jemand aus Deutschland kam und berichtete, dabei Details und persönliche Einschätzungen zum besten gab, die keine noch so gute Medienberichterstattung vermitteln konnte.

Es war relativ still hier oben. Gassen konnte sehen, daß sich unten in der Stadt die Verkehrsmassen durch die Straßen wälzten. Eine große Palme warf einen schlanken Schatten auf die Steinplatten. Gassen sprang darüber hinweg, als würde er Wasser-und-Feuer spielen. In diesem Moment verbreiterte sich der Schatten. Gassen fuhr herum und prallte fast mit einem kräftigen, dunkelblonden Mann zusammen, der ihn mindestens um einen Kopf überragte.

»Im Busch wären Sie jetzt ein toter Mann«, sagte der Fremde.

Gassen holte Luft. Der erste Schreck hatte ihm den Atem verschlagen. »Das stimmt. Aber glücklicherweise sind wir in der Stadt.« Der Mann sah nicht so aus, als ob er ihn ausrauben wollte, ganz im Gegenteil: Er war leger gekleidet, ähnlich wie er selber. Doch etwas in den scharfgeschnittenen, wettergegerbten Zügen verriet Gassen, daß er es nicht mit einem Touristen zu tun hatte.

»The leopard enters the city«, sagte der Mann mit einem undeutbaren Gesichtsausdruck. Dann streckte er Gassen unvermittelt die Hand hin. »Martin Gassen, nehme ich an? David Crocker, Executive Services. Ich soll Sie abholen.«

Gassen ergriff die Hand. Ziemlich genau so hatte er sich den Söldner vorgestellt. »Ich habe schon auf Sie gewartet«, sagte er.

»Ach ja?« Crocker grinste. »Sah eher so aus, als würden Sie Wasser-und-Feuer spielen.«

Gassen mußte lachen. Er hob die Hände und sagte: »Okay, Sie haben mich ertappt. Wollten Sie mir eine Lektion erteilen und haben mir deshalb hinter der Palme aufgelauert?«

»Keineswegs.« Es war keine Spur von Humor im Gesicht des

Söldners zu erkennen. »Der Libanese aus der Lodge hat mir gesagt, Sie wären hier. Ich habe nach Ihnen Ausschau gehalten.«

Sie gingen zum Hotel zurück. Vor der Auffahrt parkte ein Wagen, der offensichtlich Crocker gehörte.

»The leopard enters the city. Oder auch: The bush goes to town.«

Crocker schaute Gassen erstaunt an.

»Ein Schuß Mao, um die Bevölkerung im vernachlässigten Hinterland, dem ›rural slum‹, gegen die Regierung in Freetown aufzubringen«, meinte Gassen. »Glauben Sie, den Rebellen ist es ernst damit? Wollen sie wirklich etwas für das Hinterland tun?«

Crocker stutzte, dann zog er die Autoschlüssel aus der Hosentasche. »Alles reine Propaganda. Diese Banditen interessieren sich einen feuchten Dreck für die Probleme der Leute. Stattdessen halten sie die Dörfer in Angst und Terror. Glauben Sie kein Wort, wenn die Ihnen etwas von Mao oder von Westafrika den Westafrikanern und Gadhaffis grüner Revolution vorschwafeln. Das hier ist kein Dritte-Welt-Konflikt, den man mit linken Theorien aus den Siebzigern erfassen kann. Hier geht es nicht um einen ungleichen, aber gerechten Kampf gegen eine diktatorische Regierung. Die Banditen haben nur ein Ziel: Sie wollen so viel wie möglich aus Sierra Leone herauspressen. Und dazu ist ihnen jedes Mittel recht.«

»Aber die Rebellen sind heute in der Defensive?«

»Der Einsatz der britischen Truppen und der UNO-Blauhelme – siebzehntausend, fast ausschließlich aus der Dritten Welt – hat das bewirkt. Die westafrikanischen Interventionstruppen haben dagegen das Chaos eher noch vergrößert. Jetzt soll es eine Generalamnestie geben. Die Banditen wollen angeblich demobilisieren und sich entwaffnen lassen. Wer's glaubt, wird selig.« Mit einer schnellen Handbewegung startete Crokker den Wagen und fuhr los.

»Vielleicht kapieren die Rebellen ja endlich, daß man das Land nicht noch weiter herunterwirtschaften kann. Vielleicht wird ihnen langsam klar, daß nicht nur die Flüchtlinge und Verstümmelten, sondern auch sie selbst Frieden brauchen, damit es überhaupt noch eine Zukunft für das erschöpfte Land geben kann.«

Crocker verzog das Gesicht. »Ich verrate Ihnen eins, Gassen: An diesem schmutzigen Krieg verdienen sich zu viele eine goldene Nase, als daß er schnell zu Ende gehen könnte.«

»Sie halten also nichts von Verhandlungen?«

»Mit diesen Banditen kann man nur verhandeln, wenn man sie vorher ein für alle Mal besiegt hat. In Sierra Leone muß man den Frieden mit militärischer Gewalt erzwingen. Deshalb müssen wir Briten uns weiterhin im Land engagieren, und der Sicherheitsrat der UNO sollte die UNAMSIL-Verbände endlich mit einem stärkeren Mandat ausstatten.«

»Sie wissen doch selbst am besten, daß die Regierungstruppen die Rebellen nicht vollständig besiegen können. Nicht so lange sie die Diamantenfelder halten und sich damit immer wieder Geld für neue Waffen beschaffen können.«

Der Söldner hob die Schultern. »Wohl wahr«, brummte er und starrte auf den Verkehr. Sie waren inzwischen im Zentrum von Freetown angelangt. Die Straßen waren an beiden Seiten dicht mit Autos zugeparkt, so daß auf der engen Fahrbahn kaum Platz war, wenn sich zwei Kleinlaster begegneten. Neben ihnen schlängelte sich ein Motorrad durch den stockenden Verkehr. Crocker fluchte leise vor sich hin. Dann wandte er sich an Gassen: »Was halten Sie von einem kleinen Bummel durch die Stadt. Zum Eingewöhnen für Sie. Vielleicht erwischen wir nachher einen Zeitpunkt, wo weniger Verkehr ist. Hoffen kann man immer.«

»Werden wir nicht im Entwicklungs-Department erwartet?«

»Ach, die sind froh, wenn ihr deutscher Reparateur sich irgendwann heute mal blicken läßt.«

»Haben Sie sich die Funkanlage eigentlich schon einmal ansehen können?«

Der Söldner lachte. »Mich lassen die da alleine nicht ran. Sie haben vermutlich Angst, ich würde die Anlage im Interesse der Executive Services manipulieren.« Er blinzelte verschmitzt zu Gassen. »Aber ich habe mir die Netzpläne besorgt.«

»Kann ich die mal sehen?«

»Ja sicher. Sie sind in meinem Büro. Also, ist es okay, wenn wir später im Entwicklungs-Department aufkreuzen? Ich kenne hier ein nettes, kleines Bistro, wo wir einen ausgezeichneten Kaffee kriegen.«

*

»Ah, wenn man hier sitzt, könnte man tatsächlich meinen, es gäbe keinen Krieg.« Der Söldner lehnte sich in den bequemen Stuhl zurück und schaute auf das bunte, laute Leben draußen auf der Straße. Er hatte den Wagen in einer kleinen Seitengasse geparkt, und sie waren geradewegs zu Alexis gegangen. Trotz seines Lobes für den guten Kaffee des Bistros hatte Crocker für sich selbst ein eiskaltes Bier bestellt. Gassen hielt sich an den Kaffee, der hier schwarz, fast dickflüssig und mit viel Zucker serviert wurde. In diesem Stadtteil Freetowns waren die Zerstörungen offenbar gering gewesen oder die Schäden schon wieder beseitigt. Direkt gegenüber stand sogar noch eines der alten Holzhäuser aus der Kolonialzeit, das völlig intakt aussah. Neben dem Haus wuchs ein mächtiger Affenbrotbaum.

»Keinen Krieg? Ich glaube nicht, daß in einem Land, in dem Frieden herrscht, so viele Verstümmelte und Versehrte auf der Straße zu sehen sind.« Ein Mann mit nur einem Arm kam gerade an dem Bistro vorbei. Schon beim Spaziergang durch die Menschenmenge waren Gassen die vielen Amputierten aufgefallen. Einem jungen Mann im Rollstuhl hatten beide Beine gefehlt.

Doch Crocker schüttelte nur leicht den Kopf. Mit dem Bierglas in der Hand deutete er auf zwei junge schwarze Frauen, die in bunten Röcken an ihnen vorbeigingen. »Da. Schauen Sie sich doch lieber diese Schönheiten an. Wären die nichts für Sie?« Er prostete den Mädchen zu, die den beiden Männer fröhlich zulächelten. Für einen Moment schien es, als wolle die eine stehenbleiben, doch ihre Begleiterin zog sie weiter. Crocker beugte sich zu Gassen hinüber. »Hier gibt es sehr viele schöne Frauen, mein Freund.« Er grinste Gassen an und lehnte sich wieder in den Stuhl zurück. »Aber seien Sie auf der Hut. Die

Weiber können einem schnell auf die Pelle rücken. Und legen Sie sich einen Pack Kondome zu: Aids ist in Sierra Leone inzwischen fast so verbreitet wie die landesübliche Promiskuität.«

»Ich weiß«, sagte Gassen. »Fast dreißig Prozent der Bevölkerung sind HIV-positiv.« Das Gespräch wurde ihm zunehmend unangenehmer. Er hatte das unbestimmte Gefühl, daß Crocker ihn aushorchte und nur so tat, als würden sie hier bei einem Glas Bier einmal von Mann zu Mann miteinander reden. Dem Söldner wollte er als letztem von Victoria erzählen.

»Ganz der Deutsche«, brummte Crocker. »Immer gleich eine Statistik parat. Aber eins kann ich Ihnen aus persönlicher Erfahrung sagen: In den Armen von einem dieser Mädchen vergessen Sie Aids und den Krieg sofort.« Er blickte kurz zu Gassen, dann wieder zur Straße. »Schauen Sie sich die an.« Crocker sprach leiser, obwohl die hoch aufgeschossene schwarze Frau sie sicher nicht hören konnte. Sie ging aufrecht und sicher und wirkte in dem blauglänzenden Wickelkleid wie ein Model auf dem Laufsteg. Um den schlanken Hals hatte sie mehrfach eine Kette geschlungen, die im Sonnenlicht aufblitzte.

Die beiden Männer starrten ihr schweigend nach. Etwas im Gang der Frau erinnerte Gassen an Victoria. Er seufzte leise.

Von Crocker kam ein leises »Wow!«, als die Schöne um die Ecke verschwand. Dann setzte er das Glas ab. »Na, dann erzählen Sie doch mal, Herr Gassen: Was bringt einen erfolgreichen deutschen Kommunikationstechniker dazu, mitten während der CeBIT diesen seltsamen, kurzfristigen Job in einem Bürgerkriegsland anzunehmen?«

Die Executive Services waren gut informiert, das mußte Gassen der Firma lassen. Er konnte nur hoffen, daß er Crocker mit seiner zurechtgelegten Geschichte überzeugte. »Ein guter Freund bei der GTZ hat mich darum gebeten.«

»Und Sie lassen daheim alles stehen und liegen und fliegen nach Sierra Leone, nur, weil ein guter Freund Sie darum gebeten hat?«

»Na ja«, Gassen setzte ein – wie er hoffte – verschwörerisches Grinsen auf, »ich wollte mal raus aus dem Alltagsstreß. Und Sie haben keine Ahnung, was es heißt, auf die Messe zu müssen.«

»Hm.« Der Söldner drehte sich um und winkte dem Barmann zu, daß er noch ein Bier wolle. Gassen hatte keine Ahnung, ob er ihm glaubte.

»Ist ja im Grunde eh verrückt«, brummte Crocker.

»Was?«

»Na, dieser Auftrag an uns beide. Flug, Kost und Logis, Honorar für Sie. Mein Gehalt dafür, daß ich mit Ihnen bei Alexis ein Bier trinke. Überhaupt der ganze Finanzaufwand für Experten aus den Industrieländern, manchmal sogar mit Familien. Wenn man die Kosten zusammenrechnet, dann schluckt das den Löwenanteil der Entwicklungshilfe. Für das Geld könnte man etliche Einheimische ausbilden und entlohnen.« Er nahm sein frisches Bier in Empfang und blickte zu Gassen. »Mal ganz abgesehen davon, daß sich manche Leute nur einen kleinen Abenteuerurlaub subventionieren lassen.«

»Nur kein Neid, Crocker. Anscheinend hat die GTZ gerade niemanden in Freetown, der die Funkanlage reparieren kann. Und ich werde den Job gut machen.« Er merkte, daß Crocker aufhorchte, als er den schärferen Ton anschlug. »Teurer als ausländische Funkexperten sind nur noch die Söldnerfirmen. Dafür geben afrikanische Regierungen im Vergleich zu den Kosten von Entwicklungsdiensten geradezu astronomische Summen aus. Und dieses Geld kommt nicht einmal dem Aufbau des Landes zugute, sondern verlängert nur seine Zerstörung.«

»Wenn wir die Banditen nicht verjagen oder zumindest in Schach halten, kann keine noch so professionelle Agentur oder NGO den Wiederaufbau des Landes in Gang bringen.«

»Aber für das Geld, das an die Söldnerfirmen gezahlt wird, könnte man ganze einheimische Armeen und etliche Regimenter von Blauhelmen aufstellen.«

Crocker schaute ihn einen Moment fast wütend an, dann brach er die gespannte Situation mit einem Lachen. »Ein Punkt für Sie, Gassen.« Er winkte mit dem Bierglas in der Hand. »Aber wie Sie sagen: Könnte man. Kann man aber offensichtlich nicht.«

»Fragt sich nur, wie weit solche Hilfe von außen die Lösung der Probleme im Land erleichtert oder erschwert.« Gassen hatte nicht vor, den Söldner so leicht aus der Mangel zu lassen. Außerdem war er froh, daß sie nicht mehr über seine persönlichen Beweggründe für den Trip nach Freetown sprachen.

Crocker ging sofort auf Gassen ein. »Dasselbe gilt genauso für die ausländischen NGOs. Das nimmt doch zum Teil geradezu bizarre Formen an, wie der internationale Markt der Entwicklungshilfe aufgeteilt wird. Können Sie alles im Buch ›Hilfe, die Helfer kommen‹ nachlesen.«

»Jetzt fehlt nur noch das Argument, daß Entwicklungshilfe einheimische Regierungen zum Nichtstun verführt, aus Furcht, daß bei zu schnellen Fortschritten die Hilfe eingestellt wird.« Gassen kannte die Diskussionen aus der Amnesty-Gruppe zur Genüge.

»Auch das gibt es.« Crockers Glas war leer, und der Mann schien plötzlich sein Interesse an dem Gespräch verloren zu haben. Er warf einen Blick auf seine Uhr. »Wir haben ja noch konkrete Entwicklungshilfe vor uns. Was meinen Sie: Für heute Waffenstillstand? Wir können ein anderes Mal weiterreden.« Ohne Gassens Antwort abzuwarten, gab der Söldner dem Barmann ein Zeichen, daß sie zahlen wollten.

*

David Crocker wurde nicht recht schlau aus dem jungen Deutschen, mit dem man ihn zusammengespannt hatte. In den Executive Services waren eigentlich Unteroffiziere für solche technischen Jobs zuständig. Aber von den gerade in Freetown stationierten Männern war er der einzige, der etwas von Funkanlagen verstand. Kommunikationselektronik hatte ihn schon immer interessiert, und in seiner Zeit beim SAS hatte er viel mitbekommen. Auch wenn dieses Wissen für die Aufgabe nicht unbedingt erforderlich war – immerhin flog die GTZ für die Reparatur extra einen zivilen Experten ins Land –, die Executive Services würden es sich niemals entgehen lassen, einen Blick auf eine technische Anlage zu werfen, zu der sie normalerweise keinen Zugang hatten.

»Das ist unsere Firmenfestung«, sagte Crocker. Sie fuhren direkt auf die alte Villa zu. Der Deutsche hatte von sich aus vorgeschlagen, daß sie zuerst die Netzpläne für die Anlage holten, bevor sie zum Entwicklungs-Department fuhren und sich den Schaden ansahen.

»Die Executive Services sind in einer Villa untergebracht?« fragte Gassen.

Crocker nickte. »Was dachten Sie denn?«

»Na, ich hab mir eher eine Art Kaserne vorgestellt, Wellblechbaracken oder so was. Auf keinen Fall eine alte Villa samt Park.«

»Lassen Sie sich durch das Aussehen des Gebäudes nicht täuschen. Das Haus ist perfekt gesichert.«

»Daran habe ich keinen Zweifel.«

Da war er wieder, dieser härtere, schärfere Tonfall, als ob der Deutsche keineswegs so naiv war, wie er wirkte. Crocker zwang sich, in ihm nicht einen verwöhnten Mitteleuropäer mit einer etwas bizarren Abenteuerlust zu sehen, sondern einen kompetenten Techniker, der schon zwei Jahre Entwicklungshilfe in Sierra Leone geleistet hatte. In dem Dossier für den Job hatte nicht gestanden, wie alt Martin Gassen war. Oder er hatte das Geburtsdatum überlesen. Er hatte mit einem älteren Mann gerechnet. Gassen konnte höchstens dreißig sein.

Auf jeden Fall hatten ihn die Mädchen in Downtown beeindruckt, da war sich Crocker sicher. Die bewundernden Blicke, die der Deutsche der blaugewandeten Schönheit hinterhergeworfen hatte, sprachen Bände. Vielleicht war er doch hier, um auszutesten, ob die Frauen Westafrikas wirklich die schönsten des gesamten Kontinents waren. Gassen hatte ihn vorhin abgewürgt, als er zu seiner Aids-und-Safer-Sex-Lektion ansetzen wollte. Vielleicht sollte er noch einmal mit ihm darüber reden, wenn sie sich ein bißchen besser kannten.

»Mein Büro liegt im zweiten Stock.« Crocker entging nicht, wie Gassen mit schnellen Blicken die Überwachungskameras registrierte. Wahrscheinlich konnte er sogar an der ausufernden Verkabelung an den Wänden erkennen, mit welcher Art komplexer Alarmanlage die Villa ausgestattet war. Er grüßte den Wachmann, der zu einem legeren Gruß ansetzte und dann einen fragenden Blick auf seinen Begleiter warf.

»Er gehört zu mir«, sagte Crocker.

Der Wachmann nickte. »Okay.«

Sie gingen über die Seitentreppe hoch in den zweiten Stock. Der breite, dunkle Gang war vollgestellt mit Ausrüstung. Armeerucksäcke und aufgerollte Schlafsäcke waren an die Wände gelehnt. Richtig, der Spezialtrupp an die nördliche Grenze brach heute auf. Crocker hörte Stimmen aus einem Briefing Room. Er war froh, daß wenigstens keine Waffen im Gang herumstanden.

Der Deutsche betrachtete alles genau. »Ein bißchen wie eine Mischung aus Befehlsstand und Armeelager hier«, sagte er.

Crocker zuckte mit den Schultern und betrat sein Büro. Er öffnete eine Schublade des Schreibtisches und holte die Netzkarte heraus.

»Hier sind die Pläne.« Er reichte die Papiere Gassen, der ans Fenster getreten war.

Der Deutsche drehte sich um. »Sie haben hier einen tollen Blick auf die Bay.«

»Ich bin zu selten hier, um ihn zu genießen.«

Gassen nickte und schaute sich dann sorgfältig die Pläne an. Zu Crockers Erstaunen studierte er aber mindestens genauso lange die beigefügte Liste der an das Netz angeschlossenen Projekte und Organisationen.

Crocker hatte sich in seinen Stuhl gesetzt, die Beine hochgelegt und eine Zigarette angesteckt. »Suchen Sie etwas Bestimmtes?« fragte er schließlich.

»Nein.« Der Deutsche ging noch einmal die Liste durch. Dann fragte er doch nach: »Wissen Sie vielleicht, welche der NGOs hier Flüchtlinge betreut, die nach Europa wollen?«

Crocker setzte sich unwillkürlich auf. Der Job begann interessant zu werden. Ganz offensichtlich hatte dieser deutsche Techniker mehr im Sinn, als nur die Funkanlage zu reparieren. Aber was wollte er mit Flüchtlingen? Crocker fiel das Dossier ein. Martin Gassen war Mitglied von Amnesty international. »Nach Europa?« fragte er.

»Ja«, erwiderte Gassen, ohne den Blick von den Listen zu nehmen.

»Ich weiß gar nicht, ob es hier überhaupt so eine Organisation gibt,« sagte Crocker langsam. Sicher würde Gassen sich überall nach Fluchthilfeorganisationen erkundigen. Von Escape würde er auf jeden Fall erfahren, es war eine relativ große und angesehene NGO. »Warten Sie mal, da gibt es eine NGO. Escape heißt sie. Die könnte in Frage kommen.«

»Und die sitzt hier in Freetown?«

»Soweit ich informiert bin.« Crocker wurde nicht schlau aus dem Deutschen.

*

»Okay.« Gassen rollte auf dem Bürostuhl zurück in Richtung Crocker, der hinter ihm an einem weiteren Monitor arbeitete. Seit zwei Stunden saßen sie in der Funkzentrale des Entwicklungs-Departments und versuchten herauszukriegen, warum in bestimmte Gebiete und Projekte nicht mehr gesendet werden konnte.

»Sie haben was?« fragte Crocker. Er schaute sich nicht um, sondern hackte weiterhin mit Gewalt auf die Tastatur ein.

Gassen amüsierte sich insgeheim über den Umgang des Söldners mit der technischen Anlage. Gleich am Anfang hatte er drei, vier der Standardüberprüfungen durchgeführt, doch als er damit zu keinem Ergebnis kam, hatte er aufgegeben und Gassen den Hauptrechner überlassen. Seither versuchte er unentwegt, Verbindung zu den Projekten aufzunehmen, zu denen schon seit Wochen kein Funkkontakt mehr hergestellt werden konnte. Ab und zu rief er Gassen den Wortlaut der Fehlermeldungen zu, die ihm der Computer ausspuckte.

»Wir brauchen erstmal einen Masterkey. Gibt es für die Anlage sowas?«

»Keine Ahnung«, brummte Crocker. Ohne ein Wort stand er auf und verließ die Zentrale.

Gassen ließ noch einmal das Steuerungsprotokoll durchlaufen. Ganz offensichtlich hatte jemand eine Änderung vorgenommen, die die Steuerungsfunktionen beeinträchtigte. So etwas passierte immer wieder, wenn große Anlagen von schnell angelernten Laien bedient wurden, die zwar in die Programmstruktur eingreifen konnten, sich aber nicht im klaren darüber waren, was von ihren Änderungen alles betroffen war. Es war ein Fehler, der durch eine Neuprogrammierung schnell zu beheben war. Ein bißchen wunderte sich Gassen, daß Crocker es nicht auch sofort gesehen hatte. Doch vielleicht hatte er einfach Glück und Crockers Funkkenntnisse waren veraltet.

Der Söldner kam zurück. Im Schlepptau hatte er den Mitarbeiter des Entwicklungs-Departments, der für die Anlage verantwortlich war und sie vorhin überaus erfreut begrüßt hatte. Gassen hatte schnell mit ihm geklärt, daß kein Masterkey für die Anlage existierte. Es lief alles genau so, wie Gassen es gehofft hatte.

»Mit einem Masterkey hätten wir einen Ersatzsender einsetzen können«, erklärte er Crocker. »Das hätte uns Zeit gegeben, um entweder den Sender hier wieder in Ordnung zu bringen oder ihn auszutauschen.«

»Wozu brauchen wir dieses Dings, diesen Masterkey? Können wir nicht auch so einen Ersatzsender benutzen?«

Gassen schüttelte den Kopf. »Wir können nicht gleichzeitig zwei Sender mit dem gleichem Adreßmerkmal betreiben. Auch wenn wir den Originalsender ausschalten, wird der Ersatzsender nicht funktionieren.«

»Ich erinnere mich. Das war immer ein Riesenaufwand, die jeweiligen Funksteuerungen zu koordinieren. So ein Masterkey schafft das?«

»Ja. Es ist eine ziemlich neue Entwicklung. Die Daten für Kodierung, Frequenz und Sendererkennung Freigabe/Übernahme werden von vornherein auf dem Masterkey gespeichert. Wenn der Ersatzsender ans Netz geht, werden sie kontaktlos an die Elektronik übertragen.«

»Hm. Wäre schön, wenn wir so ein Ding da hätten.« Crocker tippte mit den Fingern der rechten Hand auf die Schreibtischplatte. »Und was nun?«

»Wir müssen die gesamte Anlage ausschalten. Zumindest für zwei, drei Tage, vielleicht sogar eine Woche. Solange wir für die Reparatur brauchen.«

»Eine Woche! Das geht nicht.« Der Mitarbeiter klang ernstlich besorgt. »Manche der Projekte sind ohne das Funknetz vollkommen von der Außenwelt abgeschnitten. Da gibt es kein Telefon, nichts. Wir brauchen den Kontakt. Gerade jetzt.« Er schaute leicht verzweifelt von Gassen zu Crocker.

»Shit.« Der Söldner steckte sich trotz des Rauchverbotsschilds eine Zigarette an.

Gassen schloß das Programmierungsmenü auf dem Rechner, an dem er gearbeitet hatte. »Machen wir morgen weiter. Ich laß mir das alles heute nacht durch den Kopf gehen. Vielleicht fällt mir ja noch was ein.«

Crocker brachte Gassen zurück in die Mount Aureol Lodge. Auf der Fahrt redeten sie kaum über den Job. Ein paar Mal setzte Gassen an, um den Söldner über seine Armee- und Söldnererfahrungen auszufragen, aber so richtig traute er sich nicht. Crocker schien über etwas nachzudenken, er war in Gedanken versunken. Erst als sie fast das Hotel erreicht hatten, wurde er wieder gesprächig.

»Wenn Sie wollen, können wir morgen nach Feierabend zu den Stränden fahren«, schlug Crocker vor.

»Ja, sehr gerne.« Gassen verabschiedete sich. Am Eingang zum Hotel drehte er sich noch einmal um und sah, daß Crokker ihn vom Auto aus beobachtete, während der Motor lief. Als er Gassens Blick auffing, winkte er und preschte Richtung Downtown davon.

Ganz wohl war Gassen nicht in seiner Haut. Aber er konnte Crocker nicht in sein eigentliches Anliegen einweihen, der Söldner würde ihn auf keinen Fall unterstützen. Militärs, auch Söldner, mißtrauten Zivilisten. Selbst wenn Crocker ihm nur bei seiner Arbeit an der Funkanlage helfen sollte, Gassen war sich sicher, daß er auch dafür verantwortlich war, daß der junge GTZ-Arbeiter in Sierra Leone nicht in Schwierigkeiten geriet. Doch seine private Recherche konnte Gassen leicht in Schwierigkeiten bringen. Wenn es wirklich um Frauenhandel ging, war das ganz und gar nicht ungefährlich.

Korrekterweise müßte er morgen im Entwicklungs-Department veranlassen, daß die Fehlprogrammierung einfach rückgängig gemacht wurde. Aber dann wäre seine Aufgabe für die GTZ gelöst und damit auch seine Suche nach Victorias Spuren beendet, bevor er richtig damit angefangen hatte. Es mußte eine andere Lösung geben.

Gassen trat an die Rezeption und holte seinen Schlüssel. Auf dem Weg in sein Zimmer kam er an der Internet-Lounge des Hotels vorbei. Er hatte sich bei seiner Ankunft nur kurz telefonisch bei seinen Eltern gemeldet. Kurzentschlossen ging er in den Raum, setzte sich an einen Rechner und rief sein Internet-Account auf. Ganz oben auf der Liste der neu eingegangenen Nachrichten war eine E-Mail von Jupp. Wie immer hatte Jupp keinen Betreff angegeben und die Nachricht im Telegrammstil verfaßt.

Nachforschungen über Crown Club laufen. Haus ist auf einen RA Claes eingetragen, treuhänderisch für Eurogrund (Liegenschaftsfirma). Eine Cynthia Stevenson ist in den letzten zwei Wochen nicht aus Deutschland ausgewiesen worden. Auch keine Schwarze namens Agnes. Die CeBIT macht uns fertig. Nächstes Jahr machst du das! Allein!

Grüße, J.

Ach ja. Glückwunsch: Therèse fährt übers verlängerte Wochenende nach Antwerpen. Keine Ahnung, wie du das geschafft hast.

*

Antwerpen, Frauenhaus Fair Heaven

Vertrocknete Clematis vom letzten Jahr rankte bis über die erste Fensterreihe hinaus an der Sandsteinwand des mächtigen Herrenhauses hoch. Auf Therèse wirkte das Gemäuer eher wie ein Kloster als wie ein Frauenhaus. Nur die bunten Papierblumen in den Fenstern des zweiten Stocks deuteten darauf hin, daß der erste Eindruck nicht der Wirklichkeit entsprach.

»Was wurde denn aus der Nigerianerin damals?« fragte Konia, die Therèse zum Frauenhaus begleitete.

Therèse war froh, die Frau aus Sierra Leone bei dieser »Recherche«, wie es Martin wohl nennen würde, neben sich zu haben. »Wir haben einen Platz für sie in einem Zentrum für Folteropfer gefunden. Sie wurde nicht abgeschoben.« Die Frauen näherten sich dem Haus, und Therèse sah eine Gestalt, die in einem der Fenster stand. Sie blickte nach oben, und die Gestalt verschwand.

»Das ist gut«, sagte Konia. »Schön zu hören, daß Ihre Kampagne Erfolg hatte.«

Therèse behielt das Fenster im Auge. Aber dort bewegte sich nichts mehr. »Einzelerfolge, ja. Aber was die Gesetze betrifft, hat sich noch nicht viel getan.«

»Hat Ihr Besuch hier denn auch etwas mit der Bleiberechtkampagne zu tun?«

Therèse sah an dem fragenden Blick Konias, daß die junge Frau nicht recht verstand, warum die Ärztin aus Deutschland sich für den Verbleib von westafrikanischen Flüchtlingsfrauen in Antwerpen interessierte. Auch die Mitarbeiterinnen von Payoke waren erstaunt gewesen, als Therèse sich bei ihnen gemeldet und um Informationen über den Frauenhandel gebeten hatte. In einem persönlichen Gespräch hatte sie der Geschäftsführerin in groben Zügen den eigentlichen Anlaß ihres Besuches erklärt.

»Ihrem Verlobten scheint das Schicksal dieser beiden Frauen ja wirklich ans Herz zu gehen«, hatte Kathleen van Dromme bemerkt. Therèse hatte mit Erstaunen registriert, daß keine Spur von Ironie in dieser Bemerkung der Payoke-Geschäftsführerin lag. Eher so etwas wie Respekt. Natürlich hatte sie ihr nicht erzählt, daß Martin früher einmal etwas mit dieser Victoria gehabt hatte. Aber selbst wenn ... Therèse hatte das Gefühl, daß Kathleen van Dromme Martins obsessives Verhalten nicht so lächerlich und kindisch empfand wie sie selbst. Allerdings war die Geschäftsführerin auch nicht mit Martin zusammen. Aus der Sicht einer Frau, die sich tagtäglich mit internationalem Menschenhandel und Zwangsprostitution auseinandersetzte, hatte Martins Einsatz für die beiden schwarzen Frauen vielleicht etwas Romantisches. Therèse seufzte. Weder eine Victoria noch eine Cynthia Stevenson hatten in Antwerpen in den letzten drei Jahren Asylanträge gestellt, und sie waren auch nicht in die Liste der betreuten Flüchtlingen aufgenommen worden. Diese ganze Aktion hatte eh keinen Sinn. Und in der Praxis in Köln wartete die Arbeit auf sie. Therèse blickte zu der schweren Eingangstür, über der ein verwittertes Wappen prangte. Sie drehte sich zu Konia um. In diesem Moment wurde ihr bewußt, daß sie so in Gedanken versunken war, daß sie deren Frage nicht beantwortet hatte.

»Tut mir leid, mir ist gerade etwas eingefallen.« Sie lächelte Konia an. »Nein, mein Besuch hat nichts mit der Bleiberechtkampagne zu tun. Ich interessiere mich für die beiden Frauen aus Sierra Leone, weil ... nun, es ist eher eine Art Recherche für meinen Freund. Er arbeitet bei Amnesty.« Das erklärte überhaupt nichts, aber Konia schien zufrieden mit dieser Antwort. Therèse hatte ihr im Auto die Geschichte von Victoria und Cynthia Stevenson erzählt.

Konia drückte auf den Klingelknopf aus Plastik, der in der Wand des alten Hauses deplaziert wirkte. Drinnen war ein schrilles Läuten zu hören. Sie hatten ihre Ankunft über das Handy angekündigt. Es war nicht einfach gewesen, eine Besuchserlaubnis für das Frauenhaus zu bekommen. Vorne am Tor fiel vor allem die große Tafel ins Auge, die allen Unbefugten den Eintritt strengstens untersagte und vor »freilaufenden Wachhunden« warnte. Erst auf den zweiten Blick hatte Therèse das Adreßschild gesehen. Einen scharfen Wachhund konnte sie nirgends entdecken.

»Warum wollten Sie und Yamba eigentlich, daß ich Fair Heaven besuche?« Yamba Kamara war Konias Kollege aus dem Ausländerbeirat. Auch er stammte aus Sierra Leone.

»Ich wollte mir den Laden schon lange noch mal anschauen.« Konia zuckte mit den Schultern. »Ich habe hier drei Wochen gelebt.«

»Sie?« Im Innern waren Schritte zu hören, und Therèse senkte die Stimme.

»Direkt nach meiner Flucht aus Sierra Leone.« Konia richtete sich auf und erschien plötzlich größer. Therèse bewunderte die stolze Haltung der Schwarzen. »Das war vor über zehn Jahren. Ich bin raus aus Sierra Leone, sobald der Bürgerkrieg ausgebrochen war. Damals war Fair Heaven wirklich wie der Himmel auf Erden für mich. Aber seither ... Sagen wir so: Den Mitarbeiterinnen von Payoke sind Dinge aufgefallen, das uns komisch vorkommen.« Sie blickte Therèse ins Gesicht. »Payoke kooperiert mit Fair Heaven. Wir vermitteln Frauen, die bei uns landen, hierher. Ihr Besuch ist für uns eine gute Gelegenheit, einmal zu überprüfen, was mit den Frauen passiert, ohne daß wir die Verantwortlichen hier unnötig brüskieren.« Sie lächelte Therèse an.

In diesem Augenblick klapperte im Innern des Hauses ein Schlüsselbund, und die Tür wurde geöffnet. Eine Frau mit schulterlangem blonden Haar blickte durch den schmalen Türspalt, dann zog sie die Tür ganz auf. Sie war so zierlich, daß Therèse sich wunderte, wie sie den schweren Holzflügel überhaupt in Bewegung brachte.

»Hallo, Sie müssen die Delegation von Payoke sein.« Sie lächelte die Frauen an und reichte beiden die Hand. »Kommen Sie, wir erwarten Sie schon.«

Sie wurden durch ein Foyer geführt, in dem dämmriges Licht herrschte. Der Boden war mit einem weichen blauen Teppich ausgelegt, der die Geräusche dämpfte und dem Raum eine seltsam stille Atmosphäre verlieh. Ein Stich von Antwerpen hing an der gegenüberliegenden Wand, darunter stand ein kleines Holztischchen, auf dem Broschüren auslagen. An den Seitenwänden sah Therèse Porträts, die offenbar die Familie des früheren Besitzers des Herrenhauses darstellten. Mehrere hohe Flügeltüren führten vom Foyer ab, direkt neben dem Eingang führte eine Treppe in die oberen Stockwerke.

Die Blonde führte sie durch einen niedrigen Durchgang in den hinteren Teil des Hauses. Von dort waren Stimmen zu hören. »Sie interessieren sich also für den Alltag in einem interkulturellen Frauenhaus?« fragte sie.

Therèse nickte. Sie hatten bei der Anmeldung eine glaubhafte Begründung gebraucht, um ihren Besuch im Frauenhaus zu erklären. »Ich besuche in ganz Europa interkulturelle Projekte, die mit Flüchtlingshilfe zu tun haben. Wir brauchen Anregungen für unsere Arbeit in Köln.«

»Da werden Sie hier im Haus viel Interessantes sehen. Es ist toll hier. Und Britt und Kadiatu sind klasse.« Die junge Frau sprach mit einer solchen Offenherzigkeit, daß Therèse sie sofort ins Herz schloss.

»Britt und Kadiatu?«

»Das sind die Mitarbeiterinnen von Fair Heaven. Wir kochen gerade.« Die blonde Frau erzählte weiter begeistert aus dem Alltag des Frauenhauses. Sie schien sich sehr wohl zu fühlen, kam Therèse direkt glücklich vor. Insgeheim fragte sie sich, warum die blonde Frau wohl hier war.

Der Durchgang öffnete sich zu einer riesigen Wohnküche, in die hell die Märzsonne schien. An zwei langen Holztischen saßen Frauen und Kinder, andere machten sich an dampfenden Töpfen zu schaffen oder bereiteten Gemüse vor. Eine ältere Frau mit kurzen grauen Haaren trat auf sie zu und stellte sich als Britt vor. Sie begrüßte die Besucherinnen herzlich. Bald war Therèse in ein Gespräch über die westafrikanische Küche verstrickt und bewunderte die Kochkunst der Frauen. Eine alte Frau aus Guinea schien das Oberkommando zu führen. Therèse fiel auf, dass die Frau die einzige Afrikanerin über vierzig im Raum war. Alle anderen waren viel jünger, zum Teil kamen sie Therèse kaum erwachsen vor. Eine Gruppe Schwarzer saß ein wenig abseits von den anderen Frauen an den Tischen und beteiligte sich nicht an den Gesprächen. Aus dem Augenwinkel sah Therèse, daß Konia sich zu einer auffallend hübschen Frau aus dieser Gruppe setzte und sie ansprach. Die Frau war fast noch ein Teenager. Sie trug kniehohe dunkelrote Lackstiefel unter den Jeans, dazu ein auf Figur geschnittenes, bunt gemustertes Oberteil aus glänzender Seide. Billig war diese Kleidung nicht, das wußte Therèse von ihrer eigenen Einkaufsexzessen in Kölner Boutiquen. Sie wollte gerade auf die beiden zugehen, da fing sie einen warnenden Blick von Konia auf. Anscheinend war es besser, wenn die Sierra Leonerin und nicht eine fremde Weiße mit dem Mädchen sprach. Therèse nickte kaum merklich und wandte sich ab.

»Wollen Sie sich jetzt vielleicht einmal das Haus ansehen?« Die grauhaarige Mitarbeiterin des Frauenhauses blickte Therèse erwartungsvoll an.

»Ja, gerne.« Sie gingen zurück in das dämmrige Foyer, wobei ihnen zwei kleine Mädchen folgten, die sich lachend mit Britt unterhielten. Aus einer der Flügeltüren trat eine füllige Schwarze, die Therèse als Kadiatu vorgestellt wurde.

»Ich bin mehr fürs Büro und den ganzen Papierkram zuständig, bei den Behörden übersetzen und so«, erklärte sie. »Britt ist die Sozialpädagogin. Wir ergänzen uns gut.«

»Sie sind nur zwei Mitarbeiterinnen?«

»Nein, nein.« Kadiatu deutete auf einen großen Plan an der Wand beim Eingang, der Therèse noch nicht aufgefallen war. »Hier sind die Stunden aller Mitarbeiterinnen eingetragen. Insgesamt sind wir acht im Team. Viele Frauen arbeiten ehrenamtlich in Fair Heaven. Aber in jeder Schicht muß eine Fachkraft da sein.« Kadiatu betonte den letzten Punkt mit einer energischen Handbewegung. Vielleicht hatte das Frauenhaus schon einmal Schwierigkeiten wegen unzureichender Ausbildung der Mitarbeiterinnen gehabt. Um irgendwelche Ängste gleich aus dem Weg zu räumen, sagte Therèse schnell: »Mich interessiert vor allem, wie hier die ausländischen mit den belgischen Bewohnerinnen zusammenleben. In der Küche wird ja wunderbar afrikanisch gekocht.«

»Sie können gerne zum Essen bleiben.« Kadiatu strahlte. »Die Küche ist das Herz von Fair Heaven. Aber auch sonst klappt der Alltag mit den Frauen aus so unterschiedlichen Kulturen sehr gut. Das liegt vor allem an unserem Konzept. Wir wollten von vornherein, dass die ethnische Zusammensetzung der Bewohnerinnen sich auch bei den Mitarbeiterinnen wiederfindet. Im Team sind drei Afrikanerinnen und eine Frau aus Indien.«

Sie befanden sich in einem breiten Gang, von dem vier Türen abgingen.

»Die Schlafzimmer«, erklärte Britt. »Jede Frau hat ihren eigenen Bereich mit Schlafzimmer und Bad. Frauen mit Kindern kriegen größerer Zimmer, die sind oben. Insgesamt können wir bis zu fünfundzwanzig Frauen mit Kindern hier unterbringen.«

Sie öffnete eine Tür, so daß Therèse einen Blick in den kleinen, modern eingerichteten Raum werfen konnte. Auf den breiten, steinernen Fensterbänken standen Pflanzen, und eine bunte Decke lag über dem Einzelbett.

»Ist das Zimmer leer?« fragte sie. Nirgends in dem Raum waren Hinweise auf eine aktuelle Bewohnerin zu erkennen.

Britt nickte. »Hier hat eine Frau aus Ghana gewohnt. Sie ist über Payoke zu uns gekommen. Vor drei Wochen hat sie in Paris Arbeit gefunden und Fair Heaven verlassen.«

»In Paris?« Therèse konnte ihr Erstaunen nicht verbergen.

Britt lächelte nur. »Sie hat dort ein Engagement als Tänzerin gekriegt. Sie war wirklich sehr begabt. Und hat ausgesehen wie ein Model.« Offenbar bemerkte Britt Therèses Verwunderung. »Die Frauen können überall in der europäischen Union arbeiten, wenn ihr Status als Asylbewerber anerkannt ist.« Sie nickte in Richtung ihrer Kollegin. »Darum kümmert sich Kadiatu. Sie geht mit den Frauen zu den Ämtern, übersetzt, füllt Formulare aus und beantragt die richtigen Papiere.«

Kadiatu stöhnte. »Manchmal ist das ein entsetzlicher Papierkrieg.«

Therèse schwieg einen Moment. Die beiden Frauen mußten doch wissen, daß die Art von Arbeit, die weiblichen Flüchtlingen aus Afrika offenstand, nicht gerade Traumjobs waren. Martin hatte ja schon bei seinem unmöglichen kleinen Ausflug in den Kölner Edelpuff mitgekriegt, daß dort schwarze Frauen das Geld für ihre Flucht abarbeiteten. »Machen Sie sich denn keine Sorgen, wo die Frauen landen? Hier wohnen doch auch ein paar sehr junge Mädchen ...«

Britt unterbrach sie sofort. »Wir arbeiten nur mit absolut seriösen Agenturen zusammen, die ...«

»Private Arbeitsvermittlungen?

»Ja, private. Das Arbeitsamt bringt ja nicht mal die einheimischen Arbeitslosen unter. Private Arbeitsvermittlungen sind da viel effektiver.« Britts Stimme klang, als ob sie diese Diskussion schon oft geführt hätte. Von der Küche her waren laute Stimmen und Tellergeklapper zu hören. »Das Essen ist bald fertig. Wenn Sie noch die oberen Stockwerke besichtigen wollen ...« Sie hielt die Tür auf.

Doch Therèse rührte sich nicht. Sie schaute sich noch einmal in dem leeren Zimmer um. Auf einem schmalen Tischchen an der Wand waren Papiere und Visitenkarten zu einem kleinen, ordentlichen Stapel zurechtgerückt. Therèse erkannte einen benutzten Stadtplan von Antwerpen.

»Sie wissen doch selbst, wie viele schwarze Frauen als Prostituierte enden. Was macht Sie so sicher, daß dieses Tanzengagement in Paris nicht nur ein billiger Vorwand war, um die Frau weg von Fair Heaven in ein Bordell zu locken? Haben Sie denn noch Kontakt zu ihr?« Therèse drehte sich zu den beiden Frauen um, die in der Tür warteten. Britt klapperte mit dem Schlüsselbund, als könne sie es nicht erwarten, das leere Zimmer endlich wieder abzuschließen.

Kadiatu hatte aufmerksam zugehört, sie schien Therèses Bedenken ernst zu nehmen. Jetzt sagte sie: »Wir kennen die Agentur, die die Frau vermittelt hat. Da hat es noch nie irgendwelche Probleme gegeben. Sicher schreibt sie uns bald. Am Anfang ist alles so neu, da kommen die Frauen nicht dazu.« Sie blickte zu ihrer Kollegin. »Oder ist Post aus Paris gekommen?«

Britt schüttelte den Kopf. »Die Frauen schreiben uns oft und erzählen, wie gut sie sich eingelebt haben. Ich bin sicher, daß wir noch von ihr hören. Sie war mit einem Mädchen hier gut befreundet, vielleicht hat sie die angerufen.« Sie schaute zu Therèse. »Ich kann Ihnen gerne einmal die Briefe und Postkarten zeigen, die die Frauen uns über die Jahre geschrieben haben. Wir sammeln sie alle.«

»Gerne«, sagte Therèse.

»Wissen Sie«, sagte Kadiatu, »wir können es nicht verhindern, wenn manche Frauen irgendwann anschaffen gehen. Das sind erwachsene Frauen, die eigene Entscheidungen über ihr Leben treffen. In Fair Heaven versuchen wir, ihnen einen guten Start zu geben, ihren Aufenthaltsstatus zu klären, damit sie nicht in die Illegalität abrutschen. Jobs sind rar in den heutigen Zeiten. Die Agenturen, mit denen wir zusammenarbeiten, suchen begabte Frauen für Musical-Produktionen, für Werbefotografie, für Messen, für Tanzkabaretts, solche Sachen. Am Anfang habe ich jeden Arbeitsvertrag von einer Rechtsanwältin durchchecken lassen. Es war immer alles korrekt. Die Frauen kriegen die Chance, hier ein Leben aufzubauen, bis sie wieder in ihre Heimat zurückkönnen. Sie lernen die Sprache, verdienen gutes Geld. Wir hatten hier mal eine Kenianerin, die neben dem Tanzen Medizin studiert hat, erinnerst du dich, Britt?«

Britt nickte. »Dann wollen wir mal«, sagte sie mit Nachdruck. »Wir müssen das Zimmer noch für die Neue fertigmachen.« Sie schloß hastig ab und führte Therèse eine schmale Treppe hoch, die ins darüberliegende Stockwerk führte.

»Das Zimmer wird heute wieder belegt?«

»Nachher kommt eine neue Frau mit zwei Kindern.« Sie machte eine entschuldigende Geste. »Wir sind total voll. Oben ist kein Platz mehr. Und die Frau braucht unbedingt eine Unterkunft. Sie kommt aus Ghana. Na, eine Weile wird es in dem kleinen Raum mit den Kids schon gehen. Aber eins kann ich Ihnen sagen: Wir sind immer froh, wenn eine Frau es schafft und Fair Heaven verlassen kann.«

Nachdem Therèse die oberen Stockwerke mit den Kinderspielzimmern und zwei gemütlich wirkenden Wohnzimmer mit Sofas und Fernseher besichtigt hatte, rief ein lauter Gong die Hausbewohnerinnen zum Essen in die Küche. Konia und Therèse saßen mitten unter den Frauen. Das Essen war eine Mischung aus afrikanischen und einfachen europäischen Gerichten. Therèse saß neben der alten Guineerin und lobte ihre Kochkünste. Bald waren sie in ein ernsthaftes Gespräch über das Schicksal der Frau vertieft. Therèse war froh, daß sie mit dem Essen fertig war, denn die Greueltaten, von denen die Frau in gebrochenem Französisch berichtete, schlugen ihr auf den Magen. Sie konnte sich einfach nicht vorstellen, was Martin in diese fremde Welt zog, in der Menschen solche Grausamkeiten verübten. Die alte Frau sprach leise, und Therèse bemerkte, daß sie kaum etwas von den von ihr so liebevoll zubereiteten Speisen zu sich nahm. Sie erzählte von ihrer Tochter, die gleich nach Ausbruch des Bürgerkrieges verschwunden war. Seither hatte die Alte nie wieder etwas von ihr gehört.

»Kannten Sie eigentlich die junge Frau, die ein Tanzengagement in Paris bekommen hat?« fragte Therèse, als die Frau zum Ende ihrer Geschichte gekommen war und traurig vor sich hinstarrte.

»Ja, ja«, sagte die Alte langsam. Dann blickte sie Therèse an. »Ein nettes Mädchen. Sehr schön. Eine gute Tänzerin.«

»Haben Sie Kontakt zu ihr?«

»Kontakt?« Die Alte schaute Therèse an, als hätte sie etwas vollkommen Absurdes gefragt. »Was für Kontakt? Ich habe sie gewarnt.« Die Alte richtete sich auf. In dem vorsichtigen Blick, den sie Therèse zuwarf, lag mehr als nur Neugier. Therèse hatte das Gefühl, als schätze die Alte ab, wieviel sie ihr anvertrauen könne. Sie schwieg und wartete. Als Ärztin im Praktikum in der geriatrischen Abteilung hatte sie gelernt, daß es besser war, den Mund zu halten, wenn man wichtige Informationen bekommen wollte.

»Ich habe sie gewarnt«, wiederholte die Alte. »Tanzengagement, was soll das sein?« Sie verzog den Mund. »Aber sie wollte unbedingt raus hier. Zu lange im Krieg, dann Flucht und Lager. Kontakt?« Die Guineerin schüttelte den Kopf. »Sie lassen nie etwas von sich hören. Verboten, glaube ich. Sie wissen ja, wie das läuft.« Und wieder musterte sie Therèse mit diesem fragend-abschätzenden Blick.

»Wissen Sie denn, wie das genau läuft?«

Die Alte schwieg, und auch Therèse sagte nichts, obwohl es ihr schwer fiel. Warten war in solchen Situationen der Schlüssel zum Erfolg. Egal, was sie sagte, die Frau mußte sich selbst darüber klar werden, ob sie ihr vertraute.

»Immer dasselbe«, sagte die Guineerin schließlich. »Sie kommen nach Fair Heaven und haben nichts. Keine Familie, kein Land. Dann meldet sich eine Agentur zum Vorsprechen, Fototermin, irgendwas. Und sie kriegen einen tollen Job. Irgendwo in Europa. Paris, Brüssel, Köln, Stockholm, immer für gutes Geld. Ich habe nie wieder etwas von ihnen gehört.« Sie zuckte mit den Schultern. »Das ist doch klar: Toller Job, das heißt, die Mädchen schaffen an. Und kriegen Aids oder kommen auf Drogen. Und manchmal landen sie tot auf der Straße.«

Die Stimme der Alten war immer leiser geworden, bei ihrem

letzten Satz zuckte Therèse zusammen. Was die Frau hier erzählte, war nah an dem, was Martin vermutete ...

»Wissen Sie etwas über eine Victoria Stevenson aus Sierra Leone? War sie hier?« Therèse bemühte sich zu flüstern, aber die Guineerin mußte ihre Aufregung spüren. Seltsamerweise ging sie ohne ein Anzeichen von Überraschung auf die Fragen ein. Doch von Victoria Stevenson hatte sie noch nie gehört.

»Nicht in Fair Heaven«, sagte sie. »Die Frauen hier kommen vor allem aus Guinea und Nigeria.« Ihr Ton war wieder freundlich und ruhig.

»Und Sie? Welche Aussichten haben Sie?«

»Ich bleibe hier im Haus. Kadiatu kümmert sich darum. Vielleicht werde ich als Köchin angestellt. Das Haus ist jetzt immer so voll, da brauchen sie jemanden. Und mich will eh niemand mehr für ein Tanzengagement vermitteln.« Sie grinste und legte kurz ihre Hand auf Therèses Unterarm. Dann stand sie auf und half den anderen, die Tische abzuräumen.

Konia ließ sich neben Therèse auf den Stuhl fallen. »Entweder ist die total naiv, oder sie tut nur so.«

»Diese junge Frau mit den schicken Klamotten, mit der Sie sich unterhalten haben?«

»Genau die. Fanden Sie ihre Kleidung wirklich schick?«

»So was tragen die jungen Frauen heutzutage, Konia. Wann waren Sie das letzte Mal in einer Disco tanzen?«

»Ehrlich gesagt, ich war noch nie in einer Disco. Und wenn diese Fetzen der neueste Schrei sind, dann habe ich nicht viel verpaßt.«

»Woher kommt das Mädchen denn?«

»Aus Nigeria.« Konia zog eine Visitenkarte aus ihrer Handtasche. »Denen sollten wir vielleicht mal einen Besuch abstatten.«

Auf der einfachen Karte war in schwarzen und grünen Buchstaben »PERSONNEL LINE Arbeitsvermittlung« gedruckt, darunter stand eine Adresse und Telefonnummer in Brüssel. Therèse erinnerte sich, daß auf dem Tischchen in dem unbewohnten Zimmer genau die gleiche Karte gelegen hatte. Sie sah Konia fragend an.

»Von dem Mädchen. Diese Agentur vermittelt anscheinend öfter Frauen aus Fair Heaven in irgendwelche Jobs.«

»Tanzengagements in Paris, zum Beispiel.«

Konia sah Therèse kurz an, dann nickte sie. »Davon hat mir die Nigerianerin erzählt. Die Frau hat Glück gehabt, meint sie. Tänzerin in Paris scheint für sie ein Traumjob zu sein. Geht es noch blauäugiger, frage ich Sie?«

»Na ja ...« Therèse zögerte.

»Was, na ja?« Konia drehte sich abrupt zu ihr. »Ich wette zehn zu eins, daß dieses angebliche Tanzkabarett direkt an der Rue Réaumur liegt. Und daß dort nicht nur getanzt wird.«

»Die Mitarbeiterinnen des Frauenhauses scheinen überzeugt zu sein, daß ihre Schützlinge in gute Hände kommen.«

»Haben Sie mit denen über die Agentur geredet?«

Therèse schüttelte den Kopf. »Wir haben über die Frau gesprochen, die nach Paris gegangen ist.«

»Und hier im Haus glaubt man, daß das ein seriöser Job ist? Die Verantwortlichen kennen diese Personnel Line?«

»Sie arbeiten mit ihnen zusammen. Arbeitsvermittlung, sagen sie.«

Konia zischte leise und schlug mit der flachen Hand auf den Tisch. Dann blickte sie auf die gegenüberliegende Wand, an der großflächige Fotos von afrikanischen Marktszenen hingen. Die Küche war fast leer, nur zwei Frauen unterhielten sich leise am anderen Tisch.

»Das Mädchen aus Nigeria – was ist mit ihr?«

»Die Agentur hat auch ihr ein Angebot gemacht. Sie möchten sie angeblich als Model an eine Werbefirma in Brüssel vermitteln. Sie ist ziemlich nervös deswegen. In ein paar Tagen hat sie einen Fototermin.« Konia sprach langsam, sie schien über etwas nachzudenken.

»Was wird mit ihr werden?«

»Ich habe ihr meine Karte gegeben.« Sie wandte sich Therèse zu. »Mehr können wir nicht tun. Falls sie wirklich Hilfe braucht, kann sie den Ausländerbeirat anrufen. Wenn sie dazu dann noch eine Chance hat.«

»Vielleicht sollten wir beide nach Brüssel fliegen und Personnel Line einen Besuch abstatten, was meinen Sie?« Auch wenn die Stevenson-Schwestern nicht über Fair Heaven in den Kölner Crown Club gekommen waren, bestand doch die Möglichkeit, daß die Agentur auch sie vermittelt hatte. Personnel Line schien im großen Stil in ganz Europa zu agieren. Wenn ihre Vermutungen stimmten, dann war die Agentur eine ziemlich heiße Spur. Und vielleicht hatte Martin ja doch recht, vielleicht war auch seine Victoria in die Prostitution gezwungen worden.

»Erst brauchen wir mehr Hinweise. Wenn wir dort auftauchen und unangenehme Fragen stellen, warnen wir sie nur.«

»Wir müssen herausfinden, wer hinter der Agentur steckt.«

»Überlassen Sie das lieber mir und Payoke. Wir sind auf Frauenhandel spezialisiert, wir bezahlen dafür Rechtsanwältinnen, die wissen, wie man an die Hintermänner rankommt.« Konia steckte mit einer entschlossenen Geste die Visitenkarte ein. »Ich bin wirklich froh, daß uns Ihre Anfrage nach den beiden Frauen aus Sierra Leone zu Fair Heaven geführt hat. Ich hatte schon immer ein komisches Gefühl. Aber Sie wissen ja, wie es ist ...« Sie brach ab und hob die Achseln.

»Konia, glauben Sie, daß die Frauen hier – Britt und Kadiatu – irgendetwas mit dem internationalen Frauenhandel zu tun haben? Ich kann mir das einfach nicht vorstellen. Fair Heaven ist eine soziale Einrichtung. Britt hat mir Briefe von ehemaligen Bewohnerinnen gezeigt, die voller Dankbarkeit von ihrem Aufenthalt hier schreiben. Das kann doch nicht alles nur eine seriöse Fassade für Menschenhandel sein.« Therèse merkte selbst, daß sie die Emotionen nicht mehr aus ihrer Stimme heraushalten konnte. Die Frauen am anderen Tisch unterbrachen ihr Gespräch und schauten besorgt zu ihnen herüber. Therèse lächelte ihnen beruhigend zu.

Konia sagte allerdings nichts, um Therèse zu beruhigen. Das war ihre Art, wurde Therèse plötzlich klar. Die Sierra-Leonerin, die ihr am Anfang als quirlige und kommunikative, wenn auch ein wenig oberflächliche Frau erschienen war, überlegte lange und genau, bevor sie sich zu wichtigen Dingen äußerte. »Nein«, sagte sie schließlich. »Nein, ich denke nicht, daß Fair Heaven selbst aktiv in den Frauenhandel verwickelt ist. Aber es ist ein Haus, zu dem Menschenhändler Zugang haben, die sich als Arbeitsvermittler tarnen. Die suchen sich hier problemlos den Nachschub für ihre diversen Etablissements aus. Und das hätte auch dem Team des Frauenhauses auffallen müssen.«

In diesem Moment führte Kadiatu eine sehr junge schwarze Frau im dunkelblauen Kostüm in die Küche. Zwei kleinen Jungen hielten sich dicht an die Frau gedrängt.

»Unser Neuzugang«, sagte Kadiatu. »Wir haben gerade Besuch aus Deutschland«, erklärte sie der jungen Frau, die Therèse und Konia schüchtern anlächelte.

»Wir wollten sowieso gleich los.«

Kadiatu winkte ihnen zu warten und führte ihren neuen Schützling in die Küche und den Arbeitsplan der Hausbewohnerinnen ein. Therèse hörte, daß sie eine afrikanische Sprache sprach, die sie aber nicht zuordnen konnte.

»Ghanaisch«, murmelte Konia. »Irgendein Dialekt.«

Therèse nickte. Einer der Jungen löste sich von seiner Mutter und tappte vorsichtig zu einer bunten Spielzeugkiste in der Ecke des Raumes. Er war höchstens sechs, hellhäutiger als seine Mutter. Seine braunen Augen strahlten, als er ein knallrotes Feuerwehrauto in der Kiste entdeckte.

»Man kann nur hoffen, daß in Fair Heaven nicht auch noch irgendwelche Pädophilen-Ringe agieren«, sagte Therèse leise, während sie den Jungen beobachtete

Konia drehte sich zu ihr. »Im Lande eines Dutroux kann man nichts ausschließen.«

*

Freetown, Funkzentrale des Entwicklungs-Departments

Crocker war schon seit den frühen Morgenstunden in der Funkzentrale und überprüfte noch einmal alle möglichen Fehlerquellen. Aber sosehr er auch überlegte und herumprobierte, er kam immer zum gleichen Ergebnis: Irgendjemand hatte an der Anlage herumgepfuscht und ein paar zweitrangige Steuerungsfunktionen lahmgelegt. Die Reparatur war eine einfache Sache, ein paar Neuprogrammierungen, und die Anlage lief wieder. Was Crocker nicht kapierte, war, warum der Deutsche sich so lange mit der Sache aufhielt.

Es war gleich acht, er mußte los und Gassen in der Mount Aureol Lodge abholen. Crocker winkte dem Sicherheitsmann zu, der ihn vorher ohne Probleme in die Funkzentrale gelassen hatte. Den Wagen hatte er gleich vor dem Entwicklungs-Department geparkt. Blechlawinen quetschten sich durch die engen Straßen von Freetown. Über Nacht war der Harmattan aufgekommen, ein Nordwind, der Sand und Staub mit sich führte und die Sonnenstrahlung und die Hitze, nicht aber die Hektik des Verkehrs dämpfte. Die morgendlichen Autokolonnen wurden nur noch durch die Rush-hour am Spätnachmittag übertroffen, wenn der Verkehr immer knapp vor dem Kollaps stand. Crockers Wagen wurde von einem helmlosen Motorradfahrer geschnitten, der erst direkt vor einer Bäckerei zum Stehen kam. Fußgänger sprangen zur Seite und fluchten, ein paar Autohupen tröteten müde, doch das ging im allgemeinen Getöse des Straßenlärms unter. Crocker bog in die Straße ab, die hoch zur Lodge führte.

Die Fachkenntnis von Martin Gassen war unbestritten. Der Deutsche hatte gestern sofort und ohne lange zu überlegen die richtigen Schritte eingeleitet. Crocker war sich sicher, daß Gassen die Ursache der Störungen innerhalb kürzester Zeit gefunden hatte. Er selbst hatte so getan, als verfüge er nur über Grundkenntnisse der Kommunikationstechnik. Eigentlich aus keinem bestimmten Grund, er wußte selbst nicht genau, warum er dem Deutschen, der zudem noch über die GTZ kam, mißtrauen sollte. Aber seit ihrem Gespräch in der Villa hatte Crocker ein seltsames Gefühl. Und es war Teil seines Jobs, auf diese Art von seltsamen Gefühlen zu achten. Rebellenspitzel verbargen sich an den unwahrscheinlichsten Orten und unter den abwegigsten Maskierungen. Martin Gassen gehörte sicher nicht zur RUF, aber vielleicht hatte er über seine Arbeit für Amnesty Kontakte zur Rebellenarmee aufgebaut, die er selber nicht richtig einschätzen konnte. Crocker hatte den gestrigen Abend mit dem Dossier Gassen zugebracht und ein paar Anfragen zur Person des Deutschen über die Leitungen der Executive Services laufen lassen. Alles war ergebnislos zurückgekommen: Abgesehen von seinem Entwicklungsdienst Anfang der 90er Jahre in Kenema und seiner Arbeit in einer Westafrika-Gruppe von Amnesty international in Köln gab es keine bekannten Verbindungen Martin Gassens nach Sierra Leone.

Der Deutsche wartete schon vor der Lodge. Crocker konnte sich ein Lächeln nicht verkneifen. Offenbar wollte Gassen nicht noch einmal beim Flanieren ertappt werden. Er hatte es sich auf einer niedrigen Mauer bequem gemacht. Als sich Crockers Wagen der Lodge näherte, stand er auf und winkte. Eine Sonnenbrille verbarg seine Gesichtszüge.

»Und? Ist Ihnen über Nacht eine Lösung für unser kleines Problem eingefallen?« Der braungebrannte Söldner schien prächtiger Laune zu sein. Er erzählte eine Anekdote nach der anderen, kommentierte das Straßenbild und ließ Gassen dabei kaum zu Wort kommen. Trotzdem bemerkte dieser, daß Crocker ihm hin und wieder einen ernsten Blick zuwarf. Vielleicht ahnte der Mann ja doch etwas. Die Störung in der Funkzentrale war einfach zu leicht zu entdecken. Aber Crocker hatte gestern nichts gesagt, obwohl sie Stunden damit verbracht hatten, einen Fehler zu finden, den Gassen sofort lokalisiert hatte. Er mußte jetzt mit seinem Plan, den er sich während der Nacht zurechtgelegt hatte, weitermachen.

»Tja ...« Als erstes mußte er Crocker davon überzeugen, daß die Funkanlage nicht von Freetown aus zu reparieren war. Wenn er das schluckte, war der Rest ein Kinderspiel. »Ich habe da so eine Idee. Dazu muß ich noch ein paar Dinge an der Anlage probieren. Dann sehen wir weiter.«

»Eine Idee? Was denn? Wir haben gestern ewig vor dem Rechner gesessen. Ich kann mir beim besten Willen nicht vorstellen, daß wir etwas übersehen haben sollten.« Crocker klang mißtrauisch.

»Wir haben nichts übersehen. Aber vielleicht kann man die Programmierung von einer anderen Seite aus wiederherstellen.«

»Von welcher anderen Seite?« Der Söldner hatte das Tempo des Wagens verlangsamt und musterte Gassen. In seinem Gesicht war der Zweifel nicht zu übersehen.

Gassen stöhnte innerlich, er war einfach kein guter Schauspieler. Jupp, oder gar Therèse, konnten so etwas viel besser als er. »Lassen Sie es mich erst mal checken, Crocker. Vielleicht funktioniert es ja gar nicht.«

Crocker zuckte mit den Schultern und gab wieder Gas. In wenigen Minuten waren sie beim Entwicklungs-Department, wo sie der Mitarbeiter wieder in die Zentrale hineinließ. Gassen wollte sich gerade an den Platz setzen, an dem er schon gestern gearbeitet hatte, als er Crockers Jacke bemerkte, die über einem Stuhl hing. Eine Tasche mit Camouflagemuster lag auf der Sitzfläche.

»Sie haben Ihre Sachen über Nacht hiergelassen?« Gassen war sich sicher, daß die Zentrale leer gewesen war, als sie gestern abend gegangen waren.

Crocker schüttelte den Kopf. »Ich war heute morgen schon hier.« Sein Ton war nebensächlich, aber er schaute Gassen direkt an. Beobachtete ihn förmlich, als teste er seine Reaktion auf diese Aussage.

Das sah nicht gut aus. Wenn Crocker wirklich heute morgen noch einmal alles getestet hatte, wußte er genau, wo der Fehler lag. Trotzdem: Er mußte nach Kenema, koste es, was es wolle.

Gassen drückte die Leertaste, und der Bildschirmschoner mit dem Logo des GTZ-Funknetzes verschwand.

»Jetzt bin ich aber gespannt.« Der Söldner stand direkt hinter ihm und schaute über seine Schulter auf den Kontrollplan des Funknetzes, den er aufgerufen hatte.

Gassen klickte, eine Liste aller Außenstellen des Netzes erschien. Er scrollte sich durch die Liste, so als suche er nach etwas Bestimmten. Zweimal übersprang er die Relaisstation im Krankenhaus in Kenema, die ihm schon aufgefallen war, als er die Liste in Crockers Büro gesehen hatte. Er öffnete die Leitung, der Kontakt kam problemlos zustande. Schnell brach er die Verbindung wieder ab.

Hinter sich hörte er, wie Crocker ein unwilliges Schnalzgeräusch machte. Aber der Söldner sagte nichts, sondern starrte weiter auf den Monitor.

Gassen nickte langsam. »Ich glaube, ich hab's«, sagte er dann.

»Was?«

»Der Fehler liegt offenbar in der Außenstelle in Kenema, in der Relaisstation im Krankenhaus. Ich habe mir sowas schon fast gedacht. Es muß von dort eine störende Rückkopplung geben, die manche Verbindungen lahmlegt.«

»In Kenema?« Crocker lachte kurz auf, ein Lachen, das ungläubig und nicht amüsiert klang. »Kommen Sie, Gassen, Sie wissen doch selber, daß das Quatsch ist.«

Er hatte es geahnt – entweder hatte er Crockers technisches Wissen unterschätzt, oder aber der Söldner hatte ihm Ahnungslosigkeit nur vorgetäuscht, aus welchem Grund auch immer. Gassen schaltete schnell. Plan A war gescheitert, blieb nur noch Plan B: Er mußte Crocker einweihen und versuchen, ihn für seine Spurensuche zu gewinnen.

Gassen drehte sich auf dem Stuhl herum und erhob sich, so daß er direkt vor Crocker stand. Der wich kaum merklich zurück. Gassen sah aus dem Augenwinkel, daß sich die rechte Hand des Söldners langsam an sein Pistolenholster herantastete. Schnell trat er zurück. Das war nun das letzte, was er mit seiner Aktion beabsichtigte, daß Crocker ihn für einen Feind hielt. »Sie haben recht, Crocker, es ist Quatsch. Tut mir leid, daß ich Ihnen dieses Theater vorgespielt habe.«

Die Hand bewegte sich nicht mehr, sondern lag jetzt locker an Crockers Hüfte. Der Söldner blickte Gassen auffordernd an.

»Die Sache ist nämlich die: Ich muß unbedingt nach Kenema. Und darum *muß* der Fehler dort liegen.«

»Sie müssen unbedingt nach Kenema. Warum?« Crockers Gesichtszüge verrieten weder Überraschung noch Wut oder Verärgerung. Ein bißchen kam es Gassen so vor, als hätte der Mann längst geahnt, daß er ihm etwas vorflunkerte.

»Es ist eine lange Geschichte.« Er ließ sich wieder auf den Stuhl plumpsen.

»Die möchte ich zu gerne hören.«

»Klar. Aber nicht hier. Nach dem Streß brauch ich erstmal

einen Whisky.« Gassen grinste zu dem Söldner hoch, der sich sichtlich entspannte.

»Whisky klingt gut. Selbst so früh am Morgen. Kommen Sie. ich glaube, es ist Zeit, daß Sie die Susan-Bar kennenlernen.«

*

Sie fuhren zur Susan-Bar, einer gehobenen Kneipe an der Wasserfront. Sie bestellten Whisky bei einem schwarzen Kellner in einer weißen Uniform und setzten sich an die breiten Fenster in zwei ausladende Ledersessel. Ein paar Minuten saßen die beiden Männer schweigend da, nippten an dem eisgekühlten Whisky und genossen den Blick auf die Bay.

»Ria nennen die Einheimischen die Mündungstrichter der Flüsse, nicht?«

Crocker nickte und ließ die Eiswürfel in seinem Glas klirren. »Ihre Geschichte, mein Freund. Ich bin schon sehr gespannt.«

In der nächsten Stunde erzählte Gassen dem Söldner alles, was seit dem Tag in Köln passiert war, an dem er Victoria auf dem Bild in der Zeitung erkannt hatte. Er ließ nichts aus, nicht den Besuch im Crown Club und auch nicht, daß wahrscheinlich daheim auf ihn eine Vorladung aufs Polizeipräsidium in Sachen Mordfall Weidenpesch wartete. Nur über seine Zeit mit Victoria hielt Gassen sich bedeckt und vermittelte Crocker nur die notwendigen Fakten. Er wollte von dem Söldner keine ironischen Kommentare über seine romantische Jugendliebe kassieren. Aber da war noch etwas anderes. Gassen wurde klar, daß er sich schämte. Weil er Victoria nicht gleich mit nach Deutschland gebracht hatte, weil er erst jetzt, als sie tot war, nach ihr suchte. Aus Crockers Perspektive mußte es erscheinen, als habe ihm Victoria nicht wirklich etwas bedeutet. Dabei war das Gegenteil wahr.

»Sie war gerade mal siebzehn, als ich sie kennenlernte. Alle Männer waren hinter ihr her ...

»... kann ich mir vorstellen.« Gassen hatte Crocker ein Foto von Victoria gezeigt, das er bisher nur wenigen Menschen gezeigt hatte. Victoria trug darauf ein hellblaues Kleid, das ihre Figur betonte und mehr enthüllte als es verbarg. Gassen hatte sich sofort in ihr sinnliches Lächeln verliebt, das auf dem Foto wunderbar eingefangen war. ›Muß ja Liebe auf den ersten Blick gewesen sein‹, hatte Crocker das Bild kommentiert. Damit hatte er recht.

»Ich war ihr erster Liebhaber.«

Crocker pfiff leise durch die Zähne. »Wow, für hiesige Verhältnisse muß sie eine Heilige gewesen sein.«

»Victoria war ganz bestimmt keine Heilige. Aber eine anglikanische Christin.«

Crocker lächelte und machte eine schnelle Handbewegung. »Anglikaner bin ich auch.« Dann wurde sein Gesichtsausdruck ernst. »Sie hätten bei ihr bleiben sollen. Eine solche Frau läßt man nicht allein.«

Auch damit hatte Crocker recht. Aber für solche Überlegungen war es zu spät. Als Gassen von dem brutalen Mord an Victoria erzählte, reagierte der Söldner seltsam. Er fragte nach der Mordmethode, nach Hautverfärbungen und der Lage der Leiche. Fragen, die Gassen ihm nicht beantworten konnte.

»Wie hieß diese Victoria mit vollem Namen?« wollte Crocker dann wissen. Seine Stimme klang hart.

»Stevenson, Victoria Sia Stevenson.«

»Sie war eine Krio?«

Gassen nickte. »Ist etwas?« fragte er dann. Crockers Stimmungsumschwung war merkwürdig.

»Nichts Wichtiges.« Crocker wandte sich zu dem uniformierten Kellner um und deutete auf sein leeres Glas. Innerhalb von Sekunden stand ein frischer Whisky vor ihm. Er umfaßte das Glas mit beiden Händen und rollte es in den Handflächen hin und her. »Und jetzt suchen Sie nach den Spuren einer Frau, die Sie seit zehn Jahren nicht gesehen haben – und die tot ist?«

»Ja.«

»Ich müßte Sie hier stoppen und aus Sierra Leone rausbringen lassen, das ist Ihnen doch klar? Sie bringen sich in Lebensgefahr mit dieser Art von Spurensuche. Und andere vielleicht auch.« Er blickte zu Gassen hinüber. »Warum das Ganze, frage ich mich?«

Gassen nippte an dem Whisky. Es war eine hochprozentige, scharfe Sorte, die nichts von der Weichheit der im Sherryfaß gelagerten Whiskys hatte, die er eigentlich bevorzugte. Doch im Moment war ihm die beißende Schärfe des Drinks sehr willkommen. »Victoria und ich ... ich weiß nicht, wie ich das sagen soll.« Er holte Luft. »Unsere Leben waren miteinander verbunden. Das klingt kitschig, aber genauso war es die ganzen zwei Jahren lang. Und dann habe ich sie allein gelassen, und das holt mich jetzt ein.« Er schluckte.

»Ich frage mich, ob ...« Crocker brach ab.

»Was?«

Der Söldner schaute hoch. »Ich frage mich, ob der Bürgerkrieg Ihre Freundin eingeholt hat. Dort auf diesen Bahngleisen in Deutschland, meine ich.« Er blickte Gassen durchdringend an.

»Aber wie könnte das zusammenhängen?«

Crocker zuckte mit den Schultern. Dann winkte er ab und verzog den Mund zu einem Lächeln. »Daher also Ihr Interesse für Organisationen, die Flüchtlinge nach Europa bringen. Ich hatte mich schon gewundert.«

»Tut mir leid, daß ich Sie anlügen mußte. Werden Sie mich jetzt auffliegen lassen?«

»Hm.« Der Söldner schien zu überlegen, wobei sein Zeigefinger auf das Whiskyglas trommelte. »Was wollen Sie denn genau herausfinden?«

»Was mit Victoria passiert ist, wer dafür verantwortlich ist, warum sie Sierra Leone verlassen hat, was mit ihr geschah, bevor sie nach Deutschland kam. Und Hinweise darauf, wer sie in Köln ermordet hat. Und warum.«

Crocker starrte Gassen an, dann schüttelte er den Kopf. »Ich weiß nicht, ob ich Sie bewundern oder fürchten soll.« Ganz ernst war es ihm damit aber offenbar nicht. »Und wo wollen Sie in Kenema anfangen?«

»Bei der GTZ natürlich. Der will ich melden, daß wir ins Krankenhaus nach Kenema müssen, um die Anlage zu überprüfen.« Er grinste. »Und wenn ich erst einmal in Kenema bin, will ich zum Kindergarten, in dem Victoria gearbeitet hat, und zur

Schule, und die Leute dort nach ihr fragen. Unter anderem diese katholische Schwester, die schon zu meiner Zeit in Kenema im Krankenhaus gearbeitet hat.«

»Die Sie auf dem Herflug getroffen haben? Schwester Cordula, nicht? Die erzählt hat, daß Victoria mit einer Verletzung ins Krankenhaus gekommen ist?«

Gassen schaute hoch. Crocker hatte sich Einzelheiten gemerkt, von denen er kaum mehr wußte, daß er sie erzählt hatte. »Genau, Schwester Cordula. Sie haben ein gutes Gedächtnis.«

Crocker grinste. »Diese Frau ist sicher eine gute Informantin. Vielleicht weiß sie noch mehr.«

»Sie hat mir noch erzählt, daß Victoria von einem jungen Mann ins Krankenhaus gebracht wurde.« Gassen erinnerte sich genau an die Worte der Schwester. »An der Schläfe hatte er angeblich eine Narbe. Geformt wie ein Blatt. Ich glaube, der Mann war ein Jugendfreund von Victoria. Ich habe ihn nur einoder zweimal gesehen. An eine Narbe kann ich mich aber nicht erinnern.«

»Ein Blatt, sagten Sie? An der linken Schläfe?«

Die Frage ließ Gassen auffahren. Etwas im Ton Crockers hatte ihn erschreckt, obwohl der Söldner leise gesprochen hatte.

»Kennen Sie den Mann?« fragte Gassen zurück. Crocker saß aufrecht in dem Ledersessel, der Körper angespannt, auch wenn er seine Mimik im Griff hatte und sich gelassen gab. Irgend etwas wußte der Söldner über den Mann.

»Vielleicht«, meinte Crocker leichthin und ließ sich wieder in den Sessel zurücksinken.

»Die Narbe hatte die Form eines gefiederten Khaya-Blattes, meinte Schwester Cordula.« Gassen beobachtete Crocker genau. Doch der ließ sich nichts mehr anmerken, sondern blickte unverwandt zum Fenster hinaus in die Bay. »Afrikanischer Mahagoni, nicht?«

»Ja. Ist inzwischen ein ziemlich seltener Baum in Sierra Leone geworden. Wunderschönes Holz.«

»Werden Sie mir helfen?«

»Ich weiß nicht », murmelte Crocker. »Eigentlich darf ich bei so einer verrückten Sache nicht mitmachen. Das gibt nur Ärger.« Er schaute Gassen an. »Es ist unglaublich: Da ist jeder froh, wenn er aus dem Schlamassel hier lebend rauskommt, und Sie wollen hier die Spuren einer Leiche suchen. Aber wissen Sie was, Gassen, ich glaube fast, ich mache mit. Ist mal was Neues. Und diese wunderschöne Frau hat es verdient, daß wenigstens der Grund für ihren Tod aufgedeckt wird.« Er tippte auf das Foto Victorias, das noch immer auf dem Tischchen lag.

Gassen wäre vor Freude und Erleichterung fast aus dem Sessel gesprungen. Mit der Unterstützung von Crocker und den Executive Services hatten sich seine Chance, mit den richtigen Leuten zu reden und wirklich etwas in Erfahrung zu bringen, mindestens verzehnfacht. Aber er beherrschte sich und grinste den Söldner bloß an. »Und wie kommen wir nach Kenema?«

Crocker lachte. »Sie haben Glück, daß Sie an mich geraten sind. Nach Kenema zu kommen, ist das geringste Problem. Ich muß ohnehin ab und zu dorthin. Executive Services hat dort eine Einheit stationiert, in der Nähe der von den Rebellen besetzten Diamantenfelder. Wir können den Trip mit dem Hubschrauber machen. Das ist sicherer. Und viel schneller als über die Straßen.«

»Dann sind wir ja schon so gut wie dort.« Gassen leerte seinen Whisky mit einem Zug. Am liebsten wäre er sofort losgeflogen.

Crocker warf ihm einen amüsierten Blick zu. »Ein wenig müssen Sie sich noch gedulden, mein Freund. Geben Sie mir zwei Stunden, okay? Dann hab ich den Chopper für uns organisiert.«

*

Crocker schaffte es wirklich. Zwar nicht in zwei Stunden, doch es war erst kurz nach Mittag, als er und Gassen einen Hubschrauber der Executive Services bestiegen. Im Entwicklungs-Department hatte man die Nachricht, der Fehler liege eventuell in der Außenstelle in Kenema, ohne großes Erstaunen aufgenommen. Der Mitarbeiter schien zufrieden, solange an der Wiederherstellung des Funknetzes gearbeitet wurde und dabei nicht die gesamte Anlage abgeschaltet werden mußte.

Und auch mit der GTZ gab es keine Probleme. Ortwig gab

am Telefon sein Okay, noch bevor Gassen ihm die Details erklärt hatte.

»Wenn die Executive Services mitmachen, wird es seine Ordnung haben«, brummte er am anderen Ende der Leitung. »Aber passen Sie auf sich auf. Die Gegend um Kenema ist nicht ungefährlich.«

Innerhalb einer Stunde brachte der Hubschrauber sie über Bo nach Kenema. Bald erhoben sich unter ihnen die Kambui-Hills, und das Land zeigte immer häufiger Spuren des Krieges: verbrannte Häuser und Dörfer, zerstörte Straßen, Autowracks. Als sie über einen Fluß flogen, konnte Gassen in einiger Entfernung die Überreste einer Brücke erkennen, die offenbar gesprengt worden war. Kein Wölkchen zeigte sich an dem unendlich scheinenden Himmel. Das Land unter ihnen lag in der Mittagssonne, die alles in einem seltsam brillanten Licht aufleuchten ließ. Zum ersten Mal, seit er wieder in Sierra Leone war, erinnerte Gassen sich daran, welchen Eindruck diese Landschaft früher auf ihn gemacht hatte. Er hatte nicht gedacht, daß der Bürgerkrieg selbst das beeinträchtigen könnte.

Der Hubschrauber verlor langsam an Höhe, sie näherten sich den Wipfeln eines Palmenhains, an dessen Rand ein landwirtschaftliches Gebäude stand. Es war nur noch eine Ruine. Menschen waren nirgends zu sehen, nur eine Reihe von zerstörten Lastwagen.

»Ich kapier es einfach nicht,« sagte Gassen. »Warum stehen Teile der Bevölkerung immer noch hinter den Rebellen? Selbst jetzt noch, wo doch längst klar ist, daß die RUF keine Rücksichten auf sie nimmt.«

Er wandte sich zu Crocker, der ebenfalls auf die zerstörte Farm unter ihnen schaute. Der Brite zuckte leicht mit den Schultern. »Unterschätzen Sie diese Banditen nicht. Ihre Führung kennt sich auf dem Gebiet der modernen Medien ebensogut aus wie in den Traditionen Westafrikas. Das sind Leute, die gut geschult sind in Werbe- und Propagandatechniken. Sie rekrutieren neue Mitglieder durch Zwang und schleppen sie in ihre Wald- und Buschlager. Dort indoktrinieren sie die jungen Leute mit einer Mischung aus Rambo-Filmen und afrikanischen Initiationsriten, die sie für ihre Zwecke brutal umformen. Der Kampf um die Herzen und Vorstellungen der Menschen wird von zwei Seiten geführt: Einerseits gibt sich die RUF modern-revolutionär, andererseits mißbraucht sie die alten Religionen und Traditionen. Und sie verteilt Waffen, Nahrungsmittel und Plünderungsgut. Natürlich nicht die Diamanten, mit denen sie ihren Krieg finanziert. Aber zum Beispiel westliche Massenware und was ihr sonst in die Hände fällt. Sie glauben nicht, wie scharf die Kids auf dieses Zeug sind.«

»Und die westlichen Staaten sehen einfach dabei zu? Was ist mit den Briten? Sierra Leone gehörte immerhin mal zum Empire.«

»Die Industrienationen, zumal die alten Kolonialmächte, vertreten erst einmal ihre eigenen Interessen, nur die Briten stellen eine gewisse Ausnahme dar. Die anderen verspüren wenig Neigung, sich in Sierra Leone militärisch zu engagieren. Stattdessen predigen sie Verständigung. Und was ist dabei herausgekommen? Das da!« Crocker zeigte auf die kriegszerstörte Landschaft unter ihnen. »Die Rebellen haben Waffenstillstands- und Friedensabkommen immer wieder gebrochen. Ohne Konsequenzen. Es gibt in Sierra Leone keine Kraft, die einen Waffenstillstand sichern könnte, von einem dauerhaften Frieden ganz zu schweigen. Und das auch deshalb, weil es unter den Gegnern der Rebellen lange keine ausreichende politische oder militärische Abstimmung gab.«

»Was ist mit der UNO?«

Crocker verzog das Gesicht. »Ich hoffe, daß die Blauhelme letztendlich eine Wende herbeiführen können. Erste Anzeichen gibt es dafür. Aber was am Ende dabei herauskommt, ist keineswegs sicher.«

Sie hatten inzwischen die zerstörte Brücke überflogen, die Gassen aus der Ferne gesehen hatte. Die Straße endete in einem Haufen aus Geröll und Ziegeln. Am Straßenrand lag das ausgebrannte Wrack eines Lkws, an dessen Seite in großen Lettern die Aufschrift WE ARE UNITED BROTHERS zu lesen war.

*

»Ich wußte gleich, daß Sie kommen würden«, sagte Schwester Cordula. »Schon im Flugzeug.« Sie lächelte den Deutschen an.

»Warum?« Gassen schien sich über die Bemerkung der katholischen Schwester zu wundern. Er setzte sich der Frau gegenüber, während Crocker sich am Kopfende des Tisches auf einem der orangefarbenen Kantinenstühle niederließ.

»Wer einmal hier war, der kehrt immer wieder zurück.«

Crocker überlegte, was ihn in dieses kaputte, heiße Land zurückkehren lassen könnte, wenn sein Auftrag bei den Executive Services endete. Die Bars in Freetown mit ihrer unvergleichlichen Atmosphäre vielleicht. Die Frauen – natürlich. Aber mehr noch die grüne Wildnis am Meli-Fluß an der Grenze zu Guinea. Flüchtig kam Crocker der Gedanke, ob er es später einmal als Touristenführer versuchen sollte. Aber Abenteuerurlaub in Sierra Leone – die Idee war lachhaft. Crocker drehte sich auf dem harten Stuhl um und schaute zum Eingang der Kantine. Das Krankenhaus von Kenema war ein schnell hochgezogenes, zweistöckiges Gebäude, die Kantine ein schlichter Raum mit zehn Tischen. Der nicht mehr ganz heiße Kaffee kam aus einer zerbeulten Thermoskanne, die an der Durchreiche zur Küche stand und an der sich jeder selbst bedienen konnte. Mit halbem Ohr hörte Crocker, wie Gassen der Schwester die Geschichte von der Störung der Funkanlage auftischte. Er bewunderte, wie überzeugend der junge Deutsche seine Story aus Halbwahrheiten und Smalltalk erzählte.

»Wissen Sie, mir ist die Geschichte mit diesem Mädchen nicht mehr aus dem Kopf gegangen«, sagte Schwester Cordula gerade. Crocker blickte sich nach den beiden jungen Männern um, die gerade die Kantine betreten hatten. Der eine humpelte und wirkte reichlich blaß unter der dunklen Hautfarbe. Sein Kumpel holte ihm Kaffee. Crocker prägte sich das Gesicht des Mannes ein. Die typisch längliche Ausbeulung unter dem übergroßen T-Shirt war unverkennbar, der Mann war bewaffnet.

»Und? Ist Ihnen vielleicht noch etwas eingefallen? Für mich ist alles wichtig, jede Kleinigkeit«, sagte Gassen.

Die Schwester lächelte. »Ich habe etwas für Sie gefunden. Deshalb bin ich froh, daß Sie nach Kenema gekommen sind.«

Sie griff in ihre Umhängetasche und holte einen Briefumschlag heraus. Crocker blickte genauer hin. Im Umschlag befand sich ein Foto, auf dem im Vordergrund zwei junge Frauen und ein Mann zu sehen waren. Sie standen vor dem Krankenhaus und schauten ziemlich ernst in die Kamera. Die eine Frau hatte den rechten Arm in einer Schlinge und Pflaster im Gesicht. Sie wirkte schwach, und es schien, als ob die jüngere Frau sie stützte. Crocker hielt kurz die Luft an. Es war Gassens Victoria. Trotz der Verletzungen war die natürliche Schönheit der Frau nicht zu übersehen. Crocker pfiff leise durch die Zähne, was von Schwester Cordula mit einem knappen Kopfschütteln und von Gassen mit einem Lächeln quittiert wurde. Am meisten aber interessierte sich Crocker für den Mann auf dem Foto. Achtzehn, höchstens neunzehn konnte er damals gewesen sein. Die linke Seite seines Gesichts war leicht abgewandt.

»Ich glaube, ich habe das Foto gemacht, als Victoria entlassen wurde. Sie war ein sehr liebes Mädchen. Die Schwestern vom Krankenhaus hatten sie richtig ins Herz geschlossen.«

»Sie haben das Foto auf keinen Fall gemacht.« Die Schwester und Gassen drehten sich zu Crocker um. »Sehen Sie ...« Er deutete auf eine Gruppe, die im Hintergrund des Fotos auf der niedrigen Treppe stand, die zum Eingang des Krankenhauses führte. Zwei weiße Gesichter waren in der Gruppe zu erkennen, ein Arzt im weißen Kittel und eine Frau mit hochgestecktem braunem Haar.

»Sie haben recht, das bin ich.« Die Schwester blickte Crocker kurz an, dann schaute sie wieder auf das Foto. Es war deutlich zu spüren, daß ihr seine Anwesenheit nicht recht geheuer war. Entweder hatte ihn sein militärischer Haarschnitt als Soldat ausgewiesen, oder Schwester Cordula hatte aus anderen Quellen erfahren, daß er für die Executive Services arbeitete. Vielleicht über die GTZ, bei der sie angekündigt hatten, daß sie mit dem Hubschrauber kamen. Als Gassen Crocker als einen »Kollegen« vorstellte, hatte die Schwester kurz das Gesicht verzogen. Seither hatte sie kaum ein Wort mit Crocker gewechselt.

»Ich frage mich ...« Schwester Cordula brach ab und tippte kurz auf das Foto. »Aber ja, jetzt erinnere ich mich: Diese Aufnahme habe tatsächlich nicht ich gemacht, sondern ein junger Belgier. Er hat damals für das Rote Kreuz gearbeitet und uns auch nach dem ersten Überfall noch mit Medikamenten versorgt. Damals kam man mit dem Landrover ja noch durch.«

»Meinen Sie vielleicht Claude Dubois?« fragte Gassen.

Crocker fuhr hoch. Dieser Deutsche war doch immer für eine Überraschung gut. Woher er jetzt den Leiter von Escape kannte, war Crocker ein absolutes Rätsel. Für einen Moment kamen wieder die alten Zweifel an Gassens abstruser Geschichte hoch. Wenn Gassen Dubois kannte, dann wußte er auch von Escape und hätte ihn in der Villa nicht über Fluchthilfeorganisationen in Freetown ausfragen müssen.

»Ja, wenn ich mich recht erinnere, dann hieß er so. Dubois.« Die Schwester nickte. »Kannten Sie ihn denn?«

»Ich habe ihn bei der Arbeit am Schulzentrum kennengelernt. Und einmal hat er mich im Rotkreuzwagen nach Freetown mitgenommen. Wir haben uns ziemlich gut verstanden. Ich wußte nicht, dass er noch in Sierra Leone war.«

»Doch, er war zur der Zeit sogar oft in Kenema. Ich weiß nicht mehr genau, wie er die beiden Schwestern kennengelernt hatte, aber ich nehme an, vielleicht im Krankenhaus.«

»Würden Sie mir das Bild überlassen? Nur für eine Weile«, fragte Crocker dazwischen. »Ich bringe es Ihnen persönlich zurück.«

Die Schwester zögerte, dann schaute sie zu Gassen. »Soll ich es ihm geben?«

»Aber ja doch. Bitte.«

Sie nickte Crocker zu, der das Foto sorgsam in seine Westentasche steckte. Schwester Cordula beobachtete seine Bewegung, dann wandte sie sich wieder Gassen zu. »Ich wollte Ihnen noch etwas erzählen, Martin. Als ich das Foto wiedergefunden hatte, ist es mir eingefallen.«

Beim Reden warf sie immer wieder einen kurzen unsicheren Blick auf Crocker. Sie mißtraute ihm offensichtlich. Er tat so, als würde er sich für die Gruppe von Neuankömmlingen interessieren, eine Großfamilie, die einen alten Mann in die Kantine führte, dem ein Arm fehlte.

»Das Foto«, setzte die Schwester leiser an. »Dubois hat es geknipst, bevor die Soldaten die Mädchen mitgenommen haben. Victoria und ihre Schwester, meine ich.«

»Soldaten?« fragte Gassen erstaunt.

»Sie sind mitten am Tag im Krankenhaus aufgetaucht. Der Arzt hätte Victoria gerne noch einige Tage dabehalten. Ich habe mich wieder daran erinnert, weil wir ausführlich darüber gesprochen hatten. Die Wunden des Mädchens waren noch nicht völlig verheilt.

»Was für Soldaten waren das denn?« Crocker bemühte sich um einen ruhigen Ton, obwohl das nun wirklich überraschende Neuigkeiten waren, die die Schwester da aus ihrem Gedächtnis hervorkramte. Soldaten in Kenema Anfang 1991 – das konnten Leute der sierraleonischen Armee, aber auch der RUF gewesen sein.

»Na, von unserer Armee.« Die Schwester zuckte mit den Schultern.

Die Sierraleoner also. Falls Schwester Cordula sich nicht täuschte. Zivilisten, besonders ausländische Helfer, kannten sich selten aus. An den Uniformen allein hatte man in Sierra Leone noch nie regierungstreue Soldaten von rebellischen Banditen unterscheiden können.

»Wollte Victoria denn mitgehen?« fragte Gassen.

»Das weiß ich nicht mehr.« Die Schwester überlegte, dann sagte sie: »Aber wenn sie sich gewehrt hätte, dann wäre ihr im Krankenhaus auf jeden Fall geholfen worden.«

*

»Was wollten Sie eigentlich mit dem Foto?« fragte Gassen, als sie Stunden später das Krankenhaus verließen und in der staubigen Hitze durch die Straßen liefen. Ein junger Mitarbeiter der Funkstation hatte einfach nicht glauben wollen, daß es so schwere Defekte an »seiner« Anlage geben sollte. Erst nachdem sie alles mögliche mindestens zweimal überprüft hatten, war der Mann halbwegs überzeugt. Gassen hatte versprochen, am nächsten Tag noch einmal zu kommen und die vermeintliche Reparatur zu Ende zu bringen.

»Es vergrößern und vergleichen.«

»Womit?« Gassen blieb vor dem Wagen stehen, den ihnen der Leiter des GTZ-Büros geliehen hatte. Die Mainstreet mit ihren zweigeschossigen Gebäuden mit Kleinbetrieben, Läden und Büros und Hunderten von Verkaufsbuden lag da wie vor zehn Jahren. Über den niedrigen Häusern ragten die Minarette der beiden größeren Moscheen hervor. Kenema war nie von den Rebellen erobert worden.

»Mit Archivaufnahmen des Unverwundbaren. Zumindest hoffe ich, daß ich im Computer der Executive Services hier ein paar Aufnahmen finde.«

»Der Unverwundbare?« Gassen schloß den Wagen auf und stieg ein.

»Sie haben noch nie vom Unverwundbaren gehört?« Crocker warf ihm wieder diesen lauernden Blick zu. Gassen schüttelte den Kopf. Schon vorhin beim Gespräch mit Schwester Cordula hatte Crocker ihn manchmal so angeschaut. Er legte den Gang ein und fuhr los.

»Er war einer der jungen Bandenführer der RUF, hat ganze Scharen von Kindersoldaten kommandiert.« Crocker zuckte mit den Schultern und beobachtete das Straßengewühl. »Der Kerl ist zu einem wahren Mythos für die Banditen geworden. Mutiger Mann, das muß ich ihm lassen. Ich hab mit eigenen Augen gesehen, wie er sich direkt ins Schußfeld eines Armeehubschraubers gestellt hat. Trotzdem konnten die Maschinengewehrschützen ihn nicht erledigen. Ein wahres Wunder, daß er davongekommen ist. Ich weiß bis heute nicht, wie er es angestellt hat. Ich bin monatelang hinter ihm her gewesen. Bei den Einheimischen gilt er als unverwundbar. Hat angeblich weiße Rinder geopfert und dadurch mächtige Geister für sich gewonnen. Er hatte ein auffallende Narbe an der linken Schläfe. Es hat ihn als Auserwählten gekennzeichnet. Das haben zumindest seine Bewunderer gesagt.«

Gassens Blick war auf eine Gruppe von Frauen gerichtet, die von den Buden her auf die Straße trat. Trotzdem hatte Crocker bemerkt, wie er bei der Erwähnung der angeblich so mächtigen Geister den Mund verzog.

Der Söldner schaute ihn von der Seite an. »Sie wissen doch, die Sierraleoner sind abergläubisch. Unter dem Lack des Islam oder des Christentums ist der alte Geister- und Zauberglaube hier immer noch die vorherrschende Religion. Das müssen Sie in den zwei Jahren in Kenema doch gelernt haben.«

»Ja.« Gassen umklammerte das Lenkrad. Victoria stammte zwar aus einer anglikanischen Familie, aber sie war im Mende-Hinterland aufgewachsen. Ahnen und Geister waren ein realer Bestandteil ihres Lebens gewesen ebenso wie die Opfergaben vor bestimmten Bäumen und Felsen. Anfangs hatte Victoria ihm nichts davon erzählt, und später hatte sie ihn nur einmal zu einer Zeremonie mitgenommen. Victoria hatte ihm dabei eine Seite von sich gezeigt, die er noch nicht kannte. Sie war ihm fremd vorgekommen, aber umso liebenswerter. Damals, frühmorgens bei der Weihe einer Nga-Maske, war ihm klar geworden, daß Victorias Leben mehr war als Familie, Freunde und die Kinder im Kindergarten. Sie lebte in einer Welt, in der das Gestern und das Heute auf eine Art miteinander verbunden waren, die man in der westlichen Welt – in seiner Welt – mit dem Wort Aberglauben nur unzureichend beschrieb. Er war fasziniert gewesen, hatte Victoria ausgefragt. Zögernd hatte sie ihm erzählt, was sie wußte und weitergeben durfte.

Irgendwann hatte er erfahren, daß die Mende Klitoris-Beschneidung praktizierten und Victoria diesem grausamen Schicksal nur dank ihrer aufgeklärten Eltern entgangen war. Er verstand plötzlich, daß auch Victoria zwischen den Welten lebte. Und dann war sie eines Tages zu ihm gekommen und hatte ihm gesagt, sie müßten sich trennen. Sie hatte mit einer Freundin ein Dorf in der Nähe Kenemas besucht und an Jahreszeittänzen teilgenommen. Dort mußte sie ein Hexenmeister oder Geisterbeschwörer angesprochen haben. »Es ist ein Fluch«, hatte Victoria schließlich gesagt, als er nicht locker ließ. Mehr war nicht aus ihr herauszukriegen. Das schöne Mädchen, das voller Angst vor ihm stand und weinte, war eine Fremde geworden.

»Da vorne rechts, Gassen.«

Gassen schreckte aus seinen Gedanken hoch und trat unwillkürlich auf die Bremse. Hinter ihnen ertönte ein wütendes Hupkonzert.

»Tut mir leid«, murmelte Gassen und bog in die Straße ein, in der das Büro lag.

Crocker brummte etwas Unverständliches. Er starrte aus dem Fenster, als sähe er das satte Grün der Bäume am Straßenrand zum ersten Mal.

Gassen räusperte sich. »Sie reden von diesem Unverwundbaren, als ob er nicht mehr am Leben sei.«

»Er ist nicht mehr am Leben.« Crocker riß sich los von was immer er beobachtete.

Sie hatten das Büro fast erreicht, Gassen verlangsamte das Tempo.

»Vor knapp zwei Jahr ist er von einer Gruppe Kamajors gefangen genommen und erschossen worden. Ich habe den Leichnam selbst gesehen. Oder das, was noch davon übrig war. Hände und Füße waren abgehauen, und das Gesicht nur noch Matsch. Wir haben ihn schließlich an seinen Amuletten identifiziert.« Crokker wandte sich zu Gassen. »Wenn Ihre Freundin mit diesem Schulfreund zu den Rebellen gegangen ist, dann war ihr Leben in Sierra Leone nicht mehr sicher. Wissen Sie etwas darüber?«

Gassen parkte den Wagen im Hof hinter dem Büro und stellte den Motor ab. »Ich habe keine Ahnung, Crocker. Als ich hier wegging, war Victoria eine junge Kindergärtnerin, die ein friedliches Leben vor sich hatte.« Die Klimaanlage des Wagens brummte leise.

Crocker nickte, dann fragte er: »Aber Sie wissen etwas über den jungen Mann?«

»Er war ein Freund von Victoria. Er war ziemlich verliebt in sie.«

»Ah.«

»Was, ah?« Gassen spürte, daß er sauer wurde.

»Nichts. Ich wußte nur nicht, daß Sie einen Rivalen hatten.« Dann wurde Crocker ernst. »Offenbar hat der Mann sich um Victoria gekümmert, als Sie weg waren.« Er schwieg und schien zu überlegen. Dann sagte er unvermittelt: »Okay, steigen Sie aus, Gassen. Ich nehm den Wagen.«

Gassen, der gerade den Schlüssel aus dem Zündschloß gezogen hatte, stutzte: »Kommen Sie nicht mit rein? Was haben Sie denn vor?«

»Das Foto.« Crocker schickte sich an, vom Beifahrersitz auf den Fahrersitz zu klettern. »Ich fahre bei unserer Einheit vorbei. Wenn ich Glück habe, wissen wir bald, ob Ihre Victoria etwas mit dem Unverwundbaren zu tun hatte.«

Irritiert öffnete Gassen die Tür und stieg aus. »Was sage ich den Leuten von der GTZ?«

Crocker lachte leise. »Dasselbe wie immer. Sie haben sich die Story doch ausgedacht, Gassen. Und hören Sie sich unauffällig um. Diese Leute hier wissen ziemlich genau Bescheid über die Situation vor Ort.« Er streckte Gassen die flache Hand hin und schaute ihn auffordernd an.

»Was?« Gassen starrte auf die schwielige Handfläche.

»Die Schlüssel.«

Gassen reichte sie ihm und trat zurück, als der Söldner den Wagen startete. »Wir sehen uns später.« Damit fuhr Crocker in einer wirbelnden Staubwolke vom Hof.

Im GTZ-Büro erkundigte man sich nach dem Stand der Reparaturen, und Gassen gab schon fast widerwillig seine Geschichte zum besten. Lange wollte er dieses Theater nicht mehr spielen. Der Leiter, ein bedächtiger Bayer mit einem grauen Schnauzbart, hatte Gassen in sein Büro gebeten und wollte ihn in eine Diskussion über den Einfluß des internationalen Terrorismus und speziell Libyens auf den Konflikt in Sierra Leone verwickeln.

»Es war der liberianische Rebellenführer Taylor, der zusammen mit dem sierraleonischen Rebellenführer Foday Sankoh den Aufstand nach Sierra Leone getragen hat. Er hat die Rebellen in Sierra Leone selbst nach seiner Wahl zum Präsidenten von Liberia weiter unterstützt. Und ihre Guerilla-Ausbildung haben Taylor und Sankoh in Libyen erhalten.«

Nichts hätte Gassen momentan weniger interessiert. »Ich hätte da mal eine ganz andere Frage«, unterbrach er den Mann unvermittelt. »Gibt es eigentlich Namenslisten der Flüchtlinge, die Ihr Büro betreut hat?« Nicht die subtile Art, Crocker wäre sicher nicht begeistert, aber sie brauchten Ergebnisse.

Der Leiter schaute Gassen erstaunt an. Dann sagte er langsam: »Hm. Wir führen solche Listen seit ein, zwei Jahren. Interessieren Sie sich für Bürgerkriegsflüchtlinge? Aus den neunziger Jahren haben wir von anderen Organisationen die Meldebögen übernommen. Sind in einem furchtbaren Zustand.«

»Könnte ich die vielleicht mal sehen? Diese Meldebögen.«

»Sie suchen jemanden?« Der GTZ-Mann klang nun eindeutig mißtrauisch.

»Ja,« versicherte Gassen ihm deshalb schnell. »Ein Einheimischer, mit dem ich vor zehn Jahren zusammengearbeitet habe, hat mich gebeten, nach einem Freund zu fragen.«

»Jemand, der hier aus Kenema geflohen ist?«

Gassen nickte. Der Bayer schien damit erst einmal zufrieden zu sein. »Warten Sie.« Er stand auf und ging in den angrenzenden Raum. Gleich darauf kam er mit einem unordentlichen Stapel Papier wieder zurück. »Um welchen Zeitraum handelt es sich denn ungefähr?«

»1991, 1992, vielleicht auch später.« Gassen überflog die Papiere, die der Büroleiter vor ihm auf den Schreibtisch gelegt hatte. Zum Teil waren sie mit Schreibmaschine ausgefüllt, zum Teil in fast unleserlichen Handschriften bekritzelt.

»Das hier sind die Bögen der ersten Kriegsjahre. Drüben ist noch eine ganze Box voll. Wenn Sie sie durchgehen wollen, können Sie gerne an meinem Platz arbeiten.«

Die nächsten Stunden beschäftigte sich Gassen mit den Flüchtlingslisten. Im Büro war niemand mehr außer ihm und einer älteren Schwarzen, die als Sekretärin arbeitete. Sie hatte ihm einen Kaffee gebracht, der nun halb leer und kalt auf dem Tisch stand.

»Haben Sie etwas gefunden?«

Gassen drehte sich um. Die Sekretärin stand in der Tür. »Ich müßte jetzt mal los«, sagte sie. »Und ich muß abschließen.« Sie klirrte mit einem schweren Schlüsselbund.

»Wie spät ist es denn?« Gassen rieb sich die Augen und blickte auf die altmodische Bürouhr, die über dem Aktenschrank hing.

Es war nach neun. »Oje! Sie hätten mich rausschmeißen sollen. Ich hab total die Zeit vergessen.«

»Kein Problem. Ist denn wenigstens was rausgekommen bei all der Arbeit, die Sie sich machen?« Sie deutete auf die Papierstöße, die sich nach Jahren geordnet auf dem Boden stapelten.

Gassen schüttelte den Kopf. »Leider nein.« Er hatte keine Stevensons gefunden, weder eine Victoria noch sonst jemanden mit diesem Namen.

»Das braucht nicht unbedingt etwas zu heißen«, meinte die Frau. »Viele, die das Land verlassen haben, tauchen in keiner Liste auf. Hier finden Sie nur Flüchtlinge, die offiziell von den Hilfsorganisationen erfaßt wurden. Aber wer Geld oder Verbindungen hatte, ist wahrscheinlich auf anderen Wegen außer Landes gelangt.«

»Ja, so was habe ich mir auch schon gedacht.« Wenn sein Verdacht stimmte, und Victoria gegen ihren Willen Sierra Leone verlassen hatte, dann würde ihr Namen sicher nicht in offiziellen Meldebögen auftauchen.

»Wen suchen Sie denn?« Die Schwarze trat näher, wobei sie vorsichtig über die Papierstapel trat. »Ich lebe schon sehr lange in Kenema und kenne viele Leute.«

Gassen wollte der Frau schon ebenso wie dem Büroleiter einen fiktiven Namen nennen. Doch wenn er weiterkommen wollen, mußte er etwas wagen. »Ich suche eine Freundin aus meiner Zeit in Kenema. Sie hieß Victoria Stevenson.«

»Stevenson?« Die Sekretärin legte nachdenklich den Zeigefinger an die Lippen.

»Ja. Sie hat damals im Kindergarten gearbeitet.«

»Im alten Kindergarten, der dann im Schulzentrum untergebracht wurde?«

Gassen nickte.

»Da hat das Personal ziemlich oft gewechselt in den letzten Jahren. Und dann war da der Brand. Waren Sie schon dort, seit Sie wieder hier sind?«

»Nein.« Das Schulzentrum lag etwas außerhalb der Stadt und war nur über eine ungeteerte Straße zu erreichen, die in Regenzeiten nicht zu befahren war. Den Kindern machte das nichts aus, sie gingen eh zu Fuß zur Schule. Gassen erinnerte sich an die Schüler, die morgens klatschnaß vom Regen in den damals noch provisorischen Schulräumen ankamen. »Als nächstes wollte ich rausfahren und mit der Schulleiterin sprechen.«

»Man kann die Brandspuren noch sehen. Das Hauptgebäude war nicht stark beschädigt und wurde wieder einigermaßen instandgesetzt. Aber es sind eine Menge alter Schulakten verbrannt. Ich glaube nicht, daß Ihnen da noch jemand sagen kann, was aus einer ehemaligen Kindergärtnerin geworden ist.«

»Gibt es denn niemanden mehr, der damals schon an der Schule war und noch in Kenema ist?« fragte Gassen. Der Gedanke, dass selbst die Erinnerung an Victorias Leben so vollkommen ausgelöscht sein sollte, war ihm unerträglich. Irgend jemand musste doch noch etwas über sie wissen.

Die Schwarze schwieg einen Moment. Dann sagte sie zögernd: »Der alte Hausmeister vielleicht.« Sie schien sich sicherer zu werden. »Ja, ich glaube, der war von Anfang an dabei. Er hat erst vor zwei Jahren in der Schule aufgehört.«

»Wie heißt der Mann? Wo finde ich ihn?« Vor lauter Aufregung fegte Gassen fast die Papiere vom Tisch, an denen er gearbeitet hatte.

»Die Leute nennen ihn Siddie. Wie er wirklich heißt, weiß ich nicht. Ich glaube, er wohnt in einem kleinen Dorf ein paar Meilen außerhalb von Kenema.« Die Sekretärin beschrieb Gassen genau die Lage des Dorfes im Busch und den Weg dorthin.

»Sie werden den Jeep nehmen müssen.«

Gassen nickte. Irgendeine Ausrede würde er sich für den Leiter des GTZ-Büros schon einfallen lassen, damit er ihm und Crocker den Jeep für die Strecke auslieh. Er hatte schließlich eine erste vage Spur. Es gab doch noch jemanden, der sich vielleicht an Victoria erinnerte.

*

Crocker brauste über die rötliche Lehmpiste Richtung Südosten an den Stadtrand. Seine Recherche im technischen Stützpunkt der Executive Services hatte kein brauchbares Ergebnis gebracht. Ziemlich schnell war ihm klar geworden, daß nicht viele Bilder vom Unverwundbaren existierten. Der Mann hatte mehr für seinen Ruf getan, als nur das Gerücht über das Rinderopfer und seinen heiligen Schutz vor den Schußwaffen der Weißen zu verbreiten. Er hatte sein Aussehen soweit wie möglich geheimgehalten. Was Crocker paradox erschien, denn jeder wußte von der auffallenden blattförmigen Narbe an seiner Schläfe. Andererseits – Narben konnten überschminkt werden.

Die Executive Service-Einheit lag in einer verschanzten Stellung vor Kenema. Crocker traf sich mit den dortigen Kameraden in der Messe. Sie war in einem Container untergebracht und glich eher einer Wohnküche. Kurz unterhielten sie sich über die Sicherheitslage. Dann sagte Crocker: »Ihr müßt mir auf die Sprünge helfen. Schaut euch mal das Foto an.« Er legte Schwester Cordulas Foto in die Mitte des Tisches.

Die Söldner starrten auf das Bild, dann waren anerkennende Pfiffe zu hören. Ein paar Männer, die auf einer Couch an der Wand saßen, standen auf, um mitzukriegen, was es da Interessantes gab.

»Scharfe Bräute!« Ballards natürlich.

Und auch Dragon, der eigentlich Jarrett hieß, konnte die Klappe nicht halten. »Wo hast du denn die aufgegabelt?« fragte er und starrte Crocker mit offenem Mund an.

»Sind die für uns?« kam es aus der Ecke. »Ich nehm die mit den Verbänden.«

Crocker grinste und schüttelte den Kopf. »Tut mir leid, Jungs, es geht nicht um die Frauen. Den jungen Schwarzen meine ich. Irgendwie kommt er mir bekannt vor. Kennt einer von euch das Gesicht?«

Das Bild wurde um den Tisch herumgereicht, dann nach hinten zur Couch, wo sich die Männer wieder niedergelassen hatten.

Einer der Südafrikaner meinte schließlich: »Könnte ein Jugendbild des Unverwundbaren sein.«

Crocker schwieg und wartete auf weitere Kommentare. In der Runde war Kopfnicken zu sehen.

Ballards blickte das Foto zum zweiten Mal genau an. »Er dreht sich weg, aber wenn du genau hinguckst, kannst du fast seine Narbe erkennen. Hast du dir das mal mit einer Lupe angesehen?«

»Ich hab's gerade von den Technikern vergrößern lassen. Viel mehr sieht man da aber auch nicht.«

»Es ist ganz bestimmt der Unverwundbare«, kam eine tiefe Stimme von der Couch.

Crocker drehte sich zu dem Mann um. Der stand auf, trat an den Tisch und salutierte in einer schnellen Geste. »Sergeant Reynolds. Ich habe den Unverwundbaren schon gekannt, als er noch sehr jung war, Anfang der Neunziger. Damals hatte er noch keine Narbe. Aber das ist er hundertprozentig.«

»Woher kam der Mann eigentlich?«

»Aus Koindu, Sir.« Reynolds schien sich seiner Sache sicher.

Crocker musterte ihn und fragte dann: »Wissen Sie vielleicht auch den richtigen Namen des Unverwundbaren, Reynolds?«

Der Mann schüttelte den Kopf. »Das war immer sein großes Geheimnis. Niemand wußte, wer er wirklich war.« Er wollte sich umdrehen, doch Crocker hielt ihn zurück.

»Noch eine Frage. Kommt Ihnen vielleicht komisch vor.« Crocker trug den Gedanken schon eine Weile mit sich herum. Doch als er ihn jetzt laut aussprechen sollte, zögerte er. Er hatte die Leiche mit eigenen Augen gesehen. Aber nicht das Gesicht, nicht die Narbe. »Haben Sie jemals gehört, daß der Unverwundbare noch am Leben sein könnte?«

Am Tisch waren erstaunte Ausrufe zu hören.

»Nein«, erwiderte Reynolds langsam, wobei er Crocker seltsam anschaute. »Es ist unmöglich. Die Kamajors haben uns die Leiche übergeben.«

»Sie wurde nur aufgrund der Amulette identifiziert. Das Gesicht war total entstellt.«

»Stimmt.« Reynolds nickte. Er schien zu überlegen.

Crocker verlor die Geduld. »Kommen Sie, Mann, spucken Sie's aus. Sie haben doch was gehört.«

Der Sergeant zuckte mit den Achseln. »Ein unbestätigtes Gerücht aus einer unzuverlässigen Quelle. Angeblich wurde ein Mann mit einer Narbe wie der des Unverwundbaren bei den Goldminen von Nimini gesehen. Ist schon Monate her.«

*

Siddie, der Hausmeister, saß vor seiner Hütte. Sein Gesicht war voller Runzeln, er schien uralt, aber bei guter Gesundheit zu sein. Es war hier unmöglich, das Alter von Alten zu schätzen. Bananenstauden und Kaffeebüsche wuchsen im Busch, der fast bis zur Hütte reichte. Gassen meinte, auch Kakao- und Kassavasträucher sowie Sumpfreis zu erkennen.

Er und Crocker waren mit dem Jeep auf einer Schlaglochpiste bis in das Dorf gefahren, das eigentlich bloß eine Ansammlung von Hütten war. Natürlich hatte der Söldner mitgekriegt, wie angespannt Gassen war. Er war schon wach gewesen, als der Gebetsruf der Muezzin die Stadt zum Sonnenaufgang weckte. Endlich würde er mit jemandem sprechen, der vielleicht wußte, was mit Victoria passiert war, jemand, der ihm zumindest ein Stück zum Puzzle von Victorias Tod geben konnte.

»Cool bleiben«, hatte Crocker mit einem leisen Schmunzeln gesagt. »Wir bewegen uns hier auf vermintem Gelände.« Der Söldner hatte recht. Wenn Gassen sich nicht zusammenriß, verloren sie vielleicht mehr als nur die erste, erfolgversprechende Spur.

Ihr Jeep war von einer kreischenden Kinderhorde umringt, kaum hatten sie die ersten mit Palmblättern gedeckten Hütten passiert. Es war nicht schwierig gewesen, den Hausmeister zu finden, jedes Kind im Dorf kannte den alten Siddie. Und nach einer etwas stockenden Begrüßung erkannte Gassen den Alten wieder, und auch er schien sich an den jungen Deutschen zu erinnern, der vor zehn Jahren beim Bau des Schulzentrums dabei gewesen war. Vor allem aber kannte Siddie die Familie Stevenson.

»Sie waren Krios, und ich habe Krios in meiner Familie. Die Stevensons waren eine angesehene Familie in Freetown, sie haben lange in der Verwaltung der Kronkolonie gearbeitet. Später sind viele von ihnen Lehrer geworden. Dann haben die Krios im

Land an Macht verloren. Die Stevensons sind in diese Gegend gezogen.« Er schüttelte den Kopf. »Das war sehr ungewöhnlich. Victorias Vater war Lehrer in Koindu. Kinder aus meinem Heimatdorf sind bei ihm in die Schule gegangen. Die Stevensons waren gute Leute.«

»Und Victoria?« Gassen musste nach ihr fragen, bevor Siddie den gesamten Stammbaum der Stevenson-Familien durchging.

Der Alte schloß kurz die Augen. »Ein wunderschönes Mädchen.« Er hob langsam die Lider und schaute Gassen direkt an. »Sie war die Liebste der Stevenson-Töchter. Im Dorf hier hat sie immer mit den Kindern gespielt. Es war eine Freude, ihr zuzusehen.«

Gassen schluckte. In den letzten Wochen hatte er sich so sehr mit der toten Victoria beschäftigt, dass er fast vergessen hatte, wie gut die lebende Victoria mit Kindern umgehen konnte. Einmal war er dazugekommen, wie sie mit blitzenden Augen in einer Runde von staunenden Kleinen saß. Sie hatte ihm zugelächelt, als er sich zwischen die Kinder setzte und ihr genauso gebannt wie die Kinder lauschte, als sie von Sengbe Pieh vom Stamm der Mende berichtete, der die berühmte Revolte auf dem Sklavenschiff Amistad angeführt hatte. Gassen fuhr sich über die Augen, die plötzlich brannten.

Crocker stellte die richtige Frage. »Wissen Sie vielleicht, warum Victoria so plötzlich aus Kenema weggegangen ist?«

Der Alte sog ausgiebig an der Zigarette, die Gassen ihm angeboten hatte. Er stieß genüßlich den Rauch aus und blickte dabei von Gassen zu Crocker. Daß Gassen nach seiner verschollenen Freundin suchte, schien ihm einzuleuchten. Offenbar verstand er aber nicht richtig, was ein Mann der Executive Services bei dieser Suche verloren hatte.

»Ich weiß es nicht«, sagte er schließlich. »Ich glaube, eine ihrer jüngeren Schwestern kam sie besuchen. Und dann sind sie zusammen fortgegangen.«

»Ihre Schwester?« fragte Gassen. »Cynthia vielleicht?«

»Ja, Cynthia Yeabu. Ich kannte ja die ganze Familie.« Er fuchtelte kurz mit der Zigarette in der Luft herum. »Ich habe gehört, ihre Eltern sollen von Rebellen umgebracht worden sein.«

»Was?« Gassen fuhr auf. Sie hatten Victorias Eltern ein paar Mal in Koindu besucht. Ihr Vater war ein kluger Mann, der es sich nicht nehmen ließ, selbst bei der größten Hitze in Anzughosen und gebügeltem Hemd zu unterrichten. Die Mutter war Gassen eher wie eine ältere Schwester Victorias vorgekommen. Daß die quirlige Frau im Bürgerkrieg ermordet worden sein sollte, konnte er sich einfach nicht vorstellen

»Waren die Rebellen denn damals schon in Koindu?« fragte Crocker. Den Söldner beschäftigte offenbar etwas ganz anderes. Gassen stöhnte innerlich auf. In den Augen des Alten lag nun deutliches Mißtrauen. Er ließ den glimmenden Zigarettenstummel auf den sandigen Boden fallen und drückte ihn unter der Sohle seiner Schlappen aus. »Das weiß ich nicht«, brummte er.

Gassen versuchte, Crocker heimlich Zeichen zu geben, seine Fragen nach irgendwelchen militärischen Details zu unterlassen. Wenn der Söldner so weitermachte, würde der Alte ihnen bald gar nichts mehr sagen. Und falls er noch mehr über Victoria wußte, würden sie es dann sicher nicht mehr aus ihm herausholen. Doch Crocker achtete nicht auf ihn. Er griff in eine seiner Westentaschen und zog das Foto heraus, das ihm Schwester Cordula geliehen hatte.

»Sehen Sie sich das mal an.« Crocker reichte Siddie das Bild.

Der Alte berührte es nicht, schaute es aber lange schweigend an. Schließlich sagte er: »Das sind die beiden Schwestern Stevenson.«

»Wissen Sie, wo Victoria sich die Verletzungen zugezogen hat?« fragte Gassen. Vielleicht wußte der Alte ja, ob Victoria irgendwie in einen frühen Rebellenüberfall verwickelt worden war.

Siddie schaute noch einmal auf das Foto. »Das war ganz am Anfang des Bürgerkriegs. Schauen Sie, der weiße Arzt ist noch da. Später hat nur noch der weiße Mann vom Roten Kreuz Medikamente gebracht.«

»Wurde denn die Schule überfallen? Könnte Victoria dabei verwundet worden sein?«

Der Alte schüttelte energisch den Kopf. »Die Schule hat einmal gebrannt. Aber das war ein Unfall. Und es war viel später.«

»Und Victoria hat den Kindergarten einfach verlassen?«

Der Alte zuckte mit den Schultern. »Viele der Jungen sind weggegangen.«

»Kennen Sie auch den Mann auf dem Bild?« Crocker ließ nicht locker.

»Sahr Kandeh?« Siddie lachte heiser in sich hinein. »Ein Junge aus unserem Nachbardorf. Er ist auch in die Schule in Koindu gegangen.« Mit einem Seitenblick auf Gassen fügte er hinzu: »Er war immer hinter Victoria her.«

Gassen nickte. Der Alte bestätigte nur, was er Crocker auch schon gesagt hatte. Falls Victorias Jugendfreund wirklich dieser Unverwundbare sein sollte, dann wußte Siddie das genausowenig wie es Victoria hatte ahnen können. Doch Crocker fragte weiter: »Haben Sie diesen Sahr Kandeh damals auch in Kenema gesehen?«

Der Alte wiegte den Kopf hin und her. »Das kann ich wirklich nicht mehr sagen. Es war eine grausame Zeit. Viele junge Männer sind gestorben.«

»Ist Sahr Kandeh auch umgekommen?« Crocker warf die Frage wie nebensächlich hin, während er sich selber eine Zigarette ansteckte und Siddie eine anbot. Der Alte lächelte und nahm sich eine. Gassen wartete ungeduldig, während die beiden Männer durch das Ritual des Zigarettenanzündens gingen. Vertrauen aufbauen, hieß das sicher im Handbuch der Executive Services. Er schaute zu dem Jeep hinüber, der ziemlich verloren auf dem Dorfplatz stand. Die Kinder saßen oder hockten in gebührender Entfernung und beobachteten, wie die beiden Weißen mit dem alten Siddie rauchten und sprachen. Ein ungefähr dreißigjähriger Mann fiel Gassen auf, der in einem bunten Klappstuhl vor einer Hütte mit einem Wellblechdach saß. Hinter ihm waren Lebensmittel und Flaschen aufgestapelt. Offenbar betrieb der Mann hier einen kleinen Handel. Er schaute in ihre Richtung. Als Gassen ihm zunickte, drehte der Mann sich um und griff nach einer Dose, als habe er die ganze Zeit nur überlegt, ob er schon ein Bier oder erst noch eine Cola nehmen solle. Doch Gassen war sich sicher, daß der Mann sie genau beobachtete.

»Ich weiß nicht, was mit Sahr Kandeh passiert ist«, sagte Siddie in diesem Moment. Er schaute dem Rauch nach, der von seiner Zigarette hochstieg. Leise fügte er hinzu: »Aber ich habe nie gehört, daß seine Leiche begraben worden wäre.« Dabei senkte er den Blick und schaute Crocker kurz direkt in die Augen.

Der verzog keine Miene, obwohl gerade etwas Wichtiges gesagt worden war. Gassen blickte von einem zum anderen. Der Unverwundbare war tot, das hatte Crocker zumindest behauptet. Wenn der Unverwundbare aber dieselbe Person wie Sahr Kandeh war, dann ... Er setzte zu einer Frage an, fing aber einen warnenden Blick Crockers auf.

Sie unterhielten sich noch ein paar Minuten mit Siddie, der Gassen riet, doch in Koindu nach Victoria zu suchen. »Ich glaube, die Schwestern wollten damals in ihr Heimatdorf gehen, zu ihren Eltern. Und an die Stevensons wird man sich in Koindu auf jeden Fall erinnern.«

Gassen ließ Siddie die angebrochene Zigarettenpackung da, die der Alte zufrieden in seine Brusttasche schob. Sie verabschiedeten sich und gingen langsam zum Jeep.

»Was sollte das denn?« fragte Gassen Crocker leise, als sie außer Hörweite des Alten waren.

»Später, mein junger Freund, später.« Crocker grinste ihn an und schien recht zufrieden mit den Ergebnissen, die ihr Trip in den Busch gebracht hatte.

Eine Gruppe von fünf oder sechs barfüßigen Kindern rannte vor ihnen her, als sie an dem kleinen provisorischen Laden vorbeikamen. Der Besitzer war nirgends zu sehen, nur die geöffnete Cola-Dose stand auf dem wackligen Klappstuhl. Gassen verlangsamte seinen Schritt, um den Kindern Platz zu machen. Da hörte er eine Stimme, die unter dem Kinderlachen und den anderen Geräuschen des Dorfes deutlich zu verstehen war. »Danach will ich viel Jäger aussenden, sprach der Herr, die sollen sie fangen auf allen Bergen und auf allen Hügeln und in allen Felsklüften.«

Er fuhr herum. Auch Crocker hatte die Worte gehört. Er bewegte sich unauffälliger als Gassen, musterte aber sorgfältig ihre

Umgebung. Ein paar Dorfbewohner waren vor den Hütten beschäftigt, doch niemand außer den Kindern schien von ihnen Notiz zu nehmen.

»Aus der Wellblech-Hütte«, flüsterte Gassen. »Die mit dem Laden.«

Crocker schüttelte den Kopf. »Zu deutlich. Jemand muss hinter der Hütte gestanden haben.« Er ging ein paar Schritte an der Wand der Hütte entlang, trat dann abrupt zur Seite, so daß er den Raum hinter der Hütte einsehen konnte. Für einen Moment stand der Söldner ganz still, wie eingefroren. Das Kinderlärmen war verstummt. Gassen hörte einen Vogel im Busch anschlagen. Dann drehte Crocker sich um. Mit normaler Stimme sagte er. »Wer immer auch hier war, jetzt ist er fort.«

Die Anspannung verließ Gassen, er atmete aus. »Was war denn das für ein komischer Spruch?«

»Er war für uns bestimmt, mein junger Freund. Englisch, aus der King James-Bibel. Es gibt davon auch eine schöne Krio-Übersetzung. Aber jemand wollte, daß wir es hören und auf jeden Fall verstehen.«

»Ein Spruch aus der Bibel?«

»Jeremiah 16, Vers 16. Ein paar sehr ernsthafte Christen hier im Land glauben, daß diese Prophezeiung mit dem Auftauchen der Kamajors in Erfüllung gegangen ist. Und genau diese Art von religiösem Mystizismus zieht junge Männer des Mende-Stammes in den Bann der Kamajors. Dabei ist es egal, ob es sich um eine christliche Heilsbotschaft handelt oder um Zaubersprüche, die angeblich aus dem Koran stammen.«

»Die Kamajors sind ursprünglich die Jäger der Mende?«

Crocker nickte. Er öffnete die Fahrertür des Jeeps und setzte sich ans Steuer. »Die Jäger jagen heute nicht mehr Tiere, um ihre Stämme zu ernähren. Sie jagen die Rebellen, um ihre Dörfer zu schützen oder von den Banditen zu befreien. Die Kamajors sind ein mächtiger und wichtiger Selbstverteidigungsverband geworden. Sie arbeiten mit der sierraleonischen Armee zusammen, soweit das in ihrem Interesse liegt.«

»Ich habe über die Kamajors gelesen.«

Crocker wendete den Jeep und kurvte aus dem Dorf. Der alte

Hausmeister winkte ihnen mit der Zigarette in der Hand nach und verschwand dann in seiner Hütte. Die Cola-Dose vor dem Laden stand immer noch unberührt. Der Jeep ruckelte über die Schlaglöcher und verschwand im grünen Dämmerlicht des Dschungels.

»Aber was könnten die Kamajors mit Victoria zu tun gehabt haben?« Gassen sprach mehr zu sich selbst.

»Nicht mit Victoria. Eher mit Sahr Kandeh, würde ich sagen.« Crocker zog das Lenkrad nach links und umfuhr ein tiefes Schlagloch. »Der junge Freund Ihrer Victoria ist der Unverwundbare. Daran gibt es nach dieser kleinen Episode hier keinen Zweifel mehr.«

»Und warum hat Siddie den Jungen dann nicht als den Unverwundbaren erkannt?«

»Er hat ihn ganz bestimmt erkannt.«

»Und nichts gesagt? Kommen Sie, Crocker, woher soll ein alter Hausmeister denn wissen, wie der Unverwundbare aussieht? Siddie hat vermutlich noch nie eine Zeitung oder eine Fernsehsendung angesehen.«

»So funktioniert das in Sierra Leone nicht. Glauben Sie mir, Siddie weiß genau, wie der Unverwundbare aussieht. Mehr noch, er stammt aus derselben Gegend wie er. Er weiß mehr über ihn, als wir bei den Executive Services im Archiv haben. Unterschätzen Sie den Alten nicht, nur weil er Hausmeister war. Hier im Dorf ist er ein mächtiger Mann.« Crocker blickte kurz zu Gassen hinüber. »Ihnen ist der Ladenbesitzer doch auch aufgefallen.«

»Ja. Er hat uns die ganze Zeit beobachtet.«

Crocker nickte. »Eine Art Leibwächter, würde ich mal sagen. Der Mann gehört wahrscheinlich zu den Kamajors.«

»Aber dann verstehe ich noch weniger, warum Sie so penetrant weitergebohrt haben. Fast hätte Siddie uns nichts mehr gesagt.«

Zu Gassens Überraschung lachte Crocker laut auf. Er schien überhaupt bester Laune zu sein. »Sie müssen noch einiges lernen, mein Freund. Ich könnte wetten, Siddie hat genau auf eine solche Gelegenheit gewartet.«

»Eine Gelegenheit für was?«

Crocker wandte kurz den Blick von der Piste und blickte Gassen an. »Der Alte hat uns gerade den echten Namen des Unverwundbaren verraten. Sahr Kandeh. Das ist großer Zauber. Wenn ich ein Jou-Jou-Mann wäre, hätte ich jetzt Macht über den Unverwundbaren.« Crocker zwinkerte. »Und ...«

Gassen unterbrach ihn. »Aber der Unverwundbare ist doch tot, haben Sie gesagt.«

»Stimmt, das hatte ich. Aber inzwischen weiß ich es besser. Es gibt Gerüchte, daß der Unverwundbare noch zu einem Zeitpunkt bei Nimini gesehen wurde, als er angeblich schon tot war. Und vor allem ...«, über Crockers Gesicht zog sich wieder das zufriedene Grinsen, »... Sie haben ja gehört, was der Alte gesagt hat: Sein Leichnam wurde nicht begraben. Und ich weiß nun zufällig ganz genau, daß die Leiche, die die Kamajors den Executive Services übergeben haben, unter mindestens drei Fuß sierraleonischer Erde liegt. Ich war bei dem Begräbnis dabei.«

»Die Kamajors haben gelogen. Es war gar nicht der Unverwundbare, den sie getötet haben.« Gassen kam sich mit einem Mal unglaublich naiv vor.

Crocker nickte. Sein Blick war konzentriert nach vorne gerichtet. Er fuhr schnell, zu schnell angesichts der holprigen Piste. Wie eine grüne Wand erhob sich der Busch rechts und links. Gassen sah den querliegenden Ast, der über die halbe Fahrbahn ragte, im letzten Moment. Doch Crocker schaltete noch schneller. Er trat auf die Bremse und riß dabei das Lenkrad herum, so daß der Jeep mit einem krachenden Quietschen rechts an dem Hindernis vorbeischlingerte.

»Sind Sie in Eile, Crocker?« fragte Gassen, als sein Herzschlag sich ein wenig beruhigt hatte.

»Ja.

Dennoch drosselte der Söldner zu Gassens Erleichterung das Tempo ein wenig. Auf keinen Fall wollte Gassen hier auf einen Abschleppdienst warten müssen, der sie samt einem schrottreifen GTZ-Fahrzeug mitten im Busch abholen mußte.

»Wir müssen zurück nach Freetown.«

»Was?« Gassen drehte sich zu Crocker. »Zurück? Ich überlege

gerade, wie ich Sie noch zu einem Ausflug nach Koindu überreden kann.«

»Ihre Suche hier ist vorbei, Gassen. Ganz offensichtlich hatte Sahr Kandeh Victoria unter seine Fittiche genommen. Wenn Sie wissen wollen, was mit Ihrer Freundin passiert ist, müssen Sie sich an die Spuren von Sahr Kandeh heften. Und Sie haben Glück, weil ich nämlich auch noch ein Hühnchen mit dem Unverwundbaren zu rupfen habe, jetzt, wo er wieder aufgetaucht ist.«

»Ich habe mich schon gefragt ...«

»Es ist eine lange Geschichte. Ich erzähl sie Ihnen mal ausführlich bei einem Whisky in der Susan-Bar. Ist schon ein paar Jahre her, da bin ich mit meinen Männern in eine Falle des Unverwundbaren gelaufen. Ich habe fünf Leute verloren. Für nichts. Der Unverwundbare muß einen Spitzel bei uns gehabt haben. Und den will ich drankriegen.« Crockers Stimme klang hart. Gassen hatte den Söldner noch nie so erlebt.

Sie saßen eine Weile schweigend in dem rüttelnden Jeep. Dann meinte Gassen: »Eins kapier ich nicht. Wenn unser Siegfried –«

»Siegfried?«

»Ein deutscher Mythos, ein Held der Nibelungensage, der unverwundbar war. Wenn Victoria also von unserem Siegfried und Cynthia ins Krankenhaus gebracht wurde, dann frage ich mich, wer die Soldaten waren, die sie abgeholt haben.«

»Es waren sicher keine Regierungstruppen, auch wenn Schwester Cordula das glaubt. Desertierte Soldaten vielleicht, Banditen in Armeeuniform oder Sobels –«

»Sobels?«

»Soldaten, die tagsüber in der Armee dienen und nachts gegen Bezahlung für die Rebellen arbeiten.«

»Als Victoria das Krankenhaus verlassen hat, war es hellichter Tag.«

»Das spricht für eine der ersten beiden Möglichkeiten. Ich würde mal sagen, Victoria ist von Rebellen in Regierungsuniformen abgeholt worden. Vielleicht von der Bande, zu der auch Sahr Kandeh gehörte. Vielleicht seine erste Schar von Getreuen.

Damals war er ja noch ein ziemlich kleiner Bandenführer. Kann sogar sein, daß Victoria zuerst selbst dachte, es wäre die sierraleonische Armee.«

»Aber wohin haben sie Victoria und ihre Schwester gebracht?«

Crocker zuckte mit den Schultern. »In der weiteren Umgebung gab es damals schon etliche Rebellenlager.« Er blickte kurz zu Gassen hinüber. »Es tut mir leid«, sagte er dann. »Mein junger Freund, ich glaube, Sie werden sich an den Gedanken gewöhnen müssen, daß Ihre Victoria von den Rebellen verschleppt wurde. Oder freiwillig mit ihrem Jugendfreund mitgegangen ist.«

»Sie war verletzt.«

Crocker nickte. »Das deutet eher darauf hin, daß sie gezwungen wurde. Aber soweit wir wissen, hat sie sich niemandem im Krankenhaus anvertraut.«

»Victoria war nicht ängstlich.«

»Das war vor dem Bürgerkrieg.«

Gassen schwieg. Crocker hatte natürlich recht. Er hatte keine Ahnung, was die Grausamkeiten des Krieges mit Victoria gemacht hatten. Und sicher hatte der gewaltsame Tod ihrer Eltern sie mehr als alles andere getroffen. Sicherlich mehr als das Ende ihrer Beziehung.

»Die Lager ...?« Gassen brachte die Frage nicht zu Ende. Was er über die Rebellenlager gelesen und gehört hatte, war furchtbar. Vor allem für die Frauen und Kinder.

»Hoffen wir für Victoria,« erwiderte Crocker, ohne den Blick von der Straße zu nehmen, »daß Sahr Kandeh seiner Jugendliebe treu geblieben ist.«

*

Crocker hatte die Abflugzeit nach Freetown auf sieben Uhr morgens angesetzt. Er hatte es wirklich eilig, zurück zur Villa zu kommen. Sie waren seit fünfzehn Minuten in der Luft. Aus dem Augenwinkel sah Gassen, wie Crocker sich zu dem Piloten beugte. Der Söldner hatte sich Kopfhörer aufgesetzt, eine zerlesene Karte lag auf seinen Knien. Gassen saß mit Sicherheitsgurten um Brust und Becken auf dem Rücksitz und schaute aus dem Fenster auf den staubigen Asphalt des Hubschrauberlandeplatzes, hinter dem sich grün der Busch erhob. Er hatte gestern abend Schwester Cordula besucht, hatte ihr im Auftrag Crokkers das entliehene Foto zurückgegeben und sich noch lange mit ihr unterhalten. Dieses Mal würde er nicht über zehn Jahre warten, bis er wieder nach Sierra Leone und Kenema zurückkam.

»Laß uns einen Bogen fliegen, Pat. Also erst einmal in Richtung Lago und Panguma. Und flieg tief, damit wir etwas erkennen können.« Crocker drehte sich zu Gassen um, der ihn fragend ansah. »Wir fliegen kurz noch etwas nach Osten, in Richtung der Diamantenfelder von Kono. Ich war schon eine Weile nicht mehr hier und will das Gelände mal wieder von oben sehen. Es wird Sie interessieren. Die Spuren des Krieges sind dort noch viel deutlicher.«

Als sie über einige recht hohe, bewaldete Bergkämme flogen, zeigte der Pilot nach unten: »Die Kambui Hills. Soll ich weiter Richtung Osten gehen?«

Crocker gab ihm mit einer Handbewegung zu verstehen weiterzufliegen. Zu Gassen gewandt sagte er: »Bald kommen wir über Rebellen-Gebiet und ...

Bevor Gassen antworten konnte, krachten direkt hintereinander mehrere Schläge gegen die rechte Seite des Hubschraubers.

»Scheiße, wir werden beschossen.« Der Pilot zog die Maschine in einer flachen Kurve nach links über das hügelige Buschland.

»In Deckung!« brüllte Crocker nach hinten.

Gassen hatte sich der Scheibe genähert, um zu sehen, woher die Schüsse kamen. Er zuckte zurück.

»Nicht ans Fenster. Man kann uns von unten sicher nicht sehen, aber ich will Sie auch nicht durch einen zufälligen Treffen verlieren, okay.« Er schien völlig ruhig.

»Die Schüsse kommen aus dem Waldstück rechts, Crocker.« Der Pilot deutete mit dem Kinn in die Richtung. »Shit, nicht nochmal.«

In diesem Moment spürte Gassen wieder einen Schlag, der

aber deutlich leiser als die ersten war. Der Pilot drehte noch schärfer nach links, sie schienen außerhalb der Reichweite der unsichtbaren Schützen zu sein.

»Rebellen?« traute Gassen sich schließlich zu fragen, als sie knapp eine Minute schweigend geflogen waren.

»Ich weiß nicht. Wenn, dann können es nur versprengte sein.«

»Es waren Einzelschüsse«, brummte der Pilot, den Blick starr auf die Anzeigen gerichtet.

Crocker nickte. »Das spricht für Kamajors. Die Banditen mit ihren Kalaschnikows schießen lieber Salvenfeuer. Dann sähe es jetzt schlecht für uns aus.«

»Warum sollten denn Kamajors auf uns schießen?«

»Keine Ahnung. Vielleicht haben sie es auf unseren Hubschrauber abgesehen. Und vielleicht waren es ja doch irgendwelche Gauner von der RUF, die –«

»Crocker, wir verlieren Sprit.« Der Pilot zeigte auf ein rotes Lämpchen, das hektisch blinkte.

»Verdammt. Bist du sicher? Keine Fehlfunktion der verdammten Technik?«

»Negativ. Sie müssen die Treibstoffleitung erwischt haben. So schaffen wir es nie zurück bis Freetown.«

*

Es machte keinen Sinn weiterzufliegen, sie mußten runter. Am Boden konnte man dann sehen, ob sich an der Leitung noch was machen ließ. Wenn sie zu viel Sprit in der Luft verloren, würden sie überhaupt nicht wieder hochkommen, selbst wenn Pat die Leitung zusammenflicken konnte. Der Deutsche hielt sich gut, keine Panikattacke, kein besserwisserisches Gequatsche. Für einen Zivilisten geradezu erstaunlich. Crocker mußte trotz der ernsten Lage grinsen. Er zeigte auf einen Hügel in etwa zwei Kilometer Entfernung. »Okay, Pat. Geh da hinter dem Hügel runter. Wenn wir am Boden sind, kümmerst du dich um die Leitung. Ich und Gassen beziehen auf dem Hügel Stellung. Und falls irgendwelche Banditen oder Kamajors aus dem Wald kommen, fliegen wir vielleicht noch ein Stück weiter. Je nachdem, wieviele es sind.«

Er zog das Handy aus seiner Westentasche und rief in der Villa in Freetown an. »Hier Comanche 6. Headquarters, bitte kommen.« Er informierte sie über ihre Lage und Position und fragte: »Könnt ihr uns im Notfall einen zweiten Hubschrauber schikken?«

In diesem Moment wurde die Verbindung gestört, und er hörte nur noch Wortfetzen durch das Rauschen am anderen Ende. »Mist«, brummte er leise ins Handy.

Pat warf ihm einen besorgten Blick zu. Crocker winkte ab und wartete.

»Comanche 6, meldet euch«, kamen Headquarters schließlich wieder durch.

»Hier Comanche 6. Wie sieht es mit Unterstützung aus?«

»Keine Chance, Crocker. Der Spezialtrupp ist im Norden in Gefechte verwickelt worden. Alle Hubschrauber sind dorthin beordert. Was habt ihr überhaupt in den Kambui Hills verloren?«

Crocker schaltete das Gerät ab und ließ es mit einem Achselzucken in die Tasche gleiten. »Von da ist nichts zu erwarten. Hoffen wir, daß du das Ding wieder hinkriegst, Pat. Sonst müssen wir uns zu Fuß zurück nach Kenema durchschlagen.«

Vom Rücksitz war ein unterdrücktes Stöhnen zu hören. Pat grinste Crocker an. Dann bereitete er sich auf die Landung vor.

Sandige Erde und kleine Zweige wirbelten durch die Luft, als sie aufsetzten. Pat brachte den Hubschrauber ohne Probleme zu Boden. In der Richtung, aus der die Schüsse gekommen waren, wurden sie jetzt durch den Hügel geschützt. In der entgegengesetzten Richtung erstreckte sich leicht einsehbares Buschland, so weit das Auge reichte. Pat quetschte sich unter den Chopper und machte sich an die Arbeit.

Gassen duckte sich unter den Rotorblättern und ging zum Hügel. Crocker holte die Waffen aus dem Stauraum und folgte dem Deutschen.

»Warten Sie, Gassen. Ich habe hier noch etwa für Sie.« Als Gassen sich umdrehte, drückte er ihm eine Maschinenpistole in die Hände.

Der Deutsche hielt die Waffe unbeholfen an Lauf und Griff fest.

»Können Sie damit umgehen?«

»Ich habe keine Ahnung von Schußwaffen.« Gassen wollte ihm die Maschinenpistole zurückgeben, aber Crocker schüttelte den Kopf.

»Müssen in Deutschland nicht alle Männer zum Wehrdienst?« fragte er. »Man wird Sie doch an einer MP ausgebildet haben, wenigstens die Grundkenntnisse? Nicht?«

»Crocker, ich weiß nichts über MPs oder sonst irgendwelche Waffen. Ich habe meinen Zivildienst in Sierra Leone gemacht, zwei Jahre Entwicklungshelfer in Afrika.« Er wollte Crocker die Maschinenpistole in die Hand drücken, doch der trat zurück.

»Nein, behalten Sie die Waffe. Sie –«

»Ich kann das nicht.« Gassen legte entschlossen die MP auf den Boden zwischen sich und Crocker.

Crocker trat dicht an ihn heran und schaute ihm in die Augen. »Jetzt hören Sie mir mal gut zu, junger Freund. Sie hatten reines Glück, daß Sie vor zehn Jahren noch ein Sierra Leone in Friedenszeiten erlebt haben. Sonst wüßten Sie jetzt genau, wie man mit einer MP umgeht. Sie heben die Waffe jetzt sofort auf, bevor Sand in den Lauf kommt. Ist das klar?«

Der Deutsche zuckte unter dem militärischen Ton, den Crocker anschlug, sichtlich zusammen. Crocker seufzte. Aber sie hatten keine Zeit für lange Diskussionen. Wer immer auf den Hubschrauber geschossen hatte, konnte jeden Moment da sein. Hinter ihnen war ein lautes, metallisches Wummern zu hören, Pat war mit der Leitung beschäftigt.

Gassen rührte sich immer noch nicht vom Fleck. Crocker überlegte einen Moment, ob er den Deutschen falsch eingeschätzt hatte. Leise sagte er: »Es ist Ihre Sache, Gassen, wenn Sie sich Ohren und Nase abschneiden lassen wollen. Aber Sie sind in diesem Hubschrauber nach Kenema und hierher geflogen, Sie sind ein Mitglied unseres Teams. Und Sie werden das Team mitverteidigen, falls es angegriffen wird. Verstehen wir uns?«

Gassen nickte langsam, dann beugte er sich zu Boden und hob die Maschinenpistole auf. Ganz so unbedarft, wie er tat, schien Crocker doch nicht zu sein, denn jetzt hielt er die MP zumindest nicht mehr so, als wolle er sich selbst eine Kugel in den Kopf schießen.

»Schauen Sie mir zu. So funktioniert die Waffe.« Crocker demonstrierte das Nachladen und Abdrücken an seiner Waffe. »Jetzt Sie.«

Der Deutsche stellte sich gar nicht mal übel an. Hinter ihnen hatte das Wummern aufgehört. Pat brüllte unter dem Chopper hervor: »He, ihr beiden. Seid ihr jetzt bald fertig mit euren Trockenübungen? Mir wär's recht, wenn ihr endlich mal eure Posten bezieht, damit uns hier nicht bald echte Kugeln um die Schädel fliegen.«

»Ist ja schon recht, Pat«, rief Crocker zurück. »Wie weit bist du?«

»Noch etwa zehn Minuten, dann ist die Leitung wieder dicht.«

Zu Gassen gewandt, fragte Crocker: »Haben Sie das Wesentliche kapiert? Fragen Sie mich jetzt, nachher haben wir keine Zeit mehr.«

»Diese Halterung drücke ich nach oben, um das Magazin auszuwechseln?«

Crocker machte es ihm vor, öffnete den Magazinboden und ließ das Magazin herausrutschen. »Das lernen hier selbst achtjährige Kinder. Sie werden es auch schaffen.« Er schob das Magazin wieder in das Gehäuse, bis es mit dem typischen satten Klacken einrastete. Dann gab er Gassen die Waffe zurück. »Schießen Sie erst, wenn ich loslege. Sonst verraten Sie unsere Position.«

Sie stiegen den Hügel hoch. Auf der Kuppe wuchsen ein paar niedrige Büsche und trockenes Gras. Gassen schaute sich in alle Richtungen um, während Crocker sich sofort auf den Bauch fallen ließ.

»Runter. Man sieht Sie hier kilometerweit.«

Der Deutsche ging zu Boden. Crocker schaute durchs Fernglas zu dem Wald hinüber, aus dem sie beschossen worden waren. Dort regte sich nichts. In dem Buschland hinter ihnen war ebenfalls keine Bewegung auszumachen. Die Landschaft lag still in der Morgensonne, die schon ziemlich heiß schien. Vom Hubschrauber her dröhnten ab und zu Hammerschläge zu ihnen hoch.

»Wie kann man eigentlich unterscheiden, ob man Rebellen oder Kamajors vor sich hat«, fragte Gassen, dessen Blick mehr auf die MP in seinen Händen als auf die Umgebung gerichtet war.

»Das ist nicht immer einfach. Sowohl die Banditen als auch die Kamajors lieben Maskeraden. Sie tragen oft wilde Kostüme und behängen sich gerne mit Amuletten, von Tier- und Menschenknochen bis zu Spiegelscherben. Die Kamajors tragen zur Verwirrung auch gerne mal Uniformen der RUF. Es sind hervorragende Jäger und erstklassige Wald- und Buschkämpfer. In ihnen verbinden sich alle Qualitäten, die ein guter Soldat braucht: Sie sind hoch motiviert, schließlich verteidigen sie ihre eigenen Felder und Dörfer. Und sie haben eine phantastische Ortskenntnis. Die Kamajors ziehen sich nur im äußersten Notfall zurück, sie führen ihre Aktionen immer bis zum Ende durch. Mit aller nötigen Härte und manchmal auch mit mehr als dieser. Die Banditen fürchten sie.«

»Aber als Selbstverteidigungsverband sind sie trotzdem umstritten.«

Crocker nickte, während er das Fernglas auf den Waldrand gerichtet hielt. »Am Anfang hat die Armee in ihnen eine Konkurrenz gesehen. Ziemlich zu recht, die regierungstreuen Truppen waren und sind bis heute nicht besonders zuverlässig. Deshalb wurden ja auch die Executive Services angeworben.« Er drehte sich um und suchte mit dem Fernglas die Ebene nach menschlichen Bewegungen ab. »Und dann gehören die Kamajors zum Mende-Stamm. Das weckt in anderen Stämmen Sorge, daß sich bestimmte Chiefs eine Machtbasis aufbauen, die auch noch militärisch gestützt wird. Inzwischen ist erwiesen, daß sich auch Kamajors an brutalen Übergriffen auf Zivilisten und anderen Verbrechen beteiligt haben. Manche fürchten für die Zukunft, daß die Kamajors als paramilitärischer Machtfaktor Gewicht gewinnen könnten, wenn erst einmal die RUF und Teile der Armee demobilisiert und entwaffnet sind. Behalten Sie auch den Waldrand im Blick, Gassen, während wir hier diese interessanten Fakten austauschen?« Hinter Crocker raschelte es im Gras, als Gassen sich offenbar schnell dem Wald zuwandte. Unten am Hubschrauber war es still.

Nach einer Weile fragte der Deutsche: »Die Kamajors agieren also in gewissen Sinne auch als Konkurrenz zu den Executive Services.«

»Wir stehen auf derselben Seite.«

»Warum haben sie dann auf uns geschossen?«

»Keine Ahnung. Vielleicht waren es nicht mal Kamajors.« Crocker richtete das Fernglas auf den Fuß des Hügels und suchte nach Pat. Der saß im Cockpit und überprüfte irgend etwas. Als ob er gemerkt hätte, daß Crocker ihn beobachtete, richtete er sich auf und zeigte mit dem Daumen nach oben. Crocker nickte, obwohl Pat ihn nicht sehen konnte. Während er das Fernglas wieder über das Buschland schweifen ließ, sagte er: »Pat hat's geschafft. Gleich ... Verdammt! Wir bekommen Besuch, Gassen.« Zwei Kamajors kamen direkt auf den Hubschrauber zu. Sie waren offensichtlich auf der Jagd: Der eine hatte tote Vögel am Gürtel hängen, der andere trug ein Tier über der Schulter. Crocker reichte Gassen das Fernglas.

»Die sehen ja wie echte Waldläufer aus!«

Crocker meinte, fast so was wie Begeisterung in der Stimme des Deutschen zu hören. Abenteuertouristen, alle miteinander. »Das ist hier nicht Lederstrumpf, Gassen. Also hören Sie mir jetzt zu: Ich krieche runter zur Maschine. Pat ist fertig. Falls die Kamajors sich uns nähern, versuche ich, mit ihnen zu reden. Ich lasse Ihnen das Fernglas hier. Behalten Sie die Jäger im Auge. Aber vergessen Sie den Wald nicht. Es könnte eine Falle sein.« Er brach ab, dann fügte er leiser hinzu: »Und zögern Sie nicht zu schießen, falls wir angegriffen werden.«

Gassen griff wortlos zum Fernglas.

»Haben Sie das kapiert, Gassen?«

»Ja.«

Crocker gab sich damit zufrieden. Er kroch auf dem Bauch zum Abhang und ließ sich leise durch das hohe Gras den Hügel hinuntergleiten. Die beiden Jäger hatten ihre Beute in einiger

Entfernung niedergelegt und gingen langsam auf den Hubschrauber zu, wobei sie zwischen sich einen Abstand von etwa zehn Metern hielten und jede Deckung nutzten, die das spärlich bewachsene Buschland bot. Sie beobachteten Pat, der mit einer Waffe in der Hand vor der Pilotenkanzel stand. Crocker robbte weiter und näherte sich seitlich dem Hubschrauber. Hinter einem Busch richtete er sich vorsichtig auf und brachte die MP in Anschlag. Die Jäger kamen näher. Pat winkte ihnen zu. »Freunde?«

»Freunde!« riefen sie zurück und senkten ihre Gewehre. Allerdings hielten sie die Finger weiterhin locker am Abzug. Crocker trat mit einem Schritt hinter dem Busch hervor und ging rasch zum Hubschrauber. Pat nickte ihm zu, als er sich neben ihn stellte. Die beiden Kamajors schlossen zueinander auf, offensichtlich, um sich zu beraten.

Auf Krio rief Crocker ihnen zu: »Wir hatten eine Panne, sind aber wieder flugbereit. Sollen wir euch nach Hause bringen?« Er machte eine einladende Geste in Richtung des Choppers. Ein Hubschrauber war vielen Einheimischen immer noch unheimlich. Es würde das Ansehen der beiden Jäger sicher enorm erhöhen, wenn sie mit ihm in ihrem Heimatdorf landeten.

Pat flüsterte ihm zu: »Das wird aber eng.«

»Geht schon«, meinte Crocker. »Außerdem lehnen sie sicher ab.«

Die Jäger schienen sich einig geworden zu sein. Der eine ging auf Crocker, der andere auf Pat zu. Dabei nahmen sie die Gewehre in die linke Hand und streckten ihnen ihre rechte entgegen. Um die ihnen entgegengestreckten Hände drücken zu können, mußten Crocker und Pat ebenfalls ihre Waffen in die Linke wechseln.

In diesem Moment schrillte das Handy, das in Crockers Westentasche steckte. Der Pilot zuckte heftig zusammen, und auch Crocker konnte gerade noch verhindern, daß ihm seine MP aus der Hand glitt. Das war aber nichts im Gegensatz zu der heftigen Reaktion, die das abrupte Klingeln bei den Kamajors auslöste. In Sekundenbruchteilen hatten sie ihre Gewehre schußbereit auf die beiden Weißen gerichtet. Crocker nahm langsam die

Linke mit der MP hoch und holte mit der Rechten das klingelnde Handy aus der Tasche.

»Telefon. Nur ein Telefon«, sagte er. Er benutzte das englische Wort »phone« in der Hoffnung, daß die Mende es verstanden.

Sie schauten sich an, während er mit einer langsamen Bewegung das verdammte Ding anschaltete und zwischen Ohr und Schulter klemmte. Es konnten nur Headquarters sein, die ihm wahrscheinlich jetzt Verstärkung ankündigten, oder noch besser, nachfragten, wann sie endlich in Freetown sein würden.

»Crocker?«, meldete sich eine leise, atemlose Stimme. Gassen!

Crocker vergaß alle Vorsicht. »Sind Sie übergeschnappt?! Sehen Sie denn nicht, was hier unten los ist?!«

»Kamajors. Von links. Fünf Mann.« Gassens Stimme war kaum zu verstehen.

Crocker lächelte die beiden Jäger mit einem entschuldigenden Achselzucken an. Dann wandte er den Blick wie zufällig zu Pat, der links von ihm stand. Die Büsche vor ihm waren vollkommen still, auch im flachen Land, soweit Crocker es einsehen konnte, bewegte sich nichts. Er deutete mit dem linken Auge ein Zwinkern an, das nur Pat sehen konnte. Der bewegte leicht den Kopf, er hatte verstanden.

»Versuchen Sie es mit Ablenkung«, sagte Crocker ins Handy und bemühte sich um einen ruhigen Ton. »Und grüßen Sie Onkel George von mir.«

Crocker schaltete das Handy ab, ohne auf Gassens verwundertes, »Was?«, einzugehen. Der letzte Satz war für Pat bestimmt. ›Onkel George‹ war der Code für nahe Gefahr und äußerste Alarmbereitschaft. Crocker zögerte einen Moment, in dem er sich vergewisserte, daß sein Finger sicher am Abzugshahn der MP lag. Dann brachen von links die Kamajors aus dem Gebüsch. Sie bewegten sich schnell und leise, nur heftige Atemgeräusche, das Krachen der Zweige und das metallische Klacken der Gewehre war zu hören. Pat stieß einen leisen Fluch aus, aber da hatte er den vor ihm stehenden Kamajor auch schon mit einer blitzschnellen Bewegung entwaffnet und ein Messer an seine Kehle geschoben. Crocker hatte seinen Gegner mit einem gut gezielten Kolbenschlag in die Eingeweide zu Fall gebracht. Die Waffe des Mannes lag rechts auf dem Boden, und Crocker schob sie mit dem Fuß außer Reichweite. Er packte den Kamajor an den Haaren und zog ihn hoch, so daß dieser laut aufstöhnte.

Er rief: »Eure Männer sind tot, wenn ihr uns angreift.«

*

Gassen hatte keine Ahnung, was Crocker zu den Kamajors gesagt hatte, die den Söldner und den Piloten inzwischen mit einem Abstand von vielleicht fünf Metern umstellt hatten. Aber es schien zu wirken. Die Jäger kamen nicht näher und senkten ihre Waffen. Die Männer unten am Hubschrauber schienen sich zu unterhalten.

Seit seinem verzweifelten Notruf an Crockers Handy hatte Gassen mehrmals die Gelegenheit gehabt, einen Schuß zumindest auf den Anführer der Kamajors abzugeben, einen großen Mann, der selbst auf die Entfernung ausgemergelt wirkte. Aber solange er keine wirklich lebensbedrohende Gefahr für sich oder seine Kameraden erkennen konnte, wollte er nicht einfach ein Menschenleben auslöschen. Ganz davon abgesehen, daß er höchstwahrscheinlich danebenschießen und durch die Knallerei nur die Aufmerksamkeit der Kamajors auf sich ziehen würde.

Wie helle Schatten waren die Jäger plötzlich aufgetaucht. Er hatte mehr aus Pflichtgefühl immer wieder den Waldrand abgesucht, aber eigentlich nicht erwartet, daß von dort noch jemand kommen könnte. Er hatte sie erst mit dem Fernglas entdeckt, als sie sich schon fast am Fuß des Hügels befanden. Ein, zwei Sekunden war Gassen wie gelähmt gewesen. Die Kamajors hatten sie in eine Falle laufen lassen. Aber sie wußten nicht, daß er hier oben Wache hielt. Wie er diesen Vorteil nutzen könnte, war ihm schleierhaft. Dann war ihm Crockers Handy eingefallen, und er hatte angerufen.

Ablenken solle er sie, hatte Crocker gesagt. Gassen blickte zum Hubschrauber, wobei er sich tief auf den Boden duckte. Grashalme behinderten seine Sicht, und er stützte sich auf die Ellbogen. Die Kamajors näherten sich dem Piloten und Crocker. Ihre Gesten und Mimik wirkten alles andere als freundschaftlich. Crocker hielt inzwischen auch ein Messer an die Kehle des vor ihm knieenden Kamajors. Seine MP hatte er auf dem rechten Unterarm liegen. Er und der Pilot würden bei einem Angriff sicher die beiden Jäger töten können, aber gegen die übrigen hatten sie wenig Chancen. Ablenken. Gassen schwenkte das Fernglas über die Büsche, die an der Stelle wuchsen, wo der Hubschrauber gelandet war. Wenn er es schaffen könnte ...

Er zog die MP zu sich heran und vergewisserte sich, daß die Waffe entsichert war, dann legte er die Linke an den Handschutz des Laufes. Er suchte sich drei Ziele aus, die relativ nahe beieinander lagen. Zu stark durfte er die MP nicht bewegen, wenn er einigermaßen schnell sein wollte. Crocker hatte ihm erklärt, daß er fünfzehn Schuß in einem Magazin hatte. Das mußte reichen. Er fühlte mit dem rechten Zeigefinger nach dem Abzug der MP, visierte sein erstes Ziel an und drückte ab.

Er hatte sich mit beiden Füßen am Boden abgestützt, wie es ihm Crocker geraten hatte, trotzdem riß ihm der Rückschlag die Waffe fast aus der Hand. Er packte den Lauf, visierte sein nächstes Ziel und schoß wieder. Unten waren die Kamajors gleich beim ersten Schuß zurückgewichen und hatten hinter den Büschen Deckung gesucht. Auch Crocker und der Pilot hatten ihre Geiseln losgelassen und waren in die Hocke gegangen, wobei sie den Hubschrauber im Rücken behielten.

Gassen legte auf sein drittes Ziel an. Er bemühte sich, eine Astspitze genau mit der Kimme am Visierstück auf eine Linie zu bringen, dann drückte er ab. Direkt neben dem Hubschrauber spritzten Blätter und Astwerk durch die Luft. Von seinem Ziel war nur noch ein zersplitterter Stumpf übrig.

*

Die Schüsse schienen aus allen Richtungen zu kommen. Die Kamajors versuchten, die vermeintlichen Angreifer auszumachen, richteten ihre Gewehre mal nach rechts, dann wieder nach links, je nachdem, wo gerade ein Schuß ins Buschwerk einschlug. Ein großer Ast brach ab und krachte auf einen Mann, der direkt unter dem Busch Deckung gesucht hatte. Crocker zählte mit, Gassen hatte noch sieben Schuß. Irgendwann mußte es auch den Jägern auffallen, daß noch keiner aus ihrer Truppe getroffen worden war. Sie mußten weg hier, solange die Kamajors noch abgelenkt waren.

Crocker machte Pat ein Zeichen. »In den Chopper«, sagte er. »Ich zuerst, dann du.«

Pat nickte, wobei er den Blick nicht von den Kamajors nahm. Der Hubschrauber war keinen Meter hinter ihnen. Crocker bewegte sich langsam rückwärts, ohne sich aus der Hocke aufzurichten. Doch einer der zwei am Boden liegenden Kamajors bemerkte seine Bewegung und schrie seinen Kameraden etwas zu, das Crocker nicht verstand. In diesem Moment fetzte wieder ein Schuß vom Hügel herunter, von rechts dieses Mal. Mit einem klirrenden Sirren streifte die Kugel die Außenwand des Hubschraubers und verwandelte sich in einen Querschläger, der sich direkt vor den Kamajors ins Erdreich wühlte.

»Jetzt!« brüllte Crocker. Er sprang auf und stürzte in den Hubschrauber. Aus dem Augenwinkel sah er, wie sich die Kamajors aus ihrer Deckung vorwagten und ihre Flucht verhindern wollten. Doch keine Sekunde später saß Pat neben ihm und startete den Motor. Mit einem lauten Brummen begannen sich die Rotorblätter schwerfällig zu drehen. Pat beschleunigte, und die Rotorblätter gewannen an Momentum. Laub wurde durch die Luft gewirbelt, und die beiden Jäger, die immer noch am Boden lagen, wichen vor dem Wind zurück. Crocker saß an der offenen Tür des Choppers und hielt seine Waffe auf die Kamajors gerichtet. Ein paar Kugeln schlugen dicht neben dem Hubschrauber ein, aber dann hallten wieder Schüsse vom Hügel.

»Sie ziehen sich zurück«, sagte Pat. »Soll ich hoch?«

»Kannst du auf dem Hügel landen?«

»Probieren kann man alles«, brummte Pat.

»Dann los. Die Kamajors sind auf denselben Gedanken gekommen.« Crocker sah, wie ein Teil der Jäger begann, auf den Hügel zu steigen. Wenn er richtig gezählt hatte, dann blieb Gassen noch ein Schuß, bevor er das Magazin auswechseln mußte.

Sie stiegen langsam hoch, bis sie ungefähr dreißig Meter über dem Boden schwebten. Pat wendete und flog einen kleinen Bogen um den Hügel, näherte sich ihm dann von der anderen Seite. Der Deutsche war nicht zu sehen. Entweder hatte er seinen Posten verlassen, oder er hatte sich unter einem der Büsche versteckt. Deutlich konnte Crocker die Kamajors sehen, die in Richtung Hügel rannten.

»Wenn wir nicht rechtzeitig runterkommen, muß ich sie erschießen.«

Pat nickte. »Wo ist er?«

»Unter dem breiten Busch vorne, nehme ich an. Ah, siehst du ihn, er winkt.« Gassen lag tatsächlich tief unter den Zweigen verborgen und winkte mit einer Hand. Die MP in seiner anderen blitzte im Sonnenlicht auf.

*

Der Pilot schaffte es tatsächlich, direkt hinter Gassen auf dem Hügel zu landen. Der Busch, der ihm Deckung geboten hatte, war auf Höhe der Rotorblätter total zerfetzt, der Lärm der Motoren fast unerträglich laut. Gassen drückte sich mit dem ganzen Körper an den Boden und hielt beide Hände über Hinterkopf und Ohren. Er schmeckte das trockene Gras und spürte die Maschinenpistole an seinem Körper. Vorsichtig hob er den Kopf. Er war mehr als glücklich, als er durch das Tosen des Hubschraubers Crockers Stimme hörte.

»Los, machen Sie, daß Sie in den Chopper kommen.«

Gassen robbte zum Hubschrauber, wo Crocker ihn mit einem heftigen Ruck ins Innere zog. Er spürte mehr als er hörte, wie eine Kugel direkt über ihm durch die Luft zischte. Kaum lag er auf dem Rücksitz, heulte der Motor auf und der Hubschrauber ging senkrecht in die Höhe.

»Nichts wie weg hier«, tönte Crockers Stimme von vorn. Der Söldner klang ruhig wie immer, während Gassen am ganzen Körper zitterte. Langsam kam er wieder zu Atem, und erst jetzt merkte er, daß er schweißgebadet war.

Mit Höchstgeschwindigkeit ließen sie den Hügel hinter sich.

Gassen blickte nach unten und sah, daß die Kamajors die Stelle erreicht hatten, wo er gelegen hatte. Sie schossen auf den davonfliegenden Hubschrauber, aber er war schon zu weit entfernt. Ihre Kameraden unterhalb des Hügels sammelten sich, einer nahm gerade die Jagdbeute wieder auf, die er vor dem Überfall abgelegt hatte.

Sie flogen direkt Richtung Westen, dann machten sie einen Bogen um die Kambui Hills, die Gassen unter ihnen wiedererkannte. Der Pilot verlangsamte das Tempo. Er drehte sich halb zu Gassen um und nahm den einen Kopfhörer vom Ohr.

»Ich bin Pat«, sagte er und reichte Gassen zwischen den Sitzen hindurch die Hand. »Willkommen im Team. Hätte unschön ausgehen können, wenn wir keine so formidable Rückendeckung gehabt hätten.« Er grinste Gassen an.

Der starrte erst ein paar Sekunden lang die Hand des Piloten an, bevor er sie ergriff. »Martin«, sagte er und spürte, wie er rot wurde.

Pat grüßte leicht mit der Hand an der Schläfe, dann wandte er sich wieder nach vorn und korrigierte die Flugrichtung des Hubschraubers.

Gassen holte tief Luft. »Warum haben uns die Kamajors eigentlich angegriffen?«

Pat schwieg, aber Crocker drehte sich zu ihm um. »Da sind wir in eine ganz reizende Sache reingeraten, junger Freund. Und ohne Ihre tatkräftige Unterstützung wären wir nicht so leicht wieder rausgekommen.« Er warf Gassen einen Blick zu, in dem dieser fast so etwas wie Anerkennung sah. Dann fuhr Crocker fort: »Der gute Siddie scheint ein bißchen zu viel aus dem Nähkästchen geplaudert zu haben. Zumindest waren offenbar nicht alle seiner Kumpels damit einverstanden, daß er uns zu verstehen gegeben hat, daß der Unverwundbare noch lebt. Die Kamajors wollten wohl dafür sorgen, daß wir dieses Wissen nicht weitergeben.«

»Sie wollten uns umbringen?« Gassen wurde erst in diesem Moment richtig bewußt, daß sie sich wirklich in Todesgefahr befunden hatten.

»Umbringen oder gefangennehmen. Was so ziemlich auf dasselbe hinausläuft.«

Pat nickte heftig, mischte sich aber nicht in die Unterhaltung ein. Er war ganz aufs Fliegen konzentriert.

»Zu welchem Zweck sollten die Kamajors den Unverwundbaren gefangenhalten und trotzdem für tot erklären lassen?« fragte Gassen.

Crocker zuckte mit den Achseln. »Um seinen Mythos zu brechen. Um die Grenzen seiner Unverwundbarkeit zu testen. Um sich seine mächtigen Geister anzueignen.«

»Aber warum übergeben sie den Rebellen denn nicht der Regierung, sondern halten geheim, daß er noch lebt?«

Pat lachte leise. Auch Crocker grinste und erklärte: »Der Unverwundbare ist ein wichtiger Mann für die RUF. Die Kamajors meinen natürlich, daß die Geheimnisse, die sie aus ihm herausprügeln, bei ihnen besser aufgehoben sind, als wenn die Armee oder die Executive Services ihn lebendig in die Hände kriegen. Aus ihrer Sicht absolut verständlich, würde ich sagen. Meinst du nicht auch, Pat?«

Der Pilot brummte zustimmend.

Sie flogen ziemlich schnell, nach einer Weile konnte Gassen schon die Außenbezirke von Freetown erkennen. Sie landeten im Park der Villa der Executive Services, wo sie am Morgen gestartet waren.

»Alle ausgeflogen«, sagte Crocker und wies mit der Hand auf den leeren Hangar hinter der Villa.

Sie waren kaum ausgestiegen, da kam ein Söldner auf sie zugerannt. »Gut, daß ihr endlich da seid. Wir brauchen den Chopper.«

Zwei weitere Männer rollten im Eiltempo eine Treibstoffleitung zum Hubschrauber und begannen, ihn aufzutanken. »Pat,« rief der erste Mann, »Gerry und Fly übernehmen die Maschine.«

Pat nickte nur, drückte Gassen noch einmal die Hand und verschwand durch die Luke, die hinunter in die Villa führte.

Gassen wollte ihm folgen, doch Crocker hielt ihn zurück. »Einen Moment noch, junger Freund.«

Die Rotorblätter des Hubschraubers setzten sich wieder in Bewegung und machten eine Unterhaltung fast unmöglich. Sie traten vom Landekreuz zurück an den Rand der Plattform.

»Pat ist ein guter Mann. Der beste Pilot, den ich habe«, sagte Crocker.

Gassen nickte. »Ich weiß nicht, wie er es geschafft hat, auf dem Hügel zu landen, aber ich war verdammt froh, als ihr runtergekommen seid. Einen Moment lange habe ich gedacht, ihr fliegt ohne mich davon.« Er lächelte Crocker an. Ganz ernst meinte er das nicht, Crocker hätte ihn nie zurückgelassen.

Der Söldner lächelte zurück, dann wurde er ernst. Er blickte Gassen direkt in die Augen. »Pat ist kein Mann von großen Worten, aber wo er recht hat, hat er recht. Du hast uns das Leben gerettet, Martin.« Er legte Gassen die Hand auf die Schulter. »Meine Freunde nennen mich übrigens Dave.«

*

Martin Gassen war auf dem Weg zum Büro der Fluchthilfeorganisation Escape, das mitten im Hafenviertel der Susan-Bay lag. Ortwig von der GTZ hatte ihm den Weg auf einem Stadtplan mit einem dicken Filzstift eingezeichnet. Die Leute vom Entwicklungs-Department hatten ihm und Crocker geradezu überschwenglich zur geglückten Reparatur der Anlage gratuliert. Sie hatten sich schuldbewußte Blicke zugeworfen. Ortwig war weniger wortreich, aber doch sehr dankbar gewesen. »Gute Arbeit«, hatte er wiederholt gesagt und Gassen immer wieder auf die Schulter geklopft.

»Vielleicht triffst du dort ja einen alten Bekannten«, hatte Crocker gemeint, als Gassen andeutete, dass er vor seinem Abflug noch einen Besuch bei Escape machen würde. Im Capehouse an der Man of War-Bay hatten sie sich bei einigen Whisky voneinander verabschiedet. Sie hatten unter dem riesigen Mangobaum an der Bar gesessen und von dort aus einen spektakulären westafrikanischen Sonnenuntergang beobachtet. Crokker war zu den Kämpfen im Norden, an der Grenze zu Guinea, abkommandiert worden, er mußte schon morgen aufbrechen. Danach wollte er, wie er sich ausdrückte, auf die Jagd nach dem Unverwundbaren gehen. Und zum Abschied hatte er Gassen die rätselhafte Bemerkung über einen alten Bekannten mit auf den

Weg gegeben. Gassen konnte sich nicht vorstellen, auf wen der Söldner anspielte.

Nichts an dem einstöckigen, schmutzigweißen Gebäude deutete darauf hin, daß sich hier Büros befanden. Im Erdgeschoß war eine Autowerkstatt untergebracht, durch das offene Tor konnte man im Hof ein Ersatzteillager sehen. Glücklicherweise hatte Ortwig ihm das Gebäude genau beschrieben, sonst wäre Gassen daran vorbeigelaufen. Zwei Mechaniker schauten kurz hoch, als er stehenblieb, wandten sich aber sofort wieder dem zerbeulten Wagen zu, dessen Motor sie gerade ausbauten.

An der Außenwand der Werkstatt führte eine Holztreppe hoch zu einer Metalltür. Auch hier war nirgends ein Schild oder sonst ein Hinweis auf Escape zu entdecken. Gassen wäre wohl kaum die wackligen Stufen hochgestiegen, hätte Ortwig ihn nicht darauf vorbereitet. Neben der halbgeöffneten Tür war ein Klingelknopf. Gassen drückte ihn, aber es war nichts zu hören. Er wartete ein, zwei Minuten, versuchte es dann noch einmal. Nichts rührte sich. Vorsichtig drückte Gassen die Tür vollends auf und trat ins Innere des Gebäudes. Er brauchte ein paar Sekunden, bevor er im Dunkeln wieder etwas sehen konnte, dann ging er langsam einen schummrigen Gang entlang. Weiter im Innern hörte er Stimmengemurmel und die tiefe Stimme eines Mannes. Der schmale Durchgang öffnete sich zu einem großen Büroraum. Die Einrichtung war erstaunlich modern und paßte nicht recht zu dem alten, heruntergekommenen Haus. Eine Frau tippte auf einem Computer, es gab Faxgeräte und einen Kopierer, Gassen registrierte eine moderne Telefonanlage. An der Wand hing eine große Seekarte des westlichen Mittelmeerraums von Marokko bis zu den Pyrenäen, im Zentrum die Straße von Gibraltar. An einer Tür hing eine kleinere Karte von Sierra Leone.

An der vorderen Wand stand eine Bank, auf der ein müde wirkender Mann und vier quicklebendige Kindern saßen. Ein älteres Mädchen spielte mit ihren kleineren Brüdern. Gassen bemerkte eine lange, frische Narbe am Arm einer der Jungen. Ein untersetzter Schwarzer in weißem Hemd unterhielt sich freundlich und ruhig mit einer Frau, offenbar die Mutter der vier Kinder.

Als Gassen sich im Raum umsah, blickte eine junge Frau hoch. Sie hatte ein leuchtendblaues Tuch wie einen Turban um ihr Haar geschlungen. Sie stand auf und trat auf ihn zu. Nachdem Gassen sich vorgestellt hatte, erklärte er, daß er eine Frau suche, von der er annehme, daß sie aus Sierra Leone geflohen sei. Er hatte beschlossen, bei Escape so weit wie möglich bei der Wahrheit zu bleiben, nur von der Ermordung Victorias wollte er nichts sagen.

Die Frau mit dem blauen Turban nickte und warf ihm ein Lächeln zu, in dem Anteilnahme mitschwang. Gassen hatte nichts über die Art seiner Beziehung zu Victoria verlauten lassen, doch die Escape-Mitarbeiterin nahm offenbar auch so an, er fahnde nach einer ihm nahestehenden Person.

»Victoria Stevenson hieß Ihre Freundin?« Die Schwarze ging an die hintere Wand des Raumes, wo eine Reihe von Aktenschränken stand. Auf ihnen häuften sich Stapel von Büchern, Zeitschriften und losen Papieren. Die Frau zog eine überquellende Hängeregistratur aus einem der Schränke. »Vielleicht haben wir Glück.«

Gassen trat neben sie. Auf dem Aktenschrank lagen die aufgeschlagenen Deckpläne einer Reederei mit einem griechischen Namen. »Victoria Sia Stevenson. Es könnte sein, daß sie zusammen mit ihrer jüngeren Schwester geflohen ist. Cynthia.«

»Cynthia Yeabu Stevenson?« Die Frau drehte sich rasch um.

»Was ist? Kennen Sie sie?«

Die Schwarze drückte den Aktenschub mit einer schnellen Bewegung wieder zu. Leise sagte sie: »Es gibt viele Stevenson, tut mir leid, ich habe nicht gleich geschaltet. Sie sollten sich mit dem Leiter von Escape unterhalten.« Sie zuckte mit den Schultern. »Ich kann Ihnen da leider nicht weiterhelfen.« Dann deutete sie auf eine Tür gleich neben den Aktenschränken. »Gehen Sie einfach rein. Er ist da.«

Gassen bedankte sich stockend und schaute der Frau nach, die sich wieder an ihren Arbeitsplatz setzte. Zwei ihrer Kollegen unterhielten sich flüsternd und schauten dabei zu ihm herüber.

Anscheinend hatten sie trotz des Lärms, den die Kinder auf der Bank machten, ihr Gespräch gehört. Gassen wollte gerade an die Tür klopfen, als diese sich öffnete. Er sprang vor Schreck einen Schritt zurück, eine blonde Frau wäre fast in ihn hineingelaufen. Sie entschuldigte sich mit einem raschen Lächeln, trat hinaus und winkte dann zurück in den Raum.

Gassen schloß die Tür hinter sich. Als er sich umdrehte, stand er Claude Dubois gegenüber. Ein wenig Grau zeigte sich im braunen Haar des schlanken Belgiers, aber sonst war er fast unverändert.

»Dubois?!« Gassen konnte seine Überraschung nicht verheimlichen. Der alte Bekannte ... Dave Crocker hatte gewußt, daß der einstige Rote-Kreuz-Mitarbeiter heute Escape leitete.

Dubois lächelte ihn unsicher an. Offenbar erkannte er Gassen nicht. Er streckte ihm die Hand entgegen, hielt aber mitten in der Bewegung inne. »Gassen?« fragte er mit ungläubigem Blick. »Martin Gassen?«

Gassen nickte.

»Was machst du denn in Freetown? Setz dich doch, setz dich. Soll ich Kaffee holen?« Dubois deutete auf eine Sitzgruppe. Erst jetzt fiel Gassen auf, daß das Büro geschmackvoll und teuer eingerichtet war und gar nicht dem eher einfachen Eindruck entsprach, den der vordere Raum vermittelte. Vor dem Fenster stand ein mächtiger Schreibtisch, auf dessen polierter Holzplatte sich Papiere häuften. Zwei antike Truhen standen an der gegenüberliegenden Seite auf dem Parkettboden, an den Wänden hing afrikanische Kunst. Gassen ließ sich in einen schwarzen Ledersessel sinken. »Kaffee, ja. Aber ich kann es immer noch nicht fassen, daß ich dich hier treffe. Erst vor kurzem habe ich mit einem Freund über unsere Zeit damals gesprochen.«

Dubois war zur Tür getreten und bat jemanden, Kaffee zu bringen. An der schroffen Art, mit der der Leiter von Escape mit seiner Untergebenen sprach, merkte Gassen, daß Dubois sich doch verändert hatte. Beim Roten Kreuz hatte es nur Kaffee in Thermoskannen gegeben, an denen sich alle gleichermaßen bedient hatten.

»Ich erinnere mich wirklich gerne an diese Jahre in Kenema. Das waren noch bessere Zeiten.« Dubois setzte sich.

»Weißt du noch, wie wir damals auf der Fahrt von Kenema nach Freetown regelrecht die gesamte Zukunft des Landes geplant haben?«

Dubois mußte grinsen. »Und die Straße. Ich habe damals nicht gedacht, daß wir die Kiste heil bis nach Freetown kriegen. Dabei bin ich die Strecke später noch oft gefahren. Heute fliege ich, wenn ich nach Kenema muß. Auf Kosten unserer Sponsoren.« Er lachte leise in sich hinein wie über einen Witz, den nur er verstehen konnte.

»Escape finanziert sich über Spenden?« fragte Gassen.

»Im wesentlichen. Es kommen auch noch Gelder aus ein paar UNO-Töpfen. Bis jetzt sind wir damit über die Runden gekommen.« Dubois tat das Thema mit einem Achselzucken ab, als ginge ihn die Finanzierung der Arbeit seiner Organisation nichts an. »Aber erzähl doch, was machst du jetzt beruflich?«

»Ich arbeite in einer Firma für Kommunikationstechnik in Köln. Wir hatten einen Auftrag der GTZ, hier eine Funkanlage zu überprüfen. Der alten Zeiten willen hab ich die Sache übernommen.« Irgendetwas warnte Gassen, Dubois zu viel zu erzählen. »Morgen fliege ich wieder nach Hause«, fügte er hinzu.

»Schön für dich. Wie du siehst, bin ich in Sierra Leone geblieben. Immer noch im Dienst der guten Sache.« Dubois lachte kurz und hart auf, ein Lachen, das eher zynisch als belustigt klang. Gassen schaute hoch, und der Escape-Leiter schien seine Irritation zu bemerken. »Seit damals hat sich vieles verändert, Martin.«

»Für mich waren die zwei Jahre in Kenema die wichtigste Zeit in meinem Leben.«

In diesem Augenblick klopfte es, und der Kaffee wurde gebracht. Während er Gassen das dampfende Getränk einschenkte, fragte Dubois: »Und was führt dich jetzt zu Escape?«

»Erinnerst du dich an meine Freundin von damals? Victoria?«

Der Belgier nickte leicht, sagte aber nichts, sondern streute einen Löffel Zucker in seine Kaffeetasse. Gassen erzählte weiter: »Ich habe sie seit damals nicht mehr gesehen und wollte sie besuchen. Aber es ist doch schwieriger, als ich mir das vorgestellt habe. Der Bürgerkrieg hat alle ihre Spuren verwischt. Und jetzt bin ich auf der Suche ...«

»Warst du in Kenema?« unterbrach ihn Dubois unvermittelt.

»Ja.«

»Und du hast Victoria seit damals nicht mehr gesehen?«

»Nein. Wie denn auch?« Irgend etwas wußte Dubois, da war Gassen sich sicher. Der Belgier saß vorne auf der Kante des Sessels und biß sich nervös auf die Lippen.

»Du weißt es wirklich nicht« sagte er dann und lehnte sich kopfschüttelnd in den Sessel zurück. »Ich hätte gedacht, daß sie dich als ersten besucht, sobald sie aus diesem Scheißkrieg raus ist.«

»Besuchen?«

»Victoria hat Sierra Leone irgendwann vor zwei oder drei Jahren verlassen, Martin. Ich dachte, wenn sie einmal in Europa ist, würde sie sich bestimmt bei dir melden. Ihr wart doch noch in Kontakt, oder?«

Gassen schüttelte den Kopf. »Nein, nicht richtig.« Leiser fügte er hinzu: »Ich bin ein paar Mal umgezogen.«

Dubois sah ihn aufmerksam an und sagte: »Victoria hat Furchtbares durchgemacht. Sie ist in die Gewalt von Rebellen geraten, ziemlich bald, nachdem der Bürgerkrieg losging. Ich weiß nicht mehr genau wie, aber irgendwann konnte sie abhauen. Sicher hat viel Mut und viel Glück dazu gehört. Sie ist zu mir gekommen. Wir kannten uns ja von meinen Fahrten ins Krankenhaus von Kenema. Ich habe dafür gesorgt, daß Escape sie außer Landes gebracht hat.«

»Wohin?«

»Zuerst mit einem Fischerboot von Freetown nach Conakry. Dann mit dem Flugzeug nach Brüssel. Ich glaube, von dort aus wollte sie nach London. Sie hat dort Verwandte, meine ich.«

Von Verwandten in Großbritannien hatte Victoria Gassen nie etwas erzählt. »Hatte Victoria denn einen Paß?« fragte er.

»Nein.« Der Belgier verzog den Mund. »Aber den braucht man bei Escape auch nicht unbedingt. Wir wollen den Menschen helfen, da geht nicht immer alles ganz legal zu.« Er betonte den letzten Satz und schaute dabei Gassen direkt an.

»Entschuldige, Claude. Meine Fragerei soll keine Kritik an eurer Arbeit sein.«

Der Belgier zuckte leicht mit den Schultern.

»Ich will nur genau wissen, wie Victoria aus Sierra Leone rausgekommen ist. Sie hatte doch kein Geld.«

»Von den Opfern des Bürgerkrieges hat niemand Geld. Dafür sind wir ja da.«

Sie schwiegen beide und starrten in ihre Kaffeetassen. Dann fragte Dubois noch einmal: »Und du weißt wirklich nicht, wo Victoria heute ist?«

»Nein, ich hatte ja gehofft, daß Escape mir weiterhelfen kann.«

»Wir bringen die Menschen nur außer Landes. Wohin sie dann gehen, darüber wissen wir leider in den meisten Fällen nicht viel.« Dubois stellte die leeren Kaffeetassen zusammen. Gassen fragte sich, ob er ihn loswerden wollte. Höchste Zeit, die Frage zu stellen, die ihm unter den Nägeln brannte, seit er das edle Büro des Leiters von Escape betreten hatte.

»War Victorias Schwester eigentlich bei ihr?«

Eine Porzellantasse krachte auf den dazugehörigen Unterteller. Scherben knallten auf die Tischplatte. »Mist!« Dubois sprang auf.

Gassen wollte die Stücke einsammeln, doch Dubois hielt ihn auf. »Laß das, Martin.« Er war schon an der Tür und rief laut nach dem Mädchen, das vorhin den Kaffee gebracht hatte. Wortlos räumte sie Geschirr und Scherben ab. Dubois holte eine Schachtel Zigaretten vom Schreibtisch, steckte sich eine an und hielt dann Gassen die Schachtel hin. Der schüttelte den Kopf.

»Ihre Schwester, sagst du?« fragte der Belgier, als er sich schließlich wieder setzte.

»Ihre jüngere Schwester, Cynthia«, erwiderte Gassen. »In Kenema hat man mir gesagt, daß Victoria mit ihr zusammen die Stadt verlassen hat.«

»Mit wem hast du in Kenema gesprochen?« Die Frage kam wie aus der Pistole geschossen.

»Mit dem alten Hausmeister aus dem Schulzentrum. Er war dort noch ziemlich lange beschäftigt.«

»Hm.« Dubois blies eine Rauchwolke in die Luft.

Etwas beschäftigte den Escape-Leiter. Und zwar so sehr, daß er nicht mehr darauf achtete, ob sein Überraschungsgast bemerkte, wie nervös ihn dessen harmlose Fragen machten. Es mußte bei der Flucht der Stevenson-Schwestern Probleme gegeben haben. Etwas anderes konnte sich Gassen nicht vorstellen. Er beschloß, noch einmal nachzuhaken. »Und? Ist Cynthia denn nun auch aus Sierra Leone geflohen? Mit Victoria?«

Dubois schaute ihn kurz an. Dann drückte er die kaum angerauchte Zigarette aus. »Ja, ich glaube, da war damals eine Schwester mit dabei.«

*

Fast hätte er das Klingeln des Handys im tosenden Motorenlärm des Transport-Hubschraubers nicht gehört. Crocker zog den Ohrschutz vom Kopf und schaltete das Gerät an.

»Dave, ich bin's.«

Nicht zu fassen. Dieser Deutsche suchte sich doch immer die passendsten Moment für seine Anrufe aus. »Wir landen in zehn Minuten, Martin. Was gibt es denn so Dringendes, das nicht warten kann, bis diese Sache hier bereinigt ist und ich wieder in der Villa bin.«

»Ich war heute bei Escape.«

Crocker lachte leise. »Ja? Und hast du deinen alten Bekannten getroffen?«

»Was? Ach so.« In knappen Sätzen erzählte Gassen, was er bei dem Besuch bei Escape herausgefunden hatte. »Aber deshalb rufe ich nicht ...« Die Verbindung brach ab, nur Rauschen war zu hören. Crocker rückte näher zum Fenster, obwohl hier oben der Empfang sicher überall gleich schlecht war. Dann war Gassen plötzlich wieder klar zu hören. »... total komisch geworden, als ich nach Cynthia gefragt habe. Was weißt du denn über Dubois?«

»Dubois ist Escape. Keine Ahnung, was er sonst noch so treibt.«

»Angeblich finanziert sich die Organisation über Spendengelder.«

»Das ist nun wirklich seltsam. Den Laden sollte mal jemand unter die Lupe nehmen. Wer gibt denn hier noch Spenden?« Crocker gab dem Piloten Zeichen, daß er gleich fertig sei. Hinter ihm machten sich die Männer für die Landung bereit.

»Ich habe mich damals in Kenema gut mit Dubois verstanden. Aber heute kam er mir sehr verändert vor. Vielleicht bin ich ja nur besonders mißtrauisch, seit ich dieser Sache nachgehe.«

»Hoffentlich nicht auch mir gegenüber.«

»Ohne dich wäre ich noch keinen Schritt weiter, das weißt du. Ich bin dir mehr als dankbar.«

»Fertigmachen zur Landung!« dröhnte es aus dem Kopfhörer, den Crocker über dem einen Ohr hatte. Sie setzten zum Senkflug an.

»Ich mache Schluß, Martin. Ich seh zu, was ich über Escape rauskriege. Und zum Finish kommst du wieder hierher.«

»Wenn es ein Finish gibt.« Gassens Stimme wurde leiser. »In Deutschland erwartet mich ein cholerischer Kriminalkommissar, der nicht gerade gut auf mich ...« Die Verbindung riß ab, und Crocker schaltete das Handy aus. Während sie sich in rasantem Tempo der freigeräumten Fläche näherten, die als Landeplatz diente, stellte sich Crocker grinsend vor, wie Martin Gassen sich nach den Kamajors einen deutschen Beamten vorknöpfte.

*

Der Flug aus Paris war vor vier Minuten in Köln-Wahn gelandet. Jupp stand mit Maren in der Empfangshalle. In Gedanken nannte er sie manchmal »meine Kommissarin«, obwohl sie das gar nicht leiden konnte. Wie sie aber jetzt so kommissarinnenhaft dastand, mit dem zu einem straffen Zopf geflochtenen Haar unter der Mütze und dem prüfenden Blick, als sei sie auf der Spur eines gefährlichen Terroristenrings, konnte er nicht anders. »Kommissarin Weiser, wirst du Martin gleich festnehmen?«

Maren drehte sich zu ihm um. »Keine Witze, Jupp. Du weißt genau, was dieses Thema angeht, ist mit Limbach nicht zu spaßen. Er kann es nicht leiden, wenn man seine polizeilichen Ermittlungen nicht ernst nimmt.«

»Aber er kann doch nicht wirklich glauben, daß Martin etwas mit dem Mord an Victoria zu tun hat?«

»Martin hat sich nicht gerade unverdächtig verhalten.«

»Komm schon. Es ist doch unvorstellbar, daß Martin in so was verwickelt ist. Martin ist der typische Mittelklasse-Junge von nebenan. Mit einem etwas überdurchschnittlichen Helfer-Syndrom und einem starken Hang zu Afrika. Mit Kriminellen hat er nichts zu tun. Und mit Mord schon gar nicht.«

Maren blitzte ihn aus ihren grünen Augen an. »Was glaubst du eigentlich, wie oft wir uns mit solchen vermeintlich braven Jungs herumschlagen müssen? Da sind die Freunde und Arbeitskollegen dann immer furchtbar erstaunt, wenn die dunklen Geheimnisse ans Tageslicht kommen. Ich könnte dir Geschichten erzählen.« Sie seufzte. »Also, ich verstehe den Chef schon. Wenn der Kölner Ex-Lover der Toten plötzlich auftaucht, ist das eine wichtige Spur, an der er auf jeden Fall dranbleiben muß. Fast seine einzige Spur, übrigens. Und dein Kumpel hat sich nicht gerade geschickt angestellt.« Sie brach ab und deutete mit dem Kinn auf den Gang. »Ist er das nicht?«

Martins Gestalt war hinter einer Schülergruppe auszumachen, die nur mühsam von ihrer Lehrerin unter Kontrolle gehalten wurde. Wenig später stand er vor ihnen. Aufgekratzt wirkte er auf Jupp, und übermüdet, was nach dem langen Flug nicht verwunderlich war. Die Freunde umarmten sich herzlich, dann fragte Martin: »Wo ist denn Therèse? Sie wollte mich doch abholen.« Er blickte Jupp fragend an.

»Sie kommt nicht aus der Praxis raus«, erklärte der mit einem Schulterzucken. »Ein Notfall. Sie hat vorhin bei mir angerufen.« Er packte Martins Seesack und warf ihn sich mit einer geübten Bewegung über den Rücken.

Maren schaute ihm kopfschüttelnd zu und reichte Martin dann erst einmal die Hand. »Herzlich willkommen zurück in Köln, Martin. Ich bin ganz inoffiziell hier.« Sie zwinkerte ihm zu. »Mein Chef allerdings wird auf einem offiziellen Treffen bestehen, fürchte ich. Ein sehr offizielles Treffen.«

»Jetzt läßt es sich wohl nicht mehr vermeiden.«

»Absolut nicht. Daheim liegt ein Zettel, daß du auf der Post ein Einschreiben der Polizei abholen sollst«, kommentierte Jupp.

»Und eigentlich wollte Limbach Sie schon von Druba und Rell mit der Streife abholen lassen.« Maren folgte Jupp, der ihnen einen Weg durch die Masse bahnte. »Meine Kollegen«, erklärte sie.

»Er traut ihr nicht mehr.« Jupp wandte sich an Martin, der ihnen mit einem Gesichtsausdruck zuhörte, als wäre er am liebsten in Sierra Leone geblieben. »Na komm schon, mach nicht so ein Gesicht. Sugar und Nappo waren schon ganz aufgeregt, als ich ihnen erzählt habe, daß sie heim dürfen und endlich wieder frische Salatblätter kriegen.« Jupp grinste, und auch Martin verzog den Mund zu einem Lächeln. Natürlich waren die Degus bei Jupp bestens versorgt worden. Er hatte sogar Bio-Möhren geholt, weil die Tierchen die Karotten aus seinem Supermarkt um die Ecke verschmähten.

»Was ist mit Ihrem Chef, Maren?« fragte Martin. »Ich hoffe, Sie sind nicht wegen mir in Schwierigkeiten gekommen?«

»Nein, nein«, sagte Maren.

»Nein«, meinte auch Jupp. »Friederike schon eher. Bei ihr hat Limbach nämlich angerufen, nachdem der Rassismusbeauftragte von Amnesty sich bei ihm gemeldet hat.«

»Ihr habt unseren Rassismusbeauftragten eingeschaltet?« Martin blieb in der Flughafenhalle stehen.

Jupp nickte. »Friederike kennt ihn persönlich. Und weil wir als Gruppe ja offiziell nichts machen können, dachten wir, so ein kleiner, freundlicher Anruf des Amnesty-Rassismusbeauftragten, ob die Ermittlungen im Fall der ermordeten Schwarzen denn auch mit dem nötigen Nachdruck geführt würden, könnte auf keinen Fall schaden.«

Martin grinste. »Und?« In diesem Augenblick versammelte sich die Schülergruppe direkt neben ihnen und schob sie weiter in die Mitte der Halle, wo andere Reisende zwischen Bergen von Koffern und Taschen den Weg versperrten.

»Laß uns erst mal raus aus diesem Chaos. Zum Parkplatz. Wir sind mit dem Wagen da.« Jupp ging mit großen Schritten auf die

Ausgänge zu, so daß Maren und Martin ihm kaum folgen konnten. Draußen zahlte Maren für das Parkticket, während die beiden Freunde schon zum Auto vorgingen.

»Limbach hat Friederike mit einem telefonischen Tobsuchtsanfall beglückt . . .«

»Woher hatte er denn ihre Nummer?«

Jupp hob die Schultern. »Die Webseite von unserer Gruppe, nehme ich an. Friederike ist die Ansprechpartnerin. Auf jeden Fall wollte Limbach wissen, ob du hinter dem Anruf des Rassismusbeauftragten steckst. Und wann du aus Afrika zurückkommst. Und was du überhaupt dort zu suchen hast. Friederike war erstmal ziemlich geschockt, aber dann hat sie den guten Kommissar in seine Schranken verwiesen. Maren erzählt mir ja keine Interna, aber Limbach ruft wohl so schnell nicht mehr bei Amnesty an.« Sie hatten inzwischen Jupps roten Jetta erreicht, er öffnete den Kofferraum und verstaute Martins Seesack.

»Was konntet ihr denn noch rauskriegen? Wem gehört der Crown Club?« fragte Martin, nachdem sie eingestiegen waren.

»Das Haus hat zwei Jahre leergestanden. Dann hat es dieser Rechtsanwalt gekauft. Hab ich dir ja in der Mail geschrieben. Claes heißt er, von der Kanzlei Claes & Partner. Wer sich hinter diesem Partner verbirgt, wissen wir noch nicht. Auf jeden Fall hat Claes die Villa für eine Liegenschaftsfirma namens Eurogrund erworben. Der Kasten wurde vollkommen renoviert und mit allen Schikanen umgebaut. Der Firma mangelt es wohl nicht an Kohle, und man wollte offensichtlich mit dem Crown Club voll ins Geschäft einsteigen. Vor ungefähr anderthalb Jahren wurde Elena Zjadacz als Geschäftsführerin eingestellt und der Crown Club eröffnet.« Jupp schaute sich zum Parkautomaten um, wo Maren hinten in einer Schlange wartete.

»Den Club gibt es also erst seit anderthalb Jahren . . .« Martin hatte seine Augenbrauen hochgezogen und tippte sich mit dem Zeigefinger auf den Mund, was er unbewußt immer dann tat, wenn ihn etwas sehr beschäftigte. »Ich habe in Freetown rausgekriegt, daß Victoria vor zwei oder drei Jahren aus Sierra Leone geflohen ist. Und sicher ist sie nicht direkt nach Köln gekommen. Das wäre auch eine Erklärung dafür, daß Victoria sich nicht bei mir gemeldet hat. Vielleicht war sie die ganze Zeit in London. Oder Antwerpen.«

Jupp nickte. »Da weiß Therèse vielleicht mehr. Du mußt uns aber erst mal erzählen, was in Sierra Leone alles passiert ist.« Er winkte Maren zu, die inzwischen zum Automaten vorgedrungen war. »Von Victorias Schwester gibt es übrigens keine Spur.«

»Du hast ja geschrieben, daß sie nicht ausgewiesen wurde . . .«

»Ja. Da hat dich die gute Elena Zjadacz belogen. Eine Sierralonerin namens Cynthia Yeabu Stevenson ist nicht ausgewiesen worden. Maren hat eine Anfrage über den Polizeicomputer gemacht und alles auf den Kopf gestellt. Aber in der Zeit zwischen unserem Besuch im Crown Club und der Nacht, in der du alleine dort warst, ist überhaupt keine Schwarze in Nordrhein-Westfalen ausgewiesen worden.«

»Die Polizei wußte doch gar nicht, daß Cynthia Victorias Schwester ist.«

»Nein.« Jupp kratzte sich am Kopf. »Ich habe es Maren erzählt. Sonst wären wir keinen Schritt weitergekommen.«

»Limbach weiß also, daß ich nochmal im Crown Club war?«

»Ließ sich nicht vermeiden.«

»Hm.«

Besonders glücklich sah Martin nicht darüber aus, daß Jupp Maren ins Vertrauen gezogen hatte. »Limbach ist im Grunde gar kein übler Kerl, Martin, wirklich nicht.« Jupp hatte die letzte Woche entweder auf der CeBIT, auf Amnesty-Treffen oder mit Maren verbracht und dabei einiges über ihren Chef erfahren. Maren war strikt dagegen gewesen, den Rassismusbeauftragten von Amnesty in die Sache einzuschalten. »Limbach nimmt seinen Job sehr ernst«, hatte sie erklärt. »Er ermittelt mit höchstem Einsatz, egal ob das Opfer schwarz, weiß oder grün ist.«

»Maren meint, daß Limbach deshalb so wütend reagiert, weil er nicht will, daß ihm Amateure in einen Fall hineinfunken, der eh schon kompliziert ist. Und er haßt es, wenn man seiner Mordkommission Rassismus unterstellt.‹

»Genau deshalb wird er mir einen Strick daraus drehen, daß ich nicht sofort zu ihm gerannt bin und ihm gesagt habe, daß die

Schwester seines Mordopfers auch im Crown Club arbeitet. Und das läßt meine Situation nicht besonders rosig aussehen.«

»Limbach dürfte andere Sorgen haben. Als Maren von den Ausländerbehörden keinen Anhaltspunkt über eine Cynthia Stevenson kriegen konnte, hat Limbach den Crown Club durchsuchen lassen. Von einer Frau, die sich Agnes nennt und eigentlich Cynthia heißt, war dort nichts zu finden. Er will dich inzwischen nicht mehr nur als möglicherweise verdächtigen Ex-Geliebten Victorias ausquetschen, er braucht dich auch als Zeugen.«

Auf dem Wohnzimmer stand ein Strauß roter Rosen und eine Willkommenskarte von Therèse, auf dem Anrufbeantworter war eine Nachricht von ihr, daß sie sich gerne später mit Martin im China-Pavillon treffen würde. Martin blätterte durch den Stapel Post und Zeitungen, der ordentlich auf der Ablage in der Diele lag. Ganz oben befand sich die Nachricht der Post, in der er aufgefordert wurde, persönlich und unter Vorlage eines gültigen Personalausweises ein polizeiliches Einschreiben abzuholen. Die Vorladung Limbachs.

Jupp polterte mit dem Seesack in den engen Flur. Den ganzen Weg vom Flughafen hatten sie überlegt, wie sie weiter vorgehen sollten. Maren hatte schweigsam zugehört und sie nur dann und wann gebremst, wenn sie ihrer Meinung nach etwas ausheckten, das gefährlich oder illegal war oder die polizeilichen Ermittlungen gefährden konnte. Jupp schmiedete ständig neue Pläne, wie er Martin bei seiner Suche helfen könnte. Trotzdem spürte Martin deutlich, daß Maren nicht glücklich über das private Interesse Jupps an einem Fall war, an dem ihre Mordkommission arbeitete. Aus ein paar vagen Andeutungen hörte er heraus, daß es zwischen den beiden schon Auseinandersetzungen deswegen gegeben hatte. Er durfte Jupp nicht noch mehr in die Sache hineinziehen.

»Wenn im Crown Club wirklich illegale Flüchtlinge zur Prostitution gezwungen werden, dann müssen wir herausfinden, wer hinter Eurogrund steckt und welche Rolle dieser Rechtsanwalt Claes spielt«, sagte Jupp gerade.

»Dafür habt ihr doch gar keine Beweise«, meinte Maren und folgte Jupp ins Wohnzimmer.

Martin ging in die Küche und warf einen Blick in den Kühlschrank. Jemand hatte frische Milch und Butter für ihn eingekauft.

»Therèse muß heute morgen noch vorbeigekommen sein«, rief Jupp aus dem Wohnzimmer. »Hast du die Blumen schon gesehen, Martin?«

»Ja. Sie ist auch auf dem AB.« Er nahm zwei Flaschen Kölsch aus dem Kühlschrank. »Wollt ihr was trinken?«

»Ja klar. Hast du ein Bier da?« Jupp natürlich.

»Für mich lieber ein Wasser«, war Marens Stimme zu hören.

Martin balancierte ein Tablett mit Flaschen und drei Gläsern ins Wohnzimmer und stellte es auf dem Couchtisch ab. Etwas war anders als sonst. Jupp saß nicht in seinem Sessel, sondern hatte auf der Couch Platz genommen. Er hatte den Arm um Marens Hüfte gelegt.

»Und wir müssen herausbekommen, wie Victoria und Cynthia in den Club gekommen sind, was um einiges schwerer sein dürfte.«

»Am wichtigsten ist doch jetzt, daß wir erst einmal die Schwester des Opfers finden. Der Chef überlegt, ob er eine öffentliche Fahndung nach ihr ausschreiben lassen soll.«

»Irgendwie glaube ich nicht, daß Cynthia in Gefahr ist.« Martin nahm einen langen Schluck aus der Kölschflasche. Er setzte sie langsam wieder ab, als er merkte, daß Jupp und Maren ihn verblüfft anschauten. »Was ist?« fragte er.

»Na«, Jupp setzte sich auf, »seit du weg bist, haben wir uns auf den Crown Club und Cynthia Yeabu Stevenson konzentriert, weil wir nicht wollten, daß irgendwo noch eine zweite schwarze Frauenleiche auftaucht. Und jetzt kommst du zurück und gibst so lapidar von dir, Cynthia sei wahrscheinlich gar nicht in Gefahr.«

»Es wäre doch logisch, daß beide Schwestern sterben mußten, weil sie etwas mitgekriegt haben. Oder gemeinsam aussteigen wollten. Von diesem Verdacht sind wir ausgegangen«, meinte Maren.

»Ihr habt ja recht.« Martin ließ die kalte Bierflasche zwischen den Handflächen hin- und hergleiten.

»Aber?« fragte Jupp.

»Aber ich hatte im Club nicht das Gefühl, daß Cynthia wirklich bedroht wird. Sie hatte die ganze Situation unter Kontrolle. Sie hatte sogar Elena Zjadacz unter Kontrolle.« Martin stellte die Flasche auf den Tisch. »So ist es mir jedenfalls vorgekommen.«

»Schön, daß wir das erst jetzt erfahren.« Jupps Stimme klang nun eindeutig genervt.

»Vielleicht wäre es doch gut gewesen, Sie hätten die Sache gleich gemeldet. Der Chef holt meistens mehr aus Zeugen heraus, als sie selber wissen«, sagte Maren.

»Okay, okay, Leute. Morgen früh stehe ich in Kalk bei Limbach auf der Matte. Aber jetzt laßt mich erstmal richtig ankommen in Deutschland. Wie läuft es denn auf der CeBIT, Jupp? Geht alles gut mit der Vorstellung des neuen Micro-Senders?«

Jupp starrte ihn kurz an, dann sagte er mit einem leichten Grinsen: »Die Messe ist die Hölle. Und ich mache das alles auch nur deshalb mit, weil du die CeBIT im nächsten Jahr übernehmen wirst.«

Martin grinste zurück. »Mal sehen.«

»Nichts da, mal sehen. Du wirst wie ich jeden Morgen durch den Ausstellereingang schleichen und den Stand checken und dafür sorgen, daß wenigstens ...« Jupp stürzte sich in eine seiner mit vielen Anekdoten gespickten Erzählungen über das große Feld des kommerziellen Kommunikationswesens im allgemeinen und die Kunden auf der CeBIT im besonderen. Maren hatte das alles sicher schon oft gehört, aber sie strahlte bei Jupps Witzen, als erzähle er sie zum ersten Mal. Die beiden waren glücklich miteinander, daran gab es keinen Zweifel. Martin dachte an das Abendessen mit Therèse, für das er sich gleich noch duschen und umziehen mußte. Ein bißchen beneidete er Jupp um die neue Liebe. Mit Therèse waren die Dinge so kompliziert geworden. Oder eigentlich schon immer gewesen. Martin lehnte sich in seinem Ledersessel zurück. Die Degus waren noch bei Jupp, und er vermißte das Fiepen von Sugar und das Geraschele von Nappo. Doch er würde nicht lange in Köln bleiben. Schon in seiner letzten E-Mail von der Aureol Lodge aus hatte er Jupp gebeten, die Tiere noch länger zu versorgen. Nach allem, was er in Sierra Leone erlebt und erfahren hatte, würde er noch eine ganze Weile mit dem Tod Victorias beschäftigt sein. Er mußte nach Antwerpen, vielleicht auch nach Brüssel oder London, wo immer er eben auf eine Spur von Victoria stieß.

»Und bei der Ansprache hat Mr. C&T exakt vor dieser wakkeligen Wand gestanden, die die Standbauer dann doch noch geliefert haben. Ich hab's genau gesehen, wie die Wand sich nach vorne neigte. Aber der Alte meistert so eine Situation ja mit Bravour. Er ist einfach einen Schritt zurückgegangen und hat die Wand mit einer Hand stabilisiert, bis die Assistenten sie von der anderen Seite endlich richtig angeschraubt hatten.«

Martin grinste, dann fiel sein Blick auf die afrikanische Wandtapete, die von den Strahlern an der Couch nur halb beleuchtet wurde. Vielleicht hatte Therèse doch recht, denn mit einem Mal wirkte die abgebildete Landschaft fast künstlich auf ihn. Aber es war nicht so, daß irgendein Computerkünstler die Brillanz der Lichts und die Intensität der Farben verstärkt hätte. Es war einfach nicht möglich – weder mit Foto noch mit Computer – das sonnendurchflutete Grün von Sierra Leone, das zum Greifen nahe Blau des westafrikanischen Himmels auf steriles Papier zu bringen.

*

»Das Zentrum für Chancengleichheit und die Liga für Menschenrechte führen vor allem die Auseinandersetzung mit fremdenfeindlichen und rassistischen Strömungen, zum Beispiel im flämisch-völkischen Vlaams-Bloc, der in Antwerpen besonders stark ist, oder dem noch radikaleren Taal-Aktie-Committee. Mit einer Amnesty-Gruppe dort habe ich mich auch getroffen, eine Libanon-Gruppe. Aber der Kontakt zu Payoke war der wichtigste. Ohne die Geschäftsführerin Kathleen van Dromme und Konio vom Ausländerarbeitskreis wäre ich gar nicht in das Frauenhaus reingekommen. Ich glaube, die Leute von Payoke waren selbst schon mißtrauisch, was Fair

Heaven betrifft, da bin ich ihnen mit meinen Fragen gerade recht gekommen.«

Therèse merkte selbst, daß sie Martin ohne Punkt und Komma vollquatschte. Den ganzen Tag hatte sie nur an das Abendessen mit ihm denken können und war nervöser, als sie es sich eingestand. Dann noch der Notfall, ein Patient mit einem Abszeß am Weisheitszahn. Jetzt überschüttete sie Martin geradezu mit den Informationen, die sie in Antwerpen gesammelt hatte. Ihm schien es nichts auszumachen, er aß seine Entenbrust und lächelte sie an.

»Das ist wirklich interessant, was du alles herausgekriegt hast«, meinte er. »Aber jetzt iß mal, dein Huhn wird kalt.«

Sie hatte wie immer Huhn Szechuan und den französischen Rotwein bestellt und häufte sich jetzt dampfenden Reis auf ihren Teller.

»Das ist fast wie in alten Zeiten, als wir noch in der Dritte-Welt-Gruppe engagiert waren, was?« Martin blickte sie über den Rand seines Bierglases hinweg an.

Während der Tage in Sierra Leone hatte sein Gesicht eine leichte Bräune bekommen, mit dem weißen Hemd sah er einfach unverschämt gut aus. Und Martin ohne sein Afrika wäre einfach nicht dasselbe – wahrscheinlich fuhr sie doch auf den Abenteurer in ihm ab. Therèse verschluckte sich fast an einer Bambussprosse. Sie hustete und sagte dann: »Na, es war um einiges professioneller als unsere Stände auf dem Domplatz. Aber ich habe ein paar interessante Kontakte geknüpft. Konia ...«

»Das ist die Frau aus Sierra Leone, die dich in das Frauenhaus begleitet hat?«

»Ja. Sie kennt sich sehr gut aus. Sie hat mir auch erzählt, wie der Frauenhandel aus Sierra Leone heraus funktioniert.«

»Die Frau lebt schon lange in Belgien?« Martin legte sein Besteck weg, obwohl sein Teller noch halb voll war.

»Konia Javoimbo heißt sie. Sie ist schon Anfang der 90er Jahre aus Sierra Leone geflohen und hat inzwischen die belgische Staatsangehörigkeit.« Therèse deutete mit dem Kinn auf sein Essen. »Bist du schon fertig?«

»Ich hab keinen rechten Hunger. Bist du in Antwerpen vielleicht auf eine Flüchtlings- oder Fluchthilfeorganisation gestoßen, die Escape heißt? Sie haben Victoria geholfen, aus Sierra Leone rauszukommen.«

»Escape?« Therèse überlegte, dann schüttelte sie den Kopf. »Nein, der Name ist nie gefallen. Wir haben eine andere Gruppe im Visier, die auch als Fluchthilfeorganisation arbeitet. Refugium nennt sie sich. Ihr gehört Fair Heaven, das Gebäude, in dem das Frauenhaus untergebracht ist. Die Mitarbeiterinnen von Fair Heaven sind, glaube ich, von der Stadt angestellt. Refugium hat einen guten Ruf und erhält Zuschüsse vom Staat und EU-Gelder. Nach dem Bericht von mir und Konia will Payoke die Organisation aber mal genauer unter die Lupe nehmen. In Fair Heaven laufen offensichtlich komische Sachen ab.«

»Von Victoria keine Spur?«

»Nicht in den Unterlagen, zu denen Payoke Zugang hat. Aber Konia meinte, daß das gar nichts heißen muß. Die wenigstens Frauen, um die sich Payoke kümmert, sind Flüchtlinge im eigentlichen Sinn. Die Gruppe setzt sich für die Belange von Prostituierten ein. Das führt in vielen Fällen zum internationalen Menschenhandel. Kathleen van Dromme hat mir erzählt, daß die meisten Frauen aus Westafrika, die in europäischen Bordellen landen, über Marokko und Südspanien hochgeschleust werden.« Therèse war immer noch ziemlich geschockt von den Berichten, die sie bei Payoke gehört hatte. Diese ernsten Themen waren wirklich nicht die Art von Unterhaltung, die sie sich für ihr gemeinsames Abendessen erhofft hatte. Doch Martin steckte immer noch tief in der Suche nach seiner Victoria. Sein aufmerksamer Gesichtsausdruck sprach Bände. Und immerhin war er ja erst vor wenigen Stunden aus Sierra Leone zurückgekommen. Therèse seufzte und schob den Teller von sich weg. So interessant diese Recherchen gewesen waren, sie war froh, wenn Martin und sie wieder zu ihrem normalen Leben zurückkehren konnten.

»Du hast auch keinen Appetit mehr?«

»Ich muß an die dreckigen Tricks denken, mit denen die Frauen angelockt und zu Sexualdiensten gepresst werden. Falsche Versprechungen und Verträge, sie werden überwacht, bedroht und mißhandelt. Geld und Papiere, wenn sie überhaupt welche haben, werden ihnen weggenommen. Schon die Überfahrt von Marokko nach Spanien ist ziemlich gefährlich. Kathleen van Dromme hat mir Bilder von den Nußschalen gezeigt, mit denen die Frauen rübergebracht werden. Es kommt immer wieder zu Unfällen, nicht wenige ertrinken.«

Martin nickte. »Ganz schlimm wird es, wenn du dir vorstellst, aus welchen Zuständen die Frauen kommen und welche Hoffnungen sie sich machen. Ich habe Sierra Leone kaum wiedererkannt. Der Bürgerkrieg hat so viel zerstört. Nicht nur die Dörfer und Landschaften, auch die Mentalität der Menschen hat der Krieg verändert. Auch die der Weißen. Ein Mann wie Crocker wird zynisch und menschenverachtend, andere verlieren allen Mut. Ein paar tapfere Seelen wie Schwester Cordula bleiben und hoffen einfach, daß sich die Dinge wieder zum Guten wenden.«

Martin starrte hinaus in seinen geliebten Steingarten. Der Klang seiner Stimme ließ Therèse aufhorchen. Martin war kein Mann, der Emotionen scheute – genau das liebte sie ja an ihm –, aber er redete selten so bewegt, wie er jetzt gerade über Sierra Leone gesprochen hatte.

»Aber Victoria ist ja nicht schon in Afrika von Menschenhändlern angeworben worden.« Therèse erinnerte sich, was Konia über die Praktiken der Sexindustrie im angeblich so zivilisierten Europa gesagt hatte.

»Nicht, daß ich wüßte. Nach meinen Nachforschungen haben Victoria und ihre Schwester mit Escape das Land verlassen und sind über Brüssel nach Europa eingereist.«

»Manchmal hat Payoke auch solche Fälle, aber selten. Das läuft dann, wie bei den beiden Frauen, von denen ich dir erzählt habe. Die Frau aus Ghana mit dem Tanzjob in Paris und die junge Nigerianerin, die angeblich als Model arbeiten soll.«

»Weißt du denn inzwischen, was aus den beiden geworden ist?«

»Ich habe noch nichts von Payoke gehört. Kathleen van Dromme wollte sich nicht an die belgische Polizei wenden. Bei Payoke hält niemand viel davon, in solchen Fällen offizielle Stellen einzuschalten.«

»Versteh ich gut. Die stecken alle tief im belgischen Sumpf«, brummte Martin.

Therèse mußte grinsen. »So ähnlich hat es Konia auch ausgedrückt. Aber anscheinend hat Payoke andere Wege, um an Informationen zu kommen. Und der Ausländerbeirat ist auch nicht untätig. Kathleen van Dromme wollte mir Bescheid geben, sobald sie etwas Konkretes weiß.« Therèse sah sich nach Frau Mun Chin um. Ihr Weinglas war leer. Und obwohl sie seit mindestens einer Viertelstunde mit dem Essen fertig waren, hatte noch niemand des Geschirr abgeräumt. Dabei war der China-Pavillon selbst für einen Abend unter der Woche nicht gerade gut besucht.

»Das kann sie mir dann gleich persönlich sagen«, wandte Martin ein.

Eine junge Chinesin, die sie noch nie hier gesehen hatten, nahm die Bestellung an einem Tisch in ihrer Nähe auf. Sie drehte sich um und ging in Richtung Küche. Therèse wollte ihr winken, da wurde ihr plötzlich klar, was Martin gesagt hatte. Sie schaute ihn an. »Was soll das heißen, sie kann es dir persönlich sagen?«

»Ich fahre übermorgen nach Antwerpen.« Martin setzte das Bierglas ab und schaute sie mit diesem trotzigen Gesichtsausdruck an, den Therèse nur zu gut kannte. Immer, wenn Martin wußte, daß sie eine seiner absurden Entscheidungen nicht gutheißen würde, setzte er ihn auf. Genau mit diesem So-bin-ich-halt-Blick hatte er ihr damals beigebracht, daß er nicht Medizin, sondern Informatik studieren würde. Und genauso reagierte er immer, wenn sie wieder einmal vorschlug, sie könnten doch zusammenziehen. Therèse wußte, daß an einer Sache nicht mehr zu rütteln war, wenn Martin sie so anschaute. Trotzdem konnte sie es einfach nicht fassen.

»Aber warum denn? Ich war doch persönlich dort und habe meine Kontakte eingesetzt. Du warst in Sierra Leone und hast dich sogar mit diesem Söldner zusammengetan, um herauszukriegen, was mit deiner Victoria passiert ist. Sie ist in ein Rebellenlager gekommen, konnte nach Europa fliehen und ist dort durch irgendwelche unglücklichen Umstände, die du nie herauskriegen wirst, zur Prostituierten geworden und schließlich im Crown Club in Köln gelandet. Was willst du denn noch wissen?« Aus dem Augenwinkel sah Therèse, wie die neue Bedienung sich langsam ihrem Tisch näherte, dann aber zögerte, weil sie hörte, daß sie sich stritten. Egal, sie hatte eh keine Lust mehr auf Wein. Und Martin war einfach unmöglich.

Ganz wie erwartet ging er auch sofort in Abwehrhaltung und verschränkte die Arme vor der Brust. »Du hast schon sehr viel herausgekriegt, Therèse. Aber was ich jetzt brauche, ist eine konkrete Spur. Ich will wissen, wer Victoria umgebracht hat und warum.«

»Das ist Sache der Polizei, Martin. Laß es doch endlich mal gut sein!«

»Die Polizei! Für diesen Limbach ist das doch einfach nur ein Mord im Rotlichtmilieu, der ihn in seiner Karriere keinen Schritt weiterbringt. Und Jupp hat sogar Hinweise darauf, daß der Crown Club zumindest indirekt unter der Protektion der Bullen steht.«

»Dafür, daß dieser Kommissar sich angeblich überhaupt nicht für den Fall engagiert, ist er aber ziemlich hinter dir her. Ich hab die zerrissene Vorladung bei dir im Müll gesehen, als ich die Post hochgebracht habe. Du mußt da jetzt unbedingt hingehen, sonst kriegst du richtigen Ärger.«

»Der Typ geht mir auf die Nerven.«

Das Verhalten war wieder typisch für Martin. Wenn etwas nicht so lief, wie er es sich vorstellte, dann schaltete er auf stur. Therèse seufzte. Sie brauchte jetzt unbedingt noch ein Glas Wein. Sie winkte der Bedienung zu, die in einer abwartenden Haltung an der Theke stand. Kaum wandte sich Therèse zu ihr um, kam sie auf den Tisch zu und fragte nach ihren Wünschen.

»Ich hätte gerne noch ein Glas von dem Rotwein. Möchtest du auch noch etwas, Martin?«

Martin schaute schon wieder in seinen verdammten Steingarten. Er hatte sie zur Begrüßung gerade mal umarmt, mehr, weil sie sich ihm in die Arme geworfen hatte und nicht, weil er es wirklich wollte. Kein Begrüßungskuß, kein Mitbringsel. Nicht, daß Therèse viel erwartet hätte, aber eine aufmerksame

Geste wäre schön gewesen. Immerhin war sie für ihn nach Antwerpen gefahren und hatte sich mit Dingen beschäftigt, die sie eigentlich überhaupt nichts angingen. Doch Martin reagierte darauf, als sei sie eine gute Freundin, die ihm einen Gefallen tat. Mit Liebe und gemeinsamer Zukunft hatte das nichts zu tun.

»Martin?«

»Was? Ach so.« Martin schreckte hoch. Dann lächelte er die Bedienung entschuldigend an. »Ich nehme noch ein Bier.«

Einen Versuch würde sie noch unternehmen, Martin von dieser Reise nach Antwerpen abzubringen. Es mußte jetzt endlich Schluß sein mit diesem Detektivspiel. Jupp hatte Therèse erzählt, daß der Chef bei C&T nicht gerade erbaut von den Privilegien war, die Martin sich herausnahm. Dabei hatte Martin seinem Arbeitgeber wenigstens nicht direkt auf die Nase gebunden, um was es eigentlich ging. Wegen einer Privatsache müsse er nach Afrika, hatte er laut Jupp seinem Arbeitgeber erklärt. Bei anderen verstand man unter einer Privatsache die Hochzeit oder die Geburt eines Kindes. Vielleicht noch den Tod der Eltern. Aber doch nicht den Tod einer Freundin, die man seit über zehn Jahren nicht mehr gesehen hatte. Martin nahm alles, was mit Afrika zu tun hatte, persönlich, das war sein Problem.

Die junge Chinesin brachte ihre Getränke. Als sie das Bier einschenkte, fragte Therèse: »Dieser Söldner, mit dem du nach Kenema geflogen bist . . .«

»Dave Crocker? Er arbeitet für die Executive Services.«

»Was hält er denn von deinen Nachforschungen?« Therèse konnte sich nicht vorstellen, daß ein Soldat es gutheißen konnte, wenn ein Zivilist sich in Dinge einmischte, für die Profis zuständig waren. Und Martin schien diesen Crocker zu schätzen. Vielleicht konnte sie ja über diesen Umweg etwas erreichen. Martin mußte doch einsehen, daß er alles Menschenmögliche getan hatte. Und wenn sie es verhindern konnte, würde er nicht nach Antwerpen fahren, sondern nächste Woche wieder seiner richtigen Arbeit bei C&T nachgehen.

»Crocker?« Martin zuckte mit den Schultern. »Der meint,

man müsse total verrückt sein, wenn man in einem Land voller Toter, Verwundeter, Verstümmelter und Flüchtlinge nach den Spuren einer Leiche sucht.«

»Und?«

Martin grinste sie an. »Na, er hat mir trotzdem geholfen. Das ist ein durchgeknallter Typ, Therèse. Vielleicht besucht er mich ja mal, dann kannst du ihn kennenlernen.« Er verzog den Mund zu einem spitzbübischen Lächeln. »Er würde dir bestimmt gefallen. Sehr männlich.«

Das konnte sich Therèse nur zu gut vorstellen. Männlich in Schweiß, Blut und Tränen. Sie stand mehr auf intelligente Softies. So wie Martin mal einer gewesen war. »Unwahrscheinlich, würde ich sagen. Dieser Crocker ist ein Zyniker, was die Menschenrechtslage in Sierra Leone angeht, hast du gesagt.«

Martin nahm einen Schluck von seinem Bier, dann nickte er. »Stimmt. Aber das Herz hat Dave am rechten Fleck. Ohne ihn hätte ich in Sierra Leone gar nichts ausrichten können. Ein Helfersyndrom kann er sich bei den Executive Services nicht leisten. Für ihn ist das ein Job, den er gut machen will. Da spielt sicher auch so ein Männermythos von Kampf und Tod hinein. Du hättest uns sehen soll ...«

Martin lachte in sich hinein, und Therèse wunderte sich, was denn plötzlich so witzig sein sollte.

»Wie wir da beide auf dem Hügel gelegen haben, Maschinenpistole im Anschlag. Hier in Köln klingt das bestimmt verrückt.«

Einen Moment lang dachte Therèse, sie hätte sich verhört. »Du warst auch bewaffnet?« fragte sie dann.

Martin merkte sofort, daß schon die Vorstellung sie schokkierte. Er lehnte sich ein wenig nach hinten und meinte leise: »Ich habe dir doch erzählt, daß wir von Kamajors angegriffen wurden.«

»Na ...« Sie mußte schlucken. »Das klang vorhin aber anders. Mehr so, als wärt ihr irgendwo in der Savanne gelandet und diese Jäger seien eben mal aufgetaucht. Du hast gesagt, sie hätten ihre Beute dabeigehabt.«

»Ich habe gesagt, daß sie uns angegriffen und dazu ihre Beute abgelegt haben. Ich hab dir auch erzählt, daß ein paar Schüsse gefallen sind. Die ganze Sache war nicht ungefährlich.« Martins Ton wurde schärfer.

»Aber du hast mit keinem Wort erwähnt, daß du selbst eine Waffe in der Hand gehalten hast. Ich verstehe dich echt nicht mehr, Martin. Du hast doch den Kriegsdienst verweigert. Damals fandest du die Typen bescheuert, die ohne nachzudenken zum Bund gegangen sind. Und jetzt ziehst du ballernd mit so einem Landsknecht durch ein Bürgerkriegsland. Womöglich hat dieser Crocker dir auch noch das Schießen beigebracht.«

Martin kniff die Augen zusammen. »Aber sicher. Laden, entsichern, abdrücken. Bumm!« Er sprach das letzte Wort mit einiger Lautstärke, und die junge Bedienung an der Theke drehte sich zu ihnen um.

»Martin!« Therèse machte eine heftige Handbewegung und hätte dabei fast ihr Weinglas umgeworfen.

»In Sierra Leone wütet ein Krieg, Therèse, das ist nicht Deutschland. Ich mußte schießen, sonst wären wir gefangen genommen worden. Oder gleich umgebracht. Das ist kein Spiel.«

Martin klang wütend und verletzt. Therèse spürte, wie das Blut aus ihrem Gesicht wich. Sie packte ihre Handtasche und stand auf. Martin sprang sofort hoch, wobei er gegen den Tisch stieß, auf dem das schmutzige Geschirr klirrte. »Geh doch nicht einfach so, Therèse.«

»Ich bin gleich wieder da.« Sie hörte selbst, wie tonlos ihre Stimme klang. Martin warf ihr einen besorgten Blick zu. Sie wandte sich um und ging zur Toilette.

Ihr Make-up war perfekt. Therèse fuhr sich durch die blonden Locken. Sie hatte sich so auf das Wiedersehen mit Martin gefreut. Nach ihrer Rückkehr aus Antwerpen hatte sie sich sogar noch die Zeit genommen und alle ihre Ergebnisse, die Adressen und Telefonnummern ihrer Kontakte, die Verbindungen von Fair Heaven zu Refugium, die ihr Konia genannt hatte, genau aufgeschrieben. Die Papiere, die sie Martin hatte übergeben wollen, steckten noch in ihrer Handtasche. Therèse starrte in den Spiegel. Natürlich war sie nicht aus reiner Menschenliebe nach Belgien geflogen. Sie hatte Martin signalisieren wollen, daß sie verstand, was ihn bewegte und daß sie daran teilhaben wolle. So wie sie von ihm erwartete, daß er sich für ihre Zahnarztpraxis interessiere. Aber so wie es jetzt aussah, war Martin vielleicht noch an ihrer Freundschaft interessiert, aber nicht an einer ernsthaften Beziehung. Wenn sie ihn jetzt noch auf seine eigene, vor sich hindümpelnde Karriere ansprach oder wieder einmal nach ihrer gemeinsamen Zukunft fragte, würde er nur genervt zur Decke starren. Therèse zog mit einer schnellen Handbewegung den Lippenstift nach.

Bis auf ihr halbvolles Weinglas war das Geschirr von ihrem Tisch abgeräumt. Eine Stoffserviette verdeckte die Rechnung, die auf einem kleinen Teller lag. Daneben standen zwei Gläschen mit rosafarbenem Litschi-Schnaps. Martin war schon wieder ganz versunken in seinen langweiligen Steingarten. Erst als Therèse fast am Tisch war, blickte er hoch.

»Du findest diesen Garten wohl interessanter als mich?« Kaum hatte sie den Satz gesagt, hätte sie sich am liebsten auf die Zunge gebissen. Sie klang wie eine frustrierte Ex-Geliebte.

Martin zuckte auch nur mit den Schultern. »Ist irgendwie beruhigend.«

Therèse kramte die Papiere aus ihrer Handtasche. »Hier. Das sind die Informationen, die ich in Antwerpen zusammengetragen habe. Fährst du wirklich hin?«

»Ja. Ich hab das Ticket schon. Übers Internet geht das ja innerhalb von fünf Minuten.« Er blickte sie an, als wolle er wissen, ob alles in Ordnung sei.

»Wenn du jetzt wirklich nach Belgien gehst, war es das erstmal mit uns. Du kannst mich ja anrufen, wenn du wieder am normalen Leben teilnehmen willst.« Sie nahm ihren Mantel von der Garderobe und zog ihn an. Martin wollte ihr in den Mantel helfen, aber sie trat einen Schritt zurück. Mit einem Seufzer setzte er sich wieder hin und zeigte auf den Litschi-Schnaps. »Frau Mun Chin hat uns noch unseren Abschiedstrunk serviert. Setz dich doch noch mal, Therèse.«

Sie schüttelte nur den Kopf und ging mit einem Nicken in Richtung der jungen Bedienung, die schon wieder besorgte Blicke zu ihnen herüberwarf. Angenehme Gäste waren sie und Martin heute abend bestimmt nicht gewesen.

Dann fiel ihr noch etwas ein. Sie drehte sich um und kam zu Martin zurück, der noch immer schweigend dasaß und keine Anstalten machte aufzubrechen. Auch der Litschi-Schnaps war unberührt.

»Einen Tip hab ich noch für dich, Martin.«

Er schaute hoch. »Ja?«

»Nimm einen Anwalt mit, wenn du zu der polizeilichen Vorladung gehst. Und mach da keinen Fehler. Deine Schwierigkeiten sind eh schon groß genug.«

Es war kein umwerfender Abgang, aber auch keiner, für den sie sich schämen mußte. Therèse ging mit schnellen, festen Schritten zum Ausgang. Vor dem China-Pavillon erwischte sie sofort ein Taxi. Sie brauchte keinen Martin, der sie nach Hause brachte.

*

»Wo waren Sie in der Mordnacht?« Kriminalhauptkommissar Limbach hatte Gassen tatsächlich in einen Verhörraum führen lassen. Außer ihnen war nur noch eine Protokollführerin in dem engen Raum. Sie saßen sich zu dritt an einem quadratischen Tisch gegenüber, zwischen ihnen ein roter Plastikaschenbecher mit dem abgenutzten Aufdruck einer bekannten Zigarettenmarke. Gassens Stuhl war hart und unbequem. Er kam sich vor wie in einem schlechten Krimi.

»Was soll das, Limbach? Warum darf Herr Kempenich nicht bei der Zeugenbefragung dabeisein? Auf keiner Ihrer Vorladungen stand etwas davon, daß das hier ein Verhör werden soll.« Einen Moment lang überlegte Gassen, ob er doch Therèses Rat hätte folgen und einen Anwalt zu dieser Vernehmung mitbringen sollen.

»Brauchen Sie Verstärkung, Gassen? Dann werden Sie sie wohl nötig haben.« Limbach grinste ihn breit an.

»Herr Kempenich ist immerhin ein Zeuge. Er war mit mir im Crown Club.«

»Das wissen wir doch alles schon. Meine Kollegen nehmen gerade die Aussage Ihres Kumpels auf. Getrennt. Wir wollen doch nicht, daß Sie sich absprechen. Und jetzt wäre es nett, wenn Sie endlich meine Frage beantworten würden. Wo waren Sie in der Mordnacht?«

Gassen lehnte sich zurück und verschränkte die Arme vor der Brust. »Das war die Nacht vom 26. auf den 27. Februar?«

Limbach nickte knapp.

»Ich war allein zu Hause. Ich habe an einem Projekt gearbeitet und bin spät zu Bett gegangen.«

»Irgendwelche Zeugen?«

»Na, wenn Herr Kempenich jetzt hier wäre, könnte er Ihnen bestätigen, daß ich die Skizzen für den Transmitter am nächsten Tag fertig hatte.«

Der Kommissar fuhr sich durch den grauen Bart. »Kein sehr verläßlicher Zeuge«, brummte er. Bevor Gassen etwas erwidern konnte, beugte Limbach sich zu ihm: »Herr Gassen, ich halte fest, daß Sie für die Mordnacht kein Alibi haben. Damit gehören Sie für die Polizei zum Kreis der Verdächtigen.« Er nickte zu der Protokollantin. »Sie haben das, Koschinski?«

»Klar, Chef«, kam es von der Seite. Frau Koschinski blies eine Kaugummiblase und ließ sie platzen.

Limbach zuckte zusammen und blickte die Protokollantin scharf an. Gassen mußte grinsen. »Daß ich kein Alibi habe, spricht doch eigentlich eher zu meinen Gunsten, Herr Kriminalkommissar«, sagte er. »Wenn ich es wirklich gewesen wäre, hätte ich doch alle Zeit gehabt, mir ein passendes Alibi zu besorgen.«

»Da haben Sie allerdings recht. Und es wird auch noch Folgen haben, daß Sie sich den polizeilichen Ermittlungen in diesem Mordfall lange entzogen haben. Was haben Sie eigentlich in Afrika gemacht?«

»Ich war mit der GTZ dort.«.

»Neun Tage lang?« Limbachs Gesichtsausdruck war eindeutig, er glaubte Gassen kein Wort.

»So eine Funkanlage repariert sich nicht in ein paar Stunden, werter Kommissar. Und in meiner Freizeit habe ich mich nach Victoria Stevenson umgehört.«

»Ah, da kommen wir der Sache doch schon näher. Was ist denn dabei herausgekommen, bei Ihrem Umhören?«

Gassen grinste. »Verehrter Herr Kommissar, das werde ich Ihnen sowenig erzählen, wie Sie mich in den Stand der polizeilichen Ermittlungen einweihen.«

»Sie werden noch schmerzlich lernen, daß zwischen der Polizei, die ermittelt, und einem Verdächtigen, der die Ermittlungen behindert, ein gravierender Unterschied besteht.«

Gassen zuckte mit den Schultern. Mit solch leeren Drohungen würde Limbach bei ihm nicht weit kommen.

»Dann fangen wir mal an.« Der Kommissar kramte umständlich einen Zettel aus seiner Hosentasche. »Also . . . Sie haben uns gesagt, Sie hätten in Köln keinerlei Kontakt zu der ermordeten Victoria Sia Stevenson gehabt. Und trotzdem finden wir bei der Toten ein altes Foto von Ihnen. Und Sie hauen, kaum ist Ihre frühere Freundin beerdigt, erst einmal nach Afrika ab. Klingt doch komisch, finden Sie nicht auch?«

Gassen seufzte. »Das hatten wir doch schon. Ich hatte keine Ahnung, daß Victoria in Köln war. Sie hat sich nicht gemeldet. Limbach, ich bin zu Ihnen gekommen und habe Victoria für Sie identifiziert. Das hätte ich doch nicht gemacht, wenn ich etwas zu verbergen hätte.«

»Ach wissen Sie, wir hatten schon einige Fälle, in denen der Täter wie ein vollkommenes Unschuldslamm aufgetaucht ist und uns angeblich wichtige Hinweise liefern wollte.«

»Den Täter können Sie gleich wieder aus dem Protokoll streichen.«

Die Protokollantin schaute hoch und blickte fragend zu Limbach. Der winkte nur und schaute Gassen mit zusammengekniffenen Augen an. »Was haben Sie sich eigentlich dabei gedacht, auf eigene Faust in den Crown Club zu gehen?«

»Sie haben mir den Tip ja selbst gegeben. Ich dachte, daß ich als Privatmann vielleicht mehr herauskriege als die Polizei. Was sich ja auch bewahrheitet hat.« Gassen grinste. Eines war sicher, dieser eingebildete Kommissar würde heute zugeben müssen, daß er mit seiner und Jupps Nummer im Crown Club mehr erreicht hatte als ein Riesenaufgebot von Bullen.

»Sie haben sich also mit voller Absicht in die Ermittlungen eingemischt?«

»Ein bißchen Detektiv gespielt, würde ich sagen. Die Polizei hat ja nicht ernsthaft ermittelt ...« Gassen beendete seinen Satz nicht. Noch auf der U-Bahnfahrt zum Polizeipräsidium hatte Jupp ihm eingeschärft, er solle sich nicht mit dem Kommissar anlegen. Trotzdem war eines glasklar: Wenn Jupp und er nicht dem Crown Club einen Besuch abgestattet hätten, wüßte die Polizei heute weder von Cynthias Existenz noch von ihrem Verschwinden.

»Ihre Vorurteile gegen die Ermittlungsbehörden kenne ich schon zu genüge.« Limbach schaute nicht von seinem Papier auf. »Kommen wir lieber zu der angeblichen Schwester der Ermordeten ...«

»Cynthia ist Victorias Schwester.«

Der Kommissar schaute hoch und blickte Gassen direkt ins Gesicht. »Ja, ist sie das? Dann wäre es nett gewesen, wenn wir davon nicht Tage später erfahren hätten, und das auch nur deshalb, weil Ihr werter Herr Kempenich zufällig beim Karneval mit einer meiner Kolleginnen angebandelt hat.« Limbach war lauter geworden und beugte sich zu Gassen vor. »Ihnen ist hoffentlich klar, was Sie da angerichtet haben. Hätten Sie mir das gleich gemeldet, dann hätten wir diese Cynthia sicher noch im Crown Club erreichen und über den Tod ihrer Schwester befragen können.«

»Sie hätten mir doch eh nicht geglaubt!« Auch Gassen sprach jetzt lauter.

»Warum denken Sie das eigentlich?«

»Den Behörden kommt es doch gerade recht, wenn sich ein Etablissement der gehobenen Klasse in einem verschwiegenen Winkel außerhalb Kölns ansiedelt. Die Wirtschaft, das Hotel- und Gaststättengewerbe, die Städte Köln und Brühl, die Touristen und Messebesucher – alle sind zufrieden. Und auch wenn die Polizei keine direkte Protektion des Crown Clubs ausübt, so sind Sie doch sicher angehalten, mal das eine oder andere Auge zuzudrücken. Was in einem Mordfall verheerende Auswirkungen haben kann.«

Außer einem leichten Zucken der rechten Hand zeigte Limbach keine Reaktion. Gassen bekam in diesem Moment zum ersten Mal Respekt vor ihm. Leise sagte Limbach: »Sie haben ganz recht. Die Stadt hat die Einrichtung des Crown Clubs begrüßt. In der Stadtverwaltung denken dabei viele auch schon an eine Olympia-Bewerbung Kölns. Und im übrigen wurde verfahren wie immer.«

»Und das heißt?«

»Gesundheitskontrolle, ansonsten liberal und weltoffen. Wollen Sie hier den Moralapostel spielen, Gassen? Nachdem Sie, wie ich höre, selbst die Dienste des Crown Clubs in Anspruch genommen haben?«

Die Protokollantin, deren Stift die ganze Zeit übers Papier geflogen war, hielt abrupt inne und blickte hoch. Limbachs Augen waren fest auf Gassen gerichtet.

»Woher wissen Sie das? Hat Jupp aus dem Nähkästchen geplaudert?« Gassen hatte noch nicht ausgesprochen, als er ein Blitzen in den grauen Augen des Kommissars sah. Mist, er hatte sich überrumpeln lassen.

»Elena Zjadacz hat mir von Ihren ausschweifenden Vergnügen mit einem der Mädchen erzählt. Sie erinnern sich an die Geschäftsführerin?«

»Sicher erinnere ich mich. Eine unvergeßliche Frau. Aber was meinen Sie wohl, woher Frau Zjadacz diese detaillierten Informationen hat? Ich hätte ja auch einfach mit Cynthia aufs Zimmer gehen und mich mir ihr unterhalten können. Dazu war ich ja in den Crown Club gekommen. Um Informationen von den Frauen zu kriegen.«

Eine leise Irritation huschte über das breite Gesicht des Kommissars. »Sie haben bezahlt. Dafür hat mir die Zjadacz zwei Zeuginnen gebracht.«

»Ich habe für Informationen bezahlt. Ich verrat's Ihnen, Limbach: Elena Zjadacz weiß, was sich in dem Rote-Laterne-Separée abgespielt hat, weil die Zimmer des Hauses abgehört werden.«

»Das kann ich mir nicht vorstellen. Wir haben das Haus durchsucht und nichts gefunden.«

»Es gibt nirgends Monitore, Kameras oder Bänder?«

»Doch, sicher, jede Menge.«

»Und da sind Sie nicht auf den Gedanken gekommen, daß prominente Gäste des Hauses mit kompromittierenden Aufnahmen erpreßt werden könnten? Die gute Elena Zjadacz scheint Ihnen ja mehr am Herzen zu liegen als der Schutz potentieller Erpressungsopfer.«

Limbach fuhr sich wieder mit dieser nachdenklichen Geste durch den Bart. Dann meinte er: »Der Crown Club hat ein ausgefeiltes Überwachungssystem. Jemand hat viel Geld in den Laden gesteckt, um daraus etwas Besonderes zu machen. Rundumschutz und absolute Diskretion gehörten nun mal zu dem Service, den ein Haus heute bieten muß, das eine Topadresse auf diesem Gebiet sein will.«

»Haben Sie eigentlich schon mal überlegt, woher das Geld für den Crown Club kommt?«

»Nein. Sollte ich?«

Gassen zuckte mit den Schultern. »Sie hätten auf jeden Fall den Inhalt der Bänder überprüfen sollen. Inzwischen wurden die von Cynthia und mir sicher vernichtet.«

Der Kommissar seufzte. »Hören Sie, Gassen, ich habe keinen einzigen Hinweis auf diese Cynthia außer Ihrer verworrenen Aussage. Die Geschäftsführerin des Crown Clubs sagt, Sie wären mit einer Mosambikanerin namens Salia auf dem Zimmer gewesen. Wir haben die Frau befragt, und sie bestätigt die Aussage. Niemand im Crown Club weiß etwas von einer Schwester der Ermordeten. Die zuständigen Behörden haben den Namen Cynthia Stevenson noch nie gehört. Alle unsere Nachforschungen . . .«

»Die Behörden wußten ja auch nichts von Victoria. Und wenn sie illegal im Crown Club gearbeitet hat, dann wird es Cynthia wahrscheinlich auch getan haben. Wir können nur hoffen, daß Cynthias Leiche nicht auch auf irgendwelchen Bahngleisen auftaucht. Ich kriege allmählich wirklich den Verdacht, daß die Zjadazc ein Protegée von Ihnen ist, da sie ihr mehr glauben als mir.«

Ein scharfer Knall hallte durch den kleinen Raum. Gassen sprang auf und hätte dabei fast den Stuhl umgeworfen, die Protokollantin ließ vor Schreck ihren Stift fallen.

Limbach rieb sich die Handfläche, die er gerade mit Wucht auf die Tischplatte geschlagen hatte. »Es reicht, Gassen! Es geht hier nicht darum, ob ich Ihnen glaube oder nicht. Vor Gericht zählt die Aussage von Frau Zjadacz genausoviel wie Ihre. Wenn ich Sie ernst nehmen soll, dann bringen Sie mir handfeste Beweise oder einen zweiten Zeugen, der Ihre Aussage bestätigt!«

Gassen stand immer noch. Langsam beugte er sich vor und stützte sich mit beiden Händen auf dem Tisch ab. Wenn Limbach nur einen Zeugen brauchte, den konnte er bieten.

»Jupp hat Cynthia gesehen«, sagte er leise.

»Wie bitte?« Limbach und die Protokollführerin starrten ihn an.

»Herr Kempenich war ja mit im Crown Club. Er hat Cynthia gesehen, als wir zusammen runter zur Bar gekommen sind.«

Die Protokollantin wandte sich sofort wieder ihrem Block zu und kritzelte. Limbach atmete schwer aus. »Und warum sagen Sie das erst jetzt, Mann!«

»Ich wußte nicht, daß es wichtig ist.« Gassen setzte sich wieder und rückte näher an den Tisch.

Der Kommissar schüttelte den Kopf, als hätte ihm gerade jemand erklärt, Fingerabdrücke seien für die Polizeiarbeit nicht von Belang. »Und so einer will Detektiv spielen.« Mit einem lauten Knirschen schob er den Stuhl zurück und erhob sich. Bevor Gassen etwas sagen konnte, war Limbach zur Tür hinaus.

Die Protokollantin rief ihm nach: »Chef, was ist jetzt? Befragung abgeschlossen, oder was?«

Aber die Tür war schon wieder ins Schloß gefallen.

»Ist er immer so?« Gassen starrte auf die Stelle, wo eben noch Limbach gesessen hatte. Auf dem Tisch lag immer noch der Zettel mit den krakeligen Notizen des Kriminalkommissars.

Die Protokollantin zog einen neuen Kaugummi aus der Hosentasche und wickelte ihn aus der Silberfolie. »So sind sie doch alle.« Damit schob sie den Streifen in den Mund und kaute genüßlich.

Die Tür ging wieder auf, und Limbach kam mit Jupp Kempenich und der blonden Assistentin zurück, die Gassen bei seinem ersten Besuch als Sabine Rell vorgestellt worden war. Der Kriminalkommissar hielt einen unordentlichen Haufen Papiere und Fotos in der Hand. Hinter ihm schaute kurz Maren Weiser in den Raum, runzelte die Augenbrauen, als sie Gassen anblickte und verschwand wieder.

Gassen zwinkerte Kempenich zu. Der nickte und schaute ihn dann ebenfalls fragend an. Gassen hob die Schultern. Keine Ahnung, was Limbach jetzt wieder vorhatte.

»Also, meine Herren. Das hier sind Aufnahmen vom Flughafen Köln-Bonn. Jeder Fluggast wird dort beim Boarden mit Überwachungskameras gefilmt. Standard-Sicherheitsvorkehrung.« Der Kriminalkommissar breitete einige grobkörnige Fotos auf dem Tisch aus. Auf allen waren junge schwarze Frauen zu sehen, die an einer Absperrung vorbei zu ihren Flügen gingen. Eine schleppte eine riesige karierte Plastiktasche, bei der sich Gassen wunderte, dass sie als Bordgepäck durchgegangen war. Weil sie sich gerade zu ihrem Kind hinunterbeugte, sah man auf einem anderen Bild eine Frau mit kurzem Haar nur im Profil. Und dann war da Cynthia, zwar in einem leger-sportlichen Hosenanzug und mit Sonnenbrille statt des weißen Abendkleides, aber dennoch unverkennbar. Gassen wollte schon auf das Foto zeigen, als er Limbachs Hand schwer auf seiner Schulter spürte.

In diesem Moment rief Kempenich: »Das ist sie! Die mit der Sonnenbrille.« Er grinste in die Runde, als hätte er den Lotto-Jackpot geknackt.

Der Kriminalkommissar blickte zu Gassen. »Sie können Cynthia Stevenson auch identifizieren?«

»Ja«, erwiderte Gassen. »Die Frau in dem Hosenanzug. Hundertprozentig.«

Die blonde Assistentin schob die Fotos zur Seite und ließ nur die Aufnahme mit Cynthia auf dem Tisch liegen. Sie blickte ihren Chef kurz an, Limbach nickte. Dann sagte sie: »Ich habe sämtliche Aufzeichnungen der Sicherheitskameras am Flughafen Köln-Bonn überprüft. An den beiden Tagen, die Herr Kempenich uns genannt hat, nämlich der 2. und 3. März, sind diese schwarzen Frauen vom Flughafen abgeflogen.«

»Haben Sie herauskriegen können, wohin Cynthia geflogen ist?«

»Die Frau, auf die Sie und Jupp ... also, Herr Kempenich gedeutet haben, ist nicht Cynthia Stevenson.«

Gassen fuhr auf und wollte schon energisch Einspruch erheben. Aber Sabine Rell hob die Hand und lächelte ihn an. »Zumindest stand das nicht in dem Pass, den die Frau beim Einchecken vorgelegt hat. Sie ist übrigens belgische Staatsangehörige und war auf dem Rückflug nach Brüssel. Laut Pass heißt sie Agnes Dubois.«

*

»Warum hast du Limbach nicht gesagt, daß du in Freetown einen Typen kennst, der Dubois heißt und in die ganze Geschichte verwickelt ist?« Kempenich stand dicht neben Gassen im Aufzug.

»Ich möchte nicht, daß Dubois Probleme kriegt. Er ist der Leiter der Fluchthilfeorganisation, die damals Victoria und Cynthia außer Landes gebracht hat. Dabei wenden sie sicher manchmal Mittel an, die einem deutschen Beamten komisch oder gar illegal erscheinen müssen.«

»Glaubst du, dieser Dubois ist mit Cynthia eine Scheinehe eingegangen, um sie aus Sierra Leone rauszukriegen?« Kempenich schien die Frage ganz ernst zu meinen.

Gassen schüttelte den Kopf. »Kann ich mir nicht vorstellen. Das hätte er mir sicher gesagt.« Oder auch nicht. Er erinnerte sich an die seltsame Reaktion der Sekretärin im Escape-Büro in Freetown, als er den Namen Cynthias fallenließ. Auch Claude Dubois war ab dem Moment zugeknöpft wie eine Auster, als er nach Cynthia gefragt hatte. Das komische Gefühl, das er gleich nach dem Treffen gespürt hatte, kam jetzt wieder in ihm hoch. »Vielleicht verwendet Cynthia einen Paß mit einem falschen Namen und es ist Zufall oder ein kleiner Witz, daß sie Dubois als Nachnamen gewählt hat. So selten ist der Name ja nun auch nicht.«

»Das glaubst du doch wohl selbst nicht.« Kempenich war nicht dumm.

Gassen seufzte. »Auf jeden Fall muß ich selbst erst herauskriegen, was da läuft, bevor ich Limbach auf Escape und den Belgier ansetze. Außerdem ...« Ihm war noch etwas eingefallen. »Dubois konnte es gar nicht glauben, daß Victoria und ich nicht in Kontakt standen. Offenbar ist er davon ausgegangen, daß Victoria sich sofort bei mir melden würde, wenn sie erst einmal in Europa war.«

Kempenich wollte gerade etwas sagen, da ging die Tür des Fahrstuhls auf. Maren wartete am Eingang des Präsidiums auf sie, wo sie sich angeregt mit dem Pförtner unterhielt.

»Daß du mir den Mund hältst, Jupp«, flüsterte Gassen seinem Freund zu. »Ich will nicht, daß Limbach von Dubois und Escape erfährt, bevor ich Genaueres weiß. Auch nicht über Maren. Also, kein Geplaudere, ist das klar?«

»Schon recht.« Kempenich winkte ab. »Ist eh besser so. Wenn Limbach von diesem Dubois und seinen Kontakten zu dir und Victoria hört, rückst du für ihn auf seiner Verdächtigenliste ganz nach oben. Du bist übrigens der einzige, der auf ihr steht. Die Polizei tappt im Mordfall Weidenpesch immer noch im dunkeln.«

»Dann muß ich mich beeilen, daß ich endlich dem wirklichen Mörder auf die Spur komme. Und die führt nach Belgien.«

*

Der Blick von dort oben, etwa zweihundert Meter über der Stadt, war herrlich, selbst bei Nacht. Die Sierra Leone-Bay lag im Mondschein, vereinzelte Lichter blitzten auf, von Booten vielleicht oder Spiegelungen auf der Wasseroberfläche. Freetown, immerhin eine Millionenstadt, kam Dave Crocker dunkler vor als früher, vor dem Krieg. Teilweise war die Straßenbeleuchtung zerschossen, in manchen Häusern funktionierte der Strom nicht mehr. Besonders über den ärmeren Vierteln lag nachts eine gefährliche Dunkelheit.

Davon war hier oben nichts zu bemerken. Das Haus von Claude Dubois lag zwischen dem Mount Aureol und dem Fourah-Bay-College in den Hügeln, umgeben von Villen und mehr oder weniger gepflegten Privatgrundstücken, die sich nur Wohlhabende leisten konnten.

»Arm scheint der Kerl ja nicht gerade zu sein«, flüsterte auch prompt Pat, der dicht hinter Crocker ging. Die beiden bewegten sich vorsichtig und leicht gebeugt im Schatten am Straßenrand voran. »Hast du nicht gesagt, er arbeitet für eine Fluchthilfeorganisation? Ich wußte nicht, daß man damit Geld machen kann.«

»Escape.« Crocker richtete sich kurz auf und warf einen Blick auf das einstöckige, am Hang eines größeren Areals gelegene weiße Haus. Es sah neu aus, als wäre es erst in den letzten Jahren erbaut worden. Das Grundstück – einen Garten konnte man die Wildnis aus buschigem Dickicht und zertrampelter Erde mit Stein- und Schotterhaufen nicht nennen – war zur Straße und den beiden Längsseiten hin durch eine hohe Mauer geschützt. Ob die Mauer rund um das Gelände verlief, konnte Crocker von seiner Position aus nicht erkennen.

Direkt neben dem modernen Eingangstor stand innen ein kleines Wachhäuschen, von dem man sowohl die Straße als auch das Haus gut im Blick hatte. Tag und Nacht saß dort ein Wächter. Ein zweiter Mann drehte ständig Runden um Haus und Grundstück. So viel hatte Crocker schon herausgefunden. Seit er und sein Team gestern morgen vom Einsatz an der Nordgrenze zurück waren, hatte er sich Escape und Claude Dubois gewidmet. Das Büro im Hafenviertel würde er sich später vornehmen, zuerst wollte er das Privathaus des Mannes untersuchen. Es war tatsächlich gut bewacht und verfügte offenbar noch über eine hochmoderne, computergesteuerte Sicherheitsanlage, belgische Wertarbeit. Die Baufirma zu ermitteln, die den Neubau hochgezogen hatte, war mit den Kontakten, die ihm durch die Executive Services zur Verfügung standen, kein Problem. Crocker hatte sich als potentieller Kunde ausgegeben und erfahren, daß keine Firma aus Freetown, sondern ausländische Fachkräfte mit der Installation der Sicherheitsanlage in Dubois' Haus beauftragt worden waren. Das machte die Dinge komplizierter. Ohne Insider-Wissen war es fast unmöglich, solche hochaufgerüsteten Systeme zu knacken. Der ganze Aufwand konnte nur eines bedeuten: Wenn Dubois nicht einfach nur sein offensichtlich beträchtliches Vermögen schützen wollte, dann hatte er hier in seinem Privathaus brisante Unterlagen versteckt, die auch Gassen weiterhelfen konnten.

»Okay Pat, wie abgemacht«, flüsterte Crocker seinem Begleiter zu. Dass es sich um einen Gefallen für Martin Gassen handelte – mehr hatte der Executive Services-Pilot nicht wissen wollen, als Crocker ihn fragte, ob er ihn auf einem »Privatspaziergang« begleiten würde.

Pat nickte und blieb stehen. Crocker warf einen Blick durch sein Nachtsichtglas: Der Wachposten an Dubois' Eingang war nicht zu sehen. So schnell er konnte überquerte er die Straße. Dann schlich er sich an das Eingangstor heran. Die Mauer bestand aus Natursteinen und hatte Unebenheiten und Vorsprünge, ausreichend für einen geübten Kletterer, um die knapp drei Meter hochzusteigen. Crocker tastete nach einer schmalen Leiste, die durch den Einbau eines Monitors in die Mauer entstanden war. Kurz zögerte er, weil in der Nähe ein Hund anschlug. Aber der Wächter rührte sich nicht, auch der Monitor blieb schwarz. Crocker begann zu klettern. Zwei, drei Sekunden lang kroch er wie eine Spinne an der Wand, dann zog er sich hoch und glitt auf das Dach des Wachhäuschens, das direkt an die Mauer grenzte. Er lag flach auf dem rauhen Beton und wollte sich gerade dem Haus zuwenden, als er von der anderen Straßenseite ein leises Zirpen wie von einer Grille hörte. Pat!

Crocker presste sich so tief er konnte auf das Dach. Im nächsten Moment sah er unten den Wächter, der vor das Häuschen trat und sich nach allen Seiten umblickte. Offenbar hatte der Mann etwas gehört, wahrscheinlich die Schleifgeräusche, als Crocker sich auf das Dach gezogen hatte. Der Wächter trat kurz an das Tor und spähte auf die Straße. Dann ging er, die Waffe im Anschlag, auf das Haus zu. Crocker sah, daß der Mann sein Walkie-talkie aus der Tasche zog, sicher, um seinem Kollegen Bescheid zu geben. Er ging in die Hocke, setzte zum Sprung an – da glitt ein Schatten über das Tor und riß den Wächter von hinten zu Boden. Der Mann keuchte kurz, dann fiel sein Kopf ruckartig zur Seite. Pat packte ihn unter den Achseln und zog ihn schnell in das Wachhäuschen. Crocker landete mit einem leisen Knirschen auf dem Boden und half Pat, den Wächter zu knebeln und ihm Hände und Füße mit Klebeband zu verschnüren.

»Es ist noch ein zweiter unterwegs«, sagte Crocker. »Halt ihn auf, wenn er mir in die Quere kommt.«

Pat nickte und machte es sich auf dem Stuhl bequem, auf dem offensichtlich vorher der Wachmann gesessen hatte. Eine halbgerauchte Zigarette brannte noch im Aschenbecher.

Die Fenster des Hauses waren bis zu einer Höhe von zweieinhalb Metern massiv vergittert. Das traf auch auf die Tür zu einer breiten Veranda zu, die nach hinten auf die Bauwüste führte. Selbst winzige Öffnungen, von Luftschächten oder Wasserabläufen vielleicht, waren gesichert. Hier gab es kein Durchkommen. Crocker kroch vorsichtig zur Eingangstür, die auf der rechten Seite des Hauses lag. Den zweiten Wächter hatte er bis jetzt erst einmal gesehen, wie er unter den Bäumen, die die linke Seite des Grundstücks begrenzten, entlang der Mauer zum Eingang geschlendert war. Seither war er nicht wieder aufgetaucht.

Die Alarmanlage war sorgfältig verborgen. Ein kleiner, unauffälliger Kasten zwischen zwei neu gepflanzten Büschen an der linken Hauswand, ein paar Kabel, die zwischen den Stromkabeln verschwanden – das war alles. Die Anlage wurde aus dem Haus gesteuert, soviel war sicher. Dennoch mußte es einen Schwachpunkt geben, irgendeine Möglichkeit, wie das Alarmsystem von außen auszuschalten war. Der kleine Kasten ließ sich noch problemlos öffnen, danach sah es allerdings schlecht aus. Computergestützte Sicherheitssysteme nutzten alle Tricks, die elektronische Überwachungsanlagen zu bieten haben. Man konnte sie nicht einfach ausschalten. Selbst wenn der Strom für das gesamte Haus ausfiel, würde der Computer noch ein Signal an den zentralen Server schicken, was dort als Alarm registriert würde. Früher hatte die hohe Empfindlichkeit dieser Systeme zu häufigen Falschalarmen geführt. Inzwischen arbeiteten sie mit erstaunlicher Perfektion und Verläßlichkeit.

Nach einer halben Stunde mußte sich Crocker eingestehen,

daß er die Anlage nicht umgehen konnte, jedenfalls nicht in der kurzen Zeit, die ihm zur Verfügung stand. Und nicht in dem schwachen Mondlicht, das mehr verschleierte, als es erkennen ließ.

Crocker umrundete das Haus. Von dem zweiten Wächter war nichts zu sehen. Pat mußte ihn ebenfalls ausgeschaltet haben. Der Söldner grinste. Kurz überlegte er, ob er mit Pats Hilfe gewaltsam in Dubois' Haus einbrechen sollte. Selbst wenn der Alarm ausgelöst wurde, würde es einige Zeit dauern, bis die Polizei da war. Und in ein paar Minuten konnte man schon einiges finden, das wußte Crocker aus Erfahrung. Allerdings wäre Claude Dubois nach einem solchen Einbruch gewarnt. Crocke suchte nach speziellen Unterlagen, die für Gassen interessant waren, Papiere über das Schicksal der Flüchtlinge, über die Finanzierung von Escape. Bei einem Blitzeinbruch würde er die Papiere mitnehmen müssen, was wiederum Dubois darauf aufmerksam machen würde, daß es sich um keinen gewöhnlichen Einbruch handelte.

Crocker schloß das Kästchen. Daß er sich daran zu schaffen gemacht hatte, würde niemand merken. Er ging zum Eingang zurück. Pat saß da, als hätte er sich die ganze Zeit nicht von der Stelle gerührt. Eine Zigarette brannte in seiner rechten Hand. Die Zigarette des Wachmanns war im Aschenbecher verglüht.

»Alles okay?« fragte Pat.

»Das Objekt ist zu gut gesichert. Keine Chance.« Crockers Blick fiel auf den zweiten reglosen Körper, der neben dem ersten Wachmann lag. Beide Männer waren mit dem Gesicht zum Boden gedreht. »Gut gemacht, Pat.«

Pat erhob sich.

»Sind sie wach?« fragte Crocker leise.

Pat nickte. »Zumindest der eine.«

Crocker beugte sich zu dem Mann hinunter und flüsterte in Krio: »Von dieser Sache hier braucht niemand etwas zu erfahren. Ist das klar?«

Der Mann regte sich nicht, und Crocker kickte ihn mit der Schuhspitze in die Rippen. Der Wächter stöhnte leise auf. »Ob das klar ist?«

Der Mann bewegte den Kopf, und ein würgender Ton war zu hören.

»Gut. Das gilt auch für deinen Kollegen.« Crocker machte sich an dem Klebeband zu schaffen, das die Hände des Mannes auf seinem Rücken fesselte. Er konnte spüren, wie der Wächter vor Angst zitterte. »Ich mache dich jetzt los. Du bleibst zehn Minuten liegen, oder mein Begleiter erschießt dich.«

Die Hände des Mannes waren frei, und er ließ sie unwillkürlich neben sich auf den Boden gleiten. Sonst rührte er sich nicht.

Crocker nahm den Torschlüssel aus dem Metallschränkchen, das direkt neben der Tür hing. Wortlos winkte er Pat, ihm zu folgen. Er öffnete das Tor und ließ den Schlüssel an der Innenseite stecken. Dann verließen Pat und er das Anwesen. Als die beiden Gestalten im Schatten der hohen Mauer die Straße entlangliefen, schlug weiter unten wieder ein Hund an. Sonst war alles still.

*

Die Frühlingssonne schien auf den Keyserlei, eine Hauptstraße, die vom Hauptbahnhof Richtung Westen durch das Diamanten-Viertel führt. Martin Gassen beobachtete zwei Händler in jüdisch-orthodoxer Tracht, die vor dem Eingang zu einem Juweliergeschäft standen und sich offensichtlich angeregt unterhielten. Der Körperhaltung und den schnellen Bewegungen nach zu urteilen war der eine Mann wahrscheinlich sogar jünger als Gassen, doch die seltsame Haartracht unter der Kippa und der schwarze Bart ließen ihn wie ein Relikt aus der Vergangenheit erscheinen.

Yamba Kamara vom Ausländerbeirat hatte sich bereiterklärt, mit Gassen eine inoffizielle Stadtführung durch Antwerpen zu machen. Seit Stunden wanderten sie durch die Altstadt. Von der Liebfrauenkirche durch den mittelalterlichen Vlaeykensgang bis zum Rubenshaus hatte der hochgewachsene Sierraleoner ihn geführt. Angesichts der Pracht der Renaissancehäuser und der Plätze kam sich Gassen fast erschlagen vor. Die steinerne Nüchternheit des Diamanten-Viertels holte ihn wieder zurück zum eigentlichen Zweck seiner Reise.

»Kaum zu glauben, daß diese ehrwürdige Stadt eine Metropole des organisierten Verbrechens sein soll.« Gassen warf einen Blick in die Schaufensterauslage eines Juweliergeschäfts: Diamanten unterschiedlicher Größe funkelten auf der dunkelblauen Samtauslage.

»Der Schein trügt«, erwiderte Kamara. Der Sierraleoner war ein stiller Typ, der über das Diamanten-Museum Diamond Land und afrikanische Musik mit derselben Gewissenhaftigkeit sprach wie über die derzeitige Lage in Sierra Leone. Auch jetzt ging er voller Ernst auf Gassens Bemerkung ein. »Vieles hier in Antwerpen ist nur Fassade. Wie zum Beispiel dieser angesehene Emeritus der medizinischen Fakultät der Universität Antwerpen, der Ehrenpräsident von Refugium ist.«

Sie hatten den ganzen Morgen in den Räumen von Payoke verbracht und darüber gesprochen, was die Mitarbeiter seit dem Besuch von Therèse über Fair Heaven und seine Sponsoren herausbekommen hatten. Kathleen van Dromme hatte Gassen herzlich begrüßt und gleich nach Therèse gefragt.

»Sie konnte nicht mitkommen, wegen der Praxis«, hatte er erklärt und dabei selbst gemerkt, wie rauh seine Stimme klang. Therèse hatte sich nicht mehr bei ihm gemeldet und nicht auf seine Anrufe reagiert, bevor er nach Belgien aufgebrochen war. Die Payoke-Geschäftsführerin hatte ihm einen kurzen fragenden Blick zugeworfen, sich dann aber wieder ihren Unterlagen zugewandt. Auch die Frau vom Ausländerbeirat – Konia Javoimbo – hatte ihn genau beobachtet, Gassen fragte sich, was Therèse hier wohl über ihn erzählt hatte.

Zu viert hatten sie in dem Raum gesessen, in dem offenbar sonst Beratungsgespräche geführt wurden. Die Geschäftsführerin erzählte, daß sich die Nachforschungen über die Flüchtlingsorganisation Refugium, der das Herren- und das Gesindehaus von Fair Heaven gehörten, als sehr ergiebig erwiesen hatten. Ein beträchtlicher Teil der Spenden, mit denen Refugium sich finanzierte, stammte von Firmen, die nicht unbedingt einen guten Ruf hatten. Schon eine kurze Recherche im Internet brachte einige Skandalgeschichten zutage. Geschäftsführer wurden dort ein- und ausgewechselt, als wären sie Ersatzspieler des FC Antwerpen. Veruntreuungen, illegale Aktiengeschäfte und Korruption waren keine Seltenheit. Und nach einem Besuch in den Pressearchiven des Tijd und der Gazet konnten sich die Payoke-Leute ein ziemlich genaues Bild von den Sponsoren von Refugium machen. Einem der drei Hauptgeldgeber, einer französischen Immobilienfirma namens Euro-Sol, waren wiederholt illegale Grundstücksgeschäfte und Bestechung vorgeworfen worden.

Euro-Sol? Gassen mußte nicht lange überlegen, woran ihn der Name der Immobilienfirma erinnerte. Euro-Sol, Eurogrund, das konnte kein Zufall sein. Er unterbrach den Bericht von Kathleen van Dromme. »Moment, ich glaube, hier haben wir was. Der Crown Club gehört einer Firma namens Eurogrund. Wir sollten diese Informationen an meinen Kollegen in Köln mailen. Er kann sicher rauskriegen, ob es Verbindungen zwischen Eurogrund und Euro-Sol gibt.«

»Crown Club?« fragte Konia Javoimbo.

»Das ist dieser Kölner Edelpuff, in dem Victoria Stevenson gearbeitet hat, nicht?« Kathleen van Dromme blätterte in ihren Aufzeichnungen.

»Ja. Und ich habe dort Cynthia getroffen, bevor sie verschwunden ist.«

Die drei starrten ihn an, dann sagte Kathleen van Dromme: »Sie waren selbst in dem Bordell, in dem die Schwestern gearbeitet haben? Davon hat uns Therèse gar nichts gesagt.«

Gassen versuchte es mit einem Grinsen. »Na, sie war nicht gerade begeistert von der Idee, daß ich in einem Bordell nach Spuren von Victoria suche.«

»Kann ich mir lebhaft vorstellen.« Die Bemerkung von Yamba Kamara kam wie aus der Pistole geschossen, und alle mußten lachen.

Schließlich sagte Konia: »Zu einem Crown Club paßt dann noch ein anderer großer Spender von Refugium: die Brüsseler Agentur Personnel Line. Sie ist eine hundertprozentige Tochter der Firma Paris Escorts, die eine Cabaret-Kette in Frankreich und in den Beneluxstaaten betreibt und angeblich der albanischen Mafia gehört. Paris Escorts ist uns bei der Arbeit für Payoke schon öfter aufgefallen.«

»Personnel Line ...« Gassen hatte die Papiere vor sich, die Therèse ihm übergeben hatte. »Das ist doch diese Agentur, die den Frauen aus Fair Heaven angeblich Jobs verschafft hat.«

Kathleen van Dromme nickte. »Wir versuchen gerade, mehr über die Agentur rauszukriegen. Hier sind wir offensichtlich auf etwas Interessantes gestoßen. Aber trotzdem ist mir immer noch schleierhaft, warum diese Firmen so große Summe für ein Frauenhaus und eine Flüchtlingsorganisation spenden sollen.«

Von einer Fluchthilfeorganisation namens Escape hatten die Payoke-Mitarbeiter noch nie etwas gehört, auch Claude Dubois war niemandem ein Begriff. Gassen hatte darum gebeten, das alte Foto, auf dem Victoria, Cynthia und Sahr Kandeh zu sehen waren, dem ganzen Team vorzulegen. Keiner kannte die Frauen. Die meisten hatten schon das aktuellere Foto der Leiche Victorias gesehen, das Therèse dabei hatte. Erst als Gassen seine und Crockers Vermutung äußerte, aus dem jungen Mann auf dem Foto sei inzwischen ein berüchtigter Rebellenführer geworden, horchte Yamba Kamara auf.

»Wer soll das sein?« fragte er, den Blick auf das Foto gerichtet, das Dubois von den dreien vor dem Krankenhaus gemacht hatte.

»Wir glauben, daß es ein Jugendbild des Unverwundbaren ist.« Gassen beobachtete Kamara, der erstaunt hochblickte. Der Sierraleoner war vor drei Jahren als Flüchtling nach Antwerpen gekommen. Er hatte erzählt, daß seine Familie aus dem Norden stamme, er aber schon seit seiner Kindheit in Bo gelebt habe. Er interessierte sich für afrikanische Musik und kannte Seday, den berühmten Percussion-Künstler aus Freetown, persönlich. Auf dieser Ebene hatten Gassen und er sich sofort verstanden. Gassen hatte in ihm einen modernen Sierraleoner gesehen und einfach angenommen, daß Kamara im Bürgerkrieg auf der Seite der Regierung stand. Aber jetzt bekam er Zweifel. Es war in diesem Konflikt fast unmöglich einzuschätzen, wer sich warum auf welche Seite geschlagen hatte. Wirklich wissen konnte Gassen nichts über diesen schweigsamen jungen Mann.

»Der Unverwundbare ist tot«, sagte Yamba Kamara. Mit einer schnellen Handbewegung schob er das Foto über den Tisch zu Gassen zurück.

Der zuckte mit den Schultern. Falls Kamara mehr wußte, dann würde er sicher nicht in diesem Kreis damit herausrücken. Und das Geheimnis um Sahr Kandeh gehörte zu den Dingen, um die sich Crocker in Sierra Leone kümmerte. Er selbst war hierhergekommen, um endlich eine konkrete Spur von Victoria zu finden.

Gerade war eine Mitarbeiterin von Payoke in den Raum eingetreten. Sie balancierte ein Tablett mit Kaffee und Pom Koek und wurde mit freudigem Hallo begrüßt. In dem darauffolgenden Durcheinander, das entstand, bis der Kaffeetisch gedeckt und alle mit belgischem Kaffeekuchen versorgt waren, hätte Gassen fast überhört, wie Yamba Kamara leise zu sich selbst sprach: »Keiner wußte, wie der Unverwundbare aussah. Aber er hat ein Zeichen getragen.« Dann bemerkte er, daß Gassen ihm zuhörte. »Eine auffallende Narbe an der Stirn«, erklärte er. Er deutete mit dem Kinn auf das Foto, das neben dem Kuchenteller auf dem Tisch lag. »Dieser Mann da hat keine Narbe.«

»Das war ganz am Anfang des Krieges. Er hatte noch viel Zeit und Gelegenheit, sich eine Narbe zu holen«, erwiderte Gassen lapidar und steckte das Foto wieder ein.

»Hier sind wir«, sagte Kamara und zeigte auf ein kleines Juweliergeschäft, das sich in nichts von den vielen anderen unterschied, an denen sie vorbeigeschlendert waren. Eine Touristengruppe stand vor dem Schaufenster – Deutsche, wie Gassen nach wenigen Sekunden registrierte. Ein Hüne im schwarzen Trainingsanzug verdeckte den Blick auf die Auslage. Gassen konnte nur reichlich Goldschmuck erkennen, der auf rechteckigen Schautafeln ausgestellt war. Über der Eingangstür waren die Umrisse eines auf der Spitze stehenden Diamanten abgebildet. Oben im Schaufenster hing ein mehrsprachiges Schild, auf dem in altmodischen roten Buchstaben die Dienste des Juweliers angepriesen wurden. »Handgemaakte Juwelen« und »Toutes Reparations« konnte Gassen über die Köpfe hinweg lesen.

»Und was wollen wir hier?« Gassen versuchte, irgendwo im Schaufenster einen Namen auszumachen, aber gegen die Touristenschar kam er nicht an.

»Das hier ist das Geschäft der Firma Glückskarat. Sie handelt mit Billigdiamanten, Schmucksteinen niedriger Qualität. Der Besitzer ist ein Libanese namens Abas Hamoud.« Kamara nickte Richtung Geschäft. »Aber lassen Sie sich nicht durch die zweitklassige Ware hier täuschen. Dieser Laden ist auch nur Fassade. Abas Hamoud ist einer der reichsten Händler in Antwerpen.«

Sie gingen weiter. Gassen drehte sich noch einmal kurz um. Zwei der Touristen betraten gerade das Geschäft.

»Und?« fragte Gassen. Kamara ließ sich wirklich alles aus der Nase ziehen.

»Glückskarat ist neben Paris Escorts und Euro-Sol einer der Hauptsponsoren von Refugium. Die Firma hat das Grundstück, auf dem Fair Heaven steht, an Refugium übertragen.«

»Ah. Wie seid ihr denn an diese Informationen herangekommen?«

Kamara zuckte mit den Schultern. »Glückskarat stand auf der Liste der Firmen, die im großen Stil für Refugium spenden. Und einen Grundbuchauszug kann jeder kriegen. Unsere Rechtsanwältin hatte die Informationen innerhalb von zwei Tagen.«

»Der Diamantenhandel ist eine der größten Einnahmequellen von Sierra Leone. Wenn die RUF nicht die Diamantenfelder besetzt hielte, könnten die Rebellen sich nicht finanzieren.«

Yamba Kamara schaute Gassen nicht an, nickte aber. »Ich habe mich gefragt, ob Sie diese Verbindung auch ziehen würden.«

»Es kann kompletter Zufall sein, aber es ist auf jeden Fall interessant. Ein Diamantenhändler, der sich finanziell für Flüchtlinge und ein Frauenhaus engagiert, das zumindest im begründeten Verdacht steht, daß von dort Frauen für die Prostitution angeworben werden.«

»Ja.«

Der Mann war verschlossen wie eine Auster im Trockenbecken. Gassen seufzte. »Was wißt ihr über denn über den Libanesen?«

»Er handelt mit sierraleonischen Diamanten. Was gar nichts heißen muß. Ansonsten sind wir mit den alteingesessenen jüdischen Händlern des Viertels in Kontakt. Aber dort weiß man kaum etwas über die neue Generation von Händlern, seien sie nun Libanesen, Israelis, Inder oder Russen. Auch über Abas Hamoud ist nicht viel rauszukriegen. Die Zirkel sind strikt voneinander getrennt. Die Juden haben den Schmucksteinmarkt in der Hand, die anderen den Billigsteinmarkt.« Der Sierraleoner deutete nach links in eine kleine Seitenstraße. »Lassen Sie uns hier lang gehen.«

Die Straße lag im Schatten, und Gassen wickelte seinen Schal enger um den Hals. Auch in Brüssel herrschten Ende März noch winterliche Temperaturen. Am Straßenrand gab es ein paar Geschäfte, deren Schaufenster darauf hinwiesen, daß hier weniger Schmuck und Diamanten verkauft, als Reparaturen durchgeführt wurden.

»Wohin gehen wir eigentlich?«

Kamara lächelte nur und lief stumm weiter. Schließlich wurde es Gassen zu dumm. Er blieb mitten auf der Straße stehen. »Was soll das, Kamara?«

Der Schwarze drehte sich um. »Kommen Sie weiter, Gassen. Ich möchte Ihnen noch etwas zeigen.«

»Noch einen Spender von Refugium?«

»Nein. Eine Möglichkeit, wie wir mehr über die dubiosen Geschäfte der Spender herauskriegen können.«

»Hört sich gut an.« Gassen rührte sich nicht vom Fleck, obwohl Kamara weiterging. Von der Hauptstraße her näherte sich ein Auto. »Wie soll das funktionieren?«

»Kommen Sie.«

Das heranfahrende Wagen hupte, und Gassen trat auf den Bürgersteig. Kamara stand an der nächsten Ecke und hielt sich dicht an der Hauswand. Als Gassen neben ihm stand, zeigte er in die rechts abzweigende Gasse, in der nur Wohnhäuser zu sehen waren.

»Sehen Sie die beiden Dachfenster im dritten Haus auf der gegenüberliegenden Straßenseite? Das gelbe.«

Es gab nur ein einziges gelbes Haus in dem kleinen Sträßchen. Es war niedrig, und die beiden schrägen Dachfenster waren deutlich zu sehen. Weiße Häkelgardinen und eine blühende Amaryllis waren hinter den Scheiben zu erkennen.

»Da wohnt offenbar ein Blumenfreund. Was ist damit?«

Kamara trat wieder zurück. »Das ist die Wohnung von Herrn Sakkers. Kann sein, daß er auf Blumen steht, aber für uns ist viel wichtiger, daß er die Buchhaltung für Refugium macht. Ein pensionierter Mathematiklehrer, der sich aus reiner Menschenliebe für Flüchtlinge engagiert. Alles ehrenamtlich, auch die Tätigkeit für Refugium. Er kommt sporadisch zu den Treffen eines Flüchtlingshilfe-Kreises, hat auch schonmal bei einer Veranstaltung mitgemacht, die von Payoke organisiert wurde.«

»Und als Buchhalter hat er Zugang zu den Geschäftsunterlagen von Refugium?« Gassen warf noch einmal einen Blick auf das gelbe Haus.

»Genau.« Yamba Kamara strahlte ihn an. »Sakkers ist unser Mann. Er ahnt etwas. Hat schon mal fallenlassen, daß bei Refugium irgendwelche krummen Geschäfte laufen. Beim letzten Treffen hat Sakkers im Flüchtlingskreis herumgefragt, ob jemand einen Sorie Kargbo kennt. Er soll angeblich vor ein paar Jahren aus Sierra Leone geflohen sein. Aber hier kennt ihn niemand.« Kamara redete schnell und eindringlich, er war kaum wiederzuerkennen.

»Und? Was ist mit diesem Sorie Kargbo?«

Kamara tippte Gassen auf die Brust. »Sorie Kargbo arbeitet in der Finanzabteilung von Refugium.«

Gassen holte tief Luft. »Und Sie denken ...«

»Genau«, nickte der Sierraleoner. »Der gute Pensionär würde sich nicht so für Sorie Kargbo interessieren, wenn er ihn nicht in Verdacht hätte. Sakkers ist sonst eher ein zurückhaltender Mensch. Aber hier treibt ihn etwas richtig um.«

»Haben Sie denn nicht mit ihm geredet? Er klingt doch ganz aufgeschlossen.«

»Aber klar doch.« Kamara hob die Schultern. »Ich, Kathleen,

Konia, wir haben uns alle an dem Mann die Zähne ausgebissen. Keine Chance. Haben Sie schon mal was von buchhalterischer Schweigepflicht gehört? Für Sakkers ist die heilig. Und solange wir keine stichhaltigen Beweise für unsere Vermutungen, was Refugium betrifft, haben, sagt er nichts. Nachdem er kapiert hatte, um was es ging, wollte er nicht mehr mit uns reden.«

Ein rotes Motorrad brauste mit einem Höllenlärm vorbei. Gassen sah dem Fahrzeug nach, dann sagte er leise: »Vielleicht braucht es – sagen wir mal – unkonventionellere Methoden, um Herrn Sakkers davon zu überzeugen, daß es im Leben Situationen gibt, für die die Schweigepflicht nicht gilt.«

Yamba Kamara grinste Gassen an. »Ich habe gehofft, daß Sie so denken.«

*

Pier Sakkers wohnte seit über zehn Jahren in dem ruhigen Sträßchen in direkter Nachbarschaft zum Diamanten-Viertel. Nach dem Tod seiner Frau hatte er sich die kleine Mansardenwohnung mit Unterstützung seiner beiden jüngeren Schwestern gemütlich eingerichtet. Das Wohnzimmer war eigentlich eine Art Studierstube, sein Schreibtisch und die bis an die Decke reichenden Bücherregale nahmen den meisten Platz ein. Hierher kamen die paar Nachhilfeschüler, die er noch unterrichtete.

Wenn er durch die gehäkelten Gardinen auf die Dächer der Stadt schaute, kam sich Pier Sakkers manchmal wie eine Figur aus einem Spitzweg-Gemälde vor. Als Lehrer hatte er immer viel Kontakt zu den jungen Leuten gehabt. Das hatte sich durch seine Pensionierung radikal geändert. Er und seine Frau hatten keine Kinder, und seine Nichten und Neffen besuchten ihn äußerst selten. Damit er nicht vollständig zu einem weltabgewandten Grübler wurde, hatte Pier Sakkers vor ein paar Jahren angefangen, sich politisch zu engagieren. Die Bilder des Flüchtlingselends in der Zeitung hatten ihn erschüttert, er wollte etwas dagegen tun, mit seinen bescheidenen Mitteln. So war er zum Antwerpener Flüchtlingskreis gestoßen, einem losen Verband von Bürgern, die sich über das Schicksal von Flüchtlingen aus der ganzen Welt informierten und – wenn möglich – Hilfe leisteten. Es war eine neue Erfahrung für Pier Sakkers gewesen, die Straßenstände, die langen Diskussionen, die Auseinandersetzungen, bei denen es oft mehr um die parteipolitische Linie ging als um den Wunsch, wirklich etwas zu verändern. Aber er fühlte sich wohl in der Gruppe. Er war das älteste Mitglied, die anderen behandelten ihn mit einer Mischung aus Respekt und Bewunderung. Sie waren beeindruckt, daß er sich auf seine alten Tage noch für die aktuellen Probleme der Welt interessierte.

Dann hatte er Maigrit von Refugium kennengelernt. Sie arbeitete in der Organisation als eine Art Sekretärin. Angesprochen hatte sie ihn, weil er früher Mathematik unterrichtet hatte. Wie die meisten Menschen ging Maigrit davon aus, daß er gut mit Zahlen umgehen konnte. Pier Sakkers konnte sehr gut mit Zahlen umgehen, Mathematik war die Leidenschaft seines Lebens, fast hätte er darin promoviert. Doch Mathematik war natürlich etwas ganz anderes als das trockene Geschäft der Buchhalterei, für das Maigrit ihn anwerben wollte. Trotzdem hatte er sich darauf eingelassen. Es interessierte ihn, wie eine professionelle Flüchtlingshilfeorganisation von innen aussah. Und so war er seit knapp zwei Jahren für die Buchhaltung von Refugium zuständig. Einen Nachmittag pro Woche ging er in die Geschäftsräume, ordnete die Unterlagen und stellte die Abrechnungen zusammen. Er machte seine Sache gut und gewissenhaft.

Seiner Gewissenhaftigkeit war es auch zu verdanken, daß ihm Dinge auffielen, die einen vielbeschäftigten Buchhalter vielleicht nicht gekümmert hätten. Die seltsamen Rücküberweisungen von kleinen Summen an manche Spender. Die numerische Übereinstimmung – manchmal bis auf den Cent – von eingehenden Spendengeldern und ausgehenden Zahlungen der Fluchthilfeorganisation. Manchmal hatte Sakkers das Gefühl, als seien die Gelder nur durchlaufende Posten. Und überhaupt: Die Beträge, um die es oft ging, erstaunten ihn immer wieder aufs neue. Er bezweifelte, daß andere Hilfsorganisationen Spenden in dieser Höhe und mit dieser Regelmäßigkeit erhielten. Und dann waren da noch Eingänge, die ausschließlich Herr Kargbo bearbeitete. Sie tauchten in seiner Buchhaltung nicht auf, man hatte ihn angewiesen, sich nicht darum zu kümmern. Trotzdem kam ihm ab und zu einer der Kontoauszüge in die Hand, und so wußte er, daß die Gelder von einer Firma namens Personnel Line stammten. Pier Sakkers hatte daheim keinen Computer. Er war in die Antwerpener Stadsbibliotheek gefahren und hatte sich dort von einer freundlichen Bibliothekarin das Internet erklären lassen. Gemeinsam hatten sie die Seite angeschaut, die erschien, als er das Stichwort Personnel Line eingegeben hatte. Eine Arbeitsvermittlung für Tänzerinnen, Schauspielerinnen, Models. Man konnte sich die Frauen sogar anschauen wie in einer Kartei. Pier Sakkers hatte in seinem Leben nie etwas mit der Sexindustrie zu tun gehabt, aber ihm war sofort klar, um was für eine Art von »Arbeit« es sich hier handelte. Der Bibliothekarin auch. Als er den Lesesaal verließ, verabschiedete sie sich merklich kühler, als sie ihn begrüßt hatte. Pier Sakkers war die Sache höchst peinlich, er hatte volles Verständnis für die Empörung der guten Frau. Dagegen verstand er überhaupt nicht, warum eine solche Agentur diese Unsummen an eine Hilfsorganisation wie Refugium spendete.

Es klingelte. Sakkers warf einen Blick auf die hohe Standuhr in der Ecke. Sein nächster Nachhilfeschüler kam erst Donnerstag. Wer konnte an einem Mittwochnachmittag zu ihm wollen?

Das Haus hatte keine Gegensprechanlage, Sakkers drückte einfach auf den Türöffner. Er öffnete die Wohnungstür einen Spalt breit, legte aber die Kette vor. Man las immer wieder von Einbrechern, die am hellichten Tage alte Menschen in ihren Wohnungen ausraubten.

Umso erstaunter war er, als er Yamba Kamara von Payoke die Treppe hochschnaufen sah, in Begleitung eines braunhaarigen Weißen, der ihm nicht wie ein Belgier vorkam.

»Hallo, Herr Sakkers, haben Sie Zeit für uns?« Der hochgewachsene Schwarze stand vor der Tür und rang nach Atem. Der Weiße schaute sich neugierig im Treppenhaus um.

»Nur, wenn es nicht schon wieder um meine Arbeit bei Refugium geht.« Er hatte den Leuten von Payoke schon tausendmal erklärt, daß er eine Schweigepflichtserklärung unterzeichnet hatte, die er nicht zu brechen gedachte.

Der Payoke-Mitarbeiter druckste herum, dann sagte der andere Mann etwas in Englisch zu ihm.

»Ich verstehe und spreche leidlich Englisch, junger Mann. Sie können gerne mit mir direkt reden.« Pier Sakkers hatte nach dem Krieg zwei Jahre in England studiert, und an der Schule hatte er manchmal beim Englischunterricht für die Unterstufe ausgeholfen.

Der Mann stellte sich vor, ein Deutscher, der in Köln lebte. Mit einer Geschichte, die Pier Sakkers zumindest so weit überzeugte, daß er die beiden in sein gelehrtes Wohnzimmer hereinbat und ihnen zuliebe sogar die Kaffeemaschine anstellte, die ihm seine Schwester zu Weihnachten geschenkt hatte.

»Ich mache mir schon so meine Gedanken«, meinte Sakkers, als Martin Gassen ihm alles erzählt hatte, was sie bisher über das Schicksal von Victoria zusammengetragen hatten. Er hatte nur das Nötigste erzählt, aber so viel, daß Sakkers verstehen konnte, warum sie so dringend auf Insider-Informationen über Refugium angewiesen waren. Sein Bericht vom Mord an Victoria hatte den alten Herrn offensichtlich geschockt. Dennoch hatte er sofort erklärt, daß Refugium mit solch kriminellen Handlungen nichts, aber auch gar nichts zu tun haben könne.

»Über was machen Sie sich denn so Gedanken?«

»Nun ...« Sakkers saß in einem alten abgeschabten Ledersessel, der aussah, als sei er ebenso ein Teil des Leben dieses Mannes wie die Bücher, die überall im Zimmer verteilt waren. »Die Finanztransaktionen, für die ich zuständig bin, sind in Ordnung. Das kontrolliere ich alles. Das stimmt. Aber es werden im Finanzbüro noch andere ... nun, sagen wir mal Nebengeschäfte abgewickelt. Von anderen Mitarbeitern.« Er lehnte sich zurück.

»Sie meinen Herrn Kargbo«, konstatierte Gassen, als ob ihnen schon lange bekannt sei, welche Rolle der Sierraleoner bei Refugium spiele.

»Ja genau, Herr Kargbo.« Sakkers ließ den Blick zwischen seinen beiden Gästen hin und her wandern. »Kennen Sie ihn denn?«

Gassen schaute zu Kamara. Seine Überrumpelungstaktik hatte funktioniert, Sakkers hatte zugegeben, daß die Unstimmigkeiten bei Refugium auf dem Schreibtisch von Sorie Kargbo zusammenliefen.

»Nein, wir kennen ihn nicht.« Der Sierraleoner sprach leise und eindringlich. »Aber wir werden ihn uns vorknöpfen.« Sakkers richtete sich auf, aber Kamara hob beschwichtigend die Hände. »Herr Sakkers, wir wissen so einiges über die Geldgeber von Refugium. Einige davon sind so tief in Affären verstrickt, daß es einen ziemlichen Skandal geben wird, wenn wir damit in die Öffentlichkeit gehen.«

»Ich weiß ja, was Sie von mir wollen, Herr Kamara.« Sakkers verschränkte die Arme vor der Brust. »Aber ich kann hier nicht so einfach Geschäftsgeheimnisse preisgeben. Das müssen Sie doch verstehen. Ich wurde als Buchhalter angestellt, und ein Buchhalter ist zur Schweigsamkeit verpflichtet. Ich hätte gar nicht erst wieder mit Ihnen sprechen sollen. Das führt doch zu nichts.« Er wollte aufstehen, aber Gassen hielt ihn zurück.

»Herr Sakkers, wenn die Bombe platzt, wird Ihnen niemand glauben, daß Sie von nichts gewußt haben. Sie haben Einblick in die Finanzen von Refugium, deshalb tragen Sie auch eine Mitverantwortung für das, was dort passiert. Wenn wir genügend Beweise für unsere Vermutungen haben und an die Öffentlichkeit gehen, werden Sie genauso mit in den Strudel gezogen wie die Geschäftsführung von Refugium und Herr Kargbo.«

»Aber das sind doch alles rechtschaffene Leute.« Sakkers war nach vorn auf die Kante des breiten Sessels gerutscht. »Mit dem Geld wird Flüchtlingen geholfen, Menschen, die zum Beispiel aus Bürgerkriegsgebieten fliehen. Das ist doch eine gute Sache.« Er blickte kurz zu Kamara, wandte sich dann wieder Gassen zu. »Ich frage Sie, ist es denn wirklich so wichtig, woher das Geld dafür kommt?«

»Ja«, erwiderte Gassen langsam. »Das ist wichtig. Was glauben Sie denn, Herr Sakkers, warum diese dubiosen Firmen Refugium soviel Geld spenden? Es muß einen Grund dafür geben.

Und ich glaube nicht, daß es dabei darum geht, Menschen zu helfen oder irgendwelche Spenden von der Steuer abzusetzen.«

»Ach was«, brummte Sakkers leise. »Die Beträge sind viel zu hoch, um sie sinnvoll abzusetzen.«

Mit einem Mal war es ganz still in dem vollgestopften Zimmer. Sakkers schien nachzudenken. Sein Blick glitt zu dem Schreibtisch, der unter einem der schrägen Dachfenster stand. Gassen sah sofort, wohin der alte Herr schaute: Neben einem Bücherstapel stand das Bild einer etwa sechzigjährigen Frau mit schwarz-grauen Haaren.

Yamba Kamara zuckte mit den Schultern, sagte aber nichts. In der Küche gluckste die Kaffeemaschine. Gassen griff in seinen Rucksack und holte die Unterlagen heraus, die er mit sich herumschleppte. Ganz oben in dem Ordner lagen die Fotos von Victoria, die er heute morgen bei Payoke herumgezeigt hatte. Er legte ein Bild, auf dem er und Victoria zu sehen waren, auf den Tisch.

»Das ist Victoria«, erklärte er.

Sakkers nahm das Bild in die Hand. »Und der junge Mann sind Sie?«

Gassen nickte.

»Sie waren ein Paar?« Erstaunen schwang in Sakkers Stimme. Gassen hatte in seiner Erzählung immer nur von einer Freundin gesprochen.

»Damals, ja. Dann mußte ich zurück nach Deutschland.«

Sakkers nickte, als gäbe es dazu sonst nichts zu erklären.

Gassen nahm das andere Bild aus dem Ordner, das von der Leiche auf den Gleisen in Köln-Weidenpesch.

»Mein Gott!« Der alte Herr nahm das Bild nicht in die Hand und warf auch keinen zweiten Blick darauf. »Das ist entsetzlich.«

»Wir wollen nur herausfinden, ob Refugium irgend etwas damit zu tun hat«, sagte Kamara leise.

Sakkers blickte von einem zum anderen, dann zog er die Schultern nach hinten, als habe er sich zu einem Entschluß durchgerungen. »Gut. Aber ich kann Ihnen nichts direkt sagen. Ich habe mich zu Stillschweigen verpflichtet, und zumindest dem Wortlaut nach will ich mich daran halten. Und ich kann keine Unterlagen aus den Geschäftsräumen mit nach draußen nehmen. Darauf wird bei Refugium sehr geachtet. Ich arbeite immer nur dort, nie zu Hause.«

»Aber Sie könnten vielleicht die relevanten Unterlagen ... na, einfach abends auf Ihrem Schreibtisch liegenlassen.« Gassen zwinkerte Kamara zu.

Sakkers wiegte nachdenklich den Kopf. »Hm, ja. Das müßte gehen. Ich bin oft als letzter im Büro. Die meisten machen ja Punkt sechs Schluß, da wartet die Familie daheim. Das Schloß am Eingang ...« Er blickte zu Gassen und verzog leicht den Mund. »Es ist ein altes Haus, wissen Sie. Die Türen sind verzogen, die lassen sich schwer abschließen. Mir ist schon ein paar Mal passiert, daß ich dachte, die Tür wäre ins Schloß gefallen, dabei war sie nicht ganz zu. Maigrit, die Sekretärin, erzählt mir dann immer, wie sie am nächsten Morgen ins Büro gekommen ist, und die Tür war praktisch nur angelehnt. Es gibt keine Alarmanlage, nur das Schloß mit einem Riegel, der von außen mit einem zweiten Schlüssel geschlossen wird. Das vergißt man schonmal. Und wer würde bei Refugium schon einbrechen? Dort gibt es nichts zu holen.«

*

»Wir haben sie!« Gassen stand auf und streckte sich. Durch das trübe Fenster konnte er auf die Straße sehen. Die Büros von Payoke waren mitten im Rotlichtviertel in den Räumen eines ehemaligen städtischen Depots untergebracht. Direkt gegenüber dem Hofeingang posierten in einem mit roten Herzen geschmückten Schaufenster zwei junge schwarze Frauen für die Straßenkundschaft. »Wir haben die Verbindung zu Escape.«

Der große Tisch des Beratungszimmers war über und über mit Ausdrucken der Aufnahmen übersät, die Gassen gestern nacht im Finanzbüro von Refugium gemacht hatte. Er hatte sich noch extra eine Digitalkamera gekauft. Gassen hatte sich als Naturfotograf ausgegeben, und der Verkäufer hatte ihm versichert, daß der Apparat sich speziell für Weitwinkel-Nahaufnahmen eigne. Statt Schmetterlingen und Rosenknospen hatte Gassen vierzig Minuten lang Seite um Seite der Unterlagen fotografiert, die Pier Sakkers sorgfältig für ihn bereitgelegt hatte. Und trotz der schwierigen Lichtverhältnisse in den dunklen Büroräumen war alles klar und deutlich zu lesen.

Die Schlußfolgerungen aus den Unterlagen waren eindeutig: Sorie Kargbo wachte im Finanzbüro von Refugium nicht nur über die Spendenzahlungen der Sponsoren. Durch seine Hände liefen auch große Summen, die von der Firma Glückskarat an Escape in Freetown gingen. Die Transfers wurden strikt getrennt als Einnahmen und Ausgaben verbucht. Doch die interne Buchhaltung zeigte deutlich, daß Refugium hier nur als Vermittlungsstelle diente. Dabei wurde von den Forderungen von Escape jeweils eine geringe Gegenforderung von Glückskarat abgezogen. Der Endbetrag entsprach der Summe der transferierten Gelder.

»Ja, wir haben einen Volltreffer gelandet.« Yamba Kamara hatte einen orangen Marker in der Hand und strich wichtige Passagen und Zahlen in den Ausdrucken an.

Sie saßen seit Stunden in dem engen Raum. Kathleen van Dromme hatte irgendwann mit einem »Ich halt's nicht mehr aus« zur Zigarettenpackung gegriffen. Inzwischen rauchten alle außer Konia, die ab und zu kopfschüttelnd das Fenster aufriß und kalte Märzluft hereinließ, um sich dann wieder den Papieren zu widmen.

Gassen nahm sich noch einmal die langen Listen der Transfers zwischen Glückskarat und Escape vor. »Ganz verstehe ich das nicht. Okay, Escape schmuggelt irgendwie Schmuckdiamanten aus Sierra Leone heraus nach Belgien und verkauft sie dort an Abas Hamoud, dessen Firma offiziell nur mit Billigdiamanten handelt. Aber warum diese Abzüge von den Geldforderungen?«

Kamara blickte hoch. »Das sind die Kosten, die Glückskarat vorstreckt. Die Diamanten verlassen Sierra Leone mit den Flüchtlingen, die Escape außer Landes bringt. Glückskarat legt als kleine Gegenleistung dafür die Fluchtkosten aus. Und die werden dann einfach vom Kaufpreis für die geschmuggelten Diamanten abgezogen. So verbindet sich hier das Humanitäre mit dem Geschäftlichen.« Er lachte trocken. Es klang nicht so, als ob er die Sache witzig fände. »Eine ziemlich geniale Idee, wirklich. Viel risikoärmer und kostengünstiger als der klassische Diamantenschmuggel über afrikanische Nachbarstaaten.«

»Wie funktioniert der Diamantenschmuggel denn üblicherweise?« fragte Gassen nach.

»Na ja, das Risiko beim Diamantenschmuggel ist ohnehin nicht sehr hoch. Die UNO hat ja diese schönen Herkunftszertifikate eingeführt, um irgendeine Art von Kontrolle über den Diamantenschmuggel auszuüben. Aber das greift nicht. Schon deshalb nicht, weil diese Zertifikate leicht zu fälschen sind. Außerdem kann man ohne Probleme Diamanten unterschiedlicher Herkunft miteinander vermischen.«

Kathleen van Dromme drückte ihre fünfte Zigarette in dem überquellenden Aschenbecher aus. »Und die belgische Seite ist an einer Unterbindung des Schmuggels gar nicht interessiert, weder die Regierung noch die Wirtschaft. Der Diamantenschmuggel bringt hiesigen Werkstätten und Händlern Arbeit und Umsatz. Er sichert die Vormachtstellung von Antwerpen als Diamantenzentrum Nummer eins gegenüber London.«

»Trotzdem klingt das doch verrückt! Bürgerkriegsflüchtlinge, die Diamanten schmuggeln. Ich kann es mir einfach nicht vorstellen.«

»Aber wieso denn?« warf Kamara ein. »Flüchtlingsfrauen mit Kindern werden vermutlich an den Grenzen überhaupt nicht kontrolliert. Und sie haben wunderbare Versteckmöglichkeiten für die Diamanten. In den Kleidern, im Gepäck, an den Kindern. Das ist ja gerade das Geniale daran – niemand würde es vermuten.«

»Sind euch eigentlich schon diese Zahlungen aufgefallen?« Kathleen van Dromme schwenkte zwei engbedruckte, zusammengeheftete Blätter und brachte damit die Luft in dem rauchgeschwängerten Raum ein wenig in Bewegung.

»Was ist das?« Die Payoke-Geschäftsführerin reichte Gassen die Papiere. Er überflog die Zahlenreihen, suchte nach den Absendern und Empfängern.

Konia meldete sich zu Wort. »Ich hatte das auch schon in der Hand. Es sind Unterlagen über Gelder, die von dieser angeblich so seriösen Arbeitsvermittlungsagentur Personnel Line ebenfalls an Escape gingen.«

»Was?« Kamara schaute von seinem Papierstapel hoch. »Für was soll Personnel Line denn Geld an Escape zahlen?«

»Vielleicht schmuggelt Escape ja nicht nur Diamanten.« Konia fächelte sich mit einem Papier Luft zu.

Gassen stand auf und öffnete wieder einmal das Fenster. »Was könnte Escape denn noch schmuggeln?« fragte er. Personnel Line war einer der Hauptgeldgeber von Refugium. Bis jetzt war Gassen davon ausgegangen, daß das Interesse der Agentur sich nur auf die Frauen bezog, an die sie über das Frauenhaus herankommen konnten.

»Es ist gut möglich, daß Escape auch junge schwarze Frauen für den europäischen Sexmarkt liefert. Sie bringen sie nach Antwerpen, alles weitere überlassen sie der belgischen Agentur. Wir kennen solche Fälle zur Genüge. Und hier könnten die Frauen auch noch mit der Drohung erpreßt werden, daß man sie wegen Diamantenschmuggels anzeigt.«

Gassen schüttelte den Kopf. »Das kann nicht sein. Ich habe euch ja erzählt, daß ich den Geschäftsführer von Escape persönlich kenne. Claude Dubois hat zu meiner Zeit in Sierra Leone für das Internationale Rote Kreuz gearbeitet. Er hat sich wirklich für die Leute eingesetzt. Er würde sich nie für ein solches Verbrechen hergeben.« Er legte mehr Überzeugung in die Worte, als er in Wirklichkeit fühlte. Gassen griff zur Zigarettenschachtel vor ihm auf dem Tisch und merkte dann, daß es die von Kathleen van Dromme war. Doch die nickte nur und gab ihm Feuer. Das teuer ausgestattete Büro von Claude Dubois in Freetown fiel Gassen ein, das seltsame Verhalten der Escape-Mitarbeiterin, als er den Namen Cynthias fallenließ. Claude Dubois war ein Fragezeichen, irgend etwas stimmte nicht mit ihm. Aber Gassen konnte sich einfach nicht vorstellen, daß der Belgier etwas mit dem internationalen Frauenhandel zu tun hatte.

»Nach den Listen, die wir kennen, ist weder eine Victoria noch eine Cynthia Stevenson in Fair Heaven gewesen«, sagte Kamara.

»Vielleicht sind sie doch nicht über Antwerpen gekommen.« Gassen glaubte es selbst nicht mehr, aber es war immerhin eine vage Möglichkeit.

»Dafür gibt es aber zu viele Übereinstimmungen.« Kamaras Ton war eindeutig. »Wir haben den Hinweis, den Ihr Freund Jupp in Köln uns gestern noch durchgegeben hat: Die deutsche Eurogrund ist mit ziemlicher Wahrscheinlichkeit eine Tochter von Euro-Sol. Es gibt also eine Verbindung zwischen dem Frauenhaus hier in Antwerpen und dem Crown Club in Köln. Die Verbindungen von Refugium zu Escape sind offenkundig. Und dieser Monsieur Dubois hat Ihnen gegenüber selbst bestätigt, daß Victoria und Cynthia Stevenson mit Escape außer Landes gebracht wurden. Das spricht alles dafür, daß die Schwestern durch Personnel Line bald in den Crown Club geliefert wurden.«

Gassen zog an seiner Zigarette und schaute in die Runde. Yamba Kamara hatte recht, es waren zu viele Zufälle, zu viele Übereinstimmungen. In Einzelheiten mochte sich das Schicksal von Victoria ein wenig anders abgespielt haben, aber in groben Zügen wußte er jetzt, auf welche Weise sie nach Köln gekommen war. Und er wußte auch, warum sie sich nie bei ihm gemeldet hatte. Was noch fehlte in dem Puzzle, war ein Motiv für den Mord an Victoria. Und der Mörder natürlich. Je mehr Gassen darüber nachdachte, desto klarer wurde ihm, daß nur Claude Dubois ihm auf diese Fragen Antwort geben konnte.

*

Die Pressekonferenz im Plaza Hotel in der Stadtmitte war fast zu Ende. Martin Gassen stand am Eingang des Raumes, Kathleen van Dromme und Yamba Kamara saßen vorn an der Kopfseite hinter einem langen Tisch. Die Payoke-Gschäftsführerin sprach gerade in das Mikrophon: »Was wissen wir jetzt? Offenbar leisten Refugium und Fair Heaven seriöse Arbeit, werden aber von kriminellen Elementen missbraucht. Erste Frage: Warum unterstützen Sponsoren wie Glückskarat und Personnel Line die Arbeit von Refugium, und warum nimmt Refugium von solchen

Sponsoren Geld an? Zweite Frage: Warum werden über das Finanzbüro von Refugium offensichtlich illegale Transaktionen abgewickelt? Dritte und letzte Frage: Was geschieht mit den Frauen, die von Escape aus Sierra Leone nach Europa geschafft werden?«

Gassen hatte die Antwerpener Amnesty-Gruppe zur Pressekonferenz von Payoke eingeladen, und Chris de Laeren, ein etwa vierzigjähriger Sozialarbeiter, war gekommen. Er stand neben Gassen und Konia Javoimbo. Konia flüsterte Gassen zu: »Es sind ein paar mehr als die üblichen Verdächtigen gekommen. Das war eine gute Idee, eine Liste der dubiosen Spender von Refugium mit an die Presse zu geben. Wenn mich nicht alles täuscht, sitzt da vorne sogar der Chefredakteur der Gazet. Der Typ mit der braunen Lederjacke. Modellagentur Personnel Line, das klingt doch nach was. Viel besser als Frauenhandel. Engagement für Zwangsprostitutierte ist einfach nicht sexy.« Sie zog einen halben Schmollmund, und Gassen fand, eigentlich sah Konia ziemlich sexy aus. Er sagte es ihr, und sie mußte lachen, worauf sofort ein paar Zuhörer aus den letzten Reihen zischend um Ruhe baten.

Auch Chris de Laeren von Amnesty grinste Konia an. Dann deutete er mit dem Kinn auf einen Mann im grauen Dreiteiler. »Ist das nicht der Geschäftsführer von Refugium?« fragte er.

»Doch, Sie haben recht.« Konia starrte zu dem Mann hinüber. »Und direkt neben ihm, das sind Britt und Kadiatu, die in Fair Heaven arbeiten. Mist. Wie kommen die denn hier rein?«

»Jeder kann sich einen Pressepaß besorgen«, meinte de Laeren.

»Sie würden eh alles morgen aus der Zeitung erfahren«, fügte Gassen hinzu.

In diesem Moment erhob sich der Mann im grauen Anzug und stellte sich in einem ausgesucht höflichen Ton vor. Die nächsten Minuten sprach er weniger höflich. Er beschwerte sich heftig, daß diese »Farce von einer Pressekonferenz«, wie er sich ausdrückte, abgehalten würde, ohne daß Refugium vorher über die Vorwürfe informiert worden sei.

»Bitte, das hier ist kein offenes Diskussionsforum, sondern

eine Pressekonferenz ...« Kathleen van Dromme versuchte, den Refugium-Chef zu unterbrechen, doch einige der anwesenden Journalisten buhten lautstark und verlangten, daß der Mann aussprechen dürfe. Es entwickelte sich eine scharfe Debatte, an der auch die beiden Frauen von Fair Heaven teilnahmen und sich bitter darüber beklagten, daß hier ein Projekt zerstört werden solle, mit dem vielen Frauen geholfen werde. In ein paar Nebensätzen ging der Geschäftsführer von Refugium vorsichtig auf Distanz zu den Sponsoren, erklärte aber, für die gute Sache sei jede Spende willkommen.

»Morgen liegen uns die Verleumdungsanzeigen der Sponsoren auf dem Tisch, wirst schon sehen«, brummte Konia, die sich währen der ganze Diskussion nur mühsam zurückhalten konnte.

»Könnte ich mal mit Ihnen sprechen?« Ein kleinerer Mann in einer braunen Lederjacke trat auf die drei zu.

»Ja?« sagte Gassen.

»Man hat mir gesagt, daß Sie für diese Pressekampagne verantwortlich sind?« Der Mann blickte von Konia Javoimbo zu Gassen.

»Ja«, antwortete die Sierraleonerin. »Und?«

In diesem Moment erkannte Gassen den Mann, den Konia vorher als den Chefredakteur der Gazet identifiziert hatte. Gazet van Antwerpen war eine der größeren Tageszeitungen der Stadt.

»Ich würde gerne mit Ihnen sprechen. Aber nicht hier.«

»Die Hotelbar«, sagte Gassen schnell, bevor Konia ablehnen konnte. Sie blitzte ihn kurz an, ging dann aber mit. Gassen winkte auch Chris de Laeren, zu dem Gespräch dazuzukommen.

Fünf Minuten später saßen sie in einer Ecke der fast leeren Hotelbar. Der Chefredakteur der Gazet kam sofort zur Sache: »Die Polizei hat mich gebeten, Sie zu bitten, Ihre Pressekampagne sofort einzustellen.«

»Wußte ich's doch«, murmelte Konia und winkte der Bedienung.

Mit einem irritierten Seitenblick auf die Sierraleonerin sprach der Zeitungsmann weiter: »Es geht hier nicht darum, daß die Polizei Ihr Anliegen nicht ernst nimmt, ganz im Gegenteil. Europol ist schon seit einer Weile an Refugium und Personnel Line dran. Was Sie hier veranstalten, gefährdet die Fahndung Europols gegen ein Syndikat des internationalen Menschenhandels.«

»Ach ja?« Konias zweifelnder Kommentar drückte in etwa das aus, was Gassen dachte. Sie hatten in den letzten Tagen ausschließlich über Refugium und seine Sponsoren recherchiert, aber nirgends war Gassen über einen Hinweis gestolpert, daß die Polizei sich für die kriminellen Machenschaften der Organisationen auch nur im geringsten interessierte. Auch Chris de Laeren schüttelte den Kopf.

»Warum überlassen Sie das Ganze denn nicht überhaupt der belgischen Polizei und Justiz?« fragte der Chefredakteur.

»Einfache Frage, einfache Antwort«, sagte Konia. »Wir haben bei Payoke gelernt, daß denen nicht zu trauen ist.«

»Oder können Sie uns garantieren, daß in den Reihen der Polizei niemand bei den lukrativen Geschäften mitmischt?« Gassen mußte an Dubois denken. Vertrauen konnte er bei dieser Geschichte niemandem mehr.

Der Mann schüttelte langsam den Kopf. »Garantieren kann ich natürlich nichts. Ich bin Journalist. Ich weiß genau, wovon Sie sprechen. Trotzdem – immerhin ist die Polizei an mich herangetreten, um den Kontakt mit Ihnen aufzunehmen.« Er zog eine Visitenkarte aus der Innentasche seiner Lederjacke. »Craps ist der Vertrauensmann von Europol bei der hiesigen Polizei. Er bittet Sie um Ihre Zusammenarbeit. Und er würde natürlich sehr gerne hören, was Sie sonst noch wissen und heute auf der Pressekonferenz nicht gesagt haben. Vor allem aber sollen Sie bitte Ihre öffentliche Kampagne einstellen.«

Gassen nahm die Visitenkarte. »Oberkommissar Karel Craps, Anti Menschenhandel Brigade bei der Polizei Antwerpen.« Er reichte sie an Konia Javoimbo weiter. »Payoke sollte zumindest mal Kontakt mit ihm aufnehmen.«

Die Sierraleonerin nahm die Karte mit spitzen Fingern und schaute dabei dem Zeitungsmann direkt ins Gesicht. »Und Sie, was haben Sie eigentlich von diesem Deal? Ich kann mir nicht vorstellen, daß der Chefredakteur der Gazet den Botenjungen für die Bullen spielt, ohne daß etwas für ihn herausspringt.«

»Ich?« Der kleine Mann richtete sich auf und grinste. »Ich spekuliere darauf, daß Sie mir die Story exklusiv verkaufen. Alle Fakten, Interviews, Fotos, Hintergrundberichte. Glauben Sie, da könnten wir ins Geschäft kommen?«

*

Freetown, Büro der Fluchthilfeorganisation Escape

Der Strahl der Taschenlampe glitt über einen schwarzen Laptop, daneben lagen Lupen und eine Art Mikroskop, ein Stapel Papiere, Ausweise in etlichen Farben und Formen. Dave Crokker trat näher. Es war nicht gerade das, was er in dem kleinen Raum hinter den beiden offiziellen Büroräumen von Escape erwartet hatte. Offensichtlich war er auf eine kleine Werkstatt gestoßen, in der Pässe gefälscht wurden. Der Söldner leuchtete auf den Papierstapel. Unter dem blau-grünen Wappen von Sierra Leone stand in dicken Buchstaben »Emergency Travel Certificate«. Es waren mindestens fünfzig, alle auf verschiedene Namen ausgestellt. Darunter befanden sich nicht wenige EU-Reisepässe, die auch für Crockers geschultes Auge vollkommen echt aussahen. Er öffnete ein schwarzes Kästchen, in dem sich Paßfotos und diverse Aufkleber in englischer und französischer Sprache befanden.

Crocker verließ das Zimmer und schloß die Tür so leise er konnte. Der große Büroraum lag zur Straße hin. Vor dem Fenster erkannte Crocker das Schild der Autowerkstatt, die im Erdgeschoß untergebracht war. Er blickte auf die Hafenstraße hinunter. Es war dunkel, die Straßenbeleuchtung war fast komplett ausgefallen. Nur direkt gegenüber dem Gebäude brannte schwach eine einzige Laterne. In dem gelben Licht war niemand zu sehen. Crocker warf einen Blick auf die grünlich leuchtende Anzeige seiner Armbanduhr, es war erst ein Uhr. Bis sechs Uhr morgens würde er noch Ruhe haben. Kaum jemand ging in diesem Viertel nachts auf die Straße. Es war zu gefährlich.

Crocker ließ die Rollos herunter. In der Dunkelheit würde man selbst den schmalen Strahl seiner Taschenlampe von draußen sehen können. Dann ging er systematisch die Akten in den breiten Schüben am hinteren Ende der Wand durch. Weder von einer Victoria noch von einer Cynthia Stevenson gab es eine Akte. Martin Gassen hatte ihm den Namen durchgegeben, unter dem Cynthia offensichtlich Deutschland verlassen hatte, Agnes Dubois. Auch von einer Frau mit diesem Namen gab es keine Akte. Nicht zum ersten Mal rätselte Crocker, warum Cynthia wohl als Decknamen den Nachnamen des Escape-Chefs gewählt hatte. Bei ihrem Telefongespräch hatte Martin Gassen geäußert, daß sie den Namen sicher nicht aus einer bloßen Laune heraus angenommen habe.

»Dann hat Dubois Cynthia eben geheiratet, um sie außer Landes zu kriegen«, hatte Crocker gemeint. »Es ist die einzige Möglichkeit.«

Aber hier im Büro würde er wohl kaum auf private Unterlagen von Claude Dubois stoßen. Alle Akten und Papiere, die er dort fand, schienen vollkommen in Ordnung zu sein. Nirgends gab es einen Hinweis auf Schmuggelgeschäfte mit den Flüchtlingen, nirgends einen Anhaltspunkt für Deals mit sierra-leonischen Diamantenhändlern oder den Rebellen. Das meiste waren Korrespondenzen mit Behörden, mit anderen NGOs, mit verzweifelten Menschen, die Sierra Leone verlassen wollten. Offenbar arbeiteten etliche Fluchthelfer für Escape, aber Claude Dubois war der Chef des ganzen Unternehmens. Seit dem Ausbruch des Bürgerkriegs hatte Escape viele Leute außer Landes gebracht, die dafür bezahlen konnten, darunter viele Libanesen. Escape hatte aber auch vielen mittellosen Flüchtlingen geholfen, wofür sie nationale und internationale Zuschüsse erhalten hatten. Nachdem die Flüchtlingshilfe der UNO angelaufen war, hatte die Zahl der Flüchtlinge, die über Escape herausgekommen waren, abgenommen. Trotzdem war Escape immer noch im Geschäft, soviel zumindest war aus den Büchern zu erkennen.

Auf dem Schreibtisch, den Crocker benutzte, stapelten sich Akten, Finanzunterlagen, Nachweise über Spenden und Zuschüsse. Aber über irgendwelche Geschäfte zwischen Brüssel und Antwerpen fand er nichts, auch nichts über Geldtransfers, die von Belgien nach Sierra Leone oder in die umgekehrte Richtung gingen. Allerdings hatte er ein Flugticket von Dubois entdeckt für die Strecke Freetown-Brüssel und zurück, terminiert auf den 17. April. Dubois wollte also übernächste Woche nach Europa. Die Reise konnte natürlich zur ganz normalen Arbeit von Escape gehören.

Crocker stand auf. Es war fast drei Uhr. Wenn die Fälscherwerkstatt hinter den Büros der einzige Hinweis war, daß bei Escape nicht alles vollkommen legal zuging, dann war sein Einbruch in das Escape-Büro gescheitert. Daß eine Fluchthilfeorganisation gelegentlich Papiere fälschen mußte, um Leute aus einem Bürgerkriegsland herauszuschmuggeln, erschien Crocker logisch. Die sierraleonische Bürokratie war unberechenbar, sowohl Einreise- wie Ausreisebedingungen konnten sich grundlos, ja willkürlich von einem Tag auf den anderen ändern. Der Einbruch hier und auf Dubois' Privatgrundstück war im übrigen auch illegal. Er lag klar außerhalb der Befugnisse, die ihm und den Executive Services eingeräumt worden waren. Crokker selbst war Teil der Anarchie, die er und seine Firma für die Regierung in den Griff kriegen sollten. Wo es keine staatliche, keine rechtlich geregelte Ordnung mehr gab, half sich jeder selbst, so gut er konnte. »Hilf dir selbst, dann hilft dir Gott.«

Die Tür zum Büro, in dem offensichtlich der Chef selbst arbeitete, stand angelehnt. Crocker hatte Dubois' Büro gleich am Anfang durchsucht, aber dort nichts gefunden außer ein paar Akten und einer Unterschriftsmappe mit mehreren noch nicht unterzeichneten Schriftstücken. Alles sah nach dem normalen Geschäftsalltag einer Nichtregierungs-Organisation aus. Jetzt trat er noch einmal in das schick eingerichtete Büro. Das breite, niedrige Fenster lag zum Innenhof hin. Der Strahl der Taschenlampe reflektierte von dem spiegelglatten Parkettboden. Crokker legte die Lampe auf dem polierten Schreibtisch ab, wobei er darauf achtete, daß der Strahl ins Innere des Raumes fiel. Dann durchsuchte er noch einmal den gesamten Schreibtisch. Zwei Schubladen waren verschlossen, die Schlösser hielten jedoch

Crockers geschicktem Umgang mit den mitgebrachten Dietrichen keine drei Sekunden stand. Doch auch hier fand er nichts. Nur Schreibzeug, Papier und Umschläge mit dem Briefkopf von Escape, Bürokram, ein paar Zeitungsartikel. Crocker blätterte sie kurz durch. Er blieb an einem aktuellen Bericht über die Zustände auf den von der RUF kontrollierten Diamantenfeldern von Kono hängen. Eine Frau war angeblich von den Rebellen totgeprügelt worden, weil sie ohne Erlaubnis Diamanten geschürft hatte, ein Mann war ermordet worden, weil er angeblich Diamanten verschluckt hatte, um sie für sich zu behalten. Dann ein Artikel über eine Goldabbau-Gesellschaft namens Nimini Mining Ltd., der Minen bei Nimini gehörten. Crocker faltete die Ausschnitte wieder zusammen. Darunter kam ein Taschenkalender zum Vorschein, den Dubois kaum zu benutzen schien. Eine kleine Schachtel mit belgischen Bonbons war der einzige persönliche Hinweis auf den Escape-Chef. Und noch ein Flugticket, wieder Freetown-Brüssel. Dieses hier war schon benutzt worden, der Abreisetag war der 20. Februar gewesen.

»Hier muß doch noch was sein«, brummte Crocker. Der Schreibtisch war groß, eine Antiquität. Crocker klopfte die Bodenbretter ab, ob er irgendwo ein hohles Geräusch hörte. Nichts. Vorsichtig zog er Schublade um Schublade auf. Er nahm einen Packen unbenutzter Briefumschläge heraus, um dahinter nach einem Geheimfach zu tasten. Da fiel einer der Umschläge aus dem losen Stapel, und mehrere Fotos landeten auf dem Boden. Es waren Nacktfotos. Schwarze Schönheiten, junge Mädchen und Frauen, die vor einer roten Studiowand aufgenommen worden waren. Zu einem anderen Zeitpunkt hätte Crokker sich für diese Frauenkörper begeistern können. Die Bilder waren professionell fotografiert und hätten sich auch als Poster in den Spinden der Executive Services gut gemacht. Im Augenblick überlegte Crocker aber nur, wie dieser Fund in das Puzzle um den Mord an Victoria paßte. Escape war also doch in den internationalen Frauenhandel verstrickt. Vielleicht waren dies Frauen, denen Dubois im Austausch gegen sexuelle Dienste zur Flucht verholfen hatte. Oder einfach eine Auswahl an schwarzen Schönheiten, von denen sich diese belgische Modell-Agentur die geeignetsten aussuchen konnte. Die Rückseiten der Fotos waren weiß, nicht einmal der Stempel eines Fotogeschäfts war zu finden. Wahrscheinlich entwickelten Dubois oder Escape diese Art von Fotos selbst.

Plötzlich gellte ein Schrei durch die Nacht. Crocker fuhr von Dubois' Chefsessel auf. Der Schrei war von der Straße gekommen, jetzt ertönte wieder einer. Crocker ging rasch ins vordere Büro und schob das Rollo so weit zur Seite, daß er auf die Straße blicken konnte. Ein Mann rannte auf die Werkstatt zu, im schwachen Licht der Straßenlaterne konnte Crocker sehen, daß er fast noch ein Junge war. Sein Gesicht war angstverzerrt, beim Laufen drehte er sich immer wieder um und stolperte dabei fast über seine eigenen Füße. Vor der Werkstatt hielt der Junge abrupt inne und stieg dann hastig die Holztreppe hoch, die zur vorderen Eingangstür von Escape führte. Vorn an der Kreuzung bogen drei Männer in die Straße ein. Sie rannten, einer rechts, zwei links am Straßenrand, wo es zum Ufer hinunterging. Sie suchten die Straße ab, es waren offensichtlich die Verfolger des jungen Mannes, der auf der Treppe Schutz gesucht hatte. Crokker sah die Knüppel in ihren Händen, kurz blitzte ein Messer auf. Die drei näherten sich der Werkstatt, wurden langsamer. Crocker veränderte seine Position, wobei er darauf achtete, daß sich das Rollo nicht bewegte. Der Flüchtende war kaum zu erkennen, ein zusammengekauerter Schatten, der sich nur unmerklich von der dunklen Tür abhob.

Die drei Männer rannten an der Werkstatt vorbei, doch der letzte stutzte, wurde langsamer und rief seinen vorauslaufenden Kumpels etwas zu. Crocker griff zum Fensteröffner hinter dem Rollo und zog das Fenster auf. Mit der anderen Hand entsicherte er seine 38er. Er konnte nicht verhindern, daß das Rollo sich bewegte. Wenn irgend jemand die Szene beobachtete, würde er wissen, daß sich nachts jemand im Büro von Escape aufgehalten hatte. Die drei Männer drehten um. Wieder blitzte für einen Sekundenbruchteil das Messer auf. Der Schatten auf der Treppe rührte sich nicht, doch Crocker hatte keinen Zweifel, daß auch der junge Mann wußte, daß sein Versteck entdeckt worden war. Langsam brachte Crocker die

38er in Schußposition, er zielte durch den schmalen Spalt zwischen Rahmen und Fenster. Offenbar waren die Männer so sehr auf ihr Opfer fixiert, daß sie die Bewegungen im oberen Stockwerk nicht registrierten. Jetzt setzte der erste Mann den Fuß auf die Holztreppe. Der Flüchtende erhob sich aus seiner kauernden Position. Crocker drückte ab. Einmal, zweimal. Beim ersten Schuß zerbarst das schmutzige Glas der Straßenlaterne auf der Uferseite, beim zweiten erlosch das Licht. Die Straße war nun stockfinster. Nur vage erkannte Crocker, daß die drei Männer das Weite suchten. Den Mann auf der dunklen Treppe konnte er nicht mehr erkennen. Er hoffte, daß er seine Chance beim Schopf packen und sich ebenfalls aus dem Staub machen würde.

In Dubois' Raum lag immer noch die brennende Taschenlampe auf dem Schreibtisch. Crocker blieb im Türrahmen stehen und lauschte. Vom vorderen Eingang her war nichts zu hören. Der Strahl der Taschenlampe beleuchtete ein kreisrundes Stück Wand in Dubois' Büro. Der Putz war an dieser Stelle brüchig, und Crocker bemerkte einen feinen Riß, der senkrecht die Wand herauflief. Im Licht der Taschenlampe schaute er sich den Spalt aus der Nähe an. Er begann direkt am Boden und endete knapp unterhalb der Höhe von Crockers Kopf. Crocker tastete weiter, an einer afrikanischen Maske vorbei, die aus Lederstücken und Palmfasern gefertigt war.

Dann lachte Crocker leise auf. Es war eine Tür. Mit einer raschen Bewegung nahm er die Maske ab. Dahinter verbarg sich ein schmaler Schlitz. Crocker griff hinein, ertastete einen Riegel, der sich leicht heben ließ und konnte dann die Geheimtüre öffnen. Dahinter war staubige Dunkelheit, der schmale Lichtstrahl erfaßte offene Pappboxen, in denen Aktenstöße und weitere Unterlagen aufbewahrt waren. Auf einer Seite des Kabuffs war Toilettenpapier aufgeschichtet. Crocker leuchtete die hintere Wand ab, es schien ihm, daß der kleine Raum auch von dort zu öffnen sei.

Crocker nahm sich die Papiere Stoß um Stoß vor. Hier gab es nun endlich Hinweise auf die Verbindung von Escape zu den Diamantenhändlern. Der Name Abas Hamoud tauchte oft auf, die Firma Glückskarat schien der Hauptabnehmer der Diamanten zu sein. Abas Hamoud war Crocker kein Unbekannter. Der Libanese stammte aus dem alten syrischen Geschäftsadel, seine Familie hatte sich schon nach dem Zusammenbruch des Osmanischen Reiches an den Küsten Westafrikas angesiedelt. In Freetown galt Hamoud als ebenso diplomatischer wie risikofreudiger Diamantenhändler, bis er vor fünf Jahren das Land verlassen hatte. Aus den Akten ergab sich, daß Dubois Hamoud bei der Ausreise behilflich gewesen war. Doch obwohl bekannt war, daß Hamoud seine Ware aus den von Rebellen kontrollierten Diamantenfeldern bezog, fand Crocker nichts über irgendwelche Verbindungen zur RUF. Entweder gab es über die Quelle der Diamanten keine schriftlichen Unterlagen, oder aber Dubois bewahrte sie in seinem Privathaus auf.

Neben diesen Akten waren für Crocker lange Listen interessant, auf denen für den oberflächlichen Betrachter Daten, Namen und irgendwelche Nummern festgehalten waren. Crocker war sofort klar, daß es sich um einen Code aus Buchstaben und Zahlen handelte, der den wahren Inhalt der Liste verschlüsselte. Es schien um Fluchtfälle, Fluchtwege und Fluchtmittel zu gehen, aber genau konnte er das nicht sagen. Er steckte die Listen ein. Ein Dechiffrierungsexperte der Executive Services konnte ihnen vielleicht weiterhelfen. Und mit ein bißchen Glück würde Dubois erst sehr spät bemerken, daß die Listen fehlten. Zu spät, hoffentlich.

Crocker verstaute alles wieder in dem Kabuff und schloß die Tapetentür. Mit einer kleinen Bewegung verschob er die Maske. Nun hing sie wieder leicht schief, genau so wie er sie vorgefunden hatte. Der Söldner trat zum Fenster und warf einen Blick in den Innenhof. Direkt gegenüber waren unter einem Wellblechdach Auto-Ersatzteile gelagert. Im Dunkeln waren die Umrisse von aufgereihten Autotüren, Scheiben, Kühlerhauber und Kotflügeln zu erkennen. Nichts rührte sich. Crocker ging noch einmal vorsichtig durch die Escape-Räume und leuchtete alles mit der Taschenlampe ab. Er nahm sich Zeit. Er durfte keine auffälligen Spuren seines Einbruchs hinterlassen. Dann verließ er das Büro durch den Hintereingang. Die schwere Tür fiel leise ins Schloß. Mit seinem Profi-Werkzeug ließen sich die beiden Schlösser problemlos wieder schließen. Eine elektronische Sicherheitsanlage gab es nicht.

Durch das Metalltor gelangte Crocker aus dem Hof auf die Straße. Das Tor hing nur noch an zwei Angeln und knirschte laut, als es über den Sandboden schleifte. Er schaute sich nach allen Seiten um. Die Nacht war tiefschwarz. Weit entfernt waren Schüsse zu hören, dann heulte in einer Nebenstraße ein Motor auf. Crocker wartete, dann drückte er sich an das Tor und näherte sich langsam der Werkstatt.

Und dann sah er ihn. Es war der Junge von vorhin. Er lag ausgestreckt auf der Straße. Sein Gesicht war in den Schotter gepresst, er bewegte sich nicht. Crocker berührte den am Boden liegenden Jungen und wußte sofort, daß er zu spät kam. Vorsichtig hob er den Kopf, doch der starre Blick und die klaffende rote Wunde am Hals bestätigten nur, was er gleich gespürt hatte. Dieser Körper war tot. Die Wärme, die noch zu spüren war, deutete nur darauf hin, daß der Tod erst vor kurzem eingetreten war. Die drei Männer konnten noch in der Nähe sein. Crocker trat in den Schatten des Werkstatteingangs direkt neben der Treppe. Sie mußten im Schutz der Dunkelheit leise zurückgekommen sein. Der Junge hatte vielleicht eine Weile gewartet, um sicherzugehen, daß die Luft rein war. Er hatte zu lange gewartet. Als er sich davonmachen wollte, hatte der Verfolger mit dem Messer ihn geschnappt und ihm die Kehle durchgeschnitten. Ein schneller Tod. Ein relativ schmerzloser Tod.

Crocker griff in die Innentasche seiner Weste und holte ein paar Seiten der Unterlagen heraus, die er aus dem Escape-Büro hatte mitgehen lassen. Soweit er in der Dunkelheit etwas erkennen konnte, war die Straße menschenleer. Er hob die Leiche an und schob die Papiere unter das blutgetränkte T-Shirt. Bei der Durchsuchung des Escape-Büros hatte er Spuren hinterlassen, die er nicht mehr beseitigen konnte. Abdrücke im Staub des Kabuffs, kleine Verschiebungen der Aktenstöße, fehlende Papiere. Die Leiche vor dem Hinterausgang des Büros würde diese Spuren erklären. Und sie würde Fragen aufwerfen, die Claude

Dubois sicher nervös machen würden. Doch die Antworten, die der Tote geben konnte, würden in die falsche Richtung führen. Hilf dir selbst . . . Der Söldner nahm Sand von der Straße und verrieb ihn zwischen den Handflächen, um das Blut zu beseitigen. Dann verschwand er, bevor die Sonne über dem Wasser aufging.

*

Auf dem stählernen Wagen des Gerichtsmedizinischen Instituts wirkte die Leiche des Mannes wie ein künstliches Wesen, das nie gelebt hatte. Peretzki hatte das weiße Tuch bis zu den Hüften geschoben, die grobe Naht des Ypsilon-Schnitts leuchtete aggressiv und rot auf der weißen Haut. Limbach hatte schon viele obduzierte Leichen gesehen, den Formalin-Gestank, der die Wände der Gerichtsmedizin durchdrang, nahm er als lästige Gegebenheit hin. Doch an den Anblick der gekühlten Leichen würde er sich nie gewöhnen können.

Er erinnerte sich an den Anblick der schwarzen Toten in Weidenpesch, wegen der er Peretzki in der Gerichtsmedizin aufsuchte. Victoria Stevenson. Die Weiser hatte gleich am Tatort bemerkt, daß mit der Leiche etwas nicht stimmte. Das hatte nichts mit den Blutergüssen im Gesicht der toten Frau zu tun, auch nichts mit den massiven Verletzungen an Oberkörper und Oberschenkeln durch den Zug, der über die Leiche gerollt war.

Limbach hatte den Obduktionsbericht Peretzkis in der Hand. Heute morgen hatte der Abschlußbericht auf seinem Schreibtisch gelegen. Victoria Stevenson war vergiftet worden. Zuvor hatte ihr jemand ins Gesicht geschlagen, nach Meinung des Gerichtsmediziners war sie danach wohl kurze Zeit ohnmächtig gewesen. Zeit genug, um ihr die Spritze mit dem tödlichen Mittel zu verabreichen.

»Sie haben meinen Schlußbericht bekommen?« Peretzki schaute von seiner Arbeit an der neuen Leiche hoch.

Limbach fragte sich wieder einmal, wie ein Mensch so groß und dabei so dünn sein konnte wie der Chef der Gerichtsmedizin. Er nickte. »Können Sie mir noch irgend etwas über das Gift sagen? Irgendwas, das uns einen Hinweis auf den Täter gibt?«

»Wenn ich noch was wüßte, hätt ich's geschrieben, Limbach.«

»Erythrophleum suaveolens«, las der Kommissar von dem Bericht ab. »Subkutan verabreicht. Zwischen die Finger der rechten Hand. Tod durch Herzstillstand.« In trockenen Worten hatte Peretzki die tödliche Wirkung des seltenen Gifts beschrieben: Verlangsamung des Pulses, Erhöhung des Blutdrucks, Prickeln, dann Gefühllosigkeit im Rachenbereich, starker Druck an den Schläfen, starker Kopfschmerz, Koma, Tod. Es klang nicht nach einer angenehmen Art zu sterben. Limbach hoffte sehr, daß die junge Frau bewußtlos in den Tod geglitten war.

»Ich kenne keinen anderen Fall. Deshalb haben wir so lange gebraucht, um das Gift genau zu analysieren. Die Wirkung ist ähnlich wie bei Digitalis purpurea. Anscheinend wurde es in Afrika schon im letzten Jahrhundert als Schmerzmittel eingesetzt. Und als Herztonikum. Die Wirkkraft ist aber umstritten.«

»Sie schreiben, das Gift wird aus der Rinde des Sasswood-Baumes gewonnen?«

Peretzki nickte. »Ja, Sassy Bark. Unter dem Namen Tali wird das Holz auch wirtschaftlich verwertet.« Er warf einen letzten Blick auf die Leiche, richtete sich dann zu seiner ganzen Größe auf und rollte die weißen Handschuhe von seinen Händen. »Der Baum ist allerdings unter vielen Namen bekannt. Das wird Sie interessieren, Limbach ...« Er warf die Handschuhe in eine Metallschüssel und winkte dem Kommissar, ihm zu folgen. »Kommen Sie, gehen wir raus aus diesem stinkenden Eisloch. Meine Sekretärin kocht uns sicher einen Kaffee.«

»Was wird mich interessieren?« fragte Limbach. Peretzki hatte die lästige Angewohnheit, seine Gedanken nicht zu Ende zu führen.

»Was? Ach ja ... In Westafrika heißt der Sasswood auch Ordeal Tree, der Prüfungsbaum. Anscheinend wird Sassy Bark bei Prozessen gegen Hexerei und Zauberei eingesetzt, als eine Art Test für die Angeklagten. In einer geringeren Dosis natürlich als bei Ihrer Leiche.«

»Glauben Sie, das hat irgend etwas mit dem Mord zu tun?«

Peretzki schloß die Tür zu seinem Büro auf. »Keine Ahnung. Das herauszufinden ist Ihre Aufgabe.« Sie traten in den hohen, sonnendurchfluteten Raum, vor dessen Fenster ein Kirschbaum stand. Der Gegensatz zur Sezierhalle konnte nicht größer sein. »Sind Sie denn schon weiter?«

»Wäre ich dann hier?«

Die beiden Männer schauten sich an. Mordfälle wurden entweder in den ersten achtundvierzig Stunden nach der Tat geklärt oder gar nicht. Jede Ausnahme von dieser ungeschriebenen Regel bestätigte nur den Normalfall. »Sie kriegen Druck von oben?« Peretzki schob dem Kommissar einen Sessel hin und setzte sich hinter den Schreibtisch.

»Vom Polizeipräsidenten persönlich. Und von Europol. Dort sieht man offenbar den Mord und das Schicksal der Schwestern Stevenson in einem größeren Zusammenhang. Sie sind einem europäischen Frauenhandelsring auf der Spur.«

»Ach, deshalb das harte Vorgehen gegen dieses Bordell in Brühl.« Peretzki deutete mit einer vagen Handbewegung auf die Zeitung, die auf seinem Schreibtisch lag. In fetten Lettern prangte die Schlagzeile RAZZIA IN KÖLNS TEUERSTEM SEX-ETABLISSEMENT auf der Titelseite.

»Wir haben die Sache an die Abteilung Organisiertes Verbrechen weitergegeben. Und eigentlich war es Gassens Tip. Er hat behauptet, im Crown Club würden die Zimmer abgehört. Womit er ganz richtig lag, wie sich jetzt herausstellt. Die Kollegen haben etliche Videobänder mit ... na, sagen wir mal, sehr intimen Aufnahmen beschlagnahmt. Der Club ist fürs erste geschlossen.«

»Gassen ist dieser Ex-Liebhaber der Toten, den Sie eine Weile auf dem Kieker hatten?«

»Genau. So einer von diesen Politischen. Junger Schnösel, der sich einbildet, er könnte den Fall auf eigene Faust lösen. Der Mann behindert die Ermittlungen, wo er nur kann. Erscheint nicht zu Vorladungen, verschweigt wichtige Details – wir konnten erst aus den Unterlagen, die uns Europol zugesandt hat, ersehen, daß es wahrscheinlich eine Verbindung zwischen der Schwester der Toten und dem Geschäftsführer einer Fluchthilfeorganisation gibt, die offenbar bis zum Hals in die Sache verstrickt ist. Dieser Gassen muß das schon die ganze Zeit gewußt haben.« Der Kommissar verzog ärgerlich das Gesicht. Dann deutete er mit dem Kinn auf die Zeitung. »Aber das alles bringt mich in unserem konkreten Mordfall auch nicht weiter. Es gibt keiner-lei Hinweise, die den Crown Club in Zusammenhang mit der Toten auf den Bahngleisen bringen könnten. Elena Zjadacz mag eine einflußreiche Madame sein, die schon mehrere Bordells geführt hat, der Crown Club mag Teil eines Prostitutionsnetzes sein, für das unter Zwang Flüchtlingsfrauen aus Afrika angeworben werden – aber ich kann weder ihr noch sonst irgendjemandem eine direkte Verbindung zu dem Mord an Victoria Stevenson nachweisen.«

Peretzki tippte sich mit dem Zeigefinger gegen die Lippen. »Sagen Sie mal, Limbach, erinnern Sie sich an die Verletzungen der Toten?«

»Ja, natürlich, ich habe mir die Bilder tausendmal angeschaut.« Der Kommissar blätterte in dem Obduktionsbericht. »Hier: Hämatom über dem linken Auge, Hämatom am rechten Wangenknochen, Verletzung an der rechten Oberlippe, Gewebsbrücken am Wundrand nachweisbar, am rechten Ohrläppchen unregelmäßige Rißwunde ...«

»Das meine ich.«

Limbach schaute hoch. »Das Ohrläppchen? Na, sie wird sich gewehrt haben, und dabei hat der Gegner ihr den Ohrring abgerissen.«

»Genau.« Peretzki nickte langsam, wobei er sich in den Sessel zurücklehnte.

»Genau was?« Noch eine der lästigen Angewohnheiten des Gerichtsmediziners: Er liebte Spielchen. Egal, ob sein Gegenüber darauf einsteigen wollte oder nicht.

»Wenn ich mich recht erinnere, war das Gegenstück ein sehr auffallender goldener Ring mit einem roten Stein. Kreolen nennt man diese Dinger, glaube ich.«

»Das Gegenstück ...« Allmählich wurde Limbach klar, worauf Peretzki hinauswollte. Mit einiger Sicherheit war zu vermuten, daß der Ohrring am Tatort abgerissen worden war. Entweder war er noch dort, oder aber der Täter hatte ihn mitgenommen. Wahrscheinlich war er schon längst auf einer Müllhalde verschwunden oder lag für immer auf dem Grund des Rheins. Aber es war immerhin eine Spur, der sie noch nicht nachgegangen waren. »Ich gehe jetzt mal zur Asservatenkammer«, sagte Limbach und erhob sich. »Vielen Dank.«

Peretzki winkte ab. »Eine Sache noch, Limbach.«

»Ja?« Der Kommissar stand schon in der Tür.

»Erythrophleum suaveolens ist kein Mittel, das man so ohne weiteres in Deutschland kriegt. Im Gegenteil, es würde mich wundern, wenn Sie überhaupt irgendwo in Europa Sasswood-Rinde auftreiben können. Und wissen Sie, was auch seltsam ist? Wenn überhaupt, dann ist Sasswood als eine traditionelle afrikanische Heilpflanze mit umstrittener Wirkkraft bekannt. Man muß sich schon sehr genau damit auskennen, um überhaupt auf die Idee zu kommen, dass man damit auch jemanden umbringen könnte.«

»Das steht so aber nicht in Ihrem Bericht.«

Der Gerichtsmediziner hob kurz die Hände, was Limbach als eine Art entschuldigender Geste deutete. Aber sicher konnte er sich bei Peretzki nie sein.

»Darum sage ich es Ihnen jetzt, Limbach«, fuhr der Gerichtsmediziner unbeirrt fort. »Achten Sie auf Verdächtige mit African Connections. Sie suchen einen Mörder, der etwas über westafrikanisches Brauchtum weiß und Gelegenheit hatte, Sasswood-Rinde nach Köln zu bringen.«

*

»Mist!« Martin Gassen und Jupp Kempenich sahen die beiden Streifenwagen sofort, als sie in die Straße einbogen, in der Martin wohnte. Kempenichs roter Jetta wurde offenbar auch sofort erkannt. Zwei uniformierte Polizisten und ein stämmiger Mann mit einer Schildmütze stiegen aus dem vorderen Wagen aus, kaum daß sie um die Ecke waren, und warteten vor dem Eingang zu dem Wohnhaus.

»Herr Gassen? Martin Gassen?« Der Mann mit der Schildmütze stellte sich vor die Eingangstür des Hauses.

Gassen nickte. »Kenne ich Sie nicht, Sie gehören doch zu Limbach? Will er mich jetzt festnehmen lassen, oder was?« Er drehte sich abrupt zu Kempenich, wobei er ihm fast die Reisetasche in die Seite stieß. »Wußtest du etwas davon, Jupp? Maren ist doch immer bestens informiert.«

»Maren ist überhaupt nicht mehr an dem Fall dran, Martin. Das hab ich dir schon im Auto erzählt. Sie wurde wegen Befangenheit abgezogen, weißt du das nicht mehr? Befangenheit – damit meinen sie mich. Weil ich mit dir befreundet bin.«

Sie hatten darüber gesprochen, Gassen erinnerte sich. »Tut mir leid,« sagte er. »War nicht so gemeint.«

Die Polizisten hatten der Unterhaltung schweigend zugehört. Jetzt wandte sich der in Zivil an Gassen, der in diesem Moment bemerkte, daß der Mann ein offiziell aussehendes Schreiben in der Hand hielt. »Kriminalassistent Druba. Willkommen zurück aus Antwerpen.« Ein leicht ironischer Unterton war nicht zu überhören. Er drückte Gassen das Papier in die Hand. »Wir haben hier einen Durchsuchungsbefehl für Ihre Wohnung.« Er nannte die genaue Adresse und das Stockwerk.

»Das ist nicht wahr.« Kempenich trat vor, nahm den Durchsuchungsbefehl und überflog das Dokument. »Sieht korrekt aus«, meinte er dann und reichte es Gassen.

»Natürlich.« Druba nickte, als ob es daran keinen Zweifel geben könnte. »Vielleicht würden Sie uns dann nach oben begleiten. Meine Kollegen und ich möchten heute gerne mal pünktlich um sechs in den Feierabend.« Er deutete auf die Beamten, die noch bei den Streifenwagen warteten.

»Ist ja immerhin noch meine Wohnung«, brummte Gassen leise und schloß die Haustür auf. Im Briefkasten steckte die Zeitung vom Tage und ein persönlicher Brief. Er schaute kurz auf den Absender: Der Brief war von Therèse. Aus dem Augenwinkel sah er, daß die Tür der Erdgeschoßwohnung angelehnt war. Die Streifenwagen vor dem Haus hatten offenbar die Neugier seiner Nachbarn geweckt. Zu acht stapften sie die Treppen hoch. Eine Wohnungstür im zweiten Stock ging auf, und eine junge Frau schaute ganz unverblümt, zu wem die Polizei wollte. Gassen hatte sie noch nie gesehen.

Kempenich zischte: »Was gibt's denn hier zu glotzen?«, und die Tür schloß sich wieder.

Gassen war es egal. Er würde eh nicht mehr lange hier wohnen. Der Gedanke kam ihm nicht zum ersten Mal. Seit seiner Rückkehr aus Sierra Leone erschien es ihm immer seltsamer, daß er, wenn die ganze Sache irgendwie beendet war, einfach wieder jeden Morgen zu C&T Communications radeln sollte. Daß er wieder jede Woche zu einem Amnesty-Treffen sollte, daß er die unehrliche Beziehung mit Therèse irgendwie wieder kitten sollte. Sein Leben in Köln kam ihm unwirklich vor. Was er in Sierra Leone mit Crocker, mit Schwester Cordula und bei der GTZ erlebt hatte, war ihm viel wichtiger. Mit einem leisen Seufzen schloß Gassen die Wohnungstür auf. Er registrierte, wie sich die Polizisten das Live Aid Afrika-Poster an der Tür anschauten, und fragte sich, ob sie auf Marschmusik standen oder vielleicht doch eher auf Heavy Metal.

»Das war ein geniales Konzert damals«, sagte Druba in diesem Moment und deutete mit dem Kinn auf das Poster.

Gassen drehte sich um und grinste ihn an. Dann fiel ihm wieder ein, warum die beiden da waren. »Okay, und wie läuft das jetzt ab?«

»Wir durchsuchen Ihre Wohnung. Keine Sorge, es wird nichts kaputtgehen.« Druba quetschte sich an Gassen vorbei in den Flur und ging ungefragt voraus ins Wohnzimmer. Die Polizisten folgten ihm, und Gassen hörte, wie er ihnen leise Anweisungen erteilte. Innerhalb von Minuten stöberten in allen Zimmern fremde Leute in seinen Sachen. Ein unangenehmes Gefühl.

Kempenich und Gassen hatten sich in die Küche zurückgezogen. Gassen machte Kaffee. »Ein Gutes hat die Sache wenigstens: Wenn das vorbei ist, bin ich endlich, was Limbach betrifft, aus dem Schneider«, sagte er.

»Wie kommst du darauf?«

»Na, der gute Kommissar wird hier nichts finden, was immer er auch sucht.«

Kempenich stand im Türrahmen und beobachtete die Polizisten. »Es würde mich mal interessieren, nach was die eigentlich bei dir suchen. Sie sind ziemlich gründlich.« Aus dem Schlafzimmer kamen laute, schleifende Geräusche, als die Beamten das Bett auf dem Parkett verschoben.

»Wenigstens sind Sugar und Nappo bei mir. Die würden durchdrehen bei dem Chaos hier.« Kempenich setzte sich an den Küchentisch, auf dem der geöffnete Brief von Therèse lag.

»Du hast die beiden ziemlich ins Herz geschlossen, nicht?« Der Kaffee lief durch. Gassen holte zwei Tassen vom Regal und suchte im Vorratsschrank nach einer ungeöffneten Milchpakkung.

»Wenn es nach Maren geht, kriegst du sie nicht wieder.« Kempenich grinste. Dann wurde er wieder ernst und zeigte auf den Brief. »Was schreibt Therèse denn?«

»Nichts Besonderes.« Gassen hatte den Brief nur schnell überfliegen können, während Kempenich im Wohnzimmer war. Eine seitenlange Zusammenfassung ihrer Beziehung aus Therèses Sicht. Eine Mischung aus Anklagen und Selbstvorwürfen. Er fragte sich, ob Therèse den Brief geschrieben hatte, weil ihr Psychiater ihr dazu geraten hatte. Er kannte Therèse einfach zu gut. Sie war keine Frau von großen Worten, und therapeutische Briefe waren überhaupt nicht ihr Stil.

»Für nichts Besonderes ist der Brief aber ziemlich lang. Das sind . . .« Kempenich schob die eng beschriebenen Blätter auseinander. »Das sind fünf Seiten.«

»Es steht nichts Neues darin, meine ich, Jupp. Sie will, daß wir zusammenziehen, heiraten und glückliche Yuppies werden. Manchmal habe ich das Gefühl, sie kapiert einfach nicht, was mir im Leben wichtig ist.«

»Du willst nicht mit ihr zusammenziehen?«

»Zusammenziehen? In die Wohnung über ihrer Praxis? Jupp, ich weiß nicht mal, ob ich nächstes Jahr noch in Deutschland leben werde.« So, es war raus. Gassen schaute zu seinem Freund, der ihn schweigend, aber nicht besonders erstaunt ansah. Die Kaffeemaschine zischte, das Gebräu war durchgelaufen. Gassen nahm die Kanne und schenkte ihnen ein.

»Ich hab mir schon sowas gedacht«, sagte Kempenich langsam. »Über kurz oder lang wirst du bei C&T kündigen, nicht?«

»Keine Ahnung. Ich weiß es wirklich nicht.« Gassen legte

beide Hände um die heiße Kaffeetasse. Doch im Grunde wußte er es genau. Auf keinen Fall würde er den Rest seines Lebens in einem Büro hocken und über irgendwelchen Transmitter-Plänen grübeln.

Drei Stunden später mußte Druba eingestehen, daß sie Gassen endgültig als Verdächtigen im Mordfall Weidenpesch streichen konnten: Die Beamten hatten Gassens Wohnung nach allen Regeln der Kunst auseinandergenommen und danach wieder in der ursprünglichen Zustand versetzt. Doch gefunden hatten sie nichts.

*

Dieses Mal flog Gassen von Conakry mit dem Hubschrauber direkt nach Freetown weiter. Das Wochenende und die letzten beiden Arbeitstage in Köln hatte er mit Jupp zusammen einen Plan entworfen, wie sie das UMTS-Micro-Gerät bis zum Ende des Jahren fertigstellen würden. Jupp war schweigsamer als gewöhnlich, sie hatten fast nur über die Arbeit gesprochen. Sein Chef hatte ihm mit einem mürrisch dahingeworfenen »Sie hören ja eh nicht auf mich« noch zwei weitere Wochen Urlaub gewährt. Die Sekretärin ließ ihn heimlich wissen, in der Firma würde gemunkelt, er wolle C&T Communications verlassen.

Dave Crocker holte Gassen vom Hubschrauberlandeplatz nahe bei Freetown ab. Sie umarmten sich wie alte Freunde, obwohl sie sich ja eigentlich erst seit knapp zwei Wochen kannten.

»Hast du gleich einen Termin?« fragte der Söldner mit einem amüsierten Blitzen in den Augen.

»Ich soll beim GTZ-Büro vorbei und dort den Schlüssel von der Wohnung abholen, in der ich untergebracht bin. Ortwig hat das für mich organisiert. Ein Mitarbeiter der GTZ ist gerade in Deutschland, und solange kann ich ...«

»Ruf an und sag, daß du erst später vorbeikommst.« Crocker sagte noch etwas, aber seine Worte gingen in dem donnernden Motorengeräusch unter, als direkt neben ihnen ein anderer Hubschrauber abhob.

»Was hast du gesagt?«

»Hast du noch weiteres Gepäck außer dem Seesack?«

»Nein, das ist alles.«

»Okay, dann sind wir flugbereit. Ist nur ein kurzer Trip. Richtung Lakka. Jetzt gleich. Pat wartet schon am Hubschrauber.«

»Lakka? An der Atlantikküste? Dave, erklärst du mir, was das alles soll?«

Der Söldner grinste nur. »Vertrau mir, Martin.«

Fünf Minuten später war Gassen wieder in der Luft. Pat, der Pilot, hatte ihn herzlich begrüßt, ansonsten waren alle Anwesenden mit den Startvorbereitungen beschäftigt gewesen. Er selbst hatte kurz mit der GTZ telefoniert, wo man auf die Terminverschiebung mit Gelassenheit reagierte. »Kommen Sie einfach vorbei, wenn es Ihnen paßt. Sie wissen ja, ich bin immer hier.« Ortwig war durch nichts aus der Ruhe zu bringen.

Dave Crocker nahm die Kopfhörer ab und drehte sich zu Gassen um. »Also, mein lieber Menschenfreund. Ich habe zwei Überraschungen für dich ...«

»Zwei gleich? Dieser Ausflug ans Meer deckt meinen Bedarf an Überraschungen vollkommen.«

Gassen hatte die Bemerkung ironisch gemeint, und Crocker grinste auch kurz, doch dann wurde sein Gesichtsausdruck ernst. »Es ist kein Vergnügungstrip. Pat bringt uns in ein Children of War-Lager. Ich habe Hinweise darauf, daß einige der Kinder, die dort untergebracht sind, unter dem Unverwundbaren gedient haben.«

»Was? Woher weißt du das denn?!« Gassen war so überrascht, daß er lauter sprach, als er beabsichtigte, was allerdings im lauten Dröhnen des Hubschraubers unterging.

»Letztendlich haben wir diese Information der exzellenten Rechercheabteilung der Executive Services zu verdanken. Aber den entscheidenden Hinweis habe ich im Büro von Dubois entdeckt.«

»Aber du hast doch gemailt, daß du dort außer den chiffrierten Listen über Fluchtrouten nichts Wichtiges gefunden hast.«

Crocker nickte. »Stimmt. Die Listen werden übrigens bearbeitet. Sie könnten noch ziemlich wichtig werden, wenn es darum geht, Dubois das Handwerk zu legen. Aber ich bin noch auf etwas gestoßen. Unterlagen über Sorie Kargbo.«

»Der Sierraleoner bei Refugium? Was hast du über ihn?«

»Er hat vor fünf Jahren Sierra Leone verlassen, und zwar mit Escape. Wahrscheinlich sind Dubois und er zu diesem Zeitpunkt im größeren Stil in den Diamantenschmuggel eingestiegen. Aber gekannt haben sie sich sicher schon vorher. In den Unterlagen aus dem Escape-Büro bin ich auf eine Kopie des Reisepaßes von Sorie Kargbo gestoßen. Der mußte anscheinend bei der Ausreise vorgelegt werden. Und da stellt sich heraus, daß Sorie Kargbo nicht sein wirklicher Name ist. Eigentlich heißt der Mann nämlich Ibrahim Sesay. Und der ist in Sierra Leone bekannt wie ein bunter Hund. Er stammt aus Koindu und war zusammen mit dem Unverwundbaren Rebellenführer auf den Diamantenfeldern von Kono.«

»Er ist Dubois' Kontaktmann zur RUF!« Ein weiteres Puzzelstück, das genau ins Bild paßte. Gassen wurde immer klarer, wie das kriminelle Netzwerk funktionierte, das von Sierra Leone über Antwerpen und Brüssel bis nach Köln reichte.

Crocker nickte. »Ja. Das heißt, er *war* sein Kontaktmann zu den Banditen. Irgendwann ist ihnen wohl klar geworden, daß sie auch einen verläßlichen Mann bei Refugium brauchen, und Kargbo wurde nach Antwerpen abkommandiert.«

»Und warum fliegen wir in ein Repatriierungslager für Kindersoldaten?« Gassen hatte schon viele Reportagen über Kindersoldaten gelesen, die sowohl auf Seiten der Rebellen wie in der sierraleonischen Armee und den Selbstverteidigungsverbänden kämpften. Manche der Berichte mochten übertrieben sein, doch die grundsätzlichen Behauptungen stimmten sicher. Die jugendlichen Soldaten waren bei der Verstümmelung von Zivilisten, selbst von Angehörigen, besonders grausam gewesen. Er hatte Augenzeugenberichte gelesen, nach denen Kinder darum gelost haben sollten, welchem ihrer Opfer Gliedmaßen oder gar der Kopf abgeschlagen werden solle. Drogen und Alkohol spielten dabei eine große Rolle. Aber das erklärte nicht alles.

»Ich habe mich über Sorie Kargbo alias Ibrahim Sesay kundig gemacht. Er hat damals mit dem Unverwundbaren eine Einheit geleitet, in der Kindersoldaten gedient haben. Und als die Kamajors damals den Unverwundbaren geschnappt haben, ist ihnen gleichzeitig ein Trupp Kindersoldaten in die Hände gefallen. Sie wurden mitsamt der vermeintlichen Leiche des Rebellenführers den Executive Services übergeben und von dort aus in das Lager bei Lakka gebracht. Wir wissen inzwischen, daß Sahr Kandeh, der Unverwundbare, vielleicht verwundet war, aber nicht tot ist.«

Er blickte Gassen an.

»Du meinst, die Kinder könnten etwas über das Schicksal des Unverwundbaren wissen?«

»Es ist eine Chance. Nach meinen Recherchen lagen mehrere Tage zwischen der Gefangennahme von Sahr Kandeh und der Übergabe der Leiche. Diese Kindersoldaten wissen vielleicht, wohin die Kamajors ihren Anführer gebracht haben.«

»Das war vor zwei Jahren. Er kann inzwischen überall sein.«

»Es ist eine Spur, mehr nicht. Aber Sierra Leone ist ein überschaubares Land. Und den Kamajors bleiben nicht viele Versteckmöglichkeiten für einen so bedeutenden Gefangenen. Vor allem nicht über einen so langen Zeitraum.«

»Und du meinst, die Jugendlichen werden dir so einfach alles verraten, falls sie überhaupt etwas wissen? Ich habe gelesen, daß es sehr schwer sei, das psychologische Abhängigkeitsverhältnis zwischen den Kindersoldaten und ihren Anführern zu brechen.«

»Vergiß deine Buchweisheiten, Martin«, sagte Crocker mit einer abwertenden Handbewegung. »Wenn man sie läßt oder anstachelt oder mit Gewalt zwingt, sind Jugendliche zu fast allem fähig. Sie lieben das Abenteuer, das Beutemachen, sie töten für den Kick. Manche der Kids sind richtige Kampfmaschinen. In den Banditenverbänden sind sie durch eine extrem harte Schule gegangen. Wie man mit denen umspringen muß, das weiß ich genau.«

»Tust du eigentlich nur so zynisch, oder liebst du dieses blutige Handwerk wirklich?« Schon während er den Satz sagte, wußte Gassen, daß Crocker seine Reaktion nicht verstehen würde. Ihm wurde mit einem Mal klar, wie wenig er über den Söldner wußte. Sie kamen aus vollkommen unterschiedlichen

Welten. Es war ein Wunder, daß sie sich so schnell angefreundet hatten.

Crocker schaute ihn einen Augenblick stumm an, dann verzog er leicht den Mund und drehte sich nach vorn. Leise sagte er: »Kaum zehn Tage in der Zivilisation, und schon wird der Kerl wieder weich. Ich dachte, wir würden einen ganz passablen Soldaten aus ihm machen. Oder was meinst du, Pat?«

Der Pilot brummte etwas, das Gassen nicht verstehen konnte. Er lehnte sich in den Sitz zurück und verschränkte die Arme. Crockers herablassende Art war unerträglich. »Nur weil ich mich nicht dauernd zwischen irgendwelchen Bürgerkriegsfronten herumtreibe, bin ich noch lange kein Weichei, Dave. Und einen Soldaten wirst du nie aus mir machen.«

Crockers Kopf fuhr herum. Zu seinem Erstaunen bemerkte Gassen, daß der Söldner wirklich aufgebracht war. Mit heiserer Stimme sagte er: »Jetzt hör mir mal gut zu, mein lieber junger Menschenfreund: In meinem Job kann man sich keine gutgemeinten Illusionen leisten, auch nicht, was Kindersoldaten angeht. Du kannst das gern Zynismus nennen, bei den Executive Services gehört das zur Grundausbildung. Solange die Welt so ist, wie sie ist, wird sich daran auch nichts ändern. Schau dir diese kleinen Monster in dem Lager nur sehr genau an. Sie sind das Werk dieser Banditen. So leid mir die Kindersoldaten auch tun mögen, ich bezweifle, daß man die Gehirnwäsche, die ihnen die Banditen verabreicht haben, so leicht wieder rückgängig machen kann. Mein Job ist es, dafür zu sorgen, daß dieser Krieg aufhört. Das ist das Ziel, das ich erreichen will. Und zwar mit allen Mitteln. Dabei darf man sich nicht von falschen Sentimentalitäten leiten lassen und auch nicht zimperlich sein.«

Gassen konnte sich nicht daran erinnern, daß Crocker in seiner Gegenwart schon einmal so explodiert war. Offenbar hatte er einen empfindlichen Punkt getroffen. Er wußte nicht, was er antworten sollte, sie flogen einige Minuten schweigend. Nur das vibrierende Dröhnen des Hubschraubers war zu hören.

»Und was ist mit der zweiten Überraschung?« fragte Gassen schließlich.

Crocker lachte leise. Es klang amüsiert, was gar nicht zu dem Ausbruch von eben paßte. Anscheinend hatte der Söldner sich wieder unter Kontrolle. Er zog ein Papier aus einer seiner vielen Westentaschen und reichte es Gassen. »Die Antwort auf eine Adreßanfrage an Europol. Eine sehr kooperative Zusammenarbeit übrigens«

Es war eine Adresse in den Niederlanden. Zandvoort, ein Vorort von Amsterdam, erinnerte er sich, direkt am Meer gelegen. Keine Gegend für arme Leute. Die Adresse gehörte einem Monsieur Jules Marchand. Der Name sagte Gassen nichts.

Er gab Crocker das Papier zurück. »Wer ist das?«

»Tja, darauf muß man erstmal kommen. Du kennst den Herrn. Er leitet eine ziemlich undurchsichtige Fluchthilfeorganisation in Freetown.«

»Dubois?«

»Bingo!«

»Wie hast du das rausgekriegt?«

»Eine kleine Unachtsamkeit des werten Monsieur Dubois.« Crocker lachte wieder. »Im Escape-Büro habe ich eine Notiz über eine gewissen Agnes Dubois gefunden, von der wir wissen, daß sie identisch mit Cynthia Stevenson ist. Rate mal, welche Adresse sie bei ihrer Ausreise aus Sierra Leone als zukünftigen Wohnsitz angegeben hat?«

»Zandvoort?«

Crocker nickte. »Es sind immer die kleinen Fehler, die die großen Schweine zu Fall bringen.«

»Weiß Europol das schon? Wir müssen es an diesen Antwerpener Polizisten weitergeben, Karel Craps ...«

»Alles schon veranlaßt, Martin. Wir können uns ganz auf den Unverwundbaren konzentrieren.«

*

Als er Katuma Samba vor dem Tor des ehemaligen Hotels stehen sah, wußte Crocker sofort, daß er hier mit seinen Methoden nicht weit kommen würde. Die zierliche schwarze Betreuerin begrüßte sie beide mit einem erstaunlich kräftigen

Händedruck und führte sie in das Lager, das in der Hotelanlage untergebracht war. Crocker fiel als erstes der leere Swimmingpool auf, der die ganze rechte Seite des Innenhofes beherrschte. Die hellblauen Kacheln waren zum Teil gesprungen, und Spuren von Algen waren deutlich zu erkennen. Zwei Jungen saßen unter einer der großen Palmen am Rand des Pools. Sonst war in der flirrenden Mittagshitze niemand zu sehen.

»Eine Besichtigung kann ich mit Ihnen nicht machen«, sagte Katuma Samba. »Es laufen hier ohnehin zu viele offizielle Besucher herum, die Kinder kommen sich schon wie Affen im Zoo vor.«

»Wir möchten auch nur mit einzelnen Jugendlichen sprechen, die unter dem Unverwundbaren gedient haben«, erwiderte Gassen.

Katuma Samba nickte. »Ja, ich weiß. Mr. Crocker hat mir Ihr Anliegen am Telefon erklärt.«

Crocker beobachtete die Fensterreihen der ehemaligen Hotelzimmer. An ein paar geöffneten Fenstern saßen Jugendliche und starrten neugierig zu ihnen hinunter. Er nickte der Betreuerin zu. Am besten, Gassen führte das Gespräch. Einem Zivilisten traute die Frau sicher mehr als ihm. Und der Deutsche war offensichtlich sehr beeindruckt von ihr.

»Trotzdem verstehe ich nicht ganz«, fuhr Katuma Samba fort, »was Sie von den Jugendlichen wollen. Der Unverwundbare ist tot, sein Mythos ist mit ihm gestorben. Für die Kinder ist es das beste, wenn sie nicht an ihn erinnert werden. Sie sind Opfer und Täter zugleich. Sie haben mehr durchgemacht als die meisten Erwachsenen.«

»Der Mythos des Unverwundbaren ist keineswegs tot. Für die Rebellen ist er erst durch seinen angeblichen Tod ein Märtyrer geworden.« Crocker wählte seine Worte mit Bedacht. Es war gut möglich, daß die Betreuerin mehr wußte, als sie ihnen gegenüber zugeben wollte.

Katuma Samba blieb stehen. »Angeblicher Tod?« Sie blickte von Crocker zu Gassen, der sie – was Crocker keineswegs entgangen war – nicht aus den Augen ließ.

»Wir haben Grund zu der Annahme, daß der Tod des Unverwundbaren nur vorgetäuscht wurde«, erklärte der Deutsche.

»Ah, jetzt verstehe ich ...« Die Betreuerin ging schweigend am Rande des leeren Pools entlang. Sie schien nachzudenken.

»Wie sieht denn Ihre Arbeit mit den Jugendlichen aus? Es muß schwer sein, vor allem mit ihren psychologischen Verletzungen umzugehen.«

Typisch Gassen! Crocker blickte leicht entnervt zum Himmel, enthielt sich aber jeden Kommentars. Wahrscheinlich war das wirklich der einzige Weg, um an der resoluten Betreuerin vorbei an die Kindersoldaten heranzukommen.

»Wir wollen sie wieder an ein friedliches und einigermaßen geordnetes Zusammenleben gewöhnen. Sie gehen zur Schule, sie lernen und arbeiten, die Jüngeren spielen viel. Das hilft. Aber ich mache mir nichts vor: Eine unbeschwerte Kindheit oder Jugend können wir ihnen nicht zurückgeben. Was geschehen ist, ist nicht wieder gutzumachen. Sie haben hier mehr Chancen, normale Erwachsene zu werden, aber eine Wiedereingliederung in die Gesellschaft kann nur in ihren Familien und Dörfern passieren.« Die Stimme der Frau klang müde, als hätte sie das alles schon hundertmal irgendwelchen Delegationen erzählt.

»Dann ist es gar nicht so gut, wenn die Jugendliche hier im Lager getrennt von ihren Familien leben?«

»Für viele sind die Children of War-Lager die einzige Heimat, die ihnen bleibt. Sie können oft nicht mehr zurück. Vor allem dann nicht, wenn sie in ihren Familien oder in ihrem Dorf Grausamkeiten begangen haben.«

»Ganze Dörfer in Brand gesetzt, eigene Angehörige umgebracht, schwangere Frauen vergewaltigt, Gefangenen Arme und Hände abgehackt ... das meinen Sie mit Grausamkeiten, nicht?« warf Crocker ein. Es ging ihm nicht darum, hier den abgebrühten Soldaten herauszukehren. Aber Gassen sollte sich keine Illusionen über die Kriegsverbrechen der Kindersoldaten machen.

»Es soll auch Fälle von Kannibalismus gegeben haben.« Offensichtlich wußte Gassen doch genauer Bescheid, als Crocker angenommen hatte.

Katuma Samba schien nicht besonders beeindruckt von den Vorwürfen, die ihren Schützlingen hier gemacht wurden. Wieder hatte Crocker das Gefühl, als hätte sie das alles schon oft gehört und für alles eine passende Antwort parat. »Den Jugendlichen wurden vor ihren Einsätzen starke Drogen verabreicht. Danach hat man sie gezwungen, Gefangene aufzuschlitzen und ihr Herz und ihre Leber zu essen. So ein Vorgehen ist typisch für die RUF. Früher haben die Jäger Herz und Leber erlegter Raubtiere gegessen, weil sie geglaubt haben, dadurch würde die Kraft und Geschicklichkeit der Tiere auf sie übergehen. Diese alte Jagdtradition haben die Rebellen für ihre Zwecke pervertiert.«

Allerdings gehörte auch ritueller Kannibalismus zur traditionellen Wald- und Buschkultur Sierra Leones, doch Crocker wollte mit der Betreuerin nicht um Details streiten.

Katuma Samba setzte an, um noch etwas hinzuzufügen, als von einem der offenen Fenster über ihnen ihr Name gerufen wurde. Sie schaute hoch, und Crocker folgte ihrem Blick. Eine Gruppe von vielleicht fünf Jungs drängte sich lachend auf einem Fensterbrett und winkte ihnen voller Begeisterung zu. Katuma winkte zurück und rief in Krio hoch: »Seid vorsichtig da oben, daß keiner runterfällt!«

»Der eine Junge hat keine Hand mehr«, sagte Gassen. Crocker war das ebenfalls sofort aufgefallen.

»Das ist Brima. Er ist elf«, erklärte Katuma. »Viele der Kindersoldaten sind selbst Opfer des Krieges geworden. Und das macht die Rückkehr in ihre Familie noch viel schwerer. In den traditionellen Stammesgemeinschaften glauben die Menschen immer noch, Krüppel würden Unheil bringen.«

»Also ist nicht einmal die Wiedereingliederung in das normale Umfeld ein gangbarer Weg für die Jugendlichen?«

»Doch, schon.« Die Frau sagte es mit Nachdruck, als müsse sie sich manchmal selbst davon überzeugen. »Es ist nur ein sehr mühsamer Weg. Und es dauert oft unendlich lange.«

Crocker fing einen warnenden Blick von Gassen auf und hielt den Mund. Der Deutsche fragte: »Wie helfen Sie denn dann überhaupt den einzelnen Jugendlichen?«

»Wir geben ihnen eine Chance, sich über sich selber klar zu werden. Darüber, was mit ihnen geschehen ist und was sie getan haben. Sie sollen verstehen, daß ihre Taten schlimmes Unrecht waren und daß sie nur eine Zukunft haben, wenn sie das wirklich begreifen. Bei den meisten gibt es dafür positive Ansatzpunkte, sie haben selbst das Gefühl, daß sie Wichtiges im Leben versäumt und Chancen vertan haben. Sie möchten die Schule nachholen, sie möchten etwas Positives leisten. Und dann träumen sie davon, daß sie Lehrerin oder Arzt werden. Aber das ist natürlich utopisch.« Inzwischen klang Katuma Samba überhaupt nicht mehr müde. Hier ging es offensichtlich um etwas, das ihr sehr wichtig war. Crocker, der aus Gewohnheit den Blick über die Anlage streifen ließ und sie nach möglichen Hinterhalten und Gefahren absuchte, drehte sich zu ihr um.

»Warum das denn? Sierra Leone braucht doch Lehrer und Ärzte – gerade jetzt,« sagte Gassen.

Eine berechtigte Frage, fand auch Crocker. Doch die Betreuerin schüttelte den Kopf. »Wenn die Jugendlichen schließlich in ihr Dorf zurückkehren, hat sich dort ja nichts geändert. Sie finden dort den gleichen ›rural slum‹ vor, aus dem sie der Krieg herausgerissen hat. Schlimmer noch. Das Elend ist heute ja noch größer als vor dem Krieg. Und der Wiederaufbau braucht viel Zeit. Diese Jugendlichen haben aber keine Zeit mehr. Sie haben schon zu viel versäumt und werden jeden Tag älter. Sie haben keine Zukunft, keine Perspektive. Genau das hat sie ja zu den Waffen getrieben. Nun wachen sie auf, und ihre Lage ist noch schlimmer.«

Crocker räusperte sich, und Gassen und Katuma Samba schauten hoch, als hätten sie den Söldner vollkommen vergessen. »Ich möchte nicht drängen, und das ist auch alles hochinteressant. Aber wir sollten irgendwann zum eigentlichen Grund unseres Besuches kommen.«

»Aber sicher, Mr. Crocker.« Katuma Samba grinste leicht, als ob sie sich über seine Ungeduld amüsiere. Crocker fiel zum erstenmal auf, wie schön die Frau aussah, wenn sie lachte. Sie lief mit schnellen Schritten die breite Treppe zum Eingang der ehemaligen Hotellobby hoch und winkte ihnen, ihr zu folgen. »Kommen Sie. Wir gehen in mein Büro. Ich möchte Sie mit Ibrahim und Darlinda bekanntmachen.«

*

Ibrahim hatte im Krieg ein Auge verloren und war jetzt achtzehn Jahre alt, Darlinda war sechzehn. Sie halfen gerade in der Küche im Erdgeschoß des Hotelgebäudes, als Katuma Samba sie rief und den beiden Besuchern vorstellte. Katuma bat ein paar andere Jugendliche, in der Küche einzuspringen, und zusammen gingen sie in ihr Büro, das in einem der Hotelzimmer untergebracht war.

Die beiden Jugendlichen würden auf den ersten Blick kaum in einer Gruppe anderer westafrikanischer Teenager auffallen – Ibrahim hatte eine Baseballkappe schräg auf dem Kopf sitzen und trug übergroße Hosen, über die er ein weites T-Shirt mit dem Logo eines amerikanischen Baseball-Teams hängen ließ. Darlinda wirkte in ihrer gestärkten weißen Bluse und einem dunkelblauen Rock wie ein Schulmädchen in Uniform, ihr Haar hielt sie mit einem schwarzen Band zurück, und um ihre Handgelenke hatte sie pinkfarbene Plastikarmreifen gestreift.

Die Fensterfront des Büros ging zur dem Meer abgewandten Seite des Hotelkomplexes hinaus, wo sich Sportanlagen befanden. Anfeuerungsrufe der Zuschauer und die unverkennbaren Geräusche eines Basketball-Matches drangen zum offenen Fenster herein. Für einen Moment kam sich Martin Gassen wie in einer Jugendherberge oder einem Ferienlager vor. Doch die beiden Jugendlichen, die auf Plastikstühlen saßen, die so gar nicht in ein Hotelzimmer paßten, die narbige Augenhöhle, die dunkel im Schatten von Ibrahims Baseballkappe lag, die von Malaria rotgeränderten Augen Darlindas – etwas im Blick der beiden holte ihn sofort wieder in die Realität zurück.

Katuma Samba erklärte kurz, was er und Crocker von den beiden Jugendlichen wissen wollten. Gassen überlegte kurz, ob es wohl richtig war, dass ein Mann der Executive Services bei dem Gespräch anwesend war. Immerhin hatten die Jugendlichen auf der gegnerischen Seite gekämpft. Doch sie nickten nur.

»Ihr könnt offen zu ihnen sprechen, sie sind nicht in irgendeiner offiziellen Funktion hier.« Katuma drehte sich zu ihnen um und schaute sie auffordernd an.

»Wir möchten gerne mit euch über den Unverwundbaren sprechen. Über eure Gefangenschaft bei den Kamajors.«

Crocker stand am Fenster und blickte die Jugendlichen direkt an. Er kam sofort zur Sache, wie Gassen es von ihm gewohnt war. Doch bei diesem Gespräch war vielleicht ein wenig mehr psychologisches Einfühlungsvermögen gefordert. Katuma übersetzte kommentarlos für Gassen ins Englische. Crocker hatte in Krio gesprochen. Doch auch sie schien Crockers Vorgehen für ungeschickt zu halten, Gassen sah es an der Art, wie sie ihre Lippen zusammenpreßte. Ibrahim und Darlinda sagten gar nichts, sondern starrten den Söldner mit großen Augen an.

Gassen räusperte sich. »Vielleicht erzählt ihr uns erst einmal, wann ihr in die Einheit des Unverwundbaren gekommen seid.«

Katuma übersetzte, und dann dauerte es eine Weile, bis Ibrahim zu sprechen begann. »Im Sommer 98. Meine Eltern sind getötet worden. Und ich bin dann mit den Rebellen gegangen. Zuerst war ich in einem Ausbildungslager, aber bald bin ich zum Unverwundbaren gekommen.«

»War er eigentlich ein guter Kommandant?« Die Frage kam von Crocker. Anscheinend hatte er eingesehen, daß sie sich langsam an ihre eigentlichen Fragen heranarbeiten mußten.

»Er war ein guter Kommandant, sehr hart. Wenn er etwas wollte, dann hat er es bekommen. Er war mutig, ein guter Kämpfer. Er war hart zu uns und zu sich selbst. Aber er hat uns nie sinnlos in Gefahr gebracht. In anderen Einheiten wurden die jungen Kämpfer manchmal direkt in den Tod geschickt.«

»Du hast ihn bewundert?« fragte Gassen.

»Er war mein Kommandant. Seine Furchtlosigkeit hat ihn wie ein Schutzmantel umgeben.« Ibrahim saß aufrecht auf dem Stuhl. Seine dunkle Stimme klang ehrfürchtig. Und unsicher.

»Niemand konnte dem Unverwundbaren etwas anhaben. Er war stark. Aber am Ende haben sie ihn getötet.«

»Warst du dabei? Hast du gesehen, wie er getötet wurde?« Crocker lehnte mit verschränkten Armen am Fensterbrett und schaute den Jungen direkt an.

Der antwortete sofort. »Ich war dabei, als seine Leiche den Feinden übergeben wurde.«

»Aber davor wart ihr ein paar Tage mit ihm zusammen Gefangene der Kamajors, nicht?«

Katuma drehte sich erstaunt zu Crocker um und fragte auf Englisch: »Woher wissen Sie das?«

»Wir haben unsere Quellen.«

»Haben Sie Spitzel auch hier im Lager sitzen?«

»Es existieren Berichte über die ersten Verhöre der Kinder, als sie den Executive Services überstellt wurden. Aber ich würde mir auch hier im Lager einen Informanten kaufen, wenn ich so herauskriegen könnte, wo Sahr Kandeh steckt. Das Schicksal des Unverwundbaren ist wichtig.«

Gassen beobachtete Ibrahim, der aufmerksam den raschen Schlagabtausch verfolgte. Offenbar verstand er zumindest Teile dessen, was auf Englisch gesagt wurde. Zum erstenmal hatte Gassen das Gefühl, daß der Junge tatsächlich wissen könnte, wo der Unverwundbare steckte. Es war klar, daß seine Loyalitäten immer noch bei seinem ehemaligen Kommandanten lagen. Und Ibrahim war kein Kind mehr. Auch wenn er hier im geschützten Bereich des Children of War-Camp versuchte, seine Vergangenheit zu verarbeiten, um sich eine neue Zukunft in einem friedlichen Sierra Leone aufzubauen, sicher hatte er dennoch eine politische Meinung, wie der Bürgerkrieg enden sollte. Doch wenn Ibrahim wußte, daß der Unverwundbare lebte und wo er versteckt war, warum sollte er es dann verschweigen?

»Was war das denn für ein Kommandounternehmen, bei dem ihr gefangengenommen wurdet?« fragte Gassen.

»Ein Einsatz gegen die Kamajors.« Ibrahim wandte sich ihm zu.

»Wo war das?«

Der junge Mann zuckte mit den Schultern. »Kono-Distrikt.«

»Ihr seid bei Komahun gefangengenommen worden«, mischte sich Crocker ein. »Dort sind die Nimini-Goldminen.«

Achselzucken. Anscheinend war Ibrahim nicht willens, mehr über dieses Thema zu sagen.

»Darlinda?« Katuma Samba sprach leise. Darlinda hatte die ganze Zeit auf den Boden gestarrt. Jetzt hob sie den Kopf und schaute ihre Betreuerin mit großen Augen an. »Erzähl doch, wie du zum Unverwundbaren gekommen bist.«

»Das war ein Jahr später als Ibrahim.«

Katuma lächelte das Mädchen an. »Ja?«

»Ich habe mit meiner Mutter gekocht. Da sind die Kämpfer in unser Dorf gekommen und haben mich mitgenommen.« Sie blickte nur Katuma an. »Ich habe meine Mutter seither nicht mehr gesehen. Sie ist sicher tot.«

»Was waren denn deine Aufgaben bei den Rebellen?« Katuma übersetzte Gassens Frage. Das Mädchen schien ihm so schüchtern und verstört, er wollte sie nur ungern ausfragen. Aber die erkennbar besorgten Blicke, die Ibrahim Darlinda zuwarf, sprachen Bände. Sie wußte etwas über den Unverwundbaren.

»Zuerst waschen, putzen, Essen kochen. Und ich war die ... Frau von Ahmad.«

Darlinda sagte das Wort »Frau« mit solchem Ekel, es war klar, daß sie diese »Aufgabe« nicht freiwillig ausgeführt hatte. Gassen hatte davon gehört, daß sich die Kämpfer in den Rebellenverbänden wie in der sierraleonischen Armee unter den Kindersoldaten Mädchen aussuchten, die sie dann als ihre »Ehefrauen« bezeichneten. Vergewaltigungen gehörten zum Alltag der Mädchen.

»Aber dann bin auch ich eine Kämpferin geworden«, fuhr Darlinda fort. »Eine gute Kämpferin.« Sie lächelte scheu und schaute wieder auf den Boden.

»Und deshalb bist du für den Einsatz gegen die Kamajors ausgewählt worden?«

Darlinda nickte. »Ich war eine Kundschafterin. Ich bin klein, schnell und leise. Ich kann unsichtbar sein, wenn ich will.« Sie verzog leicht den Mund. »Große Männer taugen nicht als Kundschafter in engen Minen.«

Ibrahim legte dem Mädchen die Hand auf den Arm.

»Es muß um die Goldminen gehen.« Crocker pfiff leise durch die Zähne. Zu Gassen gewandt erklärte er: »Bei Komahun ist das zweitgrößte Goldlager in Sierra Leone, in den Nimini Hills. Es hat dort immer wieder Kämpfe um die Minen gegeben.«

Die beiden Jugendlichen redeten schnell und laut aufeinander ein. Ibrahim schien Darlinda, die plötzlich gar nicht mehr schüchtern war, von etwas überzeugen zu wollen.

»Um was geht es?« fragte Gassen leise.

»Der Junge will nicht, daß das Mädchen plaudert«, kam Crockers Kommentar vom Fenster.

Katuma übersetzte, so schnell sie der Unterhaltung folgen konnte.

»Du verrätst unseren Kommandanten, Kämpferin.«

»Das ist vorbei, Ibrahim, wir sind nicht mehr in der Einheit.«

»Er hat für uns gesorgt. Er war immer fair. Eisern, aber fair.«

»Er hat meine Familie getötet und unsere Hütte angezündet. Unser Dorf hat gebrannt.«

»Das war der Krieg, Darlinda, nicht der Kommandant.«

»Ohne Männer wie den Kommandanten hätte es nie Krieg gegeben.«

Ibrahim sah das Mädchen einen Augenblick lang an, dann flüsterte er: »Verrat ihn nicht.«

»Er ist tot, Ibrahim«, sagte Darlinda leise. »Wie sollte er nach so langer Zeit bei den Kamajors noch leben?« Dann drehte sie sich zu Katuma um. »Es ging um die Goldminen. Das Gold ist eine Einnahmequelle der RUF, wenn der Krieg einmal zu Ende ist. So hat der Unverwundbare für die Zukunft gesorgt. Die Minen gehören der RUF. Die Kamajors hatten sich in ihnen breitgemacht, und wir wollten sie vertreiben. Es war ein gefährlicher Einsatz. Der Kommandant hat uns mitgenommen, weil wir kleiner sind und uns in den Minen besser bewegen können. Aber die Kamajors sind feige. Sie haben uns in einen Hinterhalt gelockt. Viele von uns sind umgekommen.«

Plötzlich stand Crocker ganz nahe vor Ibrahim und ging vor dem jungen Mann in die Hocke. Katuma wollte den Söldner stoppen, aber Gassen hielt sie zurück. »Es ist okay«, sagte er leise.

»Du weißt, daß euer Kommandant noch lebt, nicht, Ibrahim?«

Der junge Mann machte eine knappe Kopfbewegung, die man als Zustimmung deuten konnte.

»Warum willst du nicht, daß wir erfahren, wo er steckt? Als Kriegsgefangener der Regierung wird es ihm sicher besser ergehen als in den Händen der Kamajors.«

Wieder das Achselzucken, doch es war Ibrahim deutlich anzusehen, daß er mit sich rang. »Die Kamajors ...« Er ließ den Satz unvollendet.

»Sie haben euch gedroht, nicht?«

Gassen konnte nur das Gesicht des jungen Mannes sehen, der Crocker anstarrte.

»Die Kamajors haben gedroht, sie würden euren Kommandanten erledigen, wenn ihr verratet, wo sie ihn gefangenhalten.«

Ein schnelles, militärisches Kopfnicken, Crocker hatte ins Schwarze getroffen. Der Söldner erhob sich langsam aus der Hocke. »Wo ist er, Ibrahim?«

Darlinda wollte etwas sagen, aber Katuma schüttelte leicht den Kopf, und das Mädchen preßte die Lippen zusammen. Trotz der fühlbaren Spannung im Zimmer mußte Gassen lächeln. Katuma Samba nutzte jede Chance für den Heilungsprozeß ihrer Schützlinge. Es war wichtig für Ibrahim, daß er sein Geheimnis selbst offenbarte. Nur so konnte er sich von der Vergangenheit lösen.

Ein Ruck ging durch den Körper des jungen Mannes. »In der Nähe von Njaiama. Die Kamajors halten ihn in einer Goldmine versteckt.«

»In der großen Mine«, fügte Darlinda hinzu.

Ibrahim schaute zu Crocker hoch. »Vor drei Monaten ist ein neuer Junge hier ins Camp gekommen. Er hat erzählt, daß der Kommandant noch am Leben sei. In den Einheiten wandern solche Informationen schnell. Und sie sind verläßlich. Glauben Sie, daß die Kamajors den Kommandanten inzwischen getötet haben?«

Crocker trat zur Tür des Hotelzimmers.

»Wir wissen es nicht, Ibrahim«, sagte Gassen. »Aber wir werden es herausfinden. Und dann komme ich zurück und erzähl es dir.«

»Wir haben, was wir wissen wollten«, meinte Crocker. »Ich gebe Pat Bescheid, daß wir in einer halben Stunde zurückfliegen. In Ordnung, Martin?«

Gassen nickte, und Crocker verschwand ohne ein weiteres Wort.

»Vielen Dank für eure Hilfe«, sagte Gassen.

Dann herrschte eine Weile Schweigen. Ibrahim starrte immer noch Crocker hinterher, Darlinda sah wieder zu Boden.

»Wie ist es denn hier im Camp für euch?« fragte Gassen schließlich, bevor das Schweigen allzu bedrückend wurde.

»Ganz gut«, meinte Darlinda.

»Aber langweilig«, sagte Ibrahim. »Manche behandeln uns wie Kinder.« Er grinste Katuma an. »Sie nicht.«

»Und was wünscht ihr euch für die Zukunft?«

»Ich möchte eine Ausbildung machen. Vielleicht kann ich Arzt werden.« Ibrahim klang nicht besonders hoffnungsvoll.

»Ich will zu meiner Familie zurück«, sagte Darlinda leise. Sie starrte auf ihre schwarzen Sandalen, und Gassen fiel auf, daß ihr die Schuhe zu klein und sehr zerschlissen waren. »Und ich brauche neue Schuhe. Mit diesen hier kann ich nie zur Schule gehen.«

*

Gassen und Katuma Samba saßen auf einer Bank vor der alten Hotelanlage und warteten, bis Pat und Crocker den Hubschrauber startklar gemacht hatten. Eine große Akazie spendete Schatten gegen die Mittagshitze. Die Betreuerin hatte Ibrahim und Darlinda von ihren Küchenpflichten entbunden, worauf Darlinda freudestrahlend aus dem Büro gelaufen war. Gassen hatte sie später in einer Gruppe gleichaltriger Mädchen gesehen. Ibrahim hatte sich sehr ernst und mit Handschlag von ihm verabschiedet.

Die Betreuerin erzählte von ihrer Arbeit als Lehrerin in einer Schule in Pendembu im Norden. Bei Kämpfen zwischen der Armee und den Rebellen war die Schule zerstört und sie arbeitslos geworden, bis sie vor einem Jahr hier in dem Repatriierungs-Camp wieder Arbeit gefunden hatte.

Martin Gassen hörte nur mit einem Ohr zu. Die Frau hatte ihn vom ersten Moment an beeindruckt. Während sie redete, betrachtete er ihre Gesichtszüge, die, selbst wenn sie lachte, immer ein wenig traurig aussahen. Er fragte sich, wie alt Katuma wohl war, und nahm an, daß sie älter wirkte, als sie in Wirklichkeit war. Nicht nur den Kindersoldaten war durch den Bürgerkrieg ihre Jugend genommen worden.

»Meine Arbeit hier im Camp ist viel anstrengender als der Lehrerberuf. Lassen Sie sich vom Alltag des Lagerlebens und der schönen Lage hier nicht täuschen.« Sie machte eine Bewegung zum Strand hin, hinter dem das Meer in einem pastellfarbenen Blau leuchtete. Leise sprach sie weiter: »Ich habe lange gebraucht, bis ich auch nur ein bißchen von dem verstanden habe, was in den jungen Leuten wirklich vor sich geht. Manche fliehen aus dem Camp, weil ihnen nach all den Kämpfen und Abenteuern die Ruhe und Geborgenheit hier zu eintönig ist. Mädchen, die ein Kind von einem Rebellen haben, gehen manchmal zum Vater zurück. Mit einem Rebellenbastard nehmen die Eltern sie sicher nicht wieder auf. Andere lassen ihre Kinder im Lager und gehen alleine zurück in den Busch. Viele verschwinden, weil sie mit ihrer Schuld nicht fertig werden. Sie wollen lieber im Kampf sterben als weiterleben. Nicht wenige sterben an Aids. Oder sie begehen Selbstmord.«

»Ihre Arbeit ist wichtig, Katuma. Die Jugendlichen lieben Sie, das hat man Ibrahim und Darlinda deutlich angemerkt. Sie geben ihnen Hoffnung.«

Ein Lächeln glitt über Katumas Gesicht, das ihre Züge verwandelte. Eine Lebenslust blitzte kurz auf, die Gassen an Victoria erinnerte, obwohl die beiden Frauen sonst kaum unterschiedlicher sein konnten. Dann trat wieder der melancholische Ausdruck auf Katumas Gesicht. »An guten Tagen denke ich das auch. Aber ich habe mich schon oft von einer hoffnungsvollen Fassade täuschen lassen. Ibrahim zum Beispiel. Ich halte ihn für extrem selbstmordgefährdet. Er weiß genau, was er getan hat, er verdrängt nichts. Für einen Menschen wie ihn, der sich eingestehen muß, daß er unbeschreibliche Greueltaten begangen hat, scheint Selbstmord oft die einzige Lösung. Es gibt andere Jugendliche, die ohne jede Gefühlsregung über ihre Taten sprechen. Sie sind Meister der Verdrängung. Aber vielleicht schützt sie das auch.« Sie seufzte. »Das seelische Elend der Jugendlichen ist groß. Manchmal halten es selbst die Helfer nicht mehr aus und leiden unter Depressionen. Ich muß mich manchmal zusammenreißen, damit ich nicht selbst in Hoffnungslosigkeit verfalle.« Sie brach ab und schaute hinaus auf das Meer.

»Man sieht es in Ihrem Blick, Katuma.«

Die Betreuerin drehte sich zu Gassen um und sah ihm eine Zeitlang direkt in die Augen. Ihr Blick war so lebendig und dabei so traurig, er hätte die zierliche Frau am liebsten in den Arm genommen. Doch etwas in ihrer Körperhaltung hielt ihn davon ab. Er wußte nicht, was Katuma alles im Krieg erlebt hatte, und er wollte sie auf keinen Fall unbeabsichtigt verletzen. So nahm er nur ihre Hand und küsste sie. Sie lächelte überrascht und strich ihm dann mit einer schnellen Geste über das Haar.

Sie redeten, und Gassen erzählte ihr in knappen Worten von seiner Zeit mit Victoria vor zehn Jahren, von Victorias Ermordung und seiner Spurensuche in Köln, Antwerpen und Kenema.

Als er geendet hatte, sagte Katuma nur: »Es ist schön, daß du deine alte Freundin nicht vergessen hast. Ich mag das. Ich mag dich.«

Gassen, den eine schöne Frau eigentlich selten verlegen machte, fühlte, wie ihm das Blut ins Gesicht stieg. Er hätte Katuma gerne zum Essen eingeladen, aber er wußte, sie würde nein sagen. Und er würde in ein paar Tagen zurück nach Deutschland fliegen.

Sie umarmte ihn zum Abschied ganz kurz und winkte ihm

nach, als er in den Hubschrauber stieg. Sie waren schon hoch in der Luft, als Gassen noch einmal nach unten schaute und die kleine Gestalt Katumas am Strand erkannte.

*

»Wir werden herausfinden, ob der Unverwundbare tot ist, Martin? Ich dachte, ich höre nicht recht, als du das dem Jungen versprochen hast.«

Die Bemerkung des Söldners riß Gassen aus seinen Gedanken, die um Katuma Samba kreisten. Bis auf ein »Die traurig-schöne Katuma hat es dir ja mächtig angetan« hatte sich Crocker jedes Kommentars über die Begegnungen und die Ereignisse im Camp enthalten. Gassen war froh gewesen, daß Dave und Pat sich angeregt unterhielten und ihn auf der Rückbank in Ruhe ließen.

»Äh, ja.« Er versuchte, sich auf ihr weiteres Vorgehen zu konzentrieren. »Wir müssen mit dem Unverwundbaren sprechen. Er ist der einzige, der über Victorias Geschichte Bescheid weiß. Und jetzt, wo wir wissen, wo er versteckt gehalten wird, fliegen wir dahin. Oder siehst du das anders?«

Pat gab ein gurgelndes Geräusch von sich, das mit viel Phantasie ein Lachen darstellen konnte, und auch Crocker lachte leise. »Und wie genau stellst du dir das vor, mein lieber Menschenfreund?«

»Na ja, gibt es nicht irgendwelche Vereinbarungen, die solche Situationen regeln? Vielleicht kriegen wir ja so eine Art Besuchserlaubnis.«

Crocker verschluckte sich fast vor Lachen. »Nein Martin, eine Besuchserlaubnis bekommen wir in diesem Fall nicht.« Dann wurde der Söldner wieder ernst. »Ich glaube nicht, daß es eine vergleichbare Situation schon einmal gegeben hat. Außerdem sind die Kamajors dafür bekannt, daß sie sich weder an Waffenstillstandsvereinbarungen noch an die Regelungen, was Kriegsgefangene betrifft, halten. Aber keine Angst, wir werden schon mit Sahr Kandeh sprechen. Wir müssen unseren Besuch nur selber arrangieren.«

»Wie denn?«

»Wir holen ihn auf eigene Faust raus, befragen ihn und übergeben ihn dann der Regierung. Das ist der grobe Plan.«

»Du willst das hinter dem Rücken der Executive Services machen?«

Crocker schüttelte den Kopf. »Nein, die brauchen wir dazu. Meine Vorgesetzten werden mitmachen, auch wenn das nicht alles ganz legal ist. Wir haben selbst ein paar dringende Fragen, die wir dem Unverwundbaren stellen wollen.«

Gassen erinnerte sich. »Der Spitzel, der deine Truppe verraten hat. Du wolltest mir die Geschichte noch ausführlicher erzählen.«

»Irgendwann mal, Martin, wenn wir in der Susan-Bar sitzen und das alles hier hinter uns gebracht haben, dann erzähle ich dir die Geschichte. Auf jeden Fall will ich diesen Verräter schnappen. Und dazu brauchen ich und die Executive Services den Unverwundbaren.«

»Ich will etwas über das Schicksal Victorias erfahren, nicht den Bürgerkrieg fortsetzen,« erwiderte Gassen. Beim Gedanken, durch die Befreiung des Unverwundbaren auf das Kriegsgeschehen Einfluß zu nehmen, wurde Gassen mulmig. Die Suche nach Victoria war seine Privatsache. Er wollte nicht zwischen die Fronten der Bürgerkriegsparteien geraten.

»Entweder du bist dabei, oder du kannst nach Hause fahren, Martin.« Crocker machte eine unwirsche Handbewegung. »Wenn du wirklich Sahr Kandeh finden und von ihm erfahren willst, was mit Victoria damals geschehen ist, mußt du dich auf eine solche Aktion einlassen. Es gibt keinen anderen Weg.«

Gassen seufzte leise. »Warum halten die Kamajors den Unverwundbaren wohl so lange gefangen? Er muß inzwischen halb tot sein. Nur aus Rache?«

»Dann hätten sie ihn auch gleich umbringen können. Nein, die Milizen dürften etwas anderes im Sinn haben. Sie halten die Goldminen, die vorher im Besitz der Rebellen waren, seit zwei Jahren unter ihrer Kontrolle. Und soweit ich weiß, hat es seitdem keinen Versuch der Rebellen gegeben, die Minen zurückzuerobern. Vielleicht wissen die Kamajors, daß der Unverwundbare Gold aus der Mine geschafft hat und wollen das Versteck wissen.«

»Wenn die Kamajors die Minen kontrollieren, dann gehört ihnen auch das Gold?«

»Vermutlich muß der Paramount-Chief des Distrikts, der die Milizen aufgestellt hat, mit dem Eigentümer der Mine teilen.«

»Weißt du, wer das ist?«

»Eine Gesellschaft, die schon lange Goldabbau in Sierra Leone betreibt, Nimini Mining Ltd. Juristisch dürfte das Gold ihr gehören. Aus Sicht des Unternehmens bewachen die Kamajors nur die Mine und das Goldvorkommen. Vielleicht bezahlen sie die Milizen oder haben Verabredungen über Gewinnbeteiligungen an den Minen abgeschlossen. Für die Zeit nach dem Krieg. Die Chiefs können gewieft verhandeln.«

»Und gleichzeitig halten die Kamajors Sahr Kandeh in einer Goldmine gefangen? Das hört sich an wie Indiana Jones.«

Pat lachte leise, und Crocker sagte in amüsiertem Ton: »Also, ich finde das sehr praktisch.«

»Und die Polizei?«

Jetzt lachten beide Söldner. »Die Kamajors sind dort die Polizei.«

*

Gassen wartete schon auf dem Hubschrauberlandeplatz der Executive Services, als Crocker und Pat dort ankamen. Am Abend vorher in der Susan-Bar hatte der Söldner ihn in seinen Plan zur Befreiung von Sahr Kandeh eingeweiht. Das ganze Unternehmen kam Gassen absurd vor, und sie hatten lange alle Einzelheiten durchdiskutiert. Aber Crocker ließ sich nichts ausreden. Da die Executive Services ihm offenbar freie Hand ließen, gab Gassen es trotz seiner Bedenken auf, ihn von dem gefährlichen Plan abzubringen. Denn wenn alles klappte, würde er von dem Unverwundbaren endlich Victorias Geschichte erfahren.

Es war später Nachmittag, als sie mit einem großen Transport-Hubschrauber starteten. Pat und Crocker wirkten konzentriert und sprachen nur das Nötigste. Ihr Ziel war ein Stützpunkt der Executive Services bei Yengema. Schon von weitem war das große weiße X zu sehen, das den Hubschrauberlandeplatz am Rande einer Ansammlung von braunen Flachdachbauten kennzeichnete.

Im hochwirbelnden Staub warteten drei schwarze Männer, die Gassen in jeder anderen Situation wohl kaum mit den Executive Services in Verbindung gebracht hätte. Sie trugen bunt zusammengewürfelte Uniformteile, die alle möglichen Farbschattierungen von Grau bis Hellgrün aufwiesen. Einer trug eine Art Kapitänsmütze auf dem Schädel, ein anderer hatte über ein olivgrünes Netz-Tanktop eine Art bunten Poncho gezogen. Alle drei waren sie bis zu den Zähnen bewaffnet.

»Waschechte Rebellen, unsere Jungs«, brummte Pat.

»Und ihr meint, damit könnt ihr die Kamajors täuschen?«

»Warte, bis wir uns auch noch umgezogen haben, dann wirst du Pat und mich nicht mehr wiedererkennen. Wir müssen die Kamajors täuschen, damit steht und fällt unser Plan. Es muß auf jeden Fall so aussehen, als sei der Unverwundbare von Rebellen befreit worden.«

Sie hatten diesen Punkt schon gestern abend lange besprochen, aber Gassen war immer noch nicht überzeugt. »Pat, was meinst du denn dazu? Ein gefährliches Rebellenkommando überfällt eine Wacheinheit der Kamajors, tötet sie aber nicht, sondern schlägt sie nur bewußtlos. Wer wird das glauben?«

Pat zuckte mit den Achseln und nuschelte etwas, daß Gassen mit Mühe als »Kommt drauf an« interpretieren konnte.

»Auf was soll es ankommen?«

»Auf die richtige Propaganda natürlich«, sagte Crocker, dem seine Ungeduld deutlich anzumerken war. »Es muß überzeugend klingen. Niemand hält eine vor sich hingammelnde Wache der Kamajors für Elitesoldaten. Natürlich wird es ein großes Rätselraten über das unblutige Vorgehen der Banditen geben. Ein paar NGOs werden melden, die Rebellen seien nun doch Menschenfreunde geworden. Wir werden dagegen unters Volk bringen, die Banditen hätten die Milizen blamieren wollen. In diesem Land blickt ohnehin niemand mehr durch. Und wer kann uns beweisen, daß es anders gelaufen ist?«

»Der Unverwundbare, zum Beispiel.«

»Der wird froh sein, daß wir ihn aus den Händen der Kamajors befreien und er im Schutz der Öffentlichkeit steht.«

Gassen schwieg, wie er auch gestern abend schließlich geschwiegen hatte. Das überraschend mildtätige Vorgehen der angeblichen Rebellen war der Schwachpunkt in Crockers Plan. Gassen mochte nicht so recht glauben, daß ein Militär wie Crocker sich auf Pressearbeit und die Gerüchteküche verlassen wollte.

»Dave«, sagte Pat mit einem Kopfnicken nach hinten, wo Gassen auf einer seitlich an der Wand des Hubschrauber entlanglaufenden Bank saß. »In den Klamotten kann er aber nicht mit.«

»Was?« Gassen schreckte aus seinen Gedanken. Er trug Jeans und T-Shirt, wie schon die ganze Zeit in Sierra Leone.

Crocker drehte sich zu ihm um und mustere ihn sorgfältig. »Tut mir leid, Martin, aber Pat hat recht. Ich sehe zu, daß ich noch einen Tarnanzug und richtige Stiefel für dich auftreibe.«

»Muß das denn sein? Meine Schuhe sind okay.«

Die beiden Männer vorne schüttelten den Kopf. Pat schwieg, er war mit dem Landemanöver beschäftigt. Crocker sagte: »Dein Schuhwerk ist gut für Freetown, aber nicht für den Busch. Die Schlangen hier in der Gegend sind bekannt für ihre giftigen Bisse. Und nachher an der Mine wirst du für jedes bißchen Tarnung dankbar sein, Martin.«

Während Crocker redete, schwoll der Motorenlärm des Hubschraubers an, bald war nichts mehr zu verstehen. Sie näherten sich im Sinkflug der Landefläche. Der Hubschrauber setzte exakt in der Mitte des weißen Kreuzes auf. Es dauerte eine halbe Minute, bis die Staubwolke, die ihre Landung verursacht hatte, verflogen war und Gassen draußen etwas sehen konnte. Im nächsten Moment wurde die Schiebetür des Hubschraubers aufgerissen, und der Söldner mit der Kapitänsmütze blickte in den Innenraum. Er begrüßte Gassen mit einem knappen Kopfnicken. Über der Schulter trug er einen unhandlichen, vielleicht zwei Meter großen, länglichen Sack. Hinter ihm stand der Mann mit dem Poncho, ebenfalls mit einer solchen Last beladen. Es mußten die »Konserven« sein. Gassen hatte sich lange gegen diesen Teil des Planes gewehrt, doch die Toten in den Leichensäcken gehörten zu Crockers Plan.

»Woher stammen die Leichen?« fragte Gassen einen der verkleideten Söldner.

»Es sind Rebellen. Sie sind gestern bei einem Scharmützel erschossen worden sind.«

Zu dritt zerrten sie die schweren Säcke in den Hubschrauber und verstauten sie an der Rückwand. Gassen konnte die Konturen der menschlichen Körper unter dem glatten Plastikmaterial fühlen. Die Säcke waren kalt, offenbar waren die Toten in einem Kühlraum gelagert worden.

Kaum zehn Minuten später starteten sie in Richtung der Goldmine bei Njaiama. Sie flogen mit der Abendsonne im Rücken Richtung Osten. Das grüne Afrika unter ihnen war in ein orangerotes Licht getaucht, das die rotbraune Erde und die gestampften Lehmpisten leuchten ließ. Gassen konnte sich nur schwer von dem Naturschauspiel losreißen. Ohne die beiden Leichensäcke an Bord hätte er den Flug vielleicht sogar genießen können. Im Tarnanzug und mit einem zerknautschten Hut auf dem Kopf fühlte er sich ein bißchen wie im Kölner Karneval, vor allem, weil auch Crocker und Pat sich in phantasievolle Rebellen-Outfits gekleidet hatten. Um sein blondes Haar zu verdecken, hatte sich Crocker ein Seeräubertuch um den Kopf gebunden. Die Weißen an Bord – Crocker, Pat und er – hatten sich Gesichter und Handrücken mit schwarzer Theaterschminke gefärbt. Gassen war mit MP, Nachtglas und Walkietalkie ausgerüstet. Am Horizont verfärbte sich der Himmel dunkelviolett, die Dämmerung brach herein, bald würde es dunkel sein.

Sie landeten an einer Stelle in einiger Entfernung zur Goldmine. Kundschafter der Executive Services hatten die Umgebung tags zuvor ausgekundschaftet und eine für Lastwagen angelegte Schotterstraße entdeckt, die direkt zur Mine führte. Pat blieb beim Chopper. Der Rest der Truppe machte sich zu Fuß auf den Weg.

Als sie das Gelände der Mine betraten, war es schon ziemlich dunkel. Gassen konnte einige Holzgebäude erkennen, die offenbar als Büros und Unterkünfte für die Arbeiter gedient hatten. Bei den meisten waren die Fenster zerschlagen und die Dächer kollabiert. Ein Laster mit platten Reifen stand direkt neben dem Eingang zur Mine, schweres Bergbaugerät war schemenhaft im Dunkel zu erkennen. Ein Bagger stand mitten zwischen den Gebäuden, ein unbenutzter Generator war, geschützt durch ein Wellblechdach, neben einem Schuppen untergebracht. Trotz des modernen Equipments erinnerte die Szenerie an eine Geisterstadt aus dem Wilden Westen. Wenig deutete darauf hin, daß hier noch bis vor ein paar Jahren in großem Stil Gold gewonnen wurde. Doch es gab Hinweise, daß die Mine nicht völlig verlassen war. Ein Jeep parkte neben einem doppelstöckigen Haus, das noch einigermaßen intakt zu sein schien.

Außer Sichtweite des Mineneingangs, hinter einer Gruppe von dichten Büschen sammelte Crocker seine Truppe um sich.

»Nochmal zur Erinnerung: Die Wachposten machen Sechs-Stunden-Schichten, jeweils vier on-duty und vier off-duty. Jeder der vier Posten bewacht einen Sektor der Umgebung der Mine. Nummer eins bis drei, ihr kennt eure Sektoren. Benutzt den Schlagstock, der erste Schlag muß sitzen. Ich will hier keinen Schußwaffeneinsatz, ich will wenn möglich keine Toten. Wer hat die Trage dabei?«

»Ich«, meldete sich Nummer drei, der Mann mit dem Poncho.

»Okay, wenn wir die Posten erledigt haben, geht es für dich und Nummer eins nur noch um den Gefangenen. Ich will ihn lebend. Das hat höchste Priorität. Wenn er nicht mehr laufen kann, nehmt die Trage. Nummer zwei und ich kümmern uns um die übrige Wachmannschaft. Noch Fragen?«

Alle schüttelten den Kopf.

»Gut. Uhrenvergleich?«

Auf Gassens Uhr war es exakt 19.31 Uhr.

Crocker nickte dem Mann im Poncho und Nummer eins zu. »Los jetzt! In einer Stunde müssen wir zurück am Chopper sein.«

Die Söldner verschwanden im Gebüsch.

»Das Hauptgebäude, Martin ...« Crocker wandte sich zum Minengelände und zeigte auf das Gebäude, vor dem der Jeep stand.

»Ja, was ist damit?«

»Das Dach ist eine gute Position für dich. Du kannst dich hinter der niedrigen Umrandung verstecken und hast trotzdem einen perfekten Überblick über das gesamte Gelände, die Straße und den Mineneingang.«

Gassen nickte.

»Achte auf alles, was sich bewegt. Ich erledige den Posten in dem Sektor hinter der Mine. Wenn sich jemand dieser Gegend nähert, gib Bescheid, wie ausgemacht. Sprich leise und langsam ins Walkie-talkie, damit wir dich verstehen, der Sprechverkehr uns aber nicht verrät.«

Wieder nickte Gassen.

»Alles klar, Soldat?« Im Dunkeln war Crockers Grinsen nicht zu sehen.

»Ja, alles klar.«

Crocker legte ihm kurz die Hand auf die Schulter. »Paß gut auf dich auf. Und auf uns natürlich auch.« Er nickte dem Mann mit der Kapitänsmütze zu. »Und Martin – behalte die MP immer in Griffnähe. Man weiß nie.«

Dann wurden auch diese beiden vom Dunkel der Büsche verschluckt.

*

Helles Mondlicht beleuchtete den Platz vor der Mine. Massige Stahlträger stützten den Stollen ab, das große Tor, das die Mine einmal verschlossen hatte, lag auf dem sandigen Boden. Der Eingang war ein dunkles Viereck, hinter dem kein Lebenszeichen zu erkennen war.

Crocker hatte sich in der Deckung der niedrigen Bäumen, die das Gelände umgaben, an die Mine herangearbeitet. Das Mondlicht erleichterte ihm die Orientierung auf dem unbekannten Terrain, allerdings war er dadurch auch für die Kamajor-Posten leichter zu entdecken. Vorsichtig kroch er rechts an der Mine vorbei die Böschung hinauf bis zu ein paar Sträuchern, die ihm Schutz boten. Ein Blick auf die Uhr sagte ihm, daß er mehr Zeit gebraucht hatte, als eingeplant war. Crocker presste sich auf den Boden und inspizierte das hinter der Mine liegende Gelände. Auch hier standen ein paar kleine Schuppen, die zum Teil komplett eingefallen waren. In einiger Entfernung verlief ein Stacheldrahtzaun, der offenbar das gesamte Minengelände umgab. Wie schmale dunkle Striche ragten die Pfosten, an denen der Stacheldraht befestigt war, in den vom Mondlicht erhellten Nachthimmel.

Minutenlang ließ Crocker seinen Blick den Zaun entlanggleiten, doch nirgends war eine Bewegung, die auf den Posten hingedeutet hätte, zu bemerken. Er suchte nach verräterischen Zeichen, dem Aufblitzen von Metall im Mondlicht, einem Rascheln in den Büschen oder auch dem Geruch von Zigarettenrauch – nichts. Quadratmeter für Quadratmeter suchte Crocker den Sektor mit dem Nachtglas ab. Da! An einem der zerfallenen Schuppen waren zwei menschliche Beine zu erkennen. Crocker robbte vorwärts, arbeitete sich zu einem knorrigen Baum vor, der ihm ausreichend Deckung bot. Jetzt hatte er den Posten endlich im Blickfeld.

Der Kamajor-Krieger saß auf einem auf zwei Steinen liegenden Brett, den Rücken an die einzig noch stehende Wand des Schuppens gelehnt, sein Gewehr zwischen den Knien. Er trug eine Weste, in der kleine eingenähte Spiegel blitzten und hatte einen unförmigen Hut tief ins Gesicht gezogen. Seinen Sektor konnte der Mann von dieser Position aus bestimmt nicht überblickten.

Doch Crocker kam auch nicht an ihn heran. Der Schuppen stand nahe am Zaun, zu nahe, als daß Crocker sich ihm von dieser Richtung hätte nähern können. Zwischen der Bank und den nächsten Büschen, die einigermaßen Deckung bieten konnten, lag ein freier Streifen von gut zehn Metern. Egal wie schnell Crocker die Entfernung überqueren konnte, der Wachposten würde ihn sofort bemerken, noch dazu in dem hellen Mondlicht. Auf alle Fälle mußte Crocker vermeiden, daß der Mann in der Gegend herumballerte und die Mannschaft in der Mine alarmierte.

Im Gebüsch hinter Crocker knirschte es leise, das Geräusch eines Stiefels im sandigen Boden.

»Alles erledigt, Nummer zwei?« Crocker ließ den Wachposten nicht aus den Augen, als sich sein Teamgefährte neben ihm niederkauerte. Kaum hörbar antwortete der: »Alles okay. Was ist hier los?«

Crocker deutete mit dem Kinn auf den sitzenden Kamajor. »Lenk ihn ab«, sagte er.

Nummer zwei nickte knapp, dann verschwand er. Auch Crocker zog sich etwas tiefer in die Büsche zurück. Er fühlte nach dem Messer in seinem Stiefelschaft und tastete kurz nach der 38er im Schulterholster. Den Schlagstock hielt er fest in der Hand. Dann kamen von links leise tapsende Geräusche wie von einem anschleichenden Leopard. Der Wachposten rührte sich nicht, doch Crocker bemerkte, wie sich sein Körper kaum wahrnehmbar straffte. Langsam glitt die Hand des Mannes zum Gewehrkolben.

Von links kam ein leises Fauchen. Nummer zwei war gut, er hätte selbst Crocker davon überzeugt, daß sich hier eine Raubkatze näherte. Doch ob er den Kamajor damit täuschen konnte, war mehr als fraglich. Die Mende-Jäger kannten die Laute und Stimmen des Busches und seiner Tiere wie niemand sonst. Und sie waren selbst die unbestrittenen Meister der Imitation. Das Ablenkungsmanöver, das Nummer zwei hier versuchte, konnte gefährlich werden.

Der Wachposten bewegte sich, stand dann langsam auf. Für einen unbeteiligten Beobachter hätte die Bewegung so ausgesehen, als ob der Mann sich wie zufällig erhoben hätte, vielleicht, um die Beine auszuschütteln oder um nicht einzuschlafen. Doch Crocker sah den festen Griff, mit dem der Kamajor das Gewehr hielt, den Daumen am Hahn. Innerhalb von Sekundenbruchteilen war die Waffe entsichert, der Lauf schon halb nach rechts ins Gebüsch gerichtet, ziemlich genau auf die Stelle, wo Crokker Nummer zwei vermutete.

Mit einem Sprung verließ Crocker den Schutz der Sträucher und stand, den Schlagstock fest in der Hand, in dem freien Streifen. Im selben Moment bewegte sich der Wachposten blitzschnell auf Nummer zwei zu. Crocker hechtete nach rechts, um ihn abzufangen, doch er kam zu spät. Der Kamajor brach, Gewehr im Anschlag, in die Büsche, dann hörte Crocker einen unterdrückten Fluch, einen Aufprall, das Geräusch von kämpfenden Körpern und brechenden Zweigen. Crocker rannte hinzu und sah gerade noch, wie Nummer zwei dem Kamajor mit den Fäusten das Gewehr aus der Hand schlug. Ein Messer blitzte auf, da ließ Crocker den Stock auf den Kopf des Kamajor niederfahren. Nummer Zwei rollte seinen Gegner von sich weg und sprang auf. In der Hand hielt er sein blutiges Messer.

»Shit!« flüsterte der Söldner. »Ich konnte den Schlagstock nicht mehr ansetzen.«

»Notwehr. Läßt sich manchmal nicht vermeiden.« Crocker drehte den Wachposten um und sah die gezückte Machete, die der Kamajor noch in der Faust hielt. Seine toten Augen starrten in den Himmel. Über seinem Herzen breitete sich ein dunkler Blutfleck auf der Weste aus.

*

Gassen spähte über die Dachumgrenzung zu der Mine hinüber. Über einen Anbau an der Hinterseite des Gebäudes war er auf das flache Dach geklettert und hatte sich dort auf den Boden in Stellung gelegt. Während des Fluges hatte einer der Executive Services-Männer ihn vor Raubtieren gewarnt, die angeblich die Gegend um die Nimini Hills unsicher machten. Gassen konnte sich kaum vorstellen, wie auch nur eine Raubkatze den Krieg überlebt haben sollte. Und hier oben auf dem Dach war er sicher. Trotzdem schaute er immer wieder hinter sich. Er hatte einmal gehört, daß die Kamajors Kinder und Frauen auf Waldpfaden vor sich gehen ließen, da Leoparden von hinten angreifen. Immerhin war er selbst ohne Probleme hier hochgekommen, und es gab keinen Grund, warum eine hungrige Raubkatze nicht mit ein paar eleganten Sprüngen neben ihm landen könnte. Doch in dem Gelände hinter ihm rührte sich nichts.

In seiner Rechten hielt Gassen die Maschinenpistole umschlossen, den Finger leicht gegen den Abzug gedrückt. Dann fiel ihm ein, daß Crocker ihn genau vor dieser Stellung gewarnt hatte. »Zu gefährlich. Eine unvorsichtige Bewegung, und ein Schuß löst sich, bevor du merkst, was los ist«, hatte der Söldner erklärt. Gassen legte die Waffe dicht neben sich. »Ich werde noch zum Landsknecht«, schoß es ihm durch den Kopf. Der Gedanke erschreckte ihn. Gassen nahm das Nachtglas und schaute angestrengt zum Eingang der Goldmine.

Die Sicht konnte kaum besser sein. Aber von den eigenen Leuten – eigene Leute? – war keine Spur zu sehen. Kein Geräusch war zu hören, nur vereinzelte Vogelrufe unterbrachen die Stille der afrikanischen Nacht. Dann kam Wind auf, Blätter raschelten in den Bäumen.

In Kenema hatte er sich an den Wind gewöhnt, den die Weißen Harmattan nannten, ein Wort, das aus der Sprache der Tuareg stammt. Gassen hatte nie herausgefunden, ob es in Krio einen speziellen Ausdruck für den Wind gab, aber er erinnerte sich noch gut an den Geschmack des Sandes, der allgegenwärtig war und durch jede noch so kleine Ritze drang. Selbst als er daheim in Deutschland den Seesack auspackte, konnte er noch Sand aus den Kleidern schütteln. Gassen fuhr über die Maschinenpistole und wischte das Metall blank.

Mit dem Sand war damals auch sein Verlobungsring aus dem Seesack gefallen, ein silberner Ring, wie er in Europa, aber nicht in Sierra Leone üblich war. Victoria hatte ihn ihm bei ihrem letzten Gespräch zurückgeben wollen, aber er hatte sich geweigert, ihn anzunehmen. Vielleicht hatte sie ihm den Ring beim Abschied in den Seesack gesteckt, er hatte sie nicht mehr danach fragen können. Die Erinnerung an das Ende seiner Zeit in Kenema war in den letzten Tagen immer wieder in Gassen hochgekommen. Der Unverwundbare wußte, was mit Victoria seit seiner Rückkehr nach Deutschland geschehen war. Insgeheim erhoffte sich Gassen von Sahr Kandeh auch Antworten auf andere Fragen: Von welchem Fluch hatte Victoria damals gesprochen? Was war passiert, daß sie sich von ihm so plötzlich zurückgezogen hatte? Auf ihrer Beziehung hatte nie ein Fluch gelastet. Sie waren damals glücklich gewesen, dessen war Gassen sich sicher. »Du sollst deines Lebens nicht mehr glücklich werden!« Das war die Prophezeiung des Jou-Jou-Mannes, dieses Schicksal war Victoria vorausgesagt worden. Nur soviel hatte sie Gassen auf seine vielen Fragen verraten. Sonst nichts.

Gassen ließ den Blick durch das Nachtglas in alle Himmelsrichtungen kreisen. Über ihm am dunkelblauen Himmel hing der Mond wie ein Schiffchen zwischen den Sternen, die viel heller leuchteten als in Deutschland.

Victoria hatte noch etwas gesagt. Es fiel ihm so plötzlich ein, als hätte er es nur einmal gehört und dann sofort wieder vergessen. Der Jou-Jou-Mann hatte auch ihm sein Schicksal vorhergesagt: »Der weiße Mann wird in Afrika den Tod finden«. Vielleicht hatten diese Worte Victoria so geängstigt, daß sie nie auf seine Anrufe und Briefe geantwortet hatte. Und offenbar war der Bann der Worte noch Jahre danach so stark gewesen, daß sie sich nicht einmal an ihn gewandt hatte, als sie in Deutschland in Not geraten war. In diesem einsamen Moment in der Dunkelheit der afrikanischen Nacht wurde Gassen klar, daß Victoria tatsächlich ihres Lebens nicht mehr glücklich geworden war. Und daß, obwohl sie jeden Kontakt zu ihm abgebrochen hatte. Und er ...

Plötzlich vernahm er raschelnde Schritte rechts hinter ihm, in den Sträuchern. Gassen riß das Nachtglas vor die Augen. Dann, ganz deutlich, eine flüsternde Stimme. Gassen griff zur MP, entsicherte sie und horchte in die Richtung, aus der die Geräusche kamen. Dort war nichts zu sehen als der hohe Zaun, der das Gelände umgrenzte. Die Schritte kamen von der Mine her, wo Bäume standen. Aber auch mit dem Nachtglas konnte Gassen keine Bewegung erkennen. Doch er hörte ganz deutlich, wie ein Ast knackte, dann Stiefeltritte auf dem sandigen Boden. Jemand kam aus Richtung Mine. Wenn Gassen sich nicht täuschte, war es mehr als nur eine Person. Er legte die Waffe an, suchte nach einer Bewegung, nach einem Ziel. Das Gefühl der MP in seinen Händen beruhigte ihn, doch er würde erst schießen, wenn er genau wußte, daß ihm oder seinen Leuten Gefahr drohte.

*

Die Executive Services-Männer hatten die betäubten Wachposten in den dunklen Mineneingang gezogen, als Crocker und Nummer zwei mit dem toten Kamajor dazustießen.

»Kein Zeichen von den restlichen vier Wachposten«, meldete Nummer drei leise und zog den Poncho enger um den Körper. Aus dem Inneren der Mine strömte ein eisiger Luftzug.

»Sie schlafen bestimmt. Ihre Schicht war erst vor zwei Stunden zu Ende.« Crocker flüsterte kaum hörbar. Alle Geräusche trugen laut in den dunklen Gang hinunter. Die drei gefesselten und geknebelten Kamajors lagen an einer der Wände. Sie trugen bunte Westen, in die kleine Spiegelscherben eingenäht waren, die im von draußen einfallenden Mondlicht blitzten. Von ihren Gürteln baumelten Macheten. Der Mann mit der Kapitänsmütze legte den Toten daneben.

»Jimi Hendrix meets Black Hawk Down«, sagte er dann kopfschüttelnd mit einem Blick auf die Wachposten.

Crocker grinste. »Ihr entwaffnet die Burschen. Los, Nummer zwei, wir gehen.«

Sie schlichen an der grob in den Berg gehauenen Wand entlang in die Finsternis. Die Unterkunft der Wachposten lag in einem unzerstörten Betonraum in der Nähe des Mineneingangs. Die Executive Services waren an einen skizzenhaften Plan der Mine herangekommen, auf dem Crocker gesehen hatte, daß der große Raum durch eine Stahltür gesichert war. Wahrscheinlich hatte man dort früher Maschinenteile und Werkzeuge gelagert, vielleicht auch Gold. Die Stahltür spielte in Crockers Plan eine wichtige Rolle. Um Blutvergießen zu vermeiden, wollte er sich gar nicht erst auf ein Feuergefecht einlassen, sondern die Wachposten einfach einschließen. In dem gesicherten Raum konnten die Kamajors dann so viel herumballern, wie sie wollten. Sie selbst mußten nur bei dem Betonraum sein, bevor die Kamajors den Angriff auf die Mine bemerkten.

Crocker tastete sich vorwärts. Die Wand des Stollens war kühl und trocken, an seinen Händen blieb kalkiger Staub hängen. Nummer zwei war dicht hinter ihm, er konnte die gedämpften Schritte hören, die seinem wie ein Echo folgten. Noch ein paar Meter, dann mußte links ein kurzer Seitengang abzweigen, der zu der Unterkunft führte.

»Abu meldet sich nicht.«

Die harsche Stimme ließ Crocker zusammenzucken. Er blieb abrupt stehen. Im Gang vor ihnen flammte plötzlich ein heller Lichtstrahl auf.

»Wahrscheinlich ist er wieder eingepennt.«

Die Stimme kam näher, aus dem schmaleren Gang heraus, der nun deutlich zu erkennen war. Der Lichtstrahl pendelte von rechts nach links über den Boden. Crocker trat zurück. Nummer zwei reagierte ebenfalls sofort. Sie mußten den Wachposten zumindest ein paar Meter von der Unterkunft wegbekommen, bevor sie ihn ausschalten konnten. Sie zogen sich zurück bis zu einer Stelle, wo der Gang auf beiden Seiten von massiven Holzbalken gestützt wurde. Doch die grob behauenen Balken boten nicht genug Schutz, damit sich ein Mann dahinter verstecken konnte. Sie mußten das Überraschungsmoment ausnutzen.

Das Licht der Taschenlampe kam näher. Crocker blickte zu Nummer zwei, der sich zwischen Balken und Wand gequetscht hatte. Sie warteten, bis der Lichtstrahl die Balkenkonstruktion beinahe erfaßt hatte. Crocker sprang aus dem Versteck und brachte den Wachposten zu Fall. Die eine Hand hielt er auf den Mund des Mannes gepreßt, mit der anderen drückte er den Schlagstock quer über dessen Kehle. Außer dem dumpfen Aufprall ihrer beiden Körper gegen die Wand war nichts zu hören. Der Kamajor starrte ihn mit weitaufgerissenen Augen an, röchelte kurz und brach dann zusammen. Nummer zwei war zur Stelle, als dem Kamajor die Taschenlampe aus der Hand glitt. Er fing sie auf, bevor sie auf den Boden schlug. Crocker fühlte nach der Halsschlagader des Mannes und spürte einen unregelmäßigen, aber festen Puls. Langsam ließ Crocker den Kamajor zu Boden sinken, und Nummer zwei legte ihm Fesseln und Knebel an. Das Ganze hatte nicht länger als vielleicht eine Minute gedauert.

Die Söldner schlichen wieder zu dem Seitengang vor. Die Stahltür stand offen, eine Petroleumlampe im Innern des Raumes warf ein gelbes Licht in den Gang. Sie bogen mit schnellen Schritten um die Ecke. Ein Kamajor stand neben der Tür. Er drehte sich halb zu ihnen um und starrte sie an, als wären sie Buschgeister. Crocker zog die 38er und richtete sie auf den Mann.

»Rein«, befahl er leise.

Sie waren fast an der Tür. Der Wachposten trat einen Schritt zurück, dann noch einen. Vom Eingang der Mine her waren Schritte zu hören, Nummer eins und drei kamen, um den Gefangenen zu suchen. Die zehn Minuten, die sie warten sollten, waren um. Der Wachposten machte eine rasche Bewegung zur Seite, als wolle er seine Kameraden warnen.

Crocker zielte auf seinen Kopf. »Keine Mätzchen, Mann! Rein in den Bunker.«

Der Kamajor duckte sich und verschwand in dem Raum. Nummer zwei war noch vor Crocker an der Stahltür. Sie bewegte sich lautlos in den Angeln und ließ sich erstaunlich leicht schließen. Mit einem dumpfen Knall fiel sie ins Schloß und schnitt die Stimmen ab, die im Inneren laut wurden. Crocker schob mit einem Ruck den breiten Riegel zu.

Einen Augenblick lang war es totenstill in der Mine. Dann kam von weiter vorn der Ruf: »Hier ist er!«

»Sie haben den Unverwundbaren.« Nummer zwei folgte Crocker, der schon im Gang war. Nummer eins und drei standen vor einer Reihe von niedrigen Holztüren. Der Söldner mit dem Poncho trat ein wenig zu Seite und ließ Crocker einen Blick durch ein schmales, vergittertes Fenster werfen. Der Strahl der Taschenlampe glitt über die Wände, in der Ecke stand ein Metalleimer, der offenbar als Toilette benutzt wurde. Hinten lag ein Mensch auf dem Boden.

»Habt ihr die anderen Zellen durchsucht?« Crocker beobachtete weiter den Gefangenen, der sich nicht rührte. Schwer zu sagen, ob er noch lebte.

»Ja, Sir. Alle leer. Aber schau dir das Schloß mal an, Crocker.«

Der Söldner richtete das Licht auf ein modernes Sicherheitsschloß, das wie ein stählerner Fremdkörper in die dicken Türbretter eingelassen war.

»Das kriegen wir nicht so einfach auf. Und wenn wir eine Runde mit der MP auf die Tür feuern, riskieren wir, daß wir den Gefangenen verletzen.«

»Und weitere Kamajors zur Mine locken. Es sind sicher welche in der Gegend.«

Crocker blickte zu dem Mann mit der Kapitänsmütze, der auf seine MP gestützt im Gang kauerte. »Nummer zwei, schau dir mal den Burschen vorne im Gang genauer an. Vielleicht haben wir ja Glück.«

Keine Minute später war Nummer zwei wieder zurück und ließ einen Schlüsselbund vor den Augen der anderen baumeln. »Der hier müßte es sein.« Er zeigte auf einen kleinen, unscheinbar aussehenden Schlüssel.

Mit einem zufriedenen Grinsen nahm Crocker ihm die Schlüssel ab und steckte ihn in das Sicherheitsschloß. Die Tür knirschte leise, dann öffnete sie sich nach innen. Ein Geruch nach verschimmeltem Brot schlug ihnen entgegen. In der Zelle stand ein hagerer, großer Mann in zerrissenem Tarnanzug und blinzelte in das grelle Licht. An seiner linken Schläfe schimmerte die helle Narbe in der Form eines Khaya-Blattes.

*

»Martin?« Die Stimme kam leise aus den Sträuchern. Gassen ließ die Maschinenpistole sinken. Dave! Er hob vorsichtig den Kopf und blickte über die Dachumgrenzung hinunter. Ein Schatten löste sich aus dem Gebüsch, dann folgten vier weitere. Ein Mann stützte einen anderen, der stolperte und sich dann schwerfällig gegen den Zaun lehnte.

»Martin?« rief Crocker etwas lauter, und Gassen hob kurz die Hand und winkte nach unten.

»Wir haben ihn. Komm runter.«

Gassen richtete das Nachtglas noch einmal zum Eingang der Mine und ließ seinen Blick über die zerfallenen Gebäude gleiten. Alles lag unverändert in der Dunkelheit. Er kroch zu dem Anbau und ließ sich über dessen schräges Dach zu Boden gleiten.

Als er zu dem Executive Services-Team trat, kauerte Crocker neben dem Gefangenen, der regungslos neben dem Zaun lag. Crocker fühlte den Puls des Mannes und brachte seinen Kopf in eine Seitenlage, damit er nicht erstickte, falls er sich übergeben mußte. So ließ er ihn liegen.

»Was ist mit ihm?« flüsterte Gassen.

»Zusammengeklappt.« Crocker hob die Schultern. »War bei dir alles Ordnung? Irgendwelche Probleme?«

»Nein, nichts.« Gassen blickte zu der am Boden liegenden Gestalt. Das ganze Unternehmen kam ihm plötzlich irreal vor. Der Zustand von Sahr Kandeh schien ihm wichtiger als das, was er von ihm erfahren wollte. Der Mann war immerhin ein alter Freund von Victoria gewesen, egal, was aus ihm geworden war. Auf keinen Fall wollte Gassen durch seine Suche mitschuldig werden, wenn dem Unverwundbaren etwas passieren sollte.

Crocker schien seine Gedanken zu erraten, denn er klopfte ihm leicht auf die Schulter. »Er ist nur erschöpft, Martin. Er kommt gleich wieder zu sich.«

»Es ist nicht nur das. Diese beiden Leichen im Hubschrauber ...«

»Du machst dir Sorgen wegen der Konserven? Die Rebellen sind bei Kriegshandlungen gestorben, ihr Tod hat nichts mit dieser Sache hier zu tun.«

»Ich weiß ja, aber der ganze Plan ...« Gassen schüttelte den Kopf. »Was wird mit ihm geschehen?«

»Wenn er wieder zu sich kommt, unterhalten wir uns mit ihm.«

»Und wenn er nicht mit uns reden will?«

Crocker lachte leise, aber im Dunkeln konnte Gassen seine Gesichtszüge nicht erkennen. »Er wird schon reden.«

»Dave, du weißt, daß ich Gewalt oder Folter nicht zulassen kann.«

Crockers Ton änderte sich nicht. »Mein lieber Menschenfreund, Folter nützt hier nichts. Der Unverwundbare wird eher sterben, als die RUF zu verraten. Wir würden nichts aus ihm herausbringen. Aber ich glaube nicht, daß Gewalt notwendig sein wird: Du willst eine Privatsache klären, ich will einen Verräter drankriegen. Beides sind keine besonders kriegsrelevanten Dinge. Und wir haben den Mann gerade aus der Gefangenschaft der Kamajors befreit. Er wird freiwillig reden, da bin ich sicher.«

»Und danach?«

»Danach übergeben wir ihn wie geplant der Regierung und machen öffentlich, daß der Unverwundbare lebt.«

»Und dann willst du der Regierung diese Geschichte auftischen, ihr hättet Sahr Kandeh einem Rebellenkommando abgenommen, das ihr quasi zufällig bei einem Mondscheinspaziergang getroffen habt?««

Wieder lachte Crocker leise. »Das ist in etwa unsere Geschichte, ja. Martin, wir lassen die beiden Konserven zurück, es wird alles ganz glaubwürdig aussehen.«

»Vor allem mit der dritten Leiche hier in der Mine«, fügte der Mann mit dem Poncho hinzu, der zu ihnen getreten war.

Crocker machte eine Geste, als wolle er den Mann am Sprechen hindern. Der hatte sich gerade eine Zigarette angesteckt und schaute nun verwundert von seinem Chef zu Gassen.

»Ist in der Mine etwas schiefgelaufen?« Für einen Moment war Gassen überzeugt, daß Crocker ihm die ganze Zeit etwas vorgemacht hatte. Die unblutige Art der Befreiung Sahr Kandehs war von vornherein die Schwachstelle des Planes gewesen.

»Einer der Wachposten hat Burns angegriffen.« Crocker sprach ruhig, es klang nicht nach einer Entschuldigung. Aber auch nicht so, als ob er aus kühler Berechnung gehandelt hätte. »Es war meine Schuld, ich habe den Kamajor unterschätzt.«

»Ist ja nochmal gut gegangen,« meinte der Mann im Poncho mit einem Schulterzucken. Für ihn schien die Sache damit abgeschlossen.

Für Gassen war sie alles andere als abgeschlossen. Ein Mann war gestorben, weil er in dieses Land gekommen war und nach den Spuren Victorias suchte. Er spürte, wie ihm trotz des Windes der Schweiß ausbrach. »Du hast damit gerechnet, daß es bei der Befreiung des Unverwundbaren Tote geben wird. Oder, Dave?«

Crocker, der gerade nach dem Bewußtlosen gesehen hatte, drehte sich rasch um und wollte etwas erwidern. Doch der Mann im Poncho kam ihm zuvor. »Wir hatten klare Order, nur die Schlagstöcke zu benutzen. Aber es geht immer mal was schief.« Wieder das Schulterzucken.

»Ich hab nicht damit gerechnet, Martin«, sagte Crocker. »Aber kapier das doch mal: Hier herrschen die Gesetze des Dschungels, nichts ist falscher als die Vorstellung, daß man die Dinge völlig kontrollieren kann.«

»Ich will nicht in eure Machenschaften hineingezogen werden, dafür bin ich nicht zu haben. Ich bin hier, weil eine gute Freundin ermordet wurde.«

»Ohne den Bürgerkrieg wäre Victoria nicht getötet worden. Sie wäre gar nicht erst nach Europa gekommen. Du bist in Sierra Leone, um etwas über Victorias Leben herauszufinden. Und Victorias Leben war der Krieg, seit dem Moment, als du nach Deutschland zurückgegangen bist. Dieser Krieg wird mit unglaublicher Grausamkeit geführt. Eine Leiche in Köln und ein toter Kamajor in dieser Goldmine, das sind nur Randnotizen.«

»Es sind Menschenleben ...«

»Er kommt wieder zu sich«, unterbrach der Söldner im Poncho. Er deutete mit der glühenden Zigarettenspitze auf Sahr Kandeh, der stöhnend den Kopf hob und sich mit einem verwunderten Gesichtsausdruck umblickte.

»*Sein* Leben haben wir jedenfalls gerettet. Lange hätte er in dem Loch nicht mehr durchgehalten.« Crocker ging neben dem liegenden Mann in die Hocke und fragte ihn leise etwas auf Krio. Der Unverwundbare setzte sich auf. Sein Blick glitt über die Männer der Executive Services, blieb kurz bei Gassen hängen und verlor sich dann in der Dunkelheit.

»Ich werde es versuchen. Bin ja lange nicht marschiert.« Er versuchte, Englisch zu sprechen, offenbar schien ihm das angebracht, da er sich in der Hand von Weißen befand. Was herauskam, war ein Kauderwelsch aus Krio und Englisch, dem Gassen aber folgen konnte.

Sie gingen auf der Schotterstraße langsam zurück zum Hubschrauber. Sahr Kandeh versuchte, alleine zu gehen, war aber zu schwach für einen solchen Marsch. Nummer zwei stützte ihn, obwohl es dem Unverwundbaren offensichtlich nicht recht war, Hilfe anzunehmen. Er hatte es rundweg abgelehnt, sich auf der Trage transportieren zu lassen. Schweigend brachten sie die Strecke hinter sich. Nur einmal schaute Crocker in den Nachthimmel und sagte: »Es sieht aus, als ob bald der erste Regen kommt.«

*

In dem flackernden Kerzenlicht sah Sahr Kandeh noch hinfälliger aus als vorhin, als er bewußtlos auf dem Minengelände gelegen hatte. »Er muß etwa so alt sein wie ich«, dachte Gassen. Aber er wirkte doppelt so alt. Sein Körper war abgemagert, seine Wangen hohl, er bewegte sich langsam, als sei er lange krank gewesen. Die helle Narbe wirkte wie mit weißer Farbe aufgemalt. Gassen fragte sich nicht zum erstenmal, wo sich der Rebellenführer das seltsame Zeichen zugezogen hatte. Crocker hatte ihm nur eine kurze Beschreibung der Zelle gegeben, in der sie den Gefangenen entdeckt hatten. Er mußte vollkommen erschöpft sein von dem Marsch und dem Flug. Gassen konnte sich nicht vorstellen, wie ein Mensch zwei Jahre unter solchen Umständen überleben konnte.

Noch im Hubschrauber hatte Crocker Sahr Kandeh nach dem Spitzel gefragt, der seine Männer verraten hatte. Auch die drei anderen Söldner hatten gespannt zugehört, und Gassen hatte sich gefragt, ob die Männer, die bei dem Zwischenfall das Leben verloren hatten, ihre Kameraden gewesen waren.

»Im Herbst 1998 sind fünf Söldner der Executive Services in einer Falle der RUF umgekommen. Das war in einem Rebellenlager in der Nähe des Meli-Flußes. Wir wollten drei UNHCR-Leute zurück nach Guinea bringen, drei Amerikaner. Aber unser Trupp wurde verraten. Von einem meiner Männer. Können Sie sich an die Sache erinnern?«

Der Unverwundbare zögerte nur kurz, dann nickte er.

»Wer war der Verräter?«

Gassen beobachtete den Rebellenführer genau. Seine Miene war völlig unbewegt. Gassen war überrascht, als der Mann die Frage beantwortete, obwohl sie eine Kriegshandlung betraf. »Es war einer Ihrer Südafrikaner. Er hatte dafür zwei Diamanten und ein Mädchen bekommen. Und das ist alles, was ich dazu sagen werde.«

»Das reicht mir. Ich bedanke mich, Kommandant.« Offenbar wußte Crocker genau, wer gemeint war.

Den Rest des Fluges hatte der Unverwundbare mit geschlossenen Augen dagelegen. Kein Wort war mehr gewechselt worden.

Die Executive Services hatten in einem zerstörten Schulgebäude einen halbwegs unzerstörten Raum hergerichtet. Um einen Tisch herum standen Stühle. Ein paar Kerzen, die mit Wachs auf der Tischplatte befestigt waren, spendeten schwaches Licht. Von ihrem Team war nur Nummer zwei zu sehen, der im Türrahmen stand. Von dort konnte er sowohl den eingestürzten Eingang des Gebäudes als auch das Innere des Raumes im Auge behalten, falls es Probleme mit dem Gefangenen geben sollte. Nummer drei und vier hielten draußen Wache.

Crocker führte Sahr Kandeh zu einem Stuhl und forderte Gassen mit einer Handbewegung auf, sich ebenfalls zu setzen. »Zigarette?« fragte Crocker und bot dem Unverwundbaren eine an. Gassen war dankbar für den informellen Ton in der Stimme des Söldners. Crocker sprach Englisch. Auf dem Flug hatte sich herausgestellt, daß Kandeh Englisch gut verstand und auch leidlich sprechen konnte.

Der Unverwundbare nahm die Zigarette und hielt sie zwischen den Fingern, als sei sie etwas sehr Kostbares. »Ich habe seit zwei Jahren keine mehr geraucht«, sagte er leise. Er schien den würzigen Geruch der Zigarette förmlich aufzusaugen. Dann legte er sie auf den Tisch und fragte: »Kann ich zuerst etwas zu trinken haben?« Er zeigte auf die Wasserflasche, die neben einer Kekspackung und ein paar Bananen auf dem Tisch stand. Ein Stapel blütenweißer Papierservietten lag daneben, ein Anblick, der Gassen angesichts der Zerstörung um sie herum makaber vorkam.

Crocker goß ein Glas Wasser ein. »Hier ist auch was zu essen. Bedienen Sie sich.«

Kandeh trank in kleinen Schlucken zwei Glas Wasser und nahm sich dann einen Keks. Gassen merkte, wie er ungeduldig wurde, doch Crocker wollte dem Mann offensichtlich Zeit lassen, sich an die neue Situation zu gewöhnen. Sahr Kandeh schaute sich aufmerksam in dem Raum um, während er an dem Keks kaute. Seine Augen wanderten immer wieder zu Gassen, einmal traf sich ihr Blick, und Gassen hatte für einen Moment das Gefühl, als könne der Sierraleoner in seinen Augen lesen. Vergeblich versuchte er, etwas von dem Schulfreund Victorias in den erschöpften Gesichtszügen zu finden. Er konnte keine Ähnlichkeit zwischen dem jungen Mann auf Schwester Cordulas Foto und dem Mann, der jetzt vor ihm saß, entdecken. Trotz seines Zustandes hatte dieser Mann hier eine Autorität, die Gassen beeindruckte. Er war sicher hart, vielleicht sogar grausam, aber Gassen hielt ihn nicht für brutal und verschlagen.

Crocker räusperte sich. »Okay, fangen wir an.« Er schaute kurz zu Gassen und nickte ihm zu. »Wir haben Sie aus der Mine rausgeholt, Kandeh, um mit Ihnen zu reden. Danach werden wir Sie der Regierung übergeben.«

Der Unverwundbare antwortete in einem Ton, als ob ihm das vollkommen gleichgültig sei. »Sie werden nichts aus mir herausbringen, Söldner.«

»Wir wollen Sie nicht verhören. Ihre Kriegshandlungen interessieren uns hier nicht. Wir wollen über Sie persönlich reden.« Crocker schwieg kurz. Dann fügte er hinzu: »Und über Victoria Sia Stevenson.«

Darauf schwieg der Unverwundbare, doch in seinen Augen blitzte unverkennbar Interesse auf.

*

»*Sie* also hat Victoria geliebt!?« Sahr Kandeh sah dem schweigsamen Europäer direkt ins Gesicht. Martin, ja, er erinnerte sich an den Namen. Victoria hatte nie von ihm gesprochen, selbst nicht, als er sie nach ihm gefragt hatte. Dafür hatte Cynthia umso mehr über den Weißen erzählt, mit dem Victoria in Kenema zusammengewesen war. Daß er aus Deutschland sei. Damals hatte Sahr Kandeh nur gewußt, daß Hitler aus Deutschland kam. Und daß das Land durch eine Mauer geteilt gewesen, aber nun wieder vereinigt war. Eine Zeitlang waren die Nachrichten voll von Meldungen aus Deutschland gewesen. Victorias Liebhaber hatte er nur einmal gesehen. Das alles war schon Jahre her.

»Ich möchte wissen, was mit Victoria passiert ist, nachdem ich aus Kenema weggegangen bin.« Der Deutsche wollte noch mehr fragen, doch der Söldner hielt ihn mit einer schnellen Geste zurück.

Sahr Kandeh blickte sich in dem Raum um. Vorn an der Wand hing eine schwarze Tafel, an den Wänden stapelten sich die Überreste von zerschlagenen Schultischen und Kinderstühlen. Über dem Eingang des Gebäudes war das Dach eingestürzt, und überall hatten Kugeleinschüsse Löcher in Putz und Mauerwerk gerissen. Er saß an einem Tisch, der Anführer hatte ihm etwas zu trinken und zu essen gegeben. Vielleicht dreißig Meilen waren sie in dem Hubschrauber geflogen. Wenn er sich nicht täuschte, dann waren sie in der Nähe von Yengema.

Ziemlich schnell war sich Kandeh über den Anführer der Truppe und die drei Söldner im klaren gewesen. Die lächerliche Verkleidung konnte ihn nicht täuschen: Die vier waren von den Executive Services. Seit sie ihn aus dem stinkenden Loch herausgeholt hatten, fragte er sich, was sie mit ihm vorhatten. Mit allem hatte er gerechnet, aber nicht mit einer Unterhaltung über die Frau, die er vor Jahren geliebt hatte.

Der Söldner wollte eine Frage stellen, doch der Deutsche berührte ihn an der Schulter. Er sagte etwas, das Kandeh nicht verstand. Der Söldner blickte kurz zu ihm herüber, dann nickte er.

»Victoria hat uns beiden viel bedeutet«, begann der Deutsche. Sahr Kandeh mußte sich anstrengen, um sein Englisch zu verstehen. »Wir wissen, daß Sie Victoria aus dem Krankenhaus in Kenema geholt haben, als sie verletzt war. Zusammen mit Cynthia. Hat Victoria bei Ihnen gelebt? Und warum hat sie das Schulzentrum in Kenema verlassen? Wurde sie bei Kampfhandlungen verletzt? Was ...«

Der Söldner stoppte den Wortschwall des Deutschen, der sichtlich aufgeregter war, als es den Anschein gehabt hatte.

»Ein lange Geschichte«, sagte Kandeh und lächelte. Victoria hatte diesem weißen Mann offenbar viel bedeutet. Er spürte, wie sein Lächeln gefror. Und Victoria hatte diesen Mann geliebt, während er selbst für sie höchstens ein Freund, später nur noch ein Feind gewesen war. »Victoria ...« Er schluckte. »Sie wissen, daß die Eltern der beiden Schwestern getötet wurden?«

Der Deutsche nickte. »Siddie, der alte Hausmeister, hat es uns erzählt.«

Aus dem Augenwinkel bemerkte Kandeh, wie der Söldner unwillig das Gesicht verzog. Über Siddie hatten sie also erfahren, daß er noch am Leben war und die Kamajors ihn gefangenhielten. Der alte Mann war immer noch mächtig und gerissen. Falls er hier lebendig herauskommen würde, stand er in seiner Schuld.

»Ich habe Cynthia in einem unserer Lager getroffen. Ein Lager der RUF«, fügte er hinzu. Er war sich nicht sicher, wieviel der Deutsche von den militärischen Verhältnissen wußte. »Wir kannten uns von früher. Sie wollte auch Victoria ins Lager holen. Damals dachte ich, sie wäre einsam und wolle ihre große Schwester bei sich haben. Heute bin ich mir da nicht mehr so sicher. Cynthias Motive sind schwer zu durchschauen.« Er erinnerte sich noch gut an die junge Cynthia, sie konnte damals nicht älter als sechzehn gewesen sein. Sie war hübsch gewesen, auch wenn sie nichts von der strahlenden Schönheit Victorias hatte. Im Lager hatten sich die Männer um sie gerissen, und Cynthia hatte sich schnell damit arrangiert, daß sie mit den Kämpfern schlafen mußte. Heute kam es ihm so vor, als hätte Cynthia sich schon damals mit ihrer Sexualität Macht verschafft. »Sie hat sich an mich gewandt, weil sie wußte, daß ich schon immer in Victoria verliebt war. Und mir gefiel die Vorstellung, Victoria bei mir im Lager zu haben.« Heute wußte er, daß es ein Fehler gewesen war. Victoria hatte ihn nie geliebt, und weder seine Zärtlichkeiten noch Gewalt noch Voodoo-Zauber hatten daran etwas ändern können. »Ich habe Cynthia nach Kenema gehen lassen. Sie hat Victoria erzählt, ihre Eltern lägen schwerverletzt in Koindu. Victoria ist sofort in ihr Heimatdorf aufgebrochen. Aber dort war nichts mehr, nicht einmal ein Grab ihrer Eltern. Vielleicht wäre Victoria nach Kenema zurückgekehrt, aber ich habe sie unter meinen Schutz geholt. Sie hat bei mir im Lager gelebt.«

»Schutz?«

Es lag eine Herausforderung in dem Ton des Deutschen. Kandeh erwiderte sofort: »Ja, ich wollte Victoria schützen, sie sollte meine Frau werden. Und ich habe sie immer mit Respekt behandelt ...« Es stimmte, er hatte sie immer gut behandelt, selbst als klar war, daß sie nie zueinanderkommen würden. Leiser fuhr Kandeh fort: »Es war Krieg. Sie wissen, was das für die Frauen bedeutet. Ich kannte meine Männer, ich kannte die Regierungssoldaten. Unter meinem Schutz war Victoria sicher.«

»Und trotzdem wurde Victoria so schwer verletzt, daß Sie sie nach Kenema ins Krankenhaus bringen mußten?« fragte der Söldner.

»Das war Cynthias Schuld.« Kandeh seufzte. Als junges Mädchen hatte Cynthia sich an ihn herangemacht, als Victoria nach Kenema gegangen war und ihn in Koindu zurückgelassen hatte. Damals hatte er gedacht, sie wolle ihn trösten. Doch wahrscheinlich war er schon damals nur ihr Werkzeug gewesen, mit dem Cynthia Victoria verletzen wollte. »Cynthia war immer schon eifersüchtig auf Victoria. Auf ihr Aussehen, ihre Beliebtheit, auf ihren Job. Auf ihren weißen Geliebten.« Er blickte kurz zu dem Deutschen, doch der verzog keine Miene. »Ich hatte als Junge ein paarmal mit Cynthia geschlafen. Sie dachte wohl, im Lager würde sie wieder meine Liebhaberin werden. Aber mich hat nur Victoria interessiert. Doch die wollte nichts von mir wissen.«

Etwas wie Erleichterung huschte über das Gesicht des Deutschen.

Kandeh fuhr fort: »Es gab Streit zwischen den Schwestern, und irgendwann ist Cynthia mit einem Messer auf Victoria los. Ich bin dazwischen, sonst wäre noch Schlimmeres passiert.«

»Und das sollen wir glauben? Vielleicht haben Sie ja selbst Victoria verletzt«, sagte der Söldner.

Sahr Kandeh schüttelte den Kopf. »Nein.« Er hätte Victoria nie etwas antun können. Eine Erinnerung blitzte auf an ein blutdurchtränktes T-Shirt, Victorias Blut. Aber das war später gewesen. »Ich habe Cynthia gezwungen, Victoria mit mir ins Krankenhaus nach Kenema zu bringen. Einer meiner Kindersoldaten spielte im Krankenhaus den Laufburschen. Als er meldete, Victoria würde bald entlassen, habe ich sie mit einem Trupp meiner Leute abgeholt. Wir waren als Soldaten verkleidet. Victoria ist mit mir mitgekommen.«

»Vermutlich aus Angst«, sagte Gassen. Seine Stimme klang

rauh, als wäre sein Mund trocken. Kandeh nahm einen Schluck Wasser aus dem Glas, das ihm der Söldner wieder aufgefüllt hatte. Die Kamajors hatten ihm oft tagelang Wasser verweigert, das war eine beliebte Foltermethode. Aber er hatte keine Angst in der Mine gehabt. Er hatte immer gewußt, daß er im Ernstfall für die Sache der RUF sterben mußte. Victoria hatte Angst gehabt, als er sie aus dem Krankenhaus herausgeholt hatte. Der Arzt hatte gesagt, sie sei noch nicht gesund. Aber es wurde zu gefährlich in der Gegend um Kenema. Sie mußten fort. Und er hatte Victoria nicht zurücklassen wollen.

*

»Ich glaube, daß er die Wahrheit sagt«, meinte Gassen zu Crocker gewandt. »Aber jetzt frage ich mich, wie Victoria in das Brühler Bordell gekommen ist, und was Cynthia dort zu suchen hatte.«

Sahr Kandeh hatte sich noch einen Keks genommen, offenbar hatte er Hunger. Der Mann sprach stockend, und manchmal hatte er einen abwesenden Gesichtsausdruck. Es würde sicher Wochen dauern, bis er die Folgen der Gefangenschaft in der Mine überwunden hatte. Obwohl Gassens Worte nicht für ihn bestimmt waren, hatte der Rebellenführer offenbar gut zugehört. Ganz und gar nicht stockend fragte er: »Victoria war in einem Bordell?« Den halb gegessenen Keks schien er vergessen zu haben.

»Ja, in Deutschland.«

»Dahinter steckt Cynthia. Ich hätte Victoria nie fortschicken sollen.« Er schlug plötzlich mit der Handfläche auf den Tisch. Ein hohler Knall hallte durch den Raum. Gassen zuckte zusammen. Der Posten an der Tür drehte sich rasch zu ihnen um. Es war die erste emotionale Regung, die Sahr Kandeh zeigte. Ein kurzer Blick in sein Gesicht genügte, selbst im Zustand äußerster Erschöpfung konnte der Mann eine Wut entwickeln, die Gassen erschreckte.

»Wie kommen Sie darauf, daß Cynthia etwas damit zu tun hatte?« fragte Crocker. Er schien von dem Ausbruch Kandehs völlig unberührt.

Kandeh redete schnell und lebhaft. Er war zu lange in der Zelle gewesen und hatte wohl zu lange für sich behalten müssen, was nun aus ihm heraussprudelte. »Cynthia kannte viele unserer Anführer, sie hatte mit vielen sexuelle Beziehungen. Sie hat sich Informationen mit Sex erkauft, hat die Männer gegeneinander ausgespielt. Es gibt wenige, die so gut über unsere Organisation und Pläne Bescheid wissen wie Cynthia. Irgendwann haben wir im Landesinneren einen Rotkreuz-Mann mit einem Landrover voller Medikamente geschnappt. Wir haben ihn ins Camp gebracht. Weil wir dachten, er könne uns vielleicht noch nützlich sein, wurde er nicht umgelegt. Dieser Mann hat sich mit Cynthia zusammengetan, am Anfang vielleicht, weil er dachte, sie könne ihn im Lager schützen. Sie kennen ihn vielleicht, Mr. Gassen, er heißt Claude Dubois. Cynthia hat ihn in Kenema kennengelernt, als wir Victoria ins Krankenhaus gebracht haben.«

»Ich kenne Claude Dubois«, nickte Gassen.

Kandeh schaute hoch. »Dann wissen Sie auch von seinen Geschäften?«

Gassen nickte, worauf ihn Crocker unter dem Tisch schmerzhaft vor das Schienbein trat. »Er ist der Geschäftsführer von Escape, einer Fluchthilfeorganisation in Freetown, nicht?« Crocker hatte recht, sie brauchten einen Zeugen für ihre Vermutungen, was Escape betraf. Und Sahr Kandeh schien bestens Bescheid zu wissen.

Der Rebellenführer verzog den Mund. »Fluchthilfeorganisation, das klingt gut, eine humanitäre Sache, nicht? Aber hinter Escape steckt ein florierender Diamantenhandel. Und das alles war Cynthias Idee. Damals brauchte die RUF dringend Geld für neue Waffen und Verpflegung. Und die Preise, die wir für die Diamanten erzielten, wurden immer schlechter, je länger der Krieg dauerte. Der Weg über die vielen Zwischenhändler zu den libanesischen Einkäufern wurde immer riskanter.«

»Abas Hamoud hat das Risiko nie gescheut«, warf Crocker ein.

»Ich sehe, die Executive Services haben ihre Hausaufgaben gemacht.« Etwas wie Respekt blitzte in Sahr Kandehs Augen auf. »Ja, Hamoud ist einer der geschäftstüchtigsten Diamantenhändler. Und einer der risikofreudigsten. Deshalb arbeitet die RUF immer noch mit ihm zusammen. Cynthias Idee war ebenso genial wie einfach. Die Diamanten werden von den Flüchtlingsfrauen und –kindern, die mit Escape das Lande verlassen, nach Antwerpen geschmuggelt. Dort erhalten wir einen weit höheren Preis für die Steine. Die Idee hat uns allen eingeleuchtet. Aber wir brauchten Dubois' Kontakte. Er wurde freigelassen, er sollte die Details austüfteln. Dafür wurde er am Gewinn beteiligt. Und er hat Cynthia mitgenommen. Ich habe gehört, sie haben geheiratet. Cynthia und Dubois sind so zu Geschäftspartnern der RUF geworden. Und die Sache ist immer gut gelaufen, zumindest bis vor zwei Jahren, als die Kamajors mich geschnappt haben.«

Gassen und Crocker schauten sich an. »Das Geschäft läuft immer noch gut«, meinte dann Crocker.

»Aber nicht mehr lange.« Gassen fing einen warnenden Blick von Crocker auf, aber er hatte sich die Bemerkung nicht verkneifen können. Er hatte nicht erwartet, daß Sahr Kandeh ihnen ihren Verdacht so rundum bestätigen würde. Escape war also wirklich nur eine Tarnung für den Diamantenhandel, aus Dubois war ein Mensch geworden, der am Elend des Krieges Geld verdiente. Was Cynthia bewegte, verstand er einfach nicht. »Sie glauben, Cynthia hatte etwas damit zu tun, daß Victoria in einem Bordell arbeitete?« fragte er leise.

»Natürlich, der Frauenhandel ist mit dem Diamantenhandel zusammen gelaufen. Cynthia hatte schon mit Dubois gelebt, da kam von ihr der Vorschlag, mit Escape könne man doch auch schöne Frauen nach Europa bringen und dort in geeigneten Etablissements unterbringen. Sie hat das als soziale Unterstützung dargestellt. Den Frauen einen guten Start in ein neues Leben geben, so hat sie es einmal formuliert. Unterschätzen Sie Cynthia nicht, inzwischen verdient sie damit mehr als mit den Diamanten. Ich war immer dagegen, aber die anderen Kommandanten machten mit. Geld war immer knapp, und der Frauenhandel war eine weitere Einnahmequelle.« Er hob leicht die Schultern. »Und dann kam Cynthia eines Tages ins Lager und meinte, Victoria könne doch mit ihr nach Europa gehen. Angeblich sollte sie ihr helfen, in Brüssel Kontakte zu knüpfen. Cynthia wußte genau, daß meine Liebe für Victoria einseitig war.« Kandeh brach ab und nahm sich noch einen Keks. Er aß ihn aber nicht, sondern hielt ihn nur in der Hand.

»Und? Was ist aus Victoria geworden?« Gassen konnte nicht mehr an sich halten.

Der Unverwundbare schaute hoch. »Ich wollte es nicht, ich wollte Victoria bei mir behalten. Und ich hatte Angst um Victoria, ich wusste ja inzwischen, wie Cynthia ist. Aber irgendwann ...« Er brach wieder ab und starrte auf den Keks. Dann holte er tief Luft und seufzte. »Irgendwann habe ich sie gehen lassen. Sie wollte es so, sie hat ihrer Schwester immer viel mehr vertraut als mir. Und ich ... ich habe es nicht mehr ausgehalten. Ich habe Victoria geliebt. Sie hat sich mir gegenüber aber immer nur passiv gezeigt. Ich hoffe ...« Er legte den Keks auf den Tisch, als wäre ihm plötzlich der Hunger vergangen. Dann schaute er zu Gassen. »Warum sind Sie hier? Wenn Victoria in Deutschland ist, kann sie Ihnen das doch viel besser erzählen. Oder ist etwas ... passiert?«

Gassen blickte zu Crocker, der Skepsis signalisierte. Auch Gassen war sich unsicher, ob er Sahr Kandeh die Wahrheit sagen sollte. Doch dann stellte er sich vor, er wäre an seiner Stelle. Er würde es auf jeden Fall wissen wollen. »Victoria ist tot. Sie wurde in Deutschland ermordet. Deshalb bin ich in Sierra Leone.«

*

Sahr Kandeh starrte auf den Serviettenstapel, der unangetastet neben den Bananen lag. Um Kekse zu essen, brauchte man keine Servietten. Das Weiß des Papiers schien viel heller zu leuchten als die Kerzen, die langsam herunterbrannten. Er bekam kaum mit, daß der Söldner nach der Wasserflasche griff. Doch das Geräusch des Wasser, das aus der Flasche in sein Glas lief, war laut wie ein Wasserfall des Meli River.

Victoria ist tot.

Er war erst drei Monaten bei der RUF gewesen, als sein Ausbilder ihn hatte zu sich kommen lassen.

»Sahr, heute mußt du eine wichtige Entscheidung für dein Leben treffen. Heute entscheidest du, ob du zu uns gehörst,« hatte der Ausbilder gesagt. Die Worte hatten ihn mit Stolz erfüllt. Bald würde er zu den richtigen Kämpfern gehören. Der Ausbilder gab ihm ein paar blaue Pillen zu schlucken. Er hatte keine Ahnung, was sie mit ihm vorhatten. Er war schon bei zwei Einsätzen dabeigewesen und rechnete mit einem besonders schwierigen Überfall auf die Soldaten. Sie fuhren eine lange Strecke in einem klapprigen Jeep. Die Pillen zeigten ihre Wirkung, er fühlte sich stark, die Welt hatte einen Rand aus rotem Licht, er lachte laut im Fahrtwind. Sie näherten sich den Diamantenfeldern. Aus der Ferne sah er, daß dort Leute gruben, die von RUF-Kämpfern bewacht wurden. Als sie näher kamen, erkannte er, daß es Leute aus seinem Dorf waren.

Dann rief der Ausbilder etwas, und seine Eltern wurden an den Straßenrand zu dem Jeep gebracht.

»Steig aus«, sagte der Ausbilder, und seine Stimme klang sonderbar hart. »Und nimm deine Waffe mit. Ein Kämpfer ist immer bewaffnet.«

Man hatte ihm am Morgen eine Maschinenpistole gegeben. Er wollte seine Eltern begrüßen. Sie standen da und zitterten vor Angst. Doch der Ausbilder hielt ihn zurück.

»Man kann nur zu einer Familie gehören, Sahr, zu der Familie der Kämpfer oder zu der alten.« Der Ausbilder zeigte auf seine Eltern. »Wenn du einer von uns bist, mußt du dich von deiner Vergangenheit trennen. Und wenn du dazu zu feige bist, werde ich dich erschießen.« Der Ausbilder lud seinen Revolver durch und hielt ihn an seine Schläfe.

Am deutlichsten erinnerte Kandeh sich an das Gefühl von kaltem Metall auf seiner Haut. Welche wirren Gedanken ihm durch den Kopf gegangen waren, daran konnte er sich nicht erinnern. Das Hochgefühl, das die Pillen in ihm ausgelöst hatten, war einer seltsamen Energie gewichen, die ihn die Zähne aufeinanderpressen ließ, so daß es fast schmerzte.

Seine Eltern standen mit eingezogenen Köpfen da. Sein Vater

schaute zu Boden. Da rief seine Mutter: »Wir sind alt, Sahr, aber du – du sollst leben!«

Dann mußte er abgedrückt haben, obwohl er sich auch daran nicht erinnerte. Doch in seine Erinnerung hatte sich unauslöschlich das Bild der beiden Alten eingegraben, die tot nebeneinander am Straßenrand lagen. Sie hielten sich an den Händen. Seine Eltern.

Der Ausbilder lobte ihn für die akkuraten Kopfschüsse und klopfte ihm anerkennend auf die Schulter. Auf dem Weg zurück ins Lager wurden sie von Regierungstruppen überfallen, und mit den Pillen im Blut kämpfte er wie ein Löwe. Nachher erzählte man ihm, er habe im Gefecht zwölf Soldaten getötet. Der dreizehnte streckte ihn mit einem Streifschuß an der linken Schläfe nieder. Es war dieselbe Stelle, an die der Ausbilder den Revolver gedrückt hatte. Er lag vier Tage im Krankenzelt, dann war er wieder einsatzbereit. Er stieg schnell zu einem wichtigen Kommandanten der RUF auf. Er hatte keine Alpträume, er dachte nie an sein Heimatdorf und seine alte Familie. Bald kommandierte er seine eigene Truppe. Er befehligte Kindersoldaten, denen er das beibrachte, was er gelernt hatte: Wie man tötet, wenn die Sache es verlangt. Wie man alte Bande zerschneidet und in der Gemeinschaft der Kämpfer eine neue Familie findet. Wie man die Vergangenheit hinter sich läßt.

Von dem Streifschuß war ihm die seltsame Narbe geblieben, die zu seinem Erkennungsmerkmal wurde. Er war unverwundbar geworden. Ein Jou-Jou-Mann hatte ihm erklärt, die Stärke und der Zauber seiner Feinde sei mit der Narbe auf ihn übergegangen. Doch manchmal fragte sich Sahr Kandeh, ob die Narbe nicht ein Zeichen für etwas war, das ein böser Geist ihm genommen hatte. Manchmal wünschte er sich, wieder verwundbar zu sein.

Hätte Victoria ihn nur lieben können, dann wäre es nie so weit gekommen. Und jetzt war auch Victoria tot.

*

Sahr Kandeh schien in Gedanken an einem anderen Ort zu sein. Er hatte offenbar vollkommen vergessen, in welcher Situation er sich befand. Gassen wußte sofort, daß es falsch gewesen war, dem Mann von der Ermordung Victorias zu erzählen. Es war, als hätten sie einen anderen Menschen vor sich. Die Erschöpfung in seinen Gesichtszügen war einer nervösen Unruhe gewichen, mit zittrigen Fingern zerbrach er den Keks in kleine Stücke. Gassen wollte etwas sagen, doch Crocker hielt ihn mit einer scharfen Bewegung zurück. In diesem Moment begann Kandeh leise zu sprechen.

»Ich kannte Victoria schon, als wir Kinder waren. Sie war ein wunderbarer Mensch, alle mochten sie. Sie war das schönste Mädchen in Koindu. Nach der Schule ist sie nach Kenema gegangen. Wir haben gehört, daß sie dort einen Freund hatte, einen Weißen. Ich war kaum siebzehn und rasend eifersüchtig.« Er wandte sich Gassen zu. »Ich hätte nie gedacht, daß ich Sie einmal treffen würde. Als Victoria zu mir ins Lager kam, wollte ich sie endlich für mich haben. Ich hatte ihr versprochen, daß ich sie vor den Übergriffen der anderen Kämpfer schützen würde. Das habe ich auch getan, und ich glaube, sie war mir dankbar dafür. Ich habe sie einen Voodoo-Eid schwören lassen. Aber sie wollte nicht meine Frau werden. Und dann ist sie mit Cynthia weggegangen.« Er verstummte.

»Einen Voodoo-Eid?«

Sahr Kandeh nickte, sprach dann aber nicht weiter. Er griff nach dem Wasserglas und leerte es mit einem Zug.

»Nun?« Crocker machte eine auffordernde Handbewegung. Gassen sah, daß der Söldner zu dem Mann an der Tür blickte.

»Ich bin nicht stolz auf das, was ich getan habe«, begann Kandeh. »Und Sie werden es ohnehin nicht verstehen. Ich hatte das einmal unter Nigerianern erlebt. Frauenhändler hatten einem Mädchen versprochen, sie würden sie nach Europa bringen und dort zu einer Tänzerin ausbilden lassen. Sie übernahmen die gesamten Reise- und Ausbildungskosten. Im Gegenzug hatte sich das Mädchen verpflichtet, das Geld in drei Jahren zurückzuzahlen. Das waren damals schon fünfzigtausend Dollar. Ein Voodoo-Priester ließ das Mädchen einen Eid auf eine Puppe aus Federn schwören. Die war mit dem Blut des Mädchens getränkt und mit einer Kette aus ihren abgeschnittenen Fingernägeln geschmückt.«

»Und das Mädchen hat den Eid geleistet?« fragte Crocker.

»Natürlich. Und sie wird Zeit ihres Lebens Angst haben, ihn zu brechen. Wenn sie es doch tut, werden es erst ihre Eltern und dann sie selbst zu spüren bekommen.«

»Und Sie haben Victoria einen solchen Eid schwören lassen?«

Sahr Kandeh nickte. »Ja. Einen Eid, bei mir zu bleiben. Aber ohne Voodoo-Priester. Ich hab ihr den Schwur selbst abgenommen. Ab diesem Moment gehörte Victoria mir. Ich habe immer gedacht, sie würde eines Tages zurückkommen.« Er fuhr sich übers Gesicht. »Wenn ich heute noch einmal von vorne anfangen könnte, würde ich wahrscheinlich Priester werden.« Er schaute Gassen und Crocker mit einem gequälten Lächeln an. »Gebeichtet habe ich ja nun.«

»Ich wüßte gerne noch eine Sache.« Gassen spürte, wie Crokker ihn fragend anschaute. Er hatte dem Söldner nie vom seltsamen Ende seiner Beziehung zu Victoria erzählt, Dave wußte nichts von den Verfluchungen. Aber er war sich sicher, daß der Mann, der ihm gegenüber am Tisch saß, auch die Lösung für dieses Geheimnis kannte. »Haben Sie nicht früher schon einmal einen Jou-Jou-Mann zu Victoria geschickt?«

Sahr Kandeh sah ihm einen Moment direkt ins Gesicht, dann senkte er den Blick und wischte langsam die Keksbrösel auf der Tischplatte zusammen. Leise sagte er: »Darüber werde ich nicht sprechen.«

»Der Seher sollte Victoria mit einem Fluch drohen, wenn sie ihre Beziehung zu einem Weißen nicht aufgeben würde. Sie haben das arrangiert. War es nicht so?«

Dunkle Finger malten Linien auf die Tischplatte. Kandeh starrte vor sich hin und schwieg.

Crocker räusperte sich. »Martin ...«

Gassen unterbrach ihn. »Dieser Weiße war ich. Wissen Sie eigentlich, was der Jou-Jou-Mann Victoria prophezeit hat?«

Der Unverwundbare schüttelte den Kopf.

»Er sagte, sie würde ihres Lebens nicht mehr glücklich werden.«

Kandeh hob langsam den Kopf. Das Kerzenlicht warf flakkernde Schatten, die seine Gesichtszüge starr wie eine schwarze Maske wirken ließen. Nur die Narbe war hell, als zöge sie alles Licht auf sich. Leise flüsterte er: »Egal, wie es war: Auch Victoria habe ich nur Unglück und den Tod gebracht.« Er starrte vor sich hin. Sein Oberkörper schwankte einen Moment und kippte dann so schnell nach vorn, daß sein Kopf auf dem Tisch aufschlug. Das leere Glas fiel um, rollte über die Kante und zerschellte auf dem Boden. Die Arme des Mannes hingen leblos an seinen Seiten.

Crocker trat schnell zu dem Rebellenführer und fühlte vorsichtig nach seinem Puls. Kandeh ließ sich zur Seite gleiten und zog mit einem schnellen Griff das Messer aus Crockers Stiefelschaft. Der Söldner versuchte, Kandehs Handgelenk zu fassen. Gassen sprang auf, sein Stuhl fiel krachend zu Boden. Nummer zwei stürzte mit gezogener Waffe in den Raum. Doch der Rebellenführer war schneller. Er stieß Crocker zur Seite und erhob sich. Dann rammte er sich das Messer mit beiden Händen ins Herz.

Blut spritzte nach allen Seiten, Gassen konnte einen Schrei nicht unterdrücken. Sie hatten sich von Sahr Kandeh täuschen lassen, sie hatten ihn unterschätzt. Wie durch einen Nebel nahm Gassen wahr, daß Nummer eins und drei in der Tür erschienen. Der Unverwundbare starrte ihn aus leblosen Augen an. Dann glitt er in einer langsamen Bewegung zu Boden.

Gassen konnte den Blick nicht von der Leiche des Unverwundbaren lösen. Crocker hatte den toten Körper inzwischen mit einem Fetzen Stoff bedeckt, den er in einer Ecke entdeckt hatte. Draußen graute schon der Morgen, die Söldner bereiteten alles für den Aufbruch vor. Für sie war die Sache hier erledigt. Gassen schüttelte langsam den Kopf. Noch ein Toter. Und auch das war seine Schuld. Er hätte in Köln bleiben und die Nachforschungen Limbach überlassen sollen. Er hätte nie wieder nach Sierra Leone zurückkommen sollen. Jetzt wußte er zwar, welchen Weg Victoria hatte gehen müssen. Das war besser als die Ungewissheit. Doch es brachte Victoria nicht zurück. Und seine Suche hatte mindestens zwei Menschen das Leben gekostet.

Gassen spürte eine Hand auf seiner Schulter. Crocker stand hinter ihm. »Für den Mann ist das eine Erlösung, Martin. An seinem Schicksal hätten wir nichts ändern können.«

»Du wolltest ihn doch der Regierung übergeben.« Gassens Stimme hörte sich hohl an.

»Sicher, er wäre in den staatlichen Knast gekommen. Aber wie hätte seine Zukunft ausgesehen? Diese Banditenführer haben Tausende von Toten, Verstümmelten und Vertriebenen auf ihrem Gewissen. Dafür müssen sie zahlen. Sahr Kandeh hat das gewußt. Darum hat er erst gebeichtet und sich dann umgebracht. Glaub mir, es ist so das Beste für ihn.«

»Er hat Victoria geliebt.«

Crocker gab einen unwilligen Laut von sich. »Stell dir das nicht allzu romantisch vor. Dieser Mann hat Kindersoldaten ausgebildet, mit Drogen, mit Folter, mit brutaler Gehirnwäsche. Er hat Kinder gezwungen, ihre Familienangehörigen umzubringen. Ich glaube nicht, daß er noch wußte, was Liebe ist.«

»Wahrscheinlich hast du recht.«

In dem Raum waren alle Anzeichen ihrer Anwesenheit beseitigt worden. Nur der Geruch der Kerzen hing noch in der Luft, und ein paar der weißen Papierservietten lagen verstreut auf dem Boden. »Was machen wir jetzt?« fragte Gassen.

Crocker zuckte mit den Schultern. »Plan B. Wir arrangieren den Kampfplatz unseres angeblichen Angriffs auf die Rebellen etwas um. Die Leiche des Unverwundbaren legen wir neben die beiden mitgebrachten Rebellenleichen. Und dazu erklären wir, er wäre bei dem Angriff erstochen worden.«

Crocker trat zu der Leiche und zog den Stoffetzen zur Seite. Niemand hatte die Augen des Toten geschlossen, sie starrten leblos zur Decke. Crocker schloß sie.

»Jetzt brauche ich nur noch mein Messer.« Bevor Gassen etwas denken, geschweige denn sagen konnte, zog Crocker das Messer aus dem Herzen des Toten. Er richtete sich auf und wischte mit einer der weißen Papierservietten das Blut von der Klinge. Dann ließ er das Messer im Schaft seines Stiefels verschwinden.

*

Kriminalhauptkommissar Limbach mußte zweimal hinschauen, bevor er die Frau erkannte, die auf die Minute genau in seinem Büro zur Zeugenvernehmung erschien. Auch die Rell, die von Gesetzes wegen bei der Befragung dabeisein mußte, gab einen überraschten Laut von sich. Das rotblonde Haar, das sonst immer zu einer kunstvollen Frisur hochgesteckt war, hatte die Frau zu einem praktischen Pferdeschwanz zusammengebunden. Die Lippen hatte sie in einem hellen Pink nachgezogen, ansonsten war sie ungeschminkt. Um Augen und Mund waren Fältchen zu erkennen, die ihr Alter verrieten. Statt der modischen Designer-Roben war sie in Sweatshirt und Jeans gekleidet. Darüber trug sie eine schwarze Jacke, auf die am Rücken ein Totenkopf-Emblem aufgedruckt war. Limbach hatte schon Hunderte von pubertierenden Mädchen mit ebensolchen Jacken durch die Stadt laufen sehen.

»Guten Morgen, Frau Zjadacz«, begrüßte er die Geschäftsführerin des Crown Clubs.

Elena Zjadacz erwiderte den Gruß mit einem Nicken und trat zum Besucherstuhl, wartete aber, bis Limbach ihr einen Platz anbot. Er machte eine Handbewegung, und sie setzte sich. »Kann ich einen Kaffee bekommen?« fragte sie leise. »Neun Uhr morgens ist nicht gerade meine Zeit.« Sie lächelte ihn mit verschlafenen Augen an.

Die Rell holte für alle Kaffee aus der Büroküche, dann begann Limbach: »Wie Sie wissen, haben wir uns noch einmal die Mädchen aus dem Crown Club vorgenommen ...«

»Ich weiß.« Das Lächeln im Gesicht der Geschäftsführerin verschwand. »Und ich würde mir wünschen, Sie wären endlich mit Ihren Ermittlungen fertig, damit ich den Club wieder aufmachen kann. Unser Anwalt hat Ihnen hoffentlich klar machen können, wie hoch unsere finanziellen Einbußen wegen dieser Sache sind.«

Rell stöhnte leise auf, und Limbach blickte verständnisvoll zu ihr hin. Die Kriminalassistentin hatte am meisten mit Rechtsanwalt Claes zu tun, der für eine der größten Kölner Kanzleien tätig war und die Interessen des Crown Clubs vertrat. Limbach selbst hatte den Mann nur einmal live erlebt, als er im Kommissariat erschienen war und so herumgetobt hatte, daß sie ihn fast in Handschellen hatten abführen müssen.

»Wir ermitteln in einem Mordfall, Frau Zjadacz, und …«

»Das weiß ich, Herr Kommissar. Aber Sie werden Ihren Mörder nicht im Crown Club finden!«

»… und wir haben Grund zu der Annahme, daß Victoria Stevenson im Crown Club ermordet wurde.«

»Was?!« Die Geschäftsführerin starrte ihn an, dann lehnte sie sich mit verschränkten Armen zurück. »Da bin ich aber auf Ihre Beweise gespannt, Herr Kommissar.«

Limbach öffnete die überquellende Akte, die vor ihm auf dem Schreibtisch lag. »Mordfall Weidenpesch« stand in schwarzen Buchstaben auf der Klappe, darunter das Aktenzeichen. Aus einer Lasche zog der Kommissar eine kleine Plastiktüte, in der etwas Goldenes blitzte.

»Das hier …« er legte das Tütchen auf den Tisch, »… haben wir im Besitz eines der Mädchen gefunden.«

Der Ohrring schimmerte in einem rötlichen Goldton, ein echter Rubin war in das Metall eingearbeitet. Die Techniker hatten Hautpartikel und Blutspuren an dem Ring gefunden, die mit bloßem Auge nicht zu erkennen waren. Die DNA stimmte mit den Proben von der Weidenpescher Leiche überein. Es gab keinen Zweifel: Dieser Ohrring hatte Victoria Sia Stevenson gehört. In der Asservatenkammer hatte Limbach das genaue Gegenstück unter den Gegenständen gefunden, die die Tote bei sich gehabt hatte.

»Wer?« Die Stimme der Zjadacz klang brüchig. Sie umklammerte ihre Kaffeetasse, als müsse sie sich an ihr festhalten. Limbach war sich sicher, daß sie wußte, wer den Ohrring hatte.

»Vroni. Sie hat den Ohrring getragen, als wir mit ihr gesprochen haben.«

Die Geschäftsführerin nickte langsam.

»Wir haben ein Geständnis, Frau Zjadacz«, sagte Rell.

Veronika »Vroni« Schweikart war ein sehr junges Mädchen, das noch nicht lange im Crown Club arbeitete. Langes blondes Haar, lange Beine, eine Figur, die man in Limbachs Jugendzeit als üppig bezeichnet hätte. Die jüngeren Kollegen hatten ihn aufgeklärt, daß solche Maße heutzutage auf dem Operationstisch eines Schönheitschirurgen geschaffen wurden. Limbach erinnerte sich nicht, je ein tränenreicheres Verhör geführt zu haben. Und letztendlich hatten sie es nur dem Einfühlungsvermögen der Rell zu verdanken, daß sie überhaupt ein sinnvolles Geständnis aus dem Mädchen herausgeholt hatten. An ihrer Aussage gab es allerdings nichts zu rütteln: Victoria Stevenson hatte vorgehabt, zur Polizei zu gehen, sie hatte auspacken wollen. Offenbar wurden immer wieder afrikanische Frauen gegen ihren Willen im Crown Club festgehalten. Sie bekamen kein Geld, ihre Pässe wurden ihnen abgenommen. Eine Aufenthalts- oder Arbeitsgenehmigung besaßen sie nicht. Nicht nur Vroni, auch andere Angestellte des Crown Clubs hatten mitbekommen, daß Victoria zusammengeschlagen wurde. Nach Aussage Vronis eine gängige Disziplinierungsmaßnahme, die anscheinend auch im edlen Crown Club angewandt wurde. Die Security-Männer hatten die bewußtlose Victoria in die Küche geschleppt. Und danach hatte sie niemand mehr gesehen. Was nicht ganz stimmte, denn eine Barkeeperin hatte ausgesagt, daß Victoria bewußtlos von Security-Männer aus der Villa getragen und in einem Wagen weggebracht worden sei.

»Woher hat Vroni den Ohrring?« fragte Elena Zjadacz, als Limbach ihr die Aussage in groben Zügen erzählt hatte.

»Sie sagt, sie hätte ihn in der Küche gefunden. Und ich sehe keinen Grund, warum ich dem Mädchen nicht glauben soll. Die Spurensicherung hat genug Hinweise in der Küche gefunden, die sich mit ihrer Aussage decken.«

Die Geschäftsführerin sah müde aus. Der Kaffee war inzwischen kalt geworden, sie hatte kaum einmal davon genippt. »Und?« sagte sie. »Was wollen Sie noch von mir, wenn Sie sowieso schon alles wissen?«

»Den Mörder, Frau Zjadacz, den hätten wir gerne noch.«

Elena Zjadacz zuckte nur mit den Schultern und schwieg.

»Ich habe mit dem Staatsanwalt gesprochen«, sagte Limbach. »Wenn Sie uns den Mörder liefern, läßt er die Anklage wegen Beihilfe zum Mord fallen. Eine Art Kronzeugenregelung.« Es war der einzige Deal, den er der Zjadacz anbieten konnte.

Die rothaarige Frau deutete ein schwaches Grinsen an. »Ich bin die Falsche dafür, Herr Kommissar«, sagte sie. »An dem Abend, als Victoria Prügel bezog, war ich gar nicht im Club. Die Mädchen werden es Ihnen bestätigen. Ich weiß nicht, was in der Küche passiert ist.«

Es war stockdunkel draußen, als Limbach das Diktiergerät ausschaltete und die Kassette mit dem Abschlußbericht im Fall Weidenpesch der Sekretärin zum Abtippen hinlegte. Eine schöne junge Frau war aus Afrika vor einem furchtbaren Bürgerkrieg geflohen und in Europa in die Hände von Menschenhändlern geraten. Victoria Sia Stevenson war von Antwerpen nach Walberberg in den Crown Club gekommen, vermittelt durch eine Agentur namens Personnel Line. Sie war von vornherein ein Problemfall gewesen: Es kam häufig zu Streit, sie weigerte sich, Kunden zu empfangen, sie drohte immer wieder damit, zur Polizei zu gehen. Offensichtlich war Victoria von weiter oben protegiert worden. Die Aussage der Zjadacz war an diesem Punkt unklar, aber Limbach war überzeugt, daß Victoria es nur dem Einfluß ihrer Schwester Cynthia zu verdanken hatte, daß sie nicht schon lange auf dem Straßenstrich gelandet war. Die Rolle Cynthias war allerdings mehr als undurchsichtig. Und warum Victoria sich in ihrer Notlage nicht an Gassen gewandt hatte, würde für Limbach immer ein Rätsel bleiben.

Über den Tathergang war er sich aber inzwischen im klaren: Victoria wollte aussteigen, die Lage hatte sich zugespitzt, sie drohte, die Geschäfte auffliegen zu lassen. Nach der Aussage Vronis hatte Victoria Stevenson noch wenige Tage, bevor sie tot auf den Bahngleisen gefunden wurde, Elena Zjadacz ins Gesicht gesagt, daß sie sie anzeigen würde. Dann kam der Abend des 26. Februar, an dem Victoria im Club zusammengeschlagen wurde. In der Küche hatte sie noch mehr Prügel bezogen, dabei war ihr der Ring vom Ohr gerissen worden, den Vroni dort später gefunden hatte. Irgendwann mußte sie ohnmächtig geworden sein, und jemand hatte ihr eine Überdosis des afrikanischen Herzmittels verabreicht, Erythrophleum suaveolens. Danach Erhöhung des Blutdrucks, Koma, Tod. Die Leiche war nach

Weidenpesch transportiert und dort auf die Gleise gelegt worden, um von der eigentlichen Todesursache abzulenken.

In seinem Bericht hatte Limbach ausführlich seinen Verdacht gegen diejenigen begründet, die er für die Mörder von Victoria Sia Stevenson hielt. »Hoher Besuch aus Brüssel« hatte Elena Zjadacz sie genannt. Es war alles da: Motiv, Gelegenheit, die African Connection. Nur unumstößliche Beweise hatte Limbach nicht.

Mit einem Seufzer legte er die Akte auf den Stapel zum Wiedereinordnen in die Aktenschränke. Der Fall Weidenpesch war, was die Ermittlungen in Köln betraf, abgeschlossen. Morgen würde sein Bericht an die Kollegen in Antwerpen und an Europol gehen. Was mit Claude Dubois und Cynthia Stevenson geschehen würde, wurde dort entschieden.

*

»Es ist einfach nicht zu fassen.« Martin Gassen saß im Schneidersitz auf dem Boden seines Wohnzimmers, um ihn herum lagen deutschsprachige und internationale Zeitungen. Jupp Kempenich beugte sich, das letzte Kölsch aus Martins Kühlschrank in der Hand, über den Couchtisch, auf dem sich noch mehr Zeitungen stapelten.

»Da nimmt Europol in einem großen Schlag das ganze Netz hoch, aber die eigentlichen Drahtzieher kommen ungeschoren davon.«

Es war gestern abend schon in den Nachrichten gemeldet worden, und heute waren die Zeitungen voll davon: In Zusammenarbeit mit der belgischen Polizei hatte Europol in Antwerpen und Brüssel eine großangelegte Aktion gegen das Frauenhandels-Netz durchgeführt. Im Büro von Refugium waren die Bankunterlagen beschlagnahmt worden, Sorie Kargbo und der smarte Geschäftsführer saßen in Untersuchungshaft. Gleichzeitig waren die Brüsseler Büros von Personnel Line und Paris Escorts durchsucht und auch dort Berge von Akten beschlagnahmt worden.

»Die FAZ schreibt: Ein historischer Schlag gegen den Menschenhandel. Kölner Sex-Bordell – heiße Connection zur belgischen Frauenhandels-Zentrale! Das ist natürlich Bild.« Jupp faltete die Zeitung zusammen und legte sie zur Seite. »Wo ist denn die Antwerpener Gazet mit dem Bericht über Payoke, Martin?«

»Hier. Inklusive dem Leitartikel des Chefredakteurs über Antwerpen als internationalem Umschlagplatz des Menschenhandels und einem ganzseitigen Porträt von Pier Sakkers.«

»Der alte Herr kommt ganz groß raus.« Jupp mußte grinsen. Martins Erzählung über den engagierten Mathelehrer hatte Eindruck auf ihn gemacht.

Martin unterbrach für einen Moment sein Gewühle in den Papierhaufen. »Er hat es verdient, Jupp. Sakkers hat gegen Refugium ausgesagt. Ohne ihn wäre Sorie Kargbo noch auf freiem Fuß und sicher schon abgetaucht.«

Jupp widmete sich der nächsten Zeitung, einem holländischen Blatt. Auch hier hatte der Coup von Europol für Schlagzeilen auf der ersten Seite gesorgt. Etwas versteckter im Innenteil der Zeitung fand er schließlich den Namen, nach dem Martin bis jetzt vergeblich die gesamte europäische Presse durchsucht hatte. »Hier steht endlich mal was über Dubois«, sagte er.

»Wirklich!? Wird er angeklagt?« Martin legte die Zeitung weg, die er gerade in die Hand genommen hatte.

»Es ist eine Stellungnahme Dubois' zu der Polizeiaktion. Irgendein Pressefuzzi hat wohl doch rausgekriegt, daß Refugium einer der Hauptsponsoren von Escape ist. Hör dir das an: ›Das ist ein harter Schlag für uns. Refugium gilt in NGO-Kreisen als absolut vertrauenswürdig. Dort arbeiten Menschen, die sich voll und ganz dem Dienst an der guten Sache widmen. Ich kann mir nicht vorstellen, daß an den Vorwürfen der Polizei etwas dran ist‹, sagt Claude Dubois, Geschäftsführer der Fluchthilfeorganisation Escape. In den letzten sieben Jahren konnten Tausende von Menschen mit Hilfe von Escape das vom Bürgerkrieg zerstörte Sierra Leone verlassen. Refugium ist eine der drei Organisationen, deren Büros gestern in einer einmaligen Polizeiaktion wegen Verdachts auf Menschenraub und Zwangsprostitution durchsucht wurden. Die Gruppe unterstützte die Arbeit von Escape mit finanziellen Zuwendungen, über deren Höhe der Geschäftsführer sich ausschwieg. ›Eine Frage der Höflichkeit‹, meint Dubois, der sich gestern zufällig in Amsterdam aufhielt und sich unserer Zeitung zum Interview zur Verfügung stellte. ›Wenn die Polizei Genaueres wissen will, legen wir natürlich unsere Bücher offen.‹ Der sonnengebräunte Escape-Mann befürchtet, daß solche Enthüllungen sich negativ auf die Spendenbereitschaft der reichen Nationen auswirken. ›Die Not der Menschen in Westafrika ist unvorstellbar. Wir sind auf jeden Cent angewiesen.‹ Und dann folgt die Nummer des Spendenkontos von Escape. Ein Amsterdamer Konto, wenn mich nicht alles täuscht.«

»Nerven hat der Kerl, das muß man ihm lassen.« Martin überflog den Artikel noch einmal. »Dubois würde ich wirklich gerne noch mal ins Gesicht spucken. So ganz im Dienst an der guten Sache.«

Darauf hob Jupp die Flasche und leerte sie. »Laß uns Schluß machen, Martin«, sagte er dann. »Das Bier ist alle. Und du wirst hier nichts finden. Dubois und Cynthia sind entweder nicht verhaftet worden, oder aber nichts davon wird an die Presse weitergegeben.«

»Ich kapier es einfach nicht. Die Unterlagen von Refugium, die Informationen aus dem Escape-Büro in Freetown, die Crokker nach Belgien geschickt hat. Executive Services hat sogar ein Protokoll des Geständnisses von Sahr Kandeh an Europol übermittelt. Wir wissen ihre Decknamen, kennen ihren Wohnsitz – was braucht es denn noch?«

»Vielleicht hält die Polizei das wirklich unter Verschluß und ...« Jupp brach ab. Jemand klingelte Sturm an der Haustür. »Erwartest du jemanden?«

Es war Maren. Jupp erkannte ihre Stimme, als sie Martin an der Haustür begrüßte. Sie klang aufgeregt, was Jupp selten bei ihr erlebte. Dann stand sie mit offenen Haaren atemlos mitten im Wohnzimmer. Martin warf Jupp über Marens Schulter hinweg einen fragenden Blick zu.

Jupp sprang auf. »Was ist los, Maren? Ist was passiert?«

Ohne etwas zu erwidern begrüßte Maren ihn mit einem Kuß. Dann schaute sie sich um und schien erst jetzt das Chaos zu bemerken. Sie grinste und ließ sich neben Jupp auf die Couch fallen. »Das hier ist passiert.« Sie deutete auf die Zeitungen. »Ich komme direkt aus dem Präsidium. Limbach hat den ganzen Tag nur am Telefon gehangen. Er tobt. Und die Rell ist mit einem Gesichtsausdruck durchs Büro getigert, als hätte sie Nägel zum Frühstück gegessen. Druba hat sogar auf seine Mittagspause verzichtet, das will was heißen. Und das alles wegen deiner Victoria, Martin. Wegen dem Mordfall Weidenpesch.«

»Dubois und Cynthia«, konstatierte Jupp.

Maren nickte. »Limbach hat mir seinen Abschlußbericht gezeigt. Victoria ist mit einem seltenen afrikanischen Gift getötet worden. In dem Bericht empfiehlt Limbach, den Wohnsitz von Dubois danach zu durchsuchen. Und was machen die Belgier? Eine Großaktion gegen das Frauenhandels-Netz, aber Dubois bleibt unberührt. Falls er das Gift nicht schon lange hat verschwinden lassen, dann wird er es spätestens jetzt entsorgen. Limbach ist auf hundertachtzig. Und dann kam heute mittag der Anruf von diesem Amnesty-Typen aus Antwerpen. Du hast von ihm erzählt, Martin. Chris de Laeren?«

»Ja. Er war bei der Pressekonferenz von Payoke. Er kam mir ziemlich engagiert vor. Aber was will er von Limbach?«

»Die belgische Polizei hat mit Chris de Laeren Kontakt aufgenommen. Ein Kommissar Craps ...«

»Der Mann leitet die Anti-Menschenhandel-Brigade in Antwerpen. Die Durchsuchung bei Refugium hat unter seinem Kommando stattgefunden.«

»Genau. Craps wollte sich gestern morgen einen Haftbefehl gegen Claude Dubois und Cynthia Stevenson ausstellen lassen. Aber er hat ihn nicht gekriegt. Obwohl die Beweislast gegen die beiden erdrückend ist. Obwohl alle Indizien darauf hinweisen, daß sie hinter dem Frauenhandel aus Sierra Leone stecken. Und den Diamantenschmuggel organisiert haben. Irgendwer ganz oben im belgischen Polizeiapparat hat Contra gegeben. Alle Akten, die mit Dubois und Cynthia zu tun haben, mußten einem Sonderermittler übergeben werden. Craps kennt den Mann nicht, noch nie von ihm gehört. Dann hat Craps Europol eingeschaltet. Dubois und Cynthia sitzen in Amsterdam. Mit einem internationalen Haftbefehl könnte Europol sie in den Niederlanden festnehmen lassen. Aber ohne die Akten sind auch Europol die Hände gebunden. Nichts zu machen.«

»Das wißt ihr alles von Chris de Laeren?« fragte Martin.

»Chris de Laeren hat Limbach auf Wunsch von Kommissar Craps kontaktiert. Quasi als inoffizielle Liaison.«

»Als Liaison für was, Maren?« Jupp kapierte gar nichts mehr.

Aber seine schöne Freundin grinste nur. »Craps hat einen Plan. Und Limbach hat sich darauf eingelassen. Ich bin hier in meiner Funktion als Kommissarin Maren Weiser. Wir drei fahren morgen zusammen nach Amsterdam. Der erste ICE nach Amsterdam geht kurz nach 7 Uhr vom Hauptbahnhof. Wir müssen also sehr früh raus.«

In dieser Nacht bekamen alle drei keinen Schlaf mehr. Bis weit nach Mitternacht diskutierten sie den Plan, den die beiden Kommissare, der Antwerpener und der Kölner, sich ausgedacht hatten. Martin holte sogar noch das sierraleonische Ingwerbier aus seinem Seesack, eigentlich ein Mitbringsel für die Kollegen bei C&T Communications. Und obwohl Jupp bedauerte, daß das würzige Gebräu kaum Alkohol enthielt, hielt es sie so lange wach, bis sie jedes Für und Wider genau durchgesprochen hatten. Es war kein ungefährlicher Plan, aber einer, der funktionieren konnte. Und Jupp, der Martin zwar unterstützt, aber nie so richtig verstanden hatte, was seinen Freund und Kollegen antrieb, wurde zum erstenmal bewußt, daß sich das, was Martin wirklich bewegte, nicht in Köln und in Deutschland, sondern in Sierra Leone abspielte.

Für Martin war nur eines klar. Teilchen um Teilchen hatte er Victorias traurige Lebensgeschichte der letzten zehn Jahren zusammengepuzzelt, er war ihrer Spur von Kenema bis ins Rebellenlager, von Escape in Freetown bis nach Antwerpen, von dort nach Brüssel und Köln und zuletzt zu den Gleisen in Köln-Weidenpesch gefolgt. Er wußte jetzt, was sie durchgemacht hatte. Und obwohl er vielleicht nichts hätte daran ändern können, wenn er früher nach Sierra Leone zurückgegangen wäre, war er Victoria doch eines schuldig: Claude Dubois und Cynthia mußten zur Verantwortung gezogen werden.

*

Der grasgrüne Kastenwagen der niederländischen Telefongesellschaft KPN parkte hundert Meter entfernt von dem mediterran anmutenden Gebäude aus strahlendweißen Ziegeln, in dem Claude Dubois und Gattin residierten. Martin Gassen und Chris de Laeren waren schon morgens mit dem Mietwagen vorbeigefahren, um sich ein Bild von der Villa und der Umgebung zu machen. Der Besitz in Millionenwert befand sich in einer der besten Lagen Zandvoorts, ein Strandgrundstück, das sich bis zum Meer erstreckte. Der Strand war hier kilometerweit in Privatbesitz, von der Straße konnte Gassen nur die niedrigen Dünen erkennen, die sich weit hinter der Dubois'schen Villa und einem gepflegten Garten erhoben.

Vor zwei Stunden hatten sie Gassens Verkabelung im Hauptgebäude der Polizei Amsterdam-Amstelland geprüft. Unter seinem Hemd spürte Gassen die dünnen Kabel, die auf Brust und Rücken mit kreisrunden Pflastern auf seiner Haut festgeklebt waren. Auf der Innenseite seines Hemdkragens waren zwei winzige Mikrofone befestigt, die wie kleine metallene Pillen geformt waren. Gassen und Kempenich hatten sich mit dem zuständigen Polizeitechniker in einem kurzen Fachgespräch über die neuesten Entwicklungen in der Nanotechnologie ausgetauscht, zum Erstaunen von Chris de Laeren und zum Amüsement von Maren. Dann waren sie in dem grünen Kastenwagen von Amsterdam nach Zandvoort ans Meer gefahren. Gassen war sich nicht sicher, ob der Amsterdamer Polizei wirklich klar war, welch halblegalem Unterfangen sie Unterstützung gewährten, aber ein Fax von Limbach und ein Anruf von Kommissar Craps hatten ihnen hier Tür und Tor geöffnet. Der Kastenwagen mit dem blaugrünen Logo der Telefongesellschaft war ein voll ausgerüsteter Überwachungswagen der Polizei, wie er für Undercover-Aktionen eingesetzt wird.

»Siehst du die beiden Pkws, die gegenüber der Villa parken?« flüsterte Maren. Seit sie in die Straße eingebogen waren, hatte niemand mehr ein Wort gesprochen. Die Anspannung war selbst den zwei in Zivil gekleideten Polizisten anzumerken. Jupp und de Laeren saßen eingezwängt auf einem schmalen Vorsatz an der hinteren Wand des Wagens. Jupp erschien Gassen blasser als sonst, aber das konnte auch an dem gedämpften Neonlicht liegen, das die Apparaturen beleuchtete.

Gassen mußte sich zwingen, in normaler Lautstärke zu sprechen. »Was ist damit?«

»Zivilstreifen. Wenn da drin etwas schiefgehen sollte, sind sie sofort da.«

Gassen nickte. Von allen Seiten hatte man ihm versichert, daß seine Sicherheit an oberster Stelle stehe, daß sowohl Zivilkräfte wie Uniformierte in der Nähe seien, sollte etwas im Innern der Villa aus dem Ruder laufen. Man hatte ihn so sehr beruhigen wollen, daß sich bei Gassen fast wieder Zweifel an ihrem Plan breitmachten. Claude Dubois und Cynthia waren Kriminelle, sie hatten zu lange in einem Land gelebt, in dem ein Menschenleben nichts zählt. Sie hatten Victoria aus dem Weg geräumt, als sie sich ihren Plänen in den Weg stellte, sie würden keine Sekunde zögern und auch ihn erledigen, wenn sich die Gelegenheit dazu bot. Darüber war sich Gassen im klaren. Dubois und Cynthia hatten zu lange außerhalb von Gesetz und Gewissen agiert, sie fühlten sich unantastbar. Das zeigte schon die Tatsache, daß sie trotz der Zerschlagung des von ihnen mitaufgebauten Prostitutionsnetzes das Land noch nicht verlassen hatten.

Ein Satz fiel Gassen ein, den ausgerechnet Chris de Laeren gesagt hatte, der am wenigsten mit der ganzen Sache zu tun hatte und aus reiner Menschenliebe – und einer guten Portion Abenteuergeist – einem Amnesty-Kollegen Beistand leistete. Am Morgen hatten sie auf der Autofahrt noch einmal das Für und Wider des Unternehmens durchdiskutiert, und Gassen hatte seine Zweifel geäußert, ob er als Laie mit einer solchen Aktion überhaupt Erfolg haben könne.

»Es ist nur konsequent,« hatte de Laeren gemeint. »Du hast die Sache ins Rollen gebracht, und deshalb kannst du sie viel besser zu Ende bringen als die Polizei. Weder Craps noch die Leute von Europol kennen Dubois und Cynthia Stevenson. In einer offiziellen Vernehmung werden die beiden nicht den Bruchteil dessen erzählen, was du bei einem Privatbesuch aus ihnen herausholen kannst.«

Gassen tastete noch einmal nach den Kabeln und Mikrofonen. Alles war sicher und für Unwissende völlig unsichtbar unter seinem Hemd und der Jacke versteckt. Er fühlte kurz nach dem Schulterholster mit dem handlichen Revolver, den ihm der Amsterdamer Kommissar übergeben hatte. Für Notfälle, hatte der Kommissar gesagt, und Gassen hoffte sehr, daß es zu keinem Notfall kommen würde. Doch die Erlebnisse der letzten Wochen in Sierra Leone hatten ihn verändert. Früher hätte er es unter allen Umständen abgelehnt, eine Waffe zu tragen, geschweige denn, sie zu benutzen.

»Es wird Zeit«, sagte der Fahrer mit einem Blick auf seine Armbanduhr.

Gassen blickte sich kurz zu Jupp um, der ihm einen nach oben gerichteten Daumen entgegenstreckte. »Hals- und Beinbruch!« Maren klopfte ihm auf die Schulter, dann stieg er aus.

Wie ein Tourist, der sich in das Wohnviertel der Superreichen verirrt hatte, schlenderte er auf die Dubois'sche Villa zu. In Gedanken ging er noch einmal durch, was er von der Amsterdamer Polizei über Claude Dubois und Cynthia erfahren hatte. Vor allem Cynthia war dort keine Unbekannte, das Sittendezernat hatte eine dicke Akte über sie. Hier war sie unter dem Künstlernamen »Queen Bo« als Prostituierte der Spitzenklasse und erotische Tänzerin in einschlägigen Etablissements bekannt. Gegen Dubois war es mehrmals wegen Besitz von Kokain zur Anklage gekommen, doch er war immer freigesprochen worden.

Gassen ging die Einfahrt hoch und wartete im Schatten eines gläsernen Vorbaus, der als Wintergarten genutzt wurde. Es gab eine Alarmanlage in der Villa mit einer direkten Verbindung zur Polizei, die jedoch nur nachts angeschaltet wurde. Die Einbruchstatistik von Zandvoort gab Dubois recht, neben allen anderen Vorzügen, die der idyllische Badeort zu bieten hatte, war auch die Kriminalitätsrate eher gering.

Von nahem betrachtet zeigte sich der aufwendige Baustil der Villa noch deutlicher. Der Wintergarten war mit weißem Marmor ausgelegt, darauf stand ein Wasserbecken mit einem Springbrunnen. Überall befanden sich blühende Orchideen. Hier stekkte offenbar schon ein größerer Teil des Geldes, das Dubois mit dem Diamantenschmuggel verdiente.

Mit quietschenden Reifen fuhr ein roter Porsche die Einfahrt hinauf und bremste abrupt vor dem Garagentor. Queen Bo persönlich stieg aus. Über einem eleganten, pflaumenfarbenen Kostüm trug sie einen roten Lackmantel. Sie bemerkte Gassen erst, als sie über den Wintergarten die Villa betreten wollte. Sie zögerte nur einen Moment, dann lächelte sie und ging mit schnellen Schritten auf ihn zu.

»Hallo, Cynthia«, begrüßte Gassen sie.

»Martin Gassen, welch eine Überraschung.« Sie öffnete ihre Handtasche, und Gassen dachte zuerst, sie wollte ihren Hausschlüssel herausholen. Dann sah er, daß sie ein Handy in der Hand hielt und mit einer kurzen Bewegung eine offensichtlich eingespeicherte Nummer anwählte. Während sie das Telefon ans Ohr hielt, blinzelte sie ihn an. »Du bist doch nicht etwa gekommen, um die Erinnerung an unsere kleine Bettgeschichte im Crown Club aufzufrischen?« Ein süffisantes Grinsen glitt über ihr Gesicht. »Ich denke gerne daran zurück. Die Rote Laterne ist ein passendes erotisches Szenario für einen Afrika-Liebhaber wie dich. Zumal es vor allem die afrikanischen Frauen sind, die es dir angetan haben, stimmt's?«

Innerlich verfluchte Gassen die verdammte Verkabelung. Es brauchte nicht viel Phantasie, um sich vorzustellen, was jetzt gerade im Überwachungswagen vor sich ging. »Ich muß mit dir sprechen, mit dir und Dubois.«

»So, so.« Sie hielt immer noch das Handy ans Ohr. Offenbar meldete sich der Angerufene nicht. »Woher weißt du überhaupt, daß wir hier wohnen?«

»Ich weiß so ziemlich alles über euch, Cynthia. Und deshalb ...«

In diesem Moment kam Cynthias Telefongespräch zustande. Sie unterbrach Gassen mit einer Handbewegung, dann sagte sie ohne Begrüßung: »Ich bringe einen Gast mit. Überraschender Besuch aus Deutschland. Doch, doch, du kennst ihn, Claude. Es ist Victorias Ex.« Sie horchte einen Moment, dann schaltete sie das Gerät ab und ließ es in ihrer Handtasche verschwinden.

»Komm rein. Wir verhandeln das besser nicht auf der Straße.« Cynthia drückte gegen die Tür des Wintergartens, die sich widerstandslos öffnete. Gassen folgte ihr zwischen den riesigen Pflanzentöpfen hindurch. Ein süßlicher Geruch hing in der warmen Luft.

Durch eine Glastür gelangten sie in das Foyer der Villa. Von der hohen, luftigen Halle führte eine breite Treppe ins obere Stockwerk. Direkt daneben öffnete sich ein riesiger Raum, dessen Fensterfront einen ungehinderten Blick auf die Dünen und das Meer freigab. Der Raum war vollgestopft mit Designermöbeln aus Glas und Chrom, die weder zum Haus noch zueinander paßten. In einer Ecke standen afrikanische Skulpturen, menschengroße, hagere Gestalten mit Tiermasken, die in dem sonnendurchfluteten Wohnraum unheimlich wirkten.

Wahrscheinlich wären Gassen die gepackten Koffer an der Haustür gar nicht aufgefallen, hätte sich Cynthia nicht so auffällig zwischen ihn und den Eingangsbereich gestellt, als sie den Lackmantel ablegte und ihn mit einer Geste aufforderte, nach vorn in den großen Raum zu gehen. So aber wurde er auf die drei Hartschalenkoffer aufmerksam, die nebeneinander in einer Reihe standen, als warteten die Besitzer nur auf das Taxi, das sie zum Flughafen bringen sollte. Offenbar hatte es Dubois trotz Cynthias warnendem Anruf nicht mehr geschafft, die Koffer zu verstecken.

Sie hatten sich gerade in den schwarzen Ledersesseln niedergelassen, als ein in lässige Stoffhosen gekleideter Dubois die Treppe hinunterkam. Er begrüßte Gassen kurz, wobei er sich mit keiner Miene anmerken ließ, daß ihn der Besuch überraschte. »Möchtet ihr etwas trinken?« fragte er und trat zu einer verspiegelten Schrankwand, in der sich eine umfangreiche Bar befand.

»Ich will nur mit euch sprechen«, lehnte Gassen ab.

»Mach mir einen Gin Tonic. Auf Eis.« Cynthia streifte die

Pumps von den Füßen und machte es sich in der Sofaecke links von Gassen bequem.

»Ich habe gehört, du warst wieder in Freetown, Martin – warum hast du nicht bei Escape vorbeigeschaut?« Dubois widmete sich der Zubereitung des Cocktails, als ob nichts auf der Welt wichtiger wäre als die Frage, ob man für den perfekten Gin Tonic britischen Bombay Sapphire oder sierraleonischen Daddy Cool Gin verwendet.

»Ich hatte Wichtigeres zu tun.«

»Ja, ich hab schon gehört, du hast dich mit den Söldnern von Executive Services zusammengetan. Nicht gerade der Umgang, den ich von dir erwartet hätte, Martin.«

Dubois stellte den Cocktail vor Cynthia, die sich mit einem Augenaufschlag bedankte, dann setzte er sich neben sie und legte den Arm um ihre Schulter. Gassen sah die beiden an. Es war unglaublich, wie sie hier auf glückliches Paar machten. »Ihr glaubt doch nicht im Ernst, daß ihr ungeschoren davonkommt, nachdem bei Refugium alle Akten beschlagnahmt worden sind«, sagte er. Maren hatte ihm geraten, bei dem Gespräch schnell zur Sache zu kommen und Cynthia und Dubois nicht lange Zeit zum Nachdenken zu lassen.

Doch Dubois reagierte weniger verblüfft, als Gassen erwartet hatte. Plötzlich wurde ihm klar, daß der Escape-Mann genauestens über seine Rolle bei der Zerschlagung des Netzes Bescheid wußte. Dubois war nicht dumm. Mit einem leichten Grinsen sagte der dann auch: »Escape hat nur Spenden von Refugium bekommen. Wie einige andere NGOs übrigens auch. Daraus kann man uns schlecht einen Strick drehen.«

»Ich habe von der ganzen Geschichte nur aus der Zeitung erfahren«, erklärte Cynthia und warf Gassen über den Rand des Cocktailglases hinweg einen amüsierten Blick zu.

»Und deshalb stehen eure Koffer auch schon gepackt am Eingang. Oder macht ihr Urlaub? Hoffentlich habt ihr genug Bargeld dabei. Eure Konten werden nämlich gerade gesperrt.« Das war eine Lüge, doch im Dienst der guten Sache sicher verzeihlich. In Wirklichkeit hatte Craps nicht einmal eine Überprüfung der Privatkonten von Dubois durchsetzen können. Wer immer

Dubois deckte, mußte ein ziemlich hohes Tier sein. Vielleicht erklärte das ja auch die Unbekümmertheit, mit der das Pärchen auf der Couch saß und Cocktails schlürfte. »Auch das Spendenkonto von Escape«, fügte Gassen hinzu. Aus der Reserve lokken, das war der Rat, den ihm der Amsterdamer Kommissar mit auf den Weg gegeben hatte.

Er schien Erfolg zu haben. Cynthia setzte ihren Cocktail mit einem lauten Knall auf der Glasplatte des Couchtisches ab. »Du bist doch immer noch sauer, weil Victoria damals mit dir Schluß gemacht hat. Und jetzt, wo sie tot ist, hast du diesen absurden Rachefeldzug gestartet. Aber hier gibt's nichts zu holen, Martin.« Ihre dunklen Augen blitzten.

Sie hätte weitergeredet, doch Dubois legte ihr die Hand auf den Arm. »Beruhige dich, Süße. Der Kerl blufft doch nur.«

»Die Unterlagen, die Europol beschlagnahmt hat, sind kein Bluff.«

»Ach ja? Und warum tauchst du hier auf, und nicht die Polizei?«

»Sorie Kargbo wurde festgenommen.«

»Ein reizender Mensch. Ich hätte nie gedacht, daß der in krumme Geschäfte verwickelt sein könnte.«

»Er war ein Kampfgefährte des Unverwundbaren.«

Das brachte endlich eine Reaktion. Dubois starrte Gassen aus zusammengekniffenen Augen an, und Cynthia stockte sichtbar der Atem. Doch sie fing sich als erste. »Wer soll denn das sein? Ich kenne nur einen Unverwundbaren. Den Rebellenführer. Und der ist schon lange tot.«

»Genau dieser Unverwundbare, auch als Sahr Kandeh bekannt. Ich soll euch übrigens von ihm grüßen. Vor ein paar Tagen hatte ich die Ehre, ihn persönlich kennenzulernen.«

Cynthia setzte sich aufrecht hin. Ihr Gesichtsausdruck war undeutbar, doch Gassen meinte, neben Wut und Verachtung auch Furcht in ihrem Blick zu lesen. Leben und Tod lagen in afrikanischen Kulturen viel näher beieinander, als die engen Vorstellungen der Weißen es zuließen, und trotz der westlichen Kleidung und ihres mondänen Lebensstils war Cynthia eine Afrikanerin geblieben. Gassen fragte sich zum erstenmal, was es wohl für die mächtige Queen Bo bedeutete, für den Mord an der eigenen Schwester verantwortlich zu sein.

In das Schweigen hinein begann Dubois leise zu lachen. »Guter Witz, Martin. Für einen Moment habe ich fast gedacht, du wärst übergeschnappt.«

»Er macht keine Witze.« Cynthia ließ Gassen nicht aus den Augen. Er hielt ihrem Blick stand, doch am Rande seines Sichtfeldes konnte er erkennen, wie sie unter dem Glastisch langsam in ihre Schuhe schlüpfte. Dubois war nicht dumm, aber Cynthia war eindeutig die Gerissenere.

»Sahr Kandeh lebt«, sagte Gassen. »Die Executive Services haben ihn in einem Versteck der Kamajor entdeckt. Und jetzt sitzt er in Freetown im Gefängnis.« Es war ein Risiko, doch die Irreführung gelang. Dubois wurde blass um die Nase. Gerüchte vom wirklichen Ende des Unverwundbaren waren offensichtlich noch nicht bis nach Zandvoort durchgesickert. »Er hat ein volles Geständnis abgelegt. Wir wissen alles, angefangen vom Diamantenschmuggel mit Hilfe der Flüchtlinge, die Escape außer Landes gebracht hat, bis zum Verkauf von sierraleonischen Frauen in die Prostitution.« Ein Satz des Unverwundbaren kam Gassen plötzlich ins Gedächtnis. »Unterschätzen Sie Cynthia nicht. Inzwischen verdient sie mehr mit dem Frauenhandel als mit den Diamanten.« Und ein Artikel in einer Wirtschaftszeitung über die Anteilseigner der Modellagentur Personnel Line, den er noch gestern in Köln gelesen hatte. »Die stille Teilhaberin hinter Personnel Line, das bist du, Cynthia, oder nicht?«

»Das reicht jetzt.« Cynthia wollte aufstehen, doch Dubois hielt sie am Handgelenk fest.

»Stimmt das, was er sagt?« fragte er langsam.

Cynthia versuchte sich loszureißen, doch der Griff des Belgiers war eisern. »Laß mich los«, zischte sie.

»Erst will ich wissen, ob du unser Geld in diesen Tingeltangelbetrieb steckst.«

»Halt den Mund, du Idiot! Kapierst du nicht, daß er uns gegeneinander ausspielen will?«

Dubois machte eine Handbewegung, als sei Gassen vollkommen unwichtig. »Er weiß nichts. Alles Bluff. Mich interessiert viel mehr, ob sich die berühmt-berüchtigte Queen Bo wirklich in die Personnel Line eingekauft hat. Hinter meinem Rücken. Und mit meinem Geld, versteht sich.« Seine Stimme zitterte vor unterdrückter Wut. Mit einem harten Ruck an Cynthias Handgelenk zog er sie zurück, so daß sie das Gleichgewicht verlor und neben ihm auf der Couch landete.

»Was heißt hier dein Geld? Ich habe mich hochgearbeitet, habe als Hure in den Rebellencamps angefangen. Das war kein Zuckerschlecken.« Cynthia sprach so leise, daß Gassen sie kaum verstehen konnte. »Du hast doch immer nur von meinen Ideen profitiert. Ohne mich wärst du schon lange tot. Sahr hätte dich ohne mit der Wimper zu zucken den Leoparden zum Fraß vorgeworfen. Und jetzt laß mich los.«

Dubois schaute sie kurz an, dann zog er seine Hand zurück, als habe er sich an ihrer Haut verbrannt. Er stand auf und trat zur Bar, während Cynthia sich das gerötete Handgelenk rieb.

»Whisky?« fragte der Belgier, während er sich selbst einen Doppelten einschenkte. Gassen schüttelte den Kopf.

»Vertrau den Frauen nicht, Martin«, sagte der Belgier. »Die einzige, die anders war, war Victoria. Aber das wird dieses Weib hier nie kapieren.«

Cynthia rollte mit den Augen. »Victoria, Victoria! Ich werde nie verstehen, was ihr Kerle an ihr gefunden habt. Für richtigen Sex war sie doch gar nicht zu haben. Victoria hat lieber ihre edle Seele gepflegt und im Kindergarten die Mami für die süßen Kleinen gespielt. Oder ist es das? Daß ihr alle nur eine Mami wollt!«

»Du kommst wohl nie darüber weg. Selbst jetzt, wo sie tot ist, bist du noch eifersüchtig auf deine Schwester.«

»Hast du sie deshalb umgebracht, Cynthia? Aus Eifersucht, weil sie die schönere war? Aus Haß, weil sie immer die Männer kriegte, die du haben wolltest?« Gassen hatte still beobachtet, wie der Streit zwischen den beiden eskalierte. Bis jetzt liefen die Dinge gut: Seine Aufgabe war es, die beiden aus der Reserve zu locken, sie zu provozieren, damit sie etwas sagten, das später gegen sie verwendet werden konnte.

Einen Moment war es totenstill in dem großen Raum.

»Ich habe Victoria nicht umgebracht.« Cynthia betonte jedes Wort.

»Aber du hast sie in die Prostitution verkauft. Victoria hätte nie freiwillig in einem Bordell gearbeitet. Du hast eine Nutte aus ihr gemacht.«

Cynthia lachte los. Lachte, bis ihr Tränen über die Wangen rollten.

Dubois stürzte den Whisky hinunter und schenkte sich sofort nach. Gassen versuchte sich vorzustellen, wie die beiden seit Jahren so lebten, und bekam fast Mitleid mit diesem Paar, das nur durch Haß und Geldgier zusammengefunden hatte.

Cynthias Lachanfall brach ebenso plötzlich ab, wie er begonnen hatte. Sie beugte sich vor und blickte Gassen direkt ins Gesicht. »Ich will dir sagen, was wirklich mit deiner heiligen Victoria passiert ist, Martin. Sahr Kandeh hat dir nämlich anscheinend nicht alles erzählt, mein Lieber. Aber die Leute, die damals im Camp mit dabei waren, die können es bestätigen. Alle haben es mitgekriegt, wie Sahr Victoria zum ersten und einzigen Mal genommen hat.« Cynthia lehnte sich zurück und schloß die Augen. »Ich weiß es noch genau: Victoria hatte ein leichtes T-Shirt und Khakihosen an. Sahrs Pupillen waren riesig, er muß irgendwelche Drogen genommen haben. Er hat sie mit der einen Hand gepackt, in der anderen hat er die Schwanzfeder eines Kampfadlers gehalten. Der Kiel war weiß und spitz wie ein Messer. Wir haben alle gewußt, daß er sie einen Voodoo-Eid schwören lassen wird. Victoria hat am ganzen Leib gezittert. Er hat ihr die Feder direkt unter dem Herzen durch das T-Shirt hindurch ins Fleisch gestochen. Es hat furchtbar geblutet, das T-Shirt war total rot. Aber sie hat nicht geschrien. Sie hat keinen Ton von sich gegeben. Sahr hat ihr Hemd und Hose vom Leib gerissen. Er hat ihr die Schamhaare abrasiert, wohl um seine Schutzhaube noch weiter zu verstärken. Dann hat er sie genommen. Alle haben es gesehen. Danach hat er sie den Eid schwören lassen, auf das blutgetränkte Hemd. Er hat versprochen, sie zu schützen, das war sein Teil des Eides. Sie mußte schwören, daß sie für immer ihm gehört.« Cynthia öffnete die Augen und wandte kurz den Kopf zu der Skulpturengruppe in der Ecke. Leise sagte sie: »Sex und Blut ist eine starke Magie.«

Gassen spürte erst die Schweißtröpfchen auf seiner Oberlippe, dann registrierte er, daß ihm übel war. Für einen Moment befürchtete er, er müsse sich übergeben. Er hätte jetzt viel um den Whisky gegeben, den Dubois ihm angeboten hatte. Doch der war so auf Cynthia konzentriert, daß er Gassens Zustand überhaupt nicht bemerkte.

Cynthia dagegen sah sofort, was ihre Erzählung in Gassen auslöste. Vollkommen kontrolliert, vielleicht mit einer Spur von Selbstzufriedenheit in der Stimme, sagte sie: »So wurde deine edle Victoria zur Nutte gemacht.« Sie zuckte mit den Schultern. »Irgendwann hat Sahr dann eingesehen, daß Victoria ihn nie lieben würde, und ehe er sie den anderen Kommandanten überließ, habe ich sie mit nach Europa genommen. Aber sie war zu nichts mehr zu gebrauchen, obwohl sie immer eine gute Tänzerin war. Bei Personnel Line war sie nicht zu vermitteln, und da ist Claude auf die Idee gekommen, sie in den Crown Club zu schicken ...«

»Mach dich nicht lächerlich, das war allein deine Idee«, unterbrach Dubois sie. »Du hast dafür gesorgt, daß Victoria über Paris Escorts nach Brühl verlegt wurde. Wahrscheinlich hast du sogar Geld dafür gekriegt. Mit diesen Sexgeschäften habe ich nie was am Hut gehabt.« Er wandte sich an Gassen. »Das kannst du sicher nicht verstehen, Martin, aber du warst nicht da. Alle haben am Diamantenhandel verdient: Soldaten, Rebellen, Söldner, Milizen, Händler und Politiker, warum nicht auch ich? Mit dem Geld konnte ich zum erstenmal etwas richtiges aufbauen, nicht nur immer den Fahrer abgeben für irgendwelche Medikamentenlieferungen in den Busch, wo eh nur Tote auf mich warteten. Ich habe mit dem Geld Escape aufgebaut. Und damit vielen Menschen das Leben gerettet.«

»Und dabei ist natürlich auch noch genug für dich abgefallen, wie diese Villa hier«, bemerkte Cynthia.

»Tu nicht so, du wohnst schließlich auch hier«, gab Dubois zurück. »Du hast beim Diamantengeschäft gut mitverdient. So gut anscheinend, daß du bei Personnel Line einsteigen konntest.«

»Die Polizei weiß übrigens, wie Victoria getötet wurde.« Es

war der erste Satz, den Gassen seit einigen Minuten sagte. Die Köpfe von Cynthia und Dubois fuhren herum, sie starrten ihn an. Cynthias Augen waren weit aufgerissen, sie blickte wieder zu den Skulpturen. Dann sagte sie leise: »Du bist doch ein gottverdammter Loser, Claude. Du hast behauptet, das Gift sei im Körper nicht nachweisbar.«

Gassen zögerte noch einen Augenblick. Aber das war es, das Geständnis, auf das er gewartet hatte. Langsam erhob er sich aus dem Ledersessel und bewegte sich in Richtung Foyer. Laut sagte er: »Ich denke, das reicht, Maren. Ihr könnt jetzt kommen.« Er ließ Dubois und Cynthia nicht aus den Augen.

Cynthia rührte sich nicht. Wieder war ihr Gesicht wie eine Maske, Gassen konnte nicht darin ablesen, ob sie verstand, was vor sich ging. Dubois stellte langsam die Whiskyflasche zurück in die Bar. Er drehte sie sogar noch leicht, damit das Etikett nach vorn ausgerichtet war. Dann schob er seinen Körper vor die Schrankwand. Gassen bewegte sich weiter rückwärts auf das Foyer zu. Wie lange konnte es dauern, bis die Zivilbullen an der Villa waren? Zwanzig Sekunden, eine halbe Minute?

Dubois drehte sich blitzschnell um, er hielt einen Revolver in der Hand, der auf Gassen gerichtet war. Dann ein scharfer Knall, und Gassen spürte brennende Stiche in seiner rechten Gesichtshälfte. Er sprang zurück, sah die Einschußstelle am Türrahmen direkt neben ihm. Putzsplitter hatten sich in seine Wange gegraben.

»Darum braucht er doch Gift«, brüllte Cynthia »Er kann noch nicht einmal richtig schießen.«

Im nächsten Moment krachte es so laut, daß Gassen dachte, das Foyer sei eingestürzt. Dann waren plötzlich überall Menschen. Ein Mann in Uniform brüllte ihm etwas zu, und als er nicht reagierte, packte der Mann ihn kurzerhand und zog ihn ins Foyer, in den Schutz der Treppe. Schüsse gellten durch das Haus, Stimmen schrien durcheinander. Und dann war für ein paar lange Augenblicke kein anderes Geräusch mehr zu hören als das unbeschreibliche Getöse von berstenden Glasscheiben, die in Tausenden von Scherben auf dem Terracottaboden aufschlugen.

In einem Meer aus glitzernden Splittern wurden einer vor Wut kreischenden Cynthia die Handschellen angelegt. Dubois lag überwältigt auf dem Boden. Und mitten aus dem ganzen Chaos kamen Maren, Jupp und Chris de Laeren auf Gassen zu und schlossen ihn in die Arme.

*

Auch auf dem Einfachen Gräberfeld des Kölner Hauptfriedhofs hatte der Frühling Einzug gehalten. An den Bäumen zeigte sich helles Grün, und Frühlingsblumen überzogen die stillen Gräberreihen mit bunten Tupfern. Nur Victorias Grab wirkte kahl und verlassen. Der Grabschmuck von der Beerdigung war abgeräumt, und der Friedhofsgärtner, den Gassen mit der Pflege des Grabes beauftragt hatte, hatte Primeln und Efeu gepflanzt. Doch die jungen Pflanzen bedeckten die offene Erde kaum. Martin hatte sich noch nicht um einen Stein kümmern können, und so steckte noch das Holzkreuz am Kopf des Grabes. »Victoria Sia Stevenson, 1972-2001« stand in schmuckloser Schrift auf dem Querbalken. Wenigstens hatte er Blumen mitgebracht.

Langsam kam er nach den Aufregungen der letzten Tage und Wochen zur Ruhe. Claude Dubois und Cynthia Stevenson saßen in Amsterdam in Untersuchungshaft. Das in bester Tonqualität aufgezeichnete Geständnis mußte der Staatsanwalt schließlich zur Kenntnis nehmen. Noch am Tag der Festnahme waren Gassen, Kempenich und de Laeren stundenlang im Polizeipräsidium befragt worden, danach bekam Kommissar Craps endlich seinen Durchsuchungsbefehl für die Dubois'sche Villa. Auf Gassens Hinweis hin hatte ein Spezialistenteam die afrikanischen Skulpturen auseinandergenommen und im hohlen Fuß einer der Tiergestalten mehrere Ampullen mit dem Extrakt der Sasswood-Rinde entdeckt.

Die Schießerei in der vornehmen Gegend von Zandvoort hatte einen Pressewirbel ausgelöst, auf den keiner von ihnen gefaßt gewesen war. Auf einer rasch anberaumten Pressekonferenz hatte Kommissar Craps die Zusammenhänge der Zerschlagung des Menschenhandelsringes dargestellt und den Medien damit einen wunderbaren Skandal geliefert. Selbst in Köln waren die Zeitungen voll von der Geschichte des ehemaligen Flüchtlingshelfers, der in der Anarchie Sierra Leones in die Welt des organisierten Verbrechens abgerutscht war. Die Boulevardpresse stürzte sich auf die schillernde Lebensgeschichte der Queen Bo. Bürgerkrieg und Rebellenlager, Diamanten- und Menschenhandel, schöne schwarze Frauen und Kindersoldaten, der Zauber und das Elend Westafrikas, Korruption und Verbrechen in Europa wie in Afrika – das alles waren Ingredienzien, mit denen sich eine Titelgeschichte über mehrere Tage durch die Schlagzeilen ziehen ließ.

Gassen schaute auf die Jahreszahlen, die in das Holzkreuz eingebrannt waren. Victoria war nicht einmal dreißig Jahre alt geworden. Wenn Gassen sich vorstellte, wie sie die letzten zehn Jahre ihres Lebens an Krieg, an Vergewaltigung, Elend und Einsamkeit gelitten hatte, schnürte es ihm die Kehle zu. Victoria war ihres Lebens nicht mehr froh geworden, so wie es der Jou-Jou-Mann angedroht hatte. Es war ein bitterer Trost, daß ihr Tod nicht umsonst gewesen war. Ein Verbrecherring war aufgedeckt, skrupellosen Menschenhändlern das Handwerk gelegt worden. Und nicht zuletzt war sein eigenes Leben auf den Kopf gestellt worden. Endlich traf er die Entscheidungen, die er seit Jahren vor sich hergeschoben hatte. Doch das alles brachte Victoria nicht zurück und machte ihr Leiden nicht ungeschehen.

Der Fluch des Jou-Jou-Mannes – ein Leben ohne Glück für Victoria, der Tod für ihn, den weißen Geliebten. Es hatte ihn damals erstaunt, in welche Panik die Verwünschung Victoria versetzt hatte. Es war ihm nicht in den Kopf gegangen, wie eine christlich erzogene, aufgeschlossene junge Frau an solchen Hokuspokus glauben konnte. Daß sie mit ihm Schluß gemacht hatte, ihn gedrängt hatte, Sierra Leone so schnell wie möglich zu verlassen, er hatte es damals nicht verstanden, wahrscheinlich nicht verstehen können. Dabei hatte er selbst Angst gehabt, das war ihm heute vollkommen klar. Eine mit dem Verstand nicht zu fassende Angst vor der fremden afrikanischen Geisterwelt, schlicht Angst, der Fluch könne doch wahr werden. Zumindest zum Teil war es diese Angst gewesen, die ihn davon abgehalten hatte, nach Afrika zurückzukehren, als Victoria seine Briefe nicht beantwortete.

Gassen ging neben dem Grab in die Hocke und rückte das Holzkreuz zurecht, das leicht schief in den Boden gesteckt war. Vielleicht konnte er von seiner nächsten Reise nach Sierra Leone einen Stein mitbringen, der sich zum Grabstein eignete. Schließlich legte er die mitgebrachten Blumen auf das Grab. Die junge Frau in der Friedhofsgärtnerei hatte recht gehabt: Er hatte rote Rosen kaufen wollen, doch sie hatte ihm zu einem bunten Strauß geraten. Osterglocken und Tulpen bedeckten nun die nackte Erde von Victorias Grab.

*

Martin wollte gerade sein Fahrrad vom Zaun des städtischen Hauptfriedhofs losketten, da hörte er, wie jemand seinen Namen rief. Rasch drehte er sich um. Therèses blauer Audi parkte gegen die Fahrtrichtung am Straßenrand, sie winkte ihm vom offenen Fahrerfenster her zu.

»Komm, wir gehen essen. Laß das Rad einfach stehen. Ich setz dich nachher wieder hier ab.«

Seit dem letzten Streit im China-Pavillon hatten sie sich nicht mehr gesehen und auch nicht miteinander telefoniert. Martin hatte auf Therèses langen Brief mit einer kurzen E-Mail reagiert, abgeschickt von der Internet-Lounge seines Hotels in Freetown. Daß sie reden müssten, wenn er zurückkäme, hatte er geschrieben, mehr nicht.

»Woher weißt du, daß ich hier bin?« fragte er, als er sich zu ihr in den Wagen setzte.

Therèse grinste. »Jupp. Er hält mich auf dem laufenden, was dich betrifft.« Ihr Gesicht wurde ernst. »Er hat mir alles erzählt. Auch über diese letzte Aktion in Holland. Du bist verrückt, Martin. Und daß Jupp und Maren dabei auch noch mitmachen ...« Sie brach ab und schaute ihn an, als müsse sie sich vergewissern, daß er wirklich unverletzt und alles mit ihm in Ordnung sei.

Martin räusperte sich. »Also ... wohin gehen wir?«

»In den China-Pavillon natürlich. Wohin denn sonst? Du willst mich doch nicht noch immer in dieses afrikanische Restaurant abschleppen, wo ich ohne Besteck essen soll?« Therèse klang so entrüstet, daß Martin unwillkürlich lachen mußte. Für einen Moment sah es so als, als ob Therèse wütend würde, aber dann lachte auch sie. Er hatte die ungezwungene, vertraute Art vermißt, mit der sie miteinander umgingen. Daß sie über dieselben Dinge lachen konnten, überhaupt einen ähnlichen Humor hatten, war für Martin immer ein wichtiger Teil ihrer Freundschaft gewesen. Vielleicht sogar wichtiger als die gemeinsamen Interessen und die lange Zeit, die sie sich kannten.

»Nein, nein«, sagte Martin und wischte sich eine Lachträne aus den Augen. »Der China-Pavillon, alles klar. Wir können es Frau Mun Chin nicht antun, einfach zum Äthiopier zu gehen.«

Wenig später saßen sie an ihrem Lieblingsplatz am Fenster bei dem Steingarten. Therèse schien plötzlich in einer nachdenklichen Stimmung zu sein, und als die Bedienung kam, bestellte sie nur den obligatorischen Rotwein. Auch Martin bestellte nur Wein.

»Du willst nichts essen?«, fragte er.

Therèse schüttelte den Kopf. »Ich will mit dir reden, Martin. Aber du kannst gerne etwas bestellen, wenn du willst.

»Ich bin nachher mit Jupp zum Essen verabredet. Er und Maren kochen. Und dann werden ich und Jupp uns die Nacht um die Ohren schlagen. Wir sind arg hinterher im Zeitplan für den neuen Sender.«

»Jupp hat gesagt, du hättest bei C&T gekündigt.«

»Das stimmt.« Jupp war eine verdammte Plaudertasche. »Die Kündigungsfrist läuft drei Monate, danach bleibe ich noch als freier Mitarbeiter, bis der Prototyp des UMTS-Senders fertig ist.«

»Und dann willst du wirklich nach Sierra Leone gehen?« Therèse blickte ihn aus ihren blauen Augen ungläubig an, der Ton ihrer Stimme sprach Bände. Zum Glück kam in diesem Moment der Wein, sonst hätte Martin vielleicht zu scharf reagiert. Er hatte in den letzten Tagen mit vielen Freunden und Bekannten über seine Pläne gesprochen, keiner von ihnen hatte besonders enthusiastisch reagiert. Die Leute aus der Amnesty-Gruppe fanden sein Vorhaben »extrem«, wie Friederike es ausdrückte, sein Chef, Mr. C&T, hielt ihn für leicht übergeschnappt, auch wenn er ihm das nicht ins Gesicht sagte. Seine Mutter hatte geweint. Der einzige, der ihn wirklich unterstützte, war ausgerechnet Jupp. Heute morgen war Gassen zum erstenmal wieder in der Firma gewesen. Nach einem langen Gespräch mit Mr. C&T hatte er gekündigt.

»Ja, ich gehe nach Sierra Leone. Als Entwicklungshelfer.«

»Ich kann dich nicht für das wirkliche Leben zurückgewinnen?« Therèse sprach so leise, daß Martin sie im Stimmengewirr des sich allmählich füllenden Restaurants kaum verstehen konnte.

»Für das wirkliche Leben?« Therèses Leben drehte sich um ihre Praxis, um ihre Wohnung und ihre Beziehung. Und um ein bißchen politisches Engagement nach Feierabend. Sie würden vielleicht zusammen Kinder haben, zusammen ein Haus bauen. Aber vom wirklichen Leben hatte Therèse keine Ahnung. »Therèse... mein Leben ist in Afrika. Da gehöre ich hin, das ist mir in den letzten Wochen klargeworden. Ich werde nicht in Deutschland bleiben.«

»Dann ist es vorbei mit uns?« Therèse Stimme zitterte.

»Ich weiß nicht, wie wir zusammen...« Martin brach ab. Therèse hatte eine ehrliche Antwort verdient. »Ja, es ist vorbei. Aber wir werden Freunde bleiben. Das war doch immer unsere stärkste Seite.« Er schaute Therèse direkt ins Gesicht. Sie verzog nur den Mund ein wenig, und Martin war froh, daß sie nicht in Tränen ausbrach. Er hätte nicht gewußt, wie er im Moment eine weinende Therèse trösten sollte.

»So wird es sein«, sagte sie nur. Mit ihren schmalen Fingern fuhr sie den Rand des Weinglases entlang und starrte ins Nichts.

»Therèse...« Er wollte etwas sagen, irgend etwas, um die Spannung zu lösen, aber sie schüttelte den Kopf. Dann holte sie tief Luft. »Ich hab jemanden kennengelernt, einen Patienten.« Sie lächelte ihn an, fast ein bißchen verschämt. »Erinnerst du dich? Der Abszeß am Weisheitszahn? Wir haben uns ein paarmal getroffen. Er ist wirklich sehr nett. Ein Japanologe. Ich habe offenbar einen Hang zu Männern mit einem Faible fürs Exotische.«

Sie mußten plötzlich beide lachen. Kurz überlegte Martin, ob er Therèse von Katuma Samba erzählen sollte, doch er sagte nichts. Seit er wieder in Europa war, hatte er erst einmal mit Katuma telefoniert, sie hatten vor allem über Ibrahim und Darlinda gesprochen.

»Und was wirst du in Sierra Leone machen, Martin?«

Therèses Frage riß ihn aus seinen Gedanken. »Wenn alles klappt, werde ich in einem Lager für ehemalige Kindersoldaten arbeiten. Sie haben dort eine Werkstatt für Schreiner und Zimmerleute. Und ich würde gerne ein Ausbildungszentrum für Kommunikationstechnik aufbauen. Aber das ist Zukunftsmusik.« Er blickte hinaus in den Steingarten. »Ich will den Kindern dort helfen, die keine Kinder sein durften. Der Krieg hat ihnen die Jugend genommen, und jetzt müssen sie so schnell erwachsen werden. Dafür sollen sie wenigstens eine gute Ausbildung bekommen.«

Therèse lachte. »Du warst schon immer ein hoffnungsloser Idealist.«

»Ist das schlimm?«

Sie antwortete nicht, sondern schaute ihm lange in die Augen. Dann fragte sie leise: »Du wirst nicht zurückkommen, oder?«

Nein, wollte Martin schon erwidern, doch er sagte es nicht. In den heutigen Zeiten konnte niemand mehr Entscheidungen für ein ganzes Leben treffen. Der Jou-Jou-Mann hatte ihm den Tod in Afrika vorhergesagt, doch der Fluch schreckte ihn nicht mehr. Sterben würde er in jedem Fall. Doch er hoffte, auch wenn er in Afrika sterben mußte, würde der Tod sich Zeit damit lassen.

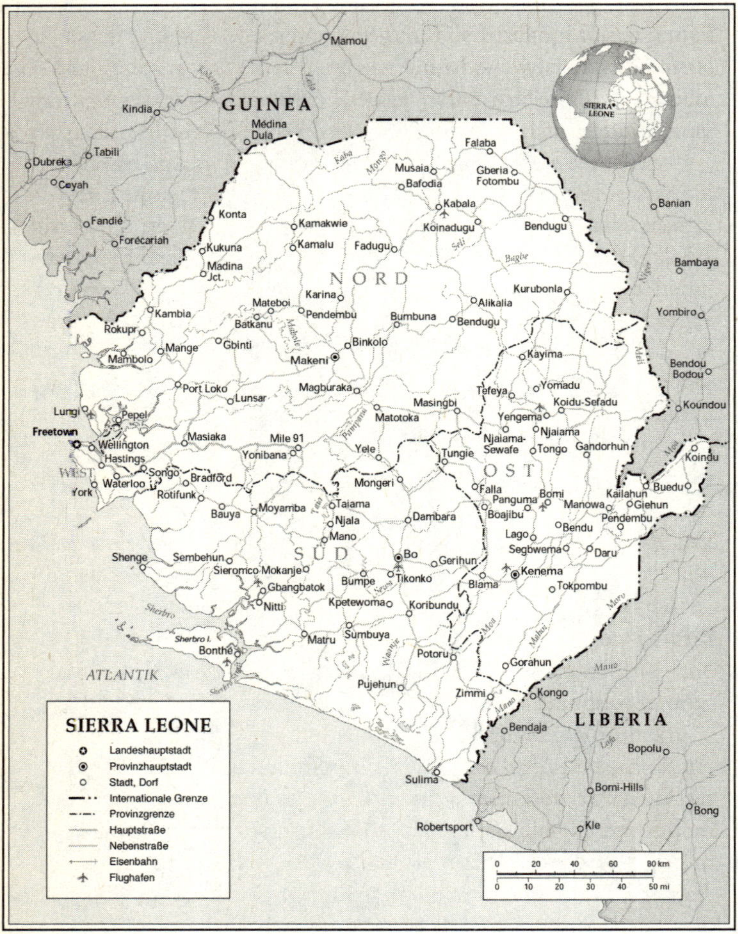

SIERRA LEONE
Landeshauptstadt
Provinzhauptstadt
Stadt, Dorf
Internationale Grenze
Provinzgrenze
Hauptstraße
Nebenstraße
Eisenbahn
Flughafen
0 20 40 60 80 km
0 10 20 30 40 50 mi
GUINEA
LIBERIA
ATLANTIK
NORD
OST
SÜD
WEST
SIERRA LEONE
Mamou
Kindia
Médina Dula
Dubreka
Tabili
Coyah
Fandié
Forécariah
Konta
Kukuna
Madina Jct.
Kamakwie
Kamalu
Fadugu
Falaba
Musaia
Bafodia
Gberia Fotombu
Kabala
Koinadugu
Bendugu
Banian
Bambaya
Kurubonla
Alikalia
Yombiro
Kambia
Rokupr
Mambolo
Mange
Gbinti
Mateboi
Batkanu
Karina
Pendembu
Bumbuna
Binkolo
Makeni
Kayima
Bendou Bodou
Port Loko
Lunsar
Magburaka
Masingbi
Matotoka
Tefeya
Yomadu
Koidu-Sefadu
Yengema
Koundou
Lungi
Pepel
Freetown
Wellington
Hastings
Masiaka
Mile 91
Yonibana
Yele
Njaiama-Sewafe
Njaiama
Tongo
Gandorhun
Koindu
Tungie
Songo
Waterloo
York
Bradford
Rotifunk
Mongeri
Falla
Kailahun
Buedu
Giehun
Panguma
Bomi
Manowa
Boajibu
Pendembu
Bauya
Moyamba
Taiama
Njala
Mano
Dambara
Bendu
Lago
Segbwema
Daru
Shenge
Sembehun
Sieromco
Mokanje
Bo
Gerihun
Kenema
Gbangbatok
Bumpe
Tikonko
Blama
Tokpombu
Nitti
Kpetewoma
Koribundu
Sherbro I.
Bonthe
Matru
Sumbuya
Potoru
Gorahun
Pujehun
Zimmi
Kongo
Bendaja
Bopolu
Sulima
Bomi-Hills
Bong
Robertsport
Kle

»Überzeugende Milieuzeichnung und erzählerisches Geschick« Hamburger Abendblatt

Der norwegische Staatsschutz erhält Hinweise, dass ein Attentat auf den Thronfolger geplant ist. Als Harry Hole, der Neue beim polizeilichen Überwachungsdienst, die Ermittlungen aufnimmt, verweist die Spur der Verdächtigen auf das dunkelste Kapitel der norwegischen Geschichte. Eine Gruppe von Nazikollaborateuren hat im Untergrund ihr verhängnisvolles Netz gewoben und Harry sieht sich mit einem mörderischen Filz von Lüge, Verrat und Verblendung konfrontiert.

»Derzeit schreibt hierzulande niemand bessere Kriminalromane – und anderswo auch nicht.«
Aftenposten

Jo Nesbø
Rotkehlchen
Roman

Ullstein Taschenbuch

UB202

»Äußerst spannend, man wartet immer auf den nächsten Donnerschlag.«
Los Angeles Times

Merci Rayborn hat ganz schön zu knabbern: Eine junge Frau wird ermordet. Ihr Mann, der Polizist Archie Wildcraft, hat einen Schuss in den Kopf überlebt und erinnert sich an nichts. Der Fall scheint klar: Mord mit anschließendem Suizidversuch. Aber Merci ist das zu einfach – und sie soll Recht behalten ...

»Ein Musterbeispiel für Atmosphäre und Tempo.«
Publishers Weekly

T. Jefferson Parker
Schwarze Wasser
Roman
Deutsche Erstausgabe

ULLSTEIN TASCHENBUCH

UB209

Mord im Zeichen der Logik

Guillermo Martínez
Die Pythagoras-Morde
Roman
Aus dem Spanischen
von Angelica Ammar
208 Seiten · geb. mit SU
€ 17,90 (D) · sFr 33,–
ISBN 3-8218-0950-7

Ein argentinischer Mathematikstudent bekommt ein Stipendium an der Universität Oxford und wird dort Zeuge einer Reihe von Morden, die einem logischen Muster zu folgen scheinen. Der Täter hinterläßt jedes Mal eine Botschaft mit einem Symbol, das offensichtlich entschlüsselt werden muß, wenn der nächste Mord verhindert werden soll. Zusammen mit seinem Mathematikprofessor Seldom versucht der ambitionierte Student die Identität des Serienmörders zu lüften. Doch schon bald stellt sich die Frage, ob die entscheidende Wahrheit vielleicht jenseits aller kriminalistischen Ermittlungen liegt…